U0132978

中浦院书系·论坛系列
总主编 冯俊

领导学研究与评论
2010

柏学翥 主编 曹任何 副主编

人民出版社

《中浦院书系》总序

中国浦东干部学院（简称中浦院，英文名称为 China Executive Leadership Academy, Pudong, 缩写为 CELAP）是一所国家级干部教育院校，是由中共中央组织部管理的中央直属事业单位，地处上海市浦东新区。2003 年开始创建，2005 年 3 月正式开学，上海市委、市政府对于学院的建设和发展给予了大力支持。学院按照胡锦涛总书记提出的“努力把学院建设成为进行革命传统教育和基本国情教育的基地、提高领导干部素质和本领的熔炉以及开展国际培训交流合作的窗口”、“联系实际创新路、加强培训求实效”的办学要求，紧紧围绕党和国家的工作大局，依托长三角地区丰富的革命传统资源和现代化建设实践资源，把党性修养与能力培养、理论培训和实践体验相结合，紧扣改革开放的时代精神、经济社会发展的重大问题和干部工作的实际需要，着力推进自主选学制、课程更新制、案例教学制、社会师资制建设，着力提高培训质量，增强培训的针对性和实效性，走出了一条具有自身特色和优势的培训新路，从而在国家级干部教育培训格局中发挥着不可替代的独特作用，得到广大干部的好评和社会的广泛认可。

《中浦院书系》是基于学院办学特点而逐步形成的，也是过去几年教学成果的积累。为适应干部教育培训改革创新的要求，学院在培训理念、教学布局、课程设计、教学方式方法等方面进行了一系列的新探索，提出并构建了“忠诚教育、能力培养、行为训练”的教学布局。忠诚教育，就是要对干部进行党的理想信念教育和世界观、人生观、事业观教育，教育干部忠诚于党的事业，忠诚于国家和人民的利益，忠诚于领导者的使命和岗位职责，围绕马克思主义中国化的最新成果开展基本理论教育。能力培养，就是要着力培养干部领导现代化建设的本领。建院以来，学院着力加强领导干部推动科学发展、促进社会和谐能力的培训，尤其在改革创新能力、公共服务能力、社会管理能力、国际交往能力、群众工作能力、应急管理能力、媒体应对能力等方面形成了独具特色的系列课程。行为训练，就是通过必要的角色规范和行为方式训练，对领导干部进行岗位技能、行为品格、意志品质和心理素质的训练，比如时间管理技巧、情绪控制方法、媒体应对技术等，通过采取近似实战特点的行为训练，提高学员的工作技巧和岗位技能。学院在办学实践中逐步构建起课堂讲授、互动研讨、现场教学三位一体，案例教学、研究式教学、情景模拟式教学等相得益彰的培训特点。

《中浦院书系》包括了学院在教学科研过程中形成的如下几个系列。

“大讲堂系列”。对学院开设的讲座课程进行专题整理，形成了《改革开放实践与中国特色社会主义理论体系》、《干部教育培训的改革与创新》、《经济全球化与对外开放》、《资源节约型、环境友好型社会建设》等专题。学院特别强调开放式办学，坚持“专兼结合、以兼为主”的原则，从国内外选聘具有丰富领导经验的官员、具有较高学术造诣的专家学者以及具有丰富管理经验的企业家作为学院的兼职教师，尤其注重聘请那些干过事情、干好事情的人来培训正在干事情的人。目前，学院已形成500余人的相对稳定、不断优化的兼职教师队伍，成为培训的主力军。大讲堂系列所选入的专题讲座，只是部分专、兼职教师的精彩演讲，这些讲座内容不仅对广大领导干部的学习具有参考价值，而且对那些热衷于思考当代中国社会热点问题的人也有启发作用。

"案例系列"。案例教材是开展案例教学的基本条件。为促进案例教学，学院立足于构建有中浦院特色的案例教学模式和干部教育的案例库。目前已经完成了包括《领导决策案例》、《高效执行案例》、《领导沟通案例》、《组织文化案例》、《组织变革案例》、《危机管理案例》、《教育培训案例》、《领导者心理调适案例》八本案例集。建院五年来，学院非常重视开发、利用和积累鲜活的和富有中国特色的案例，把案例开发和教学紧密结合起来，初步形成了案例开发与应用的新机制。学院通过公开招标，设立了十多个教学案例研究开发课题，并将案例及时运用到教学中去，"危机决策流程模拟"等一批案例教学课程受到学员普遍欢迎。2009 年，学院设立了"改革开放经典案例研究"专题项目，"基层党建优秀案例征集与评奖活动"，采取与社会各方面力量合作的方式，进一步丰富了学院教学案例库。

"论坛系列"。学员在干部培训中的主体地位越来越受到重视，在各专题班次上我们组织学员围绕主题展开讨论，变学员为教员，成为中浦院课堂的主角，形成了具有中浦院品牌特色的"学员论坛"。比如，省部级干部"应对金融危机、保持经济平稳较快增长"专题研究班，"建设社会主义新农村"专题班，"现代城市领导者"专题培训班，还有西部开发、东部振兴、中部崛起等区域经济社会发展专题研究班，面向中央直属机关机要人员、档案局长的密码工作、档案工作专题培训班，等等。参加这些特色专题班的学员，熟悉其所在领域的工作，对问题有独到的见解，他们走上讲坛，作出精彩的演讲，既活跃了学院培训工作的氛围，也为学院今后的相关培训提供了鲜活的素材。

"研究报告系列"。学院提出"科研支撑和服务教学"的发展战略，鼓励教师积极参与科研工作，组织了系列研究报告的编撰工作。如：《中国领导学研究（2006—2008）》、《中国干部教育培训发展报告·2009》、《公共危机管理典型案例·2009》等，这些研究报告是我们追踪学术前沿，进行理论探索的结晶。

在我们未来的发展中，也许还会增加国外学术成果的翻译系列和当代中国研究的英文系列，待成熟之后逐步推出。

总之，《中浦院书系》是一个开放式的为干部教育培训服务的丛书系列，是体现中国浦东干部学院特色的学术成果集。参与书系编写工作的不仅仅是中浦院的教研人员，而且包括社会各界关心中浦院发展的领导、学者和实践者。当然，还有学院的学员、兼职老师以及很多关心支持中浦院工作的人士，他们为书系的出版也做了大量工作，不能一一列举，在此一并致谢。这项工程得到了人民出版社领导、编辑的大力支持，他们为书系出版付出了辛勤的劳动，在此表示衷心的感谢。

中国浦东干部学院常务副院长

冯　俊

2010 年 1 月

目录

第三部分 公共治理与公共部门领导

第四部分 城市化与城市领导

第五部分 企业发展中的领导力

第六部分 传统文化与现代领导

第七部分　领导研究的领域拓展

“论坛系列”序言

中国浦东干部学院常务副院长、教授　冯俊

论坛作为一个学术交流、智慧凝聚、文化交融、思想传播的有效平台，不仅可以广开言路、集思广益，更能促进思想碰撞、观点激荡，催生出新思想、新创意、新理论。目前，中国社会正处于高速发展转型期，在政治、经济、社会、文化等诸多领域所呈现出的新景象、新问题、新态势，前所未有，复杂而宏大，尤其需要各界人士通过论坛这个平台来沟通对话，来剖析辩论，来互动启迪，来总结梳理，一方面，合力探索各类挑战和问题的破解之道，使中国经济社会发展永葆青春活力；另一方面，将中国改革开放丰富而宝贵的经验总结出来为全人类服务。

中国浦东干部学院（以下简称为中浦院）作为一所国家级干部培训院校，除了从事干部教育培训和理论研究外，还发挥着为政府提供决策咨询的“智库”功能，而论坛便是融智、创智的重要载体。自2005年建院至今，中浦院举办了大大小小论坛近百次，邀请了60多个国家和地区的各界专家近千人，就中国乃至世界范围内的政治、经济、社会、文化问题进行深入的交流研讨，为政府决策提供了有效的智力支持，并且展现出中浦院赋予这些论坛的鲜明特色——知名学者与高端官员相互启发，国内声音与国外视角相互碰撞，理论专家与实践精英相互砥砺。政策制定者、解读者和执行者济济一堂，大家共同期盼通过群策群力的探索，能够为中国和人类的未来寻找到更好的发展道路。

为让论坛办出特色、办出层次、办成品牌，中浦院充分发挥国家级干部学院的优势，依托上海这一国际大都市的区位优势，广泛拓展和加强与国内外政府、企业、知名高校及研究机构的交流与合作，大力推动论坛走向开放式、高端化、国际化，得到了广大干部的好评和社会的广泛认可。目前，我们已经打造出若干在国内外产生较大影响、具有良好声誉的论坛，其中以中浦领导论坛、中浦长三角高层论坛、中国新加坡高层论坛、中国干部教育创新论坛等为代表。中浦领导论坛充分体现国际化特色，针对经济全球化和文化多元化对领导者提出的新要求和新挑战，探究全球化、信息化、多元化背景下领导学的新特点和新趋势；中浦长三角高层论坛则聚焦长三角一体化战略，探讨长三角区域一体化的广阔前景及对中国未来发展的重要意义，谋划长三角经济社会发展的合作战略、长三角一体化发展的体制机制建设的大计；中国新加坡高层论坛着眼领导人才的选拔与培养、领导力的提升，通过交流两国政府在领导力开发方面卓有成效的做法，探寻实现国家长治久安的培养、选拔、使用德才兼备领导人才的体制与机制保障；中国干部教育创新论坛立足中国特色的干部教育培训道路探索，针对改革发展进入新阶段对党的执政能力与干部领导素质提出的新要求，探讨培训理念、内容、方式和体制机制的改革创新，满足“大规模培训干部、大幅度提高干部素质”战略任务的需要。通过这些论坛的成功举办，与会专家学者、代表得以达成广泛共识，在加快领导理论与实践创新、推进长三角区域一体化、提升中新两国高层对话与合作、推进干部教育培训改革及借鉴国际经验等方面取得丰硕成果；同时，也为学院活跃教学培训形式、丰富培训内容、创新培训等方面开辟了广阔的发展空间。

通过论坛这一形式，中浦院有效地整合了多方资源，突破区域文化和行业领域界限，从国家发展战略层面来谋划和思考中国在当今世界中的角色、机遇和挑战。同时，通过举办高端论坛，我们得以站在理论与实践的制高点，以国际视角审视中国在发展中遇到的问题和挑战，以积极开放、多元包容的胸怀，在国内外官员、学者和企业高管之间展开深入的交流对话，充分汲取中国各地区乃至世界各国发展过程中积累的经验与教训，为中国干部教育培训提供鲜活教材，也为探索中国未来发展之路提供有益的借鉴和启示。与此同时，论坛不仅为学院创建“国内一流、国际知名”具有品牌特色的干部教育培训机构搭建了有效平台，也进一步增强了学院服务于中华民族伟大复兴事业的使命感和责任感，为把中国建设成为更具活力、更具发展潜力、更具国际竞争力的现代化国家提供有效的智力支持。

此次我们集结出版中浦院具有代表性论坛的收录文章和讨论成果，目的就是把共识凝聚下来，把卓识传播开去，使在论坛中凝结出的经验、碰撞出的智慧、收获到的启示更好地与前沿理论探索结合起来，与改革发展的伟大实践结合起来。当然，我们也认识到，当今世界正处在大变革大调整时期，中国社会的发展也是日新月异，我们论坛研究的问题因此也需要与时俱进、不断深化。

值此第一批论坛文集付梓之际，我们衷心希望，该文集不仅可为领导干部讨论现实问题和探索未来发展之路提供鲜活的思想源泉，同时也在学院发挥政府决策思想库的作用方面发挥不可替代的作用。我们也将再接再厉，精心筹划组织更多高层云集、名家荟萃的高水平论坛，努力为国家复兴、民族强盛，以至于人类发展作出更大贡献！

2010年10月16日

引领变革，开创未来

——转型时代的领导使命

奚洁人*

环顾世界，人类社会正经历着一场前所未有的巨大转变：全球性的经济发展方式、科学技术形态、文化文明观念、社会运行机制以及人们交往沟通的形式正在发生着历史性的巨变，这种变化之深刻、全面和快速，是以往任何一个时代都无法比拟的，于是人们惊呼，我们进入了一个转型的时代。这样的时代对于一个真正的领导者，或者对于从事领导学研究的学者来说，意味着什么？是机遇，也是挑战。战胜了挑战就是机遇，抓住了机遇，就意味着成功。领导者的天赋使命，就是引领变革，开创未来，为推进历史的进步贡献力量。

---

* 作者为中国浦东干部学院领导研究院院长，教授。

一

这里所说的转型，是一个十分宽泛的概念，它包括文明的转型、社会的转型，甚至是泛指一切重大的社会历史转折或变化。但无论是什么样的转型，它历来是领导创新的客观前提和重要舞台。任何一种重大转型，必然要求实行领导创新，即要求领导者以新的观念、新的方式、新的能力去适应这种新的变化。领导者只有适应这种变化，主动地进行变革，才能建功立业。中外历史上，都有许多伟大的变革者，他们成功的共同原因就在于此。

同时，作为人类政治生活的重要组成部分，领导者并不总是被动地适应种种客观的环境变化。漫步历史长河，我们会发现，在社会变革的关键时期，领导者的创新，尤其是思想领袖的创新成果，必然会像高卢雄鸡的啼鸣，成为引发社会转型，开启时代发展、引领社会变革的旗帜和先声。总之，领导创新既是社会转型的产物，同时又总以这样或那样的方式推进社会的变革和转型。

然而，历史并不总是与积极有为、力图革新的领导者相联系的，领导者如果因循守旧、故步自封，甚至与历史潮流背道而驰，则必然要被历史所淘汰。

历史是现实的折射和缩影，现实是历史的延伸和发展。在这个充满变化与挑战的时代，领导的变革与创新无论对一个国家和民族，还是对一个组织或个人，都具有非同寻常的意义。我们的共识是，不改革创新，只能是死路一条，因为“创新是一个民族进步的灵魂，是一个国家兴旺发达的不竭动力”。领导创新的使命，就是要以科学、积极、务实、负责的态度，以与时俱进的精神状态，发现变化、推动创新、引领变革，在快速变化的世界中掌握领导的主动权。

二

从1840年开始的一个半世纪中，中国经历了三次重大的历史转折，并实现了巨大的跨越性的历史进步。

第一次是1840年的鸦片战争。这是一次被动的痛苦的社会转型，是因为中国当时的统治者无视历史进步的潮流，丧失了历史发展的重要机遇，其结果，不仅是民族的灾难，也是统治者自己的坟墓。

第二次是毛泽东领导的新民主主义革命。以毛泽东为代表的中国共产党人领导的新民主主义革命，最终改变了旧中国半殖民地、半封建的社会性质，建立了新中国，使中国人民走上了社会主义的康庄大道，这是一次具有伟大历史意义的社会历史转型。

第三次转型是20世纪70年代末开始一直持续到今天的改革开放。它虽不是社会制度的根本变化，但其深度、广度以及影响的深远度，是中国有史以来不曾有过的，所以，改革是中国的第二次革命。

三

社会变革总是以思想的变革为先导的。纵观人类文明史，任何一次巨大的社会进步和重大的历史变革，都必然伴随着人们思想观念的大解放。

思想解放和观念创新，关键是领导的思想解放和观念创新。中国的历史经验告诉我们，尽管领导者所处的时代不同，面对的具体任务不同，但在重大转型时期领导者所承担的历史使命以及自身的素养却会有许多的共同要求：一是如何判断中国国情和世界大势；二是如何把国际经验与中国实际结合起来，开创适合自己发展的革命和建设道路；三是当遇到各种困难时，领导者的心理品格的坚定性。这三方面归结到一点，就是领导者的思想解放和观念创新以及如何在实践中坚定不移地加以落实和推进。

解放思想，创新观念，不仅对一个有着几千年传统文化的古老民族来说，既不是一蹴而就，也不是一劳永逸的，甚至对世界上所有的民族都是如此，因为思想的惰性几乎是人性的弱点，我们许多领导者自觉或不自觉地染上了这种思想懒惰的毛病。我们强调，转型时代领导者的崇高使命就是以自己改革创新的思想火花点燃人们的思想火焰，顺着时代的风向，将星星之火化为燎原之势。中国共产党第十七次全国代表大会，将解放思想看做是实行领导创新、开创事业发展新局面的一大法宝，这既是我们历史经验的总结，也是中国走向未来的思想武器。

当然，解放思想和观念创新要转化为体制创新、政策创新，才能真正起到促进社会的转型，推动社会的进步。

四

在当今这个瞬息万变的时代，在这个鼓励智慧源泉充分涌流、创造活力竞相迸发的时代，谁将赢得未来？很大程度上取决于他们如何对待变革。

转型时代呼唤着变革，变革需要创新型人才，尤其是创新型的领导人才。因此，研究探索创新型领导人才培养的理论与实践，将是领导学理论和领导力开发实践者面临的崇高使命与战略课题。

中国浦东干部学院是中国政府为适应中国改革发展培养中高级领导人才的需要而创立的。学院自成立那天起，就把培养创新型领导人才作为自己的重要任务。学院倡导“忠诚、创造、和谐、示范”的核心价值观。近三年来，不断地在进行着实践探索和办学创新，为中国的改革发展培养了一批创新型领导人才。我们十分愿意以本次论坛为平台，与大家分享我们的经验与体会，同时，我们更渴望在本次论坛上从诸位学者和领导那里汲取新的宝贵经验和思想智慧。

联合国秘书长潘基文先生于2007年7月在布鲁塞尔的演讲中指出，人类已经进入“全球化”的第二个阶段：即流动时代。我想，这是全球化进程的新阶段，也是转型时代的新特征，而流动时代的到来及其产生的新情况、新问题，必然地会给我们领导实践和领导学理论带来新的机遇和挑战，并成为我们领导者引领变革、开创未来的新课题。让我们以时代的课题为使命，以本次论坛为契机，加速我们的思想流动与经验共享，进一步推进彼此的合作与交流，共同用我们的思想智慧和领导经验，开创领导学理论与实践的新天地。

转“危”为“机”的领导模式选择：变革型领导

李锡炎*

当今世界的不确定性日益增加，往往是挑战与希望同在，危机与机遇伴生，复杂多变日益成为领导环境的显著特点。2008年发生的“5.12”汶川大地震和2009年席卷全球的金融危机，对我们领导者提出了严峻的挑战和考验。危机与风险迫使领导者必须思考怎样做才能化解矛盾，转“危”为“机”，如何才能在无序中走向和谐，在风险中求得发展。面对复杂多变的领导环境，面对保增长保民生保稳定和灾后重建的艰巨任务，领导者不得不重新思考应做什么、怎样做，不得不重新思考转“危”为“机”的领导模式的现实选择。

美国著名哲学社会科学家詹姆斯·麦格雷戈·伯恩斯在其代表作《领袖论》（中国社会科学出版社1996年版）一书中，把领导（领袖）分为两种类型，即交易型和变革型。交易型领导是领导者与追随者之间的交换，比如领导者许诺追随者完成工作后给予相应的奖赏。变革型领导与交易型

* 作者为中国领导科学研究会副会长、四川领导科学研究会会长、四川省委党校学术顾问，教授。

领导不同。这种变革型领导认为领导是一个过程。在这个过程中，领导者与追随者一起努力，创立共享愿景。通过愿景使领导者和追随者的激励与道德水平均得到提升。这种变革型领导关注追随者的需求和动机，尽力帮助追随者发挥他们的潜能，实现超越自我利益的更大价值。显然，变革型领导是提升应对危机领导力，转“危”为“机”，推动科学发展，促进社会和谐的最佳选择。

一、变革型领导具有应对变化、转“危”为“机”的独特优势

在应对危机与风险的复杂多变条件下，如果领导者选择交易型领导模式，着眼于权变回报和例外管理，在领导者与追随者的交换过程中，双方达成契约而为了换取特定的回报，那么，必然会酿成头痛医头、脚痛医脚的短期行为，甚至导致危机更危、风险更险。与交易型领导相比，变革型领导者拥有一系列强烈的内在价值和方法，不断增强团队凝聚力，开发新的方法来解决组织所面临的问题，显示出有效应对复杂多变环境，转“危”为“机”的独特优势。

变革型领导具有非凡的互动影响力，有利于树立追随者应对变化的信心。在危机与风险、重任与考验的条件下，领导者和组织的利益相关者面临着不同于以往的压力。竞争压力、绩效压力、化解矛盾的压力和力求又好又快发展的压力等，都因处于危机困境之中而变得更为复杂和不确定。在这种情况下，每个人都需要前行的方向，需要工作的价值，需要启发和关爱，需要激励和认同，需要引导和帮助。一句话，人人需要领导。此时，追随者的目光都聚焦在领导人身上，双方都需要一种良好互动的影响力，减少危机与风险带来的压力。变革型领导是领导者与追随者相互影响的过程。在这个过程中，可以从对方获得信心、力量和勇气。詹姆

斯·麦格雷戈·伯恩斯认为，变革型领导者是有能力将人们的思想提升到更高境界的人，具有非凡影响力，是追随者心目中的偶像和楷模，拥有高水平的道德和操守。追随者极为尊重和信任变革型领导者，相信领导者所做的事情是正确的。领导者能够为追随者设定愿景和使命，表达较高的期望值，鼓励追随者挑战危机，树立起转“危”为“机”的信心，形成万众一心、共克时艰的氛围和力量。

变革型领导注重对组织战略愿景的思考，有利于从全局和整体上应对危机和风险带来的不确定性。危机与风险的重要特征是未来的不确定性和环境的复杂性。这种不确定性和复杂性会给人带来焦虑不安或各种猜测遐想，企盼领导者对发展走势和未来前景有一个预见性的描绘。变革型领导注重对未来的预测和把握，对组织愿景进行战略思考。战略与愿景是对未来的规划与设计，需要对组织所面临的现实环境进行分析，包括组织的优势、劣势、环境中的机会与挑战。这种战略愿景的思考，是一种前瞻性的分析和把握，能使人们跨越时间的长河，想到将要来临更大的机会，看到距离现在还很远的事情，增加对危机与风险的预测和把握能力，减少不确定性，使组织能够对转“危”为“机”做到一定程度的胸有成竹。

变革型领导注重发挥追随者的潜能，有利于凝心聚力，同舟共济。《领袖论》的作者詹姆斯·麦格雷戈·伯恩斯对什么是领导的定义是：“领袖劝导追随者为某些目标而奋斗，而这些目标体现了领袖以及追随者共同的价值和动机、愿望和需求、抱负和理想”。一方面，变革型领导注重激发领导者与被领导者合乎道德的理想，振奋希望和需求，充分发挥追随者的智慧和力量，风雨同舟，共克时艰，齐心合力地克服困难，为实现转“危”为“机”的目标而奋斗。变革型领导注重领导者与追随者在需求与动机上的有机统一，注重应对变化、转“危”为“机”能力和弹性的提高。《领袖论》的作者在他的著作中特地引用了一段毛泽东的名言：“要联系群众，就要按照群众的需要和自愿。……这里是两条原则：一条是群众的实际上的需要，而不是我们脑子里幻想出来的需要；一条是群众的自愿，由群众自己下决心，而不是由我们代替群众下决心。”另一方面，变革型领导善于从群众的实际需求出发，动员群众、组织群众，尊重和发挥群众的首创精神，积聚群众的智慧和力量，为实现群众自身的愿望和利益而奋斗。这些，就可以形成应对变化、促进转化的强大力量，显示出变革型领导力挽狂澜、转“危”为“机”的独特优势。

二、变革型领导具有化解矛盾、转“危”为“机”的思维驱动力

变革型领导思维从内涵本质和思维逻辑上，把领导关系及其运作机制建立在正确处理冲突与竞争之上，在一定程度上具有化解矛盾、应对变化的辩证思维和内在驱动力。

首先，变革型领导思维认为领导活动是一个动态的发展过程，领导者与被领导者之间的关系也是一个相互作用、相互影响而适应冲突与竞争环境的辩证统一过程。变革型领导思维的理论依据和实践依据是以适应冲突与竞争为基础和需求的。伯恩斯指出，从某种程度上说，领导是一种领导人与追随者基于共有的动机、价值和目的而达成一致的道德过程——这种一致建立在追随者与领导人一样的“真正”需要的基础上，这包括心理、经济、安全、精神、性、审美或身体的需要。这种变革型领导关系和领导过程，只有在面对竞争和冲突需要判断、选择时，才能变成现实的领导关系和领导过程。伯恩斯指出，在他们面临那些将要成为领导人的竞争的判断、主张和价值时，只有在追随者们可以在竞争的“处方”中作出有根据的选择时，只有当至少是在政治舞台上追随者们具有充分的机会发觉、了解、评价，并最终经历由那些声称是他们“真正”代表的人所提供的选择方案时，他们才能够这样做。最后，变革型的领导人，以及更低等级的交易型的领导人的道德合法性是以在真正的选择方案中作出自觉的选择为根据的。因此，领导采取了竞争和竞赛的形式，而没有理性的权力去对它予以否定。由此可见，变革型领导的逻辑起点，就是在冲突与竞争的环境变

化中，从领导者与追随者的实际需求出发，正确选择处理竞争与冲突的领导方式的过程。这样的领导思维，实际上是一种应对变化、协调矛盾，把握竞争机会，创造条件转“危”为“机”的辩证思维方法和领导方式。

其次，变革型领导思维的全面性和前瞻性，在于辩证地认识矛盾和正确地化解矛盾，因势利导地将领导者与追随者之间的领导关系提升到更高层次，达到精神振奋地化解矛盾，转“危”为“机”。在危机与风险的环境变化中，冲突与竞争是不可避免的，问题的关键在于领导者及其追随者如何正确认识矛盾与冲突、危机与风险，能否全面准确地看到危机与风险的性质和作用。危机、风险与冲突和世界上任何事物一样，都有其两面性，要认识到这种冲突的潜力渗透了人类的种种关系，而潜力既是毁灭和野蛮的力量，也是健康和成长的力量。冲突是客观存在的，在本质上是使人非相信不可的。但是，它一方面给人紧张和恐惧；另一方面使人们兴奋，给人们以激励，给人们以动力。作为一个领导者必须具有这种辩证思维，正确看待矛盾与冲突、危机与风险的两面性，促进矛盾转化。正如伯恩斯所说，领袖在冲突的要求、价值和目标向有意义的行为转化上起作用。他们便成为激起追随者们意识的催化剂。他们识别不满、沮丧和极度紧张的迹象；他们主动与追随者建立联系；他们了解其追随者的动员潜力的特征和强度；他们明确表达不满和需求；他们在其追随者对付其他团体的追随者时，为他们撑腰打气。这种变革型领导思维是一种着眼于应对变化、适应变化、跟进变化的开放性前瞻性思维方式，具有一种驾驭矛盾、转化矛盾的内在思维冲动，想方设法地改变环境，走出困境，变危机为机遇。在动用权力方面，变革型领导的基本策略是认识潜在的追随者所具有的大量的动机和目标，靠言语和行动求助于这些动机，并加强这些动机和目标以增长领导力，从而改变追随者和领导人活动的环境。

最后，变革型领导思维善于把握显现力量与潜在力量的辩证关系，从现实需求与价值目标的一致性上，尽力挖掘求新求变的创造潜力，变危机为机遇。伯恩斯说，需要与价值等级之间的一致，会产生一种有利于有目的领导实践的潜在力量。通过领导人来施加影响的潜力一般是巨大的。任何领导者都要加强对真正需要的认识，善于对价值之间以及价值与实践之间矛盾的给予揭示和利用，并对价值进行重新组合，对必要制度的重建和变革施加影响。领导者的责任就是使人们知道或意识到自己的真正需求和实现这些需求的潜在力量，更重要的任务是把潜藏在人们身上的潜力充分挖掘出来，使之变成改变环境，挑战现实的巨大力量。

在一定意义上讲，科学思维是种特殊的资源，甚至比物质资源更宝贵。变革型领导思维，从本质上讲，它是促进变革、推动创新的辩证思维方法，是帮助人们从危机与风险中走出来的系统思维方法。这种辩证思维和系统思维使变革型领导模式具有勇于面对矛盾、善于化解矛盾，变危机为机遇的内在驱动力。这也是选择变革型领导作为应对变化、变危机为机遇、推动科学发展、促进社会和谐的最佳领导模式的重要原因。

三、变革型领导在应对复杂多变、转“危”为“机”中的具体运作和实现路径

复杂多变的领导环境呼唤着善于应对变化、促进转化的变革型领导。在应对危机与风险时，领导者会自觉或不自觉地运用变革型领导，探索这种领导模式在变危机为机遇的领导实践中的具体运用和实现途径。因此，有必要研究在应对“非典”危机、抗击“5.12”汶川大地震和应对世界金融危机中积累的不少有益经验。归纳起来，变革型领导有以下五个方面的实现路径：

（一）坚持以事业心、责任心唤起战胜危机的信心，振奋精神，共克时艰

面对危机与困难、风险与压力，最重要的是树立起战胜危机、克服困难的信心和勇气。因此，化“危”为“机”的变革型领导所采取的第一步

骤，就是树立信心，共克时艰。信心和勇气从何而来？首先来自领导者的事业心和责任心，来自领导者的以身作则和人格魅力。作为领导者，面对困难和问题，责任是点燃信心和希望的火种。领导者的责任就是要迎着风浪上，追着矛盾跑，不胆怯，不回避，不推诿，用行动给群众作表率，扑下身子干事情，主动为群众服务，与追随者和广大人民群众风雨同舟、共克时艰。在实践中，提高应对危机与风险的心理承受能力，进一步激发领导者与追随者之间的信任、信心和勇气，进一步提升价值追求与奋斗精神的层次，形成团结一致、战胜困难的巨大力量。

譬如，“5.12”汶川大地震发生后，从中央到地方的各级领导者对自然灾害引起的这一特大危机反应十分敏锐，迅速启动应对危机预案，特别是中央高层领导人以对人民群众高度负责和极端热忱的态度，在第一时间抵达第一现场，不畏艰险，不顾个人安危，在群众最需要的时候出现在群众之中，有方、有序、有力地指挥抗震救灾，以自己的亲民作风和爱民、为民的高尚品德，感动了全中国，感动了全世界，唤起了灾区人民群众抗震救灾的信心和力量，赢得了全国、全世界人民的关注和支持，形成了万众一心、众志成城、不畏艰险、百折不挠、以人为本、尊重科学的伟大抗震救灾精神，在抗击自然灾害、应对危机与风险的历史上写下了让全世界赞叹的壮丽篇章。

（二）坚持用战略性的“一揽子”计划共启美好愿景，动员和组织人们共同为美好未来艰苦奋斗，扎实工作

面对危机与风险，领导责任就是给人以希望和梦想，共启愿景，描绘改变现状、走向未来的美好蓝图。为了让人们接受愿景，变革型领导高瞻远瞩，以自己的远见卓识，预见事物发展的趋势，使人们了解破解难题的机会，提出令人信服、切实可行的战略规划和行动方案，拟定组织的目标、任务和工作原则，点燃人们的激情，动员和组织被领导者和群众不遗余力地为美好愿景而共同拼搏。

例如，在抗震救灾一开始，指挥应对这场危机与风险的领导者就提出

了抢险救援、安置群众、恢复重建三个阶段的规划设想。进入灾后重建阶段后，首先制定了目标明确、措施得力、群众得实惠、灾区大变样的灾后重建整体规划，提出了具有战略性、长远性、整体性的“一揽子”计划安排。灾区的领导者也相应地提出“加快建设灾后美好新家园”的具体规划，描绘出美好愿景，并且制定了建设灾后美好家园的六条原则：即坚持以人为本、民生优先；坚持尊重规律、科学重建；坚持优化提升、加快发展；坚持因地制宜、分步推进；坚持政府主导、市场运作；坚持自力更生、苦干实干。美好愿景和“一揽子”计划，点燃了灾区群众的希望火种，增强灾区群众战胜困难、走出困境的主体意识和主动意识，灾区的领导与群众成为“特别讲大局、特别讲付出、特别讲纪律、特别讲实干”的模范，形成了“坚定坚强坚忍不拔，敢想敢拼敢为人先”的灾后重建精神和社会风尚。在应对金融危机时，中央高层领导从全局和战略的高度，把握经济全球化发展趋势，提出应对金融危机对策，见事早，出手快，制定了扩大内需、应对危机的“一揽子”的战略规划和振兴十大行业的总体方案，对于共启愿景，增强应对危机信心，共同致力于保增长保民生保稳定起到了关键性作用。

（三）坚持以需求为先、以人为本为出发点和落脚点，找准在危机中求机遇、在风险中求发展的结合点

从实际需求与价值取向上激发追随者转“危”为“机”，在风险中求发展，这是变革型领导的重要路径。领导者无论从战略上把握变危机为机遇的大政方针，还是从微观上调动追随者的积极性和创造性，都应坚持以人为本，从追随者的需求、愿望出发，让追随者和群众得到转“危”为“机”的实际利益，都应找准战略规划与追随者及群众愿望、需求之间的结合点，触及人们的兴奋点，找准领导力的生长点和着力点。

在应对金融危机和灾后重建的领导环境下，领导与群众面临着双重压力和多重考验，如何在危机中求机遇，在风险中求发展呢？如果用平铺直叙的常规领导，或者用容易引发短期行为的交易型领导，都是难以突破困境的。唯有变革型领导可以寻找出一条以改革求发展的新路。这就是从宏观上把握“五个结合”，即：把应对金融危机，恢复重建与工业化、城镇化、新农村建设结合起来；把化解金融危机，恢复重建与优化经济布局结合起来；把恢复重建与转变经济增长方式结合起来；把恢复重建与充分开放合作结合起来；把应对金融危机、恢复重建与改善宏观环境结合起来，促进产业结构优化升级，着力改造提升传统产能，促进资源集约利用、土地节约使用和环境综合治理，最大限度地调动群众重建灾后美好新家园的积极性。从微观上着力找准能为灾区群众解决最关心、最直接、最现实问题的结合点，搞好五个结合：即把深入贯彻落实科学发展观、应对金融危机，与农房重建相结合；与城镇维修加固相结合；与城乡环境综合整治相结合；与维护社会稳定相结合；与经济产业恢复发展相结合，做到家家有房住、户户有就业、人人有保障。在恢复重建、战胜困难、科学发展中充分尊重民愿，体现民意，集中民智，让群众多得实惠，充分调动广大人民群众化“危”为“机”，推动科学发展、促进社会和谐的积极性。

（四）坚持以改革精神构建鼓励创业创优创新的新机制，驾驭变化，促进转化，破难解危

面对危机与风险，困难与压力，领导如何把理念化为行动，把危机化为机遇，把风险化为发展，把压力化为动力，把愿景化为现实呢？变革型领导的办法，就是以改革精神构建鼓励创业创优创新的新机制，把改革创新精神贯穿于应对危机与风险的全过程全领域。

从革新观念入手，破除“等、靠、要”等不利于创业创优创新的旧观念，树立自力更生、自主创业的理念，营造创业创优创新光荣的社会氛围，构建鼓励创业创优创新的体制机制，拓展科学发展的新空间，把危机化为发展的新机遇。

从改革边界条件、优化资源配置上着力，打破城乡分割的局面，寻求城乡统筹、工业反哺的新思路，解决新的历史发展阶段上突发的新的尖锐矛盾，挖掘农村内需潜力，化解金融危机带来的新问题，变危机为机遇。

从提高科技含量和文化软实力上下工夫，提高自主创新的能力，转变发展方式，提高发展质量，增强核心竞争力，在危机与风险中寻求新市场新发展。

（五）坚持以提高学习能力增进转“危”为“机”的共识和素质，凝心聚力，战胜危机

在复杂多变的环境下，特别是处于危机与风险之中，领导者要驾驭变化，影响他人，团结追随者和群众一起风雨同舟、共克时艰，唯有提高学习能力，方能奏效。一方面，领导者要加强自身学习，提高自身的道德修养和人格力量，培养自身的战略思维能力和把握危机与风险走势的预见能力，增强影响力，提升领导力。另一方面，要加强领导者与被领导者之间的共融互动学习，改变心智模式，增进应对危机与风险的共识，提高整合资源、凝聚人心的融合度，形成自我更新、自我超越的互动影响力，把蕴藏在群众之中的应对危机潜力挖掘出来，形成战无不胜、攻无不克的巨大力量。通过学习，把领导者与追随者的现实需求、价值目标的一致性提升到更高层次，使变革型领导在应对复杂多变、化“危”为“机”的实践中不断深化，真正实现以科学领导推动科学发展。

论转型社会领导者的创新

王爱英 *

目前，世界各国都掀起了一个创新的热潮，不管是发达国家还是发展中国家，都非常重视创新问题。如：美国曾经提出，“要么创新，要么死亡”的箴言；韩国提出“头脑强国”的口号；新加坡提出“改善学校和公共教育系统，培养创新能力”；印度提出“要培养创新人才、把印度建成计算机软件大国”；中国提出：“创新是一个民族进步的灵魂，是一个国家兴旺发达的不竭动力，也是一个政党永葆生机的源泉。”① 特别把“必须提高自主创新能力”作为全面贯彻落实科学发展观的战略举措。② 可以说在转型社会的新生态环境下没有创新就没有领导，没有创新力就没有领导力。尽快地提升领导干部创新能力，是提高全民族自主创新能力，构建创新型国家的迫切需要，也是衡量领导干部能力和水平的核心标准。

---

* 作者为中共河南省委党校、河南行政学院公共管理教研部教授。

① 《江泽民在中国共产党第十六次全国代表大会上的报告》，新华社，2008 年 8 月 1 日。

② 参见《中国共产党第十六届中央委员会第五次全体会议公报》。

一、观念创新是转型社会领导创新的先导

21 世纪是观念的世纪，谁与时俱进，观念创新，谁就是赢家。因为观念是行为的先导，观念决定思路，思路决策出路，思想解放的程度，决定着经济发展的速度、改革开放的力度。回顾 30 多年改革开放的实践，我们可以清楚地看到，那些先富起来的地区，无一不是从观念创新开始的。从全国来看，如果没有全党的思想大解放，没有全党在一系列问题上的观念创新，也就没有我们国家今天的辉煌成就。当然，对于事业有成的领导者来说，创新观念，放弃过去曾经使自己成功的思想和做法，是很不容易的。这需要极大的勇气和毅力。但是，如果领导者观念不创新，其他人的观念也很难创新。创新观念很痛苦，不创新观念更痛苦。因为观念不创新，思维定式不破除，抱着老皇历不放，是不能进行创新的，不创新领导活动就不能有效开展，组织目标就无法顺利达成，领导者最终就会被淘汰出局。因此，观念创新是转型社会领导者创新的先导。观念创新主要包括以下几个方面：

（一）平民领导观

早期的领导特质理论，认为领导者是具有特殊天赋和才能的人，是英雄的领导观。在传统的领导活动中，领导者就是领导者，被领导者就是被领导者，二者界限分明，不可逾越。领导权力和责任只能集中在少数人手中，认为只有少数人才有资格执掌领导权，发挥领导作用，被领导者只能是做执行工作，安分守己，听从命令，一味地顺从。领导者的作用是万能的，无所不能的，甚至把领导者奉为不同于凡人的神。随着时代的发展，转型社会结构发生了巨大的变化，权力重心开始下沉，普通民众也越来越受到关注，领导平民化的趋势越来越明显。领导者不是个别有特殊天赋和才能的英雄人物，领导的机会散落在各级组织和各类人员中，被领导者也

有机会承担领导者的责任。领导权力公开化、领导责任分散化、领导机构均等化、领导作用分散化，领导者更加透明、亲民、务实，少了伟人的神秘色彩和英雄个性，多了凡人的亲切和平民的风格。实现平民的领导观，一是要牢固树立执政为民的正确权力观；二是要实现领导决策的科学化和民主化；三是要解决人民群众最关心的民生问题。

(二)“柔性”领导观

传统领导观的一个突出特点是刚性化，带有强制性，靠权力发号施令，靠规章制度实施控制。随着时代的发展，转型社会结构发生了巨大的变化，被领导者的民主意识、成熟程度和自身素质的提高，他对权力、命令、控制式的领导越来越反感，如果领导者对被领导者尊重不够，一味地靠权力、靠发号施令进行硬性控制，被领导者不可能有很高的工作积极性，即使是他服从了你的权力，他对你提出的领导任务，也不是发自内心地认同和服从，不是自觉地追随。在转型社会，权力影响力将贬值，而非权力影响力在不断增值。要有效地实现组织目标，更充分地调动被领导者的积极性、主动性和创造性，领导者必须具备卓越的非权力影响力。要求领导者通过品德、能力、经验、业绩、创新和领导的激励、沟通、协调、引导等艺术，不断塑造领导魅力，进而赢得认同。“柔性”领导观要求领导者不仅要有才干，还要懂得以情感人，以理服人，学会“柔性”领导，靠非强制性的影响力即软权力发挥作用。

(三)简约领导观

在传统的领导活动中，领导者手中拥有权力、资源、信息，处于科层组织“金字塔”的顶端，被领导者只能俯首听命，被动地服从。随着时代的发展，转型社会的结构发生了巨大的变化，社会成员受教育程度普遍提高，以及信息技术飞速发展，传统的官僚组织模式和领导方式开始受到挑战，原有的一切听命于领导者的领导方式也随之发生根本改观。被领导者在领导活动中的作用也越来越凸显，他们常常会自己领导自己，自己激励自己。一些要素正在代替领导职能的发挥，形成了领导替代。这种替代趋势，导致领导职能简化，领导职数减少，领导机构精简，领导者与被领导者的界限变得模糊，从直接领导向间接领导转化，从集权领导向简约领导转换，并帮助下属从依附型向独立型的转变。

（四）“变革”领导观

传统的领导者往往是过分地强调稳定，一旦组织机构、政策、措施、领导方法形成，总不愿意改变，不求有功但求无过。转型社会变革的领导观认为，领导面临一个加速变革的社会，以不变应万变已经过时，而以一变应一变只能疲于应付，只有根本性的变革能力才有胜算的可能与机会。伟大的科学家达尔文在研究物种起源时就做了精辟概括：“能生存下来的物种并不是最强最聪明的，而是最能适应变化的”。[①] 有人将之运用到人类之中，称之为达尔文主义。美国微软公司由于吹响了信息时代的号角，而迅速积累了财富，但是微软总裁比尔·盖茨保持了一个清醒的头脑，他很明确地告诉他的员工，“微软离破产永远只有 18 个月”，“在微软永远不变的只是变化”，[②] 在他的这种理念指导下不断推进视窗系统的更新换代，用这种不断变革的精神使微软在信息领域保持着领先地位与水平。领导者只有具备强烈的变革意识，只有变革，才能给组织注入无限的生机与活力，才能重振组织。领导创新必须变革观念，在变革中才能实现领导创新。

（五）“学习”领导观

江泽民同志在党的十六大报告中提出了“形成全民学习、终身学习的

① 马歇尔·戈德史密斯等：《全球化领导者：下一代》，柯江华译，中国人民大学出版社 2004 年版，第 235 页。

② 马歇尔·戈德史密斯等：《全球化领导者：下一代》，柯江华译，中国人民大学出版社 2004 年版，第 235 页。

学习型社会”的目标，要求21世纪中国应该成为人人皆学之邦。对领导者来说，只有加强学习，才能与时俱进，跟上时代前进的步伐，掌握领导工作的主动权。随着知识经济浪潮的席卷而来，科学技术的“裂变效应”，将会导致知识更新速度的不断加快。各种知识、信息以前所未有的速度迅速增长。据专家测算，最近30年，人类所获得的知识数量约等于过去两千年的总和；未来30年，人类的科技知识总量将在现有基础上再增加100倍。由于知识总量的迅猛扩张，知识更新的速度越来越快，一个大学本科毕业生在校期间所学的知识仅占其一生中所需知识的10%左右，而其余90%的知识都要通过在工作中的不断学习获取。一劳永逸已成为历史，以不变应万变也不再灵验。过去那种前半生用于学习，后半生用于工作，一次性在学校“充电”，一辈子在工作中“放电”的时代将一去不复返。伴随着知识经济社会同步而来的是一个学习意识普遍化和学习行为社会化的学习化社会。在学习化社会里，领导者应树立终身学习的观念，要工作学习化，学习职业化，要学到老，活到老，生命不息，学习不止。

二、角色创新是转型社会领导者创新的重点

转型社会，随着国内外形势的变化，领导者工作任务、对象的变化，领导角色也要与时俱进，进行创新。在转型社会领导者应扮演以下角色：

（一）领导是战略家

转型社会领导者的核心角色是组织战略的制定者，即领导者通过对组织战略的制定，明确组织的发展目标，为组织及员工指明奋斗的方向。因为领导创新就是面向未来，看不到未来的发展方向就不能达到创新。美国的前总统尼克松说，“领袖人物一定要能够看到凡人所看不到的眼前利害

以外的事情，他们需要站在高山之巅极目远眺的眼力”[①]。如果作为一个领导不会制定组织的战略，不能给组织一个明确的目标，就不能未雨绸缪，难以避开暗礁与浅滩。因此，转型社会领导者要获取事业的成功，就必须扮演好战略制定者的角色，并掌握好战略制定的技巧。如：充分掌握影响组织战略的各种内部和外部环境因素；战略制定必须推陈出新；让员工充分地参与等。

（二）领导是设计师

转型社会领导者一个很重要的角色是设计师，即设计实现组织目标的规范、准则，设计制度框架，设计在事情未发生之前避免问题出现的良好机制。为了有效地承担领导是设计师的角色，必须掌握以下技巧：一要理顺组织内部的关系，做到贤者居上、能者居中、工者居下、智者居侧。领导者只有理顺好组织内部的关系，才能腾出更多的时间搞调查研究，充电学习，搞好组织的设计。二要为组织铸造共同的理念以及良好的价值观，为员工设计行为规范，制度框架，为每个员工提供公平竞争的机会，满足员工不断进取。使组织形成蓬勃向上、追求创新的良好风气。

（三）领导是教练员

在转型社会，组织的竞争力来源于组织成员对知识的掌握与运用，领导者不仅应成为终身学习的楷模，而且应成为员工的良师益友，对员工进行引导与教育是领导者必须承担的角色。为了有效地承担领导是教练员的角色，必须掌握以下技巧：了解员工的需求；通过行动和反思鼓励学习；在辅导内容安排上要由浅入深，让学习者在学习过程中逐步树立解决问题的自信心，逐步改变自己的不良行为；要将最终目标分解为阶段性目标。让辅导对象通过阶段性目标的达到，逐步建立起良好的行为习惯；领导者

---

① ［美］理查德·尼克松：《领导者》，世界知识出版社 1983 年版，第 68 页。

在辅导过程中，应尽可能发现辅导对象取得的进步，及时给予鼓励，强化他们的正向行为。教练员的角色是一个需要耐心、技巧与勇气且富有挑战性的角色，只有优秀的教练员才能成为一个合格的领导者。

（四）领导是公仆

马克思曾经把巴黎公社的公职人员称为“社会负责的公仆”。毛泽东也指出：“我们的一切工作干部，不论职位高低，都是人民的勤务员，我们所做的一切，都是为人民服务”。邓小平谈到领导本质时也指出，领导就是服务，如何服务，应强化公仆意识，扮演公仆角色。领导者要有效地承担公仆角色，必须掌握以下技巧：一是由领导活动的中心退到活动的边缘。转型社会领导者有时需要处于领导活动的中心去决策，去指挥，但更多的时候则需要处于领导活动的边缘，去辅导，去服务，让被领导者去大胆工作。领导者只有退到边缘才能和你的公仆角色、职责、身份相符合。被领导者只有从边缘“进”到“中心”，才能和主人身份相符合。领导只有“退到”领导活动的“边缘”才可能真正为处在“中心”的被领导者提供辅导，提供真正需要的服务。二是提供别人“替代”不了的服务。随着社会的进步，被领导者的能力和素质显著提高，他们知道自己该干什么，怎样干好，知道如何自我激励、自我提高、自我领导，被领导者行使了传统领导者的部分职责，他们在很多方面不需要领导者的领和导，他们完全可以自我领导。因此，转型社会领导者必须寻求新的领导职能，向被领导者提供别人提供不了的服务，它包括组织内部、外部的协调沟通，战略规划，公共政策的制定，公共服务的提供等。三是公仆所做的一切是无私的奉献，公仆只有全心全意、真心实意为群众办实事、办好事，才能得到群众的爱戴和拥护。

（五）领导是激励者

中国有句古话，良将无赫赫之功。转型社会领导者应懂得领导的最好方式是使他人自觉追随。领导者越是关心爱护下属，把下属推到前台，利用各种场合激励下属，下属就会对领导者产生好感和信赖，就会玩命地工作。美国哈佛大学的心理学家威廉·詹姆斯在对员工的激励研究中揭示，“按时计酬的职工仅能发挥其能力的20%—30%，如果受到充分激励的职工其能力发挥至80%—90%，其中50%—60%的差距是激励的功效。这就是说同样一个人在充分激励发挥作用相当于激励前的3—4倍。”① 因此，转型社会的领导者应学会激励下级，用物质的、精神的、情感的各种激励手段去满足他们的需要，强化他们的正确行为，引导他们的奋斗目标，把他们的潜能变成显能，进一步变成领导者工作的效能。

三、决策创新是转型社会领导者创新的关键

决策是领导工作的核心和关键，决策的成功是领导者最大的成功，决策的失误是领导者最大的失误，决策的正确与否直接影响着组织成员的人心向背。转型社会领导者决策的创新主要包括以下几个方面：

（一）决策是领导者的重要职责，但不是领导者的专利

领导者要少做决策，慎做决策，以减少决策的量，提高决策的质。转型社会领导者的主要职责是运用好公共权力，制定好公共政策，提供好公共服务，要下放那些管不了管不好的事情，要限制自己的决策，多开发普通员工的计谋良策。要依据科学决策的程序、方法，依靠专家、智囊、广大群众的智慧作出科学决策。领导者只有少做决策，慎做决策，才能集中做大的决策，做好的决策。

① 孙立樵等主编：《现代领导学教程》，中共中央党校出版社2002年版，第231页。

（二）从“出主意”向“采纳主意”转变

既要重视众谋，还要重视独断。过去，领导者做决策，管决策，用决策，其选择的空间很小，容易漏掉许多好计谋、好良策，漏掉许多好的备选方案。转型社会领导者做决策，就要集中精力，采纳主意，选择各种备选方案，这样就容易站得高，看得远，客观公正地选出切实可行的好方案，大大提高领导者的科学决策水平。领导者决策是一个众谋与独断分工合作的过程。众谋阶段由外脑来做，依靠专家、智囊、群众献计献策，提供各种方案。独断阶段一定要由领导干部去做，由内脑去做。

（三）从“单赢决策”向“共赢决策”转变

过去领导做决策是单赢决策，自己说了算，只考虑自身、本部门本单位的利益。转型社会只追求自身利益的单赢决策赖以存在的环境已不存在了。单赢决策的局限就在于自己给自己准备了对手，自己给自己设置了障碍，自己使自己的决策实现不了。过去是领导说了算的单赢决策，而现在则必须考虑社会民众的利益要进行共赢决策。这种共赢包括领导者和被领导者利益、资源的分享，包括领导者和被领导者的共赢，本地区本单位和相关地区、相关单位、相关部门的共赢，眼前利益和长远利益的共赢，经济效益和社会效益的共赢。

四、用人创新是转型社会领导者创新的根本

（一）树立人人都能成才的观念

过去领导者用人，是指具有中专学历、初级以上职称或指担任一定领导职务的干部。转型社会领导者用人，不仅是用干部，而且是用人才。凡是能勤奋学习、勇于实践，对国家、对人民、对社会作出贡献的人都是人才。用人不唯学历、职称、资历、身份，主要强调“两个导向”：一是能力导向。用人虽然要考虑人才的学历和职称，但更突出其综合能力和专业水平，从而真正做到唯才是用。因为一个人的综合素质，很难用学历体现出来。即便是北大、清华的高材生，但若干啥啥不成，就很难讲他是人才。二是业绩导向。在竞争环境中，业绩至关重要。学历、职称只能是人才能力中的很小一部分，最多表明一个人的潜能。在进行人才评价时，不能仅看学历、职称，而要看他给社会做了哪些贡献，有何业绩。比尔·盖茨大学没毕业，但他创造了微软的神话。如果现在我们制定人才规划、人才战略也按学历、职称来进行，将难以培养、选拔、引进和激励更多的人才，路肯定会越走越窄，最终必将影响人才强国战略的实施。所以，要树立人人都能成才的理念，要不拘一格用人才。

（二）用人标准从“人选人”、“少数人选人”向“制度选人”、“群众公认”转变

过去用人是少数人选人，靠人选人，带来诸多的弊端。造成了跑官、买官、卖官等用人的不正之风，要克服这些弊端必须实现用人方法的创新，把用人的标准、条件等交给群众，使群众有知情权、参与权和监督权。怎么选怎么用，制度说了算，群众说了算。正如胡锦涛同志指出的，要采取多种途径，让群众更多地参与荐贤举能。只有这样，才能有效防止

凭感情用人、凭好恶用人、凭印象用人等不良现象的发生。从而最大限度避免了走门路，凭关系跑官，甚至用金钱买官的弊端，防止一些不称职甚至有污点的人带病上岗，有效地从源头上预防和治理用人上的不正之风。

(三) 用人制度从“静态管理”向“动态管理”转变

过去用人是“一纸任用，终身享用”的静态用人制度。转型社会在激烈的市场竞争中，用人单位重视的是知识、能力、业绩；在激励的竞争舞台上，强调的是优胜劣汰，“有为的有位，平庸的无位，无能的让位”。只有打破终身干部身份，实行能上能下，能进能出，能官能民的动态岗位管理，人才流动和择业必将自由化，人才人事管理也必将从静态的行政化控制到动态的科学化管理。

(四) 用人方法从“追求完美”向“扬长避短”、“短中见长”转变

过去领导者用人常常是追求完美、求全责备，使不少人才的潜能难以发挥。转型社会领导者用人就要因材而用，不要惟用责才，更不要削足适履。对人才的长处要大胆使用，越是用它，越能增进它的优势，领导者要善于在使用中开发人才的长处，促进人才长处的健康发展。对人才的“短”也无需殚精竭虑地去修正，应善于利用他们的短处为工作服务。如：让不通人情世故的人去做铁面无私、刚正不阿的考核者；让爱吹毛求疵的人去当产品质量管理员；让谨小慎微的人去当安全生产监督员；让斤斤计较的人去做财务管理；让爱道听途说、传播小道消息的人去当信息员；让性情急躁的人去当突击队员；让争强好胜的人去抓生产任务；让好出风头的人去闯市场；等等。这样就会把他们各自的短处恰到好处地用在工作上了。

用人之短，还要采取移植的方法化短为长，把一些人通宵达旦打麻将的干劲引导到学习文化科学知识和工作上来；把一些人自私自利的心思引导到革新挖潜上来；把一些人因一己之私对某些事情纠缠不放的“精神”

引导到清收欠款上来；把一些人善于打扮自己、善于美化家庭的能力引导到改善公共环境上来，这对我们的事业是有好处的。

(五) 用人环境从注重“硬环境、宏观环境”的改善向“软环境、微观环境”的优化转变

人才的成长发展离不开环境因素，环境优则人才聚、事业兴，环境劣则人才散、事业衰。过去我们在用人环境上，较注重“硬环境、宏观环境”的改善，全国重视用人的宏观环境已经形成，我们还必须从注重“硬环境、宏观环境”的改善向“软环境、微观环境”的优化转变：一是积极营造人性化的发展环境。创造一种“鼓励成功，宽容失败”的宽松氛围，为人才提供创业的机遇、干事的舞台、发展的空间。二是积极营造人性化的社会环境。积极营造一个尊重劳动、尊重知识、尊重人才、尊重创造的社会环境，使人才充分享有实现自身价值的自豪感，贡献社会的成就感，得到社会承认和尊重的荣誉感。三是积极营造人性化的人文环境。四是积极营造一个宽松和谐，健康向上的人际关系。

(六) 用人效能从“用好个体”向“用好团队”、“注重结构优化”转变

过去领导者用人常常注重个体，而不注重团队建设，不注重结构优化。相同的人员，由于团队结构的不同，效能反差很大。在欧洲有一种诙谐的说法，很富有哲理：什么是天堂——天堂，就是英国人当警察，法国人当厨师，意大利人谈情说爱，而由德国人来组织一切；什么是地狱——地狱，就是法国人当警察，英国人当厨师，德国人谈情说爱，而由意大利人来组织一切。这说明，即使对于同样的要素，如果采取不同的组合方式，也会产生截然不同的整体效能。而好的整体效能，来自于要素上的职能互补，各取其长。如：一个好的团队要有年龄上的互补，体现老中青的结合，发挥老中青的优势；要有性别的互补，体现男性与女性各自的优

势；要有气质性格上的互补，要有专业能力上的互补，要有能力和素质上的互补。有了这些互补，团队才能使效能得到优化。

五、机制创新是转型社会领导创新的保证

任何创新都是在一定社会环境中进行的。因此，要使领导者勇于创新、乐于创新和争相创新，不仅要具备创新能力，还要有创新的客观环境，必须建立和健全一套有利于创新的社会机制。

（一）创新激励机制

人的创新能力是一种宝贵的无形资产，一旦发挥出来，就会产生巨大的经济效益和社会价值。但是它也像自然资源一样，不开发利用和善待保护，它自己不会发挥作用。对于领导者来讲，创新激励机制主要有：一是利益激励机制。主要是建立与政绩、贡献相挂钩的工资分配制度。现行的领导者工资基本上能够体现干部的综合能力，但由于地域、机遇等因素，有些领导者虽然政绩突出，贡献很大，而不能得到晋升，工资就受到影响，不利于留在能够发挥自己优势的环境中或岗位上工作，应大力推进职务与职级相结合的制度。二是制度激励机制。对领导者来说，最大的创新激励不是金钱，不是荣誉，而是科学合理的干部人事制度，形成能者上、平者让、庸者下的良好机制。三是名誉激励机制。给予创新领导者一定的名誉，在一定程度上更能激励创新的行为。

（二）创新保护机制

对科技人员来说，最重要的创新保护机制是知识产权制度和专利制

度，而对领导者来说，最重要的保护则是允许探索、允许失败和允许犯错误。就风险来讲，在一定条件下，循规蹈矩、照抄照搬，安全系数是最高的，创新的安全系数是最低的。因为要创新就有可能失败和犯错误。创新保护机制主要有：一是政策保护机制。要转变观念，要用时代发展的要求评价领导干部，大力提倡开拓创新、积极进取的精神，不能求全责备，应该允许他们在创新中犯错误和改正错误。二是利益保护机制。对于干部在改革创新中出现失误者，经调查动机、目的是好的，但效果欠佳，撤下领导岗位的应保留相应的物质待遇。

（三）创新发展机制

人的创新能力主要是在后天实践中形成和发展起来的。不学习、不锻炼，即使有创新能力的人也会逐渐变成无所作为的平庸之辈。要保证领导者的创新能力能够“可持续发展”，就要为他们创造条件，建立相应的制度作为保障：一是建立和完善干部培训考察制度；二是建立和完善干部学习考核制度；三是建立和完善干部调查研究制度。使他们能够始终站在时代前列和实践前沿，始终掌握最新的知识和发展动态，保持旺盛的创造力和开拓进取精神。

参考文献：

1. 刘峰：《领导大趋势》，中国言实出版社 2003 年版。

2. 刘峰：《管理创新与领导艺术》，北京大学出版社 2006 年版。

3. 刘峰：《领导方式领导方法改进与创新干部读本》，红旗出版社 2002 年版。

4. 陈尤文：《领导者的艺术》，上海人民出版社 2001 年版。

5. 马歇尔 · 戈德史密斯等：《全球领导者：下一代》，柯江华译，中国人民大学出版社 2004 年版。

6.［美］ 理查德 · 尼克松：《领导者》，世界知识出版社 1983 年版。

7. 刘树信：《新世纪领导的理论与实践》，中国城市出版社 2005 年版。

8. 王乐夫编著：《领导学通论》，当代世界出版社 2004 年版。

9. 詹姆斯 · 库泽斯等：《领导力》，李丽林等译，电子工业出版社 2004 年版。

10. 王益：《变革时代的领导力》，清华大学出版社 2003 年版。

11. 张琼等编著：《战略性变革：领导力致胜》，经济科学出版社 2004 年版。

12. 邱濡恩等：《领导创新》，中共中央党校出版社 2003 年版。

13. 全国干部培训教材编审指导委员会组织编写：《领导科学概论》，人民出版社 2006 年版。

14. 陶淑艳：《基层领导工作方法与创新》，中共中央党校出版社 2004 年版。

15. 张志海：《论领导创新能力》，《上海行政学院学报》2006 年第 3 期。

16. 贺善侃：《时代呼唤和谐领导观》，《管理科学》2007 年第 6 期。

周恩来的危机决断

——以顾顺章叛变为例

匡萃冶　刘君玲*

周恩来在领导中国革命和建设的实践中，积累了丰富的危机决断经验。20世纪20年代后期和30年代初期，他作为主管情报保卫工作的中共中央政治局常委，在白色恐怖的上海领导中共早期保卫机关渡过了一次次危机。处置顾顺章叛变事件就是周恩来危机决断实践中的一个范例。1931年4月24日，中共中央情报保卫机关——中央特科[①]负责人顾顺章在武汉被捕叛变，这对于中共来说是一个致命的打击[②]！周恩来沉着应对，果断决策，周密部署，领导中央特科成员，迅速地把中共中央机关和领导人转移到安全地点，使其避免了被国民党特务“一网打尽”

* 第一作者为中国人民公安大学公安管理系教授，硕士生导师；第二作者为中国人民公安大学犯罪学系教师。

① 中央特科是1927年11月在上海建立的中共中央情报保卫机关。其主要任务是：保证中央领导机关的安全，收集掌握情报，镇压叛徒，营救被捕同志，建立秘密电台。成立之初，中央特科下辖四个科：第一科（总务科）、第二科（情报科）、第三科（行动科）和第四科（通讯科）。1935年10月，它被迫停止工作。

② 周恩来在中央军委工作会议上的讲话记录，1950年5月16日。参见游国立：《中国共产党隐蔽战线研究》，中共党史出版社2006年版，第47页。

的厄运。

本文拟以顾顺章叛变为例，分析周恩来进行危机决断的实践及其历史启示，以有助于当今领导者的危机决断以及相关领域的研究。

一、顾顺章叛变过程

（一）顾顺章其人

顾顺章（1904—1935），原名顾凤鸣，化名黎明、张华，上海宝山人，自幼好斗习武，早年入南洋烟草公司当钳工、工头，参加过帮会组织，还会耍魔术。他参加过1925年“五卅”运动，同年加入中国共产党。1926年，顾顺章与陈赓等人赴苏联学习政治保卫业务。回国后，他参加上海工人第三次武装起义，担任工人武装纠察队队长。

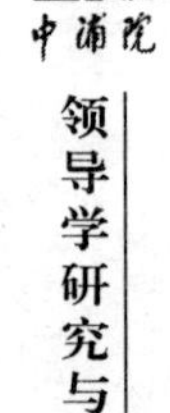

1927年5月，“四·一二”政变发生后，顾顺章转移到武汉，担任中共中央军委特务工作处（1927年5月至7月）负责人，兼任武汉国民政府政治顾问鲍罗廷的卫士长。“八七”会议上，顾顺章被选为中共中央临时政治局委员。1927年11月，中共中央在上海建立中央特科，任命顾顺章为该科负责人。1928年11月，为加强对中央特科工作的领导，中央政治局常委会决定成立中央特别委员会（简称特委），顾顺章成为中央特委成员之一（其他两人是向忠发、周恩来）。1930年9月，他在中共六届三中全会上增补为政治局候补委员。

客观而言，顾顺章聪明能干，熟谙业务，为保卫党中央安全、营救被捕同志作出了一定的贡献。但是，他入党以后，没有彻底改造帮会习气，政治信仰不坚定。他1930年积极支持李立三“左”倾冒险主义，因而在中共六届三中、四中全会上受到批评。六届四中全会后，王明“左”倾错误路线统治全党，顾顺章从此动摇了革命立场。他1931年4月在武汉被捕叛变时，就对国民党特务表白过："在找机会，愿意转变。"①

顾顺章投靠中统后，又与军统联系，这引起中统头子徐恩曾的嫉恨。1935年春，中统系统以"跳槽"为名，报经蒋介石同意，在苏州反省院把他枪决了。

(二) 顾顺章叛变的过程

1931年3月底，顾顺章和"红色牧师"董健吾奉命护送中共中央政治局常委张国焘和沈泽民、陈昌浩等人从上海出发，经武汉去鄂豫皖革命根据地。因为张国焘是中央政治局常委，且肩负着发展长江以北地区的革命重任，所以护送张国焘一行的任务必须由一名有经验且又熟悉通过长江进入鄂豫皖根据地的地下交通线的同志负责。当时，负责由长江经武汉进入鄂豫皖苏区地下通道的是顾顺章。

1931年4月上旬，护送任务完成以后，顾顺章拒绝董健吾关于速返上海的建议，却以魔术大师"化广奇"为名，在汉口新市场公开表演魔术。

4月24日下午，顾顺章在演出后被叛徒尤崇新(原中共武汉市委书记)发现和捕获。当晚，武汉行营侦缉处副处长、国民党中央组织部党务调查科派驻武汉的特派员蔡孟坚提审了顾顺章。为了向国民党特务机构证明自己的重要性，顾顺章供出了中共驻汉口的交通机关和红二军团的驻汉口办事处，并且求见武汉行营主任何成浚。

4月25日，顾顺章与何成浚见面后，并没有把他知道的秘密全部说出来，而是待价而沽，提出了三个要求：第一，赶快送他到南京去，他要面见蒋介石，以便一网打尽共产党中央机关和领导人；第二，要保密，不要打电报给南京；第三，要保证他的安全。②然而，何成浚和蔡孟坚邀功心切，没有听从顾顺章的意见，接连给南京的国民党中央组织部党务调查科负责人徐恩曾发了六封电报，报告顾顺章被捕和叛变的情况以及押往南京的计划。幸好，徐恩曾那天去上海度周末了，电报被时任

① 开诚：《李克农——中共隐蔽战线的卓越领导人》，中国友谊出版公司1996年版，第36页。

② 参见王光远：《红色牧师董健吾》，中央文献出版社2000年版，第87页。

徐恩曾机要秘书的中共地下党员、“龙潭三杰”[①] 之一钱壮飞所翻译和获悉。

4 月 26 日，国民党武汉特务机关在军用飞机未到的情况下，用兵舰把顾顺章押往南京。

4 月 27 日，顾顺章一到南京，就受到陈立夫、徐恩曾的召见。他出卖了打入徐恩曾领导的中统内部的共产党员钱壮飞、李克农和胡底。同日，他还见到蒋介石，供出了中共中央政治局办事处、中央特科联络点、共产国际远东局等机关以及中共中央领导人的具体地址。根据顾顺章的口供，徐恩曾拟定了将中共中央机关和主要领导人“一网打尽”的行动计划。当天上午，周恩来获得顾顺章叛变的情报后，立即组织了中央机关的转移和疏散。

4 月 28 日晨，徐恩曾带领国民党中央组织部调查科，会同上海警备司令部、英法巡捕房，调集 200 多人，按照顾顺章提供的地址，进行了大搜捕，但是一一扑空了。

此后，顾顺章为了表达对国民党的忠心，指认和捕杀了恽代英、蔡和森等中共党员[②]，还举办特务培训班，撰写《特务工作的理论与实践》一书，为国民党的特务系统出谋划策，建议特务机关采取“自首不杀”政策（即共产党人被捕后不要杀害，而要劝降，甚至派回共产党内充当奸细）[③]，企图消灭中共地下组织。

顾顺章叛变后，中共中央立即陷入极其险恶的境地，周恩来和中央特科的危机应对能力面临前所未有的挑战。

① “龙潭三杰”是指打入国民党中央组织部党务调查科的李克农、钱壮飞、胡底。参见李立：《从秘密战线走出的开国上将——怀念家父李克农》，人民出版社 2008 年版，第 17 页。

② 参见中共党史人物研究会编：《恽代英》，见《中共党史人物传》第五卷，陕西人民出版社 1982 年版，第 46 页；中共党史人物研究会编：《蔡和森》，见《中共党史人物传》第六卷，陕西人民出版社 1982 年版，第 45 页。

③ 参见陈养山：《关于中央特科》，见《党史资料》丛刊 1981 年第 2 辑，上海人民出版社 1981 年版，第 11 页。

二、周恩来的危机决断

对于领导者来说，在危机情境中进行决断是一项重要职责。美国领导力之父沃伦·本尼斯、诺埃尔·蒂奇在《决断——成功的领导者怎样做出伟大的决断》(*Judgment*：*How Winning Leaders Make Great Calls*) 一书中指出，决断是领导力的核心；领导决断不是一个结果，而是一个基于情境的决策过程，它通常分为决断准备、决断作出、决断的执行与调整等阶段。[①] 事实表明，周恩来在顾顺章叛变前后的危机决断不是一个瞬间决策结果，而是一个包含多个阶段的危机管理过程。

(一) 决断准备阶段：觉察和监控顾顺章的违纪行为

在上海白区工作期间，周恩来是中共中央的主要领导人之一。他主管组织、军事、苏区、保卫与情报工作，事务繁忙，时间有限，难以掌握顾顺章的全部情况。尽管如此，他还是尽可能地与顾顺章直接沟通，听取聂荣臻、陈赓等人的汇报，进而大体了解到顾顺章的思想变化和违纪行为。

顾顺章在惩治何家兴、白鑫、黄第洪等叛徒之后，骄傲自负，生活腐化；他忽视秘密工作的政治方向，热衷于"大行动"，企图使用爆破手段，把租界巡捕和国民党特务经常聚会的上海"一品香"饭店夷为平地，等等。[②]

为了教育和挽救顾顺章，周恩来采取了以下防范措施：

第一，进行批评教育。周恩来曾经严厉地批评顾顺章说，私生活的腐化堕落完全违背共产主义道德原则，这是共产党人所绝对不能允许的！[③]

---

① 参见［美］诺埃尔·蒂奇、沃伦·本尼斯：《决断——成功的领导者怎样做出伟大的决断》，姜文波译，中国人民大学出版社 2008 年版，第 17—43 页。

② 参见聂荣臻：《聂荣臻回忆录》，解放军出版社 2007 年版，第 100 页；本书编写组：《陈赓传》，当代中国出版社 2007 年版，第 48 页。

③ 参见开诚：《李克农——中共隐蔽战线的卓越领导人》，中国友谊出版公司 1996 年版，第 35—36 页；王朝柱：《周恩来在上海》，中国青年出版社 2008 年版，第 402 页。

可是，顾顺章阳奉阴违，屡教不改。

第二，制止恐怖行为。周恩来得知顾顺章计划实施爆炸、暗杀、抢劫外国货轮等恐怖行为，便立即出面制止，严肃批评顾的无组织无纪律行为，从而避免了伤害无辜的悲剧发生。[①] 但是，顾顺章仍不服气。

第三，监控违纪行为。1930 年 6 月，根据周恩来的建议，中共中央将聂荣臻从顺直省委调入中央特科。正如聂荣臻回忆说："调我到特科的意图是，为了从政治上加强特科。……调我来，就是为了约束他 [指顾顺章——笔者注] 的放荡行为。"[②]1931 年 3 月底，周恩来派董健吾与顾顺章一道，护送张国焘一行，以便协助和监督顾顺章，防范意外情况发生。[③]

第四，调离中央特科。顾顺章日益严重的流氓无产者习气和违纪行为激起了陈赓的强烈不满。陈赓曾对地下党员柯麟说："我们二人如果不死，准能见到顾顺章叛变！"[④] 就在顾顺章启程护送张国焘一行的前夕，中共中央和周恩来决定将顾调往中央苏区。[⑤] 出乎意料的是，顾顺章滞留武汉，继而被捕叛变。

虽然顾顺章最终叛变投敌，但是周恩来采取的上述措施具有预警性和预防性，因而为其领导处置顾顺章叛变事件提供了有利条件。

(二) 决断作出阶段：提出应对顾顺章叛变事件的紧急措施

1931 年 4 月 25 日夜晚，钱壮飞在截获有关顾顺章在武汉被捕叛变的六封电报以后，速派女婿刘杞夫连夜乘坐由南京开往上海的火车，向"龙潭三杰"之一李克农汇报。4 月 26 日上午，李克农设法与中央特科情报科科长陈赓取得联系，但因那天不是接头的日子，直到 4 月 27 日凌晨才通过江苏省委交通站，把这一重要情报报告给了陈赓。4 月 27 日上午，

① 参见本书编写组：《陈赓传》，当代中国出版社 2007 年版，第 48 页。

② 聂荣臻：《聂荣臻回忆录》，解放军出版社 2007 年版，第 94 页。

③ 参见王光远：《红色牧师董健吾》，中央文献出版社 2000 年版，第 80—81 页。

④ 本书编写组：《陈赓传》，当代中国出版社 2007 年版，第 48 页。

⑤ 参见岳先、秦少智编著：《虎穴龙潭》，群众出版社 2003 年版，第 174 页；王朝柱：《周恩来在上海》，中国青年出版社 2008 年版，第 403 页。

陈赓迅速向周恩来做了汇报。

面对千钧一发的险恶形势，周恩来立即转移自己的办公室，决定把江苏省委的陈云调入中央特科，然后召集聂荣臻、陈赓、洪扬生、李强等人召开紧急会议，决定采取一系列应对措施：

第一，销毁大量机密档；

第二，迅速将党的主要负责人转移，并采取严密的保卫措施，适当换用新的领导秘书；

第三，把一切可以成为顾顺章侦察目标的干部，尤其是中央特科的同志，尽快地转移到安全地带或撤离上海；

第四，切断顾顺章在上海所能利用的重要关系；

第五，废止顾顺章所知道的一切秘密联络方法和工作方法，由各部门负责实施紧急改变；

第六，寻机惩治叛徒顾顺章。

与此同时，周恩来还对中央特科的骨干成员进行了具体分工：

陈赓、刘鼎负责转移党中央机关和主要领导同志；陈云负责转移江苏省委机关；李强负责转移共产国际远东局；陈养山协助陈赓通知潜伏在淞沪警备司令部和公共租界工部局的内线，并设法保证他们的安全。①

如何在不到一天的时间内，把四五百人的地下党组织和领导人转移到安全地点，这是一项重大而又艰巨的任务。但是，周恩来凭借非凡的意志和智慧，科学预测，周密部署，高效率地作出了处置顾顺章叛变事件的正确决断。

（三）决断执行阶段：落实应急方案，总结中央特委工作

在周恩来的指挥和协调下，各项应急措施得以迅速落实。1931 年 4 月 27 日夜，中共中央、江苏省委和共产国际远东局机关终于全部转到安全地点。

聂荣臻后来这样回忆："当时情况是非常严重的，必须赶在敌人动手

---

① 参见金冲及主编：《周恩来传（1898—1949）》，人民出版社、中央文献出版社 1989 年版，第 238 页；本书编写组：《陈赓传》，当代中国出版社 2007 年版，第 49 页；岳先、秦少智编著：《虎穴龙潭》，群众出版社 2003 年版，第 196—206 页。

之前，采取妥善措施。恩来同志亲自领导了这一工作，把中央所有的办事机关进行了转移，所有与顾顺章熟悉的领导同志都搬了家，所有与顾顺章有联系的关系都切断。两三天里面，我们紧张极了，夜以继日地战斗，终于把一切该做的工作都做完了。等敌人动手的时候，我们都已转移，结果，他们一一扑空，什么也没有捞着。”①

此外，周恩来及时地主持重建了中共保卫机构，深入总结了几年来的经验教训。1931 年 5 月，周恩来报请党中央批准，改组了中央特别委员会和中央特科。新的中央特别委员会由周恩来、廖程云（陈云）、赵容（康生）、潘汉年、邝惠安组成。新的中央特科由陈云负责。其中，一科科长由陈云兼任，二科科长由潘汉年担任，三科科长由康生兼任，四科交由中央秘书处领导。在周恩来的精心安排下，陈赓、李强、陈养山、刘鼎等中央特科成员以及“龙潭三杰”李克农、钱壮飞、胡底先后撤离上海。

1931 年 6 月 10 日，周恩来主持召开了中共中央政治局会议，通过了由他起草的《中央审查特委工作总结》。该总结认为，特委工作虽有许多成绩，给予党以不少保护作用，但终因顾顺章这样一个高级干部的叛变，遂使全部工作发生动摇，这不能不说是特委工作本身的错误的结果，尤其是特委本身政治教育的缺乏，成为特委基础不能巩固的历史病源。周恩来做了自我批评，表示自己要负主要责任。这次会议还对今后特委、特科的组织、工作方针、工作纪律等进行了原则规定。② 从根本上来说，顾顺章之所以叛变，是因为他没有彻底改造帮会恶习，没有确立共产主义信念，拒绝接受周恩来等人的教育和帮助。从宏观背景来看，顾顺章叛变与王明“左”倾错误引发的党内混乱③、国民党实行的白色恐怖政策是分不开的。

鉴于顾顺章叛变的灾难性的后果，中共中央和中华苏维埃共和国临时中央政府分别在 1931 年 5 月和 12 月发出党内通知和政府通令，宣布顾顺章的罪行，通缉这个可耻的叛徒。④

---

① 聂荣臻：《聂荣臻回忆录》，解放军出版社 2007 年版，第 100—101 页。

② 参见游国立：《中国共产党隐蔽战线研究》，中共党史出版社 2006 年版，第 49 页。

③ 参见中共中央党史研究室：《中国共产党历史》第一卷（上册），中共党史出版社 2002 年版，第 388—396 页。

④ 参见游国立：《中国共产党隐蔽战线研究》，中共党史出版社 2006 年版，第 47 页。

值得庆幸的是，在中共中央的领导和陈赓等助手的支持下，周恩来在顾顺章叛变前高度警觉，主动防范，并在危机发生后临危不乱，沉着决断，积极推动危机决断的执行与完善，从而使中共中央机关避免了全军覆灭的重大损失，也使中国革命渡过了一次深重危机。

三、简要分析

周恩来在顾顺章叛变前后的成功决断以及其他危机决断，至少可以为当今的领导者、特别是公安领导者提供以下历史启示：

（一）危机决断不是一个结果，而是一个过程

俗话说："十月怀胎，一朝分娩"。危机决断看似灵光一闪的紧急决策，但实际上是一个应急管理过程。瞬间决断不仅需要积淀和储备，而且伴随着执行和调整。周恩来之所以能够在顾顺章叛变以后，冷静分析，正确决断，迅速提出一系列的应急办法，一方面是因为他事先察觉和警惕顾的违纪行为，采取批评、酝酿调离等预防措施，并让聂荣臻、陈赓、董健吾等人对顾进行帮助和监督，从而为其在危急情况下作出瞬间决策做好了思想上、心理上和人员上的准备；另一方面是因为他在决断作出之后，集思广益，力促落实，及时改组中央保卫机构，深入总结情报保卫工作的经验教训，从而使危机决断得以执行和完善。

当今的公安领导者应从周恩来处置顾顺章的实践中获得教益，把危机决断当做一个多环节过程，扎实做好决断准备（科学预警、主动防范）、决断作出（冷静分析、果断决策）、决断执行与调整的工作，妥善应对各种自然灾害、事故灾害、群体性事件、恐怖主义和其他类型的危机事件，确保中国国家安全和社会稳定，为人民群众提供和谐的社会环境和优质的安全服务。

（二）品格和勇气是危机决断者必备的主观条件

领导学专家沃伦·本尼斯、诺埃尔·蒂奇在进行大量的案例研究之后认为，如果没有必要的品格和勇气，谁都无法跃过正确决断的横杆；品格是指价值观，有品格就是知道领导者的使命、标准和责任，把组织或者社会的利益放在个人利益之上；有勇气就是尊重规律，接受事实，顶住压力，坚忍不拔。如果没有坚定的政治信仰，没有强烈的事业心和顽强意志，周恩来就不可能在顾顺章叛变前后有效地做好决断准备、决断作出、决断的执行与调整等工作，就不可能领导中共中央保卫机构化险为夷，使党中央机关和领导人转危为安。

近年来，中国公安机关根据有关法律、法规，积极推进危机管理的体制、机制建设，加强危机处置预案的演练与完善工作，开发内部和外部人力资源，大大提高了危机决断的质量。但应看到，部分公安领导者在使命感、责任心、意志品质和纪律作风等方面仍然存在一些问题。为了确保危机决断科学、果断、有效，公安机关不仅要切实增强领导者的业务能力和指挥能力，还应加强思想政治工作，进一步提升他们的品格和勇气。

（三）有战斗力的团队是危机决断取得成效的人力保障

危机决断不是独角戏。为了确保危机决断的顺利进行，领导者不仅要有品格、有勇气，还要通过组织目标和价值观的分享[①]以及激励、沟通、授权、规范等途径，来建设团结、忠诚的团队。周恩来虽然没有使用“团队”一词，但他在创建和领导中共情报保卫机构的过程中，实际上进行

① 诺埃尔·蒂奇、沃伦·本尼斯认为，一个充满生命力的领导决断，一方面基于可喻之义或者可传授的观点（TPOV，teachable point of view）确定的战略方向和价值取向，团队成员是因为理解组织使命和道德标准而追随领导者；另一方面，领导决断还依赖于切合实际并引人入胜的、关于近期目标和实现途径的故事主线（a storyline），团队成员因为看到组织愿景而服从和执行决断。参见［美］诺埃尔·蒂奇、沃伦·本尼斯：《决断——成功的领导者怎样做出伟大的决断》，姜文波译，中国人民大学出版社2008年版，第7—8、44—61页。

了有效的团队建设。周恩来说过："干部是革命之本。没有革命干部，就没有革命的事业，就没有革命的胜利。"① 他建设团队的主要措施有：管理和培养中央特科领导成员；进行革命信念和气节教育，制定严格的保密纪律；组织中央特委训练班，讲授白色恐怖下的政治保卫业务；不顾个人安危，保护和转移中央特科骨干和相关人员。② 在他的领导下，陈云、聂荣臻、陈赓、李克农、钱壮飞、胡底、李强、潘汉年、谭余保、董健吾、宋再生（打入国民党淞沪警备司令部）、陈养山、刘鼎等人成为中央特科的骨干成员，杨度（中共秘密党员）、杨登瀛等人成为中央特科得力的情报关系。陈云曾在20世纪80年代初期评价说："特科是周恩来同志直接领导下的党的战斗堡垒。"③

周恩来注重精神激励、建设有战斗力团队的成功做法仍然具有现实指导意义。当今公安领导者在充分考虑民警物质利益的同时，还应加强理想信念教育和职业道德教育，明确组织价值观和战略目标，并以自身的人格魅力和模范行为，赢得民警的信任和支持，不断增强团队的凝聚力和战斗力，为有效进行危机决断奠定良好的人才基础。

综上所述，周恩来的危机决断不是一个瞬间结果，而是一个应急管理过程；周恩来事先对顾顺章的违纪行为进行了监控和防范，并在顾叛变后果断提出了应急方案，积极推动紧急决策的落实与调整，致使中共中央免遭灭顶之灾，表现出高超的危机决断能力；周恩来的危机决断给我们留下宝贵的历史启示，主要包括：积极做好危机决断各个环节的工作；不断提升危机决断者的品格和勇气；加强团队建设，为危机决断提供人力支持。

---

① 访问黄玠然谈话记录，1978年7月7日，参见《周恩来传（1898—1949）》，人民出版社、中央文献出版社1989年版，第191页。

② 参见《周恩来选集》上卷，人民出版社1980年版，第19—28页；《周恩来传（1898—1949）》，人民出版社、中央文献出版社1989年版，第188—191页；李立：《从秘密战线走出的开国上将——怀念家父李克农》，人民出版社2008年版，第17—18页；毛毛：《我的父亲——邓小平》上卷，中央文献出版社1993年版，第190—191页。

③ 岳先、秦少智编著：《虎穴龙潭》，群众出版社2003年版，第4页。

以和谐为导向的领导力

李光炎*

和谐，从理论层面去理解，指的是一种“配合得适当而匀称”的关系；是指事物处于均衡、协调和平顺的发展状态。人与人之间、群体与群体之间、国家与国家之间，如果能够形成适当而匀称的互动，发展平等与协调的关系，发展和平与合作的关系，和谐社会、和谐世界才能形成。从人类社会的发展前景来说，和谐社会、和谐世界的构建，应该是世界范围的领导者实施领导活动的着力点和归宿。

一、领导者务必认清和谐世界是全世界绝大多数人的共同愿景

以胡锦涛为总书记的中国共产党中央领导集体在理论方面作出了卓越

* 作者为广西行政学院教授，广西领导科学研究会常务副会长。

的贡献。这主要体现在：确立科学发展观，构建和谐社会，共产党员的先进性教育，党的执政能力建设，社会主义新农村建设，强调民生问题，科学技术的自主创新，八荣八耻荣辱观，和平崛起的外交，建设和谐世界的构想。

“和谐世界”理念最早是由胡锦涛于2005年4月22日在雅加达亚非峰会上提出的。他代表中国首次提出亚非国家应“推动不同文明友好相处、平等对话、发展繁荣、共同构建一个和谐世界”的倡议。此后，胡锦涛在出访俄罗斯、在第22届世界法律大会上、在联合国成立60周年首脑会议上、在中国政府发表《中国的和平发展道路》白皮书上、在上海合作组织成员国元首理事会上，都先后论述“和谐世界”的问题。在此前后，中国领导人在各种国际场合也相继提出建设“和谐亚洲”、“和谐中东”、“和谐东北亚”等建议和构想。2007年10月15日，胡锦涛在中国共产党的十七大报告中郑重指出：“我们主张，各国人民携手努力，推动建设持久和平、共同繁荣的和谐世界。”从而使“和谐世界”理念成为新时期中国国际战略的新指针，成为新世纪新阶段中国外交的总体指导思想。

建设“和谐世界”，是顺应全世界绝大多数人民心愿的伟大壮举，完全符合世界性发展大趋势的客观需求。当今世界发展的大趋势主要体现在世界经济全球化、政治格局多极化、国际关系民主化和社会文明多样化四个方面。具体地说，经济全球化和高科技发展，使各国的经济活动相互依存更加紧密，全球性的问题需要人们用和平、发展、合作、和谐的新思维去解决，这就增强了国家之间的合作共赢、相互依存的认同感，同时也带来了负面的影响，如金融风险加大等；政治格局多极化，这符合各国人民的利益，美苏争霸的两极格局已经瓦解，即使是称“老大”的美国，它妄图单独称霸世界已经不可能，入侵阿富汗、伊拉克已经让它焦头烂额，伊朗、朝鲜的核挑战让它无计可施，金融危机、企业破产更使它频频告急，此时这个昔日呼风唤雨的“老大”不得不放低身段，这恰恰有利于发展中国家抓住机遇发展自己；国际关系民主化，即以统治和服从为特征的强权型国际关系，正逐步向独立自主、平等参与、互利合作为特征的民主型国际关系转化；社会文明多样化，即尊重差异、包容多样，而不能把自己的“西方文明”看做“普世文明”强加于人，曾经宣扬一时的“文明冲突论”受到抵制，强力推销民主、自由、人权已经受阻。上述四个方面的发展大趋势正为和谐成为全世界绝大多数人的共同愿景提供了可能。

建设和谐世界之所以能够成为全世界绝大多数人的共同愿景，这是因为它符合世界各国人民的根本利益。这种根本利益体现在以下三个方面：其一，和谐世界首先是持久和平的世界。和平是一切繁荣的前提，没有和平就无经济社会的繁荣可言，战争就意味着发展成就和文明成果的毁灭，意味着人权的灾难。其二，和谐世界必然是繁荣的世界。没有繁荣，就不会有和谐。没有共同的繁荣，世界难以实现持久的和平。经济上的落后和贫困，往往是诱发战争的重要因素。其三，和谐世界是人与自然和谐相处的世界。只有生态环境得到充分保护，各国的可持续发展能力才会得以维持，人类的生存条件才会得以持续。因此，生态环境的保护符合全人类的共同利益。总之，和谐世界有力地保障了和平、保障了繁荣、保障了生态，和谐世界与世界各国人民的根本利益是完全一致的。

和谐，是中国文化的精髓。自古以来，中国人民就主张“和谐”。时至今天，我们又重新提出“和谐”这个概念，中国共产党中央领导集体提出构建和谐社会，这是我们中华民族送给世界的一个伟大而又珍贵的礼物。如果全世界的国家和人民都能够接受我们这个“和谐”的愿景，那么，地球村就可以安定得多、繁荣得多；令人欣喜的是，和谐这个理念已经被越来越多的国家和人民所接受，并且涓涓的细流已经逐渐汇成滔滔的洪流。领导者作为远见卓识的智者、人杰之中的佼佼者，更应当认清全世界绝大多数人的共同愿景，更应当顺应时代潮流。“和谐”，不应该简单地理解为“人人有粮吃，人人可讲话”。和谐与生命、爱情，与和平、发展，都是人类永恒的主题；人类不欢迎、不希望、不愿意死亡、鳏寡、战争、衰退和磨耗。普世价值是一种不以人们的意志为转移的客观存在。领导者应当敢于承认、高度重视“和谐”这个普世价值。

二、领导者务必厘清领导力与和谐理念的相关性

什么是领导力？各种表述，未有定论。即使是所谓“领导力领域第一权威著作”，对于“领导力”这个概念也是顾左右而言他。但笔者如下见解大家是可以认同和接受的：(1) 领导力与领导者和领导者的能力相联系；(2) 领导力是一种行为、一种过程所产生的力量；(3) 领导力是无形的，但它所产生的结果是有形的；(4) 领导力是一个复合元素构成、由多因素形成的。从这四点见解出发，领导力可以用数学语言来表达，它是一个四元函数，表示如下：

领导力 =F（道德魅力，岗位能力，职责努力，心理承受力）

领导者的道德、人格、质量如何，这种道德魅力产生对人、对被领导者的影响力，影响着追随者的多寡度和松紧度，影响着上级领导者对他印象的好坏度和评价高低度，影响着左邻右舍对他的相互协调度和支持度。

“和谐”最早的文字记载出自《左传 · 襄》，许多先哲至贤都对和谐进行过探究和演绎。孔子说：“礼之用，和为贵。”（《论语 · 学而》）又说：“君子和而不同，小人同而不和。”（《论语 · 子路》）孔子的这些言论都是中华民族脍炙人口的名言警句；孟子说：“天时不如地利，地利不如人和”，荀子说：“和则一,一则多力”，也在百姓当中广为传颂。在 2008 年 8 月北京举办的奥运会开幕式上，作为中华优秀传统文化的形式，隆重推出汉字印刷术的一个节目，这个节目就以“和”字的不同时期书写体展示在观众面前，这实际上体现了亘古至今中华民族一种和谐、和睦、和善、和美的追求，具有协调、融洽、合作、适度的意义。时至今日，领导者应当深刻地理解和谐的四层含义：(1) 指人的身心处于平和的状态；(2) 指人与人的关系处于和睦的状态；(3) 指人与社会的关系处于和善状态；(4) 指人与自然的关系处于和美的状态。领导者更应当理解社会主义和谐社会的基本特征是：民主政治；公平正义；诚信友爱；充满活力；安定有序；人与自然和谐相处。至此，我们已经可以轻而易举地得出一个结论：领导者的道

德魅力与其人际和谐相处的程度是密不可分的，这也正是以和谐为导向加强领导力建设的主要原因。

领导者的岗位能力，指的是所处的职位需要具备的工作能力、任职本领，是领导者履行领导职责、做好领导本职工作的主观条件。领导者的职责努力，指的是领导者本人的工作态度、努力程度、责任感拥有度。能力与努力是不等同的两个概念，有本领、有能力再加上全身心地投入工作、下大力气地履行职责，才能出成绩、出效果；如果有本领、有能力反而消极怠工、躺倒不干、赌气别扭，显然就将一事无成。

领导者的岗位能力其中就包含凝聚人才能力、分清是非能力、化解矛盾能力、合作共事能力、坦诚交际能力、驾驭情绪能力、自律控制能力等，无疑，这些能力与和谐的心态、和谐的交往密切地结合在一起。领导者职责努力不努力，与其人际环境、工作环境关系极大，如果他不能心平气和地对待人和事，不能随遇而安地接受新的环境和岗位，心情不舒畅，心理不平衡，就会有劲不使劲、有力不出力，最终也是一片空白。显而易见，领导者的岗位能力、职责努力仍然直接与和谐相关联，换言之，领导力与和谐相关联，领导力的增强也不能不与和谐相关联。

领导者的心理承受力，指的是行为主体（领导者）在面临各种顺境逆境的情况下，所表现出的平衡或失衡、稳定或摇摆的心理状态。心理承受力强者，即始终保持一种平衡的、稳定的状态。心理承受力强弱是心理素质表现的差异。

领导者心理承受力强，直接表现出来的就是他的凝聚力与亲和力，是他的和谐人生、和谐处世，他遇窘可以一笑了之，遭贬可以相安无事。因此，他能够保持镇定、乐观、豁达、冷静的态度，认认真真地、扎扎实实地做好本职工作；遇事不怒、处变不惊；不计较毁誉荣辱、“人不知而不愠”。反之，心理素质低下、心理承受能力脆弱者，则是“铝锅型”的性格，热得快，冷得也快；常常表现出一种慌乱、焦虑、悲观的心态，遇事耿耿于怀、斤斤计较；与人诸多芥蒂、难以合作共事；动辄则怒、一触即跳；好走极端、致人死地；难以自制、驾驭不住感情；打击报复、满腔怨恨；情绪大起大落、大喜大悲；疑心太重、妒心太盛；瞧着谁都不顺眼、遇到谁都不顺心。总而言之，他与和谐绝缘。如果是这样的心理状态，即使此君具备相当强的岗位能力，而且比较有责任心，在履行职责时肯吃苦、肯用功，能使劲、能卖力，但是，由于心理承受能力太低、心理素质太差，则最后也难成大事，或者背一个“鸡肠小肚”、“心胸狭窄”、“刚愎自用”的骂名。由于心理素质之一“隙”，有可能垮掉整个领导工作、整个人品声誉的“大堤”。这就是和谐缺失和心理缺陷与领导力缺乏或薄弱的恶性直通车。

三、和谐理念在领导活动中的导向

如何从事领导活动，不同的国度、不同的时代、不同的行业、不同的个人都是有区别的。这是毋须多加解释的普通道理。然而，我们可以从这些“不同”之中找出它的普遍性、共性的内容，找出它至今仍有普世价值的理念，这就是“和谐”。在当代，无论是哪一个社会制度、哪一个行业、哪一个成功的管理者，都可以找到一个共同亮点，这就是“和谐”。2008年美国总统奥巴马上任以后，在《外交》双月刊上论述对华关系，他认为美国不应把中国当做“敌人”或“威胁”，不应“妖魔化中国”，需要建设性地对待中国的崛起，等等。① 无疑，奥巴马的这些观点应该说是有远见的。2009 年 6 月 4 日奥巴马抵埃及访问，当天下午应邀在开罗大学以“美国与伊斯兰世界的关系”为题发表演讲，他向全球的穆斯林喊话，分析了近年来美国与伊斯兰国家误解的原因，回顾过去曾经有过的“和平共处”的历史，试图修补美国与伊斯兰世界的关系。② 当然，对于奥巴马其人，人们对他还有必要听其言、观其行，然而，他的这种“言”并非没有和谐的善意和积极的意义。

① 参见《领导文萃》2009 年第 6 期相关文章。
② 参见《环球时报》2009 年 6 月 6—7 日相关报道。

美国著名学者詹姆斯·库泽斯和巴里·波斯纳在他们的名著《领导力》中指出："为了在组织中实现杰出的成就，领导者应当注重以下五种行为：'以身作则、共启愿景、挑战现状、使众人行、激励人心'。"同时，他们还提出了"领导的十个使命"。特别指出："领导是一种人际关系"，在领导活动中必须充分考虑、顾及"追随者的期望是什么"。这些"行为"、"使命"和"命题"，说明美国这两位学者已经明确表达了和谐与领导力的关系，明确表达了领导力对和谐的内在需求。以和谐理念为导向培训和提升领导力，领导者至少应该做好以下建设性的工作：

1. 诚之为贵，诚方能"和"。在《中庸》全篇，"诚"字达 18 处之多，特别点出"至诚如神"四个字，即真诚的最高境界有如神灵。这里把"诚"看成是道德行为的根基，是真心实意地履行高尚道德的境界，是最高的实践道德行为的动力。诚方能有信，有诚信方能有和谐。坑蒙拐骗、"忽悠"蒙人、数字掺水、弄虚作假、欺上瞒下、好大喜功，如此等等，当然就无诚信可言，也就无和谐可陈。在实施领导活动中，第一位的建设性工作就是对自己修身。唐朝文学家韩愈说得好："欲修其身者，必正其心；欲正其心者，必诚其意。"除了特殊的领域(如战争)、特殊的工种(侦破) 需要"兵不厌诈"、谈不上真诚之外，对上司、对同事、对下属，对朋友、对父母、对妻儿，都必须以诚相待、与人为善，这样才能仰不愧天，俯不愧地，内不愧心。

2. 中正之道，循道而行。在《中庸》开篇就是："天命之谓性，率性之谓道，修道之谓教。"说的是："天赋予人的品德叫本性；遵循事物本性而运动变化的规律就叫道；使人修养遵循道去做就叫教。"道，不可以片刻离身。规律，不可以违背。"中"与"和"又是紧密联系的，"中"，即不偏不倚，是天下一切情感和道理的根本；"和"，即和善和美，是天下一切事物的普遍规则。《中庸》说得好："中也者，天下之大本也；和也者，天下之达道也。致中和，天下位焉，万物育焉。"也就是说，达到"中"、"和"的境界，则天地便可各就各位而运行不息，万物也就各得其所而生长繁茂。在当今构建和谐社会、建设和谐世界的年代里，领导者在处理各种人和事的时候，尤其应该遵循中正、和谐之道，不可从一个极端走向另一个极端，注意防止一种倾向掩盖着另一种倾向。

3. 化解矛盾，促进和谐。领导者在工作中会遇到种种矛盾，甚至可以说，领导者几乎是因为矛盾的存在而存在。这就要求领导者务必具备敢于正视矛盾的勇气，以独到慧眼善于发现矛盾和分析矛盾，增强解决矛盾的能力和完善解决矛盾的方法。目前，社会上不和谐的矛盾很多，比如：贫富差距扩大，公共资源分布不平衡，弱势群体有增无减，农民工的政治地位和经济地位始终处于低层，社会保障体系不完善，金融风暴强烈冲击，失业待业人数居高不下，等等。对待这些突出的、尖锐的矛盾问题，领导者必须坚持辩证思维和运用政治智慧妥善解决，以“适度”和“中正”的思想来调解和化解。“休克”的办法不行，“雷鸣电闪”的办法不行，“拖延”的办法也不行，必须充分地分析论证，顾及方方面面，有力有序有效地解决问题。对于领导者本人来说，必须始终保持沉着稳定的情绪，万万不可感情用事，处理矛盾力求做到有分寸、有限度、有火候，不可片面、不可冲动、不可偏执，不做过头、过分之事，不说情绪化、气头上的话，从而营造和谐、团结、协调的氛围。

4. 承认差别，和而不同。领导者应该认识到，和谐社会并不是没有矛盾、没有冲突，重要的它是一个多元文化和多元经济和谐共存的社会，是一个能够有效地缓解人民内部矛盾的社会。我们要建设和谐社会，就要承认差别，坚持“和而不同”，即鼓励百花齐放、百家争鸣，允许不同意见的表达，鼓励大家畅所欲言，见仁见智，各抒己见，求同存异。求同存异，就是形成不同社会力量之间达到某种和谐共处的局面，既建立起不同社会力量的合作关系，又保证不同方面的不同利益、不同要求，从而保证社会各个方面的合理关系。所以，求同存异正是体现了社会各个方面的合理诉求；所以，求同存异正是体现了孔子两千多年前讲的“和而不同”，也正是一种“君子”行为风范的表现。反之，如果领导者搞不清“和”与“同”的关系，误认为“和谐”就是“同一”，就是众口一词、唯唯诺诺，稍有“不同”、稍有“分歧”就认为是破坏“和谐”、破坏“安定团结”，就要闻过则怒、压住群言、粉饰矛盾，这样做，只能培养和造就一批“同而不和”的“小人”，形成一种无原则的逢迎附和、阿谀奉承的人际关系。

5. 逐步提高，心理素质。大凡一个成功的管理者、卓越的领导者，心理承受能力都是很强的。现代社会的实际已经证明，心理素质比之个人的体质、社会支持、体育锻炼更为重要，它有利于缓冲或应对各个方面的压力，有利于征服种种逆境从而转败为胜，有利于促进团结合作从而形成合力取得巨大业绩，有利于营造一种相互信任的和谐环境。虽然说："江山易改，秉性难移"，但是后天的修养也可以改善一个人的心理素质。具体地说，至少应该从以下方面下工夫：(1) 树立正确的世界观、人生观和价值观，提高自己的人品，做一个高尚的人；(2) 培植厚德载物的精神、豁达大度的气量，容人、容事、容言、容错；(3) 把工作和前途的目标期望值适当调整，抱着顺其自然的舒坦态度；(4) 学会对不良情绪的发泄和转移，善于自我暗示、自我解脱、自我安慰；(5) 严于自我解剖，认识自己的长短优劣，改善个人争强好胜的坏性格；(6) 学会不在乎，少一点小心眼，少记一点身边琐事和闹心事；(7) 不要自我封闭、自寻烦恼，在交往和沟通中获得亲情和友情；(8) 提高洞察能力，减少过分过度的敏感，在非原则问题上学会妥协和谦让。

和谐社会构建与和谐世界建设是大势所趋，时间和日程可以有先后；领导力培植和提升是经济社会发展的形势必然，要求和程度可以有差别。我们应该在人类绝大多数人的共同愿景面前，顺应趋势，奋勇直前，以和谐为导向，把领导力的增强提高到一个新水平。

参考文献：

1. 詹姆斯·库泽斯、巴里·波斯纳：《领导力》，电子工业出版社 2004 年版。

2. 李光炎：《领导科学纵横论》，中央文献出版社 2004 年版。

优化领导职能结构，加强和谐社会领导力建设

李锡炎*

社会主义和谐社会的构建，必将形成一种新的人与对象、人与社会、人与自然、人与自身的和谐关系。在此基础上必将建立一种新的领导与被领导的和谐关系，必将要求革新领导理念，优化领导职能结构，创新领导方法，提高领导能力和素质，大力加强构建社会主义和谐社会的领导力建设。

一、优化领导职能结构是加强构建和谐社会领导力建设的必然选择

领导职能是对领导本质的实现机制及其结果状态的描述。领导职能结

* 作者为四川省人大常委、四川省领导科学研究会会长、四川行政学院原常务副院长，教授。

构，是领导职能构成要素在一定时间一定条件下的排列组合方式。排列组合方式不同，储备领导能量和释放领导力的效果也不同。领导职能结构是领导力的基础。合理的领导职能结构蕴涵着一种领导力量。这就是我们常说的“结构性领导力”。在构建和谐社会的领导活动中，这种结构性领导力就会释放出来，成为一种推动和谐社会建设的显性领导力。因此，加强构建和谐社会领导力建设，必然把优化领导职能结构作为突破口和着力点。

（一）优化领导职能结构，提高构建和谐社会的结构驱动性领导力

构建和谐社会的领导力，是在一定环境一定条件下以领导职能结构为载体产生和释放的。一个合理的领导职能结构将使各要素之间发生良性互动关系，便可产生结构驱动性领导力。在优化领导职能结构的取舍中，最重要最关键的是转变领导职能，使领导者和被领导者明确自己的使命和方向，认识自己的长处和局限。现代领导应把自己的领导职能转变为示范引导、授权分治，给被领导的“自我领导”创造条件，提供环境，以保证和激励被领导者“自我领导”的实现。被领导者的主动性、自觉性、创造性调动起来了，表明这个职能结构，就是富有内驱动力的领导职能结构，也标志达到了优化领导职能结构，提高构建和谐社会领导力的目标。

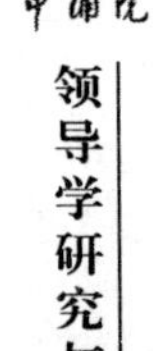

（二）优化领导职能结构，提高构建和谐社会的结构凝聚性领导力

构建社会和谐的领导力强不强，在很大程度上取决于领导职能结构的凝聚力的强弱。一个结构是否有凝聚力，取决于这个结构的重心和核心。当结构的重心具有稳定度、核心具有吸引力时，这个结构就蕴涵着凝聚力。从微观的原子结构到宏观的地球结构，从领导班子的组织结构到领导活动的职能结构，都是如此。领导职能结构的重心，就是领导者、被领导者、领导环境三者发生互动关系的“结合部”和“融合度”，这个“结合部”的面积越大越稳定，“融合度”越高越有凝聚力。优化领导职能结构，其目的是使领导者与被领导者、领导主体与领导客体相一致相融洽的领导

职能加大增强，使领导职能结构向具有稳定作用的重心方向优化和发展。领导职能结构的核心，是价值取向和共同愿景。在构建社会主义和谐社会的领导活动中，只有领导者与被领导者都感到有价值有希望，才能感觉到领导职能结构的凝聚力。因此，提高领导职能的凝聚力，必须在结构的重心与核心上做文章、下工夫，不仅要努力增强领导者、被领导者、领导环境三者良性互动的“结合部”的职能，而且要强化领导者与被领导者双赢共胜的共同愿景，使领导职能结构的重心和核心具有强大的吸引力和稳定力，使整个领导职能结构具有内在的凝聚力，提高构建和谐社会的结构凝聚性领导力。

（三）优化领导职能结构，提高构建和谐社会的结构适应性领导力

加强构建和谐社会领导力建设的一个重要方面，就是提高尊重个性、整合多元、驾驭矛盾、构建和谐的领导能力和领导水平。这种适应力和整合协调力，主要是取决于领导职能结构的功能和机制。当领导职能结构功能齐全、搭配得当、运转灵活、工作有序时，结构适应力就强。在经济全球化、世界多极化的大背景下，提高构建社会主义和谐社会的领导力，关键是提高适应多样、多变、多维的领导环境，从容应对领导环境的变化。

要适应变化、驾驭变化，构建和谐关系，必须优化领导职能，建构起雁群式领导职能结构。大雁万里南飞时所结成的“V”字形队形，就是一种富有结构适应力的职能结构。每只大雁在飞行中拍动翅膀，为跟随其后的同伴创造有利的上升气流，这种团队合作的成果，使集体飞行的效率增加了70%。根据气流的变化和其他因素的变化，大雁可以轮流领头，变换队形的样式，进行灵活的微调。大雁们的明确分工，共同的目标和彼此之间的密切配合，组成一个功能齐全、配合默契、运行有序、应变灵活的“V”字队形结构。这种科学的团队结构，不仅具有很强的适应力，而且具有很强的凝聚力和驱动力。领导职能结构合理，既有助于领导者个人提高推进和谐社会建设的领导能力，又有利于领导班子整体功能的优化。因此，优化领导职能结构，是加强构建社会主义和谐社会领导力建设的必然选择。

二、坚持以“科学发展、构建和谐”的领导理念和价值取向，促进领导职能结构科学化和和谐社会领导力最大化

加强构建和谐社会的领导力建设，必须把“科学发展，构建和谐”作为指导思想，把实现好、维护好、发展好广大群众的根本利益作为领导力建设的出发点和落脚点，以此作为优化领导职能结构，提高和谐社会领导力的价值取向和衡量标准。具体地说，应把握好以下几点：

（一）坚持以人为本和“领导就是服务”的领导理念，促进领导职能结构的战略调整

以人为本，是科学发展观和构建和谐社会的核心，强调以实现人的全面发展为目标，从人民群众的根本利益出发谋发展、促发展，不断满足人民群众日益增长的物质文化需要，切实保障人民群众的经济、政治和文化权益，让发展的成果惠及全体人民。这是领导的本质和目标，是领导活动的根本宗旨，也是加强和谐社会领导力建设的根本标准。优化领导职能结构时，首先应把握以人为本和“领导就是服务”的领导理念和价值取向。凡是有利于坚持以人为本，能够代表人心、服务群众、引领未来的领导职能，就要坚持和发展；凡是不利于坚持以人为本，不能体现“领导就是服务”的本质要求的，就应放弃和转变。以此价值取向和衡量标准，正确地进行领导职能的取舍，选择该做什么不该做什么，善于从质疑的踌躇中走出来，进行领导职能结构战略性调整，逐步实现领导职能结构的科学化合理化，提高和谐社会领导力。

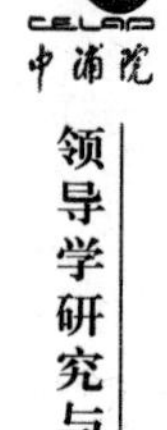

（二）坚持统筹兼顾和“无为而无不为”的领导理念，促进领导职能结构的转变和优化

老子认为治国理政的最高境界是：无为而无不为。“为”的最高原则是“无为”。“无为”并非是我们什么事情都不做，而是该为的时候要为，该舍的时候一定要舍，既要善于竞争，也要善于放弃，要做到有所为有所不为，把握好“为”与“无为”、“有所为”与“有所不为”的辩证关系，做到取舍恰到好处。这就是科学发展观所强调的“统筹兼顾”，实现全面协调可持续发展，也是和谐社会领导力建设的重点之一。

构建社会主义和谐社会是一个不断化解社会矛盾的持续过程。作为领导者来说，要始终保持清醒头脑，居安思危，深刻认识和谐社会发展的阶段性特征，科学分析影响构建和谐社会的矛盾和问题及其产生的原因，有针对性地“作为”，有意识地“不作为”，积极主动地正视矛盾、化解矛盾，最大限度地增加和谐因素，最大限度地减少不和谐因素，不断促进社会和谐。作为领导职能的取舍来说，必须从实际出发，按照“立足当前，着眼长远，量力而行，尽力而为”的原则，统筹兼顾，在取舍之中运筹。坚持和强化有利于增加和谐因素，化解矛盾，促进和谐，实现又好又快发展的领导职能，对不利于减少不和谐因素，不利于统筹兼顾促进社会和谐的职能应迅速改变，促使领导职能结构朝着有利于提高和谐社会领导力的方向不断改善和优化。

（三）坚持“科学、民主、依法”三者融为一体的领导理念，促进领导职能结构的合理协调

社会公平正义是社会和谐的基本条件，民主法治是社会公平正义的根本保证。在构建和谐社会的领导活动中，必须坚持科学领导、民主领导、依法领导的现代领导理念和领导方式，努力实现领导决策的科学化、民主化，促进社会公平正义，民主和谐。

随着经济全球化的广泛影响与和谐社会建设的推进，被领导者的民主、平等、法治、和谐意识越来越强烈，要求领导决策从程序到实质都应公开、公正、公平，群众心中的“天平”上增添了法治的砝码，用来衡量领导行为是否依法办事，是否符合构建和谐社会的要求。在构建和谐社会的领导活动中，必须加强“科学、民主、依法”融为一体的使被领导者和群众的正当利益诉求得到理性表达和利益满足，提高科学决策、民主引导、依法办事的领导力。

（四）坚持“互动双赢”、“共建共享”的领导理念，提高在共建中共享、在共享中共建的和谐社会领导力

我们要构建的社会主义和谐社会，是全体人民群众共同建设、共同享有的和谐社会。在构建和谐社会的领导活动中，必须坚持互动双赢、共建共享的领导理念，按照激发社会活力，增进社会团结和睦的要求和目标，优化领导职能结构，调动被领导者和广大群众的积极性、主动性、创造性，使全社会创造能量充分释放，创新成果不断涌现，创业活动蓬勃开展，形成万众一心，共创和谐社会的生动局面。

在经济全球化和世界多极化的大背景下，领导和谐社会的构建，其领导活动不仅具有复杂多变的特点，而且还具有多维多样、共存兼容的特点。领导环境呈现出千姿百态、千变万化、和谐包容、共存共荣的时代特点与和谐美感。这就要求领导者在构建“和谐社会”和“和谐世界”的领导实践中，把领导力水平提高到领导艺术美的新境界。领导者以自己的思想心灵美、形象风度美、工作方式方法美、语言情感美等吸引人、鼓舞人、引导人，用一种真诚、真实、和善、和气的和谐美感染人、激励人，促进人的心理和谐，形成知荣辱、讲正气、促和谐的社会风气，使“共建共享”、“共胜双赢”成为优化领导职能结构，加强和谐社会领导力建设的主旋律。

三、建构适应和谐社会建设的领导职能结构，全面提高构建和谐社会的领导力水平

在构建社会主义和谐社会的领导实践中，领导做什么，怎样做，领导职能结构的构成要件有哪些，这是和谐社会领导力建设的核心问题。根据和谐社会的基本特征、基本要求和优化领导职能结构的价值取向，可以把适应社会主义和谐社会的领导职能结构构成要件，概括为以下七个方面。这七个领导职能，如同柴、米、油、盐、酱、醋、茶一样，是加强构建和谐社会领导力建设必不可少的基本元素。

（一）把“规划发展”作为首要领导职能，促进领导方式由制订计划向制定规划转变，提高构建和谐社会的战略谋划力

社会要和谐，首先要发展，必须坚持用发展的办法解决前进中的问题，大力发展社会生产力，不断为社会和谐创造雄厚的物质基础，同时更加注重发展社会事业，推进经济社会协调发展。因此，规划发展、领导发展是领导活动的第一要务，也是领导职能结构的第一要件。

规划发展，主要是谋划发展的全局，制定发展战略，包括对发展目标、发展方针、发展模式、发展部署、发展布局、发展措施等进行战略思考、战略运筹和战略规划。

过去把制订计划作为领导的首要职能，如今在改革开放和社会主义市场经济的条件下，构建社会主义和谐社会，领导仍然局限于微观的计划安排之中已经不能适应社会的发展了，必须由计划向规划转变，从落实科学发展、构建和谐社会的战略高度，规划发展，统筹兼顾，谋划全局，作为领导者必须具有确定发展目标、制定发展方针、创新发展模式，作出正确的发展部署的战略谋划能力，真正担负起“把握方向，制定政策，整合力量，营造环境”的领导责任。

（二）把“理智决策”作为核心领导职能，促进领导决策由“传统的经验决策”向“科学的理智决策”转变，提高构建和谐社会的科学决策力

构建“和谐社会”与构建“和谐世界”二者紧密联系，互相促进，这种全球化趋势大大拓展了人们的世界视野和交往空间，使不同社会文明在相互沟通和深入比较中更多地发现相互之间的共通之处，知识共有、知识共享，大大提高了决策与决策之间的关联度和互动性。领导决策，从一个国家或一个地方、一个单位而言，是全局性的，但从全世界全国而言，它又是局部的，是全世界大格局或全国“一盘棋”中的一个组成部分。领导决策首先必须理智地认识全局与局部之间的关系，正确处理整体与局部之间的关系，实现整体利益与局部利益的有机结合。因此，在构建和谐社会的领导职能结构中的核心职能是理智决策。

所谓“理智决策”，就是用理性原则和领导智慧进行决策，领导者在决策时要善于辨别是非和利害关系，能够控制自己的感情和行为。在构建和谐社会的领导活动中，往往面对复杂多变、突发的不确定因素和竞争激烈的环境，特别需要用理智与冷静来处置决策问题，要坚持从实际出发，既要解放思想，与时俱进，也要实事求是，求真务实，坚持决策目标与约束条件相统一，实现整体与局部、长远与当前相统一，不能单凭经验和感情而盲目决策。理智决策有别于传统决策的一个重要标志，就是理智地认识到决策并非目标的最优化，决策并非是领导者的单赢。加强构建和谐社会领导力建设，正是在如何适应和谐社会基本特征基本要求的层面上，为现代领导提供了更加广阔的舞台，提出了理智决策的时代要求，迫切要求领导者清醒地认识领导环境的变化和提高领导力的新要求，自觉地从“经验性的传统决策”转变为“科学化的理智决策”，在决策中预防道德失范、信息失真、心理失衡、情绪失控，始终保持积极、乐观、向上的情绪和平和的心态，努力实现决策科学化民主化，不断提高科学决策力水平。

（三）把“知能善任”作为关键领导职能，促进用人观由“官本位”向“能力本位”转变，提高构建和谐社会的选人用人领导力

选人用人，历来是领导职能结构中的关键职能。但是，这个传统的关键职能基本上还没有摆脱“官本位”的束缚。面对构建和谐社会的目标任务及其平等竞争对人的能力的内在本质要求，面对既要促进发展又要实现公平的领导目标，面对社会主义现代化建设对劳动者能力素质的特殊要求，面对新形势下人的智能在社会发展中起支配作用的历史趋势，我们必须从构建和谐社会和加强领导力建设的高度，充分认识人的能力问题的迫切性、重要性，进而确立“能力本位”的选人用人观，创新领导选人用人职能的内涵和方式，实行“知能善任”，并把它放在领导职能结构中的关键地位。

在加强构建和谐社会领导力建设时，现代领导的选人用人观应从“官本位”向“能力本位”转变，提高“知能善任”的领导力。首先，坚持以能力驾驭权力、运用权力的选人用人理念，正确认识和处理权力与能力、能力与人情、能力与资历之间的关系，既要注意其下属的能力提高和发展，又要注重自身能力的提高和发挥，以能力树立领导权威。其次，坚持把激励人的创新能力作为领导用人职能的根本任务。最后，坚持为有能力的人提供施展能力的舞台和空间，让能干事、干成事的人得到荣耀和相应的待遇。

（四）把“双赢授权”作为基础领导职能，促进领导模式由“单向的被领导”向“自我领导”转变，提高良性互动、双赢共胜的领导力

如今的领导力不再是由一个人的地位和权威来决定，也不完全是取决于个人的魅力，而是取决于一个团队的竞争力和影响力。构建和谐社会和“和谐世界”的大趋势，使人们的世界眼光拓展到了新水平，资源共享空

间不断扩大，挑战与机遇并存，各种各样的组织形成了网络，系统地连接在一起。和谐社会和经济全球化时代没有永远的胜者，只有从成功和失败的双重磨炼中摸爬滚打出来的强者，领导者的水平移动越来越频繁。在这样的领导环境中，唯一的办法就是通过授权发掘被领导者每个人都具有的“自我领导”潜能，把被领导者变成“自我领导”，最大限度地激发社会创造活力，把“双赢授权”提升到领导职能结构中的基础性地位。

在构建和谐社会的领导过程中，社会组织中的每个成员都在较大的范围内拥有行动的自主权，每个人所具有的自我领导潜能都将在一定条件下，得到解放和激发。领导者应顺应构建和谐社会的需要和环境变化，从依赖直接管理与控制，转变为依靠被领导者的自主意识和自觉行为，把权力授给第一线工作的人，授给有责任心的人，授给有能力的人，形成人人受到尊重、人人都有愿望、有机会、有可能成为“自我领导者”的和谐关系，领导与被领导之间良性互动、双赢共胜的领导力也随之得到大提高。

（五）把“心智沟通”作为基本领导职能，促进领导方法由提升“位差”向“平等交流”转变，提高善于沟通、贯通、融通的和谐文化领导力

构建和谐社会的领导力是由领导者、被领导者和领导环境三个要素及其相互关系决定的。这种关系归根到底是一种心理关系和文化关系，所以必须用心理学的方法和文化的力量来处理这些关系，架起心灵桥梁，发挥心智沟通的领导职能作用。

在构建和谐社会的领导活动中，领导者对被领导者应从居高临下的“打通思想”转变为“平等沟通”，主动积极地进行心理沟通，寻找领导者与被领导者之间的共同点，不断强化认同感，不仅在情感、价值、信仰、决策上认同，而且还要有知识、能力、智慧方面的认同。只有在“心”与“智”两个方面都相通和认同，才能做到心领神会，良性互动。只有这样，才能提高沟通、贯通、融通的和谐文化领导力。

(六) 把“柔性协调”作为整合领导职能，促进领导行为从运用硬权力的“刚性协调”向平衡和谐的“柔性协调”转变，提高构建和谐社会的统筹协调领导力

构建和谐社会的领导活动是一个增加和谐因素、减少不和谐因素的过程，是化解矛盾和冲突，整合社会资源、调动一切积极因素，共建共享的系统工程。领导协调的方式将由运用硬权力的刚性协调，转变为以硬权力与软权力相结合的柔性协调，把协调寓于战略运筹和战略规划之中，兼顾各方利益，统筹配套措施，力争一举多得的“共胜多赢”，整体推进和谐社会建设，不断提高构建和谐社会的统筹协调，共建共享领导力。

(七) 把“弹性督导”作为保障领导职能，促进保障方式由控制向督导转变，提高构建和谐社会的求真务实领导力

在构建和谐社会的领导过程中，用硬权力进行监控的职能愈来愈不适应和谐社会的建设规律。推进和谐社会建设的领导活动应将刚性的领导控制职能转变为弹性督导职能，把市场机制与激励、沟通、引导等软权力结合起来，把督促、检查、调控、引导融为一体，使领导过程始终保持正确的方向，保证构建和谐社会的领导目标顺利实现，在抓落实、求实效中充分体现求真务实的领导力。

在构建和谐社会领导实践中，不断优化领导职能结构，使上述七大职能融为一体，相互配合，整体运作，必将产生提高领导力的聚合裂变效应，使和谐社会领导力建设不断得到加强。

提高领导者在构建社会主义和谐社会中的沟通协调能力

陈先春 *

构建社会主义和谐社会，是我们党站在坚持和实践“三个代表”重要思想、实现中华民族伟大复兴、履行执政使命的高度作出的战略决策，是从中国特色社会主义事业总体布局和全面建设小康社会全局出发作出的重大部署，是我们党的执政理念和治国方略的集中体现。当前面对世界复杂多变的环境和我国社会“四个深刻变化”的局势，机遇与挑战同在、黄金发展与矛盾凸显并存，这对我们党以及各级领导干部推进社会主义和谐社会建设的能力和智慧提出了严峻考验。了解民情，集中民智，宣传群众、教育群众、化解矛盾，营造和谐的党群关系、社会人际关系，最大限度地增加和谐因素，最大限度地减少不和谐因素，最大限度地调动一切积极因素，最大限度地激发社会活力等，都对提高领导者沟通协调能力提出了紧迫要求。站在履行执政使命、维护最广大人民根本利益的高度，为促进社会主义社会更加和谐而不断提高沟通协调能力，是新世纪新阶段领导者义不容辞的职责。

* 作者为中共武汉市委党校、武汉行政学院教授，武汉市政府专项津贴专家，中国领导科学研究会理事，湖北省现代领导科学研究会副秘书长。

一、提高领导者在构建社会主义和谐社会中的沟通协调能力的必要性

沟通与协调是人类社会存在和发展的基础。马克思在《关于费尔巴哈的提纲》中指出："人的本质不是单个人所固有的抽象物，在其现实性上，它是一切社会关系的总和。"任何个人的生存和发展都离不开人际关系的沟通，任何社会的发展和进步都离不开领导者的组织沟通与协调，任何有作为的政党执政主张和政治纲领的实现都离不开与民众沟通。构建社会主义和谐社会对提高领导者的沟通协调能力提出了紧迫要求：一是由现阶段主要矛盾的性质决定的。我国现阶段突出地、大量地、经常地表现出来的是人民内部矛盾。人民内部矛盾，是在人民利益根本一致的基础上的矛盾，是非对抗性的矛盾。凡是非对抗性的矛盾，只能用沟通协调的方法解决，正如毛泽东同志所强调的："凡属于思想性质的问题，凡属于人民内部的争论问题，只能用民主的方法去解决，只能用讨论的方法、批评的方法、说服教育的方法去解决，而不能用强制的、压服的方法去解决。""企图用行政命令的方法，用强制的方法解决思想问题，是非问题，不但没有效力，而且是有害的。"① 二是由社会转型的新形势下人民内部矛盾的复杂性、多样性、多变性等特点决定的。转型时期是改革的关键时期，是利益格局的调整时期，也是矛盾的易发期、多发期、凸显期。民情如水，宜散不宜聚，宜疏不宜堵，宜解不宜结，宜顺不宜逆。矛盾的复杂性、多样性、多变性也对提高领导者沟通协调能力提出了紧迫要求。三是由降低处理矛盾成本的客观要求决定的。第一，与命令、压服等其他的方法相比，有效的沟通协调在化解矛盾和冲突的过程中，耗费的资源最少，成效最佳。所谓"三寸不烂之舌，强于百万之师"就从一个侧面说明了有效的沟通协调耗费成本最低而成效最佳的道理；第二，通过有效的沟通协调能有效消除内

① 《毛泽东著作选读》下册，人民出版社 1986 年版，第 762 页。

耗、整合资源，实现资源利用的最大化；第三，及时的沟通协调，能把问题解决在萌芽状态，有效防止各种要素事态的扩大造成的损失；第四，有效的沟通协调能赢得民心，提高党和政府的威信，增加政治效益。四是由和谐社会的本质属性与构建社会主义和谐社会的总要求决定的。从和谐社会的本质属性要求看，单色不美，单调难听。社会和谐的前提是要素的多元性与多样性、结构的层次性与差异性的并存。社会和谐的本质属性是多样的统一、结构的有序、关系的协调、力量的平衡、功能的优化。实现这种和谐之美，要求领导者必须善于协调好各元素之间的关系、调节好结构之间的差异、均衡利益差别。从构建的社会主义和谐社会总要求看，我们所要构建的社会主义和谐社会，“是民主法治、公平正义、诚信友爱、充满活力、安定有序、人与自然和谐相处的社会。”[①] 实现构建社会主义和谐社会的总要求，核心和关键是实现人与人的和谐。人是社会活动的主体，更是社会和谐的主体，只有人际关系和谐了，才会有诚信友爱、充满活力、安定有序的局面。可以说，人际关系的和谐是建设和谐社会的根本保证。但是随着改革的深入和体制的转轨，当前人际关系出现了较严重的不和谐状况。据洛阳百姓生活状况的满意程度调查报告对人际关系和公私观念的调查结果显示：九成以上调查者认为人际关系一般或冷漠。52.6% 的被调查者认为目前社会人与人之间的关系“一般”，37.9% 的人认为是“较冷漠”或“很冷漠”，只有 9.5% 的人认为是“较友好”，没有人选择“很友好”。这说明社会成员之间的和谐存在着突出问题。[②] 实践经验证明解决社会人际关系的不和谐最有效的途径就是提高领导者的沟通协调能力。通过领导者有效的沟通调解，能够加深理解、理顺情绪、密切感情、增进共识，从而在促进社会人际关系和谐的同时，达到促进社会全面和谐的目的。五是由领导者的责任所决定的。政治路线确定以后，干部就是决定的因素。党的各级领导干部是党的路线方针政策的制定者和执行者，也是社会主义和谐社会建设的领导者、组织者、协调者和推动者。提高领导者在构建社会主

① 胡锦涛：《在中央党校领导干部提高构建社会主义和谐社会协调能力专题研讨班上的讲话》，《人民日报》2005 年 2 月 19 日。

② 参见河南省信息中心：《洛阳百姓生活状况的满意程度调查报告》，中经网河南中心讯，2006 年 8 月 15 日。

义和谐社会中的沟通协调能力，是领导者履行领导职责的必然要求。

二、构建和谐社会中领导者的沟通协调能力的涵义及构成要素

领导者的沟通协调能力，是指领导者为了完成总目标，利用权力影响力和非权力影响力，在领导活动中采取沟通协调等手段，对领导系统内部各要素、各环节之间、领导系统与其他系统之间存在的矛盾或可能产生的摩擦等进行协商、调节、调整，使领导系统各环节、各要素之间达到步调一致、协调配合，形成一个和谐整体，以最大限度地发挥整体效能，从而有效地提高实现组织目标的本领。领导者的沟通协调能力是领导者的素质、态度、境界、作风、经验、智慧的综合体现。在构建社会主义和谐社会中，领导者的沟通协调能力应由以下要素构成：

（一）科学判断形势的能力

科学判断形势的能力是指依据一定的客观条件从宏观上对国际国内形势作出切合实际的判断，把握形势发展与演变趋势的能力。科学判断形势要用马克思主义的宽广眼界观察世界，善于从国际国内形势发展变化中把握事物的变化及其特点，善于运用马克思主义立场、观点、方法分析形势，透过事物的现象看到本质，寻找其规律性。科学判断形势的能力，是领导者能否正确认识并妥善协调各方面的利益关系正确处理社会矛盾的前提。

（二）善于发现问题的能力

问题是期望状态同现实状态之间的差距。善于发现问题有利于及时采

取应对措施，尽快解决问题，防止问题向不利方向发展，规避问题带来更大的危害和风险，把损失减小到最低程度。正确处理矛盾，首先必须善于发现矛盾。只有善于从“关键点”、“薄弱点”、“盲点”、“奇异点”、“结合点”等处及时发现问题，才可能将问题消灭在萌芽状态。

(三) 系统思维的能力

构建和谐社会是一项涉及诸多要素、诸多方面、诸多层次、诸多环节的复杂的系统工程，构建和谐社会中的领导协调要求坚持系统思维。所谓系统思维，是指领导者在进行思维时，坚持从系统论观点出发，着眼于事物的整体与部分、部分与部分、整体与环境之间的相互联系、相互作用和相互制约来多侧面、多角度、多层次、多变量地考察事物。也就是通过对事物进行纵向与横向、动态与静态、局部与整体、内部与外部的交叉性分析，全面地认识事物，正确地把握事物，从而为实施最佳协调各种关系提供认识论依据。系统思维必须坚持以下原则：一要坚持整体性原则；二要坚持结构性原则；三要坚持动态性原则。

(四) 正确处理人民内部矛盾的能力

矛盾运动是社会发展的基本动力，社会主义和谐社会并不是没有矛盾的社会。构建社会主义和谐社会的过程，就是在妥善处理各种矛盾中不断前进的过程，就是不断消除不和谐因素、不断增加和谐因素的过程。正确处理人民内部矛盾的能力体现在：(1) 能深刻分析现阶段人民内部矛盾产生的原因，特别是深层次原因，注重从源头上减少人民内部矛盾的发生；(2) 能正确把握主要矛盾与次要矛盾、矛盾的主要方面与次要方面，从而抓住主要矛盾；(3) 能深刻分析新形势下人民内部矛盾表现形式的新变化、新特点，并根据新变化、新特点有针对性地采取处理方法。

(五) 应对突发性群体事件的能力

所谓突发性群体事件，就是首次突然发生、难以预测，且关系安危的重大事件。突发性群体事件具有突然性、聚众性、破坏性和风险性等特点，其负面性影响很大，如果不及时有效处理可能成为激发社会矛盾、进而爆发政治、经济和社会危机的直接原因。所以，正确应对各类突发性群体事件，有效化解危机与风险，是提高领导协调能力的重要内容。正确应对突发性群体事件，有效化解危机与风险应当遵循以下原则：(1) 预防为主、防患于未然原则；(2) 快速应对、果断处置的原则；(3) 信息公开、取信于民的原则；(4) 依法办事的原则等。

(六) 统筹兼顾的沟通协调能力

自古不谋万世者不足以谋一时，不谋全局者不足以谋一域。这里所讲的"谋万世"、"谋全局"就是要有宏观意识，大局在胸，善于从大局出发，统筹兼顾，观察问题，分析问题，解决问题。善于统筹协调，关键是在利益矛盾的协调中要善于处理好几个关系：一是统筹协调与突出重点的关系；二是着眼当前与谋划长远的关系；三是局部与整体的关系。

三、领导者的沟通协调能力与构建社会主义和谐社会不相适应的问题与原因分析

(一) 当前领导者的沟通协调能力与构建和谐社会要求存在不适应的问题

总体看，大多数领导者的沟通协调能力与构建和谐社会的要求是基本

能适应的，但客观上仍存在一定差距。领导者的沟通协调能力与构建和谐社会的要求不适应具体表现在以下几方面：

1. 沟通协调意识不强，致使民意转化成了民怨或民怒

一是有的同志沟通动力不足，缺乏沟通的自觉性、积极性和主动性。有的领导同志在工作中一旦出现问题和冲突，首先想到的办法就是抓首要分子，以及如何惩罚主观认定有错的一方，或者不问青红皂白直接采取行政命令或经济惩罚方法；有的党务领导干部认为经济上无职无权，什么问题也解决不了，索性不去沟通；有的企业经营者只重视物质上奖惩，单纯用市场机制调节劳资关系，忽视与员工进行思想、感情和心灵上的沟通；虽然建立了信访制度，却又不善于有效运用好这个沟通平台，或被动等待群众上访，不愿放下架子主动下访；或害怕群众上访，对群众提出的热点难点问题消极应对，或回避或推诿，不愿做耐心细致的说服疏导工作。二是有的不重视信息及时传递。现在群众中有些怨气，很多是因为不了解或不完全了解我们党的政策和主张，不了解或不完全了解党和政府所做的工作造成的。

2. 沟通技能欠缺，造成了不必要的隔阂和误解

一是忽视沟通过程的双向性与互动性。沟通是一个信息、思想、意见和情感相互传递和交流的过程，但有的领导者常常把“告诉了”、“通知了”等单向的信息传递当做沟通的完结，忽视或不懂得信息的反馈。“告诉了”、“通知了”，信息接收对象听清了没有、理解了没有？信息接收者对你传递的思想、信息、意见等有什么想法等，全然不知。由于忽视下级与群众的信息反馈，常常造成下级对领导意图的误解，或对上级工作方针、决策内容理解的不全面，而造成工作的失误。由于不注重政策制定者和政策相对人之间的双向互动，造成了党务政务活动的单向性，限制了基层群众在政策制定和实施中的参与度，缩小了政策调整的弹性空间。二是语言表达技能欠缺。有的语言表达与领导者的角色要求不相符合：或缺乏规范性、准确性、概括性，把非常简单的道理绕来绕去，结果是不讲群众还明白，越讲群众越迷糊；或缺乏深刻性、生动性，语言呆板生硬，没有新意，小道理说不清，大道理说不透；或热衷于讲官话，讲大话、套话、空话，长篇

大论、云山雾罩，言之无物，不能解决实际问题；或没有针对性，不能根据沟通对象职业特点、文化程度、性格特点的不同进行有针对性的沟通与交流。三是倾听技能欠缺。有不少领导者常利用领导地位所带来的讲话优势，以自我为中心，旁若无人，高谈阔论，不给别人说话的机会；有的乐于畅谈自己的想法而不愿听别人讲话，尤其是对下级和一般群众的意见、建议和想法，不诚心、没有耐心、也不专心倾听。四是有的领导者不注重研究沟通协调的艺术，在沟通协调中缺乏创造性。五是有的收集、整理、处置信息的能力比较弱。不能做到见微知著，不善于准确全面地把握信息。

3. 沟通协调方式片面、方法简单，影响了沟通协调的效果

如在沟通方式上，有的习惯于听汇报、开大会、作指示等，很少直接与群众沟通；有的只注重工作上的沟通，忽视感情交流和思想沟通。在协调方法上，有的遇到问题不分青红皂白，大发雷霆，各打五十大板；在处置群体性事件时，有的只满足暂时的平息，不是从根本上理顺群众的情绪；在维护治安秩序时，只依赖处罚使人服从。

4. 协调手段失当，致使简单的问题复杂化

例如，有些属于思想认识问题，却用经济的办法解决；有的属于经济上的矛盾纠纷，却用行政命令强制干预；有的属于感情问题，却用法律手段裁决；有的把属于信息的失真或信息传递不及时造成的误会与隔阂，却当做思想认识问题上纲上线批斗等。

（二）当前领导者的沟通协调能力与构建和谐社会要求存在不适应问题的主要原因

1. 责任意识、使命意识不强

实际工作中有些领导者沟通协调动力不足，缺乏自觉性和主动性，遇到矛盾绕道走，不喜欢听众怒的话；征求意见装腔作势，不喜欢听不同意见的话；沟通协调技能欠缺，又不注重培养提高等现象，都与其责任意识、使命意识不强有关。

2. 思想认识有误

一是对和谐社会的认识有误差。有的把“和谐”理解为“同一”，因此不能做到兼收并蓄，容不得差异和不同的声音。二是对群众的行为认识有误差。有的不能正确看待想法多意见多的群众，习惯把维护自身权益、民主意识较强的群众称作难缠的“刁民”，将群众上访、投诉、阻止非法行政、抵制不正当收费的维权行为，称作“闹事”，因此常常用铁心肠、铁面孔、铁手腕对待他们，如对群众信访进行压制，对上访人群围追堵截，以致常常将矛盾激化，引起群众更大的不满。三是对沟通协调方法在处理人民内部矛盾中的作用认识有误差。认为在市场经济条件下，解决人民内部矛盾最有效的方法只能是用人民币解决，沟通协调方法只是一些“雕虫小技”，因而对此不屑一顾。

3. 群众观念淡薄

有的领导干部口里经常高喊要倾听群众的呼声，实际工作中却习惯于听掌声、笑声、歌声、赞美叫好声，或喜欢听唯唯诺诺之声、觥筹交错之声，而对人民群众的心声、呼声往往听而不闻；有的甚至一旦听到群众不同意见，特别是听到对自己的批评意见，马上就会发作起来，或者记在心里，找机会报复，结果使群众再也不敢讲真话、说实话了。有的领导干部口里经常高喊要急群众所急，想群众所想，实际工作中却又不愿深入群众调查研究，群众急什么，想什么并不了解；有的虽然理论上懂得做群众思想政治工作要以理服人、以情感人，但真正与群众对面了，却既不愿耐心说理，也不用真情交流。原因很简单，就是他们心里没有群众，与群众没有真情。由于对群众缺乏真挚的感情，有的在工作中喜“易”厌“难”，对先进典型单位走得多，就是不愿到问题棘手矛盾多的地方去，更谈不上往矛盾“窝”里钻，生怕被问题“黏糊”上了而自己一时又不能解决，给自己日后增添麻烦。

4. 思想理论素质不高，作风不良

有的心胸不够宽广，缺乏包容心，不能求同存异，只愿意与自己意见相同的同志打交道，不善于或不愿意与自己意见不同的同志沟通；有的理论素质不高，作风漂浮，不能与不同层面的群众进行有效沟通。如习近平同志曾批评干部中存在的四种“失语现象”，即：“有的干部因其理论水平低，与知识分子说话，说不上去；因其工作作风漂浮，与困难群众说话，说不下去；因其观念陈旧，与青年学生说话，说不进去；因其夸夸其谈，与老同志说话，给顶了回去”。就是典型例证。还有的作风不民主，习惯于“一言堂”，听不得不同意见。这些都从思想理论素质与作风方面深刻说明了我们有些干部沟通协调能力与构建和谐社会的要求不相适应的原因。

5. 沟通协调机制不健全，管道不畅

群众上访事件居高不下，与沟通管道不畅、信息透明度不高有直接关系，同时由于沟通协调机制不健全，不能保障沟通协调工作的长效性。

四、提高领导者在构建和谐社会中的沟通协调能力的方法与途径

领导者的沟通协调能力是领导者的素质、态度、境界、作风、经验、智慧的综合体现。领导者的沟通协调能力，放在构建社会主义和谐社会这个大环境中运作，客观上要求领导者必须具有战略眼光、全局观念、广阔胸怀、卓越的智慧、系统思维、娴熟的技能、高超艺术等。提高领导者在构建社会主义和谐社会中的沟通协调能力，主要从以下方面把握：

（一）明确使命和责任，增强沟通协调的主动性

提高沟通协调能力的前提，首先要提高认识，在增强使命感和责任感的基础上，增强沟通协调的自觉性和主动性。十六届六中全会决定把构建社会主义和谐社会与党的执政使命的关系以及领导者在构建和谐社会中的责任阐述得十分明确。指出：“社会和谐是中国特色社会主义的本质属性，是国家富强、民族振兴、人民幸福的重要保证。”“社会和谐是我们党不懈

奋斗的目标。”“我们党要带领人民抓住机遇、应对挑战，把中国特色社会主义伟大事业推向前进，必须坚持以经济建设为中心，把构建社会主义和谐社会摆在更加突出的地位。”[①] 这些阐述，从和谐社会的本质属性与最广大人民的根本利益关系、构建和谐社会与党的奋斗目标的关系、构建社会主义和谐社会与面临的机遇和挑战的关系等方面，深刻揭示了构建社会主义和谐社会与履行执政使命的内在联系。履行党的执政使命，是我们领导干部义不容辞的职责，我们必须站在实践“三个代表”重要思想、实现中华民族伟大复兴的战略高度，增强促进社会主义和谐社会建设的责任感，提高沟通协调的自觉性。

其次是要明确责任，履行好职责。历史和现实的经验告诉我们，党的领导和执政可以通过政权的力量得以实施，党的路线方针政策可以通过法律途径得以确认，但如果党的各级领导干部不善于与人民群众沟通，我们党构建社会主义和谐社会的执政理念就难以被群众了解，执政方略就难以被社会接受，党的价值观就难以成为社会的导向。同时构建社会主义和谐社会，又是一个不断化解矛盾的过程，面对世界复杂多变的环境和我国社会“四个深刻变化”的复杂局面，如果领导者不善于沟通协调就难以“最大限度地增加和谐因素，最大限度地减少不和谐因素”。对于领导者在构建社会主义和谐社会中的责任，十六届六中全会决定至少从三个方面提出了明确的要求：一是把握方向、制定政策、整合力量、营造环境的领导责任；二是管理社会事务、协调利益关系、化解人民内部矛盾的协调责任；三是激发社会创造活力、调动一切积极因素的激励责任等。从领导者角色职能的要求看，履行好《中共中央关于构建社会主义和谐社会若干重大问题决议》所要求的职责，主要从两个方面把握：一是“领”的责任，包括发挥引领、带领、率领、统领等作用。履行“领”的责任，主要解决沟通协调目标方向问题。引领、带领就是要善于认识规律，把握方向。率领，强调的是要发挥好示范作用、榜样作用，要在促进社会和谐方面作表率。统领，就是要总揽全局，善于站在全局的高度谋划，运用系统的思维整合

① 《中共中央关于构建社会主义和谐社会若干重大问题的决定》，《人民日报》2006年10月19日。

资源。二是“导”的责任。包括发挥指导、引导、疏导、教导、诱导、开导等作用。履行“导”的责任，主要是解决思想认识和矛盾纠纷问题。指导，强调的是要对人民群众在构建社会主义和谐社会中面临的观念新问题新举措不明确不理解的地方要及时有效的进行指导。要用马克思主义世界观和方法论，用党的路线方针政策指导协调工作。例如，和谐社会是人们孜孜追求的理想，构建社会主义和谐社会作为我们党的治国方略和治国理念，虽得民心顺民意，但人民群众对什么是社会主义和谐社会，如何才能建设好社会主义和谐社会等问题未必全明白。据国家统计局河南调查总队的调查，当前群众对和谐社会的内涵认识“了解整体情况”的仅有 9.2%，其余有 37.2%“了解部分情况”，有 45.6% 的人“知道一点”，还有 7.8% 的人“从未听说过”。① 这就要求我们领导者必须通过沟通等方式加以指导。和谐社会需要全体人民“共建共享”，如果人们对“什么是和谐社会”都不理解，如何在和谐社会建设中发挥积极性、创造性呢？教导，是针对人们思想上的误识，行动上的无知而言的。例如当前不少信访问题的产生，是同一些群众的观念误区密切相关，成了和谐社会建设的一个难点。一是一些群众不到有关机关设立或者指定的接待场所上访；二是一些群众在上访过程中采取过激行为；三是一些无理上访老户常年上访不断，他们的问题已经得到有关部门的多次处理，该解决的都已解决，但仍不断到信访接待部门纠缠。② 对群众认识上的这些误区和行为，领导者有责任加强教育。疏导是做好思想政治工作的基本方针。中医学有个著名理论叫做“通则不痛，痛则不通”。疏导就是“活血化淤”。疏导包括疏通与引导两方面内容。疏通就是要疏通思想、消除思想障碍、情感纠葛，理顺情绪，达到情通、理通、心通的目的。例如针对改革过程中部分人出现的失落、失衡、心情焦虑等一些不良的心理倾向，领导者必须帮助人们疏通与调适，否则这些思想情绪会引发一些社会矛盾，影响社会和谐稳定。引导即循循善诱，说服教育，把群众的思想引导到正确的方向。如有的是法制意识淡薄，以非

① 参见孙新占、朱隽峰、王铮：《百姓心目中的和谐社会》，《经济参考》2007 年第 8 期。
② 参见中央党校进修一班第 40 期 A 班社会发展方向第三课题组：《从信访工作中的问题看和谐社会建设难点重点》，《中国党政干部论坛》2007 年第 3 期。

理性方式上访，领导者必须通过加强法制教育，引导他们依法理性表达利益诉求；有的不能正确认识改革过程中出现的矛盾和问题，领导者必须通过加强形势教育、加强党的方针政策教育，引导他们用发展的观点看问题，用发展的要求思考问题；全面地看待改革，客观地评价改革；有的利益观念不正确，只顾个人利益，不顾国家、社会、他人利益，领导者要引导他们树立正确的物质利益观，学会从整体利益出发来思考问题，正确地处理眼前利益与长远利益，局部利益与全局利益，个人利益与集体利益、国家利益关系，等等。疏导过程是一个做深入细致的思想工作的过程，因此，一定要坚持以理服人、以情感人原则，既要善于因势利导，又要善于启发诱导。倡导，目的是营造和谐的社会环境。和谐的社会环境是推进和谐社会建设的场所、阵地、氛围，无论是政治环境、人际关系环境、经济环境、文化环境，还是自然环境对人的思想、态度、心情、行为等都有较大的影响，如宽松包容的人际关系环境，有利于激发人们的创业精神。倡导，就是要通过倡导和谐理念、文明行为、高尚的道德规范、公平正义的价值观、团结协作精神以及倡导主流文化、遵纪守法、诚信友爱的社会风尚等，营造构建社会主义和谐社会的良好环境，尤其是政治环境、人际关系环境、经济环境、文化环境、社会环境。

总之，“领”与“导”既是沟通的具体体现，又有协调的目标要求。“领”与“导”是相辅相成的。只“导”不“领”就会迷失方向；只“领”不“导”就不能实现目标。

（二）坚持沟通协调的基本原则，把握沟通协调的规律性

牛顿说过：把简单的东西复杂化，可以发现新领域；把复杂的东西简单化，可以发现新规律。规律是事物发展过程中本身内部固有的本质的必然的稳定的联系。基本原则是把复杂的东西简单化的结果，坚持基本原则，也是遵循规律的过程。提高构建和谐社会中领导协调能力，必须坚持以下基本原则：

1. 实事求是原则

坚持实事求是原则，包括两方面的要求：一是沟通协调工作要坚持从实际出发，按规律办事。二是沟通协调工作要坚持知实情、讲实话、办实事、求实效。

2. 以人为本原则

坚持以人为本原则，从宏观层面看，就是坚持以最广大人民的根本利益为根本，实现好、维护好、发展好人民群众的根本利益，做到为民、爱民、富民、安民；从微观层面看，就是在人与物的关系上，坚持以满足每个人的需要为根本，做到尊重人、理解人、关心人、爱护人、善待人等。

3. 公平公正原则

公平是人类构建理想社会的基本准则，也是和谐社会的一个基本特征。公平正义，是社会主义和谐社会本质内涵。在和谐社会建设这个系统工程中，社会公平是一个"温度计"，它客观地测量着社会的和谐度。把维护社会公平放到更加突出的位置，是构建社会主义和谐社会的现实需要。"人平不语，水平不流"；反之，事不公则心不平，心不平则气不顺，气不顺则难和谐。只有切实维护和实现社会公平和正义，人们的心情才能舒畅，各方面的社会关系才能协调，人们的积极性、主动性、创造性才能充分发挥出来。

4. 求同存异原则

求同存异就是在协调中注意从被协调各方中寻求共同点，以此来统一各方，同时允许各方保留不同点和差异性，只求大同，不求全同，在基本原则上达到一致，而次要的、非原则的东西则在某种程度上可以忽略。求同存异，关键是求同，要客观全面地分析各方面的情况，找准各方都认可且又事关全局的共同点，促使各方统一思想，达成共识。

5. 目标一致的原则

目标一致的原则是强调领导者在沟通协调中必须围绕一定的目标进行。其关键是形成共识，让协调参与各方都弄清协调的目标、目标确立的依据及目标实现的重要意义等，让各方在目标上统一思想。目标一致反映了沟通协调的实质，是协调行为的根本宗旨。

(三) 综合运用沟通协调方法，增强沟通协调的实效性

由于我国现阶段的社会矛盾，涉及多层次的社会关系、多样化的矛盾主体、多领域的利益冲突以及体制、机制、政策、法律、观念等多方面的因素。解决这些矛盾纠纷，受到经济、社会、文化发展水平等多方面的制约，不是一种手段、一个部门所能做到的。因此，要增强沟通协调的实效性，必须坚持系统思考、多种方法综合并用。既要善于运用经济的方法解决经济利益纠纷问题，如运用价格、税收、收入分配等经济政策和社会保障政策的调整，来协调国家、集体、个人之间，以及各个社会群体之间的经济利益关系；又要善于运用民主协商的方法解决政治诉求问题，如直接见面对话、市长、局长、县长等接待日、市长电话、答记者问、座谈会、恳谈会、听证会等形式；既要善于运用思想教育的方法解决思想认识问题，又要善于运用道德规范的方法解决道德失范的问题；既要善于运用法律的方法解决法律纠纷问题，又要善于运用公共政策的调节解决社会不公问题，等等。

(四) 提高沟通协调艺术，增强沟通协调的创造性

人们思想的复杂性、多变性，社会矛盾的复杂性、多样性，要求领导者必须提高沟通协调的艺术，增强沟通协调的创造性。提高领导者在构建和谐社会中的沟通协调能力，重点需要提高并把握以下艺术：

1. 把握动态平衡艺术

平衡，指衡器两端承受的重量相等，引申为相关方面在数量或质量上均等或大致相等。从物理学意义上讲，平衡，是指事物内在和外在的作用力达到均衡的状态。在哲学上指矛盾暂时的相对统一或协调。平衡亦称“均衡”，是事物发展的状态，是事物发展的稳定性和有序性的标志之

一。[1] 平衡与不平衡是相对的，二者相互转化、相反相成。把握动态平衡艺术，就是要善于调整天平两端的砝码，有效地协调好平衡与不平衡二者相互转化的关系。协调，就是在解决失衡问题的同时协调关系；是在将矛盾的相互排斥对立转化为相互吸引统一的过程中化解矛盾。把握动态平衡艺术的关键，就是在协调社会关系中通过沟通等手段将失衡导致的矛盾对立转化为平衡与统一。当前导致诸多社会问题产生的主要根源，是不同群体利益关系的失衡以及由此引发的人们心理的失衡。因此，在构建社会主义和谐社会中，把握沟通协调中的动态平衡艺术，就是要以维护公平为原则，以调节社会结构的失衡、利益关系的失衡以及调整社会心态的失衡为重点，处理好和谐与活力，动力与平衡，共识与共行，眼前与长远，局部与全局，国家集体与个人，民主与法制，公平与效率等关系。既着眼于促进社会和谐，又着眼于激发社会活力。

2. 把握权变艺术

权变即善于权衡利弊而随机应变。达尔文生存法则告诉我们：物竞天择，适者生存。世界上没有一个一成不变放之四海而皆准的沟通协调方法。提高沟通协调效果，必须做到因人因时因地的不同而调整沟通协调的策略。古人云："人好刚，吾以柔克之；人用术，吾以诚感之；人使令，吾以理屈之；则天下无难处之人矣"。这强调的是因人性格特征的不同而采取的权变技巧。而在领导人际关系中，最难把握最需要把握的沟通技巧是因角色的不同如何进行权变的问题。因为上级与下级、下级与上级、同级与同级、正职与副职之间，领导者与群众之间，因角色地位的不同，造成的心理期待、利益需求的差异很大，如果不能针对领导角色的差异带来的心理需求不同，进行沟通协调，很难达成共识。因此，把握领导人际关系中沟通协调的权变技巧，前提是要通过观察、倾听和感悟等方式，"读懂"所要沟通协调的对象；然后就是要遵循黄金法则与白金法则两个法则，坚持换位思考。黄金法则强调的是"你希望别人怎样对待你，你就怎样对待别人"[2]。白金法则强调的是"别人希望你怎样对待他，你就怎样对

---

① 参见《哲学大辞典》，上海辞书出版社 1999 年版。

② 《圣经 · 新约》。

他”[1]。遵循黄金法则就是要在沟通协调中寻找共同点，遵循白金法则就是要在沟通协调中寻找不同点。归结起来就是一条，即在沟通与协调中坚持做到将心比心，换位思考，以打通沟通对象的心。例如副职希望正职在思想上要做到：民主而不专断，信任而不猜疑，支持而不拆台；在工作上做到：授权、放权、不越权；支持、依靠、不撒手；关心、揽过、不诿过。[2]正职希望副职做到：甘当绿叶，不争：即配合不争权；用权不专断；处事不“越位”；尽职不争功。找准自己的位子，不推：即对于分管的工作要敢于负责，严于管理；积极当好参谋，不懒。如果各自站在对方的立场思考和处理问题，将心比心，就能克服沟通协调中的障碍。

3. 把握适度艺术

适度是一个与事物的质和量紧密相连的一个哲学概念。马克思主义的唯物辩证法认为，质是一事物成为它自身并区别于其他事物的内部固有的规定性；量是事物固有的规模、程度和速度及它的构成因素在空间上的排列顺序等可以用数量表示的规定性；度则是事物由量变进入质变、从一种质过渡到另一种质的转折点或临界点。它是事物保持自身质的量的限度、幅度、范围。也就是说，度是和事物的指向统一的数量界限，是质所规定的量的活动范围，是若干关节点之间的量的活动区间。辩证唯物主义“度”的原理告诉我们，要真正认识事物、准确地把握事物，必须掌握决定事物数量界限的“度”，并在一切实践活动中坚持“适度”原则，处理问题解决矛盾时要注意分寸，掌握火候。把握“适度”就是在协调和处理社会矛盾中要把握好冷与热、快与慢、动与静、争与让、刚与柔、收与放、过与不及等一系列矛盾的关系，做到恰如其分、恰到好处。

4. 把握倾听的艺术

把握倾听艺术是实现有效沟通最基本的要求。很多领导干部把听和倾听混为一谈，认为倾听是一个正常人理所当然具备的天然能力。其实，听和倾听有本质的区别。听，主要是对声波振动的获得，倾听则是弄懂所听

① 托尼·亚历山德拉、迈克尔·奥康纳：《白金法则——金钱与权力交换中的人际关系》，经济日报出版社 1998 年版。

② 参见张丽娜、张凤梅：《沟通协调能力》，人民出版社 2005 年版，第 138—139 页。

到的内容的意义，它要求对声音刺激给予注意、解释和记忆。所以，倾听要求耳、脑、心、眼并用。倾听在沟通协调中具有不可忽视的作用：可以掩盖倾听者自身的弱点；可以增加友谊和信任；可以减少决策的失误。善于倾听要做到“六心”，即：态度上要保持诚心、虚心、耐心；技术上要做到静心、专心、留心。

5. 有效运用语言的艺术

语言是人际沟通的重要工具，是人类特有的一种有效的沟通方式。语言的沟通包括口头语言、书面语言、图片或者图形。这里强调的主要是口头语言表达的艺术。讲究语言艺术包括：(1) 注重角色语言。领导者在与人沟通时语言要力求与自己的身份、职位、经历、职业、思想品格、文化素养等角色身份相符合。注重角色语言运用要做到五点：第一，切合角色身份。必须说的话要规范、简洁、顺畅；允许说的话，要体现分寸感、责任感；禁止说的话不说。第二，切合听众对象。做到话因人异：要根据听众的不同身份、年龄、职业、心理、性格、民族、文化背景等的不同，而采用不同的语言和表达方式。第三，切合语言的环境，做到话随境迁。第四，善于概括与总结，以理取胜。第五，避免使用伤害人的语言。做到不用有辱对方人格的语言，不用歧视对方的语言，不用对方忌讳的语言，不说大话、空话、套话、假话、不负责任的话。(2) 讲究语言运用的技巧。第一，有意造成情境歧义，实现特定的沟通目的。第二，利用特定场合的特殊情境造成弦外之音。第三，避免直白对峙，实现委婉曲折的表达。第四，正话反说，摆脱不利的话语沟通环境。第五，言此意彼，使双方心领神会，从而实现沟通目的。第六，善用幽默风趣的语言艺术。第七，必须抓住听众关注的热点问题，讲真话。第八，必须心贴着听众，注入真情实感，讲心里话。领导者讲话，只有把自己摆进去，把自己的思想亮出来，把自己的肺腑之言掏出来，与听众心贴心，交真朋友，讲心里话，才能唤起听众的共鸣；只有用赤诚的心，炽热的情，与听众沟通，寓理于情，以情达理，才能拨动听众的心弦，调动内心的力量。第九，必须抓住听众求新心理，讲新话。

6. 赞美的艺术

心理学家杰丝 · 雷耳说："赞美对于温暖人类灵魂来说，就像阳光一样，没有它，人类就无法成长。"赞美就像荒漠上的甘泉。实际生活中人人都渴望赞美。在所有人的情感世界里，赞美是最悦耳的音符。在沟通协调过程中把握赞美艺术：一要真诚；二要有针对性；三要公平；四要得体；五要出新意。

（五）健全利益协调机制，强化沟通协调的保障性

所谓利益协调机制是指在社会系统变化中协商、调节不同利益主体之间各种利益矛盾和冲突的原则、程序、措施、方式方法和各种具体制度。创建科学合理沟通协调机制，能为持续、高效的沟通协调搭建平台，提供保障。根据十六届六中全会决定的要求，统筹协调各方面利益关系，妥善处理社会矛盾，需要建立和完善利益协调机制、诉求表达机制、矛盾调处机制、权益保障机制、干部接待群众制度、党政领导干部和党代表、人大代表、政协委员联系群众制度、信访工作责任制、社会舆情汇集和分析机制、矛盾纠纷排查调处工作制度、党和政府主导的维护群众权益机制等。纵观我国现阶段的诸多矛盾，不难发现起主导作用的是社会利益矛盾。利益问题是一个涉及人类社会生活的根本问题。人类的全部社会活动，都与利益和对利益的追逐有关。正如马克思所指出的："追求利益是人一切活动的动因，人们奋斗所争取的一切都同他们的利益有关"。[①] 社会的和谐，关键是社会利益关系的和谐。建立健全利益协调机制对于协调各方面利益关系，妥善处理社会矛盾具有关键性作用。社会利益是人们生存、发展和享受的总和。涉及的内容十分广泛。利益协调机制包括以下内容：

1. 健全公平的政策导向机制

公平的政策导向是以公平公正为价值追求，以最大限度地满足全体社会成员合理合法的利益诉求为目的的机制。主要由目标导向机制、价值导

① 《马克思恩格斯全集》第 1 卷，人民出版社 1956 年版，第 82 页。

向机制、实施导向机制等内容构成。建立健全目标导向机制，一要继续处理好改革的力度、发展的速度和人民心理承受程度的关系；二要在坚持实现好、发展好群众利益的同时，还要注重协调好不同利益群体的利益关系：即在做大蛋糕的同时，还要保证分蛋糕的公平公正。建立健全价值导向机制的重点是落实公共政策的“公共性”，防止政府在制定政策时过分受到利益集团或强势群体的干扰。建立健全制度导向机制就是要做到：在公共的政策的实施过程中通过制度保证社会利益主体的合法利益公平公正地实现。

2. 健全科学合理的利益均衡机制

社会存在的种种矛盾与冲突，尽管原因很复杂，但根源于利益关系的失衡。建立健全科学合理的利益均衡机制是妥善处理利益关系的重要途径。利益均衡不是搞平均主义，而是努力寻求不同阶层、不同群体的各种利益的结合点和平衡点，使利益的分配趋于合理状态。均衡利益关系，当前最要紧的是建立和完善利益激励与约束机制、利益的保障与补偿机制，使其在相互作用中发挥利益均衡作用。

3. 健全合法的利益表达机制

建立健全利益表达机制重在解决社会成员政治利益不公的问题。所谓利益表达机制，就是在承认个体正当利益的基础上，允许社会成员通过正常的管道有效表达自己的利益诉求的机制。建立健全合法的利益表达机制，一是要畅通社情民意的反映管道。二是要完善公民对重大决策的参与机制。

4. 建立健全利益引导机制

建立健全利益引导机制，一要引导群众以理性合法的形式表达自己的正当利益要求，即引导群众在宪法和法律的范围内，通过制度化、规范化、程序化的途径，表达利益要求；二要通过加强正确利益观的宣传和教育，能够引导人们正确分析和看待当前社会利益分化的现象，认识“允许一部分人和一部分地区先富起来”的合理性，认识到因主客观能力、条件等不同而导致的利益分配差异的客观性，等等。

参考文献：

1. 陈先春：《成功领导理念与方法》，武汉出版社 2001 年版。

2. 陈先春：《构建社会主义和谐社会的着力点：建立健全社会利益协调机制》，《决策与信息》2006 年第 12 期。

3. 宋树发：《领导多维协调艺术》，中国时代经济出版社 2002 年版。

4. 张丽娜、张凤梅：《沟通协调能力》，人民出版社 2005 年版。

5.《中共中央关于构建社会主义和谐社会若干重大问题的决定》，《人民日报》2006 年 10 月 19 日。

6. 王伟光：《领导干部应注重研究社会矛盾》，《中国党政干部论坛》2006 年第 4 期。

7. 王俊秀、杨宜音、陈午晴：《2006 中国社会心态调查报告》，《社会科学报》2007 年第 2 期。

8. 姜兴宏：《有效沟通在构建和谐社会中的重要作用》，http ：//theory.people.com.cn，2007 年 3 月 22 日。

9. 河南省信息中心：《洛阳百姓生活状况的满意程度调查报告》，中经网河南中心，2006 年 8 月 15 日。

10. 朱力言：《领导科学与领导艺术》，中国人事出版社 2004 年版。

11. 李恩平、李沁生：《构建和谐社会：执政党利益整合功能的体现》，《前进》2004 年第 2 期。

12. 张福墀、蒋跃进：《领导决断力》，中央编译出版社 2000 年版。

科学发展进程中的领导力变革

陈尤文 *

科学发展观的价值和期望，是领导活动确立新方位的导向，也是领导者思路与能力转型的重要依据。美国前国务卿基辛格（Henry Kissenger）博士说："领导就是要让他的人们，从他们现在的地方，带领他们去还没有去过的地方。"① 科学发展观向人们提出了新的发展理念、发展模式和发展方法，而要达到这新的目标的要求，带领人们取得更好的发展效果，需要领导者有推进新发展的战略和能力，实现领导力的变革。

一、领导力的缘由与变革意义

领导力在具体环境中很容易识别，但要准确地对它定义却很难。由于

* 作者为上海行政学院领导艺术研究中心主任，教授。

① [美] 亨利 · 基辛格：《大外交》，海南出版社 1998 年版，第 521 页。

学者研究的视角不同，为此就有对领导力的不同理解。笔者认为，对领导力的把握应该从研究领导活动与领导行为开始，因为领导力是在实施领导行为过程中呈现出来的一种力量。

（一）领导是多种要素组合运作的行为过程

领导不是职务地位，也不是少数人具有的特权专利，而是一种积极互动目标明确的动力。领导是在一定的环境中，为实现既定目标，对组织成员进行统御和引导的行为过程。

所以，领导作为一种行为主要包括这样几个要素：领导者、组织成员、目标、环境和方式。领导者是领导行为过程的主要方面，领导者的能力、学识、胆略及人格魅力等综合素质，都会对领导行为的效果产生极为重要的影响作用。在现实社会中人们经常看到，一个领导可以拯救一个企业，也可以败落企业的现象，这反映了领导者主导地位的价值意义；组织成员或群体，美国学术界将其称为“追随者”、“自我领导者”等，意在表明组织成员在领导行为中的能动作用。领导者只有与群体的通力合作才能开展领导活动。任何事情都是靠大多数人来做，所以，多数人的聪明才智、能力、观念等各种因素决定了事物发展的方向与最终的效果。群体能动精神的开发既是目标有效实现的基础、事业创新与成功的关键，也是领导活动的重要职能；目标是领导行为的方向，它涉及战略目标的制定与决策，也涉及目标实施中的执行，以及以目标为导向的组织变革和组织创新等；环境是领导行为的客观条件，任何一种领导活动都是在特定的环境中展开的。沃伦·本尼斯说：“一个不断取得成功的领导者，其天才之处在于能感知环境的变化。”[①] 因此，感应环境、利用环境和改造环境是领导行为永恒的课题；方式是领导活动过程中所采取的形式、方法、程序和结构的总称。领导方式作用的发挥在于主观与客观的统一，当客观已变而方式未及时改变时，就会影响领导行为的有效性。

① ［美］沃伦·本尼斯：《领导艺术全书》，海潮出版社 2002 年版，第 477—478 页。

（二）领导力是诸要素结合符合规律的力量

领导行为多种要素的结合过程就是领导活动的矛盾运动过程。这些矛盾内在的本质联系就是领导活动规律。马克思说："规律——我指的是两个表面上互相矛盾的事物之间的这种内在的和必然的联系。"[①] 领导行为的五个要素在运作过程中相互联系，并构成三对基本矛盾：一是领导者与群体之间的矛盾；二是目标、方式与环境之间的矛盾；三是领导者与领导者之间的矛盾。领导活动的三对基本矛盾，各自具有不同的本质联系，形成了相互区别的规律性。领导科学是揭示领导活动规律性的学问，而领导力就是能把握领导活动诸要素内在的必然联系，并用符合规律性的方式去驾驭领导活动的力量。由此我们可以说，领导力是一种整合的力量，是一种符合规律的力量。所以当我们说"领导力是一种能力"的时候，就是将此确认为这是一种整合了领导者、组织群体、环境内外力量的能力，而不是领导者一个人的能力，而且这整合是符合客观规律的，并体现出强大的冲击力量。虽然学术界对领导力的定义都不尽相同，"这些定义在特定部分存在差异，但大多数都强调两个主要方面，即过程与影响。"[②] 共同点是学者们的共识，是复杂关系的重点方面：领导力作为"过程"，表明了领导力的实现需要探索，也表明了领导力的动态性；"影响"体现的是领导力真实的存在，也体现出领导力的波及作用。

（三）要素内涵变化对领导力变革的意义

构成领导行为的诸要素始终处于动态变化过程之中，说明领导力的获得不是与生俱来的，也不是一劳永逸的。在繁杂因素的相互联系与变换中，只有能观形察势，见微知著，能敏锐感知变化趋势的领导者，及时推进领导力变革，才能作出符合规律的新组合。30 多年来中国现代化建

① ［德］卡尔·马克思：《资本论》第 3 卷，人民出版社 1975 年版，第 250 页。

② ［美］约翰·安东纳基斯等：《领导力本质》，上海人民出版社 2007 年版，第 28 页。

设的伟大成就，就是邓小平准确地判断国际国内环境各要素的变化情况，启动了改革开放新时代的产物。他从思想解放开始，逐步推进市场经济，释放了市场的力量；经济转轨和市场经济发展的力量又拉动了政治的制度化、文化的世俗化和社会的多元化，以及对外关系的国际化，引发了广泛的社会变迁和社会转型；社会变迁与转型又反过来影响着经济发展和现代化的走向，引发了科学发展观与和谐社会的新命题。所以，今天胡锦涛等中央领导人提出的科学发展观正是符合了新的发展要求，顺应了时代发展的规律，是中国经济社会进一步健康发展的必然。能不能看到变化和用什么样的心态与方法对待变化，是领导力变革和实现的基础。面对时下的局势，有相当多地方政府或企业领导，冷静分析，积极应对，或加大改革力度，使资源和品牌的优势得到更优的互补；或改变经营管理策略，推进技术创新、管理创新，使产品更环保、更安全、更具诚信力，使成本更具竞争力，被人们赞誉为“时艰出英雄”。时艰的英雄是有过人的胆识，是视大山为陡坡，闻惊雷如蝉鸣；是敢于横刀立马，善于拍板定夺，该调头时就调头，该拐弯时就拐弯；是不怨天尤人，直面现实，迎难而上，以事适时，以时而变。任何一次经济或社会转型的过程，都会经历艰辛万苦的嬗变，而只要砥柱于中流成功变革，就会以更强的领导力构筑美好的未来，以更深广的影响力贡献于世界的发展。

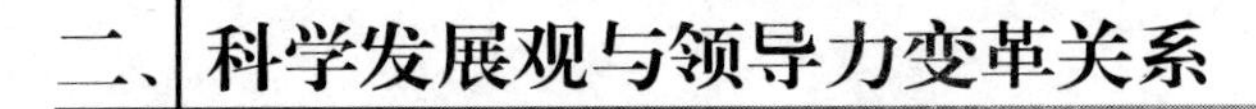

二、科学发展观与领导力变革关系

科学发展观，是由一系列相互联系的基本观点所构成的科学思想体系，包括发展目的观、发展中心观、发展整体观、发展动力观、发展持续观、统筹兼顾观等。这一系列系统而相互联系的观点与领导活动的本质、工作重点、全局把握、方式方法等紧密相连，是新形势下领导活动的新导向，是领导力变革的重要的思想牵引力。

其一，发展目的观与领导本质论的关系。“以人为本”是科学发展观的思想基石。将人的生存与发展当做最高的价值目标，一切服务于人，促进人的全面发展，满足人民群众日益增长的物质文化需要，保障人民群众的经济、政治和文化权益，使发展的成果惠及全体人民，是科学发展观的核心，也是社会主义领导本质在发展观上的具体体现。社会主义领导的本质，马克思在总结巴黎公社经验时曾经提出，领导是“社会的负责的公仆”和“社会本身的负责的勤务员”，毛泽东一贯倡导“为人民服务”，邓小平说：“什么是领导？领导就是服务”，都是对社会主义领导本质的深刻概括。领导就是服务本质论的把握，不仅要求领导者牢固树立全心全意为人民服务的思想，更要有科学发展的能力解决关系人民群众根本利益的大事。

经过30多年的改革开放，中国人民已经告别了普遍贫穷，正在迈向共同富裕的过程中，这个过程也是社会结构、运行机制乃至价值观念从一种形态向另一种形态整体转换的过程，其间，出现了社会利益格局整体分化的特征。利益分化强化了人们的阶层认同感，社会的阶层意识被唤醒，人们开始结成不同的团体，有时甚至采取集体行为向政治系统表达所在阶层的利益和要求等。在这种境况下，领导者特别是各级政府系统的领导干部，就要思考和解决领导服务的本质如何体现在相异的利益群体中，这与过去为利益趋同性、结构模式固定性的全国人民提供服务是不同的。在迥异的利益群体面前，需要有相应的服务思路和举措，这是新时期领导力变革的重要命题，将服务的本质注入新的价值和内涵，使之惠顾多阶层需求。

其二，发展中心观与领导重点论的关系。科学发展观是以经济建设为中心的发展观。胡锦涛说，科学发展观是用来指导发展的，不能离开发展这个主题，离开发展这个主题就没有意义了，发展首先要抓好经济发展，“只有坚持以经济建设为中心，不断增强综合国力……才能更好地解决前进道路上的矛盾和问题，胜利实现全面建设小康社会和社会主义现代化的宏伟目标。”[①] 领导活动的重点论就是善于在复杂事物中抓住主要矛盾。在事物的发展过程中有许多矛盾存在，其中必有一种是主要矛盾，由于它的

① 胡锦涛：《在中央人口资源环境工作座谈会上的讲话》，新华社，2004年3月10日。

存在和发展，影响并规定了其他矛盾的存在和发展，并决定我们工作的战略目标和战略方向。抓住主要矛盾，就要提纲挈领地把握全局发展的主动权。毛泽东同志说："任何一级的首长，应当把自己注意的重心，放在那些对于他所指挥的全局说来最重要最有决定意义的问题或动作上，而不应当放在其他的问题或动作上。"① 坚持科学发展观就是要在经济全球化背景下、在市场经济条件下提高领导经济发展的能力。

领导活动能不能抓住重点及怎样抓重点，不仅关系到领导工作的成效，更影响到领导工作的整体走向。科学发展观在强调全面发展的时候，并没有撇弃经济发展这个重点，同时对重点怎么抓提出了明确的指导。30多年来，中国经济能长期持续地高增长，主要得益于要素红利、改革红利和全球化红利。而今天，三大红利所提供的长期增长动力都在衰弱，主要依靠低成本刺激的出口超高速增长逐渐回归常态增长，而全球性的金融危机使得中国的产能过剩的周期性调整提前到来。全球经济格局之变逼迫我们重新审视和调整未来的增长之路，寻找启动新经济增长的发展引擎。所以，今天提出领导力的变革，就是要有新的发展视角，在发展的各要素产生极大变换过程中，取得新的发展业绩。

其三，发展整体观与领导全局论的关系。科学发展观强调"发展"是第一要义，不仅要有重点的经济发展，而且必须围绕中心推进其他方面的发展。邓小平明确地说："为了建设现代化的社会主义强国，需要做的事情很多，各种任务之间又有相互依存的关系，如像经济与教育、科学，经济与政治、法律等等，都有相互依存的关系，不能顾此失彼"，"不能单打一"。② 主要矛盾规定了领导工作的战略目标和战略方向。但是主要矛盾不是唯一的，在重视解决主要矛盾时，如果对影响主要矛盾解决的相关矛盾不考虑，不化解，也会妨碍对推动全局有决定作用的主要矛盾的解决，从而就会变主动为被动。毛泽东说"要抓紧中心工作，又要围绕中心工作而同时开展其他方面的工作……不能只注意一部分问题而把别的丢掉"。③

① 《毛泽东选集》第一卷，人民出版社 1991 年版，第 176 页。
② 《邓小平文选》第二卷，人民出版社 1994 年版，第 249 页。
③ 《毛泽东选集》第一卷，人民出版社 1991 年版，第 176 页。

这是领导工作需要确立的重要理念。

随着经济的快速发展，人们的政治、社会和文化方面的需求日益显现，发展的全面性对领导者进行整体分析能力的要求也愈益提高。整体分析即是指从宏观上、总体上分析把握对象，它强调的主要思路是：通观全局，局部服从全局；把握全局不能脱离对局部的分析；注意全局的相对性。所以，把握全局必须善于运用整体分析的思路，把全局作为考虑问题，解决问题的出发点和落脚点。虽然全局是由局部组成，但不是局部的简单相加，而是互相联系，互相作用的各个局部所形成的整体。科学发展观对领导力在此方面的变革要求，就要是变单向为全面，变生疏为艺术，将短期行为转变为“打基础利长远”的谋略。

其四，发展持续观与领导创新论的关系。增强自主创新能力，是实现可持续发展的重要环节和条件。实现经济增长方式的根本转变，必须坚持自主创新，推动经济结构调整和产业升级，必须依靠自主创新，应对日益激烈的国际竞争，提高国家竞争力，必须提高自主创新能力。没有创新就不可能实现可持续发展，也就不可能真正落实科学发展观。在领导活动中“创新是领导的灵魂”，离开了创新领导工作就会因循守旧、故步自封，失去了创新就失去了生命力，领导活动也就失去了原本的意义。

清华大学教授胡鞍钢说：中国与世界强国之间存在的知识经济的差距，可分为三大差距：

第一是创新能力的差距，这个差距甚大；第二是吸收知识能力的差距，这个相对要小得多；第三是交流知识和信息的能力，这个差距在迅速缩小。① 胡鞍钢的分析，客观地表明了中国推动可持续发展的瓶颈与问题所在。为此，提升领导者的创新力，善于运用创新的思路和方法推进创新性事业发展，是实践和落实科学发展观的根本，也是领导力变革的重要内容。

其五，发展动力观与领导变革论的关系。科学发展的动力来自不断完善体制与机制，发挥体制机制的动力作用。除此以外，科学发展观强调必须进一步动员广大人民群众投身科学发展的伟大实践，发挥亿万民众在经

---

① 参见刘卫平、王莉丽：《全球领导力》，清华大学出版社 2005 年版，第 71 页。

济社会发展中的积极创造作用。这个过程是人与制度不断变革，实现自我完善的过程，也是共同努力实现新目标的过程。这是科学发展的动力，也是领导活动的动力，将民众的追求和需要置之身外、漠然处置的领导不可能取得成功，而只有被人民唾弃。

应该说，"'领导'一词已不再是精英和大众之间的问题了，而是在不同程度上关于社会中每一个人利益的行为结构。……领导的行为如果不与集体目的相联系，领导将一事无成"。在这过程中"有能力将人们的思想提升到更高境界的领导，就是变革型领导"。[①] 领导变革观就是一种能够看到并调动广大人民群众建设现代化的积极性与潜能，并带领群体不断去实现新发展目标的理念。领导力变革就是渴求产生更多的变革型领导，期盼用变革的能力和智慧去推进和实现经济社会的科学发展。

其六，统筹兼顾观与领导方法论的关系。统筹兼顾是科学发展观重要的世界观方法论。统筹城乡发展、统筹区域发展、统筹经济社会发展、统筹人与自然和谐发展、统筹国内发展和对外开放及统筹不同利益之间的关系等，其实质就是在发展的非平衡中努力做到相对平衡。在领导活动中，"统筹"指的是总揽全局、科学筹划；"兼顾"则强调照顾各个方面，领导工作就是要善于协调好方方面面的关系，把发展看做是各方面共同推进、彼此协调的过程。

有先有后、有高有低、波浪式、非均衡发展，是一切事物发展的客观规律，也是经济社会发展的客观规律。但非均衡发展不等于失衡，失衡同样不利于事物的发展。把握非平衡与相对平衡的统一，是统筹兼顾方法论的重要精神体现。在社会转型时期，需要领导统筹兼顾的问题存在于社会的各个方面，如不同利益群体之间、不同价值观念之间、不同决策主体之间等。通过统筹兼顾使利害相关各方达到一致，是当今社会协调稳定的重要方面。在社会转型期，老的界标已经消失，新的界标尚未得到公认。穿越于社会生活之中突然疏远的风景中的智力航行，变得对每个人来说都可能困惑不解或无所顾忌。领导力变革就需要使各级领导善于掌握和运用协

① [美]詹姆斯·麦格雷戈·伯恩斯：《领袖论》，中国社会科学出版社1996年版，第4页。

商沟通、统筹兼顾的方法，实现和而不同、协调有序。

三、科学发展观对领导力变革指向

科学发展观不仅与领导力变革紧密相连，而且为领导力变革指明了方向。胡锦涛在专题研讨班上对领导者提出了实践科学发展观的具体要求与期望，他指出："要把科学发展观转化为推动科学发展的坚强意志、谋划科学发展的正确思路、领导科学发展的实际能力、促进科学发展的政策措施，使人民群众感受到新变化新气象。"① 这既反映了对实践科学发展观的信心，也揭示了实践科学发展观的重要基础。这是落实科学发展观，有效解决诸种矛盾和推进新一轮发展的条件，是领导者实现领导力变革的方向。

（一）推动科学发展的坚强意志

意志，是指人在实现预定目的时对自己克服困难的活动和行为的自觉组织和自我调节的心理过程。意志是与克服困难紧密相连，正是在克服困难的过程中，意志才得以表现自己的存在，才得以表现自己的力量。意志对行为体现出两种功能，即激励功能和抑制功能。前者在于推动人去从事达到预定目的所必需的行动，后者在于制止不符合预定目的的行动。推动科学发展的坚强意志，就是要坚持把发展作为党执政兴国的第一要务，坚定不移地走科学发展、和谐发展的道路，凡是符合科学发展观要求的就全力以赴去做，凡是不符合科学发展观要求的就毫不含糊地抑制。

约翰·罗尔斯在其名著《正义论》中说："正义观的一个重要特征就在于它自己产生对自己的支持，……在这一意义上，一种正义观是稳固

① 胡锦涛：《在全党深入学习实践科学发展观活动动员大会暨省部级主要领导干部专题研讨班开班式上的讲话》，中央政府门户网站，2008年9月20日。

的。”[①] 正义观虽然讲的是道德观，但也是一种意志的体现，表明只有具备了坚强意志的人，才敢于支持自己去面对艰难万苦与重重阻碍，敢于去坚持正义。领导者在科学发展观的实践中，总会遇到这样或那样的阻力和难题，会遇到不熟悉的陌生事物，若没有坚强的意志，就可能在困难面前却步、被难题吓倒。推动科学发展坚强意志中表现出来的力量，不是一般的理性，也不是一般的情感，而是一种融合了勇气与科学的正义力量，是勇于除祛错误的发展模式与观念，坚持科学的可持续协调发展的理念，这是一种战胜习惯的发展行为，抵御急功近利或消极的心态，敢于把科学发展观坚持发扬光大，将中国的发展推向科学轨道的勇气与力量。

（二）形成谋划科学发展的正确思路

思路，顾名思义是“思”与“路”的结合，即有思才有路。从字面上看思路好像是“思考的路线”，其实并不然，正如鲁迅先生所说：地上本没有路，走的人多了自然成了路。思路是创新实践过程中的结果，如果没有创新，走的只是因循守旧、墨守成规的老路，也就不需要有思路。谋划科学发展的正确思路，就是要用好解放思想这个法宝，紧密联系本单位本部门实际，认真清理那些习惯思维、陈旧观念、过时做法，找准科学发展观进入工作的突破口，打开工作视野，更新发展观念，理清工作思路。

有特色的社会主义现代化建设是中国的首创，在实现科学发展的进程中我们没有现成的路，“我们在推进改革开放和社会主义现代化建设中所肩负任务的艰巨性和繁重性世所罕见，我们在改革发展稳定中所面临矛盾和问题的规模和复杂性世所罕见，我们在前进中所面对的困难和风险也世所罕见。”[②] 要妥善解决这些复杂的矛盾与问题，战胜一系列的困难和风险，就必须善于从千头万绪、纷繁复杂的事物及事物的普遍联系中抓住主要矛盾和矛盾的主要方面，同时又必须善于统筹兼顾、把握平衡，在事物的普遍

① ［美］约翰·罗尔斯：《正义论》，中国社会科学出版社1988年版，第132页。
② 胡锦涛：《在纪念党的十一届三中全会召开30周年大会上的讲话》，《人民日报》2008年12月19日。

发展中形成有利于突破主要矛盾和矛盾主要方面的合力，在驾驭复杂局面中推动中国经济社会可持续发展，这正是谋划科学发展所需要的正确思路。

(三) 领导科学发展的实际能力

能力，是胜任某项任务的主观条件，或本领。它包括完成一定活动的具体方式，以及顺利完成一定活动所必需的心理特征。能力是在人的生理素质的基础上，经过教育和培养，并在实践活动中吸取众人的智慧和经验而形成和发展起来的。领导能力是把握组织的使命及动员人们围绕这个使命奋斗的一种能力。领导科学发展的实际能力，就是遵循发展的根本规律，运用科学理论的分析方法，带领群体解决实际问题的能力。这种能力要求领导者必须努力提高政治素质、理论素养和运用培育深邃的眼光及透彻把握问题本质的水平，增强战略思维、辩证思维、创新思维和体现开拓新领域发展的水平，提升科学决策、民主决策、依法决策和展现化解新矛盾的水平。

改革开放 30 多年来，我们取得了伟大的成就，但同确立的远大目标相比，同人民群众对美好生活的期待相比，还有很大的差距。而缩短这些差距要靠全国人民同心同德，要经过艰苦卓绝地不断奋斗与努力。而在其中履行着组织、指挥、控制、协调功能的领导者，更要有能力去掌握行为过程中的方向，扭转出现的形形色色分流、逆流及不谐的音符，及时解决表现出的龃龉、错位、失调、脱节、冲突、甚至倒退的问题，正确地抵达人们期望的彼岸。领导科学发展的实际能力不是天生的，而是在实践中锻造出来的，“时势造就了领导者”。所以，面对棘手的矛盾与困难不回避、不气馁，勇于投身于伟大的科学发展实践洪流中，才能真正练就出领导科学发展的实际能力。

(四) 促进科学发展的政策措施

公共政策，是社会公共权威部门为解决社会公共问题或社会矛盾、调整社会经济关系而建立的社会生活依据，是提供给社会经济领域的行为规范、基本准则和行动指南，是政府实施宏观调控和社会管理的手段和工具。公共政策的有效供给包括公共政策供给的科学性、针对性、及时性、有效性等几个方面的要求，而要实现这种有效供给就必须不断推进政策创新。促进科学发展的政策措施，就是要抓住经济社会发展中的突出矛盾，围绕解决群众反映强烈的突出问题、影响和制约科学发展的突出问题，构建有利于科学发展的体制机制，拿出切实管用的新办法新举措，使人民群众感受到科学发展的新变化新气象。

在社会形态转变过程中，新体制的不完善和旧体制未彻底消退，出现了“政策逆境”状态。所谓政策逆境“它包括了那些由具有积极特征的变化所引起的政策紧张状态”①。政策紧张虽然包含很多形式，但变革中的政策不足是重要表征。因为政策的不足和制定的滞后性，出现的无序和混乱必将影响经济与社会发展的正常步伐和态势。应该说，促进科学发展的政策措施涵盖的面非常广，从政策角度看会涉及经济、金融、民生、教育等，而且它们互为关系，相互牵扯，如怎样切实地把税收征管、社会保障、扩大就业等一系列政策同产权保护的制度安排有机地结合起来，形成有效可行的社会安全保障机制等；从措施的角度看会涉及各行各业的制度安排与具体的举措落实，如在实践科学发展观解决问题时所制定的一系列相关对策等。政策措施是否具有科学性与有效性，是对领导者政策水平的检验。

四、实践科学发展观的领导力变革要义

任何一种整合的模式都不断地和环境发生着交流，不断地纳入和消融

① [奥地利]叶海卡·德罗尔：《逆境中的政策制定》，上海远东出版社1996年版，第26页。

着异质因素，也不断地在异质因素的渗入下缓慢而潜在地改造着自身。科学发展观是过去30多年发展过程中涌现出新因素的结晶，它必将要贯彻落实到各项工作实践之中。根据发展要素的变换与变革指向，及时科学地作出符合规律的新整合，实现领导力的变革与提升是时代赋予的责任，当然这不可能一蹴而就。把握如下变革要义对实践与提升都具有重要价值：

（一）确立人本领导理念

人本领导理念，就是在领导工作始终抱着以人为根本的态度，就是将人作为解决问题的最后的根据或最高的出发点与落脚点，就是将人民群众的利益贯穿在经济社会发展的整个过程。胡锦涛指出："相信谁、为了谁、依靠谁，是否站在最广大人民的立场上，是区分唯物史观和唯心史观的分水岭，也是判断马克思主义政党的试金石。"[①] 改革开放30多年来，在发展过程中既有意味着辉煌前景的、顺乎潮流的为人民利益而发展的主导趋势，但也有形形色色的分流、逆流及不谐的音符。在金钱崇拜冲击、社会价值多元混杂的影响下，使生活于其中的一些领导干部不能不感到矛盾和困惑。面对发展的方向，发展为了"谁"的问题，在现实利益与主导价值要求的冲突中，一些人作出有违于人民利益的选择。如一些官与商形成利益共同体，"官煤结合"，矿难就难以遏制；为了政绩工程随意地上项目、搞开发，表面华丽而百姓关心的实际问题却得不到解决，等等。当发展的首选价值不再限于与根本宗旨相联系，而是更多地考虑自身利益时，种种失调表征就会与发展共存。这时表现出的龃龉、错位、脱节、冲突、扭曲就会冲击着发展的真正本意。在推进发展历程的开端就可以看到发展的总体趋势，但在这过程中如果不能有效地遏制有违发展的一系列问题，趋势就会受挫，甚至倒退。科学发展观强调以人为本的发展思想，就是要解决那些与党的根本宗旨不适应、不符合的错误观念，要在思想上确立人是经济社会发展的主体，人的发展是经济社会发展的结果，又是经济社会发展

---

① 胡锦涛：《中共中央关于构建社会主义和谐社会若干重大问题的决定》，《人民日报》2006年10月19日。

的原因的理念。只有这种条件与目的的统一、结果与原因的统一，才是我们必须要坚持的经济社会发展与人的发展、人民利益的辩证统一的科学发展观。

（二）提升可持续发展能力

在新的历史发展阶段，经济和社会的发展结构发生了很大的变化，发展要素的重点发生了转移，原有的发展要素功能得到了充分的释放，有的甚至会走向衰竭，此时如果还是在原有要素上做文章，不能挖掘和利用新的要素，走向进一步的发展就会遇到障碍。为此，必须要有能力开发新要素，推进新发展，只有这样才能增强以人为本的物质财富，为和谐社会建设提供空间。

将不确定问题转化为确定性的思路，这是提升可持续发展能力的重要体现，也是领导思维创新的具体切入点。在实践科学发展观的过程中，我们会面对太多的未知领域，太多的不确定问题，如按照新的发展要求，以前习惯的方向有可能会行不通；原有的常规也可能会陷入困境，没有了可遵循的有效规范；出现了新的发展可能，但它不是在现在路子上等。发展中的不确定性表明了发展要素的多重性：科技、知识、教育、人力资源、人文、生态、国际国内情况变化等，都是推进可持续发展需要考虑组合的因素。这一系列软实力的开发不仅与过去注重硬件发展有很大区别，而且如何将这些因素综合起来为发展服务都是崭新的课题与挑战。面对发展中的不确定问题，领导者就要迈开创新未知领域的步伐，承担起将不确定性转化为确定性思路的使命。领导者担负的使命决定了观察事物不能仅进行单边思维，而是要双重、多维、逆向和换位思维的综合运用，在多因素、多主体、多格局互动中纵横捭阖，运筹帷幄。发展中的诸多不确定性必然要求领导者不断尝试新的对策，在尝试、修正与积累中逐渐形成新的发展战略。为此，各级领导要敢于和善于将精力集中于那些还未被人问津的地方；在原有的工作条例、规定的界限之外，寻找发展的机会与解决问题的方法；注意那些不能完全确定和难以作出要求的工作和任务；注意那些目前还行不通的事。经过这样缜密的思考，并带着疑惑深入调查研究，倾听“头脑风暴”的多向谋略，在局部搞些试点，原先模棱两可和混沌不清的东西就可弄明白，不确定性的问题或思路就会慢慢由模糊变为清晰，由不确定性所产生的紧张就能转化为采取行动所需要的能量，在困难时刻变焦急为智慧，富有策略地解决发展中的各种困惑和难题。在复杂多变的社会，不确定性是必然的、确定性是偶然的，不确定性是常态、而确定性是暂时的，所以应对不确定性已经成为领导的职责，“正确认识和化解不确定性，乃至创造利用不确定性，将是领导者必修的内功，驾驭不确定性将成为领导者的核心竞争能力”。① 推进可持续发展的能力，表现在领导者有勇气活跃于未知领域，有智慧承担和解决不确定性带来的种种风险，能够在前人还没有涉足的地方拓展成功的通道。

(三) 运用统筹兼顾方法

统筹兼顾是实践科学发展观的根本方法，运用统筹兼顾的方法，是科学发展观实现“全面发展”的需要，也是推进协调发展需解决一系列矛盾与问题的必需。科学的理论内涵着科学的方法，科学的方法又支撑着科学的理论。所以，能否有效地运用和驾驭统筹兼顾的方法，就成为衡量领导者能否胜任实践科学发展观所需能力的重要表现和反映。

当前，在经济社会发展中出现了一系列“两难”问题，它的特点表现是不能简单地只顾一方面而不考虑另一方面。如，既要保持经济建设持续增长，又要加快社会服务等一系列配套措施的建设；既要保持东部地区的强劲发展势头，又要促进东中西部共同发展；既要稳步推进城镇化，又要积极建设新农村；既要加快技术进步和产业升级，又要扩大社会就业和再就业；既要以市场换技术，又要增强自主创新；既要继续推动外贸出口，又要坚持扩大内需；既要扩大吸引外资，又要优化引资结构；既要深化各项改革，又要保持社会稳定；既要注重公平、缩小差距，又要保持活力、

---

① 徐飞：《不确定性视域下的领导艺术》，《现代领导》2008 年第 5 期。

提高效率；既要加快发展，又要保护环境；既要推进市场竞争，又要关心困难群众的生产生活问题；等等。这一系列的“既”与“又”在本质上是统一的，但在这样那样具体问题上又可能是有矛盾的；在长远发展上是统一的，在发展过程的一定阶段上又可能是有矛盾的，这大概就是谓之“两难”的原因。既然是“两难”就不要将此对立起来，而要看到这是担当的“双重使命”，要力求统筹兼顾。为此，必须确立如下视角与解决问题的方法：首先正确认识当前经济社会发展中的一系列矛盾，是产生于快速工业化和体制大变迁的大背景之下，从本质上看是体制机制改革尚未全面到位造成的，推进社会全面协调发展需要相应的体制作保证，所以更要坚定进一步改革开放的信心；其次要认识到“双重使命”需要一个较长过程才能逐步解决，这就要求领导者清醒把握问题的两重性和长期性，在这过程不断创造出化解“两难”的条件，从宏观着眼、微观着手；另外需要把握与处理好“两难”问题的“度”，考虑解决矛盾时要系统分析、突出重点，具体操作时要协调主次，平衡有序。统筹兼顾方法的运用需要把握整体性，体现辩证性与展呈艺术性。

强化柔性领导力：构建和谐领导力的有效途径

贺善侃*

和谐社会的领导力应是一种影响力即软权力，而不是单纯的职务权力即硬权力。领导者对下级只有不仅靠硬权力，更在于靠软权力，即领导者的人格魅力、道德素养、智力能力、业务专长和领导艺术赢得下级的信任、拥护，才能建立起一种和谐的关系。和谐社会对领导力构建的这一要求，提出了强化柔性领导力的要求。

一、柔性领导力及基本特征

（一）柔性领导力的含义与基本特征

柔性领导力是相对于刚性领导力而言的。如果说，刚性领导力主要是

* 作者为上海市领导科学学会常务理事，东华大学人文科学研究所所长，教授，博士生导师。

依据职权、规章制度和科层体制发挥效用，柔性领导力则主要依靠非职务性的影响力发挥效用。据此，我们可把柔性领导力定义为：以非强制性方式，唤起被领导者的心理回应，变领导者的意图和组织目标为被领导者的自觉行为的领导力。柔性领导力的最大特点在于，其效用的发挥不是依靠职务权力，不是靠行政命令、规章制度和科层组织，而是依靠人的心理过程，依赖于调动下属主动性、激发下属潜力和创造精神，因而具有明显的内在驱动性。

柔性领导力与刚性领导力的不同点在于：

其一，领导方式上的人性化。刚性领导力依靠规章制度和科层组织，往往标准明确，非此即彼，该怎样不该怎样，规定得死死的，而实际情况错综复杂，成文的规章制度难以全面覆盖，因而在具体的领导实践活动中，往往有许多难以死扣规章制度的“两难”事件，对此，刚性的领导方式往往不管用，而柔性领导方式就显示出其优越性。正因为柔性领导不依赖于规章制度，尊重下属的心理，注重激发下属的主动性和创造性，在具体领导活动中就不会走非此即彼的极端，不会把问题公式化，力戒对号入座、生搬硬套；而注重以人为本，力求人性化管理、个性化管理，在不违反大原则的前提下，探寻解决问题的最满意方案。

其二，领导方法上的互动性。柔性领导的一个基本原则是通过沟通、协调、激励等方式来实现下属内心的服从和认同，从而使其在自觉自愿的状态下主动发挥自己潜在的积极性。遵循这一原则，领导者就不能以刚性的领导方式以权压人、以势压人；而必须以柔性的领导方式来调动人、启发人、引导人。柔性领导也就是交互式领导，首先是建立在彼此平等、相互理解、相互尊重基础之上的心灵互动，然后才是观念互动、行为互动。柔性领导的互动性体现了领导活动中主客体的高度融合和统一。这种融合和统一说明，柔性领导方式下的被领导者已经不是单纯的被领导者。当柔性领导把自觉自愿的种子植根于每一位下属心中时，当被领导者的积极性和主动性被充分调动起来时，被领导者也就不是被动地服从领导了，而是一种自我领导者、自我服从者。这一效益是刚性领导方式所达不到的。

其三，领导效用上的持久性。刚性领导的着眼点往往在于领导意图和

领导目标的及时生效。在刚性领导方式下，法规、制度或命令一经颁布、生效，就要不折不扣地执行，虽然领导者也希望大家能在理解的基础上自觉遵守法规、服从命令，但其最终不以理解为前提，即使暂时不理解，也必须立即贯彻执行，刚性领导的直接目的是维护统一秩序，实时达到统一步调。柔性领导则不然，它要求被领导者对领导意图要理解、行为要自觉、对任务的执行要自觉。柔性领导的前提是把外在的规定和目标转化为内心的服从和认同。尽管这种转化需要时间，但一旦实现，将产生单纯刚性领导力所不能及的效用的持久性。

其四，领导境界上的高远性。刚性领导更接近于交易性领导，领导者利用职权和规章制度指挥下属，给模范遵守规章制度的部下提供报酬、晋升、荣誉等，直接的目的在于以下属服从领导命令、完成任务等作为回报，以实现领导目标。而柔性领导的目的不是仅仅在短期内取得实际效益，而是着眼于长远，着眼于塑造优秀的部属和良好的工作环境。柔性领导的境界类似于变革型领导境界：一是注重魅力或理想化影响，包括榜样、认同、仿效、使命感；二是注重鼓舞干劲，包括高期望值、激励和团队精神；三是注重智力激发，包括创造、革新、质疑；四是注重个人化管理，包括支持性氛围、个别需求和个体发展。从某种意义上说，柔性领导也即塑造型（塑造优秀的下属、良好的环境）领导。因而，在领导境界上，柔性领导力比刚性领导力更高远。

柔性领导力的基本特征表明，它具有比刚性领导力优越之处，可以弥补刚性领导力的不足。在现实的领导实践活动中，刚性领导力和柔性领导力往往相得益彰，珠联璧合。领导者根据不同的领导对象和领导环境，刚柔相济，可以事半功倍，提高效益和效率。

（二）柔性领导力的现实依据

现代领导实践活动之所以离不开柔性领导力，是由现代组织的性质所决定的。现代管理理论认为，领导力的作用以组织成员内心深处对组织良好的承诺为前提。这里所谓“承诺”，即“个体对组织的投入与认同程度”，具体表现为三方面：一是对组织目标强烈的信念和接受；二是渴望为组织发挥作用；三是强烈的维持组织成员的欲望。[①]“感情”是贯穿于这三方面内容的中心线索，因而可以说，“承诺”更多地依赖于组织成员对组织的感情依赖。

许多学者都认为，个体对组织的承诺是多维的。归纳起来，组织承诺包括四个维度：感情承诺、继续承诺（持续承诺）、规范承诺和行为承诺。感情承诺指组织成员被卷入组织、参与组织社会交往的程度，是个体对一个组织的感情，一种肯定性的心理倾向。继续承诺指组织成员为了不失去已有的位置和时间、精力的多年投入所换来的福利待遇、人际关系网而不得不继续留在该组织内的一种承诺，因而又称“积累成本承诺”。规范承诺和行为承诺指组织成员受社会一般行为规范的约束，对组织产生责任感、义务感，从而感到必须为组织工作的一种承诺。中国员工组织承诺的结构模型一般包括感情承诺、理想承诺、规范承诺、经济承诺和机会承诺。经济承诺和机会承诺的意义相当于继续承诺，而理想承诺则是西方学者未涉及的内容。

以上对组织承诺的多维结构内容分析表明，感情承诺是主要的一个维度，而感情的培养必然依靠柔性领导；其他维度承诺的形成，也不同程度地依赖于柔性领导，理想的确立显然要靠柔性领导，继续承诺中也有着柔性因素。可见，要发挥团队的作用，形成团队的凝聚力，必须刚柔相济，柔性领导力在团队领导中是一个不可缺少的因素。

越是在现代化社会，柔性领导在组织领导中的地位越是重要。以激励思想在西方激励理论中的发展为例：西方激励理论的发展经历了四个阶段。第一阶段是以“恐吓与惩罚”为主的激励思想。它以恐吓与惩罚作为激发人们努力工作的主要手段，强调一个刚性的控制幅度，下级必须无条件地服从上级，否则就要受到惩罚。第二阶段是以奖赏为主的激励思想，奖赏内容包括主管对雇员的关怀、文娱活动、养老金和退休制度等。第三阶段是以“工作中的奖赏”为主的激励思想。这一激励思想认为，硬性组

① 参见孔维民：《东西方领导者行为分析》，山东人民出版社2007年版，第319页。

织原则往往失去效率，因而强调应该满足下级高层次的需要，包括在工作中的友情需要、自尊需要、成就需要等，在具体实践中，则采取让群体自主决策、向下级授权等措施。第四阶段是以“激励特性”为主的激励思想。其中心内容是建立具有所期望的激励特性的组织，这种组织应有利于培养下级发挥主动性和创造性的组织气氛，是既能充分发挥人的主观能动性，又能保持下级个人、群体和组织不断学习的灵活应变的有机体。西方激励理论发展逻辑的主线条，显然就是从刚性管理向柔性管理的演变。随着组织的现代化变革，柔性管理越来越显得重要。

柔性领导力提升的必然性还可从我国社会发展趋势加以说明。首先，经过30多年的改革开放，我国经济有了很大发展，经济增长呈现年均9%的速度。然而，贫富差距也日益增大。联合国开发计划署的数据显示，中国目前的基尼系数达到了0.45，超过了国际公认的基尼系数警戒线（0.4）。按照发展经济学的理论，人均GDP达到1000美元时，是一个国家的经济结构处于快速变动的时期，也是各种社会矛盾凸显期。此时，社会和谐的要求也更为凸显。柔性领导力的提升就显得非常迫切。其次，随着社会现代化程度的提高，社会成员的主体性日益提升。人民大众的经济自主性增强，政治诉求也日益强化。要求通畅地表达自己的需要和观点，维护自己的权益，成为现代社会中越来越多的社会成员的自觉意识。第二次世界大战以后，无论学术界，还是政治、经济、文化等领域，人本主义的思想都广泛流传，并且日益深入人心。人文关怀日益成为现代管理的主题。在这种情况下，柔性领导力的重要性就不言而喻了。

二、从关心效率到关心和谐：柔性领导力下领导方式的根本性变革

从关心效率到关心和谐，是当今社会发展的一个不可抗拒的趋势。就

我国而言，改革开放伊始，全国上下以经济发展为中心，尤为关注经济增长率，尤为关注社会生产力的发展，“效率优先，兼顾公平”是当时的社会发展原则。经过30多年的发展，社会公平、社会和谐的问题日益凸显。

在2007年召开的中共十七大上，社会公平问题、民生问题摆在了突出位置。更加注重以改善民生为重点的社会建设，是十七大的一个重要思想。胡锦涛提出了加快推进以改善民生为重点的社会建设的六大任务：优先发展教育，建设人力资源强国；实施扩大就业的发展战略，促进以创业带动就业；深化收入分配制度改革，增加城乡居民收入；加快建立覆盖城乡居民的社会保障体系，保障人民基本生活；建立基本医疗卫生制度，提高全民健康水平；完善社会管理，维护社会安定团结。报告满怀深情地提出：“努力使全体人民学有所教、劳有所得、病有所医、老有所养、住有所居”。尤其引人注目的是，报告提出了许多有关保障民生的新举措，诸如：“初次分配和再分配都要处理好效率和公平的关系”；将“翻两番”的目标由“总量”变为“人均”，提出“实现人均国内生产总值到2020年比2000年翻两番”；“家庭财产普遍增加，人民过上更加富足的生活”；“居民消费率稳步提高，形成消费、投资、出口协调拉动的增长格局”；把“中等收入者占多数，绝对贫困现象基本消除”的合理有序的收入分配格局作为全面小康社会的目标，以扩大中等收入阶层作为扶贫的新策略等。一句话，科学发展、社会和谐成为当今中国社会经济发展的基本原则。

柔性领导力的提升所引起的领导方式的转换，正适应了从关心效率到关心和谐的转变。柔性领导力下的领导方式呈现出以下几种转换特点：

一是服务领导理念的强化。刚性领导力突出职务权力和规章制度，领导方式以自上而下的行政命令为主，“官本位”、“权本位”的理念往往占统治地位。而柔性领导力突出领导者的影响力，强调领导者与被领导者之间的平等沟通，柔性领导力要求领导者改变居高临下的领导方式，确立“以人为本”的领导理念，突出责任和服务的领导理念。

二是协调领导理念的强化。刚性领导力主要依靠科层体制，单纯刚性领导力下的领导方式以控制为主要途径，以统一的刚性体制为基础，必然缺乏沟通和协调。而柔性领导力更注重沟通，“沟通—理解—互动”成为柔性领导的有效模式；更关注影响组织的多种因素，更关注领导活动中的多方利益，更强调协调的领导职能，以协调求发展，以协调求稳定。

三是权力平等领导理念的强化。刚性领导更适合于权力资源集中、垄断的社会。随着社会民主化程度的提高，尤其是知识经济和信息化的发展，人们获得知识和信息资源的机会越来越多。领导者在权力资源上的优势日益丧失，权力崇拜的根基动摇了，支撑领导权力的资源趋于平等化。柔性领导力正是基于权力资源平等化的有效领导方式。它要求领导者尊重下属，依靠下属，挖掘下属的领导力，而不是高高在上，包办一切。

四是个性化领导方法的强化。刚性领导力依赖于规章制度，强调统一的行为规范，必然是组织成员的趋同化。在刚性领导方式下，领导方法往往千篇一律，甚至满足于一般号召，极易生搬硬套。在市场经济条件下，经济利益日益多元化，人们思维方式、生存方式的多元化也更为凸显。在多元化的时代，刚性领导方式必定不适应，多元化时代呼唤领导方法的多样化、个性化，即有的放矢，对症下药，柔性领导的个性化特征恰是适应这个时代的有效领导方式。

五是集体领导方式的强化。柔性领导比刚性领导更强调系统管理、民主管理和团队精神，在柔性领导方式下，领导力并不是集中在某个人的身上，整个组织也不是集中控制在某个人的手中，而是依靠团队的力量，依靠大家的努力，领导者只是一个引路人、教练、拉拉队队长，并不能包办一切。柔性领导力是存在于整个团队中，是团队的一个要素，因此，柔性领导必然是一种集体领导。这里所说的集体，不光指领导班子，更是指整个团队。

纵观以上五点，无不是对和谐的领导方式的强化。柔性领导力就是和谐领导力的一种具体表现。

三、“无为而治”：柔性领导力的文化渊源

在中国传统文化中，有一笔宝贵的精神财富日益引起世界各国学者、管理者和领导者的关注，这就是中国传统哲学的“无为而治”的思想。

提出“无为而治”思想的首推道家老庄哲学，但阐发了这一宝贵思想的并非唯独道家。儒家、法家乃至黄老学派，都有“无为而治”的深刻思想。纵观中国传统哲学各派“无为而治”的思想，尽管各有特色，思想不完全一致，但贯穿其中的一个重要思想是共同的，即：“无为而治”并非撒手不管的懒汉哲学，而是“无为”与“有为”的统一，“无为而治”用于领导、管理，都旨在寻求一种以最小的领导行为获取最大效益的高超领导艺术，以达到一种很高的境界。这对和谐社会领导力的构建无疑具有深远的指导意义。

归纳起来，中国传统哲学的“无为而治”思想对我们的深刻启示至少有两点，其一，要尊重客观规律，顺其自然；其二，要施德政，德修于己而人自感化。纵观这两条，无不贯穿了柔性领导力的思想。

（一）尊重客观规律，顺其自然

老子“无为而治”的领导思想源于“道法自然”的自然观和社会观。也就是说，“道法自然”是“无为而治”的理论基础。

“道”是老子思想体系的最高范畴。在老子哲学体系中，道既是宇宙万物的本原，又是万物运行的客观规律。作为本原，它生养万物；作为客观规律，它体现万物的天性和宇宙的自然法则。道的自然本性是：自然而然、普利万物、抱虚守静、无私无欲、无为无不为等。而这正是人类应当效法的。

老子将自然规律引入人类社会，主张“人道”也要遵循“天道”，应该清静无为。治国之道也是如此，即“王法地，地法天，天法道，道法自

然”（《老子》第25章）。《老子》中多处讲到“无为”，如“爱民治国，能无为乎”（《老子》第10章），“圣人处无为之事，行不言之教”（《老子》第2章）；同时，又多次讲“无为无不为”。

《老子》提出：政府宽厚，民风就淳朴；政治严苛，人民就抱怨不满。所以，治理一个大国就应当像烹小鱼那样，不要过多的翻动，以免把鱼翻碎。执政者无为，人民自然顺化；执政者好静，人民自然端正；执政者无事，人民自然富足；执政者没有太多的欲望，人民自然俭朴。“我无为而民自化，我好静而民自正，我无事而民自富，我无欲而民自朴。”（《老子》第57章）诚能如此，治国的一切目标都能达到。待到功勋建立了，事业完成了，百姓会说：这都是我们自己一直这样做的结果。“功成事遂，百姓谓我自然。”（《老子》第17章）老子认为，执政者不应有自己的单独的意志，而要以百姓的意志和愿望作为自己的意志和愿望。“圣人无常心，以百姓之心为心。”（《老子》第49章）只有对民众少干涉或不干涉，保持政策的稳定性和连续性，以民众不知不觉的方式和影响力进行领导，使人民感觉不到执政者在领导和管理他们而又事无不成，这才是最高明的本事，最高超的境界。以“有为”的做法，使民众爱戴、称誉，那不过是等而下之的领导；至于使民众害怕或受到民众侮骂的领导，就不值一提了。这无疑是一种柔性管理的方法。

（二）“为政以德”，“德修于己”而“人自感化”

与道家不同，儒家的“无为而治”思想是以“有为”求“无为”，即在“有为”的基础上达到“无为”的境界。如唐代诗人白居易所说“无为者，非无所为也，必先有为而后至于无为也”（《白居易集》卷47）。“为政以德”、“德修于己”是儒家“有为”的首要含义。

针对春秋时期诸侯无道的暴政，孔子提出“为政以德”，即执政者要以德施政，善待民众，先富后教，先惠后使，先教后杀，使“天下之民归心焉”。一是富民利民，即给百姓以实际利益，“惠则足以使人”。只有国家富裕了，君主和国家才能富足。二是教化民众。民众富裕之后，就要

"教之"，使其"富而好礼"。主张以德为主，以刑为辅，教化在先，刑罚在后，刑罚乃不得已而用之。孔子认为，教化的作用是政令和刑罚不可比拟和替代的。"道之以政，齐之以刑，民免于无耻；道之以德，齐之以礼，有耻且格。"意为：行政与法律手段只能使人们勉强克制自己不去犯罪，而不知道什么是耻辱，不能从思想上解决问题；只有用礼义道德引导和教育百姓，才能使他们懂得做坏事可耻，从而自觉地约束自己的行为。三是取信于民。孔子认为，"言必信，行必果"，从政者应懂得"自古皆有死，民无信不立"，"上好信，则民莫敢不用情"的道理。

《大学》、《中庸》把孔子道德治国的理论推向前进。《中庸》说："知所以修身，则知所以治人；知所以治人，则知所以治天下国家矣。"《大学》说："身修而后家齐，家齐而后国治，国治而后天下平。自天子以至于庶人，壹是皆以修身为本。"①

孟子则提出仁政王道说。对内行仁政王道，对外反对兼并战争，主张以德服人，反对以力服人。其理论基础是性善说和孔子的仁学。"以力服人者，非心服也，力不赡也；以德服人，中心悦而诚服也。"（《孟子·公孙丑上》）孟子主张体恤和减轻百姓疾苦，使百姓拥有基本生产资料，善于教化，"民贵君轻"。

可见，儒家的"有为"，既有"德"，也有"刑"，但以"德"为主。一旦进入"德修于己而人自感化"的境界，就可达到"无刑"、"无赏"，也即"无为"的目的。儒家主张，治人先治己，而治己应以德为主，这是"大事"；凭借外在权势和刑罚治人，这是"末事"。依据儒家的观点，一个成功的领导者必须树立良好的道德形象，推行道德教化，由正己而后正人，由修己而后安人，由自律而后他律。"圣人行德于上，而民自归之，非有心欲民之服也。"（《朱子语类》卷25，《论语五·为政上》）这是建立在圣人道德感化基础之上，强调主动引导式的感应性，通过心灵沟通和感情认可的领导艺术；是一种视之不见、闻之无声、触之不及的巨大影响力；要做到这一点，必须达到很高的境界。可以说，儒家的"无为而治"

① 田广清等：《中国领导思想史》，上海交通大学出版社2007年版，第61页。

是一种内在道德感化的柔性领导。

四、强化柔性领导力的根本途径

和谐社会的领导力必须依靠具备智慧、幽默、乐观、进取、正直、公平、宽容、有爱心等个性人品魅力的领导者来施展。和谐社会的领导力要成为一种吸引、凝聚的力量，要能营造出一个活力化的充满人情味的可信赖的氛围，并以此来激励下属潜能的发挥；要用爱心和榜样的力量去感化人，用尊重理解的心态去帮助人，用积极进取的激情去影响人，用设法提供舞台和机遇去吸引人，那么，这样才能成为真正促成和谐的领导力。

柔性化、隐性化领导力的实施具有两个重要环节，一是率先垂范；二是共启愿景。所谓率先垂范，即是身先士卒，保持领先。美国组织行为专家道格拉斯·K. 史密斯（Douglas K.Smith）认为，在 21 世纪的组织中，如果要在领导方面取得成功，所有的领导者必须学会一种新的技能，那就是追随——追随我们的想象力和目标，追随我们为迈向目标而制定的管理原则，追随所有那些将使组织理想实现的人们。他认为，追随，正是一种“保持领先”的方式。在传统的组织中，领导者和追随者是截然分开的，领导意味着制定决策和确定发展方向，而追随意味着服从；而在一个作为和谐整体的新的组织中，每一个人都必须学会领导和追随，“在一个有效组织中，人们必须既是思考者又是行动者，既要管理他人又要管理自己，既要在思想上作出决策又要在实际中作出具体的工作。”[①] 优秀的领导者应该懂得，组织目标的实现靠的是一个和谐的整体，而不是单个人，而无所不知的领导已经成为过去，因此，领导者应该学会追随他人，向他人学习；追随团队，带领整体前进。一个和谐整体的个人之间是一种相互追

---

① F. 赫塞尔本等：《未来的领导》，四川人民出版社 2000 年版，第 229 页。

随、相互领导的关系。

所谓共启愿景，即齐心协力，朝向一方，共同奔向目标。美国人力资源管理专家戴维鄂里奇（Dave Ulrich）指出："有效领导的结果是很简单的，它一定要将理想付诸行动中。理想表现为许多形式：战略、目标、使命、眼光、预见和计划。不管过程如何，领导者总能激发起人们对于未来的渴望。"[①] 领导者的任务不是去想象，而是去行动，而且不是单打独斗，而是善于将理想的意图化为团队的实践。为此，要实现三个转变：一是从高高在上转向领导共享，包括目标共享、利益共享、困难共享、成功喜悦共享；二是从追求"个人冠军"到旨在团队获胜，置身于团队中，而不是凌驾于众人之上；三是从居高临下解决问题转向敢为人先，大胆创新，勇做先锋，与大家一起共同开创美好的前景。

通过这两条途径实施的柔性领导是一种"不知有之"的领导，在通过这两条途径实施的领导活动中占主导地位的是被领导者而不是领导者。领导者仅仅是提供服务，提供支持，提供情景，提供条件；被领导者在感觉不到被管理、被引导、被带领、被影响的情况下，领导作用却已施加到了自己身上。柔性领导力的作用好比"磁场"的作用，无形而有吸引力、感召力。

① F. 赫塞尔本等：《未来的领导》，四川人民出版社 2000 年版，第 237 页。

党政领导干部的人格特点与工作绩效之间的关系

王登峰　崔红*

一、引言

工作绩效一直是工业/组织心理学（I/O）的研究和人力资源管理实践中受到广泛关注的变量，并且在薪酬、培训/发展、晋升、人力资源规划、人事决策及研究中得到了广泛的应用。[①] 当前研究者一般倾向于从行为的角度来定义绩效，认为绩效是“与组织目的有关的、可观测的行为”，是一个多维的、动态的变量，而且在研究领域和人力资源管理的实践领域，绩效评定逐渐由对结果的关注转移到对工作行为的关注。[②] 然而，个

* 第一作者工作单位为北京大学人格与社会心理学研究中心；第二作者工作单位为解放军总医院医学心理科。

① See Cleveland, J.N.etal.“Multiple Uses of Performance Appraisal: Prevalence and Correlates”, *Journal of Applied Psychology*, 1989, 74, pp.130-135.

② See Campbell J.P., Ford P., etal.“Development of Multiple Job Performance Measures in a Representative Sample of Jobs” .*Personnel Psychology*, 1990, 43(2), pp.278-300.

体在组织中的行为还包括“与组织目标”无直接关系，但却可以促进组织目标实现的行为，如Katz早在1964年就提出，一个运作良好的组织除了要有足够的个体保留在组织中以外，组织成员还必须完成工作要求和角色任务规定的事务，以及自发的和有建设性的进行一些超出职务规定范围以外的事务。① 目前在工作绩效的研究中关于前者的观点比较一致，把这部分行为界定为“任务绩效”，而有关后者的观点则出现了几个相互关联的概念，即“关系绩效”②、“组织公民行为”③ 和“亲社会行为”④ 等，而组织公民行为和关系绩效的内涵存在很大的重叠。⑤

西方公共管理领域在20世纪70年代开始的“新行政管理运动”中，提出了“把私营企业的管理方法运用到政府机构，以提高行政效率，克服部门间不协作现象”⑥ 的改革方向，并致力于“使公共部门内僵化的管理方式转变为灵活的、目标导向的管理方式”⑦。例如，西方始于工业企业中的应用和研究的工作绩效概念和评价方法后来被引入到服务行业、军队、政府等其他管理领域中。

同时，文化对管理行为的影响，从而文化也会影响到人们的工作绩效⑧，已越来越受到人们的认同，国内学者对管理者工作绩效的研究也发现了工作绩效的文化差异。例如，蔡永红和林崇德分别研究了学生⑨ 和同

---

① See Katz D., Kahn R.L. *The Social Psychology of Organizations*.1978, New York: Wiley.

② Motowidlo S.J., Van Scotter J.R., “Evidence that Task Performance Should be Distinguished from Contextual Performance.” *Journal of Applied Psychology*, 1994, 79,pp. 475-480.

③ Organ D.W.“Organizational Citizenship Behavior: It’s Construct Clean-up Time.” *Human Performance*, 1997, 10, pp.85-97.

④ Brief, A.P., & Motowidlo, S.J., “Prosocial Organizational Behaviours.” *Academy of Management Review*, 1986, 11, pp.710-725.

⑤ See Organ D.W.“Organizational Citizenship Behavior: It’s Construct Clean-up Time.” *Human Performance*, 1997, 10, pp.85-97; Motowidlo S.J. “Some Basic Issues Related to Contextual Performance and Organizational Citizenship Behavior in Human Resource Management.” *Human Resource Management Review*, 2000, 10, pp.85-97.

⑥ Behn R.D.“Why Measure Performance? Different Purposes Require Different Measures.” *Public Administration Review*, 2003, 63(5), pp.586-606.

⑦ 乔恩斯、华纳：《跨文化管理》，卢长怀等译，企业管理出版社1999年版。

⑧ See Cipolla F.P.“Human Resource Management in the Federal Government: A Retrospective.” *The Public Manager*, 1996, 25(1), pp.17-19.

⑨ 参见蔡永红、林崇德、陈学锋：《学生评价教师绩效的结构验证性因素分析》，《心理学报》2003年第3期。

事[①]对教师工作绩效的评定，采用事先假定绩效由两个维度构成、经验证性因素分析确认的方法，结果均支持了关系绩效（含职业道德、职务奉献和助人合作三个因素）及任务绩效（含教学效能、教学价值和师生互动三个因素）的划分。王辉等[②]采用类似的研究程序对银行主管工作绩效的研究也支持了任务绩效与关系绩效（情境绩效）的划分。然而，上述研究虽然支持了任务绩效与关系绩效的独立性，但两者之间的相关仍很高，与西方学者所认为的两者之间相关较低[③]是不一致的。

孙健敏和焦长泉[④]对109名企业管理人员进行了半结构性深度访谈，最后归纳出描述管理者绩效的三个维度：任务绩效（包括决策、授权、考核奖励、指导下属等）、个人特质绩效（包括创新行为、自律行为、公正行为、维护公司利益、承担责任等）和人际关系绩效（包括凝聚和支持下属、沟通反馈和协调关系等）。尽管在这项研究中没有进行因素分析，但他们所提供的三因素模型至少在内容上与西方的任务—关系绩效模型存有不同。

根据文献资料，中国可能自公元3世纪开始已经有非正式的对官员的绩效考评方法，而当前中国社会公共管理部门对工作人员的绩效考察和管理主要是由各级党委组织部主持进行的。考察的内容包括各项年初制定的预定指标（如“招商引资指标”、“计划生育指标”等），以及对党政领导干部在“德、能、勤、绩、廉”等方面表现的评估，主要由上级打分；现在对某些层级的干部考评也引入了群众（同事）打分，但通常只在年终进行，对于这些考评结果也缺乏有效的运用。目前，西方政府借鉴组织管理心理学的研究成果以改善政府绩效的做法已经引起了国内有关部门的高度重视。例如，青岛市委、市政府根据西方政府的目标绩效管理策略，启动

---

① 参见蔡永红、林崇德：《同事评价教师绩效的结构验证性因素分析》，《心理发展与教育》2004年第1期。

② 参见王辉、李晓轩、罗胜强：《任务绩效与情境绩效二因素绩效模型的验证》，《中国管理科学》2003年第4期。

③ See Motowidlo S.J., Van Scotter J.R., “Evidence that Task Performance Should be Distinguished from Contextual Performance,” *Journal of Applied Psychology*, 1994, 79, pp.475-480.

④ 参见孙健敏、焦长泉：《对管理者工作绩效结构的探索性研究》，《人类工效学》2002年第3期。

了借鉴企业人力资源管理模式，构建绩效政府的行动，提出了“探索建立具有时代特征、青岛特点、符合全球化竞争和市场经济发展需要的党务政务管理新模式和抓落实新机制”①。

本研究的目的之一就是借鉴西方有关工作绩效研究的方法，试图从理论和实际应用角度探索中国基层党政领导干部的工作绩效结构，从而对党政领导干部的绩效考核及其应用提供实证证据。

同时，工作绩效与人格因素之间的关系也一直是这一领域中的热点问题，特别是西方“大五”人格结构模型②出现以后，众多的研究结果均表明大五人格的某些维度能够显著地预测多数职业类别上的工作绩效；某些人格维度则可以预测部分职业类别上的工作绩效或工作绩效相关的某些层面。例如，Barrick 和 Mount③ 采用大五人格分类对相关研究进行的元分析表明，大五中的公正严谨性（Conscientiousness）与各种工作类型、各个工作绩效指标显著相关（r 在 0.20—0.23 之间，均值为 0.22）；外向性（Extraversion）与管理者（r=0.18）和销售员（r=0.15）的绩效相关显著；情绪稳定性（Emotional Stability，相对于与 NEO 体系的“神经质”Neuroticism）与警察群体的工作绩效相关显著（r=0.10）；愉悦性（Agreeableness）与警察和管理者的绩效相关显著（r=0.10）；开放性（Openness）在所有工作类型上都没有发现与工作绩效的显著相关。对直接采用大五人格量表（NEO PI-R）④ 的研究进行总结时也得到了相似的结果⑤。

然而，不仅中国的基层党政领导干部的工作绩效可能与西方有关绩效研究的结果不一致，而且中国人的人格结构也与西方的大五人格结构

① 青岛市委：《建立绩效管理新机制，提高地方党政执政能力》，《中国行政管理》2005 年第 2 期。

② See McCrae R.R., Costa P.T. “Personality Traits Structure as a Human Universal” . *American Psychologist*, 1997, 52,pp. 509 -516.

③ See Barrick M.R., Mount M.K. “The Big Five Personality Dimensions and Job Performance: A Meta-analysis.” *Personnel Psychology*, 1991, 44,pp. 1-26.

④ See Costa, P. T., McCrae, R. R. “Revised NEO Personality Inventory (NEO PI-R) and NEO Five-Factor Inventory(NEO-FFI)” , *Psychological Assessment Resources*, Inc., Lutz, FL: 1989.

⑤ See Hurtz G.M. Donovan J.J.“Personality and Job Performance: The Big Five Revisited. ”*Journal of Applied Psychology*. 2000, 85,pp. 869-879.

存在显著的差异[①]，因此基层党政领导干部中人格因素与工作绩效的关系也需要进行具体的探索。本研究的另一个目的就是采用中国人人格量表(QZPS)[②]探索人格因素与党政领导干部工作绩效之间的关系，从而为党政领导干部的选拔、培训和任用提供实证证据。同时，通过比较 QZPS 与 NEO PI-R 在预测工作绩效时的效度，进一步阐明中西方人格结构的差异。

二、方法

（一）工作绩效自我评估量表的编制

对党政领导干部进行深度访谈，访谈的主题是：(1) 你如何判断自己的工作成绩和效果？（2）你单位的组织人事部门在晋级、提拔、学习机会的决定是从哪些方面评价这些同志的工作成绩的？（3）你的下属同志工作是如何分配的？在他们分配的工作内你看重哪些指标来判断他们的工作成效？（4）除了任务完成，你还从哪些方面考察自己的工作？（例如，工作主动性如何判断？尽职尽责如何体现?）共访谈科级领导干部 14 人、处级领导干部 20 人。

根据访谈记录，整理出所涉及的内容，并分别以单独的项目列出。研究者与两名处级干部对每一个项目进行分析、合并或删除不适合的项目，最终确定 40 个项目。将整理好的项目随机排列，要求被试进行自我评定。

① See Wang D., Cui H., Zhou F. "Measuring the Personality of Chinese: QZPS versus NEO PI-R." *Asian Journal of Social Psychology*, 2005, 8 (1) ,pp. 97-122；王登峰、崔红：《中国人“大七”人格结构的理论分析》，见王登峰、侯玉波主编：《人格与社会心理学论丛（一）》，北京大学出版社 2004 年版，第 46 — 84 页；王登峰、崔红：《解读中国人的人格》，社会科学文献出版社 2005 年版。

② 参见王登峰、崔红：《中国人人格量表（QZPS）的信度与效度》，《心理学报》2004 年第 3 期；王登峰、崔红：《中国人的人格特点与中国人人格量表（QZPS 与 QZPS-SF）的常模》，《心理学探新》2004 年第 4 期。

评定标尺均是1（从未表现）至7（一贯表现）。

（二）试及施测量表

第一组：基层党政领导干部1237人，来自某设区市党委、人大、政府和政协机关干部及其13个县（市、区）。对他们施测工作绩效自我评估量表。被试中正处级145人，副处级644人，正科级309人，副科级51人，88人未注明级别。男918人，女131人，未注明性别188人。年龄在24—60岁，平均年龄45.89±7.21岁，其中24—35岁76人，36—45岁401人，46—60岁519人，未注明年龄者241人。研究生学历186人，大学学历705人，大专、中专、高中204人，未注明学历142人。

第二组：第一组中的172名处级干部。对他们除施测工作绩效自我评估量表以外，还包括：（1）中国人人格量表（QZPS），包括180个项目，测量人格的七个维度和18个小因素。（2）NEO PI-R的中文版，包括240个项目，测量人格的五个维度和30个层面。（3）被试的年度绩效考核指标（组织部门提供，包括上级和同级评估、下属评估及考察组评估指标，均以百分制记分，分数越高，工作绩效越高）。其中正处和副处级分别为18人和150人，4人未注明级别；男女分别为114人和50人，8人未注明性别；年龄在29—59岁，平均年龄46.54岁，标准差6.87岁；研究生学历24人，大学学历72人，大专、中专、高中68人，未注明学历8人。

三、结果

（一）工作绩效量表的结构和项目分析

（1）工作绩效自我评估量表结构。将被试对每一个项目的反应转换成标准分数后进行探索性因素分析，有16个因素的特征值大于1，解释总方差的59.27%。根据碎石图检验（如图1），在第七个因素出现明显的拐点，因此取六个因素进行正交旋转（Equamax），逐步删除六个载荷量低的项目后，六个因素分别解释6.90%、6.00%、5.64%、5.61%、5.27%和4.68%的变异，共解释34.10%。各个项目的内容、载荷量、共通性见表1。

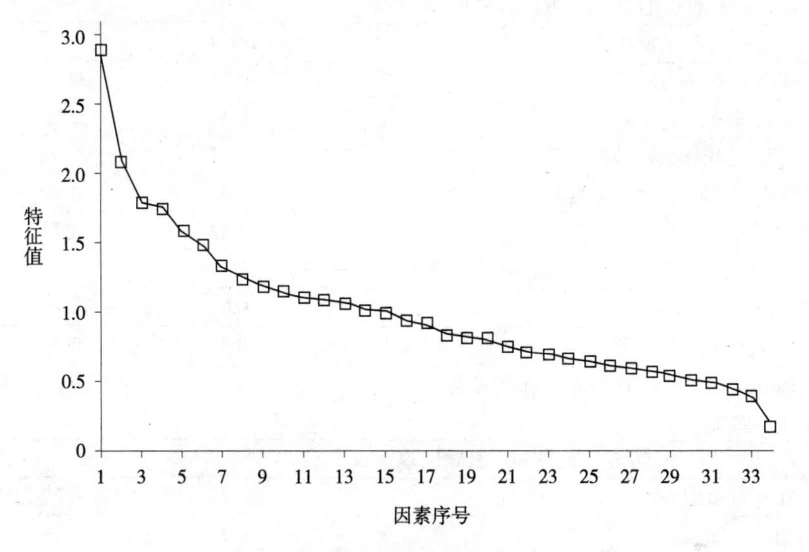

图1　工作绩效量表的因素分析陡阶检验

表1　工作绩效量表各个因素的项目构成、载荷量、共通性及内部一致性系数（α）

因素命名、项目构成、内部一致性系数（α）	载荷量	共通性
因素一：主动机敏（α = 0.79）		
诚实对待领导，据实汇报工作	0.59	0.44
坚持原则，不过多地谋求私利	0.54	0.29
尊重领导	0.51	0.33
不对外面泄露本部门的机密	0.40	0.33
迅速准确的领会上级领导的意图	−0.35	0.17
经常与上级保持联络	−0.41	0.18
能快速接受新的业务知识	−0.45	0.30
能够迅速判断领导的意图并拿出相应的工作方案出来	−0.51	0.49
因素二：积极开拓（α = 0.78）		
办事利索	0.45	0.33
不固守已有模式，经常找到新点子，以改善、拓展当前工作	0.63	0.49
能开拓性的开展工作	0.59	0.47

因素命名、项目构成、内部一致性系数（α）	载荷量	共通性
公文处理能力很强	0.45	0.38
在矛盾冲突中能保持风度	0.32	0.30
对领导忠心不二	−0.37	0.32
下去监督工作的时候积极维护单位的形象	−0.45	0.27
因素三：融洽得体（α = 0.80）		
言行得体，符合自己的身份和场合的要求	0.61	0.40
与其他部门的关系比较融洽	0.59	0.45
能获得同事的支持和信任	0.35	0.17
乐于承担领导分派的任务	−0.41	0.20
对领导交代的事情尽心尽责	−0.47	0.46
千方百计办好领导交代的事情	−0.48	0.51
努力维护本部门的利益	−0.32	0.24
因素四：胜任工作（α = 0.83）		
对工作非常热情	0.64	0.46
愿意承担本人分工的任务	0.54	0.33
对上级领导交代的任务总是能够按时完成	0.53	0.29
对待工作不敷衍了事	0.37	0.16
因素五：激励同事（α = 0.76）		
只谈论那些对组织有益的事情	0.43	0.27
能团结调动下属	0.34	0.16
当别人工作做得出色时，经常予以称赞或表扬	0.55	0.34
关心同事和下属的困难和需求	0.53	0.34
工作落实快	−0.31	0.32
因素六：细致合作（α = 0.70）		
帮助配合同事完成工作	0.60	0.40
对自己的业务非常熟悉	0.50	0.42
做事小心谨慎，工作很少出现纰漏	0.48	0.27

因素一包括正反向记分的项目各 4 个。正向记分的 4 个项目主要体现的是个体坚持原则、诚实严谨和尊重上级领导的特点；反向记分的 4 个项目则主要反映个体机智灵活、主动与上级保持联系和沟通、并能够迅速接受新的变化、及时调整工作计划的倾向。因此，因素一反映的是个体严谨细致或机智灵活、主动开展工作的倾向，因此将正负向记分项目反转后命名为“主动机敏”。

因素二中正向和反向记分的项目分别为 5 个和 2 个。正向记分的项目

反映的是办事利索、不墨守成规、积极开拓、办事能力强，反向记分的两个项目反映的是对上级的忠诚和维护本单位形象的努力。因此，因素二反映的是个体展示个人能力和工作效率（包括工作效果和工作成绩）或注重不出差错（维护形象、忠于上级）的倾向，因此将因素二命名为"积极开拓"。

因素三中正向和反向记分的项目分别为 3 个和 4 个。正向记分的项目反映的是言行得体，能够得到同事和其他部门的接受和认可，反向记分的项目反映的是热衷于完成领导交办的事情以及维护自己部门的利益。因此，因素三反映的是个体对同事和部门的热情和关心或对上级领导的热情和关心，因此将因素三命名为"融洽得体"。

因素四由 4 个正向项目组成，反映的是个体的工作热情和主动接受、开展和完成工作、认真负责的倾向和表现，因此将因素四命名为"胜任工作"。

因素五中正向和反向记分的项目分别为 4 个和 1 个。正向记分的项目反映的是个体激励同事（特别是同事），对同事鼓励、支持、关心，并努力为组织发展尽力，反向记分的项目反映的是对具体工作的关注和重视。因此，因素五反映的是个体对他人的关心和支持或对工作的重视，因此将因素五命名为"激励同事"。

因素六由 3 个正向项目组成，反映的是个体工作认真细致、熟悉业务和主动帮助、配合同事的倾向，因此将因素六命名为"细致合作"。

六个因素间的相关见表 2。除个别因素间的相关不显著以外，大多数因素间的相关在 0.05 或以上水平上显著。

表 2　工作绩效各个因素间的相关（N=1237）

	主动机敏	积极开拓	融洽得体	胜任工作	激励同事
积极开拓	0.25**				
融洽得体	0.17**	0.03			
胜任工作	0.07*	0.39***	−0.09*		
激励同事	0.08*	0.32***	−0.03	0.52***	
细致合作	0.15**	0.41***	−0.06*	0.63***	0.48***

注 * ：$p<0.05$ ；** ：$p<0.01$ ；*** ：$p<0.001$。

（2）工作绩效的二阶模型。由于工作绩效不同因素间存在显著的相关，因此进行二阶因素分析。只有两个因素的特征值大于 1，共解释总方差的 61.76%，碎石图检验也在第三个因素出现明显的拐点，因此取两个因素进行正交旋转，结果见表 3。二阶因素 I 和二阶因素 II 解释的方差分别为 40.55% 和 21.21%。

二阶因素 I 由胜任工作、细致合作、激励同事和积极开拓四个因素构成。从表 1 可以看出，这四个因素均包括明显的处理不同人际关系的特点，如对待领导、同事和下属的态度和人际关系特点等；但同时又包括明显的指向完成本职工作的特点，因此既具有西方绩效结构中的任务绩效的特征，又具有关系绩效的特征。综合考察四个因素的内涵，尽管在内容上表现出明显的人际关系特点，但其主要目标仍然是指向完成本职工作任务，即人际关系是手段，而完成工作任务是目的。因此，将二阶因素 I 命名为“指向任务的人际关系特点”，简称“任务指向”。

二阶因素 II 由融洽得体和主动机敏两个因素构成。从表 1 可以看出，这两个因素均包括处理与上级和同事关系的特点及对待本职工作的态度等两个方面的内容。在处理人际关系时，又把对待上级的态度与对待同事的态度（融洽得体）和对待工作任务的态度（主动机敏）对立起来，从某种意义上反映了个体的“唯同事”、“唯工作”或“唯上”的倾向。从构成因素的内容来看，尽管二阶因素 II 仍然突出表现为人际关系的特点，但与二阶因素 I 不同的是，这里的重点不是完成任务，而是对个人质量的反映。因此，将二阶因素 II 命名为“指向个人质量的人际关系特点”，简称“质量指向”。两个二阶因素间的相关系数 r=0.10，尽管比较低，但仍在 0.01 水平上显著。

表 3　工作绩效量表的二阶因素结构

	I	II	共通性
胜任工作	0.85		0.73
细致合作	0.84		0.70
激励同事	0.75		0.56
积极开拓	0.63		0.53
融洽得体		0.76	0.61
主动机敏		0.75	0.59

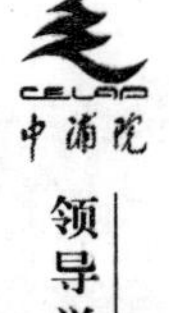

（三）自我评定的工作绩效与组织部门评估结果之间的关系

表 4 是组织部门年终考核分数与被试自我评估分数之间的相关。从表 4 可以看出，自我评估的工作绩效中融洽得体和积极开拓与上级和同级评分正相关，积极开拓与考察组评分正相关，其他的相关均不显著。因此，自我评估的绩效与他人评估的绩效基本上是不同的内容。

表 4　组织部门年终考核分数与被试自我评估分数之间的相关（N=1237）

	上级和同级评分	下级评分	考察组评分
主动机敏	−0.08	−0.07	−0.10
融洽得体	0.19*	0.10	0.15
积极开拓	0.23**	0.10	0.22**
激励同事	0.00	0.08	0.00
胜任工作	0.13	−0.07	−0.14
细致合作	0.10	0.09	0.03
任务指向	0.19*	0.04	0.06
质量指向	0.09	−0.00	0.02

注：*p<0.05；**p<0.01。

为检验自我评定和他人评定的工作绩效之间的关系，对自我评估的 6 个因素分数及他人评定的 3 组分数进行探索性因素分析。按照解释方差的百分比和陡阶检验，应取三个因素进行旋转。三个因素的载荷量与共通性见表 5，因素 I、II、III 所解释的方差百分比分别为 29.46%、22.23% 和 13.80%，共解释总方差的 65.49%。

表 5　工作绩效评估的因素结构

	因素 I 任务指向	因素 II 质量指向	因素 III 他人评定	共通性
细致合作	0.90			0.82
胜任工作	0.89			0.81
积极开拓	0.78			0.75
激励同事	0.63		−0.47	0.62
下级评分		0.86		0.75

	因素 I 任务指向	因素 II 质量指向	因素 III 他人评定	共通性
考察组评分		0.82		0.68
上级和同级评分		0.63		0.46
主动机敏			0.78	0.64
融洽得体			0.52	0.37

表 5 的结果支持了表 4 的相关结果，即被试的自我评定与他人评定是相互独立的。下面将被试的工作绩效分三部分进行分析。

(三) 党政领导干部的人格特点与工作绩效之间的相关与回归分析

（1）相关分析。分别计算工作绩效的三种指标与 QZPS 及 NEO PI-R 之间的相关度。在与 QZPS 的相关中，所有七个维度及 18 个二级因素中的 15 个（活跃、重感情及爽直除外）均与任务指向存在显著的相关，相关系数绝对值分别介于 0.20—0.51 及 0.25—0.61 ；七个维度中的三个（外向性、行事风格及情绪性）及 18 个二级因素中的 8 个（活跃、重感情、自制、决断、爽直、宽和、淡泊）与质量指向存在显著的相关，相关系数绝对值分别介于 0.16—0.42 及 0.18—0.40；七个维度中只有情绪性(r=−0.26)及 18 个二级因素中的 5 个（合群、乐观、耐性、爽直及淡泊）与他人评定存在显著的相关，相关系数绝对值分别介于 0.16—0.27。

在与 NEO PI-R 的相关中，五个维度与任务指向的相关均不显著，30 个层面中只有 E4（活动性，r=0.22）和 A5（谦逊，r=−0.28）相关显著；五个维度与质量指向的相关也均不显著，30 个层面中只有 O6（价值观，r=−0.21）、A4（顺从,r=−0.15）和 C6（严谨,r=0.17）相关显著；五个维度中只有 O（开放性，r=0.17）与他人评定相关显著，30 个层面中只有 O3（情感，r=0.18）、O4（行动，r=0.16）、O5（观念，r=0.15）和 A3（利他，r=0.16）相关显著。

（2）逐步回归分析。分别以 QZPS 或 NEO PI-R 的维度或二级因素 / 层面为因变量，以工作绩效的三种指标为预测变量进行逐步回归分析，表 6 和表 7 分别列出了进入回归方程的人格维度及其二级因素 / 层面的 β 值以及解释总方差的百分比。

表 6　QZPS 的维度及二级因素预测工作绩效的逐步回归结果（N=172）

	任务指向		质量指向		他人评定	
	变量	β 值	变量	β 值	变量	β 值
二级人格因素	坚韧	0.44	严谨	−0.44	爽直	−0.31
	活跃	−0.51	决断	−0.37	沉稳	−0.30
	宽和	0.38	热情	−0.27	自制	0.21
	自信	0.27	爽直	−0.21		
	$R^2=0.499$		$R^2=0.403$		$R^2=0.153$	
人格维度	处世态度	0.38	处世态度	0.27	情绪性	−0.27
	人际关系	0.53	情绪性	−0.29		
	外向性	−0.38	行事风格	−0.23		
	$R^2=0.317$		$R^2=0.341$		$R^2=0.063$	

注：R^2 所指的是经过调整后的 R^2 数值。

表 7　NEO PI-R 的维度及层面预测工作绩效的逐步回归结果（N=172）

	任务指向		质量指向		他人评定	
	变量	β 值	变量	β 值	变量	β 值
人格层面	A5 谦逊	−0.38	O6 价值	−0.22	O3 情感	0.18
	N1 焦虑	0.29	N3 抑郁	−0.20		
	A1 信任	0.30	A4 顺从	−0.15		
	A4 顺从	−0.17				
	$R^2=0.160$		$R^2=0.080$		$R^2=0.027$	
人格维度					O 开放性	0.17
	$R^2=0.00$		$R^2=0.00$		$R^2=0.022$	

注：R^2 所指的是经过调整后的 R^2 数值。

四、讨论

（一）基层党政领导干部工作绩效的结构

本研究的结果表明，基层党政领导干部自我评估的工作绩效涉及六个不同的方面，而且基本上可以由两个维度进行解释，按照西方学者对工作绩效的划分，“任务绩效”是属于完成“指定”任务的行为，而“关系绩效”则属于与“指定”任务没有直接关系，或并不直接针对指定任务，但却有利于完成“指定”任务的行为。在党政领导干部的职责中并没有明确的职务分析基础，他们日常的工作往往存在很多的变量，而且与职务任务有关的所有行为也都被看做是“分内”的或“指定”的，因此任务绩效和关系绩效实际上是很难区分的。因此，本研究中发现的个体自我评估的工作绩效中的第一个维度，即“任务指向”既包括了西方“任务绩效”的内容，也包括了“关系绩效”的内容。相比之下，本研究中发现的自我评定绩效的“质量指向”既不属于“任务绩效”，也不属于“关系绩效”，它所反映的是个人修养和个人目标方面的内容。

党政领导干部的工作绩效考察目前仍然是由组织部门进行，其方式大多以组织谈话（包括被考察对象的上级、同级及下级）和综合性测评（如，“你认为该同志能否胜任目前的工作”，“能否提拔使用”等）。本研究的结果表明，这些方法之间的一致性是比较高的，但却与自我评估的绩效相关很低，只有上级/同级评估与自我评估中的“融洽得体”和“积极开拓”因素存在显著相关，考察组的评估与“积极开拓”因素存在显著相关。换言之，他人评定的工作绩效与自我评定的工作绩效中“工作指向”的内容存在一定的相关，但却与自我评定的“质量指向”的内容基本无关，即他人评估（包括上级、同事、下级及组织部门的考核）很难涉及个体比较深层次的意愿和行为，这几乎成了他人考察的一个盲点。从这个意义上来说，反映“工作指向”绩效内容的行为尽管也受到很强的社会化或情境化的要求，但由于这些行为的目标是指向工作或任务的，因此领导干部在这些行为上的掩饰倾向比较低，因而会比较多地受到个人人格特点的影响。相比之下，反映“质量指向”绩效内容的行为由于指向的是相对比较难以被公众接受的目标（维持个人形象或保持与上级的良好关系），因此比较难以被他人所观察和评估，因此与个体人格特点的相关也会比较低。①

可以预见的是，当领导干部对自己的各种绩效进行评定时，他们所考

① 参见王登峰、崔红：《解读中国人的人格》，社会科学文献出版社2005年版；王登峰、崔红：《行为的跨情境一致性及人格与行为的关系：对人格内涵及其中西方差异的理论与实证分析》，《心理学报》2006年第4期。

察的内容与其他人的评定内容是不同的。因此，在本研究中至少出现了工作绩效的三个不同的维度，即指向完成任务时所表现的人际关系特点、指向个人质量的人际关系特点，以及与上述两者相关很低的“第三者”评估的维度。这一结果一方面向西方关于工作绩效的“任务—关系绩效”模型提出了挑战，同时也表明，对领导干部绩效考核的他人评定进行深入的研究和分析是非常必要的。目前这项工作正在进行之中。

（二）基层党政领导干部的人格与工作绩效的关系

与上面的分析一致的是，党政领导干部的自我评估工作绩效中，“任务指向”比“质量指向”更容易受到个人人格特点的影响，中国人人格量表的七个维度及 18 个二级因素分别解释任务指向绩效 31.7% 和 49.9% 的方差，解释质量指向绩效 34.1% 和 40.3% 的方差。

从进入回归方程的人格维度来看，处世态度和人际关系均对“任务指向”有正向的预测作用，而外向性则是负向的预测作用，即追求成功和成就、对人宽和热情有利于个体的任务指向工作绩效，而活泼、乐群、外向则不利于个体的任务指向工作绩效。在二级因素对任务指向工作绩效的预测中，活跃、宽和、自信分别与三个对应的人格维度，即外向性、人际关系、处世态度相一致，而且坚韧（才干维度的第二个二级因素）也进入了回归方程。从表 6 的结果可以看出，二级因素的预测能力在工作绩效的三个指标上均优于人格维度，因此下面的分析专就人格的二级因素进行。

在对“质量指向”工作绩效的预测中，进入回归方程的四个人格二级因素均是负向的，除对应进入回归方程的三个人格维度（处世态度、情绪性和行事风格）以外，才干维度的决断因素、人际关系维度的热情因素也进入了回归方程。即做事严谨、当机立断、待人热情和爽直等人格特点均不利于个体的“质量指向”工作绩效。

在对他人评估的工作绩效进行预测时，爽直和做事沉稳同样是负向预测，只有自制，即安分、合作特点有正向的预测作用。

因此，就本研究所涉及的工作绩效内容来看，理想的党政领导干部的人格特点应该是：做事追求成功和成就（自信、处世态度），坚定执著（坚韧）、同时处事灵活(严谨的负向)、允许冒进(沉稳的负向)、不急不躁(爽直的负向）和自我克制（自制的正向以及活跃的负向），而且对人宽和（宽和）但不过分接近（热情的负向）以及民主而不独断（决断的负向）。

这一结果在很大程度上与人们期望的党政领导干部形象是一致的，如追求成就、坚定、温和与灵活、不独裁等，但也有一些出乎意料，如严谨、沉稳、热情等人格特点与工作绩效负相关。对这些问题的深入分析将是此后研究的重点之一。

(三) QZPS 与 NEO PI-R 对工作绩效预测效度的差异

从总体上看，在预测党政领导干部的工作绩效时，NEO PI-R 所解释的方差只有 QZPS 所解释方差的 1/6（2.2% : 15.3%）到 1/3（16.0% : 49.9%）。而且从进入回归方程的维度或层面来看，在西方的研究中与工作绩效关系最密切的公正严谨性和外向性维度及其所对应的 16 个层面均无一进入回归方程；在西方的研究结果中与工作绩效无关的开放性人格维度却对工作绩效有显著的预测作用；而且进入回归方程的个别层面也难以作出合理的解释，如焦虑（N1）与任务指向的工作绩效正相关。

按照人格结构的行为归类假设[①] 西方的大五人格结构中每一个维度及层面中的项目实际上属于中国人人格结构中的不同维度或二级因素，并且已经得到了实证研究结果的支持。[②] 在对 NEO PI-R 的 30 个层面与 QZPS

① 参见王登峰、崔红：《中国人“大七”人格结构的理论分析》，见王登峰、侯玉波主编：《人格与社会心理学论丛（一）》，北京大学出版社 2004 年版，第 46—84 页；王登峰、崔红：《解读中国人的人格》，社会科学文献出版社 2005 年版；王登峰、崔红：《中国人人格量表（QZPS）的信度与效度》，《心理学报》2004 年第 3 期；王登峰、崔红：《中国人的人格特点与中国人人格量表（QZPS 与 QZPS-SF）的常模》，《心理学探新》2004 年第 4 期；王登峰、崔红：《解读中国人的人格》，社会科学文献出版社 2005 年版；Wang, D., “Cui, H. Chinese Personality: Structure and Measurement.” In Q. C. Jing, M. R. Rosenzweig, G. d’Y dewalle, H. C. Zhang, H. C. Chen, and K. Zhang (Eds.,), *Progresses in Psychological Science Around the World*. London: Psychology Press, 2006。

② See Wang D., Cui H., Zhou F. “Measuring the Personality of Chinese: QZPS versus NEO PI-R.” *Asian Journal of Social Psychology*, 2005, 8(1); pp.97-122; 王登峰、崔红：《解读中国人的人格》，社会科学文献出版社 2005 年版。

的18个二级因素进行的合并因素分析中，A1（信任）、A5（谦逊）、N1（焦虑）和N3（抑郁）作为负极与QZPS中的决断和乐观因素共同构成了一个维度，即它们所反映的内容与决断和乐观的负极是一致的。同样的，A4（顺从）作为负极与QZPS的自信和机敏共同构成了一个维度，O3（情感）和O6（价值）作为负极与QZPS的沉稳、坚韧和严谨共同构成了一个维度，这样它们在回归方程中的作用也就与QZPS的结果一致起来。

实际上，对NEO PI-R的五个维度进行实证分析的结果表明，其中的N、E、O、A和C均没有以独立的维度出现在中国人的人格结构之中。① 在西方的研究结果中，与工作绩效密切相关的维度C（公正严谨性）② 和维度E（外向性）③ 的层面已经不复以独立的方式存在，其内容在中国人的人格结构中涉及除情绪性（QX）以外的六个维度，而与工作绩效无关的维度O（开放性）④ 的内容则反映了中国人人格结构中外向性（WX）、行事风格（XF）、才干（CG）和情绪性（QX）维度的部分内容。因此，NEO PI-R的任何一个维度或层面与工作绩效存在或不存在相关都是有可能的。

因此，本研究的结果再一次证明，西方的大五人格结构模型在测量中国人的人格时是不准确的。要研究中国人的人格不能照搬西方现成的理论和测量工具，只能通过系统的本土化研究才能找到有效的测量中国人人格的工具，并逐步建立适合文化和中国人的人格理论。实际上，对涉及文化因素较多的心理学中的其他理论和概念以及测量工具都面临同样的问题，如本研究中所涉及的另一个重要的概念，即工作绩效的结构和内容也与西方的研究结果存在显著的差异。

---

① See Wang D., Cui H., Zhou F. “Measuring the Personality of Chinese: QZPS versus NEO PI-R”. *Asian Journal of Social Psychology,* 2005, 8(1)；pp.97-122；王登峰、崔红：《解读中国人的人格》，社会科学文献出版社2005年版。

② 王登峰、崔红：《西方公正严谨性人格维度与中国人人格的关系》，《浙江大学学报（人文社会科学版）》2005年第4期

③ 参见崔红、王登峰：《中西方外向性人格维度的内涵分析：中西方人格量表在中国人群中的测量》，《心理学报》2006年第3期。

④ 参见王登峰、崔红：《中国人的开放性：西方开放性人格维度与中国人的人格》，《西南大学学报（哲学社会科学版）》2006年第6期。

领袖风格的行政绩效考察

秦德君*

一、领袖行为与领袖风格

无疑，无论在人类历史的哪个阶段上，领袖群体都是社会脉搏跳动的核心。在我们这个伟大时代，领袖群体具有干预时代生活的特征和力量。各个层级的领袖，已成为我们社会中的一个“力量型”群体。但是我们对领袖行为的研究却很少，有质量的研究更是凤毛麟角，也更谈不上对领袖行为艺术作出高质量的技术形塑。

正如詹姆斯·M. 伯恩斯指出的，今天，人们对统治者和领袖的研究进入了一个困难时期。“领袖”作为一个概念，被分解得支离破碎。最近的一项统计表明，仅“领袖”一词，就有130种定义。一方面是有关领导人生活的材料数不胜数；另一方面是有关领导能力问题的理论研究严重匮乏。世界著名的纽约公立图书馆有成千上万份介绍政界领导人的传记、专

---

* 作者为上海市政治文明办公室处长、研究员，新闻传播学博士后、政治学博士。

著和报刊剪辑，但是，有关“政治领袖”一栏却只有一条目录（讲的是40年前的一无名小卒）。

当今世界，无论是理论上还是实践中，都没有培养领袖的专门学校。但是如果我们没有评价过去、现在和未来领导人的标准，那会怎样呢？

如果没有一个强有力的现代哲学标准，如果没有理论和经验上的积淀，如果没有起指导作用的概念，并且没有经过深思熟虑的实践经验，“我们就失去了了解和认识领袖这一存在于艺术、学术、科学、政治、各行各业，以及战争等牵涉和影响我们生活各个领域现象的基础。离开这些标准和认识，我们就无从区别领导人的类型……”

所以，我们必须开展这方面的研究。其实，无论哪种政治形态，也无论什么样的政党、政府，都是由具体的人组成的。忽略了具体的“人”，我们便无从解析历史，我们也无从确切把握国家政治——无论古代国家政治还是现代国家政治。

列宁在1920年指出：“政党通常是由最有威信、最有影响、最有经验、被选出担任最重要职务而称为领袖的人们所组成的比较稳定的集团来主持的。这都是起码的常识。”① 列宁还指出：“造就一批有经验、有极高威望的党的领袖是一件长期的艰难的事情。”

每一名领袖都在演绎他的个性、风格和类型。美国前总统乔治·布什在谈及邓小平时说：“邓小平给我的印象很深，他是一个‘草根型’的人，一个有着浓厚根基的人。”②

乔治·布什寥寥数语，道出了邓小平不尚虚华、崇尚实际的个性风格。周恩来曾这样论述列宁和毛泽东的工作作风：

（一）列宁的工作作风是：俄国人的革命胆略；美国人的求实精神。

（二）毛泽东同志的工作作风是：中华民族的谦逊实际；中国农民的朴素勤勉；知识分子的好学深思；革命军人的机动沉着；布尔什维克的坚韧顽强。③

① 《列宁专题文集　论无产阶级政党》，人民出版社2009年版，第249页。

② 《列宁文集》第42卷，人民出版社1986年版，第100页。

③ 《周恩来选集》上册，人民出版社1980年版，第132页。

周恩来恰到好处地抓住了列宁和毛泽东这两位领袖的“作风”特征，特别是对毛泽东的论述，透析出毛泽东的形象元素，勾勒出毛泽东的形象轮廓。

美国前总统理查德·尼克松曾在论述叶利钦和戈尔巴乔夫这两位苏联的政治人物时说：

叶利钦是约翰·韦恩（John.Wayne）和林登·约翰逊（Lyndon Johnson）的结合体。他是一个散发着野性磁力的枪手。他的处理方式直截了当，观点一清二楚。他用朴实的语言发表意见，能同老百姓打成一片。戈尔巴乔夫是苏联式的阿德莱·史蒂文森（Adlai Stevenson）：头脑聪明、善于在电视上表演，但不能同老百姓打成一片。他不知疲倦地谈论抽象的“社会程序”和“变革的不断发展阶段”——这些能打动学术界人士，但说服不了老百姓的言辞。和叶利钦不一样，戈尔巴乔夫与普通苏联老百姓格格不入。叶利钦喜欢搞零售政治，而戈尔巴乔夫喜欢董事会议室式的政治。

普列汉诺夫表达得很清楚：领袖们的“个人特点能决定历史事件的个别外貌，所以我们所说的那种偶然成分在这种事变进程中始终起着某种作用”。领袖“个人因其性格的某种特点而影响到社会的命运。这种影响有时甚至是很大的”。

当我们考察执政绩效这一问题时，我们不能忽略领袖个体的因素，我们必须研究领袖的个性风格和领袖的行为艺术。我们必须询讯和求证这样一个问题：领袖的个性风格与领导绩效之间，究竟存在怎样一种内在关联？

二、“大领导”与“小领导”

通常，在日常政务活动中，领袖们会显现其“大领导”（Large leader）

与“小领导”（Little leader）的不同格局气象。这里说的领导之大小，并不以职务高低论——有的人职位高，却可能是“小”领导，有的人职位低，则可能是“大”领导。这主要指他们不同的格局气象。

大领导大体是战略性的领导者，小领导大体是战术性的领导者。战略、战术都源于军事术语，“战略”（Strategy）本意指实现战争胜利的目标；与此对应的“战术”（Tactics），则指具体战斗获得胜利的较低层次的目标。

大领导与小领导的区别，一般可以归纳为这样几点：

（1）大领导从容闲与，“眼中形势胸中策，缓步徐行静不哗”，小领导则总是忙。

（2）大领导忙大事，忙职分内的事，忙得其所，小领导则凡事忙、分内分外都忙。

（3）大领导干大事犹如干小事，平心静气，惠风和畅，什么事到他那儿就淡淡地过去了，小领导则一有点小事儿就折腾，弄得惊天动地，不亦乐乎。

所以大领导之“大”，是胸襟格局之大，运筹调控能力之大；是指气度开阔、思路清晰、善于授权、大智若愚、注重发挥团队作用、让属下和同事有成就感。在今天的法治时代和绩效社会，还要能控制自己的表演冲动和非理性行为。

大领导还具有长期计划的能力（远见卓识），从战略角度制定政策、把握方向的能力（判断），驾轻就熟的指挥和运作的能力。今天，在全球化的动态环境中，这些能力特征越来越显性。

领导场上，有这样一种说法：一流的领导者，使人不感到他的存在；二流的领导者，能让人服从；三流的领导者，只能让人仰视。大领导的特征就是，自己并不太忙，忙的是他的下属，而他们越忙越有积极性。而当他实现工作目标后，他会让被领导的下属们说，“这是我们自己干的”。这印证了《老子》第17章中一段意味深长的话：

太上，不知有之；其次，亲而誉之；其次，畏之；其次，侮之。

“使人不感到他的存在”的领导者，《老子》中称之为“不知有之”和“亲而誉之”的领导者，就是一种大领导。这在《荀子·天论》中，称为“大巧在所不为，大智在所不虑”。

小领导比较看重权位名利，喜欢自己当“第一小提琴手”，好大喜功，有一点事就折腾，喜欢玩小聪明，喜欢强势频出、搞绝对权威。小领导一般包容性（Accommodation）差，在“用人”上自觉不自觉地喜欢用没有“威胁”的“低端”人员。

小领导总是忙，报纸上有字、电视里有影、广播中有声，不停地发出各种声响和信号。上午开会，下午视察，晚上宴请。今天视察，说教育是根本，明天视察，说农业是基础，后天视察，则说科技是关键。到了山沟，让你种果树；到了平地，让你建大棚；到了工厂，让你搞技改。总是忙得不可开交，也总是有高明的意见。

美国通用电气公司前首席执行官韦尔奇说：领导者必须“忙碌”有意义的工作。韦尔奇说：“有人告诉我，他一周工作90小时以上，我对他说：请你写下20件每周让你忙碌90小时的工作。仔细审视后，你将会发现，其中至少有10项工作是没有意义或可以请人代劳的。”韦尔奇说：有的领导者赞美“勤奋”而漠视“效率”，追求“数量”而不问“收益”。“勤奋”对于成功是必要的，但它只有在“做正确的事”与“必须亲自操作”时才有正面意义。

中国历史上，说了几个“吾不如也”的刘邦，是大领导，而有“匹夫之勇”、“妇人之仁”的项羽，是小领导；善于任人用事的刘备，是大领导，喜欢事必躬亲的诸葛亮，是小领导。

所以小领导忙碌，但行政绩效低；大领导从容，但行政绩效高。由于他们与在下属的关系上体现出不同的气象，故他们领导的团体的风格面貌、能力也不一样。小领导手下的团体，很难出现真正“高端”的人才，大部分成员一定是由“听话”、循规蹈矩、能力平平者组成，他们不是由于出色的创造能力和个性特征而受重视，相反，正是因其平平而被视为“稳当”，故其团体创造力是匮乏的。或者说，小领导者手下，很难有真正杰出人才发挥才力的天地。

从管理幅度上看，大领导的管理幅度，总是大于小领导。“管理幅度”

(Span of Management）指一个人或组织直接管理的下属人员或机构的数目，亦称“控制幅度”(Span of Control)。管理幅度受领导者智能、精力和时间的限制。对于忙碌的小领导而言，管理幅度过宽，会导致行政负担过重或出现管理混乱。

从管理层级上看，大领导的管理层级，总是多于小领导。“管理层级”(Hierarchy of Management）指组织纵向划分的管理层次的数目。在被管理对象数量确定的条件下，管理层级与管理幅度成反比关系：管理幅度越宽，需要设置的管理层级就越少；反之，管理幅度越窄，需要设置的管理层级就越多。小领导的管理层级不宜过多，只能控制在很小数目内。

从“智慧”角度看，大领导更多地表现为审时度势、缓急有度、大象无形、大格局、大胸襟、大气度；“小领导”则更多表现为自以为是、以己为尊、小聪明、小气度、小格局、小事忙、小人得宠、以“小知”为大知。

在公共生活中，小领导风格是较为常见的。它对于一个地方、一个部门、一个单位的领导绩效的影响，是相当大的。经验表明，在行政绩效上，大领导的领导效率一般总优于小领导，因此其综合领导效能必然高于小领导。

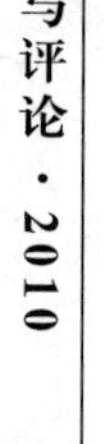

三、“举重若轻”与“举轻若重”

在领袖的领导个性和风格方面，另一种可以对应分析并为人们所感受的类型，是“举重若轻”和“举轻若重”的不同风格。它们对领导绩效也有着深刻的影响。

1950年党的七届三中全会期间，周恩来问薄一波：“你在晋冀鲁豫与伯承同志、小平同志共事多年，你对他们两位的工作怎么看？”薄一波说：“他们在工作上配合得很好，确实是同心同德，和谐有致。”周恩来说：“我不是说他们的配合，而是问你对他们的工作方法有什么看法。”薄一波反问说：“总理，您是老领导了，又与他们相识甚早，您看呢？”周恩来说：“据我多年的观察，他们两人的工作方法各有特色，小平同志是‘举重若轻’，伯承同志则是‘举轻若重’。你看是不是这样？”

薄一波完全同意周恩来对两人的这一评价，说这8个字概括得很准确。他们在工作上所以配合得那样得心应手，这种互补恐怕是一个重要因素。

行政运行中，领导者的举重若轻或举轻若重，有着不同的着力点和不同的绩效表现，对领导局面是有着深刻影响的。这两种不同类型的风格，可以互为补充、相得益彰。正如薄一波在回忆起那次与周恩来谈话时说：

我常想，一个领导干部要同时兼具这两种工作方法，的确很不容易。但是，从党的工作、一个领导班子的工作来说，却是必须同时具有，缺一不可的。在进行战略决策或解决重大问题时，必须有“举重若轻”的方法和气势，方能增强信心，当机立断，否则就可能迁延不决，贻误时机；而在决策以后，确定具体战术和具体措施时，则必须处处注意“举轻若重”，方能周密细致掌握和运用。这两种工作方法，是衡量我们工作中的领导水平和领导艺术的一个重要标志。①

如果我们从更为广阔的历史进程看，举凡面临大转折、大变革、大发展、大决策的时候，我们往往更需要“举重若轻”型的领导者。因为他们对环境的敏感度、对环境的限制与变革的大势以及所需的资源，有作出实际评估的能力。

如“文革”后，没有邓小平、胡耀邦这样一些能把握大势且能作出对一个民族命运深刻影响的重大决策的领导者，中国的改革开放是不可想象的。反过来说，正是邓小平、胡耀邦这种举重若轻的领袖气度和战略眼量，才能作出这样的战略大决策，才能改变一个国家的面貌和命运。

第二次世界大战时英国领袖丘吉尔，有着超乎寻常的战略远见和作出大决策的能力，但他“对细节的把握”，却被认为是有时“飘忽不定”的。

---

① 《薄一波与毛泽东周恩来的点滴往事》，《中原商报》2007年6月22日。

问题在于，在第二次世界大战这样的特定时候，英国和世界需要的，是大家伙拿在手中却不显得过分沉、过分吃力的领导者。丘吉尔正是这样的领导者，他能举重若轻地看清未来的方向。

在20世纪30年代，他就敏锐地意识到希特勒的崛起对欧洲的潜在威胁，并坚定地认为对付这种威胁只能靠抵抗而不是绥靖。而后来，丘吉尔又把握住了关键性的一点：英国与希特勒作战中获胜的唯一可能，是把美国作为盟友带进战局，后来他实现了这一目标。

又如美国总统小布什也具有明显的举重若轻型领袖的特征。他打阿富汗、伊拉克两场战争（战争的正义性暂且不谈），而且在国际社会普遍质疑的巨大压力下打响伊拉克战争，这只有小布什这样化“重”为轻的人才能作出。

尽管他此种举动从政治决策上看十分毛糙，但他做了，而且十分坚决地做了，并且有一种举重若轻的风度。即使在伊拉克战争最紧要的时候，他依然到他的德州农场悠闲度假。至少，表面上看不到他的忙碌与紧张。当然，他领导的“反恐”大业的代价，是极为巨大的，并且这种代价还将持续支付下去。

康德曾认为，美有两种，即崇高感和优美感。每一种刺激都是令人愉快的，但却是以不同的方式。在论述“行为之美”时康德说：属于一切行为之优美的，首先在于它们表现得很轻松，看来不需艰苦努力就可以完成；相反的，奋斗和克服困难则激起惊叹，因而就属于崇高。

根据康德的这一观点，我们可以认为，在领袖行为美学上，“举重若轻”的领导风格由于其“表现得很轻松”，大体上属于“优美”范畴；“举轻若重”的领导风格则由于其表现出“奋斗和克服困难”，大体上属于“崇高美”范畴。

在行政绩效上，“举重若轻”的领导个性在战略的大决策上具有优势，具有推动时局、大变面貌、大幅度推进情势的天然力量。这样的领导者，是剧烈变革的推动者，而不是因循守旧的维护者。

而“举轻若重”的领导个性，则在和平时期或“平庸时期”见其长。毕竟，对于变量不大的日常行政的“平庸”过程来说，精细、重细节、重过程是治理作业中更重要、更不可或缺的。

四、“智能型主导”与“程序型主导”

从日常领导过程看，领导者个性模式还可以区分为“程序型主导”和“智能型主导”两种基本类型。

“程序型主导”有一种规则普化的特征。即按既定的程序、规则（包括潜规则）行事，主体性相对弱化，刚性的程序要高于柔性的领导个性，亦即“非人格化”特征比较明显。由于行政系统一套既定的运行规则扮演着主导角色，组成其领导事务与过程的，更多的是一系列“规定动作”。所以“程序型主导”的领导者，一般也是“咨询型”领导者。

“智能型主导”的主要特征，则是将程序规则等作为演绎个性风格的辅助性背景和实现领导目标的依凭，对行政过程发散和施加较多的个性影响，亦即偏重于以一系列“个性化动作”和行为编码程序，来表达、解析和实现自己的领导意图。

在行政绩效或执政绩效上，“智能型主导”易于突破常规，不拘囿于传统，但会遇到制度理性的挑战；“程序型主导”长于制度化运作和平稳运作，但易于遇到拓展期待的压力。当然，两者的显性特征都不是绝对的。

在领导科学中，一般把那些找到了规律的、程序化和规范化了的、在逻辑上已成为严密理论体系的那部分，称为“科学方法”（Method of science)，而把那些尚未找到规律，或者找到了某些规律，但还没有程序化或规范化、仅仅在实际应用中见效并允许领导者个人“灵活处置”的那部分，称为“领导艺术”（Art of leadership)。

“科学方法”一般表现为以定量为主、程序化、规范化、逻辑上确定、可以用数学方法描述、假设可以用试验证实和修正；“领导艺术”则一般表现为以非定量为主、非程序化、非规范化、创造性、用心理活动的方式描述、用大脑直接判断等。

“程序型主导”的领导个性模式一般与“科学方法”相对应；“智能型主导”的领导个性模式一般与“领导艺术”相对应。无论哪种类型，好的行政策划班子，即“智库”、“参谋系统”都是十分必要的，它是今天公共事务日益繁杂、领导预期不断提升的社会中，实现良好领导效能的必要条件。

当然，对于个性风格相对彰显、“领导艺术”特征更为明显的“智能型主导”个性模式，专门的行政策划班子就更显得必不可少了。

五、“魅力领袖”与“团队领袖”

马克斯·韦伯在《经济与社会》一书中，提出了“理想模型”的社会三种权力形式：个人魅力型权力、传统型权力和法理型权力。这对我们的领导行为和行政绩效分析有着坐标价值。

第一种是个人魅力型权力，亦即“卡里斯玛”型（Christma）权力。这种类型权力的存在，是由追随者的承认决定的。追随者深为领袖所致力的使命而感动，领袖在他们的心目中显现出一种超越性的神奇力量。这种力量，使得他们愿意服从与奉献。“卡里斯玛”式的领袖具有把人们吸引在周围、成为他的信徒并通过追随者或亲信的支持来统治的能力。其基本特征是不需要行政僚属、组织架构来运作。

第二种类型是传统型权力。这种统治形式普遍存在于前现代社会，表现为统治的合法性是来自自称的、并也为他人承认的历代相传的神圣规则。比较典型的是家长制和世袭制。统治的权力来源于继承或一个更高统治者的授予。他的行政管理班子的组成人员首先不是官员，而是统治者个人的“仆从”。

第三种类型是法理型权力。这种统治类型建立在制度和法律的合法性基础上，统治者根据法律进行统治。典型的法理型统治者被视为“上级”。人们所服从的不是领导者个人，而是运行的制度，是“非人格化系统”(ImpersonalSystem)。其统治是非个人的，是依靠法律和契约行事的。从身份上看，服从者是社会公务人员，他们所服从的是由制度赋予统治者的、有明确的使用界限的权力，即“理性合法权威”(Rational-Legal Authority)。

韦伯对于三种权力形式的描述，不仅是指国家政权形式，还可以用以分析各种执政过程中“命令—服从”的权力关系。但是用这三种“理想模型”，来分析今天的领袖和领导现象显然已不完全适应了。在今天急遽变化的社会中，传统型领袖正在加速消亡，魅力型领袖也正在大幅度减少，而真正的法理型领袖，严格意义上还只是一种理想。

今天，我们把上述三种“理想模式”简化为“魅力—团队”对应模式来分析领袖风格，可能更为切合今天的社会实际，也更可以看到其中的执政绩效。

魅力型领袖面临的巨大挑战是，在权力交替时期将经受危机的考验——危机之结局，要么是改朝换代，要么是魅力的平凡化，亦即“祛魅”。正因为如此，人们对领袖生涯长（大体是终身任职）的政治强人的身后（如所谓“后卡斯特罗时代”、“后金正日时代”）会产生种种联想。塞缪尔·P. 亨廷顿在《变化社会中的政治秩序》中论述说：“一个组织越是能够不时地克服和平接班的问题，领导层越是能不断更新，其制度化的程度就越高。”所以极理想的权力绩效状态是，魅力型领袖在完成自己的使命后功成身退，及时选择一位强有力的接棒者，并由其为核心建构领袖团队。而且，这最好把握在其领袖影响力的巅峰时期。

但从世界范围看，这样的预期往往可能落空。一位魅力型领袖的身后常常是动乱、纷争和变量。相较而言，在这方面，更能发挥协调作用、发挥“班子”整体作用的团队型领袖，有其不可忽视的优越性。

但是这两者不是截然分野的，甚至可以很协调自然地统一于一人身上。当今世界，美国前总统小布什一方面有着拿捏大决策的举重若轻风格

（当然这与美国总统制政治体制有关）；另一方面，他也是具有代表性的“团队型”领袖。这一点，如果把他与理查德·M. 尼克松、罗纳德·里根等其他一些领袖相比，就很清楚了。小布什几乎所有重大的决策，如阿富汗战争、伊拉克战争、朝核问题、伊朗核危机、亚洲和对华政策、美欧战略关系等重大决策，都是依靠他的团队作出的。

小布什对这个团队的依赖性很大。与其说他领导着白宫这个团队，不如说这个团队影响着他。这个团队的主要成员有副总统切尼，前任国家安全委员会顾问、后任国务卿的康多拉·赖斯，国防部长拉姆斯费尔德以及前国务卿鲍威尔。

美国总统序列中，像富兰克林·D. 罗斯福、理查德·M. 尼克松、罗纳德·里根以及尼克松的国务卿基辛格博士，都属于魅力型领袖。他们的重大决策，一般不依赖于他们身后的团队或参谋系统，甚至对他们严格保密。

在马克斯·韦伯的分析模式中，像卡斯特罗、甘地、希特勒、墨索里尼、富兰克林·罗斯福、苏加诺、凯末尔、列宁、斯大林、毛泽东、金日成、纳赛尔、庇隆等，都属个人魅力型领袖，具有“人格化行政”（Personal Administration）风格。但他们与我们今天所指的“魅力型领袖”还有些不同。他们不仅有着巨大号召力、神圣性，有着传奇的胆识、魄力，而且有着足够的神秘色彩。

今天，我们所指“魅力型领袖”，是相较于“团队型领袖”而言。它更多地指他们在一个决策结构、一个层级中所具有的权力和影响的覆盖率、决策的个体特征以及他们的不可替代性，他们是一个决策结构、一个层级的灵魂。

在我国各层级领导结构中特别是在地方领导治理中，这种个人行政力充沛、个性特征明显，从而具有韦伯说的魅力特质的领导者（包括“准魅力型”领导者）是不少的，如前长治市委书记吕日周、前宿迁市委书记仇和等，其个性魅力给人们留下深刻的印象。在市场经济条件下尤其在行政公共性日益强健的今天，政府由管理型向服务型转变，政治的开放度、透明度也明显提升。

领导者颇具个性和开拓精神的表现，形成一股冲击波，给人以耳目一新的感觉。“吕日周现象”、“仇和现象”、“李金华现象”等，在领导场上掀起轩然大波，让人们感受到他们对惯性的行政生态形成的冲击，也引发人们对官场行政文化更新的诸多期许。如“中国最有争议的市委书记”仇和，为实现宿迁的谷底隆起，在主政10年中，以一系列非常之举走非常之路——一条“压缩饼干”式发展道路，引发了太多的议论和争论。在经济上，仇和将宿迁实现加速赶超的突破口放在工业化上，公开强调“招商引资是第一政绩”，对培育城市的带动力和辐射力达到无以复加的地步，他推动的大规模拆迁，亦使他处于舆论焦点。他对宿迁市135家公立医院中的124个乡镇医院和9个县级以上医院进行产权置换，全市医疗行业基本实现民营、股份制，政府资本退出，此举在全国引起轩然大波。

仇和在社会事业和政治领域的改革，更是大刀阔斧。他在沭阳县推行的“干部任前公示制度”（后被写进干部任免条例），后来推行的干部“勤廉公示”、“公推公选”和“公推直选”，他对现代吏治的深层思考以及他的创新精神，受到全国关注。2006年1月20日，这位在全国备受关注和争议的宿迁市委书记，在江苏省第十届人民代表大会第四次会议上，走上了江苏省副省长的岗位。尽管他饱受争议，但能在诸多能力强、政绩好的省辖市市委书记中脱颖而出，表明了江苏省决策者的政治魄力和改革勇气。与曾以激进式改革著称的原山西省长治市市委书记吕日周等改革者相比，仇和更为幸运。

但在另一面，由于受儒家传统文化的影响，由于中国的行政文化，中国各层级领导者大多保持“温良恭俭让”的低调共性和稳健平和的公共形象，遵从一言一行得体、一笑一颦中规中矩的潜规则。他们竭力消磨个性，追求喜怒不形于色的世故，鲜有性格鲜明的真情流露。他们不仅“讷于言”，而且可能还“讷于事”，避免标新立异，生怕因一时的不慎而招致出风头、不成熟的指责或招嫉。这种不言自明、无师自通的默契，导致行政结构中“有魅力的权威”（Charismatic Authority）太少，整体上有一种偏向于呆板、感情麻木的形象定格。

从现代组织的科层特性考量，魅力型领袖虽然更富创新和开明的特点，但无疑，团队型领袖和“非人格化行政”（Impersonal Administration）可能更富有规则和实绩。

当一个地方、一个团队、一级组织的决策，大体成为魅力型领导者个体决策的时候，就具有了“非结构化决策”的特征。这种决策模式是那些决策制定者必须对问题定义进行判断、评价和洞察的决策。决策的每一个举动都是新的、重要的和非常规的，不存在很好理解的或者认可的制定决策的程序。这种有着个体性特征的决策很难规避随意化、浪漫化、非科学化的倾向。

相反，结构化决策（Structured Decisions）是重复的和常规的，具有明确的制定决策的程序，决策制定往往不是由一个个体而是由整个群体或者组织来执行。它们不用每次都犹如一个新的决策那样被对待。还有一些决策是半结构化的，只有部分问题具有清晰的由被认可的程序提供的答案。

无疑，高质量的公共决策，应该建立在集体智能和经受反复诘难的基础之上。就经济领域而言，在社会主义市场条件下，魅力型的个人决策模式是有效的，但在经济全球化背景和日益成熟的市场竞争环境中，领导者的行为模式必须进行转型，从个人英雄主义走向依靠职业团队（包括外在专家系统），实施分权与制衡，建立有效的决策机制与程序。

虽然魅力型领袖—团队型领袖这两类各有其特点，而其特点都有着不可替代的价值——尽管我们也必须承认，当社会或组织具有变革需求时，对新的魅力型领袖的召唤会加大，但在和平发展时期和人类的“平庸时期”，人类公共生活更为需要的，不是那种一呼百应、天下云起的个人魅力型领袖，而是那种依靠团队、规则和审慎决策的领袖。

同时，魅力型领袖—团队型领袖作为对应分析模式，很大程度上出于分析技术上的需要。真正合乎时代精神需要的领袖应该是综合性的，具备“平衡的”综合特征。根据罗马俱乐部的观点，新世界要求领袖和政治家们综合性的能力和习性有：

——战略远见；

——追求创新，机动灵活；

——形成伦理观；

——作出决策并确保其贯彻；

——会学习；

——深刻认识环境和问题之后改变其原有认识；

——把战略和战术考虑当做手段，而不是目的；

——建立制度。通过制度了解公民的需要、焦虑、要求和建议。

六、“无为而治”与“事必躬亲”

“无为而治”（Non-Activity，Non-Regulations）与“事必躬亲”（Do It by Oneself）不仅是一种政治形态、一种政治哲学，也是一种领袖个性，一种领袖心理状态，一种领导者方法。

“无为而治”主要特点是清静无为，与民休息，没有政绩表演，没有政务噪音；“事必躬亲”则不仅凸显“有为”观，而且更有着“亲为”观。

中国历史上，有过一些与民休息、无为而治的朝代。一般来说，这样的朝代都有较好的社会与经济发展的绩效，为后人所称道。中国历史上，一些有智慧的政治家，主张清静无为，减少政府行政干预，这与经济学家、政治思想家哈耶克（Hayek）提倡的“自我组织秩序”（Self-Organizing Order），可谓异曲同工。

西汉的曹参，接任萧何的相国后，万事无所变更，萧规曹随，完全依照萧何以前的规制行事。皇帝刘盈为此批评曹参，认为他不够有作为。曹参问刘盈：“陛下自察圣武孰与高帝？”你自己与刘邦比，觉得怎么样？刘盈表示自己不如。曹参又问：“陛下观臣能孰与萧何贤？”刘盈表示曹参“似不及也”。曹参就说：“陛下言之是也。且高帝与萧何定天下，法令既明。今陛下垂拱，参等守职，遵而勿失，不亦可乎？”

曹参是说：正因为你我都不比刘邦和萧何强，既然他们“法令既明”，那么你只要垂拱而治，我只要谨守职位，遵守既定的法令就可以了，不必搞其他什么新花样。刘盈皇帝幡然醒悟。

曹参这种秉承前人、依归前制，不搞政绩表演的做法，撇开其中的具体原因，他这种政治哲学，其实是一种大智慧。

《论语·卫灵公》中孔子论“无为而治”说：

无为而治者，其舜也与？夫何为哉？恭己正南面而已矣。

孔子的意思是说，从容安静而使天下太平的人，大约只有舜吧？他做了什么呢？恭敬、端正地坐在朝南的天子位上罢了。

无为而治也是一种领袖心理状态，是对前人政治智慧的尊重。既然前人已有较好的规制和大政方针，那为什么还要再折腾呢？照着做就行了。《诗经·大雅》说：“不愆不忘，率由旧章。”认为如果没有过错、没有疏漏，一切就可以遵循已有的法规章程。《小序》认为《诗经》这首诗，是赞美周成王能够遵循文王、武王所制定的规章制度，使百姓安居乐业。根据实际情况建立起来、在实践中行之有效的规章制度，在客观情况没有发生根本变化的时候，不应该随意变动。

如果人为地变动，好大喜功，政策不稳定，制度没有连续性，必然会引起混乱，阻碍社会发展。领导场上有不少领导者只知“奋发有为”而不知“无为而治”；只知“打造”“创举”“重新安排河山”，不知“治大国若烹小鲜”。不知有时“奋发”正是通过“无为”来表现的，“无为”也是一种“奋发”。

今天，一些地方新任伊始，必定搞大动作、大作为，必定要整出自己的一套。总要以种种方式，弄出些什么口号、理念、项目、工程，似乎不如此，不能显现自身的存在。于是，翻江倒海，折腾得十分厉害。已有的行政规制有可能都不算数了，一切另起炉灶。而同样，当又一任结束时，那些“新词”、“政绩”也都荣光不再，萧然淡出。因为新任者又要折腾他的新玩意了。

世事向前，有所作为，想弄些新的东西，不能说不好——而今天恰当的“无为而治”理念，也绝非是提倡“不作为”，只是作为公权代理人的领导者的“作为”，要知民生疾苦，任何东西都是有代价的，是要付成本

的，千万不要为了显示自己的小聪明、与人搞政绩比赛而瞎折腾。

所以我们必须有这样的政治哲学观："奋发有为"有多种表达方式。有时无为而治，像曹参那样照着已有规制做而不搞折腾，比自己的"创新"更难能可贵。有时守成平实如水，却是一种大聪明、一种大智慧。这种"无为"，其实正是一种"作为"，而且可能是一种"大作为"。

《左传·昭公四年》说："吾闻为善者不改其度，故能有济也。民不可逞，度不可改。"这是政治家子产说的话，他认为"为善者"不要轻易地改变法度，不要过分从众；行之有效的既定政策、法度不可随意改变。《周易·彖传》则说："时止而止，时行而行；动静不失其时，其道光明。"

大智慧与小聪明是不一样的。大智慧行于可行，止于当止，审时度势，尤以不玩那点小聪明为最。小聪明则以不知为知，前不见古人，后不见来者，天低吴楚，眼高手低，折腾些小玩意以为"大手笔"。

从社会哲学观来说，不存在这样的假设：在今天的科技理性时代，今人一定有着超越前人的理性，也必定有着超越前人的智慧。清人汪龙庄在《学治臆说》中指出：

今人才识每每不如前人，前人所定章程总非率尔，不能深求其故，任意更张，则计划未周，必致隐贻后累。故旧制不可轻改。

毫无疑问，今人有超越前人的地方，也一定有不及前人的地方。有些前人的东西，我们不仅"超越"不了，甚至接近不了。马克思在谈及古希腊雕塑时曾说：古希腊的雕塑不但能给我们以艺术享受，而且就某方面说还是人类一种规范和不可企及的模板。事实上，不仅是希腊的雕塑，在许多社会事物上，前人的很多东西，我们未必超越得了。今人要避免哈耶克曾批判过的"理性的自负"，避免狂妄自大和无知。

任何时代，都有"事必躬亲"的领导者。在今天，我们很容易把领导者的"躬亲"，看做是一种"勤政"或"务实"。其实这种方法和风格是低绩效的原因之一。早在中国春秋战国时期，韩非在《韩非子·难一》中批评过在孔子眼中是无为而治的舜凡事"躬亲"这种治国方法为"无术"、愚笨：

……己乃躬亲，不亦无术乎！且夫以身为苦而后化民者，尧、舜之所难也；处势而矫下者，庸主之所易也。将治天下，释庸主之所易，道尧、舜之所难，未可与为政也。

韩非指出，制定规则让百姓遵守，效率更高，而舜什么事都亲身去做，亲自做苦役感化百姓，很费力气也很没有效率。治理天下，放弃简单致效的办法而去“躬亲”，是不可能很好地治理政事的。

管理很重要的是“授权”和“委派”，就是将一定范围的权力与责任授予部下，使之拥有自主权而行动。它是领导者用自己的时间，管理部属时间和工作的艺术。领导者通过委派和授权，实现自己的领导意图，避免落入繁杂事务中。这样可以集中较多的时间与精力，考虑大政方针和宏观决策。同时，也使其他职分和部属获得驰骋才华的广阔天地。

在领导学原理中，“授权”和“委派”是很重要也很基本的内容。成熟的领导者，懂得区分自己与他人的职责，为其他职分发挥功能留出空间。历史小说《三国演义》中，孔明的主簿杨颙在谏孔明时说的话，其实是一段很深刻的授权、委派理论：

某见丞相常自校簿书，窃以为不必。夫为治有体，上下不可相侵。譬之治家之道，必使仆执耕，婢典爨，私业无旷，所求皆足，其家主从容自在，高枕饮食而已。若皆身亲其事，将形疲神困，终无一成。岂其智之不如婢仆哉？失为家主之道也。是故人称：坐而论道，谓之三公；作而行之，谓之士大夫。昔丙吉忧牛喘，而不问横道死人，陈平不知钱谷之数，曰：“自有主者”。今丞相亲理细事，汗流终日，岂不劳乎？

杨颙这段评说，虽有等级观念，但指出了职分不明的危害和委派、授权的重要性。这说明当时人们对于委派、授权等，已有了相当高的自觉意识。

可惜孔明做不到这一点。他事必躬亲，凡事必亲历亲为，“夙兴夜寐，罚二十以上皆亲览”，这是他作为一名高级领导者的重大缺陷。不仅自己弄得筋疲力尽，还严重束缚、抑制了下属的创造精神。所以孔明手下，除了魏延，基本上都是唯唯诺诺、守成乏力、开拓更难的平庸之辈。孔明一死，“蜀中无大将，廖化作先锋”，蜀汉事业江河日下，这一点与孔明的事必躬亲是有很大关系的。

"无为而治"作为中国有着丰富政治实践的社会治理话语，包含着历史经验和智慧，在现代治理之道中有很大的扬弃价值。从行政绩效看，"无为而治"对于抑制政绩冲动和政绩表演，尊重社会的自发机制，保持制度、政策的延续性，保持公共治理的稳定性，有十分重要的意义。而在领导行为中，规避事必躬亲，注重授权、重视职能，不仅是现代领导的基本要略，也是提高绩效的必然逻辑。

七、"安居平五路"与"中兴之主"

前已述及，由于全球化的冲击、秩序与规则的缺失和世界万花筒一般的变幻莫测，由于不断扩散的人为不确定性逻辑的增加，人类已步入了风险社会。

全球人口剧增和人类自身行为及生存环境的复杂性，社会结构、制度关系的偶然和分裂转变，导致各种危机都可能不期而至。于是，应对危机、处置危机，就成了当代世界各国政府的一种要责、一种行政素质。我们说过，执政的公信力和行政能力总是在各种危机中被充分地考量，它不是升值，便是贬损。

从领袖或领导者个体风格来说，危机处置不仅使其显现了责任素质，也显现了行政效率和风格。马克斯·韦伯曾认为，领袖和政治家应当具备三个最基本的素质：一是热情，也就是对事业有全身心投入的敬业精神；二是责任感，在行动目标未有实现结果时绝不罢手；三是正确的判断，也就是能够保持平常心，在现实面前镇静自若，能够拉开自己同周围事物之间的距离，有超然物外，反观自身行为的能力。前两者其实就是责任素质，后者则是体现着行政效率、并能站在较高的高度研判时局的能力。当然，对领袖素质的概括有许许多多，韦伯的这三点尽管简单，但多少有些"理想化"。

处于任何复杂多变、千难万险的境地中，具备“安居平五路”式的应对能力以及那种从容、沉着、智慧、驾驭全局的风度，对于实现领导绩效来说，是相当重要的。

建兴元年（313 年）秋八月，魏乘蜀汉刘备辞世之际，元气不振，急调五路大军合围西川：第一路曹真起兵 10 万取阳平关；第二路孟达起上庸兵 10 万，进攻汉中；第三路东吴孙权起兵 10 万取峡口入川；第四路蛮王孟获，起兵 10 万进军益州；第五路番王轲比能率羌兵 10 万犯西平关，五路大军其势甚汹。诸葛亮闭门数日，居危思安，却五路大军于池边垂钓之际。

我们可以把“安居平五路”看做是一种危机状态的“行为战略”。因为它不仅成功化解了危机，而且玩得很艺术。“安居平五路”不仅是军事谋略的杰作，也定格为一种危机文化符号、一种危机艺术经典。

对于领袖来说，“安居平五路”式的危机能力，对于成功实现领导目标、提升领导绩效是至关重要的。有些领袖和政治家似乎“天然”是处置危机的大师，而有些领袖和政治家则相形见绌。

当然，有些领袖和政治家不善于处置危机，却可能是变革时局、推陈出新、天下兴亡为己任的“中兴之主”。意大利政治学家加埃塔诺·莫斯卡说过：“专制王朝通常是由某些势力强大、精力充沛的个人创建的”，但同样，一个王朝的再度勃兴，也常常需要那些“精力充沛的个人”来担纲。

本文把“中兴之主”也作为一种政治艺术意向，由于领袖强健的个体风格的原因，为一个国家、一个地方或一个企业或单位带来新兴变化，引入一个新时代。历史上，一些领袖由其励精图治，被视为“中兴之主”。历史上的例子不用说了，20 世纪 80 年代邓小平发动的中国改革开放，就是一个极好的例子。如果没有这场大变革，不但会出现一定的“合法性”危机，而且中国的振兴与繁荣都谈不上。

中国历史上的刘秀、当代邓小平、美国前总统克林顿、俄罗斯总统普京等，都展现了宏大“中兴”叙事能力的风采。

有一段时间，国际社会普遍关注克里姆林宫在世界政治舞台上的强势表现，被认为“俄罗斯的衰落宣告结束”：如与乌克兰展开天然气之争、努力成为八国集团有发言权、投票权的成员国、邀请哈马斯进行谈判……展现出一个越来越自信的俄罗斯。克里姆林宫永远不会放过在世界政治舞台上发出自己声音的机会。俄罗斯近来的一些外交举措（其中包括调解伊朗核危机），体现了莫斯科在对外政策方面的革命性变化。克里姆林宫所掌握的国家政治和经济权力得到巩固，是俄罗斯咄咄逼人的外交政策的原因之一。

而这一切强势动作，是与强势的普京风格紧密相连的。世界政治舞台上，许多领袖有着中兴之主的风格，但也有勉为其难的。2003年的伊拉克战争，使我们看到了英国政府特别是英国前首相托尼·布莱尔这方面的表现。布莱尔在伊战问题上与美国亦步亦趋，唱双簧，国内反对声一浪高于一浪，甚至已严重影响到布莱尔政府的公信力，民意支持率大跌，但布莱尔坚持我行我素。

其实，布莱尔一直为一种“中兴之主”的情怀和历史责任感所驱动。问题的要害在于，布莱尔比较沉湎于早已褪去的昔日“大英帝国”的荣光，想以国际舞台上的强势政治动作重温和重演旧梦，并借此提高大英帝国的国际声望。由此，英国民众一再表达的民意，布莱尔始终不予正视。他甚至在2004年3月呼吁联合国修改国际法，赋予类似“先发制人”的军事打击行动以合法性。布莱尔声称，如有必要，英国将再次进行先发制人的军事打击。

自伊拉克战争后，工党议员4人中就有一人反对布莱尔，工党内部要求布莱尔提前下台的压力越来越大。2005年11月9日，英国议会下院否决了布莱尔提出的《新反恐法草案》。这是布莱尔自1997年入主唐宁街以来，提交重要议案首次在议会下院遭否决，而这当中，有41名工党议员投了反对票。这传导出布莱尔在党内领导绩效方面的不利信息。这使我们想起伯恩斯的话：

领导权力的实质与其说是他们在风格、作用等方面在多大程度上符合一般看法，倒不如说是他们能在多大程度上满足——或者看上去可满足——追随者的特殊需要。……对追随者的需要满足得越多，他们在政治市场上积累的政治资本也就越多。

这让人们看到了这位有抱负有激情的政治领袖不可为而为之、勉为其难的一面。

当然，不同的领袖风格和习性以及人们对领袖风格的期待，是与政治一行政格局和一定社会状况相关的。2006 年 4 月 20 日，韩国历史上首位女总理韩明淑登上政治舞台。韩明淑无论在工作作风还是外在形象上，都属于“柔和中立派”，舆论认为，这些特质和风格，有助于卢武铉总统的后期执政。韩国民众期待着这位女总理为韩国社会带来一种清新、廉洁而柔和的氛围。

韩明淑从事韩国女权运动三十多年，连任第十六、十七届国会议员，曾分别被任命为韩国女性部的第一任长官和环境部长官，就任期间，韩明淑每遇大事都是持中立与和解的立场。韩明淑手下的职员说：“韩明淑平时即使对下级年轻员工说话，也总是不忘使用敬语，既让人感激也给人一种非常威严的感觉。”

但是人们担忧的是：作为“柔性派”的女总理韩明淑，“能否像交通警那样，有足够的力量镇住各方？”在韩国矛盾极其尖锐的社会中，执政党和在野党之间、劳资之间等各种矛盾深刻复杂之际，韩明淑就任总理充满了挑战。在韩国这样一个男权社会，人们对女性领导力有着一种根本的忧虑。但不管怎么说，韩国第一任女总理的登台，不仅为韩国社会增添了新活力，而且她的“柔和政风”也为卢武铉执政和政治格局带来政治收益。

我们还要述及“守业型”领袖风格与“开创性”领袖风格之间的差异。“守业型”领袖风格几乎随处可见。这当中，一种是那种“世事洞明”或“曾经沧海难为水”的领袖。他们大智若愚，觉得没有必要折腾那些小玩意，平和冲淡、表面上的守成、随遇而安遮掩了他们内质的灵光。另一种则是属于那种守摊子领袖，胸襟格局的常态，能力、意志和勇气的短缺，决定了他们不太可能创新或冒险，守业是比较安全的选择。

开创型领袖风格也有多种表现。比如务实型的创新、作秀型的创新、政绩偏好型的创新等，都可能成为这一类型的不同表现。但其基本的，是有激浊扬清的激情和创新冲动。他们总会设法，让既定的旋律跳出几种亮色的音符。没有办法，他们就是那种总要“来点事”的领导者，他们在哪儿，哪儿都会刮起春风，不管风力多大。这与其说是他们的觉悟、信念所致，不如说是他们的风格、性格使然。

当然，真正的开拓、真正的创新必须是最终造福于民的创新。而常见的作秀的、锦上添花式的创新虽有其价值，但那种见“功力”的危难型创新更难能可贵。任何地方，都需要这样的务实型的创新领袖及其团队。

总之，我们考察执政绩效，必须重视考察领袖的个性风格和领导力，求证领导个性风格与绩效之间的关联。我们必须直面这样一个事实：在任何行政形态中，领袖及其团队的个性风格，领袖及其团队的领导力及行政风格，都会影响领导绩效的高低。所以，它成为我们研究执政绩效不可忽略的一个重要技术参数。

党内民主、科学决策与公民参与的互构

——优化我国公共决策机制的一种分析框架

李德[*]

一、引言：民主、科学决策的价值

（一）维护公共政策合法性，营造良好的外部环境

现代政府存在的合法性基础是维护公共利益，公共政策的正当性来自于它的公共性。但是政府本身并非是没有自身利益的超利益组织，也是“经济人”，制定公共政策时，往往会借社会利益之名谋取自身利益，最终必然导致政府行非理想化、寻租等现象的出现，影响政府的合法性基础。而公民参与可以有效制衡这种失灵，公众通过一定途径表达自己的意愿和利益要求，不仅可以帮助解决政理性有限的问题，而且可以通过政民之间的协商、合作，形成一个政民互动的工作网络，从而改善公共政策的质

* 作者为中国浦东干部学院教研部政治与公共管理系讲师。

量，保证公共政策的公共利益取向，增强政策的合法性。

决策的民主化、科学化能使政府的公共管理活动获得强大的合法性支撑，为政府的公共管理活动创造良好的外部环境条件，增强政府组织的凝聚力和号召力，有利于政府职能的履行和公共产品的提供。政府组织在履行职能和提供公共产品时，必须进行民主科学决策，使公民对公共决策权力实施有效制约，合理综合社会公众利益，优化社会公共资源配置的同时，有利于政府部门职能的转化，增强政府组织的服务意识、责任意识，纠正官僚行政的缺陷，尽可能好的服务于民众，服务于社会。决策的民主化将会形成强大的民主监督机制，并产生强大的非法律效应，是有效防止、抑制官僚的自利行为与寻租行为的重要途径。决策的民主化意味着在公共决策中建立和实施公告制度、听政制度、专家咨询制度、追究制度等民主决策机制，以更多的民主机制弥补和纠正行政和法律约束存在的缺陷。[①]

(二) 有利于促进社会和谐，增强公民共同体意识

构建和谐社会，必须维护社会稳定，稳定是和谐社会顺利推进的前提和基础。公民参与决策的民主化、科学化是社会主义政治文明的重要内容，也是构建和谐社会的重要政治保障。这就要求各群体利益之间达到均衡，要实现这种均衡就必然要扩大公民参与，畅通各阶层、各群体公民参与的途径和管道，促进各种有序参与，使得公民利益得以表达，推动民主政治发展和政治体系的良性发展。同时，公民积极参与公共决策提升了公民对民主政治和对国家权威的认同及对社会的信任感，最终形成构建和谐社会的巨大推动力。

公民参与能使公民的利益在政策实践过程中得到更好的维护，使政策体系更容易获得广大人民群众的政治认同。公民参与公共政策的过程，也是公民自身能力不断提高和公民自我教育、自我发展的过程。公民参与公

① 参见龚培兴、陈洪生：《社会讨论决策制度在中国的可行性》，《新华文摘》2002 年第 3 期。

共政策，促进了公民主体地位的确立，这有助于激发公民对于公共政策的认同感和接受的主动性，解放个人潜能，增进一个人的政治效感。通过全面的公民参与，可以培养共同体意识，在整个社会形成一个良好的公民参与的文化氛围。

二、民主、科学是公共决策的生命线

(一) 厦门“PX”风波是我国民主、科学决策的一个典范

2004 年 2 月国务院批准厦门市 PX（Para-Xylene 的简称，即二甲苯）项目，投资 108 亿元人民币，年产 80 万吨二甲苯，预计年产值 800 亿元人民币。2005 年 7 月国家环保总局审查通过该项目的《环境影响评价报告》，国家发改委将其纳入“十一五”PX 产业规划 7 个大型 PX 项目中。该项目计划 2007 年夏季在厦门市海沧工业园区内兴建。

2007 年“两会”期间，全国政协委员、厦门大学化学系教授赵玉芬联合另外 104 名政协委员，向政府提交了一项提案，建议暂缓厦门 PX 项目建设，重新选址勘查论证，认为 PX 是高致癌物，对胎儿有极高的致畸率，而且 PX 厂距厦门市中心和鼓浪屿只有 7 公里，距离新开发的居民区只有 4 公里，非常危险，必须迁址。赵玉芬等政协委员的提案经媒体披露后，立即引起了厦门市民，特别是 PX 项目选址附近居民的普遍关注。一时间，关于 PX 的帖子在厦门十分走红。有人披露，国际组织规定 PX 项目必须建在距离城市 100 公里以外。这些帖子的内容很快转变成手机短信，迅速在厦门市民中流传。有的还号召市民到市政府前“散步”，以表达反对意见。

厦门市政府随即作出反应。2007 年 5 月 28 日，市环保局长在《厦门日报》上解答了关于 PX 项目的环保问题。次日，负责 PX 项目的腾龙芳

烃（厦门）有限公司总经理林英宗在《厦门晚报》上发表长文，说 PX 属低毒化合物，安全系数与汽油属同一等级等。又一日，厦门市常务副市长召开新闻发布会，宣布缓建 PX 项目。然而，厦门市民仍存在质疑，因为市里说的是“缓建”，而不是“停建”或“迁建”。一些市民于 6 月 1 日以“散步”形式，继续申明自己的不同主张。

厦门市政府很快改变了做法。2008 年 6 月 5 日，市科协印刷了数万份《PX 知多少》的宣传册，随《厦门日报》散发给市民。这份小册子图文并茂，用通俗的语言对 PX 进行了解释，说 PX 毒性并不大，虽然直接接触会对人眼和上呼吸道有刺激，但它没有致癌性。从理论上讲，PX 项目基本可以做到不排放“三苯”（苯、甲苯、二甲苯）污染物，对环境影响不大。这一切，还是没能解除厦门市民的疑虑，质疑声持续不断。接下来，厦门市政府采取了一系列积极动作——12 月 8 日晚，官方的厦门网开通对兴建 PX 项目民意投票。仅一天时间，就有 6 万次投票记录，反对在厦门建设 PX 的票数为 55376，比例竟超过 94%。

2008 年 12 月 13 日，厦门市政府举行 PX 项目环评公众座谈会。出席座谈会的有自愿报名并通过随机、公开抽号产生的 50 位市民代表，以及市、区两级人大代表和政协委员 43 位。市民代表成为座谈会发言的主角，他们从各自不同的角度，申述了反对上 PX 项目的意见。几天后，福建省政府和厦门市政府作出决定，停止在厦门海沧区兴建 PX，将该项目迁往漳州古雷半岛兴建。①

从“PX 风波”可以看出，面对全国政协委员的提案和广大市民的质疑，厦门市政府选择了直面而不是回避，选择了对话而不是对抗，选择了尊重民意而不是一意孤行，最终把民主纳入到科学决策之中，与福建省政府一起作出了停止在厦门海沧区兴建 PX，将该项目迁往漳州古雷半岛兴建的决定。这是一种明智理性、符合公共利益的选择。在现代社会中，政府必须接受民众监督，任何决策都必须科学民主。厦门 PX 项目为我们提供了一个科学民主决策的样本：一个地区应这样，一个部门、一个单位也

① 参见苏马：《PX 迁建：民主决策的样本》，《刊授党校》2008 年第 11 期。

应这样。

（二）桂林“两江四湖”工程是民主、科学决策的一个样本

1998年，桂林市政府提出了建设环城水系的构想，把桂林市中心区的漓江、桃花江、榕湖、杉湖、桂湖、木龙湖贯通，即“两江四湖”工程。“两江四湖”工程决策过程中，形成了政府决策主导、专家决策咨询和社会公众参与决策的联合民主决策模式。

1. 政府决策主导

在“两江四湖”工程决策过程中，桂林市政府举办了中心城环城水系设计方案国际征集发布会，东南大学以及法国、美国、日本、中国台湾等国家或地区的知名规划设计机构应邀接受了设计任务；在中山路以印挂历的形式向广大市民多次展出环城水系设计方案，广泛征询群众意见，鼓励、引导社会公众参与政府主导下的公共产品民主决策。实际上，地方政府在公共决策中的利益博弈给人们提供了一个充足的利益表达机会，通过利益博弈可以使政府充分了解各社会组织、利益群体、个人的利益诉求，了解他们的态度与价值取向，从而在协调利益关系、解决利益矛盾的基础上出台政策，实现民主决策。

2. 专家决策咨询

实现公共决策专家咨询机制是当今国内外新形势下的必然要求。加强专家决策咨询机制的建设，对于提高政府公共决策权威、降低政府成本、提高政府公共管理能力等方面具有重要意义。目前我国政府决策中仍存在许多突出问题。一项政府决策往往就是几亿元、十几亿元甚至上百亿元的投入，一旦决策失误，就意味着巨额公共财产的损失。据资料显示，我国决策失误率是西方发达国家的6倍，也就是说，我国决策失误造成的损失比西方发达国家要大得多。

3. 公众参与决策

公众参与政府决策彰显了政府执政的民主与宪政内涵，根本目的是防止过分追求效率而忽视社会公平，注重公众利益的最大化。在“两江四湖”

工程实施相关拆迁过程中，坚持以公众参与、民主讨论的方式解决问题，一切以公众利益为重，防止出现“一刀切”的有损公众利益的做法。如前所言，地方政府欲提高公共决策的有效性和准确性，顺利实现公共利益，必须以民意为坚实的基础，而前提是社会公众参与决策。社会公众参与地方政府的公共决策，不仅有利于实现他们的利益诉求，更有利于实现和谐社会“以人为本”理念下的公民民主价值，有利于增强政府的执政能力，巩固执政根基。①

通过上面两个具体案例，可以看出民主、科学是公共决策的生命线，从根本上讲，所谓人民当家做主，是指重大的公共决策，应该由民众广泛参与，由民意决定何去何从。人民的（政权）、由人民（决策）、为人民（谋利益）三位一体，是民主政治的真谛，也是公共决策的根本要求。公民参与是公共政策决策民主化、科学化的基本要求。

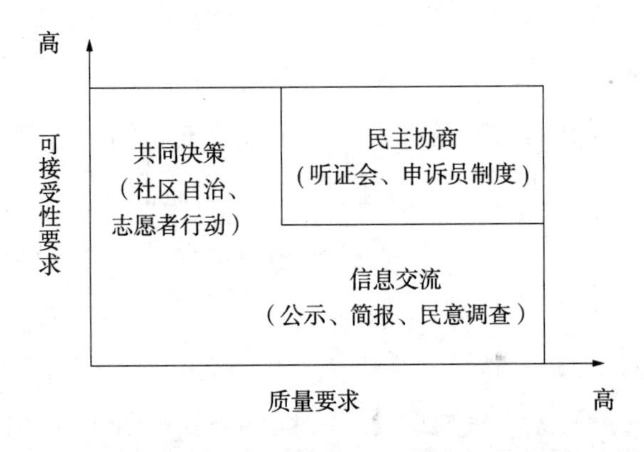

图 1　公民参与公共政策途径的选择模型②

科恩在《论民主》中指出，“民主过程的本质就是参与决策”③。他认为民主就是一种政治管理体制，在该体制中，所有的社会成员都能直接或间接地参与到影响全体成员的决策中去。在巴伯、罗森布罗姆等西方学者眼中，“参与式民主”是建立在个体认同社会公共利益基础上的一种政治活

① 参见彭正波：《地方公共产品供给中的民主决策——以桂林市“两江四湖”工程为分析背景》，《河北青年管理干部学院学报》2008 年第 11 期。

② 参见王建军、唐娟：《论公共政策制定中的公民参与》，《四川大学学报（哲学社会科学版）》2006 年第 6 期。

③ ［美］科恩：《论民主》，聂崇信、朱秀贤译，商务出版社 2004 年版，第 219 页。

动，每个公民都可以平等地参与各种决策活动，相互信赖地进行公开沟通，从而形成公平分配资源的各种决策，所以被称为“政府与公民共舞的艺术”①。约翰·克莱顿·托马斯先生提出了下面的公民参与的有效决策模型。②

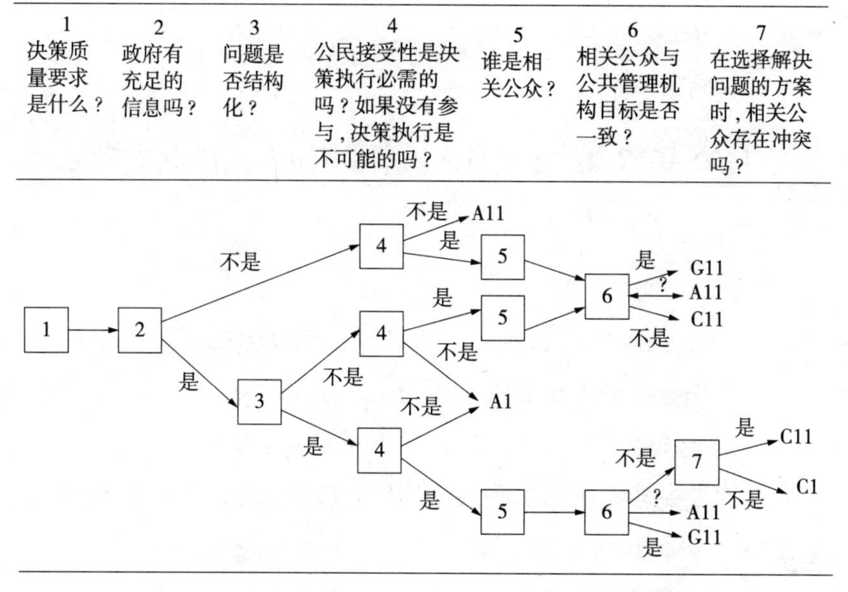

注：A1= 自主式管理决策；　A11= 改良式自主管理决策；
C1= 分散式公民协商决策；　C11= 整体式公民协商决策；
G11= 公共决策现。

图 2　公民参与的有效决策模型

决策的民主化既是科学决策、正确决策的前提，也是社会主义民主的重要组成部分。决策的民主化是指具有参与国家公共事务权利的社会公民，平等地享有宪法、法律规定的各项权利，为了公共利益需要，发挥主人翁作用，以合法的管道，通过公众集体或集体代表参与到政府的公共决策及实施过程中，体现了社会主义民主和民主治理精神，本质上要求政府组织的公共决策和实施行为处于公众的参与和监督中，公民对政府组织的

① 李图强：《现代公共行政中的公民参与》，经济管理出版社 2004 年版，第 2 页。

② 参见［美］约翰·克莱顿·托马斯：《公共决策中的公民参与：公共管理者的新技能与新策略》，孙柏瑛等译，中国人民大学出版社 2005 年版，第 43 页。

公共决策权力的运用与发挥施加影响，以防止决策中可能存在的片面、主观独断及暗箱操作带来的消极作用，为科学合理的决策奠定基础。社会民众的政治参与和政治需要是社会主义民主发展的根本动力，公共决策的民主化作为社会主义民主的重要组成部分，实现公民有序的政治参与，满足了社会公众政治参与的需要，从而防止民众的政治需要在体制外泛滥。①

三、我国公共决策民主化、科学化面临的困境及原因

1986 年 7 月全国软科学研究工作座谈会召开，时任中共中央政治局委员、国务院副总理的万里发表了题为《决策民主化、科学化是政治体制改革的一个重要课题》的重要讲话，提出要大力推行科学民主决策，加快我国现代化建设，明确阐明了我国政治体制改革的一个重要目标是实现决策的民主化和科学化。在党的十六大提出“扩大公民有序的政治参与”后，当代中国公共决策民主化科学化探索的实践迅猛发展，以科学理性、平等协商、利益协调为特征的决策理念逐渐渗透到社会的公共生活领域。2004 年温家宝总理在十届全国人大二次会议上所作的《政府工作报告》中，把“坚持科学民主决策”作为政府三项基本工作制度之一（另外两项基本工作制度是坚持依法行政和加强行政监督）。将政府公共决策与公民参与、专家论证结合起来，实现公共问题的决策科学化、民主化、制度化，是政府以科学发展观为指导，提升政府效能，实现政府工作规范化法制化的重要一步。

目前我国政府决策行为方面依然存在许多突出问题，主要体现在：决策失误是最大的失误、决策成本是最大的成本、决策腐败是最大的腐败。造成这些问题的原因很多，关键是政府决策缺乏科学化、民主化的刚性约

① 参见龚培兴、陈洪生：《社会讨论决策制度在中国的可行性》，《新华文摘》2002 年第 3 期。

束机制，表现在以下两个方面。

(一) 公共决策权过于集中党委一把手，制度化缺失

1980年，邓小平在《党和国家领导制度改革》一文中深刻指出："权力过分集中的现象，就是在加强党的一元化领导的口号下，不适当地、不加分析地把一切权力集中于党委，党委的权力又往往集中于书记，特别是集中于第一书记，什么事都要第一书记挂帅、拍板。党的一元化领导，往往因此而变成了个人领导。"[①] 在这里，邓小平精辟地分析了一把手（第一书记）在我国权力结构和权力运行中的特殊地位和影响力，但直到今天，这种现象仍未从政治生活中消失。

党委制是中国共产党基于中国实际国情，在民主集中制原则上而建立的一种基本决策制度，是体制内权力结构运行的重要载体和表现形式。在宽泛的意义上，党委制属于委员会制。从理论上讲，这是一种合理、便利的民主决策形式和权力运行机制。因为，委员会制的决策模式通常表现出两个显性特点：其一，委员会的规模是固定的、制度化的。在这种制度模式下，每一个决策主体都可以充分发表意见，交流信息，作出判断，并可以对他人施加影响，从而便于自己或他人在充分说服的条件下转换价值偏好。其二，委员会的决策是连续的。也就是说，由于委员会的存续和任期是制度化的，从而使得每一个决策主体的决策权可以连续使用。这两个显性特点是健全的民主制所必需的。

然而，委员会制还有两个不容忽视的隐性特点：其一，尽管委员会的规模和人数是固定的，但通常情况下，每一个决策主体的知识、教育背景、所拥有的社会资源、掌控的信息、人格魅力等是不同的，由此导致在一个决策群体中很容易形成个人优势效应。进一步讲，在重大问题的决策上，由于决策主体的选择强度是不同的，所以在理论上存在着导致决策分歧和组织分裂的可能性。其二，由于委员会可以连续进行决策，即便在出

---

① 《邓小平文选》第二卷，人民出版社1994年版，第328页。

现决策分歧和组织分裂的情况下，基于决策主体的理性经济人假设，委员会内部可能出现隐性的交易行为，而相互延期补偿的报酬递增机制则启动了这种交易行为，由此导致的一种现象是：本应以具有零和博弈特征的“多数决”形式出现的决策结果，在事实上往往会以具有正和博弈特征的“全体一致通过”的形式而发生。从纯粹的理论意义上说，正和博弈是集体决策所追求的最优结果。但问题在于，当一个决策集体中存在着十分明显的个人优势效应的情况下，决策取向和结果就可能朝着选择强度大的决策主体（通常是一把手）发生不适当偏移。

就党内而言，在目前尚未建立党内决策失误追究机制的情况下，就容易造成邓小平指出的“以集体决策之名行个人专断之实”的现象，从而为重大决策失误埋下隐患。特别是我国现行的民主决策机制中的目标责任制度和追究制度存在极大缺陷，在实际运行中难以确认决策者的责任、权利与义务，这种制度常常会失灵。因为现行的行政干部任职制度具有短期特征，在行政官员任职的动态过程中，责、权、利就分离了。常见的情况是在决策失误而造成的问题凸显时，主要决策者可能已调离，无法再追究责任；即使主要决策者没有调离，因为责任追究机制不健全，被绳之以法的概率很低，根据国家体改委主任胡鞍钢研究，该概率还不到6%。过去我们吃够了“长官意志、家长意识”瞎指挥的亏，迄今有资料表明“三拍”（长官拍脑袋出点子、乱拍板定调子、出了问题拍屁股走人）决策失误造成的损失是贪污腐败造成损失的数倍。① 因此，彰显中国共产党决策制度优势的民主集中制及其原则指导下的党委制，在实践中却往往会出现制度偏移甚至扭曲变形的现象。②

（二）公民参与公共决策程度有限，缺乏普遍性

公民参与公共决策的参与率和影响力是体现民主决策机制的关键，而

① 参见鄢烈山：《民主是公共决策的生命线》，《同舟共进》2007年第7期。

② 参见裴泽庆：《党内民主：人格化权力结构视角下的决策功能释放》，《中共成都市委党校学报》2008年第6期。

现行的公告制度、听政制度、专家咨询制度、追究制度等民主决策机制中，参与到公共决策过程的只是公民代表，广大公民参与公共决策的参与率很低，公民的意愿和诉求仅仅发挥参考咨询作用，对公共决策的影响也有限，主要原因有：

第一，公共决策权力的使用权具有政府垄断性特征，直接导致政府组织在公共决策中处于主动地位。社会公民参与公共决策势必会对政府部门的公共决策形成制约，影响政府部门决策权充分和自由的发挥，决策的速度和决策利益的体现也会受到制约。所以，政府组织是不愿意让公民享有充分参与公共决策的权力的，仅仅提供适度的、形式化的让公民表达自身利益要求和影响决策的管道和方式。从意识上讲，决策者并不积极推动公民参与公共决策。“政府是根据社会意志而建立的政权，用以调节全体社会成员的行动并责成他们促进实现社会意志所提出的目的。这个目的就是谋求整个社会以及它的一切部分的安全、幸福和完整。”①

第二，政府组织是供应公共产品的法定组织，并具有垄断特性；而且公共产品既是社会公民的必需品，也是社会公民的“国民待遇”，需求弹性小。从经济学角度看，对于广大的社会公民而言，讨价还价的能力非常有限。况且政府组织和社会公民在组织性、拥有的信息、社会政治地位上都具有严重的不对称性。所以，社会公民对公共决策的影响力很有限也是当然的。

第三，因为只有公民有了很高的表达意志的愿望和能力，有了很高的政治觉悟和社会道德水平，能够进行正确的价值判断，能够超越自身个别利益去关注全社会公共利益，能更积极地参与公共决策过程，并且具有全局的、长远的观念，才有可能高度参与公共决策。受公民素质和能力的制约，公民参与公共决策的能力是有限的，决定了民主参与公共决策的方式只能由政府部门吸收具有代表性的社会精英参与决策。②

第四，公民参与管道不完善。尽管现代公民参与管道多样，但一般来说是下面两个管道：其一，人民通过选举人民代表方式参与政策规程，这

① ［法］霍尔巴赫：《自然政治论》，陈太先等译，商务印书馆1994年版，第45页。

② 参见赵爱英、孙宏：《我国民主决策机制存在的缺陷及对策研究》，《理论探讨》2007年第1期。

是主要管道，但对于普通公民来说，能够直接参与的机会太少；其二，党和政府部门开设的来信来访、领导接待日、各种不定期的座谈会等，只是辅助管道，很大程度上是为党和政府联系群众、克服领导机关和领导者的官僚主义作风而开设的。①

第五，公民参与组织化程度不高。多年来，我国已经有了许多群众组织，如工会、妇联、共青团等。但总体说来，公民的组织化程度还很低。突出表现在：拥有近9亿人口的农民群体组织化程度过低，农民维护自身权利的组织还不存在，由于农民工具有很强的流动性，其政治参与具有极大的被动性和零散性，影响力十分微弱。

四、促进民主、科学决策的积极探索

（一）健全党内民主决策机制，提高党的执政能力

中国共产党是我国社会主义现代化建设的核心领导力量，强调社会主义民主法制，科学决策，实质上就是加强党的正确领导。从某种意义上讲，中国共产党领导工作的过程，就是民主、科学制定和实施决策的过程。因此，健全和完善科学民主决策机制，用制度来保证决策的科学性和正确性，是提高党的执政能力的一条有效途径。

1. 明确领导决策权限

第一，明确决策权限范围。错误的决策往往是“长官意识”、“头脑发热”、盲目攀比、违规越权造成的。一些地方为了突出政绩，大搞“形象工程”、“面子工程”，争先上“大专案”、搞“大手笔”，如阜阳的“白宫事件”，江苏“铁本投资”等，不仅导致了投资增长过猛，还给国家造成

① 参见胡连生：《政治参与：现代民主政治的基石》，《云南社会科学》2007年第4期。

了重大经济损失。造成决策失误的原因是多方面的，但不坚持科学发展观，决策权限不明确，无疑是最主要的原因。因此，要保证决策的科学化、民主化，就必须明确决策权限，用制度保证决策者不专权、不越权、不缺位。

在我国现行领导决策体制下，党委、人大、政府都有各自不同的决策权。党委在同级各种组织中发挥领导核心作用，因此应当集中精力管大事、谋全局、把方向、出思路、抓关键，按照“总揽全局、协调各方”的原则，规范党委与人大、政府、政协及人民团体的关系，明确各自的决策权限范围，真正做到各司其职、各负其责、密切配合、协调一致。只有这样，才能科学高效地进行决策。

第二，完善重大决策规则。一是完善集体决策规则。按照“集体领导、民主集中、个别酝酿、会议决定”的原则，凡涉及方针政策性大事、全局性问题、重点建设项目、重要干部任免，都应由集体决定，并且要加强对集体决策的方案实施的监督，防止“一把手”或少数人从私利出发进行“权钱交易”。有的决策者缺乏党性修养和民主作风，在班子内部唯我独尊，个人说了算，经他拍板的事，不管正确与否谁也不能推翻。民主执政、科学执政、依法执政的理念淡薄，对“科学发展观”的贯彻、落实不够自觉与彻底。二是健全议事规则。讨论、决策重大问题，必须召开相应会议。党委不能以书记办公会代替常委会，也不能用常委会代替全委会。政府也不能搞行政“一把手”说了算，或者用省长（市长）办公会代替公众参与和专家论证。三是建立决策公示规则。对行政审批、工程招标、财务管理、土地批租、政府采购和干部任免等与群众利益密切相关的重大事项，应当建立和完善公示制度和社会听证制度，防止滥用职权、暗箱操作、权钱交易等腐败行为的发生。

2. 完善中枢决策机制

确保重大决策的科学性、民主性和正确性，是实现决策科学化民主化的首要任务。在一个行政部门和单位，党委会、常委会、办公会等通常都处于决策中枢位置，其职责是在公众参与和专家论证的基础上，确定决策目标，组织有关部门和人员拟定备选方案，对方案进行选优和决断，对整个决策过程进行协调和控制，而决断是其最重要的职责。要保证决策中枢决断的科学性，凡是涉及经济社会发展中的重大决策，对中央政府而言，国民经济和社会发展计划、国家预算、宏观调控和改革开放的政策措施、国家和社会管理事务、法律议案和行政法规、有关国家投资建设等重大决策，都要完善听取意见和论证制度，确立重大决策方案必须附有社会公众意见书、专家咨询意见书、合法性审查意见书、不可行性论证与成本 / 效益分析论证书的制度。① 一方面要注意决策目标明确、合理、符合客观实际，正确处理集体决策和个人负责的关系，要认真贯彻执行民主集中制，对重大问题要坚持集体决策，防止“一言堂”或少数人说了算，同时又要避免以集体负责为由，推卸个人决策失误的责任；另一方面要不断提高决策中枢人员的素质和智能结构。决策中枢成员是整个决策活动方向的掌舵人，是整个决策活动的指挥者、组织者，是实行决策科学化和民主化的主导力量，承担着艰巨的任务。因此，他们应在各方面具有较高素质。决策领导者个体应具有合理的智能结构，决策领导集体也应优化智能结构。

3. 建立责任追究制度

英明的领导，不在于不犯错误，而在于能及时地发现并改正错误，并尽量少犯错误。而建立决策失误责任追究制度，对那些习惯于“拍脑袋决策，拍胸脯保证，拍屁股走人”的领导干部进行追究惩处，无疑会大大增强决策者的责任意识、风险意识，促使其珍惜民力，科学决策，民主决策。因此，目前亟待建立健全两项制度：

第一，事中纠错改正机制。目的是为了减少决策失误，避免损失。分析一些决策的失误可以发现，有些决策在当时是正确的，但在执行过程中，由于形势和环境条件的变化，需要进行纠正或者“纠偏”，以免造成“投产即亏损”的无可挽回的损失。为此，需要建立决策执行过程中的跟踪反馈系统。可以由一定的监控主体（立法机关、司法机关、政党系统、利益团体、人民群众等）按照规范的要求和标准，运用适当的监督方法和手段，对决策方案的目标内容和任务实施情况进行检查、督促，对执行中

① 参见李军鹏：《关于建立具有约束机制的政府科学民主决策体系的思考》，《决策咨询通讯》2008 年第 3 期。

的各种信息进行收集、分析、加工，将其中对决策执行效果有影响的信息及时反馈给决策者。一旦发现决策方案在实施过程中出现了偏差，就要依据一定的程序和标准进行评估。评估要坚持领导、专家、群众三结合，定性分析与定量分析相结合，确保决策结果的科学性和民主性。当发现决策与实际相脱节时，要及时对原决策方案进行调整和纠正。

第二，决策失误责任追究制度。目的是为了有效降低决策失误率。这是一种事后追究制，其好处是既能达到对决策失误者进行追究处理，做到赏罚严明，又能对其他决策者给予警示，从而有效降低决策失误率。实施这一制度的要求是：一要明确决策责任，实行决策法制化；二要抓紧建立和完善与决策失误责任追究制相关的包括决策失误赔偿制、决策失误辞职制等一系列的制度。当出现决策失误时，要视具体情况依法追究责任和进行惩处；属于工作水平问题造成的决策失误，应进行行政处理；有违法行为的，要依法处理；造成重大经济损失，或有以权谋私、腐败现象的，应依法追究刑事责任。以此来促使决策者谨慎决策、科学决策，避免随意性决策。同时，对作出正确的决策并取得良好效益的相关人员，应该大张旗鼓地进行表彰，激励他们努力提高科学决策和民主决策的水平。①

(二) 促进公民参与公共政策，提高公共政策决策水平

1. 完善公众参与机制

公民参与政策制定是现代公共政策的基石，从转变观念入手，提倡民主精神，破除各种落后的旧的决策观念，树立重视民众参与的决策思想，“提升公民的参与意识，扩大公民参与公共政策的范围，促进政府制定政策质量的提高。同时也培养公民对政治体制的归属感和认同感，营造一种民主、平等、协商的公共政策环境，形成一种人人能畅所欲言，充分表达自己观点，并积极提出政策建议的局面，促进多种公共政策方案的优化与

① 参见何新明：《健全科学民主决策机制　提高党的执政能力》，《广西社会科学》2007年第9期。

选择。[1]毛泽东曾经指出，在我们党的一切实际工作中，凡属正确的领导，必须注重调查研究，坚持从群众中来，到群众中去，这是我们党的优良传统。决策的公众参与机制，从本质上讲，就是坚持群众路线。“从群众中来”是决策的制定阶段；“到群众中去”是决策的反馈调控阶段，实际上是马克思主义认识论的“两个飞跃”，也是保证决策科学性的重要机制。我们的许多重要决策就是这样作出的，许多方针政策也是这样制定的。邓小平强调不断扩大人民实际参与决策的机会和条件，要充分发扬民主，保证全体人民真正享有通过各种有效形式管理国家、特别是管理基层地方政权和各项企事业的权力，享有各项公民权。

党的十七大报告进一步明确提出要“坚持国家一切权力属于人民，从各个层次、各个领域扩大公民有序政治参与，最广泛地动员和组织人民依法管理国家事务和社会事务、管理经济和文化事业”。由此，公共决策中的公民参与已经成为引人注目的社会政治现象，这不仅仅是政府公共决策体制变革的客观要求，同时也反映了行政民主化发展的历史趋势，构成了当代中国民主政治建设的一个重要组成部分。温家宝总理曾经指出坚持科学民主决策，要进一步完善公众参与，保证决策的科学性和正确性。

从某种意义上来说，决策过程就是信息搜集、整理和加工的过程。不倾听群众意见，不了解决策对象的具体情况和意愿，不掌握有关资料、数据以及历史和现状，就无法决策。党的十六届三中全会也提出，要完善政府重大经济社会问题的科学化、民主化、规范化决策程序，充分利用社会智力资源和现代信息技术，增强透明度和公众参与度。因此，在决策方案形成、执行过程中，听取和吸收各种利益群体的意见，有利于保证决策方案的科学性，有利于决策方案的执行，有利于发挥公共政策的积极影响，同时也把问题解决在“决策”状态和过程中，避免出现“上有政策，下有对策”的决策失灵情况，同时避免决策失误造成的损失。

2. 拓宽公民的参与管道

从目前的参与管道来看，主要体现为一种非强制性即制度化参与。公

① 参见彭正波：《地方公共产品供给中的民主决策———以桂林市“两江四湖”工程为分析背景》，《河北青年管理干部学院学报》2008 年第 11 期。

民参与政策制定的方式和程序多种多样。除人大选举制度外，公开听证会制度、信息披露制度、民意调查制度、“赛博”和博客都是实现政策制定的民主化与科学化的基本管道。

第一，建立完善听证制度。

听证属于政策制定程序的一个重要组成部分。听证具信息、咨询、参与、控制、监督、反馈等多种功能，对于优化公共政策的公民参与，确保公共政策效用具有重要作用，是实现公共政策制定科学化、民主化、法制化最为切实有效的制度安排之一。

听证是权力机关特别是行政机关基于公平、公开、公正原则，在作出涉及公民、法人或其他组织利益的重大事项或重大决定之前，充分听取公民、法人或其他组织的意见的活动。作为一项制度安排，听证制度是现代民主政治和现代行政程序的重要支柱，是现代制度所追求的公正性与民主性的集中表现。在西方国家，听证在国家决策和社会生活中发挥着重要作用，大到国家制定一些涉及全社会公共利益的法律，小到退休金、福利补贴的发放和交通违章处罚等，都可以依法申请召开听证会。决策听证既可为公民提供参与的机会，又能有效防止行政专制。

目前中国在不断推进政治民主化、法治化，倡导法治政府、服务政府、有限政府、透明政府等理念，因而实实在在地向行政领域的变革提出了更高的要求，像行政决策、行政执法等活动，必将更多地体现和促进政治民主的进步。因而，完善听证制度设计中的组织和技术，既是必要的，也越来越体现出可行性。我们所要强调的是，应该超越技术和组织本身来认识听证制度设计所需要运用的技术和组织，应该把它们本身看做是民主的组成部分，或者它们至少应该体现民主的要求。不存在一种可以脱离民主原则但又能体现民主的组织技术。[①]

第二，积极推行电子政务。

大力推行电子政务，为科学民主的决策机制建立信息平台，提高公共决策的透明度和公众参与度。目前，我国利用信息技术协助政府与民众间

① 参见唐贤兴：《公共决策听证：行政民主的价值和局限性》，《社会科学》2008 年第 6 期。

的互动，数字化、网络化的政府信息系统框架已经形成，为政府组织公共决策的民主化建立了最为有效最为便捷的管道。政府组织可以利用信息网络动员公众参与公共决策，公众可以通过信息网络对重大问题的公共决策发表意见、建议和要求，可以最大限度获得公共决策有关的知情权，使公共决策过程置于全社会监督之下。比如，借助信息网络，政府组织公布所有的政府招标项目、招标商答复招标所需的文档、在线招标的过程与结果，重大案件立案及处理过程，政府采购等有关事宜，极大地提高了公共管理与公共决策的社会透明度，有利于公共管理组织革除官僚作风，提高管理效率和降低管理成本。[①] 同时积极建立公民网络参与制度，因为网络是架起政府与公民之间相互沟通和对话的电子桥梁，可以推动公民与政府官员直接对话。一方面，借助于网络，公民可实时表达意见，增强对政府决策的影响力；另一方面，政府能更广泛地了解公民的意见，有利于集思广益，做到决策的民主化、科学化。目前，世界各国都在积极倡导信息高速公路建设，构建“电子政府”，建立更加开放型的民主。

第三，公开公共决策制度。

公共决策公开是指公共决策主体主动或通过申请，用法定的形式向社会或利益相关者公开（除涉及国家秘密、商业秘密和个人隐私之外的）公共决策过程、结果及其相关信息的活动过程。公共决策公开主要又包含政务公开与决策公示两个方面。

公共决策公开对于交互式民主决策最基本的意义表现为公共决策公开是公民参与的前提，而只有公民能够真正参与公共决策中才有可能实现政府与公民的合作与互动。因为公民只有在知晓相关信息的情况下才能够有效地参政，否则公民纵使有丰富多样的参与形式以助其参与权的实现，也不过是实现公民权利的形式而已。而公共决策过程及其结果只有向社会公开，才能为公众了解并参与公共决策提供管道。这是提供公民政策参与路径的最基本方式，也是现代公共决策民主化科学化的一种制度规定，是现代公共决策程序中不能缺少的一个环节。正如著名经济学家约瑟夫 · 斯

① 参见赵爱英、孙宏：《我国民主决策机制存在的缺陷及对策研究》，《理论探讨》2007 年第 1 期。

蒂格利茨所说，政府信息不公开，保守秘密，会削弱公民参与民主过程的能力。因为就每个人而言，依然存在一个阈值，他们愿意基于公共利益的目的而投入的时间和精力是有限度的，保密增加了信息成本，这使得许多公民在自身没有什么特殊利益的情况下，不再积极参与民主过程。[①] 可以说，公共决策公开是公民知情权的保障，是拓展公民政策参与的范围和深度的一个重要条件，是行使公民对政府监督制约权的有效途径。[②]

---

① 参见［美］约瑟夫·斯蒂格利茨：《自由、知情权和公共话语——透明化在公共生活中的作用》，《环球法律评论》2002年（秋季号）。

② 参见林志鹏：《我国公共决策制度创新问题研究》，吉林大学2005年博士学位论文，第185—186页。

社会管理、公共政策与领导创新

——全球治理视野下社会组织的功能前瞻

吴涛 *

在以提高政府效率，缩小政府规模和放松规制为特点的全球治理中，社会组织等一些非政府的公共机构开始在治理的过程中发挥越来越重要的作用。在国际视野中，就社会组织的功能进行前瞻性的分析，迫切需要将社会组织置于全球治理这一大背景中进行多角度与多路径的理论分析。本文拟在探讨全球治理困境的基础上，追踪国外相关研究的最新发展，以社会管理、公共政策与领导创新为主线对全球治理视野下的社会组织的领导创新进行前瞻性的分析。

---

* 作者为中国浦东干部学院教师，华东师范大学博士生。

一、全球治理视野下的若干困境

在传统的科层官僚体制向信息化、网络化、扁平化的现代管理过渡的历史进程中，单靠传统的行政资源和政治资源，依赖原来的管理方式已经不能维持有效的管理，全球治理本身面临着巨大的挑战。具体而言，全球治理主要面临着如下几个困境：

（一）公民素质

从作为施政对象的最终个体——公民来看，学术意义上的公民探讨是将公民视为一个对其生活的社区、城市、国家有着强烈认同感的个体，从全球治理与公共政策的角度而言，一位积极的公民会主动的参与公共事务，乐意与他人建立友好的关系。也有学者论道①，积极的公民认为在一个互助的体系中，帮助别人、为人服务就是帮助自己，在公共事务的处理上，他能提供有效率的、有创意的、弹性的、人性化的方式，虽然法律并未规定他负有这些义务，可是他坚持认为这就是他的责任。也有学者进一步分析认为②，在自然的社会化状态中，从婴儿成长到成人的过程中，在社会中的人其发展的基本倾向是从被动到主动、从依赖到独立、从有限的行为范畴到较大的行为范畴、从志趣肤浅到志趣深刻、从短视近利到从长计议、从下属地位到平行地位或上级地位，这些人格的每一个侧面的发展，共同构成了更健全的成人人格的成长；相反的，在政府组织外在强压式的环境主导下，大多数组织中的个体对他们的工作都没什么自主权，他们被要求必须依赖、顺从，甚至他们的反应也受到限制。在这种环境中，个体正常的成长和发展机会受到束缚，这些挫折与苦闷对于个体的人格特

① See Ancona, Deborah et al. "The 'New' Organigation" .In *Managing for the Future: Organizational Behavior and Processes*.South-Western College Publishing.1996, pp. 156-173.

② See Alan C.Lsaak, *Scope and Methods of Political Science*, 4th Edition Homewood, IL: Dorse press.1985, pp.37-55.

质会产生负面的影响，影响良性的组织与个体互动。

(二) 公民参与

一个成熟的政治体系是一个行政能力职业化、行政组织结构专业化、大众积极参与的体系。且这种参与还必须是主动的积极参与和对公共政策的理性回应。有学者认为①，公民参与公共政策的制定过程，会增加民众对于政府政策的支持，但这些都必须建立在公民具备一定的热情与参政素质的基础上，必须促使社会可以培养出成熟理性、热忱积极、专业前瞻的个体，而这种因素的欠缺正是全球治理所必须面对的现实问题之一。

(三) 网络沟通

现代全球治理的突出特征在于重视政府组织与社会组织之间的组织性构建关系，其目的就是使作为政策制定者的政府组织与作为政策对象的社会组织之间具有可以紧密联系的环境调适力。② 有学者认为，社会资源的整合无论是通过政府组织的内外机构，还是通过网络式的社会组织，从本质上需要建立组织性的互动关系。另一方面，基于信息交换的需求和资源交换的相互依赖，政府组织和施政对象之间存有强烈的诱因来构建互动性的网络状沟通管道。③ 因此，从组织发展的角度来看，这种互动性的网络状沟通管道是国家权力与社会权力两大社会基础权力互动结果的延展和必然，在互动与沟通的过程中，靠着互动机制的建立，各类公共事务的参与主体可以通过有利于信息对称的务实参与，突破传统上全球治理的囚徒困

---

① See Charles A.Lave and James , *An Introduction to Model in the Social Seience*, New York: Jlarper and Row. March 1975, pp. 210-251.

② See Alan C.Lsaak, *Scope and Methods of Political Science*, 4th Edition , Homewood, IL: Dorse press. 1985, pp. 120-137.

③ See Ancona, Deborah et al. "The'New' Organigation." In *Managing for the Future: Organizational Behavior and Processes*, South-Western College Publishing. 1996, pp. 56-82.

境，达到资源的有效利用。

从传统的全球治理来看，高度官僚制的政府组织易导致僵化的协调沟通不良，信息滞后，不重视政府与民众之间的沟通与了解以争取政策对象的认同，更难以高度整合政治社会的资源以便充分运用社会的力量因势利导，极易造成全球治理于公共政策过程中政府部门与社会组织的分割与分裂。另一方面，政府组织与社会组织在互动的过程中，立足于不同的利益考量和立场，以及对公共事务认知的差距，也极易造成政府组织与民众之间无法形成唇齿相依的工作团队。

(四) 组织文化

从组织文化的角度深入探讨，可以发现在传统官僚制的政府组织架构下，表面符合理性的要求，实质上却易出现违反政府功能和政府目的的悖论，西方全球治理学者曾从多个层面做过细致的分析，大致可以归纳有如下几点[①]：(1) 过度的紧密组合：层级分明的决策体系是由极少数领导者决定组织的目标，由大多数下级人员执行目标，强调严密森严的等级制度，奖惩大权为上级掌握，下级严格依命令行事，容易发生信息传达及沟通的不畅，分散组织整体达到目标、解决问题、适应变局的能力。(2) 机械理性的工具化理念：政府组织的传统思维认为人是受组织控制、被动的对象，仅扮演相关行政法规所设定的角色和职务关系，易剥夺组织内个体内省创新的潜能，妨碍人员积极主动的学习能力。(3) 经济理性：传统的政府层级型组织将人视为经济理性人，组织视个人为达到组织目的的工具，忽略人作为个体的理想与追求，易导致组织内人与人间彼此只关注角色关系的互动，注重外在报酬的追求而忽略内在价值的重要，组织又无法为个体提供有效的归属感，将使人丧失人性道德的主体与自我反省的能力。由此可见，全球治理的过程中，传统政府组织面对所处的科技迅猛发展，挑战与问题凸显的现代环境，难以应对和有效解决层出不穷的现

① See Perry(ed.), *Public Management*: *The State of Art*, San Francisco: Jossey-Bass Publishers. 1993, pp.102-123.

实问题。

（五）经济资源

从社会经济资源的创造者——企业的层面来看，单个企业与单个企业之间会形成资源丰富的网络群，单个社会组织的发展必须建立在组织之间界面整合的基础上。但问题在于实践中单个企业在互动的过程中，经常被认为彼此为其生存或发展的威胁，利润的导向与信息的失衡会使得企业领导层的协调难度增加，而此时传统意义上的政府组织却在市场中看不见的手的作用下倍感无从下手，丧失主动权。另一方面，激烈而无次序的竞争易导致企业之间实质的敌视与封闭，造成在环境变量不断变化的现实环境中丧失重要的商业机遇，弱化经济资本的社会整合。

二、社会组织的功能前瞻：社会管理、公共政策与领导创新

在全球治理面临着外部环境和内部结构的变化的过程中，社会组织作为一种传统行政管理主体之外的一种新的行政管理主体形式，成为全球治理的主要变量，在全球治理中发挥了越来越重要的作用。尤其是在我国经济体制转轨的背景下，一些非政府的社会组织等公共机构在全球治理中的作用尤其需要重视和研究。笔者认为，社会组织由于具有民间性、多元性、范围广泛性以及灵活性等特点，对从统治到治理的改革中，可以就其功能前瞻如下。

(一) 社会管理：互动与公民

有效的社会组织和成熟的社会组织网络可以高效率的拉近政府与人民之间的距离，从而积极促使政府以更有效率和民主参与的精神来进行全球治理与公共政策活动。特别是社会组织提供了公共精神的创造与公共服务的途径，在与公共利益相关的活动上扮演了相当有效的媒介。西方现代全球治理的经验表明，一个社会能够透过社会组织持续的维护好公共利益，积极发展和达到公共目标，呈现出民意沟通的良性互动。[①] 尽管社会组织与公共部门相比，前者缺乏建立于公共权力之上的公权力支点，后者则依托于强大的公共权力基石，但两者的关系十分密切，从整个社会的角度而言，两者相辅相成的共同为促进社会福祉和公民生活的质量而分工合作，并在实践中既具有各自的独立性和自主性，又具有共同的公共性。

有学者曾经论述道[②]，社会组织可以看做是人类的素质培育的媒介体，它的产品是治愈的病患、学到知识的小孩和为自立、自强、自尊而努力的年轻人。从这个意义上讲，社会组织在全球治理中一个非常重要的基本功能就在于开发自我，或者可以理解为自我实现的营养剂。在全球治理的过程中，社会组织在实现开发自我的功能中，会形成公民自我成长社会化的现象。有学者进一步将其总结为，公民通过社会组织试着肯定和确定社会生活的各种角色，以成为受社会所接受的一个公民，并不断提升综合素质，努力实现自我。

具体而言，在参与社会组织的过程中，经由社会化的渐进过程，社会组织的成员把组织的价值观和规范内化于自我实现的过程之中，并学会了如何履行相应责任的组织内的义务。例如，现实生活中，在社会化的过程中，新成员逐渐地把自己和组织联系起来，并能区分成员与非成员，认识

① See Denhardt Rosebloom, *Theories of Public Organization* (2nd ed.), CA: Brooks/cole.,1993, pp. 169-192.

② See Kiel, Douglas L., *Managing Chaos and Complexity in Government: A New Paradigm for Managing Change ,Innovation, and Organizational Renewal*, San Francisco ,CA: Jossey-Bass, Inc., 1994, pp. 93-121.

到在这一社会组织内组织成员资格的重要性，从而有效的达到组织价值的认同。这时，一种正式的批准成员资格的仪式，能增强个人对该团体及其价值观的认同和远景预期。值得指出的是，全球治理所必须面对的是公民人格的重新培育和塑造，公民责任及公民生活的建立，因此，在参与社会组织中的社会化过程中，社会组织能够有效的培养公民的综合素质和公民性人格。例如，社会组织中对于成员的培训、团体活动的一部分及日常团体成员的相互往来等，都是社会组织对于个人人格、价值观、生活态度的社会化的过程。目前，全国上下都强调要建立学习型组织。所谓学习型组织，即是突出运用切实又符合需要的概念与方法，使得个人与组织通过这一概念和方法来增进双方都满意的成长与收获。学习型组织注重以人为本的基本导向，寻求建立人本人性的能够达到持续学习及终身学习目的的组织，使个人可在工作岗位上真正得到成长和自我实现。[①] 学习型组织中自我超越的修炼和理念，提供个人成长和学习的方法，随着自我超越的层次越高，个人越能持续地扩展其能力，在生活中去创造其真正想追求的目标。同样，在社会组织中的投入与学习，也具有上述的价值与功能，正如社会组织中能开放并时刻检视自我心智模式，视个人或组织的行动是探索情境的工具，并在个体具体的行动中着眼于未来再行动的反思，并在持续的学习与创新中，使个人的思考与行动合一，在各自分享远景的过程中以职业化的精神投入工作，以各种直接或间接的方式完成公民的人格素养与培育公民特质的社会化工程。由此可见，在全球治理的实践中，社会组织对培育现代公民的素质起着积极有效的推动作用。

（二）公共政策：高效与公正

交易成本理论认为，组织的形成以及各种不同的组织形态，是因为受到交易成本的影响。从全球治理及其改革的层面分析，政府及其改革的意

① 参见［美］彼得·圣吉：《第五项修炼——学习型组织的艺术与实务》，郭进隆译，上海三联书店 2003 年版。

义也可以说就是为了要降低交易成本。[①] 就这一理论层面的分析而言，政府等公共部门的工作也是通过与公民之间的交易契约完成。从这个角度看问题，公共部门所需要检讨的第一要务是：从事的全球治理与公共政策活动可不可能以更低的交易成本来完成。在政策的形成与执行中，牵涉到的各项交易成本与生产成本愈低，公共政策的形成与执行也愈容易成功。政府的许多政策之所以难有较大成效，交易成本是一个关键因素。为了创造一个低交易成本的交易环境，构建社会组织与政府协力运作的民主行政，充分结合政府与公民社会的力量，进一步提升政府的效率与民主性，也有助于进一步降低公共政策过程中的交易成本。在这样一个讲求共赢、互惠互利、资源整合的时代，以政府为代表的公共部门必须具备高超的素质涵养及能力，跨出本部门的狭窄领域与思维，充分与社会组织结合，有效地利用民间组织的资源，在充分发挥其特色的前提下加以整合运用。只有这样，在资源整合中才能实现全球治理功能的超越，推动全球治理的深入开展。

从对西方福利国家发展现状的反思来看，可以从一个崭新的角度思考社会组织如何取代国家官僚模式和市场竞争模式的福利供给角色，另一方面也可以从对民主政治本身的反思来思考社会组织在公共政策的过程中参与福利政策的制定与执行以及其所扮演的角色，我们在这其中都可以发现社会组织的积极功能，这一角度可以从社会组织形成的网络关系中展开分析。

因为社会组织的结社网络与公共参与不但提高了利益的汇集与表达的管道，同时灌输参与成员团结合作的习惯及公共的精神，塑造关心他人和积极互助的公民素质。在参与社会组织的生活的过程中，其成员的心灵在彼此互惠的影响下有效沟通。[②] 这一社会信任互助义务与互惠规范的公民习性的养成，正是强调社群主义的福利国家重要的文化与制度基础。

从另一方面而言，社会组织网络对于福利国家的重要性，不只是提供

① See Denhardt, R., *Theory of Public Organization*.2nd ed.,CA: Brooks/Cole. 1993, pp.113-136.

② See Alan C.Lsaak, *Scope and Methods of Political Science*, 4th Edition, Homewood, IL: Dorse press. 1985, pp.175-196.

调解冲突、寻求双赢的公共参与空间，养成社会互助的公民习性；它也被认为能够改善当前福利国家所面对的效能问题。民间志愿组织，因为根植于具体的社会生活经验，对于社会的需求有较为详细的和正确的信息，因此如果他们能够介入参与政策形成与政策方案的规划，可以更有效的传达民众的确实需求。民间自愿组织所提供的信息是来自生活世界的实际知识，经验性的实际知识进入政策讨论的场域，可以改进决策的质量。政府与专家在拟定政策时，经常倾向技术性较强的观点。但是现代社会的管理牵涉到许多复杂的，相互关联的问题，专业性的知识有其局限性。来自日常生活的经验性知识，可以弥补专业知识的不足，使政策方案的效能，可以获得适当的评估。另外，在社会服务的提供方面，由于其他民间志愿组织，比起客观上距离实际施政对象较远的政府官员，更能了解服务对象的特殊需要，而且，由于这些志愿组织本身就整合在社区的生活网络之中，他们更容易看到服务对象之间，以及不同需求之间的关联性。民间志愿组织的参与，使政府政策与福利服务更能贴近人民的日常生活需求，也使社区民众能在整合性的网络构成中，共同促进福利水平的提升。

实际上，以网络分析的研究方法源自人类学家对原始部落人际交往与权力关系的研究，而近年来已越来越多的被广泛的运用到组织研究的过程中。有学者认为①，社会网络是指一群身份限定非常清晰的成员，透过一定的社会关系而联系在一起的组合。社会网络中强调许多人类的行为是在网络关系之中潜在地运行，在政策执行的过程中，政府机关要有良好的政策运送管道，这也是要依靠其对社会网络的掌握。政府机构如果能够善于运用在社会中的相关社会组织，形成一个有效的助力网络，将有助于政府政策运作及组织的强化。现代公私互动模式趋向于公私部门与民众共构生命的共同体。② 私部门不再只是依存于公部门之下的附合体，也不只是单纯地配合公部门，而是与公部门形成一种水平兼容的互动关系。社会体制的经营由公部门与私部门相互主导，公私部门在整个社群的公共利益与公

---

① Charles A.Lave and James, *An Introduction to Model in the Social Science*, New York: Jlarper and Row. March 1975, pp. 77-85.

② See Horton, John, *Political Obligations*.The MacMillan press LTD. 1992, pp.195-217.

民社会的涵盖下，分别地担负起创造公益的责任。因此现代政府应该致力于是助力网络的建构。即从个人的网络进入到团队、资源网络。因为在目前日新月异的社会条件下，没有一个组织能单独完成任务，即使能单独完成也可能没有效率，即使可能有效率，也可能完成的任务并不完全。

总的来看，除了对于社会组织在社会网络的助力功能之外，政府与民间机构过去的沟通经验也应该是考量的因素。换句话说，西方社会学家曾论述认为，社会组织可能不是只纯粹扮演前述制度失灵之中的补助角色，而可能是在一个社会中有其特殊的、积极的定位与角色。[①] 因此社会组织纳入公共组织及社会体系之中不只对于全球治理和不断的完善有积极的推动作用，更在其他与之相配合的部门之间形成了一个润滑与制衡的角色，使整个社会达到更协调、更顺畅、整合力更强。

(三) 领导创新：激励与整合

从社会组织与企业等营利组织最显著不同点来看，营利组织所强调的优势往往着眼于比较优势，也就是说，企业等营利组织的优势在于与其他厂家生产的产品相比，更具有竞争或效率上的实质优势[②]；然而社会组织所强调的优势，则是一种与其他组织的价值观相比，更具有认同和价值感的优势。从激励的因素来看，成熟的社会组织中往往具有较为特殊的机制以吸引个体的加入和工作，这类激励因素不是单纯的薪水等直接的货币利益，或者说这种金钱的激励因素不是社会组织中主要的激励因素，它们是被一种自我实现和生活世界的动机或动力而吸引，这种动力与传统上市场经济中的金钱激励不同，在全球治理的过程中，这种动力可以称为潜能性激励因素。

事实上，社会组织的一个重要的目标就在于不断优化社会大众的生活状况，提升公民社会的生活质量，因此，从这个意义上而言，作为社会组

① See Ancona, Deborah et al. “The‘New’ Organigation.” In *Managing for the Future: Organizational Behavior and Processes*.South-Western College Publishing. 1996, pp.221-252.

② See Bozeman ,B., “Introduction: Two Concept of Public Management” ,In J.L. Perry (ed.), *Public Management: The State of Art*, San Francisco: Jossey-Bass Publishers. 1993, pp. 135-158.

织的领导者，关键在于激发社会与个体的潜能，构建实现组织理想的原动力。具体而言，人因有理想而伟大，实现理想的过程也是最大化的激发社会与个体潜能的过程。① 投生于社会组织的各项工作中，可以使个人的潜能充分发挥，并且以个人潜能的发挥来促进社会的进步与提升。因为理想而激发出潜能可以使一个人在全神贯注中义无反顾地投入，其经验是开放性的，而非封闭性的，他较能清楚地感知个体内部或外在环境的任何刺激或影响，因此塑造出良好的认知能力和感受力。因此在全球治理的实践中，这类社会组织能够提供公民激发潜能、储备经验、实现理想的功能，有力地在协助了个人激发潜能、实现理想的过程中培养出成熟、积极而充满活力的现代公民，从而起到进一步巩固公民社会并促使其持续健康发展的重要作用。

同时，从社会组织整体发展的角度而言，社会组织的成员一般是基于共同的理想而结合，其互动行为是平等而民主的，对于外在环境的了解是深入的、彻底的，而社会组织的领导者往往更具民主式领导者的基本特征，在组织运行的过程中，组织成员对于领导者的指挥和工作安排是无条件服从的，是心悦诚服的，在这样的组织文化与氛围下，组织内的个体会自动自发地为组织目标去奉献，充分发挥社会组织小规模、人性化、地区性的功能，社会组织的这些特质与优点正可以有效地避免政府部门官僚体制的迟缓和低效，同时也对组织整体的全面发展产生深入而广泛的影响力。

从这个角度进行深入的探讨，可以进一步从资源依赖理论的观点来看社会组织的生存与发展，资源依赖理论的基本前提是组织并不是自给自足的，而是外力导向的体系，它必须从周边环境中获取生存所需的资源，进而与其互动交易的环境要素形成相互依赖的关系。② 因此，组织的行为是受外在环境影响的，它必须能回应环境的某些要求。而所谓的组织环境，是由资源相互依赖的组织群体或团体所构成，处于此类组织中，一方面，

---

① See Denhardt, R., *Theory of Public Organization*, 2nd ed.,CA: Brooks/Cole. 1993, pp. 75-93.

② See Charles A.Lave and James, *An Introduction to Model in the Social Science*, New York: Jlarper and Row., March 1975, pp. 239-248.

必须及时回应那些在环境中拥有重要资源的其他组织或团体的要求，其行为与活动处处受到外在组织权力发展状况的影响；另一方面，组织中的管理者也会试图运用各种策略来管理其与外在环境间的依赖关系，尽可能地减除环境影响中的不确定性，稳定其与外在环境之间的资源互换关系，以确保组织的持续发展，减少外在环境的负面冲击。

由此可见，如果以政府机构为代表的公共部门能够将社会组织纳入其公共政策运作的系统之中，社会组织可以扮演促进公共政策运作的多重角色，就公共政策的过程而言，从政策议题的挖掘与需求调研，到社会大众的广泛参与，充分讨论、政策规划、政策评估，社会组织都可以扮演公共政策的发掘者、公共服务的提供者、公共政策的教育者、公共政策的倡导者、公共政策的执行者、公共政策的监督团体等广泛的角色。在全球治理的实践中，社会组织以上这些角色功能的发挥，在政府机构与社会组织等相辅相成的互动与整合运作中，正符合了资源依赖理论的内涵，可以充分运用各种策略来管理其与外在环境间的依赖关系，尽可能地减除环境的不确定性，进一步稳定其与外在环境间的资源互换关系，促使政府的公共服务职能得以有效地拓展和提升，优化公民社会中社会资源的整合能力。

青年干部领导力开发

——以“80后”公务员领导力提升为例

王晓燕 *

“80后”公务员是我国政府部门中的一支年轻的力量。2009年以来，中央开始部署培养选拔年轻干部。随着新一轮年轻干部培养选拔的大幕缓缓拉开，在一些省市，数量众多的“80后”出任县处级领导职务，一批“80后”官员正在成批量地进入干部建设梯队，开始在中国政坛崭露头角。

从领导科学的角度而言，领导力开发离不开组织和个人的共同努力。一方面，需要国家、政府各级部门和组织为“80后”干部营造良好的成长环境，促进他们健康成长和不断进步，从而达到从外部提升领导力的效果；另一方面，也需要年轻的“80后”公务员干部从自身做起，严格要求自己，躬身实践，实现领导力的自我提升。

---

* 作者为上海政法学院国际事务与公共管理系副教授。

一、“80后”领导力提升的现状与意义

中国的“80后”是国家实行独生子女政策后的一代人。他们出生在物质相对富裕的年代，相对上一代人，他们计算机知识丰富，有无穷活力，视野广阔。他们易于挑战和反抗现实，成长于多元化社会，对新事物较易接受，创意比上一代好。他们价值观独立、富创造性，学习能力强、富有自信和创新的特质，在他们的身上蕴藏着巨大的潜力。最近两年，我国国家机关公务员队伍中走上领导岗位的“80后”越来越多。从全国来看，虽然没有确切的数字公布，但在各地党政机关中，“80后”县处级干部已不鲜见。“80后”走上领导岗位具有一定的必然性。

(一)“80后”适应了干部年轻化的要求

经过30多年的改革开放，我国领导干部队伍的年龄结构发生了根本性的变化，彻底改变了改革开放以前干部队伍年龄老化、青黄不接的局面。目前，就干部队伍的整体而言，35岁以下的公务员已经占到了公务员总数的70%左右。从1982年到2007年，全国省、市、县三级党政领导班子成员的平均年龄，分别下降了8.4岁、6.8岁、5.7岁。同时，具有大专以上文化程度的机关干部占到88%，比改革开放前的1978年提高了78个百分点。北京大学教授、中国国际共运史学会副会长黄宗良说：“干部年轻化已成为中国共产党干部人事制度的发展趋势。”2009年2月，中共中央制定了《2009—2020年全国党政领导班子后备干部队伍建设规划》，对新一轮培养选拔年轻干部工作进行部署。这是中央首次制定后备干部队伍建设规划。随后不久，《关于加强培养选拔年轻干部工作的意见》也得以进一步完善。3月30日，在全国培养选拔年轻干部工作座谈会上，中组部部长李源潮再次强调，要进一步克服选拔任用年轻干部的各种障碍，改革创新年轻干部选拔任用机制，形成有利于优秀年轻干部脱颖而出的制

度环境。

(二)“80后”具有称职的能力和素质

针对当下不同时期的领导干部，中央党校中央国家机关分校最近公布一组调研报告，详细介绍了中央国家机关中的“60后”、“70后”和“80后”三大干部群体的政治经济社会地位以及所面临的压力和问题。报告显示，“80后”干部一般学历较高，极大地改善了干部队伍的知识结构；在成长的过程中，“80后”一直面临着激烈的竞争，他们不怕挑战，乐于在竞争中证明自己。他们处在充满激情的年龄，对工作充满热情，勇于承担急难险重的任务。接受新事物快，善于学习新的思想和方法，善于借鉴和运用外来经验。中央党校中央国家机关分校常务副校长谈宜彦认为，“80后”朝气蓬勃，思维活跃，基本素质好，自主意识较强。他说，“这拨年轻人是干部队伍的新鲜血液，是机关大量工作的具体承办者，处在干部成长的萌芽期或成长期。相较‘60后’、‘70后’的干部而言，他们在成长历程中个人自主意识较强，比较缺乏严格的党内生活锻炼，实践经验有待丰富，抗挫心理有待成熟。”“80后”干部受过良好的高等教育，通过严格的选拔进入公务员队伍，在经历基层实践后，具备一定能力素质担任领导职务。

另外，从中央和各地的招考情况看，越来越多的政府机关特别是行政机关需要有基层工作经验的官员。对基层官员的重视不如说是对“80后”官员的重视，因为新进入基层的主要是“80后”。随着经济的日益发展，现今群众权利意识、法律意识等都有很大提高，执政党需要这批高素质年轻官员克服以往基层干部作风霸道、懒散、推搪的作风，真正做到了解民意，体察民情，权为民所用。并且能够及时处理和解决民众的矛盾纠纷，以及满足群众的合理诉求，保证基层长期稳定发展。这批官员丰富的基层管理经验，也将是他们进入更高政府机关的资历。

（三）“80后”在竞争性选拔考试中更有优势

公开、公平、透明的竞争性选拔考试是近年来各地争先实行的干部选拔方式，“80后”干部从参加工作开始一路经历这种考试，更熟悉这种形式，也更容易在这种考试中脱颖而出。2008年2月，昆明面向全国公选30岁以下的100名优秀人才到县（市）区或开发区、市属相关部门担任助理职务，并作为县级后备干部培养。同年6月，为了尽快提升其沟通处理问题的能力，这100名后备干部中大部分被派到全国招商引资一线进行锻炼。2009年6月底昆明市又出政坛惊人之举——公开选拔60名挂职副县级领导干部在公示结束后陆续走马上任，这批“县官”具有明显的年龄标签——岁数在24岁至35岁之间，其中30人是“80后”，最小的一位刚至24岁。2009年南京市、区（县）联动公选党外领导干部拟任用人选产生，9个市管职位和18个区（县）管职位的27名人选予以公示。两名“80后”经过层层筛选分别成为高淳县建设局副局长和高淳县司法局副局长的公示人选。2008年7月，湖南株洲面向“80后”海选干部，选出100人进入市里的人才库，入选前十名者则根据本人条件和有关规定，可破格选拔和调整岗位，优先安排到科局级或副处级领导岗位任职。

总之，“80后”公务员走上领导岗位，为机关领导队伍输入了新鲜的血液，提升“80后”领导力，对于强化干部队伍执政能力建设，提高机关工作效能；对于培养新一代的接班人，保证党的事业后继有人具有重要意义。

二、“80后”领导力的提升机制

综上所述，“80后”正逐步登上现代社会政府管理的舞台。干部队伍年轻化政策的有力执行，为“80 后”的成长提供了良好的环境，提升了他们的社会地位。但“80 后”公务员干部年龄低（不超过 30 岁）、资历浅、实践经验不足、领导能力有待进一步提高，这必然在一定程度上影响到他们的领导效率。

外部环境对领导干部成长起着重要作用。良好的外部环境能够为领导干部搭建宽广的舞台。“80 后”干部的成长，需要营建充满活力的制度环境，形成“80 后”干部成长的科学机制；需要构建和谐的组织文化环境，为他们的健康成长营造良好的文化氛围；需要组建提高素养的学习环境，加强对他们的能力培养，不断提高行政能力和行政素质。

科学的干部制度，是领导干部成长的“硬环境”。必须通过完善科学合理的制度来依法选人，防止各种捂才、害才、埋没人才的不良现象。当前，我国政府各级部门和组织致力于建立科学的干部人事制度，改善公务员的工作环境和制度环境，积极创建学习型组织，建立知识共享的虚拟工作空间，形成一整套符合我国实际情况的、客观的、稳定有序的、科学的职务和职级晋升机制，给每个进入公务员队伍的人以稳定的职业预期和发展动力，从外部为“80 后”干部的成长搭建良好的平台。

（一）选拔任用机制

“为政之要，惟在得人。”培养选拔优秀干部，历来是我们党的一项战略任务。胡锦涛同志在党的十七大报告中强调，要“不断深化干部人事制度改革，着力造就高素质干部队伍和人才队伍，坚持党管干部原则，坚持民主、公开、竞争、择优，形成干部选拔任用科学机制”。在推进中国特色社会主义事业，全面建设小康社会的新阶段，公开选拔、竞争上岗等竞争性选拔干部方式，是用人制度的重大创新。党的十七届四中全会强调，要“完善公开选拔、竞争上岗等竞争性选拔干部方式，突出岗位特点，注重能力实绩”。要本着“公开、平等、竞争、择优”的原则，不断完善干部选拔任用制度，实行提名、考察、任命等权力运作分离制度，通过公开考选，竞争上岗，让更多优秀的“80 后”公务员脱颖而出。要加强对干部成长规律的研究，把握“80后”干部成长的趋势，努力使其在最佳时间、最佳年龄、最佳位置得到重用，充分发挥其最大潜能。要敢于破格使用一些经过基层锻炼，政绩显著、德才兼备、发展潜力大、群众基础好的“80后”公务员，使得人尽其才，把真正有德有才的干部用到合适的领导岗位上来，为党和国家的各项事业提供有力的人才保证。

（二）培养激励机制

将干部的培训教育纳入制度化、规范化的轨道。广开培训管道，采取多种多样的培训形式。按工作的需要培训，按职位需要培训，突出重点，增强针对性。调动干部学习的自觉性和积极性，不断提高干部的思想理论素质。通过不断学习和培训，掌握马克思主义理论、专业技术知识，提高贯彻落实科学发展观的能力，提高执政能力、科学决策能力。

党的十七大报告指出，要创新人才工作体制机制，激发各类人才创造活力和创业热情，开创人才辈出、人尽其才新局面。激励机制必须结合实际，需要大胆探索。激励方式方法有许多，需要建立一套制度予以规范。针对不同的情况要适宜恰当。比如把选送优秀干部到高校学习以晋升学历、出国培训考察作为一种激励机制，这对“80后”干部的成长就比较适宜。对“80后”干部成长来讲，通过激励机制引导和帮助其个人进一步爱岗敬业、追求理想、实现个人人生价值具有重要意义。

（三）强化考核机制

毛泽东同志深刻指出“治国就是治官”。因此，应当强化对“80后”公务员的考核管理，这既要抓日常考察，听其言，观其行，注重政治质量孬好，又要关注有无实实在在的业绩，同时还要听取干部群众的意见，实行民主评议。对考核不合格者实行淘汰，能者上，庸者下，使干部队伍永葆生机和活力。

（四）监督约束机制

党的十七大报告明确指出，完善制约和监督机制，保障人民赋予的权力始终用来为人民谋利益。确保权力正确行使，必须让权力在阳光下运行，必须加强对权力运行的监督作用，而这个监督必须是切实有效的。美国的官员财产申报制度很值得我们借鉴。他们上至总统，下至普通官员，都必须按时如实填写财产申报表，对拒不申报、谎报、漏报、无故拖延申报者，轻则处以罚款，重则要吃官司、蹲监狱。美国是世界上公认的官员贪腐较少的国家，其中监督机制是一把反腐利剑。目前我们的监督制度不够完善，存在一些薄弱环节，“刚性”不足，贯彻不力，不能对权力实行有效的制约和监督。因此，建立行之有效的权力制约监督机制势在必行。

实践证明，优秀领导干部的成长，是根据干部选拔任用、培养激励、考核机制、监督约束机制的规定，不断调整自己的努力方向和素质结构实现的。因此，设计和建立驱动力强、富有生机和活力、有利于领导干部成长的科学培养机制极为重要，而这个科学培养机制的核心就是干部人事制度。深化干部人事制度改革，是建设高素质的干部队伍的根本制度保证。

三、“80后”领导力的自我提升

领导力的自我检视与提升强调在自由、民主、平等基础上的合理竞争，自我完善、自我塑造，自我提升和主动承担社会责任，建立人际和谐和组织和谐。“80后”公务员提升领导力，需要不断加强自我修养，努力完善自我。

(一) 客观认识自我

要提升领导力，必须正确认识自我的领导力构成，客观地评价，找到自己的优点，正视自身的不足，提升领导的控制力、决策力、执行力、沟通力、学习力和团队建设能力。加强政策解读、把握大局大势、捕捉关键问题、注重调查研究，提升开发领导决策能力；提升理念转化为现实、计划转化为行动、决策转化为操作、目标转化为任务的领导执行力；提升非言语沟通水平、综合运用多种沟通管道、努力改进沟通方式、破解沟通障碍，提升领导沟通能力；明确团队目标与愿景、形成和谐的团队氛围、遵循共同的规范与方法、建立团队建设的良性运行机制，提升领导团队建设能力。

(二) 加强自我修养

要提升领导力，不仅要具备好的人品、性格和心态，还必须修养高尚的信仰、全新的理念、无私的境界。首先，要有坚定的理想信念。理想信念是团结奋斗、开拓进取、战胜困难的强大精神支柱和不竭的动力源泉，同样也是做人做官的航标和动力。其次，要有良好的思想修养。在科技进步日新月异，经济全球化进程日益加快的今天，面对新形势、新情况、新变化，一名领导干部提高修养要有世界眼光，高观致远；要有科学精神，实事求是，按照客观规律想问题、办事情；要尊重实践，不能脱离于实践。再次，要加强学习，不断提高理论修养。最后，要有宽阔的胸襟。江泽民同志说过，“眼界开阔、胸襟宽广，对于领导干部来说极为重要。中国古语中有‘雅量’这个词，就是倡导人们特别是从政为官的人，要有容人容事的大气量。我们共产党人是为人民服务的，党的各级领导干部应该具有心胸宽广的‘雅量’，这样才能善于吸收各种丰富的知识和经验，善于吸取各方面的意见，也才能使自己不断地长本事、长智慧。”

（三）严格道德自律

新的历史时期，领导干部面临的风险来自利益诱惑，来自贪图享乐。权力越大，考验越多。对于刚刚步入官场的“80后”领导干部而言，考验更为严峻。胡锦涛在十七届中央纪委二次全会上指出：“要不断认识和把握规律，以建设性的思路、建设性的举措、建设性的方法推进反腐倡廉建设，在坚决惩治腐败的同时，更加注重治本，更加注重预防，更加注重制度建设，不断形成有利于反腐倡廉建设的思想观念、文化氛围、体制条件、法制保证。”当前干部队伍中的腐败现象，不仅引起了广大人民群众的高度关注，而且损害了党的健康肌体，威胁着党的执政能力。“80后”干部是干部队伍中的新鲜血液，必须保持其纯洁性，只有这样，才能从源头上规范教育管理，把住领导干部成长的关口。在前面的例子中，昆明市60名副县级领导干部有30名“80后”，在习惯论资排辈的传统官场风气里，资历浅难免被人诟病，因而便引来一片议论。因此，“Y一代”[①]官员，首先要廉政。要知道，个性缺陷会成为政治缺陷，教养缺陷可能成为行德缺陷，因此作为公权的代表，就应该遵循必要的规矩，恪守官德。其次要勤政，敢于拼搏，努力施展自己的才华。近期中国共产党新闻网独家发布的中央党校关于“60后”、“70后”、“80后”干部的三份调研报告中，就对“80后”干部的群体特征概括为“初出茅庐，是新生力量”。而这股新生力量能否在未来胜任职责，这才是摆在年轻的“Y一代”干部面前的真正考验。既然政界已向“Y一代”敞开，对于这些“80后”官员，他们需要以自己的官德和政绩来回应人们的惊讶与质疑。

因此，“80后”干部必须加强道德自律，妥善处理好权力与责任的关系，想问题、用权力、办事情等，坚持一切从人民的利益、他人的利益出发，不掺杂任何私利杂念，施以公正，施以诚心诚意，无论何时何地何种情况下，都要规范自己的行为，牢固树立马克思主义的世界观、人生观、

---

① 美国人把1980—1995年间出生的人称作“Y—代”。我国学者将这一概念引入，常被用来指20世纪70年代末到80年代初出生的“独生子女”这代人，有时也指“80后”一代。

价值观，抵制不正风气，抑制邪气。只有做到这一点，方能应对风险、经受住金钱美色的各种考验。

(四) 强化实践锻炼

“纸上得来终究浅，须知此事要躬行。”强化实践锻炼，是加快年轻干部成长步伐的重要举措。“80后”公务员绝大部分是通过国家统一考试进入国家机关来参与国家治理，缺乏基层管理经验。要顺利进入国家政权体系，参与国家决策，实现政治诉求，更应躬身实践，到农村、企业、基层挂职锻炼，接触社会生活中的热点、焦点和难点问题，到矛盾的焦点中去经受考验，到国内外院校和发达地区学习考察，学习榜样，经验积累。通过实践锻炼，提高驾驭复杂局面，解决尖锐矛盾和处理复杂问题的能力，增强大局意识和群众观念，促进工作作风的转变和自身素质的提高。

(五) 跨越年龄代沟

“80后”与“50后”、“60后”和“70后”共同组成国家干部队伍中的“老、中、青”三代人。但是由于历史时代、社会环境和生活经历的不同，三代人在价值观、思想意识、心理状态、生活态度、行为方式以及兴趣爱好等方面都存在差异。对于“50后，60后”而言，“只有工作，没有生活”；对于“70后”而言，“工作第一，生活第二”，但对于“80后”而言，是“兼顾工作与生活”。“80后”成长在经济迅速发展的时期，他们没有经历过战争，没有经历过政治运动，对社会主义的理解没有那么透彻。身上渗透着互联网的信息，他们普遍具有高学历，以及较高的素质，受西方思想影响深刻，法律意识强，更懂得平衡工作与生活。但是，他们之中的绝大部分是通过国家统一考试进入国家机关来参与国家治理，缺乏基层管理经验。“80后”官员要顺利进入国家政权体系，参与国家决策，必须正视三代人之间的差距，加强理解和沟通，虚心向老一辈请教，不断积累经验。这样才能缩小思想上的差距。

城市领导面临的新挑战及领导行为的理性选择

聂世军*

所谓城市领导是指针对城市区域、城市基础、城市特色、城市生活方式、城市生活内容以及城市文化和历史传统而选择的领导模式、领导方略，以及进行的相关领导实践活动。城市领导具有与其他各种类型的领导不同的性质和鲜明的特征，在我国目前城市化进程加速和社会转型加剧的时代背景下，加强对城市领导的专门研究，具有重要的现实意义和极度的紧迫性。

一、城市领导的重要地位和能力要求

一般认为，城市化是一个国家或地区实现人口集聚、财富集聚、技术

* 作者单位为领导科学杂志社（河南郑州）。

集聚和服务集聚的过程，同时也是一个生产方式转变、生活方式转变、组织方式转变和传统方式转变的过程，它意味着国民经济增长模式、国民生活形态和国民意识的重大转变。由多国学者携手研究完成的《2007/2008全球城市竞争力报告》显示，中国的城市化进程已经进入高速发展期。截至2007年年底，全国设市城市共656个，其中地级以上城市287个、县级城市369个；建制镇1.9万个，全国城镇人口已达5.94亿，城市化水平达到44.9%。目前，城市的国内生产总值、工业产值和社会商品零售总值都占到全国的70%以上。未来三四年间，中国的城市化率将超过50%。未来50年，中国的城市化率将会提高到75%以上。① 据统计，在不到30年的时间里，我国城镇建成区总面积扩大了36000多平方公里，相当于以往2000多年形成的城镇总面积。城镇空间的扩张必然意味着全国经济资源向城镇大规模集中。2006年，我国城市完成的GDP占全国GDP的2/3以上。②

城市的重要地位决定了城市领导的重要性。随着城市化的高速发展以及与之相伴的社会形态转型，客观上形成了一种自成体系的城市领导形态，同时也迫切需要城市领导成为一个独立的领导科学研究门类。根据从中国期刊网上的检索情况看，近年从领导科学角度进行城市领导研究的基本是空白。这既是领导科学研究的窘态，也是领导科学研究取得拓展的重要机遇。

城市领导作为一个独特的领导类型，具有内在的规定性和鲜明的特征。从最直观的角度看，城市领导管理地域小、管理幅度小、管理人口集中，但其辐射区域大、资源的调动和控制能力强，民生性和服务性的内容在工作上占有更为重要的地位，工作的开放性、复杂性、智能性程度高，更具有“管家”的特征。城市的特性和发展要求领导者必须具有以下能力：

一是城市定位和发展规划能力。对于城市的现代化，不能仅仅理解为现代工业、现代商业和现代住宅区，那样的话，城市不过是一个没有个性、缺少风情的超大型生产车间、超大型超市等的翻版。因此，城市领导

① 参见《人民日报 · 海外版》记者张东伟2008年7月27日的相关报道。

② 参见陈光金：《当前我国若干重大社会结构变化与结构性矛盾》，《新华文摘》2008年第8期。

必须要有深邃的历史感和远见卓识，在城市定位和发展规划上立足市情、依据特色、突出优势、善抓机遇，既延续城市的“血统”，保存城市的历史文化气息，防止城市发展的生命中断，又为城市的现代转型实现文化融合、增强经济基础、拓展发展空间、赋予生机与活力。

二是城市发展资源的积累和聚合能力。城市发展需要资源的支撑，作为城市领导，必须要有独到的眼光认识自己城市的发展资源，对有形资源，树立永续利用、科学开发理念，坚决杜绝破坏性开发；对无形资源，要搞好创意策划、转型提升，切实地转化为推动城市发展的有形资源。尤其要做好优化城市社会环境、生活环境、政策环境的工作，通过营造城市的魅力来吸纳城市发展资源，使城市发展资源始终能随着时代发展潮流不断增值。

三是基础设施建设和管理能力。城市发展水平的一个重要的也是最为直观的标志，是其现代基础设施的健全、完善程度和维护、更新水平。城市是个聚宝盆，但城市建设无疑是个耗钱的无底洞。作为城市领导，首要的是必须善于多方筹集资金投入城市基础设施建设，再者要有前瞻意识，在设计和施工上坚持较高标准，保持一定的超前性，保证城市基础设施具有较长的起码是正常的使用周期，避免一完工即落后，实现最好的建设效益。同时，必须做好城建规划，提高城建质量，防止腐败工程、形象工程、豆腐渣杂工程和毁容工程，避免乱拆乱建、前建后拆、无效施工，最大限度地保证资金投入效益。另外，要制定和完善城市基础设施建设、使用和维护制度，运用经济、行政、法规和市民道德公约等手段调动各方的积极性进行城建的投入和维护，以免政府唱独角戏，并防止城建设施因“只生不养”而容易损毁。

四是民生保障和改善能力。城市的基本特征就是区域集中、人口集中、行业集中，民生问题是城市领导的基本问题。目前，在快速城市化的过程中，农村人口迁入多、流动人口多、下岗无业人口多，社会分层明显、贫富差距拉大，经济发展投入与民生保障投入之间存在一定的矛盾性和不同步性，城市人口对民生改善的需求与现实保障能力之间存在较大距离，民生问题压力大、形势严峻。作为城市领导，必须树立以人为本理念，统筹协调城市经济发展与民生保障之间的关系，从解决城市民众最迫切、最根本、最现实的需求入手，以方便民众生活、营造优良的工作和创业环境为导向，以民众满意为标准，完善有关衣食住行文化娱乐等日常生活的公共设施，加大医疗、卫生、教育、社会保障等方面的投入力度，加强城市自然和社会环境的综合治理，通过积极妥善地解决民生问题，保持城市的稳定与和谐。

五是部门和人际沟通协调能力。由于城市的中心地位，不仅领导机构“几代同堂”，而且党政军企事业单位和其他各个系统共处一域，每个单元都有自身的地盘、利益、资源和特殊需求，对城市的建设和管理既是一种资源，也可能成为一种阻碍。作为城市领导，协调的任务更为繁重，对协调能力的要求也更高。因此，在城市规划、建设、管理等方面，要主动征求各方意见，尊重各方正当的利益需求和合理建议，扩大共识，协调化解利益冲突，在确保城市领导科学、统一、高效、顺畅的前提下，包容差异、和谐共生，并努力增进相互理解，调动各方积极性，加强各方资源整合，共同建设和发展城市。

六是突出的专业领导能力和突发事件应急管理能力。城市领导行为的涉外性强、涉法性强、政策性强、探索性强，要求城市领导必须具有高度的专业领导能力，提高处置问题的准确性。另外，由于城市人口集中且外来人员流动量大，以及政治、经济地位的重要性，这些都决定了城市具有爆发突发事件的更大的可能性，负面影响也会传播更快、传播范围也会更广。因此，作为城市领导，要在平常的工作中加强调研，注意进行舆情分析，善于发现问题苗头，及时化解矛盾，对涉及人民群众切身利益的各项事务不推不拖，妥善解决，不留隐患。要善于总结本地和外地的经验教训，对可能发生的各种突发事件做好分类，密切关注，并明确责任，提前做好防范应对预案，一旦发生突发事件，要力求第一时间赶赴现场，冷静果断恰当地处置，迅速控制事态，将不良影响和损失减小到最小程度。

二、城市领导面临着新的挑战

城市化的加速为城市领导提供了广阔的用武之地，但是，在当前经济和社会转型尤其是国际金融危机严重冲击的复杂严峻形势面前，城市领导面临着新的挑战，其主要表现在以下几个方面。

一是领导行为价值导向转型的挑战。党的十七大将科学发展观正式写入党章，坚持以人为本、转变经济发展方式、建立社会主义和谐社会，成为党的执政理念的基本内涵，领导行为的价值导向也发生了重大变化，具体表现就是由“经济政治”向“民生政治”的转型。在“经济政治”的模式下，发展经济甚至促进 GDP 的增长就是最大的政治，就是最显著的政绩，就是职务晋升的最过硬的标准。这种模式下，由于观念和政策导向的原因，民生问题、环保问题和社会后果、社会压力等问题基本被遮蔽，当领导相对来说比较轻松。而且单纯地发展经济，成本低收益高，领导容易名利双收。但是，在“民生政治”的模式下，群众利益无小事，而且领导精力、政府财力等都要向事关民生的医疗、卫生、教育、城市环境、公共交通等基础设施以及市民住房、就业、生活供应保障等方面倾斜。比较而言，“经济政治”是“挣钱”的工作，而“生活政治”是投钱的工作，如何筹集资金、如何分配资金、如何高效地使用资金最大限度地改善民生、尽最大的力量破解民生难题，不仅考验城市领导的能力，而且考验城市领导的政治理念、政治觉悟和政治智慧，是对城市领导面对的一个根本性的挑战。

二是发展的资源环境约束的挑战。城市前一轮的高速发展和急剧扩张，除了观念的变革、体制机制的创新和政策的调整等因素外，很大程度上有赖于土地、矿产、物产、环境承载力以及长达几十年建设形成的国有企业的巨额存量资本。但是，随着国家对城市建设用地的严格控制，尤其是对耕地的保护政策的实施，靠出让和拍卖土地积累城市发展资金很难行得通；自然资源是有限的和不可再生的，有的资源型城市已经陷入资源枯竭的困境，而且环境治理和生态恢复需要大量的投入，城市转型和进一步发展举步维艰；国企改制已基本完成，通过国有资本的变现来获取发展资金已经鲜有可能。综此种种，发展和建设城市钱从哪里来，是城市领导面临的一个直接的挑战。

三是领导方式转型的挑战。与社会的变革进程和经济社会发展的要求相比，现在的领导方式存在着严重的滞后性和不适应性，其主要表现是领导观念上过度崇拜和依赖权力，领导体制上权力高度集中，导致权力因缺少监督制衡而越位、错位和失位；领导行为上特权思想、官僚主义作风、形式主义现象严重，导致个人专断、瞎指挥、欺上瞒下、因私用人、以权谋私等严重损害群众利益和领导干部形象的行为。随着公民社会的发育、建设社会主义和谐社会目标的推进和党的科学执政、民主执政、依法执政方略的贯彻实施，这种传统的领导方式就日益显示出专横、无理、不合时宜的特征，在垄断权力同时，也独自背起了沉重的责任，因为不重视合作、不重视互动、不重视协商而导致矛盾集中、不堪重负、效率低下、失误严重、腐败频发、形象受损等问题。对于城市领导而言，如何解放思想、与时俱进，不断探索符合时代发展需要的领导方式，是一个十分紧迫的现实挑战。

四是领导知识和专业能力更新的挑战。随着经济的全球化和信息、技术、社会发展的世界一体化，我国城市率先融入到世界的经济、政治、文化和社会的洪流之中，现代城市领导的许多工作都是超常识、超经验、超区域的，靠过去的常识和经验根本无法作出正确的判断和抉择。例如，就发展经济来说，金融风险问题、货币汇率问题、贸易壁垒问题、资源的全球定价问题、进出口配额问题，等等，这些过去摸不着边的问题，现在却成了触手可及、无可回避的现实难题。如何迅速地适应这种领导工作性质的变化，加快知识和技能更新，创造性地解决城市现代化发展中遇到的新问题，是城市领导必须勇于面对的艰巨挑战。

五是城市病爆发和危机风险突发的挑战。未来几年，我国的城市化水平将会达到50%，那么世界城市化过程中普遍遇到的“城市病”也将可能成为城市领导倍感困扰的棘手问题。“城市病”主要表现在以下几个方面：(1) 人口膨胀导致环境污染、就业困难、住房短缺、治安恶化等问题。(2) 交通拥堵使城市就像一个停车场，交通拥挤、安全事故频发，导致经济社会诸项功能的衰退。(3) 环境污染包括工业和交通造成的空气污染、噪音、震动、精神压力等导致现代健康危机。世界银行曾对此作出过估算，认为由于污染造成的健康成本和生产力的损失大约相当于国内生产总值的 1% 到 5%。(4) 资源短缺尤其是水资源短缺、土地资源紧缺对城市的可持续发展的制约作用更加突出。(5) 城市贫困，一方面，不仅影响当代人，也影响下一代人的发展；另一方面，生活水平的巨大差距造成国民感情隔阂，加之城市贫民通常游离于社区和正常社会管理之外，诱发城市犯罪。① 由于以上问题的综合作用，城市也往往成为突发危机事件集中爆发的区域，这些都成为现代城市领导必须加以有效解决的严峻挑战。

六是社会舆论压力的挑战。现在，城市领导的舆论环境具有一个典型的时代特征，那就是舆论评价标准的先进性远远领先于领导权力体系运行的习惯标准，社会的民生意识、民主意识、法治意识、权利意识超前发育于领导的权力谦抑意识、自律意识、创新意识和依法行政意识，以至领导者的观念、决策、行为等往往与社会的期待有很大的距离，或者与舆论的评价标准存在较为严重的偏离与错位。在社会舆论面前，城市领导的形象往往显得落伍、僵化、尸位素餐、高高在上，甚至冷漠、官僚、骄奢、贪腐。城市是媒体的积聚之地，因而城市也就自然成了信息的主要发源地和舆论风暴的中心。这种社会舆论倾向削弱了领导的权威，消解了领导行为的正当性和号召力，不利于城市的稳定、发展与和谐。因此，如何改进领导体制和机制，树立适应时代要求的领导观念，提高领导成效，加强社会沟通和理解，改善与媒体的互动与合作，变社会舆论面前的消极被动为积极塑造，从而树立一种进取、开明、开放、亲民、清廉的社会舆论形象，是城市领导不容回避的重要挑战。

---

① 参见漆畅青：《亚洲国家城市化的发展及其面临的挑战》，《世界经济与政治》2004 年第 11 期。

三、提升城市领导水平的理性选择

在逆水行舟、力争城市实现跨越式发展的过程中，不少城市领导也显现出很强的非理性行为。从媒体披露的典型事例看，主要有以下几类：

为快速提升经济总量，有的市不顾实情和招商引资规律，让数以千计的机关干部离职招商引资，甚至强制分配招商引资指标，声势虽大，却没见经济发展上去。

有的为树立亲民形象，解决群众的投诉问题，公开市长、市管干部的手机，有的还公开了省长的手机，这种初衷很好，但矛盾和事务都往领导个人身上集中，违背了领导工作规律，等于削弱了相关部门和工作人员的工作职能，不可能是一种科学有效的工作方法，而且事实也证明，这种做法难以实行和坚持，因为许多公布的领导手机号码都是由工作人员接听。

有的为改变机关作风，规定办公室电话响三声不接就视为失职，就要问责处分，非常不合情理；有的为改变城市执法的野蛮形象，不是从加强整个执法队伍的素质建设和完善执法的规章体系着手，而是组建什么女子执法队，塑造温柔美丽的执法面孔，无异于制造噱头，效果令人生疑；有的为争创全国卫生文明城市，强令各部门领导和工作人员一定时限内上街清扫和维护卫生，这种本末倒置、投机取巧的做法即使争来了“卫生文明城市”的称号，除了往领导脸上贴金以外，毫无实际价值，而且动机和手段实在丑陋。有的为提高市民的公德水平，规定坐公交车不让座，罚款50元，因为涉嫌违法，最后不了了之，如此等等。

因此，作为现代城市领导，在领导城市建设和发展的过程中一定要恪守行为理性，充分展示领导智慧，避免事与愿违。

一是摒弃权力崇拜的惯性思维，构建城市治理的体制机制。为实现自身的领导责任，城市领导必须转变依靠强化权力推动工作的行为方式，善于利用制度建设和制度创新来实现工作目标。要深刻认识到，在一个各项规则基本上确立的社会里，制度的作用应当比领导个人的作用更大，只有制度才能保证行政的高效。领导无论责任心多么强、精力多么旺盛，也不可能事必躬亲，无论具有多么强烈的为民情怀和亲民情结也代替不了一种公平有效的制度。

城市领导要适应这种城市发展的转型趋势，改变现有的政府主宰一切的一元治理模式，构建由政府、市场和社会有机协作、相辅相成的多元治理模式。一方面，要充分发挥市场在配置资源上的基础性作用，严格实行政企分开，不干预微观经济运行，开放城市公共物品和公共服务的提供过程，避免垄断，鼓励公平公开竞争，激发、激励和保护市场主体在发展经济中的动力与活力；另一方面，针对在城市治理实践中“政府失灵”和“市场失灵”会同时出现的现象，要高度重视借助和运用社会的力量，把公司、社区、职业社团以及各种行业协会之类的非政府、准政府组织的资源有效的利用和结合起来，为城市的经济、政治、文化发展发挥其应有的作用并形成一个合作的网络。

在制定和出台重大决策时，要坚决实行决策听证制度，除认真听取专家意见外，还要广泛听取利益相关方和广大市民的意见建议，确保决策的科学基础和民意基础。在决策执行方面，除调动政府职能部门及工作人员的积极性外，还应充分发挥自愿者、非政府组织的积极性和特殊作用，扩大社会共识、整合社会资源、减少决策执行阻力、增强决策执行动力，从而减轻政府压力、降低政府行政成本、提高行政效率，提升城市领导水平。

二是牢固树立正确政绩观，正确处理“面子工程”与“里子工程”建设的关系。现在一个普遍的问题是，许多城市领导热衷于追求易受上级领导和外界瞩目的政绩工程，却漠视满足居民切身需要的民心工程，对面子工程搞超标准，对民心工程搞低要求，甚至不惜挤占建设“里子”的资金来装潢“面子”。这样做，不仅动机不纯，而且浪费很大，危害很严重。许多城市建筑都有其大致固定的使用周期和建设标准，到了一定周期必然要更新，超标准建设实际上并无必要，只能造成财力物力人力的巨大浪费。而同时减少的对居民生活设施的投入，却往往损害了一个城市许多年甚至一代和几代人的幸福感。

再者，城市领导不重视城市居民的切身感受，也必将失去城市居民的支持和拥护，难以得到自己所期望的职务晋升。因此，城市领导在制定城市发展规划、决定城市建设资金投放的比例时，要坚持以人为本的理念，坚决克制个人的政绩冲动，将城市的长远发展与满足居民的现实利益需要有机结合起来，既要修理“面子”，更要织好“里子”，按照宜居的目标建设城市。

三是淡化片面依赖有形资源和资本的观念，通过营造优良的经济发展环境来发展城市。发展是第一要务，城市领导面临的加快经济发展的压力是十分沉重的。但从现实来看，可资利用的有形发展资源如土地、矿产、国有资本等几乎已被开发利用到极限，招商引资面临政策陷阱和信任危机，而无形资本如政府经济管理模式、经济发展环境、企业制度、金融支持、科技创新能力、产业结构调整和产业升级、民间资本的创业动力和创业空间等还存在严重的不足和很大的发展余地。这些方面的问题既是城市经济发展的阻碍，也是促进城市经济发展的突破口和新的动力源。

从经济发展环境来讲，经济和政治改革迟滞造成行政权力对经济活动的干预加强和寻租规模的扩大，腐败活动日益猖獗。据新华社 2007 年 11 月 19 日电，郑州市政府委托民间机构完成的一项调查显示：2007 年当地企业用于与政府部门“搞关系”的非正常支出，比 2006 年几乎翻了一番。根据 1989 年以来若干学者的独立研究，我国权力寻租租金总额占 GDP 的比率高达 20%—30%，绝对额高达 4 万亿—5 万亿元。[①] 巨额的租金总额，自然会对市场主体的经济活力和竞争力造成巨大伤害。

因此，城市领导要把加快经济发展的着力点从有形资源转变到无形资源上来、从重视硬环境转变到重视软环境上来，下大气力转变政府职能、减少行政审批、坚持依法行政，制定符合科学发展观要求、符合本地实际、具有前瞻性和带动力的产业政策，创新投融资体制机制、清除民间创业障碍，推进企业制度的进一步改革和完善，提高宏观调控和市场监管水平，从体制变革、机制创新、作风建设、腐败惩治等方面综合治理制约经济发展的阻碍因素，为经济发展提供有利的条件。同时，大力发展科教和职业培训，加大科技创新及成果的转化激励力度，加快产业结构调整和产业升级进程，重视文化资源开发和文化产业发展，全面提高科技、教育、

① 参见吴敬琏：《加快政治体制改革，没有退路可寻》，《中国经济时报》2008 年 9 月 3 日。

文化对经济发展的贡献率，为经济发展注入创造活力。

四是不断改善城市领导的人才结构，加强专业领导素质的强化培训，切实提高城市领导的科学化水平。由于城市领导的开放性、复杂性、前沿性和管理行业的多样性，城市领导必须具有更强的专业素质和能力，以避免在城市领导决策上出现严重违背科学、违背经济发展规律、违背行业发展趋势、违背国家大政方针和法律法规的行为。对此，在人才结构上，要制定专项制度吸纳专家型和高学历型人才进入城市领导队伍，如某些城市实行的政府高级雇员制度、引博从政制度、吸引海归人才制度等，都是值得期许和探索的制度。另外，对城市领导队伍要有针对性地加强专业能力培训，根据城市发展定位，强化城市领导某方面的专业素质和能力。

五是超前谋划民生保障问题，有效预防和应对城市病与突发事件的爆发。城市化是我们一直全力推进的目标，但对于急剧城市化带来的民生压力尤其是城市病，许多城市领导都缺少应有的心理准备和有效应对措施。超前谋划民生保障问题，既考验城市领导的政治道德，也考验着领导的政治智慧和行政能力。做到超前谋划要注意四点：

首先，要科学预测城市化发展的预期目标，使城市发展规划和建设与之同步并适当超前，为新的人口拥入和新的产业集聚预留发展余地，为城市基础设施的承载力预留调节量，避免人满为患、交通拥堵的状况。

其次，深刻认识就业乃民生之本，要不断探索、创新和完善扩大就业、鼓励创业的制度、政策、措施，营造适于就业和创业的经济、社会和文化环境，防止城市原居民就业岗位流失，避免新进城人口因难以就业和创业而沦为城市贫民，消除社会犯罪和利益矛盾突发的社会基础。

再次，要科学筹划、均衡财力投入，把与城市民众生活息息相关的教育、医疗卫生、公共交通、住宅建设、生活必需品供应、消费安全和社会治安保障、文化娱乐等设施建设好，最大限度地减轻城市化带来的精神压力，保证城市民众基本的生活满意度和舒适度。

最后，注意抓好城市的“文化”和“美化”工作，塑造城市精神、打造城市特色、增强城市魅力，完善城市功能、治理环境污染、保持良好市容市貌，提高城市居民的归属感、自豪感。

六是加强与媒体的合作、提高社会公信力，努力树立正面的社会舆论形象。从现实来看，城市领导媒体形象的正面性并不强，社会公信度也不高。这其中除了因城市领导的能力、行为和作风的不佳表现造成的负面印象外，主要源于领导与媒体和社会缺少充分而恰当的沟通。对此，城市领导要注意以下问题。

首先，转变对新闻媒体和社会舆论的管制心态，树立平等、合作、互动的现代意识。许多城市领导对于媒体抱有两种极端的不正确态度，或者认为其是自己领导甚至管制的对象，只能容忍其为自己歌功颂德，不能接受其对自己的批评和监督；或者认为媒体是挑刺者，心存戒惧，着意回避，不愿意和不善于与媒体打交道，相互都存有误解。因此，要转变观念，改变心态，尊重媒体的独立性和正当采访权，坦然地与媒体打交道，并善于利用媒体来开展和推动工作。面对社会公众，一定要杜绝官气和居高临下、颐指气使的做派，既要恪尽职守、雷厉风行、刚毅果断，又要平易近人、和蔼可亲，树立有信、亲民的舆论形象。

其次，大力推进政务公开，自觉接受媒体监督，防止形象作秀，化解媒体和舆论的不信任心理。针对媒体和社会舆论对于城市领导的种种疑虑和猜测，推行政务公开是最佳策略。要率先垂范地倡导和推行阳光行政，欢迎媒体和社会监督，对于各种批评意见和建议要及时回应。凡事务必求真务实、真心诚意，不哗众取宠、不投机取巧、不敷衍塞责，通过卓有成效的工作和真诚的态度赢得媒体与社会舆论的信任。

再次，提高面对媒体的应对技巧，树立良好的媒体形象。要针对性地学习一些与媒体互动的知识与技巧，防止新闻传播陷阱，力求在新闻报道方面减少被动，积极争取主动。在自己主管的重要部门设立新闻发言人制度，既配合新闻媒体的采访，及时发布客观信息，又注意做到以我为主。

最后，注意通过网络了解民意，下大气力解决媒体和社会舆论呼吁强烈的棘手问题。要特别重视网络政治的影响力，通过网络了解民意，加强与网民就城市管理与发展的有关问题进行沟通互动，集思广益、深化感情、宣泄负性情绪、传播主流价值、扩大社会共识，凝聚城市建设和发展的合力与创造力。

和谐社会构建中的城市领导力建设

黄颖 *

一、和谐城市建设是构建社会主义和谐社会的重要组成部分

社会主义和谐社会是与中国特色社会主义紧密相连的理论范畴，党的十六届六中全会通过的《中共中央关于构建社会主义和谐社会若干重大问题的决定》（以下简称《决定》），强调社会和谐是中国特色社会主义的本质属性，是国家富强、民族振兴、人民幸福的重要保证，是我们党不懈奋斗的目标。构建社会主义和谐社会既是一项长期历史任务，又是重大现实课题，是一项覆盖各地区、各部门、各个社会阶层，跨越区域、统筹城乡的全方位工程。

* 作者为中国浦东干部学院讲师。

城市作为经济社会发展的中心，在我国现代化发展和中国特色社会主义建设过程中占据着重要地位，《决定》指出了目前我国社会存在的不少影响社会和谐的矛盾和问题，如就业、社会保障、收入分配、教育、医疗、住房、安全生产、社会治安等方面关系群众切身利益的问题，很多都体现在城市社会发展领域，这些不和谐的问题和因素的解决和改善很大程度上取决于城市各项事业的发展进步，有赖于在城市对农村的辐射带动中逐步完成从不和谐到和谐的转变过程。城市的和谐发展以及城市社会的和谐建设是构建社会主义和谐社会的重要组成部分，也就是说，和谐城市建设是构建社会主义和谐社会的重要内容。在构建社会主义和谐社会这一国家整体战略的实施中，和谐城市的建设也应该立足于国家和地区发展的大局，从区域、城乡、城市体系以及城市社会这几个层面来切实推进城市的和谐构建进程。

(一) 和谐城市是区域和城乡协调的城市

城市是区域发展的中心所在。和谐城市建设必须认清自身的区域定位和发展重心，准确把握中央关于区域发展的战略布局和发展趋势，来合理地制定自身的发展定位、发展规划和发展重点。如经济发达地区的城市必须加快产业结构优化升级和产业转移，中西部地区要着眼于发展优势产业项目，加快自身资源优势向经济优势的转变，东北地区城市要加快产业结构调整和国有企业改组改造，着力振兴装备制造业。

城乡协调是解决我国城乡二元结构和三农问题的重要途径，实质就是把城市和农村的经济和社会发展作为整体统一规划，通盘考虑；把城市和农村存在的问题及相互关系综合起来研究，统筹加以解决。《决定》指出，促进城乡协调发展，要贯彻工业反哺农业、城市支持农村和多予少取放活的方针，加快建立有利于改变城乡二元结构的体制机制。这对于城市提出了新的要求，城市既要以各种机制扶助农村，同时更为重要的是促进城乡共同发展，这是缩小城乡之间经济社会各种差距的重要前提和治本之策，也是当前和今后解决城乡之间矛盾和问题的最佳选择。促进城乡共同发展

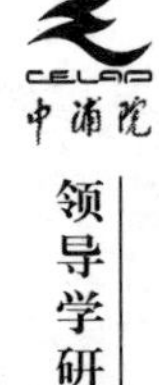

是一个从观念到规划到政策的整体过程，城市发挥自身的带动促进作用，以城带乡，以乡促城，城乡互动，从而提高城乡协调度。如统筹城乡居民社区、基础设施和公共服务建设，促进城市基础设施向农村延伸、城市公共服务向农村覆盖，推动农村社区由传统向现代转变。

（二）和谐城市是内部体系和谐的城市

城市是一个开放的体系，和谐城市既包括与外部环境，包括区域、城乡之间的和谐，也包括了城市体系内部各要素之间的和谐。

和谐城市是具有和谐精神的城市。城市发展，首先是思想观念的革新，然后才有政策和制度的变化，而城市精神正是反映城市的意愿、追求和观念，是城市文化的高度体现，对城市发展具有十分重要的前导作用。一座和谐城市首先必须是一座具有和谐精神的城市，和谐精神，简单言之，就是以和谐作为核心的价值体系和精神机制，这是一个以民族精神、时代精神为依托，以城市精神为表征的价值体系，是包含了民主、公平、正义、诚信、友爱等丰富思想内涵在内的城市的核心价值体系。

和谐城市也是发展和谐的城市。《决定》指出社会要和谐，首先要发展。社会和谐在很大程度上取决于社会生产力的发展水平，取决于发展的和谐程度，所谓发展和谐，就是要坚持全面、协调、可持续的科学发展。具体来讲，就是将发展看做是经济增长和整个社会变革的统一；将发展看做是社会各要素的平衡和谐，从发展的概念讲，是坚持经济增长基础上的量的扩张与质的提升的统一；从发展的本质讲，是坚持生产力发展与以人为本的全面发展的统一；从发展的社会角度讲，是物质文明、政治文明和精神文明的相互协调；从发展与自然界的关系讲，是坚持人与社会、自然环境相和谐的发展；从发展动力讲，是坚持理论、体制、科技、管理创新的发展；从发展效果讲，是坚持经济效益、社会效益、生态效益的统一；从发展的趋势讲，是上述各方面的可持续发展。

和谐城市更是社会和谐的城市。城市社会的和谐是构建社会主义和谐社会题中应有之义。经济转型、社会变迁使城市社会中的各种力量产生分化、相互关系趋于紧张，城市社会问题也随之暴露和突出。城市社会和谐应该使每一位城市居民成为社会发展的中心，既关注和追求自身的生存和发展权利，同时也尊重其他成员生存和发展的权利的关系。社会和谐作为城市发展理性化的选择，既包括人与人之间的利益调整，也包括社会民主建设，还包括“社会人”的自我调控，为人际交往做好心理和精神上的准备，从而克服人际交往中的物化影响，建立起新型的和谐的人际关系。城市社会的和谐发展将促进更加宽广的公平环境、诚信环境和管理环境，促进作为个体的自然人与社会群体的和谐，使人的素质不断提高，人与人的关系不断改善。

二、和谐城市建设需要城市领导者提升和谐领导力

城市领导者指城市的领导人（集体），作为城市发展的领路人，城市领导者的领导力水平也是城市发展水平的重要制约因素。创建和谐城市需要城市领导者提高领导水平，提升和谐领导力。领导力是指由领导职能、领导体制、领导素质等多种因素综合作用而产生的合力，是内生于领导场并作用于领导资源配置过程的力量，是领导主体用以应对来自领导客体和领导环境带来的挑战，并引导推动一个群体、组织或社会实现共同目标的核心力量，领导力表现为群力，或可称为一个力系。和谐城市的创建要求城市领导者具有和谐领导力。

和谐领导力首先必须建立在和谐领导观基础上。领导观是建立在一定的世界观、价值观和方法论基础上的对领导者、领导活动和领导本质的根本看法和观点，是领导文化的价值方针。有什么样的领导观，就有什么样的领导文化，也会生发出什么样的领导实践。所谓和谐领导观就是以新时期的和谐精神作为领导文化价值观和方法论的核心要义，促进城市以健康和谐的态势向前发展。和谐城市领导力也是一个力系，这个力系是以和谐

城市内涵体系为指向的领导能力的综合建构。[①]

(一) 引导价值目标的能力

21 世纪，我国社会最深刻的变化便是多元化，呈现出多样化的发展状态，多样化发展也必然使得人们的价值取向、价值判断和价值选择的自由度大大增加，从而带来了社会价值观念的多样化。一些与主流意识形态不同甚至相反的价值观念也会涌现，致使各种价值观念相互碰撞甚至带来价值迷茫。这些问题的解决在很大程度上影响到利益冲突和社会矛盾的整合力度，因此，以一种具有权威解释力与涵盖力的社会共同价值观来为广大市民提供一种价值选择的共同导向，从而形成解决社会重大问题上的基本共识，成为领导者的首要任务。对于领导者而言，就是要善于在多元态势下以一种具有前瞻性、独特性、主流性的价值体系来实现对价值目标的引导，这一引导能力来源于对城市历史方位的判断、发展前景的预测、精神文化的阐释和城市精神的培育等各方面的综合建构，在和谐社会的构建中，尤其要重视城市和谐精神文化的建设和开发，从而为构建和谐社会打牢共同的思想道德基础。在方法上，也要实现传统媒体和新兴媒体的有效结合，营造积极健康、和谐进取的思想舆论氛围和城市精神态势。

(二) 统筹发展规划的能力

城市发展规划是城市建设与发展的设计图，城市发展规划是否科学合理直接关系到城市发展的现实状况和未来潜质，城市发展规划的制定和决策能力也成为了城市领导力的重要组成部分。和谐城市应该以和谐的发展规划为前导，规划的和谐性有赖于城市领导者的平衡能力，也就是对城市时空内外各种关系和资源的平衡与协调。在时空上，城市规划不仅着眼于

---

① 参见黄颖：《和谐城市与领导力建设》，《领导科学》2006 年第 5 期。

平面上土地的利用划分，也不仅局限于三维空间的布局，而要引入时间、经济、社会多种要求进行“融贯的综合规划”，不仅要着眼于可以预期的发展情况，而且要考虑最大范围内难以预见的情况，给未来的发展留有充分的余地和多种可能性，如新区开发中和经济技术开发的规划，要同时兼顾农民的生活、生产安置、土地的合理利用和为子孙后代留下生存和发展空间，走可持续发展的道路等因素。在外部关系上，要协调好城市规划与区域规划的关系，在规划中引入城乡一体化思路，积极推进城乡空间资源一体化配置、基础设施一体化规划、产业一体化布局等。

(三) 激发社会活力的能力

城市活力是城市发展、进步的动力源泉，也是城市社会和谐的基础所在。城市活力既包括城市主体——人的积极性、能动性、创造性的充分发挥，也包括一个使一切有利于城市主体进步的愿望得到尊重、创造的活力得到支持、创造的才能得到发挥、创造的成果得到肯定的充满活力的环境。激发城市的活力要按照“四个尊重”的要求，在对劳动、知识、人才和创造的切实尊重中，最大限度地激发城市社会各阶层的发展活力。对于城市领导者而言，首先要引导形成一种鼓励进步、鼓励发展、鼓励创新的环境和氛围，以先进的观念引导人、以创新的意义激励人、以发展的前景鼓舞人。其次要坚决破除一切妨碍发展和创新的体制机制弊端，切实创造有利于保护劳动者积极性和劳动成果，有利于激发各类人才创造积极性和保护创造成果知识产权的制度体系，并维护制度的有效性和发展性。最后要为各类人才的成长和发展创造有利的文化氛围和制度环境，从政策上支持、从制度上保障，为各类人才施展才能提供充足的机会和广阔的舞台，使各阶层的人各获其岗、各司其职、各守其责、各尽其能、各得其所，促使一切劳动、知识、技术、管理和资本的活力竞相迸发，一切社会财富的源泉充分涌流。

(四) 协调利益关系的能力

马克思说“人们奋斗所争取的一切，都同他们的利益有关”。改革开放以来，随着社会经济结构的深刻变动和社会的不断分化重组，在人民根本利益一致的基础上，出现了不同的社会利益群体和不同的利益诉求，出现了错综复杂的利益关系格局，社会多元化和利益主体多元化导致的利益冲突是人际不和谐的根源所在。利益的协调能力也成为实现社会整合的关键。城市领导者要把利益关系协调放在更加突出的位置。一是要把最广大人民的根本利益作为一切工作的立足点和出发点，特别要高度重视和维护广大人民最现实、最关心、最直接的利益，善于从政策上抓准最大多数人的根本利益和不同阶层具体利益的结合点，最大限度地整合不同利益群体的利益关系。二是要建立健全利益引导机制，要从代表整体利益和长远利益的层面上加以引导，引导广大领导干部和人民群众正确处理个人利益和集体利益、局部利益和整体利益、当前利益和长远利益的关系。对于各阶层的不同利益诉求，要建立畅通的利益表达的管道和途径，规范和引导社会对话和协商，引导群众以合法的形式和理性的态度解决利益矛盾，以有效的机制和管道整合与化解社会矛盾，以维护安定团结。三是建立健全利益协调机制，来调节和解决社会的各种利益矛盾，尤其要针对贫富差距日益加剧这一突出的不和谐原因，加大在收入、税收等领域的调节力度，把贫富差距控制在适当的范围内，避免出现两极分化等社会利益分化趋向极端的现象，从而维护社会秩序，促进城市发展。

(五) 维护社会公平的能力

公正意味着公平和正义，也就是通过公平、正义保障社会主体权利义务平等，每一个社会成员都可以享有权利的平等、分配的合理、机会的均等和司法的正义，不因地域原因遭排挤，不因文化差异受歧视，不因经济贫困被冷漠。维护社会公正，具体包括维护基本权利的平等，机会平等，过程平等，合理分配，社会调剂等要素。社会公正的维护要着重加强制度建设，以制度保障公正。作为城市领导者，一是要引导人们把对公平问题的关注，从对结果公平的关注前移到对环境和条件公平的关注，也就是所谓的“公平前移”。二是要逐步探索建立以权利公平、机会公平、规则公平、分配公平为新内容的社会公平保障体系，包括完善民主权利保障制度、收入分配制度、公共财政制度、社会保障制度等，切实使人民共享劳动成果。三是开创良好的法制环境，完善法律制度和司法机制体制，以法制维护理性正义的社会秩序。在维护社会公正的过程中，尤其要重视弱势群体的利益保障，建立健全以保障弱势群体权利为重要内涵的社会保障体系等。

（六）促进社会治理的能力

所谓治理指在一个既定范围内，通过运用权威去引导、控制和规范公民的各种活动，以最大限度地增进公共利益，满足公众的需要。[①] 这种新的管理社会的方式，要求建立起以政府管理为主导，社会各部门、各群体参与，民众自我约束和管理的一种多元化社会治理结构。对于城市领导者而言，一要树立善治的理念，也就是通过政府与公民对公共生活的合作管理，来实现公共利益最大化的社会管理过程。这一管理过程的首要环节是转变政府职能，建设服务型政府，通过创新公共服务体制和改进公共服务方式，来强化社会管理和公共服务职能。二是以社区建设为载体，完善基层服务和管理网络，广泛吸收社会群体参与社会公共性建设，充分发挥各群体的积极潜能，使得社会公共性的主体朝着多元化的方向发展。如在社区建设中，要发挥驻区单位、社区民间组织、物业管理机构、专业合作经济组织的积极作用，实现政府行政管理和社区自我管理有效衔接、政府依法行政和居民依法自治良性互动。三是完善政府组织（第一部门）、市场或营利组织（第二部门）和社会公益组织或非营利性组织（第三部门，也

① 参见俞可平主编：《治理与善治》，社会科学文献出版社 2000 年版。

称社会组织、公共组织）的平衡发展，大力发展作为市场领域的第二部门和作为狭义社会群体的第三部门，尤其要重视社会组织的引导和发展，坚持培育发展和管理监督并重的原则，完善培育扶持和依法管理社会组织的政策，引导各类社会组织加强自身建设，发挥各类社会组织提供服务、反映诉求、规范行为的作用。

（七）确保社会稳定的能力

稳定的环境是城市可持续发展的前提。社会稳定既表现为构成要素包括政治、经济、社会生活、人心的稳定，也包括各要素之间关系的稳定，是一种体现于社会进步和发展的动态平衡。维护社会稳定是一项复杂的社会系统工程，要求城市领导者要善于协调各要素之间的平衡，增强处理人民内部矛盾的本领，增强预防和惩治敌对势力的本领，增强处置突发事件的本领。一是要增强安全防范的意识，加强对市民安全防范知识的引导和教育。二是要建立健全有关的安全防范机制，如建立社会舆情汇集和分析机制，畅通社情民意反映管道，建立社会预警体系，形成统一指挥、功能齐全、反应灵敏、运转高效的应急机制，有效发挥司法机关惩治犯罪、化解矛盾和维护稳定的作用。尤其要重视城市突发事件的处置，中国城市问题专家提出，“十一五”时期，中国将进入一个“突发性事件高发期”，尤以城市安全问题最为突出。城市领导者应该建立直接负责的城市预警应急体系和危机管理机制，以利于加强合作和综合管理，在事件发生中和发生后，城市领导者应该快速反应、有效协调、整合资源、及时处置，将突发事件的危害和影响降低到最小程度。如纽约和伦敦在遭遇恐怖性突发事件时，时任市长的迅速反应、及时处置和以身作则，不仅使两座城市得以较快地从危机中复原，也为他们自身赢得了良好的领导者形象和声誉。

（八）开展和谐交往的能力

城市是一个开放的体系，城市发展也有赖于与国内国际其他地区、城市、组织的交往与合作，在国际国内各类交往中，如何塑造城市的良好形象、增进交流合作的互利共赢、营造和谐宽松的外部环境也是城市和谐发展的重要条件。尤其是随着我国进一步扩大对外开放，城市在我国对外交往过程中正发挥着越来越重要作用，有学者已提出“城市外交”新理念来显示城市在国际关系中的重要意义。① 和谐对外交往的能力要求城市领导者熟悉党和国家的内政外交政策，了解国际形势发展趋势和世界经济政治文化的基本状况，同时要有对外交往的修养和技能，如积极借助城市间国际组织增进交流与合作等，在这些交往活动中，要既能够有效地维护和实现我国的国家利益和城市发展，又能够开展良好的国际合作，展示和维护中国城市良好的国际形象。

三、加强城市和谐领导力建设是促进城市和谐发展的重要动力

构建社会主义和谐社会需要城市的和谐发展，城市的和谐发展有赖于城市领导者的和谐领导能力，这一具有时代性的领导能力需要通过多种途径来加以培养和提升。

（一）深入贯彻以人为本的领导价值，建构科学化与艺术化相结合的现代领导过程

恩格斯曾言：“世界不是一成不变的事物的综合体，而是过程的结合体。”领导是带领他人实现符合群体需要的共同目标的过程，实施领导也是一个过程，领导的实施总是通过一系列的“领导过程”来实现，领导过

① 参见龚铁鹰：《国际关系视野中的城市——地位、功能及政治走向》，《世界经济与政治》2004年第8期。

程就是以一定的价值目标为引导，运用领导职能和能力，发挥领导方法和艺术，带领被领导者实现预期的领导目标的历程。在和谐城市建设的领导中，必须坚持将“以人为本”作为领导过程的逻辑起点和价值归依，通过领导体制、领导方式、领导方法和领导艺术的创新，体现现代领导的简约化、自主化、柔性化、隐性化、人本化、平民化趋势，[①] 尤其在制定决策、实施决策和实现目标这些关键环节中，更要通过领导体制创新、领导方式优化促进领导者与被领导者之间积极、有效的互动，实现科学化与艺术化的有机结合，如在决策过程中注重体现科学化，完善现代决策体制结构，更多吸纳来自民众的意愿与需求。在实施决策、实现目标和用人过程中更多体现艺术化，知人善任，优化激励，充分调动人民群众的积极性、主动性和创造性，有效促进人民群众的自我管理、自我领导。

（二）积极推进干部教育创新，加强对城市领导者和谐领导力的培训

干部教育历来是我党提升领导干部能力与素质的重要途径。党的十六大以来，我国干部教育培训事业进入了一个大发展时期，围绕党和国家工作大局，大规模培训干部工作取得明显成效，以改革创新为动力，领导干部培训的质量和水平不断提高。随着城市经济社会的发展，对城市领导者的培训也日益受到重视，如 1983 年专门成立了建设部直属的市长培训中心，近年来，各种类型的市委书记、市长培训班纷纷开展，围绕城市发展各个领域的重点、难点、热点问题进行培训。构建社会主义和谐社会、建设和谐城市要求对城市领导者进行和谐领导能力的全面培训，一要科学制定培训规划。统筹目前国内各类城市领导者培训基地与资源，在客观分析城市领导者队伍素质状况、准确把握工作需要、科学预测城市领导工作发展走向的基础上，制定阶段性目标与长期性目标相结合的培训规划，加强城市领导者培训的宏观指导与有效管理。二要坚持改革创新的精神，不断

① 参见刘峰：《和谐社会的领导力》，《解放日报》2005 年 4 月 24 日。

增强城市领导培训的针对性和实效性。要创新培训内容，针对城市发展中存在的影响和谐的矛盾和问题，有针对性地设计培训模块，如专门设置社会治理、社会保障、社会公平等模块；改进教学模式，使培训由单纯的知识传授转变为观念转化、能力培养、技能训练的综合体系，有机运用研究式教学、体验式教学、网络学习等各种形式，实现学习的原理透彻性、实践关联性和发展时效性，如注重实际案例的深度分析和模拟演练；整合培训资源，整合党校资源，开发社会资源，利用境外资源，建立多向度、多渠道的培训体系，如与联合国训练研究所等国际组织合作整合优质国际资源，提升对城市领导者的培训。三要加强对培训的考核与评估，将培训与使用相结合，建立“竞训、培训、测试、考核、选任”相结合的培训评价体系。

（三）建立和健全城市和谐领导力评价体系，加强对城市领导者的考评与监督

领导能力是通过领导活动的效果来体现的，透过效果对领导能力进行考评，需要对能力、效果、环境三者的关系以及效益、效率等方面作综合的多元分析。① 科学、准确地考核、评估和认定城市领导者的领导效能，是有效检测和增强城市领导者领导力的有效途径。在和谐城市的建设过程中，要根据城市发展的实际情况，建立和完善和谐城市评价体系与和谐领导力评价体系相结合的综合评价体系，这是一个由客观统计指标和主观评价问卷结合而成的评价系统，其中，和谐城市评价体系是一个涵盖社会发展、社会公平、社会保障、社会关爱、社会安全和生态文明等各要素在内的评价指标评价体系。和谐领导力评价体系是一个由心理素质、性格特点、知识和能力等要素构成的干部素质能力考核评价体系。前者各项指标与相关部门相互关联，后者是一个与民主评议、技术测评、专家考评与组织考察相结合的素质能力考核载体。通过两者结果的参照，来客观公正地

① 参见王乐夫：《领导学：理论、实践与方法》，中山大学出版社 2002 年版。

对城市领导者构建和谐城市的实绩和素质进行综合评定，并与其任职资格评定与业务培训相联系，从而构成一个有效循环的培养、考核、任用与监督机制。

参考文献：

1.《中共中央关于构建社会主义和谐社会若干重大问题的决定》，人民出版社 2006 年版。

2.《中共中央关于加强党的执政能力建设的决定》，人民出版社 2005 年版。

3. 李君如：《社会主义和谐社会论》，人民出版社 2005 年版。

4. 俞可平：《治理与善治》，社会科学文献出版社 2000 年版。

5. 刘建军：《领导学原理——科学与艺术》，复旦大学出版社 2004 年版。

6. 刘峰：《领导大趋势与新锐领导力》，国家行政学院音像出版社 2005 年版。

7. 王乐夫：《领导学：理论、实践与方法》，中山大学出版社 2002 年版。

8. 许英：《城市社会学》，齐鲁书社 2003 年版。

网络舆论与政府管治能力建设

李敏 *

人民网舆情监测室于 2009 年 7 月 24 日发布《2009 年上半年地方应对网络舆情能力排行榜》。该排行榜根据舆情参考数据罗列出前 10 位的突发公共事件，湖北石首市骚乱由于政府在应对舆情方面存在严重失当和重大缺陷而跃居第一，被出示红色警报。排名第二、第三的分别是湖北巴东县邓玉娇案和重庆高考状元造假案。这次排名从国内百余家境内外报刊的新闻报道和评论，八家门户网站的新闻跟帖，约 30 家论坛 /BBS，约 300 名网络“意见领袖”博客，以及微博客、QQ 群和播客网站中，梳理出上半年这十件舆情热点。人民网通过这种统计方式，科学客观地反映了相关政府社会治理水平，处理群体性事件和社会矛盾纠纷的能力。对于各地政府社会管治能力建设提供了警示和借鉴。

在网络时代，科技迅猛发展给中国民众带来更大通信便捷的同时，也会使政府面临技术背后的社会压力。随着中国手机 3G 时代的到来，每一

---

* 作者为中国浦东干部学院教研部副教授，博士。

个公民都可能成为流动麦克风、摄像机和评论员，网民既是新闻信息的制造者，同时也是受众。由此可见网络舆论的研判和引导是政府管治能力建设的重要内容。

一、我国网络舆论的现状

中国互联网的应用与普及开始于1999年，至2003年年初，互联网走进了全面繁荣时期。“网络舆论”作为一个概念被正式提出。网络舆论就是在互联网上传播的公众对某一焦点所表现出的有一定影响力的、带倾向性的意见或言论（谭伟，2003）。从广义上来讲网络舆论就是通过互联网表达社会公众的观点。它包括了所有的社会舆论形式，有公众舆论、媒体舆论，还有各种利益集团制造的舆论假象，也有草根阶级的真实民意；从狭义上来讲，网络舆论是指网民作为舆论主体，在网上表达观点。而实际上，网络文化存在问题的关键不在于网络本身，而在于人们以什么样的心态去把握和使用。

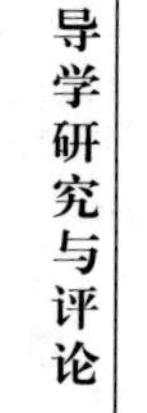

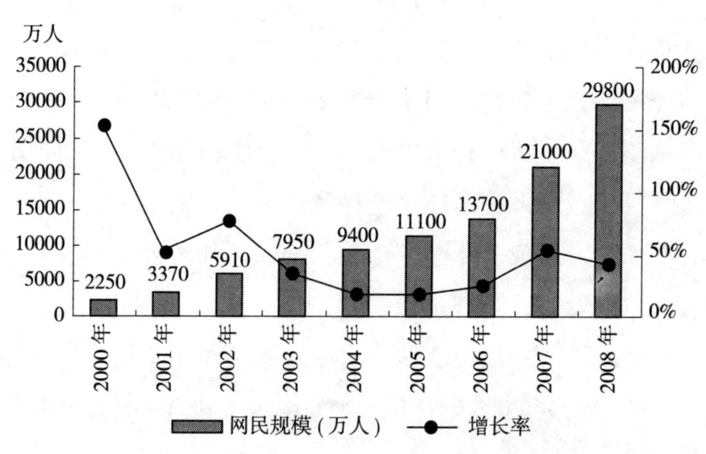

图1 2000—2008年中国网民规模与增长率

数据来源：《第23次中国互联网络发展状况统计报告》，http：//www.cnnic.cn。

研究我国网络舆论的状况就必须分析其中数量最为庞大的网民的特点。据2009年中国互联网信息中心（CNNIC）第23次报告显示，截至2008年年底，中国网民规模达到2.98亿人（3.38亿，2009年6月公布数据），较2007年增长41.9%，互联网普及率达到22.6%，略高于全球平均水平（21.9%）。继2008年6月中国网民规模超过美国，成为全球第一之后，中国互联网普及再次实现飞跃，赶上并超过了全球平均水平。

通过用数据来分析我国现今网络公民所呈现出的特征，人们也许可以看出中国公共行政在网络舆论环境中必须面临的问题。

（一）网民地域分布出现"城乡一体化"

网络"草根文化"是平民化文化，大众化文化。由于这种文化的主体由不受任何约束的"草根"组成，也造就了"草根文化"的良莠不齐，甚至低俗化。[①]

近年来，我国网民中乡村人口所占比重不断提升，互联网正在不断向农村地区渗透。截至2008年年底，中国农村网民规模达到8460万人，较2007年增长3190万，增长率超过60%。

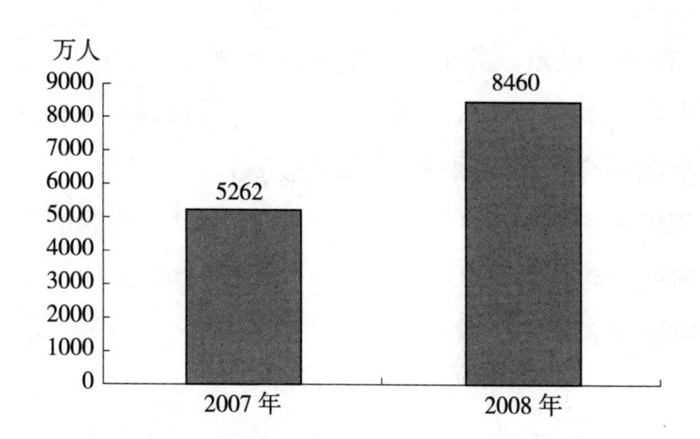

图2　2007—2008年中国农村网民规模

数据来源：《第23次中国互联网络发展状况统计报告》，http：//www.cnnic.cn。

① 参见刘文艺：《对网络"草根文化"消极态势的审思》，《高等教育与学术研究》2008年第7期。

国家制定并发布的《2006—2020年国家信息化发展战略》和《国民经济和社会发展信息化“十一五”规划》等一系列政策中，农村信息化建设成为农业和农村基础设施建设的重要内容，在2010年基本实现全国“村村通电话，乡乡能上网”的目标，政府主管部门和电信运营企业正在积极推进自然村通电话和行政村通宽带工程。在这样的情况下，农村网民的数量在未来的增长速度将会更快，数量更为庞大。

与此同时，城乡居民收入差距进一步扩大，1997年农民人均纯收入2090元，城镇居民人均可支配收入5160元，两者差距为1∶2.47；2003年农民人均收入2622元，城镇居民为8500元，差距扩大为1∶3.24；2006年农民人均收入3587元，城镇居民为11759元，差距扩大为1∶3.33。如果将城市居民享受的住房、医疗、教育、交通以及公共服务计算在内，城乡居民真实收入的差距大约在6∶1左右。① 农村与城市居民收入的差距不断扩大，与农村网民速度增长不断加快，是否会导致网络舆论的主体发生变化，是否网络会成为城乡居民冲突言论的平台？

(二) 网民年龄结构出现“低龄化”

“1020现象”就是网民低龄化的突出表现。较2007年相比，10—19岁网民所占比重增大，成为2008年中国互联网最大的用户群体。该群体规模的增长主要有两个原因促成：第一，教育部自2000年开始建设“校校通”工程，计划用5—10年时间使全国90%独立建制的中小学校能够上网，使师生共享网上教育资源，目前该工程已经接近尾声；第二，互联网的娱乐特性加大了其在青少年人群中的渗透率，网络游戏、网络视频、网络音乐等服务均对互联网在该年龄段人群的普及起到推动作用。

虽然2008年40岁及以上网民所占比重略高于2007年的事实显现了我国网民结构在年龄上不断优化的趋势，但是网民主体年龄结构的年轻化，是否存在着这样的隐患：年轻网民对网络舆论信息的真实性是否有判

① 参见曾业松：《关键时刻　关键问题——来自中央党校县委书记培训班的专题研究报告》，新华出版社2007年版。

断力，年轻网民的网络行为在网络道德规范缺失的情况下，年轻网民是否会成为网络语言暴力的制造者和受害者？

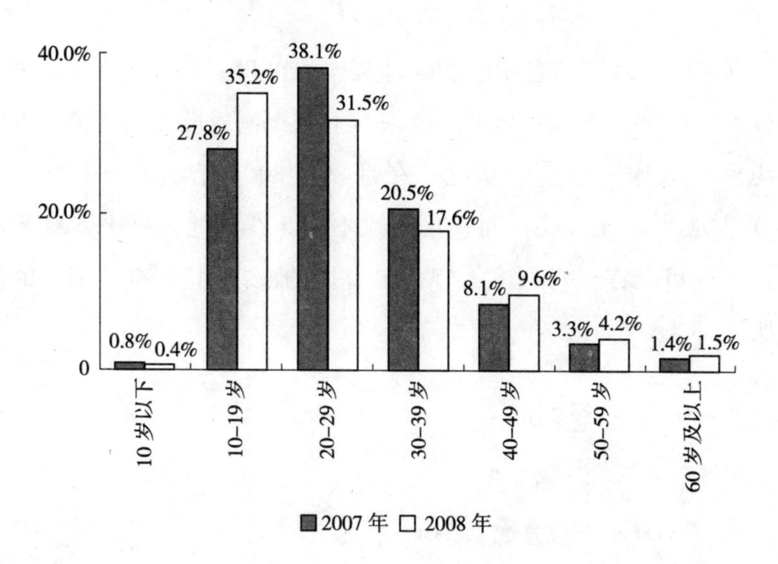

图3　2007—2008年中国网民的年龄结构

数据来源:《第23次中国互联网络发展状况统计报告》，http：//www.cnnic.cn。

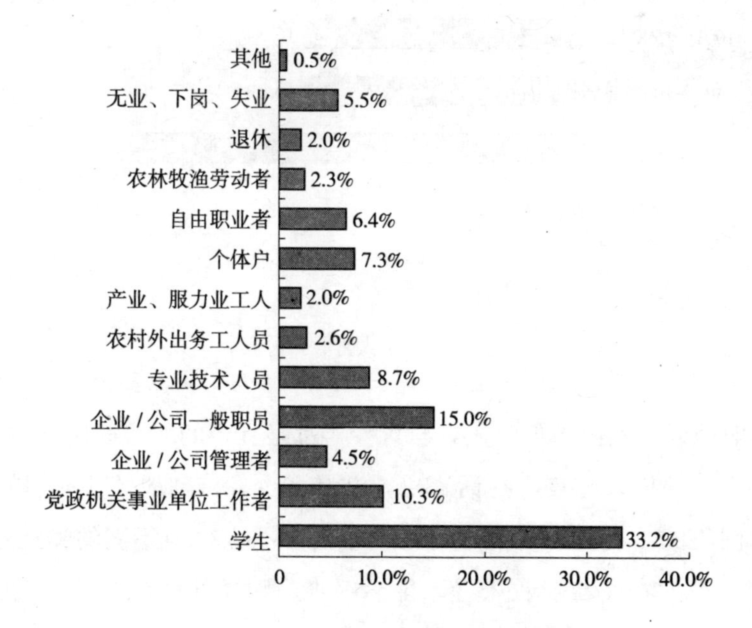

图4　2007—2008年中国网民的职业分布

数据来源:《第23次中国互联网络发展状况统计报告》，http：//www.cnnic.cn。

(三) 网民群体收入的“贫困化”

根据中国互联网信息中心的统计资料，在我国现有网民中，低收入者占了较大的比例，而且，呈现了收入与上网比例成反比的现象，即收入越低，上网人数比例越高的状况。在月收入 8000 元以上的人群中，只有 1.9% 的人成为网上一族，而在月收入不到 500 元的人群中，有高达 26% 的网民。这可能在一定程度上印证了有钱的没“闲”，有“闲”的没钱这一事实。

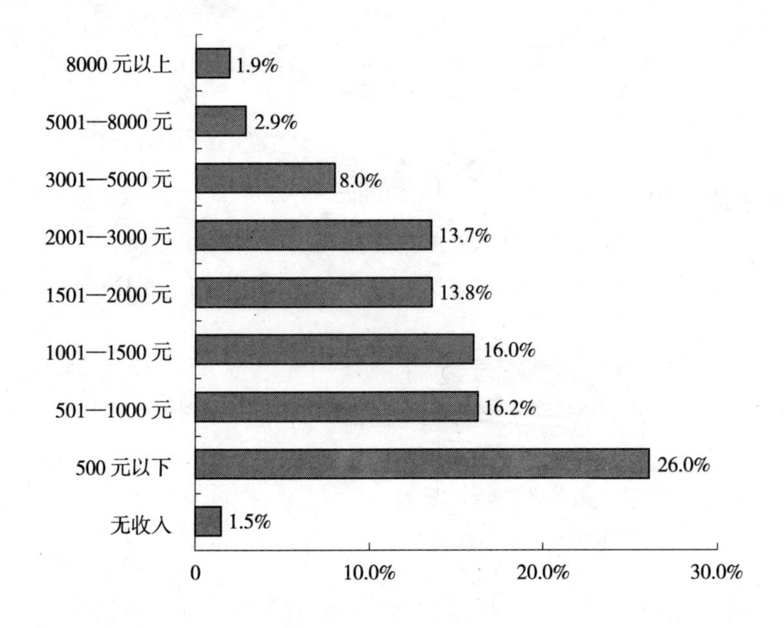

图 5　网民个人月收入分布

数据来源:《第 23 次中国互联网络发展状况统计报告》，http : //www.cnnic.cn。

一般地说，农民、低收入者与青少年都是社会的弱势群体，在平时的其他场合，他们只有较少的话语权，没有多少人特别地关注他们的心声，因而，网络的出现就有可能成为他们中的某些人宣泄不满的途径；他们，尤其是其中的农民与低收入者，生活困难，因而往往具有一定的仇富心理；同时这些人常常也是社会中受教育程度较低者，他们的言行特别容易出现情绪化与不受道德约束的倾向。

二、网络舆论中政府管治危机

“危机”是指一个对社会系统和基本价值与行为准则构架产生严重威胁，并且在时间压力和不确定性极高的情况下，必须对其作出关键决策的事件（罗森豪尔，1989）。[①] 危机管理论旨在对一般意义上救灾、应急之类“事”的处理。而危机传播论关注危机之下最具破坏力和不确定的因素，即表达（传播）的困境，是政府与公众、人群与人群之间复杂、紧张的对话过程，归根结底是解决“人”信心的问题。

我国面临的网络舆论现状，使得政府对危机管理的理解由原先重事件管理转向重危机传播。2000 年后的重大突发群体性事件的产生与传播主要是通过网络信息交流。而对于危机传播的最有效管理是始于危机爆发之前，在决策之前。通过舆情研判，以及与利益群体提前及时的沟通，是解决危机的最有效的方法，反之，解决冲突的机会就会变得非常之小。[②]

（一）网络舆论推动政府危机应对由管理转向传播

2008 年 11 月 3 日，重庆市 8000 辆出租车爆发大规模停运事件。而从 10 月 30 日以来，重庆市出租车业内就风传 11 月 3 日开始罢运，而且有人散发罢运传单。由于政府没有及时有效地做好沟通，大规模罢运最终发生，给重庆市的社会生活和城市形象造成了恶劣影响。随后，网络媒体的报道进一步推动此事的传播，并且将重庆市市委书记薄熙来亲自与出租车代表谈判的做法作为其他城市解决行业纠纷的榜样。接着甘肃永登，海南三亚陆续出现出租车罢运。上海、厦门、广州等地的出租车行业也透出罢运的传闻。上海市政府积极、果断采取行动和出租车行业协会，出租车

① 参见中国现代国际关系研究所危机管理与对策研究中心：《国际危机管理概论》，时事出版社 2003 年版。

② 参见廖为建等：《美国现代危机传播研究及其借鉴意义》，《广东大学学报》2004 年第 8 期。

司机代表沟通、交流，协商方案，最终成功化解了罢运危机。

有效的危机传播不仅可以减轻政府的管治危机，而且可以增进社会信任，提升公共精神和重塑价值信念。

党的十六届四中全会通过的《中共中央关于加强党的执政能力建设的决定》，强调“要发展党内民主，逐步推进党务公开、增强党组织工作的透明度，重视对社会热点问题的引导，积极开展舆论监督，完善新闻发布制度和重大突发事件的报道和反应机制”。

(二) 网络舆论正在改变公共行政的政治生态

2008 年 6 月 20 日，胡锦涛总书记在人民日报社考察工作时说：“互联网已成为思想文化信息的集散地和社会舆论的放大器，我们要充分认识以互联网为代表的新兴媒体的社会影响力，高度重视互联网的建设、运用、管理，努力使互联网成为传播社会主义先进文化的前沿阵地、提供公共文化服务的有效平台、促进人们精神生活健康发展的广阔空间。”[①] 网络公民的兴起，网络公民记者的出现使得我国公共行政进入传媒聚光灯和大众麦克风时代。

2009 年湖北“6.19 石首事件”发生。事件的诱因是 6 月 17 日一名酒店厨师非正常死亡。从事发到大规模群体性骚乱爆发的 80 个小时内，体现政府立场的新闻稿只有 3 篇，而一网站的帖吧中就出现近 500 个相关主帖，出现了不止一段网友用手机拍摄的视频。然而最早的政府官方报道中称这次骚乱为“石首市正在进行公交车消防演习”。由于政府采取删帖和“妄语”使得事态恶化，升级成为 4 万人围观的大型群体性事件。

《人民日报》2009 年 6 月 26 日针对石首事件发表评论：

在网络时代，每个人都可能成为信息管道，都可能成为意见表达的主体。有个形象的比喻，就是每个人面前都有一个麦克风。

这对舆论引导提出了更高要求。面对突发事件，政府和主流新闻媒体

① 胡锦涛：《在人民日报社考察工作时的讲话》，《人民时报》2008 年 6 月 21 日。

仅仅发布信息还不够，还必须迅速了解和把握网上各种新型信息载体的脉搏，迅速回应公众疑问，这需要政府尤其是宣传部门具有快捷准确的舆情搜集和研判能力。

如果在突发事件和敏感问题上缺席、失语、妄语，甚至想要遏制网上的“众声喧哗”，则既不能缓和事态、化解矛盾，也不符合十七大提出的保障人民知情权、参与权、表达权、监督权的精神……

(三) 网络舆论使政府面临“拟态舆论压力集团”

截至2009年6月底，中国网民人数达到3.38亿。其中，包括2.26亿网民看网络新闻，新闻跟帖是最为草根化、大众化的网络舆论；1亿网民访问BBS，这是网络舆论形成和发酵的主要推手；1.82亿网民开博客且6425万人半年内更新，所谓网上“意见领袖”的博客是“权重”最高的网络舆论；1.55亿网民使用手机上网，2.4亿网民使用实时通讯工具，他们中的“公民报道者”托起了两种新锐的网络舆论载体——微博客和QQ群，每天都有可能用手机和互联网实时播报公共事件。

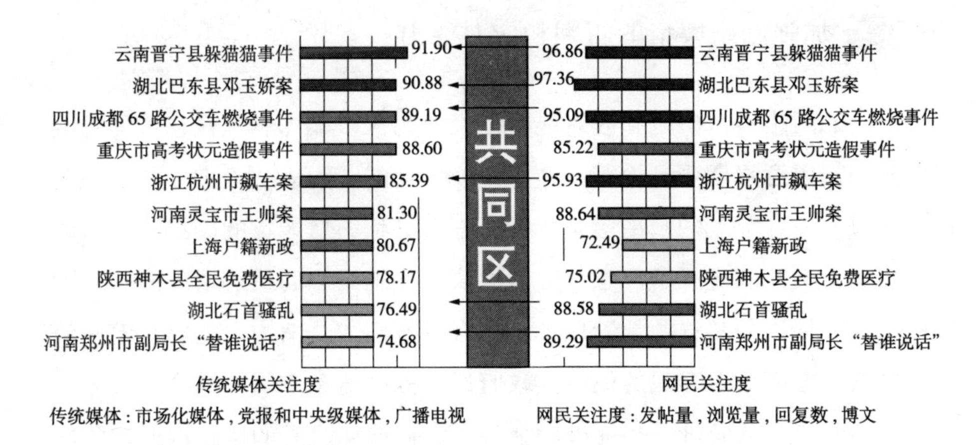

图6 关于2009年上半年公共突发事件中传统舆论与网络舆论关注度的比较

通过对2009年上半年公共突发事件中传统舆论与网络舆论关注度进行比较，我们发现，网民对热点公共突发事件的关注热情倒逼传统媒体作出反应，从而进一步给相关政府部门施加舆论压力，推动政府社会管治能力建设。

(四) 网络舆论成为拟态社会群体性事件的发源地

大型公共事件总是最早现身于网络。贵州省委书记石宗源在总结2009年“6.28瓮安事件”教训时说，瓮安事件发生之初，网上有许多谣言，群众也认为官方是自圆其说。但是通过媒体披露事件真相后，群众的质疑得到了回应。因此，坚持信息透明是迅速平息瓮安事件的最重要原因。石宗源还强调，主要领导干部第一时间到群众中间倾听群众呼声，并借助舆论监督、启动干部问责制，才能平息事态。

三、政策与建议

(一) 加强网络舆情的研判和应对能力

政府的网络舆情研判和应对能力已经成为执政能力和执政艺术的重要组成部分。民意早期受到冷落，才演变成中期的“民议”、后期的“民怨”。民意在每一道环节上的被冷落与搁置，都会导致舆情能量的聚集。舆情跟踪，舆情研判是政府了解民意，参与民议，化解民怨的最迅速、最有效的方式。政府作为公共资源的管理者，具有权威性和公信力，因此政府应该在主导舆论方面具有客观的优势。政府通过提供信息来引导舆论，服务媒体来影响网民，从而进一步促进社会各个利益群体之间的信息沟通，化解利益冲突和社会对立情绪。

（二）加强网络舆论监督的心理承受力

虽然网络舆论在发展初期阶段，政府和政府官员所面临的网络舆论环境存在着客观的伦理困惑，比如说：网络公信力挑战政府公信力，网络民主推动网络无政府主义的出现，网络言论自由危及政府公共信息安全，网络道德审判干涉司法公正，网络语言暴力妨碍公共秩序等。但是，毋庸置疑，新闻报道和舆论监督的确推动社会民主化进程，从这个意义上讲，为了使社会有一个大胆批评、畅所欲言的宽松环境，我们理应对网络舆论监督多一些理解与宽容。我们不仅需要政府和政府官员面对媒体的"修理"有度量，更要从法律制度层面对包括政府官员在内的公众人物的相关权利问题进行规范。

网络舆论监督是媒体监督的重要组成部分，网民言论自由是公民的权利，也是责任，网络新闻未必会原真相、接近事实，但是正如是原工业和信息化部长李毅中所说：你不能要求媒体讲的每句话都对，因为媒体不是调查组。法学专家贺卫方认为：一个人选择成为公众人物，他就必须付出一定的代价，那就是在涉及他的事项上，天平需要偏向于言论自由（公共利益）。只有保持这样小的不平衡，才能够获得整个社会的大平衡。

摆在我们面前的一个重大课题就是：如何避免因为媒体报道不能百分百符合事实，而被官员肆意指控的窘境？

（三）重视事件报道中网络舆论的导向

由于互联网对信息的海量存储和网民之间的互动交流，网络舆论客观上形成了一个各地政府应对突发事件能力的比较平台。各地政府在处理相同或相似公共事件时，由于执政理念的差异，产生了不同的效果。而网络由于它天生具有解构和重构的特点，网络舆论将信息"碎片化"之后，重新"集成"，从而形成网络，因此重视网络舆论导向有助于推动各地政府执政能力的科学化、法制化和民主化建设，也有利于推动服务型政府的建设。

网上议政传递了一种公众的意见，给政府改进工作、制定政策提供了依据。我们不能轻视这个平台的作用，但也不能夸大它的作用。

某一地区的公共突发事件的处理方式通过互联网迅速“传染”给其他相关人群，形成了一定的示范，甚至“煽动”效应。利益群体的“模仿”和“学习”能力给当地政府社会治理能力带来强大的压力的同时，也为相关政府提供了借鉴同行经验，深入思考的机会。

(四) 提高政府在网络舆论中议题设置能力

在媒体对于危机的报道监督中，客观中立、肯定颂扬和反思批判三种立场并存。如何更好地对舆论进行有效引导，关键在于如何将政府议程与民间议程能够有效地统一，进行充分的社会对话，这也是对公共管理部门容忍度、执行力、全局观智慧的一种考验。

网络信息庞杂、短暂，直接重构公共事件在受众脑海中印象。人们对某些议题的关注程度，主要来源于这些议题被报道的频率与强度。由于网络媒体暂时还没有新闻采访权，几乎所有网络新闻报道均来源于传统媒体尤其是报纸，政府通过议程设置虽然不可能决定民众想什么，但可以影响民众怎么想。

危机事件的现场危机决策模式研究

廖雄军 *

近年来，我国因突发事件引发的危机频繁地发生，给人民群众的生命财产造成了巨大的损失，也影响到社会的稳定与和谐社会建设。常规决策模式显然不适宜用于防控危机事件的危机决策，因此，必须积极研究与探索快速有效的现场危机决策模式，才能有效地应对危机事件，减少危机事件造成的损失。本文拟对领导者现场危机决策模式作些初步的理论探讨与实证研究。

* 作者为中共广州市委党校、广州行政学院副教授。

一、领导者现场危机决策的特点与频率

（一）危机决策的界定与意义

1. 从决策角度界定危机

国内外学者从决策视角，对危机下了很多定义，几种比较有代表性的定义如下：

1972 年，危机研究的先驱 C.F. 赫尔曼给危机下了一个经典的定义："危机是威胁决策集团优先目标的一种形势，在这种形势中，决策集团作出反应的时间非常有限，且形势常常向令决策集团惊奇的方向发展。"① 这个定义提出了危机的三要素：即决策集团的高度优先目标受到威胁、作出反应的时间有限和意外性。该定义是"决策取向的"，优点在于强调了危机情境中决策的困难。

1989 年，荷兰莱登大学危机研究专家乌里尔 · 罗森塔尔在《处理危机：灾难、暴乱和恐怖主义的管理》一书中指出，赫尔曼的定义过于狭窄。罗森塔尔倾向于把危机定义为一个过程，于是把赫尔曼的定义稍稍作了修改："危机是一种严重威胁社会系统的基本结构或者基本价值规范的形势，在这种形势中，决策集团必须在很短的时间内、在极不确定的情况下作出关键性决策。"② 这个定义突出了危机形势下，决策集团必须在时间约束与前景不明的条件中作出决策的重要性。

我国学者薛澜等人认为，"危机是指对一个社会系统的基本价值和行为准则架构产生严重威胁，并且在时间压力和不确定性极高的情况下，必须对其作出关键决策的事件。"③ 这一定义是对上述罗森塔尔所作定义的一

① C.F.Herman, *International Crises: Insights from Behavioral Research,* New York, Free Press, 1972, p. 13.

② Uriel Rosenthal, etc.(ed.), Coping with Crises: the Management of Disasters, Riots, and Terrorism, Springfield, Illinois: Charles C.Thomas Publisher Ltd., 1989, p.10.

③ 薛澜、张强、钟开斌：《危机管理：转型期中国面临的挑战》，清华大学出版社 2003 年版，第 164 页。

种改进，是一种更为简洁的表述。

笔者认为，危机是危机决策主体所面临的由突发事件引发的一种业已对并将继续对危机决策组织或社会、公众造成较大损害的情势或局势。这一定义重点强调由危机事件所引发的危害已经发生以及损害状态的继续，如无有效的应对危机决策出台与实施，这种危害状态会继续发展下去，形成更大的危机状态，为危机决策出台与实施的重要性作了铺垫。由于时间有过去、现在、未来三种形态，因此，危机也有三种形态即过去的危机、现在的危机、未来的危机。认识危机的这三种形态，有利于通过有效的危机决策，控制现在的危机，防止危机的蔓延。

2. 危机决策的界定

什么是危机决策？专家学者们众说纷纭，如有学者认为，“危机应对实质上可以定义为一种决策情势。在此情境中，决策者认定的重大安全和核心价值观念受到严重威胁或挑战，突发意外事件以及不确定前景造成了高度的紧张和压力，为使组织在危机中得以生存，并将危机所造成的损害限制在最低限度内，而在相当有限的时间里所作出的重要决策和反应。”①这种定义强调了通过危机决策，可“将危机所造成的损害限制在最低限度内”，这是很有见地的。但笔者认为，并不是所有危机事件都一定会危及组织的生存命运。

我国学者薛斓等人认为，“危机决策就是组织（决策单位和人员）在有限的时间、资源、人力等约束条件下完成应对危机的具体措施，即在一旦出现预料之外的某种紧急情况下，为了不错失良机，而打破常规，省去决策中的某些‘繁文缛节’，以尽快的速度作出应急决策。”②在这里，他们把危机决策看做是一种打破常规的快速的应急决策，这是用比较通俗的语言来定义危机决策。

笔者认为，危机决策是危机决策主体（危机决策个体或危机决策群体或危机决策组织）为了达到或实现危机决策目标，在时间、信息与其他资

---

① 北京太平洋国际战略研究所：《应对危机——美国国家安全决策机制》，时事出版社 2001 年版，第 4 页。

② 薛斓、张强、钟开斌：《危机管理：转型期中国面临的挑战》，清华大学出版社 2003 年版，第 164 页。

源等决策条件有限的情况下，运用一定的危机决策程序与方法，快速作出应对危机事件的决定或确定对策并有效地组织实施的过程。这里是从狭义的角度进行定义的，侧重于事中的危机应对决策。

由于危机事件演化周期包括危机事件的事前、事中、事后三个阶段，因此，从广义上说，危机事件的危机决策包括事前的危机防范决策、事中的危机应对决策、事后的危机善后决策。

3. 危机决策的意义

危机决策对于一个国家、一个民族以及其他各种社会组织的稳定与发展有着重要的影响。正如著名政策科学家叶海尔·德罗尔在《逆境中的政策制定》书中所言："危机决策是逆境中政策制定的一种特殊方式，它对许多国家具有极大的现实重要性，对所有国家则具有潜在的至关重要性。危机越是普遍或致命，有效的危机决策就越显得关键"。① 危机决策的重要性与危机大小成正比，或者说危机越大，正确而有效的危机决策就越成为控制危机的关键。

危机决策是危机管理工作的核心内容，它贯穿于整个危机管理工作的全过程，"危机决策是危机管理的先导，一切危机管理过程和行为都离不开危机决策。危机决策正确与否，直接关系到危机管理的目标能否实现；危机决策水平如何，会影响到危机管理工作的稳定有序。危机决策是危机管理成败的保证，它不仅能为制订正确的危机管理计划打下坚实的基础，而且能为有效地管理危机起决定性的作用。"②

因此，领导者要成功地应对危机事件，就必须提高识别危机的能力，培育有利于危机决策的环境，提升危机决策能力和危机管理水平。

(二) 现场危机决策的特点

领导者现场危机决策是指在突发危机事件现场的领导者通过快速地作出决定或快速地发出指令并组织实施，来应对危机事件的领导决断思维与

① [美] 叶海尔·德罗尔：《逆境中的政策制定》，上海远东出版社 1996 年版，第 181 页。
② 颜佳华：《公共决策研究》，湖南大学出版社 2005 年版，第 351 页。

领导决策行为过程。

与常规决策相比，领导者现场危机决策有如下几个特点：

其一，决策的速度快与频率高。危机事件一是突然发生，二是发展变化速度快。与此相适应，领导者的现场危机决策必须快速，才有可能尽快地控制住局面，防止事态恶化，造成更大的损失。应对一个危机事件，领导者往往要进行多次现场危机决策，而且两次危机决策之间的时间间隔很短，也就是说，领导者现场危机决策的频率是很高的。

其二，独断式或有限的民主决策。由于危机事件发生后，形成的局势危急，时间紧急，领导者现场危机决策往往是依托自身经验与智慧进行独断式的个人决策。诚然，在某些特定的危机事件现场环境下，如现场有不止一个领导者或时间允许时，可以在领导者之间进行协商，或紧急召集专家出谋划策，进行有限的民主决策。

其三，不求最优但求有效与满意。常规决策的决策资源富裕、时间充足，决策目标可以追求最优。但由于危机事件发生发展变化的特点，决定着领导者现场危机决策资源非常的短缺：一是时间资源不足；二是信息资源有限；三是人力资源有限；四是财力资源有限；五是物力资源不足。在这种危机决策资源短缺的现场环境中，领导者的现场危机决策不可能去追求最优化，而只能以“次优”、“相对满意”作为危机决策目标，快速而有效地应对危机事件带来的危急局势。

（三）现场危机决策的频率

领导者现场危机决策往往不是一次性的，而是要根据危机事件发展变化过程，作出多次应对危机的决策。既然领导者应对一次危机事件要作出多次现场危机决策，那么上一个现场危机决策与下一个现场危机决策之间就有一个时间间隔，这一时间间隙的长短，就是领导者现场危机决策的频率。

两个现场危机决策的时间间隔长短，与危机事件的性质与危害程度、不同领导者危机决策能力和危机决策质量密切相关。这种时间间隔有时可能是以分秒来计算的，有时可能是以小时来计算的，有时则可以用天数来计量。有时，一天内领导者可能需要作出几个或数十个应对现场危机的决策，尽可能减少有关方面的损失；在特定的危机事件环境下，领导者一个小时内就有可能作出几个现场危机决策来应对危机局面。2008 年 5 月 12 日下午，四川省汶川县映秀镇镇长蒋青林正陪着阿坝州政府副秘书长杜骁、汶川县副县长张云安带队的州工作组检查工作，当时检查工作刚结束，走在马路上，三人还说着话，毫无征兆，就迎来了惨烈的汶川大地震，房屋瞬间被夷为平地，他本能地掏出手机拨打 110（个人现场危机决策），这才发现，通信完全中断了。眼前，是所剩无几的房屋，是惊慌失措的群众。仅仅几秒钟后，一个由杜骁任组长、张云安和蒋青林任副组长的"临时抗震救灾领导小组"就在马路上成立了（第一个现场集体危机决策），然后他们大声地招呼着正在往外逃的群众往开阔地跑（第二个现场集体危机决策），等他们跑到球场坝时，这里已经聚集了 1000 多人。接着，他们三个人迅速地把在场的干部 20 多人集合起来（第三个现场集体危机决策），编成了 6 个工作小组[①]，立即按照分工，投入抗震救灾工作中去（第四个现场集体危机决策）。这几个现场危机决策在短短的一个小时以内完成并付诸实施，他们三个人用高频率的现场危机决策，为减少地震灾害造成的损失赢得了宝贵的时间。

一般来说，如果危机事件破坏性大、发展演变过程中波动起伏大、持续时间长，那么领导者现场危机决策的次数就多；反之，领导者现场危机决策的次数就少。

如果危机事件发展演变过程快、持续时间长、造成的损失大，那么领导者现场危机决策的频率就大；反之，领导者现场危机决策的频率就小。

可见，领导者现场危机决策的次数与频率同危机事件的许多因素有关，不同的危机事件，领导者现场危机决策的次数与频率是不同的。

① 参见新华月报编：《抗震救灾英雄谱》，人民出版社 2008 年版，第 23 页。

二、领导者现场危机决策模式的构建与运行

笔者在借鉴国内外学者危机决策、应急决策模式的基础上，根据我国国情，构建了领导者现场危机决策模式，这一模式主要由领导者现场危机决策目标、智援、程序、方法构成。

（一）现场危机决策的目标

危机决策目标是指危机决策系统解决危机问题最终要实现或达到的预期结果或目的。危机决策是以目标选择为基础的，没有明确的目标，也就难以拟订危机决策方案，对危机决策方案的评价也就没有具体的标准。所以，危机决策的目标是危机决策的前提，是危机决策方案制定与执行的向导。

领导者现场危机决策的总目标是快速有效地解决危机事件引发的紧迫问题，也可以说是快中求好地解决危机事件引发的紧迫问题，尽量减少各种有形的与无形的损失。这一总目标可以分三步实现：第一步是领导者力求做到快速控制现场危机事件的局势，第二步是领导者积极促使危机事态转向回落，第三步是领导者设法尽快平息危机事件。显然，第一步目标的实现最为紧迫，第二步目标的实现最为关键，第三步目标的实现应力求达到相对满意标准。

领导者如能通过自己的努力，快速而有效地制定与组织现场危机决策的实施，使现场危机决策的三步目标得到较好的实现，就能减少危机事件给危机决策组织、公众的生命财产造成的损失，为维护社会的稳定与建设和谐社会作出贡献。

（二）现场危机决策的智援

有的专家学者认为，危机决策不能搞民主决策。对此观点，笔者不敢完全赞同。领导者现场危机决策需要不需要借助他人的智力，进行民主协商，有无民主决策的条件与可能？这不能一概而论，要具体问题具体分析。

1. 情况危急时由领导者独自决断

危机事件发生时，如果说领导者处于身边既无其他领导，时间紧迫又不允许召集其他人商量对策或咨询专家的情况下，就应本着敢于负责的态度，勇敢地站出来，担当起领导与指挥的重任，果断地作出危机决策并快速组织实施，把现场危机局面控制住，稳定危机事态。

2. 情况紧迫时领导集体协商决定

危机事件发生时，如果说现场有两个或多个领导者，那么在时间与其他情况允许时，在现场的领导们可以简短地进行紧急协商，快速地作出危机决策，然后立即去进行组织指挥，实施危机决策，尽快地把现场危机局势稳定下来。2008 年 5 月 12 日，汶川大地震时，四川省平武县平通镇瞬间被夷为平地，平通镇派出所变成一片废墟，从里面爬出来的平通镇派出所所长马生平、副指导员龚远雄、民警李甫跃和严春林马上聚集起来，在砖石砾瓦形成的废墟中立即召开了党支部会议，这也许是最短的会议，但却是最有效率的会议。党支部书记马生平所长说："大灾面前，我们必须无条件地冲在第一线，抢救生命。"然后，他把人员做了分工：马生平带领民警李甫跃赶往平通小学组织抢险救灾，副指导员龚远雄带领民警严春林奔赴平通中学组织抢险救灾。[①] 党支部书记马生平、副指导员龚远雄、民警李甫跃和严春林等人在简短的党支部会议后，立即按照分工，奔赴本镇的中小学，为组织救援中小学生赢得了宝贵的时间，从死神手中抢回了众多学生的宝贵生命。

---

① 参见公安部抗震救灾指挥部：《危难时刻——全国公安机关抗震救灾纪实》，群众出版社 2008 年版，第 273 页。

3. 事态缓和时借助于专家的智力

把危机事件发生时引起的混乱局势初步控制住后，领导者应紧急召集专家，进行紧急磋商，借助于专家的智力援助，集思广益，寻求进一步控制危机事态与最终平息危机事态的锦囊妙计。

显然，在第一种情况下，是没有实施民主决策的可能与条件的，领导者只能依靠个人的智力来决断；在第二种情况下，领导者虽然有了借助他人智力进行民主决策的可能，但实施民主决策的条件也是非常有限的，只能在有限的领导群体间与有限的时间内实行有限的民主决策；在第三种情况下，虽然有了依托专家的智慧实施民主决策的条件，但也会因为受到时间的限制，不可能有充足的时间让专家展开充分的讨论，因而这种依托专家智力进行的民主决策也受制于危机事件发展态势所容许的时间。

（三）现场危机决策的程序

有的专家学者认为，危机决策是程序性或非程序化决策，如任生德等认为，“所有的公共危机处理决策都是一个非程序化过程”。[①] 对此观点，笔者不完全赞同。领导者现场危机决策是程序性决策还是非程序性决策？这不能一概而论，要具体问题具体分析。

1. 情况危急时现场危机决策无按部就班的程序

常规决策由于时间充裕，可以按照科学决策的程序要求，按部就班地进行决策。危机事件发生时，由于情况危急，现场危机决策不允许慢腾腾地走程序，进行长时间的讨论与研究。这就要求在现场的领导者当机立断，果断决策，快速组织实施。所以说，情况危急时的现场危机决策是无程序决策或非程序化决策。

2. 事态缓和时有简易的现场危机决策程序

通过先期处置，使危机事件得到初步控制时，领导者可借助各方面的力量，按简易的现场危机决策程序，进行后续的危机决策，以提高现场危

① 任生德等：《危机处理手册》，新世界出版社 2003 年版，第 153—154 页。

机决策的质量。

专家未到场时简易的现场危机决策程序是：领导者认真听取现场人员的汇报，共同寻找危机事件发生的原因与面临的主要问题，制定出应对策略，然后向上级领导汇报（情况比较紧急或无法与上级取得联系时，可暂缓向上级领导汇报），取得上级领导支持后，快速组织危机决策的实施。专家未到场时的简易现场危机决策程序图示如图 1 所示：

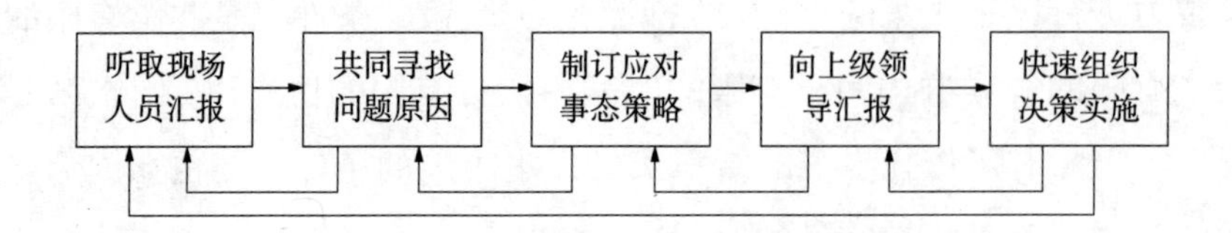

图 1　专家未到场时的简易现场危机决策程序框图

专家已经到场时的简易现场危机决策程序是：领导者与专家一起认真听取现场人员的汇报，共同寻找危机事件发生的原因与面临的主要问题，然后让专家独立地制定出应对危机的策略。在此基础上，领导者采纳专家的有益建议或意见并向上级领导汇报（情况比较紧急或无法与上级取得联系时，可暂缓向上级领导汇报），取得上级领导肯定后，快速组织现场危机决策的实施。专家已经到场时的简易现场危机决策程序图示如图 2 所示：

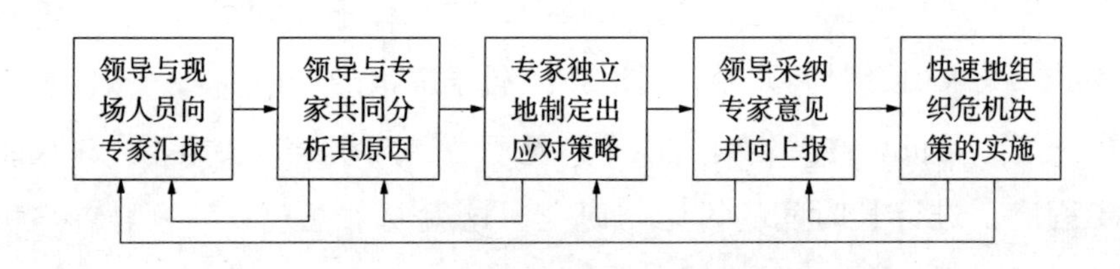

图 2　专家已经到场时的简易现场危机决策程序框图

综上所述，现场危机决策程序问题是一个需要具体情况具体分析的问题，不能笼统地说，所有的现场危机决策都无程序，都不需要按程序办事。当然，有时为了提高现场危机决策的效率，简易的现场危机决策程序还可以适当省去其中的一些步骤。

（四）现场危机决策的方法

现场危机决策的方法主要有即下指令法、快速决断法、联想决断法、灵活机断法、民主决策法等，领导者可根据实际情况选用一种或多种方法综合使用。

1. 即下指令法

情况特别危急时，在危机事件现场的领导者应立即发出有关指令，命令有关人员快速地进行贯彻落实，不能有任何犹豫与拖延。否则，危机事态的发展就更加难以预料与控制，各种有形与无形的损失就会加大。2008年5月12日下午，四川省北川县委副书记、县长经大忠正在县委礼堂参加全县青年创业表彰大会，机关干部、受表彰的青年和学生，一共300多人参加会议。会议刚要开始，突然，大地强烈震动，玻璃破碎，天花板掉落。紧接着，主席台后面的房顶和墙体垮了下来，坐在前排的人被震起一米多高。"地震了！"所有人都慌乱起来，惊叫声、哭喊声，此起彼伏。会议室只有两扇一米多宽的门，如果一拥而上，后果不堪设想。情急之中，经大忠一边打着手势，示意人群赶快疏散，一边大吼："大人留下，学生先走！"[①]200多名学生很快就撤了出去。由于在现场的领导者决断与指挥有方，参加会议人员的伤亡很少。

2. 快速决断法

情况虽然紧迫，但在危机事件现场的领导者应设法抓住短暂的时间，进行快速思维与构思，然后迅速地进行决断，立即组织现场危机决策的实施，把危机事态初步控制住，为后续处置赢得时间与机会。2004年，龙长春从贵州省沿河土家族自治县调去松桃苗族自治县任县委书记不久，当地农民打伤地质队员，公安局抓打人凶手，300多个农民围攻县委、政府。龙长春闻讯后只带8名公安人员赶去现场，讲明他是新来的县委书记，要求群众只能派出代表与县委领导对话，其余群众必须立即撤离，围攻党政

① 新华月报编：《汶川大地震：精神永存》，人民出版社2008年版，第249页。

机关是违法的，对不听政府劝阻的，一定要依法惩处。对现场跳得最凶的几个人，他责令公安人员当场强制带离。对打伤地质队员的农民，明确依照有关条例处罚。当时围攻县委、政府的绝大多数群众，看到新来的县委书记依法行政，行动果敢，对事不对人，有明确态度，纷纷撤离现场。① 这位县委书记敢于面对群众，敢于负责，大胆果断、快速地作出多个现场危机决策，有效地化解了这一突发性群体事件。因龙长春在处置众多突发事件中的出色表现，2008 年贵州瓮安“6.28”群体事件后，被贵州省委委以重任，调任贵州省瓮安县委书记。

3. 联想决断法

在危机事件现场的领导者，可采用快速的联想法，想出有针对性的应对危机的策略，然后快速地组织实施，解决危机事件现场的紧迫问题，减少人员伤亡与财物损失。2008 年 5 月 12 日下午，汶川大地震发生时，甘肃省陇南市文县范坝初级中学惊恐万状的学生慌乱地冲出教室，往楼下跑。眼看着学生在楼道里挤成一团，只要有一个学生被推倒，就会发生踩踏事故，后果不堪设想。在这危急关头，29 岁的年轻校长许伟，急忙跑到教学楼的通道上，镇定自若地指挥学生：“同学们，不要挤！一个接一个地下楼！”等到学生们都安全撤离后，他才最后冲出教学楼。刚出教学楼，一块巨大的石头就砸在了许伟的身后。地震发生后，与外面的联络不能中断，否则这里将成为一座“孤岛”。想到这里，许伟决定冲到教学楼上，抢出二楼办公室的电话机。这时，余震不断，情况仍然十分危险。许多老师都争着要去抢出电话机，没有时间争论了，许伟果断地说：“你们谁也别去，我去！”② 政教处副主任严凤雄老师也跟着许伟冲上楼去，一起抢出了电话机与电话线。他们二人刚冲出教学楼一刹那，一块预制板就掉了下来，距离他们仅仅一米远。令许伟没有想到的是，这部电话机后来竟成为地震发生后整个范坝乡和外界联系的唯一管道。

4. 灵活机断法

为了有效地应对危机事件，在现场的领导者可采用灵活机断法，进行

---

① 参见刘子富：《新群体事件观——贵州瓮安事件的启示》，新华出版社 2009 年版，第 76 页。
② 新华月报编：《抗震救灾英雄谱》，人民出版社 2008 年版，第 161 页。

危机决策，快速而有针对性地解决紧迫的危机事件问题，尽量不留下后遗症。在危机事件现场的领导者如果思想僵化，固守陈规陋习，那么就会束手无策，坐等上级指示，失去处置危机事件的良机，造成不可估量的损失。2008 年 6 月 28 日发生的贵州瓮安群体性事件中，“当地党委、政府和公安局的主要领导人，在事件逐步升级的紧急关头，心中无数，等待观望，失去了制止事件恶化的有利时机。”① 在这一群体性事件发展过程中，瓮安县乡一些在现场的领导人，麻木不仁，不敢负责，没有及时地采取灵活有效的措施应对这一危机事件，而是层层请示汇报，坐等上级拿主意，眼看着事态不断扩大、不断升级，最终造成了巨大的有形损失（人财物等的损失）与无形损失（基层党委与政府形象、领导威信等的损失）。

5. 民主决策法

在危机事件现场的领导者，在时间允许的情况下，应尽量采用民主决策法，集思广益地进行现场危机决策。2008 年 5 月 12 日，汶川大地震发生时，四川省都江堰市向峨乡党委书记罗鸿亮立即从正在工作的村以最快速度赶回乡政府所在地。这时，他接到报告，得知乡里的中学教学楼垮了。于是，罗鸿亮火速把在场的乡干部叫过来，主持召开了向峨历史上最短的一次党委会，大家作出了一个生死抉择：“先救学生！”② 罗鸿亮在结束非常短的乡党委会后，马上快速地组织力量，奔赴垮塌的本乡中学实施救援，从死神手中抢回了众多学生的宝贵生命。

现场民主决策法主要形式有：一是发动危机事件现场有关人员提出合理化建议，领导者采纳有益建议并组织实施；二是领导班子成员（包括党政军联合指挥部的有关领导成员）协商，进行集体决策；三是领导者组织专家进行研讨并采纳专家学者的意见。

综上所述，领导者现场危机决策模式是由领导者现场危机决策目标、危机决策智援、危机决策程序、危机决策方法构成的一个有机体系，现把这个体系图示如图 3 所示：

---

① 刘子富：《新群体事件观——贵州瓮安事件的启示》，新华出版社 2009 年版，第 68 页。

② 新华月报编：《汶川大地震：精神永存》，人民出版社 2008 年版，第 202 页。

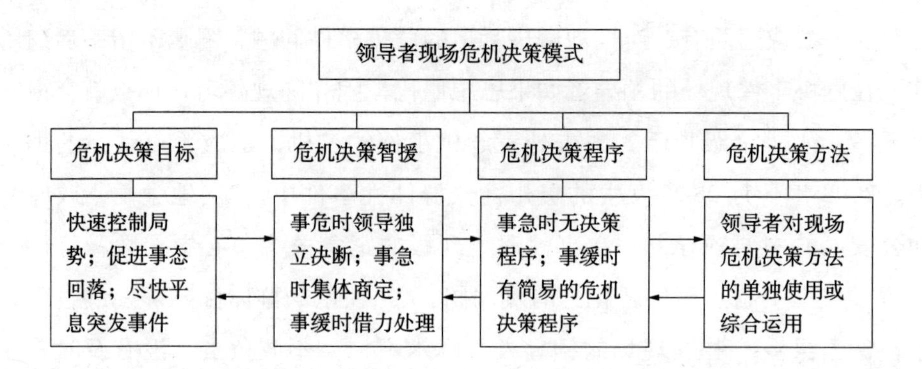

图 3 领导者现场危机决策模式框图

企业并购整合中的领导行为研究

刘清华　周详*

一、引言

自工业化完成后的一个世纪以来，全球先后掀起了五次并购（merger and acquisition，M&A）热潮，特别是进入 20 世纪 90 年代后，随着世界经济全球化步伐的明显加快，企业面临着越来越激烈的外部市场竞争压力，为了在未来的全球竞争中占有一席之地，企业纷纷寻求快速扩张的对策。而各国政府为推动其国内企业提高国际市场竞争能力，也各自出台扶持大企业集团发展的优惠政策和措施，包括改变对垄断管制等。这些原因导致全球范围内的资产重组和资源重新配置。正是在这样的背景下，自 1994 年开始，第五次并购浪潮席卷全球，大型和超大型企业兼并案例不断涌现，而且与前几次并购热潮相比，呈现出规模更大、金额更多、范围更广、跨国并购与国内并购同步发展的特点，引起了理论界的广泛关

* 第一作者为南开大学国际商学院博士、中国石化润滑油天津分公司总经理；第二作者为南开大学周恩来政府管理学院副教授。

注。据不完全统计，仅2001年全球范围内公司并购重组市场交易额高达三万多亿美元，交易笔数多达三万笔。在中国，资本市场经过了十几年的蓬勃发展，并购重组也经历了从萌芽到数量发展再到规范发展三次大的发展阶段。特别是近年来，中国企业大规模并购序幕的拉开，并购作为企业投资的一种重要形式，越来越成为中国经济生活中备受瞩目的经济现象。从企业成长的角度来看，企业并购可以给企业带来多重效应，如规模经济效应、市场权力效应、财务协同效应和发展战略效应等。中国企业的国际竞争战略使得中国企业没有足够多的时间通过自我成长的方式来强化自己的竞争地位，故而中国企业越来越热衷于“并购”这一投资发展方式。通过企业并购，可以使中国企业强化竞争地位，进行全球化经营，建立国际生产网络。当前，中国企业间的并购、收购外资股权，以及收购海外跨国企业等活动变得日益频繁，其并购交易数量以及交易额在亚太区居于领先地位。一些大的中资集团如中石化、中石油、中国移动等都加大了海外扩张和收购的步伐。未来几年中国企业将面临经过大规模产业整合的国际兵团的挑战，只有进行战略性的产业整合才能在国际市场占有一席之地。同时，中国企业将会更多地进入国际并购市场，外资参与国内企业并购也将迈出更大的步伐。

二、并购后的整合是企业并购成败的关键因素

并购成为全球经济事件的热点，并不意味着参与并购的企业就最终获得了成功，与金额巨大和数量众多的并购事件相比，企业并购的成功率却一直较低，各种研究统计表明，企业并购的失败率高达50%至80%。[①] 麦肯锡（Mckinsey）公司总结财富500强，金融时报250强企业中的116家

① 参见[德]马克思·M.哈贝等：《并购整合》，张一平译，机械工业出版社2003年版，第1—2页。

并购企业在1998年以前的并购活动，以收回资本成本作为衡量标准，发现其中61%的并购是失败的。[①] 中国学者万潮领等人考察了国内1997—1999年的并购重组事件，分析结果表明：公司业绩在重组当年或重组后次年出现正向变化，但随后即呈下降态势，由此他们认为并购重组并没有带来公司价值的持续增长。[②]

为什么企业并购失败率这么高？失败的关键因素是什么呢？企业并购是一项复杂的系统工程，它可以分为三个阶段：第一阶段，战略选择阶段：即企业如何通过并购实现扩张、选择什么行业、选择什么目标企业；第二阶段，对并购企业进行价值评估和调查分析、设计和实施交易方案等；第三阶段，并购整合阶段PMI（Post-merger Integration）：整合企业战略、组织、文化、管理、业务、财务、人员和客户等。只有通过整合实现了上述各个方面的充分融合，才能使并购前所预测的并购应带来的市场优势、技术优势、协同效应和成本降低等目标真正实现。其中第三阶段的并购整合是将两个或者多个公司合为一体，其所包含的内容是极其丰富的。魏江认为，企业并购后的整合管理，指由并购方或并购双方共同采取一系列皆在推进合并进程、提高合并绩效的措施、手段和方法，它涉及员工安排、队伍建设、文化重组和业务重建等各项管理工作。企业并购整合是并购双方战略性资源和能力的转移和运用。[③] 李道国认为："并购整合指当一方获得另一方的资产所有权、股权或经营控制权之后进行的资产、人员等企业要素整体系统性安排，从而使并购后的企业按照一定的并购目标、方针和战略组织运营。"[④] 王长征基于"有效的能力管理是并购价值创造源泉"这一认识，将并购整合定义为"并购双方组织及其成员间通过企业能力的保护、转移、扩散和积累创造价值的相互作用的过程"[⑤]。克莱门特等提出："在合并与收购中，整合一般被定义为两个企业合在一起成为一个

---

① 参见程兆谦、徐金发：《购并中价值创造的三个基本问题》，《经济管理》2001年第18期。

② 参见万潮领、储诚忠、李翔、袁国良：《重组之花结出什么果——沪深股票市场公司重组绩效实证研究》，《上海证券报》2001年1月9日。

③ 参见魏江：《基于核心能力的企业购并后整合管理》，《科学管理研究》2002年第1期。

④ 李道国：《企业购并策略和案例分析》，中国农业出版社2001年版，第68页。

⑤ 王长征：《企业并购整合——基于企业能力论的一个综合性理论分析框架》，武汉大学出版社2002年版，第47—48页。

整体，它由战略愿景所驱动，由并购方管理层的高级成员对交易完成后企业类型的构想”。① 企业并购后的整合涉及多个层面和内容。从层面上看，分为有形资产和无形资产的整合。从内容上看，有财务、组织、人员、产品、客户、流程、文化等方面的整合。

实质上，在以价值创造为目的的战略并购中，并购整合过程就是价值创造的过程；而并购交易本身并不创造任何价值，它只能实现价值的转移或分配（如价值从并购公司股东向目标公司股东或从其他相关利益者向股东的转移）。换言之，没有整合，并购过程就不会有价值创造。Sudarsanam 就明确指出，在并购程序上，并购后的整合过程是并购在价值创造上成功与否的最重要决定因素。② 研究表明，相当大比例的并购失败，直接来源于并购后的整合失败。Wasserstein 等指出：“并购成功与否不是仅仅依靠被并购企业创造价值的能力，更大程度上依靠并购后的整合。”③Haspaslaph 和 Jemison 认为：“并购的价值都是在并购交易后创造出来”。④ 也就是说，无论并购动机是什么，都必须通过整合过程来将其付诸实现，并购后的整合比并购本身更重要。

三、并购整合过程中的领导行为研究述评

（一）并购整合中的领导行为

领导既可指领导者，也可指领导行为，其定义处于百家争鸣的状态，

① [美] 马克 · N. 克莱门特、大卫 · S. 格林斯潘：《并购制胜战略》，王华玉译，机械工业出版社 2003 年版，第 260 页。

② See P. S. Sudarsanam, *The Essence of Mergers and Acquisitions* , Prentice Hall, 1995,p. 230.

③ Wasserstein, Bruce Perella, Joseph R., *Firm Defends Interco Reorganization Wall Street Journal* (Eastern edition). 1991.3.16.

④ Haspaslaph, Philippe C. Jemision, David B., *The Challenge of Renewal through Acquisitions Planning* Review. 1991.3/4 Vol. 19, pp. 27-32.

有多少人尝试去定义领导的概念，就会产生多少种的领导定义。但在组织行为理论中，领导是领导者的个人特质、领导行为，指引和影响组织成员，实现组织目标的行动过程。一个完整的领导概念其核心要素应至少包括三点：(1) 领导是影响力的发挥；(2) 领导是达成组织目标的过程；(3) 领导是存在于领导者与组织成员之间的互动。总之，领导是领导者通过其行为促成组织文化的形成，进而影响员工的价值观和团队意识，以达成组织目标的过程。

领导行为贯穿于并购活动的整个过程。首先，在并购的战略选择阶段，并购战略制定与选择的决策权取决于领导，领导对于并购的认识直接作用于他的决策效果，与领导相关并影响其效果的关键因素包括：(1) 领导的判断能力与决策能力；(2) 领导的个人动机。其次，对并购企业进行价值评估和调查分析、设计和实施交易方案等阶段，领导的作用主要体现在交易结构安排与设计中的价格谈判，与领导相关并影响其效果的主要因素包括：(1) 领导的谈判技巧；(2) 对于并购的态度。最后，在并购的整合阶段，领导行为对合理的组织再造与组织边界的管理，企业文化的有机融合，核心能力的转移，建立合理的激励机制以及团队建设等起着关键作用，与领导相关并影响其效果的主要因素包括：(1) 领导的人际关系维护；(2) 领导的组织建设；(3) 领导的激励；(4) 领导的辅助支持。本文主要分析企业并购整合中的领导行为。

（二）领导行为在并购整合中的研究现状

研究者在研究决定并购过程与结果的主要因素时很少提到领导，即使涉及领导角色，研究者只是倾向于领导对战略发展的合理化作用。一些很具代表性的并购研究报告大多数情况都会忽略领导行为的作用。①

国内学者对企业并购整合的研究主要分两个方面，基本都未涉及并购

① See Sim B. Sitkin, Amy L. Pablo, "The Neglected Importance of Leadership in Mergers and Acquisitions," *Mergers and Acquisitions: Managing Culture and Human Resources* (Edited by G. K. Stahl & M. Mendenhall), Stanford University Press, 2004.

整合中的领导问题。一是整体上研究企业并购整合的理论及对策，把并购后的企业看做一个整体系统，基于对并购整合的不同认识角度，对企业的各种组成要素进行整合。二是从某一角度对企业并购中的整合进行了深入的研究，这方面的文献主要集中在对企业文化、人力资源、组织等方面，这些研究都同时指出：企业并购成功的关键不在于并购本身，而在并购后的整合。

并购文献中领导的作用被忽视的原因大致可以总结为以下几个方面：(1) 在并购中领导行为所扮演的角色被忽略，有时是被那些诸如制度建设、文化建设、人力资源建设等管理活动所替代，这些研究文献非常丰富。(2) 对并购中领导行为的忽视也是因为学术研究对那些难以进行量化研究的现象的忽视。(3) 对并购中领导行为的忽视是因为优秀的领导者及其优秀的领导行为偏少，而不成功的领导及其领导行为偏多所造成的。(4) 对并购中领导行为的忽视是因为当前在并购研究中对战略的重视程度远大于对组织再造的重视程度，进而对组织再造中起核心作用的领导行为也不够重视。(5) 对并购中领导行为的忽视还因为研究缺少一种系统的框架来思考与并购成功密切相关的领导行为模式。因此，即使相关研究者虽然在关于并购的文献中常常提到领导及其行为，但并购过程中领导通过特定的机制而使并购活动产生不同的结果却很少得到系统研究。(6) 我国目前大部分企业的领导者对企业并购的认识只停留在财务控制权这一层次上，认为并购协议达成、取得目标企业的财务控制权后也就意味着并购结束了，对后期的并购整合的重要性没有充分认识。(7) 国内部分企业并购后受方方面面关系的影响，组织结构调整力度不大，企业内组织管理没有根本性的变化，组织再造及领导行为的作用未能体现出来。

四、领导行为在企业并购整合中的研究思路

从组织理论的角度探讨企业并购整合中的领导行为，可以发现，传统

的领导理论多数是针对稳定的组织环境，去探讨不同的领导行为如何影响组织效能，然而现今企业面临多元化的竞争市场，整体经营环境的复杂性、不可预测性与不稳定性都大幅提升。过去的领导模式，似乎难以有效地解决现今不断变动的组织形态，尤其是并购后的整合属于组织再造，领导与组织成员间的互动关系越趋复杂。面对企业大的变革，Nixon 指出，领导者必须做的两件事，一是使组织目标、价值、愿景、方向和文化能吸引组织成员的注意；二是能让组织有效回应、创造与再造，形成自我适应的动态系统。现今组织的领导者必须有效地整合组织的内部资源与管理人际关系，才能使组织适应内、外部环境的变化。[①] 除了完成团队目标与提升组织效能，领导者如何激发团队成员的潜能，创造既竞争又合作的开放性团队，让他们自发性地转变，产生创新的想法和行为更是当务之急。

1. 变革型领导理论

变革型领导理论是继领导特质理论、领导行为理论、领导权变理论后于 20 世纪 80 年代发展起来的新魅力领导理论。变革型领导（transformational leadership）一词首先是由 Downton 于 1973 年在《反叛领导》(*Rebel Leadership*）一书中提出，1978 年由 Burn 在《领导》一书中予以概念化。变革型领导理论最初由 Bass 在 1985 年的《领导与超越期望之绩效》(*Leadership and Performance Beyond Expectation*）一书中构建而成。变革型领导的定义归纳为：是一种创新变革过程，在这个过程中，个体相互融合，并建立一种联系去提高领导者和追随者的各种热情和道德意识。变革型领导与追随者的绩效有关，也与发挥追随者的最大潜能有关。变革型领导者有非常强烈的内在价值感和观念体系，他们能有效地激励追随者实现组织的最大利益而不是仅仅局限于个人利益。

Bass 和 Avolio 在研究中提出，变革型领导行为应包含以下四个维度：(1) 领导魅力(Idealized Influence)：指能鼓舞员工士气，使员工产生崇拜、尊重和信任的一些行为和特征，包括领导者承担风险、考虑个人之外员工的需求以及良好的道德质量；(2) 感召力 (Inspirational Motivation)：指向

① See Nixon, B., “Leading business transformation-learning by doing,” *Industrial and Commercial Training,* 35, 2003,pp. 163-167.

员工提供富有意义和挑战性工作的行为，包含明确描述令人向往的愿景和预期目标，该目标与整个组织的目标是一致的，同时通过积极乐观的态度唤起团队精神，激发员工工作热情，树立员工的信心；(3）智能激励（Intellectual Stimulation)：指领导者启发员工发表新见解和从新的角度或视野寻找解决问题的方法与途径，引导员工对问题的认识，鼓励员工采用新的方式完成任务；(4）个性化关怀（Individualized Consideration)：指领导者仔细倾听并关注员工的需求，根据员工的具体情况，提供相应的支持、鼓励和辅导，不仅满足员工目前的需求，而且帮助员工开发潜能。①

目前Bass和Avolio编制的多因素领导行为问卷（Mufti-factor Leadership Questionnaire，MLQ）已经成为交换型领导行为和变革型领导行为研究使用最为广泛的问卷。变革型领导行为是一种动态性的结构，具有多维性。在不同的文化背景和工作环境下，它的维度具有权变性，并且有一点可以肯定，变革型领导行为着重突出了领导者对组织和个人的变革效应。

2. 企业并购中的六维度领导模型②

Sitkin等人提出了企业并购中的六维度领导模型（见图1)，分别是个人因素维度（personal leadership in M&A)、关系维度（relational leadership in M&A)、建构维度（contextual leadership in M&A)、激励鼓舞维度（inspirational leadership in M&A)、支持维度（supportive leadership in M&A)、领航维度(stewardship in M&A)。

领导的个人因素维度，包括理想、价值观、情感、信念等，可以使追随者产生忠诚效应。在并购发生后的整合中，伴随着组织的剧变，组织成员怀着忐忑不安的心情面对组织变革所带来的陌生感和各种不确定性。这时候，领导者如果可以及时表达其个人的价值观、信念、愿景等，会使组织成员形成可预测感和稳定感，减少组织变革带来的动荡，会带来组织承诺和组织忠诚等积极的效果。

领导的团结维度可以凝聚组织成员之间的关系，提高相互间的信任

① See Bass B.M., Avolio B.J., “Transformational Leadership and Organizational Culture, ” *International Journal of Public Administration*, New York: 1994, 17(3), p.541.

② See Sitkin, S.B., Long, C.P., & Lind, E.A., *The Pyramid Model of Leadership*, Durham, NC: Duke University. 2001.

感。关系领导是基于人际关系的纽带，强调领导和其追随者之间紧密关系的建立，并购后组织环境的陌生感和距离感很容易在不同文化之间产生敌对，这是很多并购失败案例在整合过程中都遇到过的问题，领导通过其行为，建立共同的语言和文化，以帮助并购后的组织成员理解、信奉收购的目的，及时调整自己在组织中扮演的角色，相互之间建立起信任。这种信任感的建立，即使并购整合过程遇到不可避免的困难时，也会使组织成员之间仍然保持一定的凝聚力。

领导的建构维度指领导要善于建立一种能使组织成员集中并有效地工作的环境条件和组织结构、规则和氛围，为组织成员工作的成功提供有利的环境。领导者就像是建筑设计师，这里不仅指物质结构，还包括任务（或者程序）结构。当并购后所形成的复杂和混乱的环境发生时，领导及时进行条理清晰的梳理、简化、团队组合，可以尽快恢复并提高组织成员及其所属团队的工作效率。

领导的激励鼓舞维度指领导能够激发组织成员追求卓越的动机和热情，迎接挑战。优秀的领导常常被描述成有魅力的领导者是如何激励其他人来崇拜和赶上他们的。但是有学者很明确地指出，激励鼓舞不是基于领导个人的超凡魅力形象，而是依靠有效的领导行为，在其追随者中产生更大的激励作用。并购整合的最终结果是要使并购本身通常都具有的规模扩张、快速扩张的目标得以实现，而通过激励领导行为可以有效扫除障碍并激发达到目标的激情，为了胜利勇于挑战并承担风险。

领导的支持维度指领导可以有效利用资源，并对组织成员的工作和行为进行及时反馈，组织成员在获得帮助的支持下，主动、自律地追求高绩效标准。支持领导行为让组织成员意识到并购后的组织中存在的紧迫的问题，在让他们相信自己的能力的同时，领导者需要提供必要的资源和反馈来形成一种认同感、安全感和效标性。

领导的领航维度指领导者好比是一名舵手，随时要负责把握企业发展的方向，同时还要稳定航行，以其高度的责任意识引领追随者前进。并购后的组织整合，必须解决利益的再分配问题，必须解决利益的过度竞争问题。为了组织能合理地平衡个人、团体和公司的利益，领导者必须影响组织成员对整体的责任感，包括道德感、价值观念、献身于整个团体利益的意识，使每个组织成员都能够在正确的航道上一起推动组织向前进。

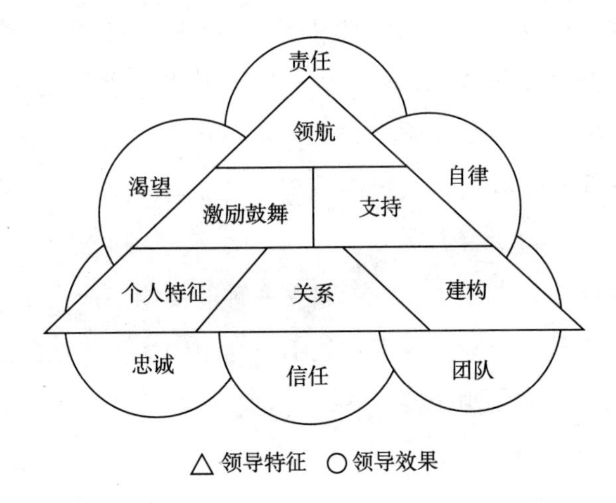

图 1 六维度综合领导模型①

五、结论

对于并购整合中领导行为的研究的理论基础虽已具备，但仍需在实践中，通过实际案例，进一步明确领导在组织并购整合中如何发挥作用等问题，特别是结合中国企业并购的实际情况对理论及其模型作进一步的验证及修订。

① See Sitkin, S.B., Long, C.P., & Lind, E.A., *The Pyramid Model of Leadership*, Durham, NC: Duke University. 2001.

女性领导者在企业创业中的比较研究

吴冰　王重鸣*

一、前言

女性创业已经成为全球性趋势。作为企业的领导者，女企业家的数量在许多国家呈逐年上升趋势，许多发达国家如美国、加拿大，女企业家的比例已超过5%。我国女性创业自上20世纪80年代开始出现，到目前我国女性创业的趋势进一步增强，企业女性领导者的数量越来越多。据抽样调查，目前中国企业的女性领导者约占中国企业家总数的20%左右，女企业家为我国经济发展带来了新的推动力。

在女企业家中，个体和私营经济中的女性领导者占女企业家总数的41%，如此数量的女性企业家，如何发掘她们的潜力，开发女性领导者的人力资源潜能，更好地利用女性人力资源，以促进民营企业的经济增长，成为摆在我们面前的现实问题。我们必须看到，在实践上，女性与男性相

* 第一作者单位为上海交通大学管理学院；第二作者单位为浙江大学管理学院。

比，在企业经营和领导方面还存在着一定的问题和困难，在理论上，女性领导的研究上还不完善，关注也不够，因此，对女性领导者的研究还需要不断深入，她们创办企业的生存状况亦值得我们认真研究。

二、女企业家创业研究

20世纪90年代以来，妇女创业的热情在世界范围内高涨，女企业家的比例增长迅速，妇女创业已经引起了社会的广泛关注，各国政府都采取了相应的措施支持女性创业。专家们认为，妇女创业将成为新世纪的趋势，女企业家将成为未来经济发展的亮点。

对于企业家的概念，国外一般分为企业家精神学派、职能学派和人力资本学派三个主要流派。可见，企业家是一个有着多维、多层次丰富内涵的系统性概念。同样，这也适用于女企业家。她们的本质特征是创新与风险创业，她们是生产要素的重新组合者，是判断性决策者，是创新与风险承担者。不过女企业家是个特殊群体，创业和发展更艰难。①

史清琪认为，知识经济的兴起成为推动妇女个体就业增长的重要原因，越来越多的女性开始进入到高科技行业。而且，她认为，中国女企业家的素质在提高，中国成功的女性大企业家为数很多。在"中国妇女创业与女企业家发展研究"中，史清琪发现，被调查的女企业家的文化程度，大专以上约占60%，中学程度大约占40%。她们的年龄基本在30岁以上，其中30—40岁的占29%，40—50岁的占47%，50岁以上的占24%。从企业利润上来看，女企业家盈利的为98.5%。② 欧清华认为，女性创业的最佳时期是25—44岁，无论从生理还是心理，25—44岁是女性人生的"黄

① 参见关培兰、申学武、梁涛：《加强研究工作：推动妇女创业》，《妇女研究论丛》2004年第3期。

② 参见史清琪：《中国妇女创业与女企业家发展研究》，载《2001中国女企业家发展报告》，地质出版社2002年版。

金时代”。有调查显示，我国女企业家经营的企业，盈利企业比男性企业家的企业多 7.8%，持平企业也多 4.3%，而亏损企业则少 12.1%。[①]

史清琪认为，导致中国目前妇女创业比例不高的原因是妇女的文化层次较低、缺乏必要的专业技能和知识，这成为阻碍企业发展的内因。调查发现，中国女企业家总体年龄偏大，受教育程度不高。中国企业家调查系统的数据显示，女企业家的平均年龄为 46.5 岁。[②] 中国女企业家研究咨询中心于 2001 年开展的“中国妇女创业和女企业家发展研究项目问卷调查”也指出，40—50 岁的女企业家占女企业家总人数的一半以上。1994 年南京市鼓楼区妇联对全区女法定代表人、女厂长、女经理的调查发现，从女企业家的年龄结构看，她们几乎全部进入女性就业的中老年阶段，而 35 岁以下的青年女企业家却为零。受教育程度方面，2001 年中国女企业家发展报告指出，55% 的女企业家文化程度在大专以下。2000 年北京市工商联对 53 名女民营企业家会员的调查反映出被访的女企业家在知识结构、知识积累方面存在着明显的欠缺。

同时，各方面对女性创业的重视程度不够也是一个原因。据对女企业家家务劳动、承担责任和家庭状况的抽样调查显示：近 60% 的女企业家负担着照顾老人的责任，丈夫或他人照顾老人的仅占 1/3。1/3 以上的女企业家要从事全部家务劳动，约 60% 的女企业家要部分从事家务劳动，仅 6% 的女企业家没有家务劳动负担。从女企业家负担子女教育的情况看，61% 的女企业家子女以学校教育为主，但还有 25% 的女企业家以自己教育子女为主。[③]

关培兰等认为，由于生理因素，男女劳动力的供给特点有所不同。这主要表现在女性劳动力与生育年龄人群重合，即女性的生育大多数发生在作为劳动力而正活跃在劳动力市场上的时期，而生育行为影响她们的劳动力供给行为。被生育、抚养孩子、照顾家庭打断工作，是女性劳动力供给不同于男性的一个特点。[④]

---

① 参见欧清华：《女大学生创业特征分析》，《人才开发》2003 年第 9 期。
② 参见欧清华：《女大学生创业特征分析》，《人才开发》2003 年第 9 期。
③ 参见关培兰：《中外女企业家发展问题研究》，武汉大学出版社 2003 年版。
④ 参见关培兰：《中外女企业家发展问题研究》，武汉大学出版社 2003 年版。

笔者认为，处于高科技行业的女企业家与非高科技行业的女企业家的创业情况是不同的，她们是两个不同的群体，不能一概对待，应当有区分地进行分析。因此，本文在前人研究的基础上，将女性企业家按照是否属于高科技行业进行分类，同时依据笔者对上海地区民营企业的创业研究，从学历层次、创业年龄以及企业的生存状况三个方面对女性企业家进行比较研究，并与男企业家进行了对比分析。

三、数据分析

本文数据来源于笔者对上海市民营企业的创业调查，通过对主管部门有关资料的查阅和调研，共随机调查了 998 家企业，经整理有效数据 861 份，收集了各民营企业家的个人信息和相关企业、行业信息。本数据中，男性企业家共 688 人，占有效调查人数的 79.9%，女企业家 173 人，占 20.1%，与我国目前女企业家的总体比例基本一致。[①] 数据涉及高科技企业和非高科技的中小私营企业，高科技企业包括电子信息、生物医药、能源等行业，中小私营企业主要是普通的个体户和私营业主。

（一）学历比较

1. 高科技企业女企业家

从数据上来看，在高科技企业中女性企业家的学历普遍比较高。在被调查的女性企业家中，具有大学本科以上学历的女性占被调查女企业家总人数的 79.8%，具有研究生以上学历的则有 36%，占到被调查者的 1/3 强，其中具有硕士学位的有 21.6%，博士学位的 14.4%。而在同样情况下的男

① 参见关培兰：《中外女企业家发展问题研究》，武汉大学出版社 2003 年版。

性企业家中，具有大学本科以上学历者只占被调查男性企业家的 73.8%，具有研究生以上学历的也只有 19.4%，不到被调查男性企业家总人数的二成。可见，在高科技创业企业中，女企业家的教育程度还是比男性要高很多的。具体的高科技企业男女企业家学历（学位）构成见表 1。

表 1　高科技企业男女企业家学历构成

	性别	
	男	女
高中	6.6%	7.8%
大专	19.6%	12.4%
本科	54.4%	43.8%
硕士	14.6%	21.6%
博士	4.8%	14.4%

同时，从各个教育水平的性别构成来看，大学文化程度以下的男女性企业家中，男性企业家的比例居多，其中高中学历的男女企业家比例大体相当，大专学历的男企业家比例比女企业家要高 8%，而大学本科水平的男性企业家占男性企业家总人数的一半还多，其比例要比女性企业家高约 10%。但是在研究生以上学历中，可以看出，女性高教育水平者占女性企业家人数的比例要高于男性，说明了高科技企业中，高教育水平的女性在女企业家中的比例要比男性高，虽然可能绝对人数上不一定比男性多，但是从相对比例上来看，女性高学历者居多。

2. 中小私营企业女企业家

从中小私营企业女企业家的情况来看，情况似乎跟高科技企业的情况正好相反。在调查样本中，女性企业家没有大学教育水平者，而高中和初中教育水平者也不及男性，但是，女性小学教育水平者却高达被调查女企业家总人数的一半以上，说明中小私营女企业家中，很多女性只有小学教育水平，这很大程度上可能是中国传统的男尊女卑观念所导致，由于不鼓励女孩子读书，或者家境贫穷，男孩子读书，女孩子工作成为了一种现象。中小私营企业男女企业家学历构成见表 2。

表 2　中小私营企业男女企业家学历构成

	性别	
	男	女
小学	28.66%	55.0%
初中	57.9%	40.0%
高中	10.3%	5.0%
本科	3.2%	—

从各教育水平内部性别构成也可以看出，女性企业家的教育水平明显不如男性企业家，女性企业家教育水平的多数集中于小学，达到被调查女性的 55%，其比例远远高出男性，而男性企业家的教育水平的多数则集中于初中，达到男性被调查者总人数的 57.9%。

（二）年龄比较

1. 高科技企业女企业家

数据显示，高科技企业中，女企业家创业的年龄集中于 20—60 岁之间，特别是 30 多岁和 50 多岁是两个高峰，尤以 31—40 岁表现较为突出（见图 1）。说明女性企业家在 30 多岁时是创业的黄金时期，这一点与男性企业家相同。同时，从图上看，女性企业家的创业年龄有趋势减缓、延续时间较长的特点，作趋势图（见图 2）可以看出：

从图 2 中可以看出，男性企业家创业高峰来得早，也去得快，在 30 多岁时达到高峰，但是此后开始快速下降，在 50 岁以后，创业的比例已经非常小了；但是女性企业家创业高峰来得早、去得慢，呈现“双峰”现象，30 多岁呈一高峰，50 多岁呈一高峰，说明女性企业家 50 多岁时的创业激情比男性要高。同时，女性企业家的创业年龄趋势与男性比，还有“两头高”的现象，也就是说，20 岁以下的女性创业比例比男性要高，70 岁以上的女性创业比例也比男性高，一个可能的解释是，20 岁以下的女性（从实际调查者来看，主要是高中学历的女性创业者）在高考失利或者其他原因影响下，过早地放弃了学业，走上了自我创业的道路，以谋求生存。而 70 岁以上的女性，创业所需的各方面条件如身体健康等要比男性好，因此在高龄下，仍旧有比男性高得多的创业激情。

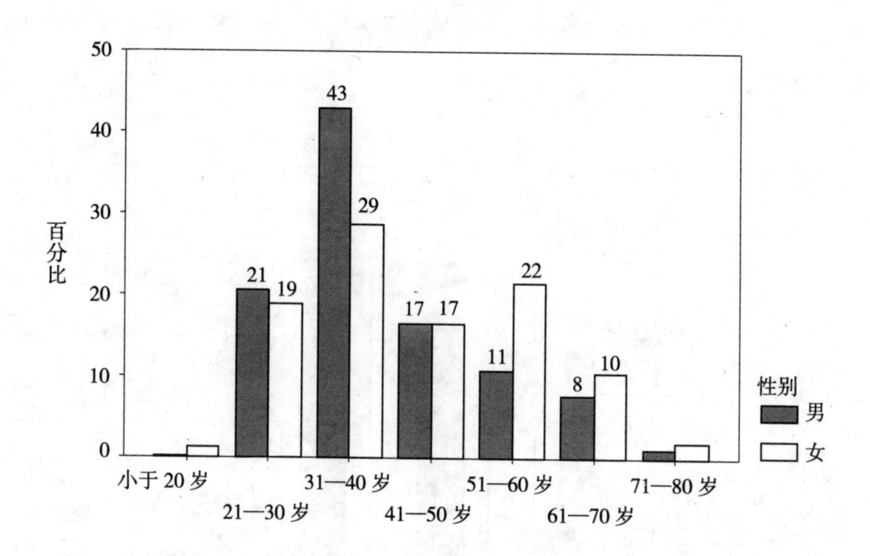

图 1　高科技企业家各年龄段性别构成

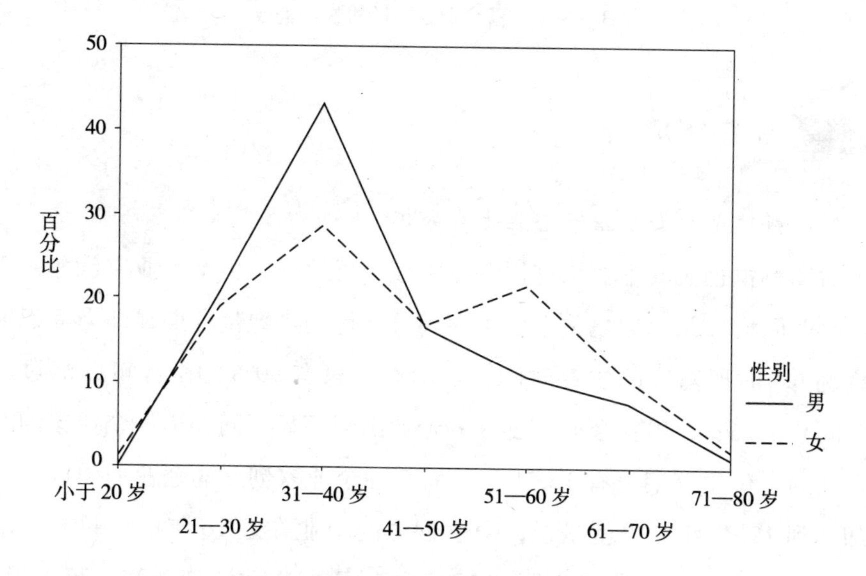

图 2　高科技企业各年龄段性别趋势

2. 中小私营企业女企业家

对于中小私营女企业家来说，其创业年龄的高峰在 31—40 岁之间，与男性相同。但是在此年龄之前，女性创业的比例要比男性要高，原因如上文所述。在 40 岁以后，女性创业的比例比男性要下降很多，可能原因在于女性在事业和家庭中要进行选择，很多女性企业家选择了照顾家庭，养育子女等。①

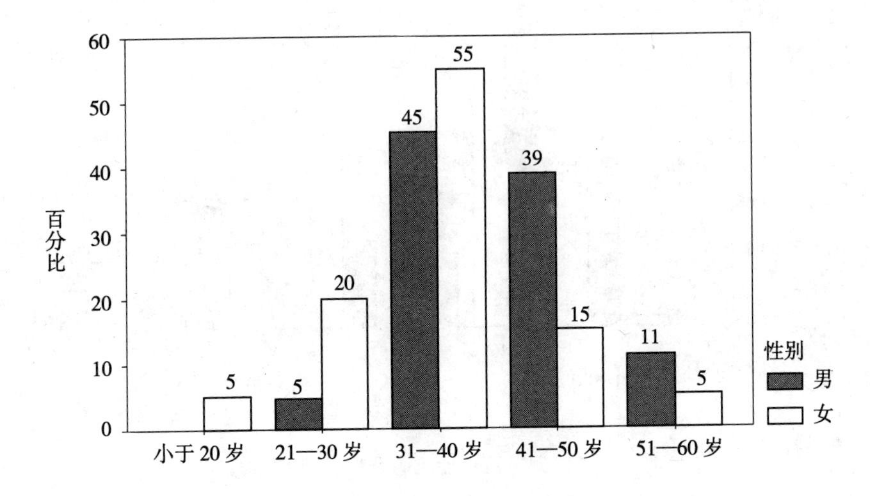

图 3　中小私营企业各年龄段性别构成

(三) 生存分析

1. 高科技企业女企业家企业生存分析

对高科技企业女企业家进行企业生存分析发现，男女企业家创办的企业生存时间均较长，但是从中位生存期（又称为半数生存期，即当累积生存率为 0.5 时所对应的生存时间，表示有且只有 50% 的个体可以活过这个时间）上来看，男女企业家创办的企业出现明显不同，男性企业家创办的企业的中位生存期只有 15.71 年，而女性企业家创办的企业的中位生存期却达到 19.01 年，也就是说，男性创办的企业在近 16 年以后只有一半存活下来，而女性创办的企业在 19 年以后死亡数才达到一半。可以说，在高科技企业中，由于女企业家学历等各方面的条件较男性好，女性创办的企业明显比男性创办的企业存活时间要长，这也说明女企业家的业绩较

① 参见关培兰：《中外女企业家发展问题研究》，武汉大学出版社 2003 年版。

男性要好。[1]

从图 4 的生存表来看，在最初的 5 年，女性与男性企业家创办的企业生存率大体相同，但是在创业后的 5—16 年之间，女性的创业生存率比男性明显下降很多，说明这一段时间，女性创办的企业的生存要比男性差，但是，在 16 年之后，女性创办的企业比男性有更佳的生存。

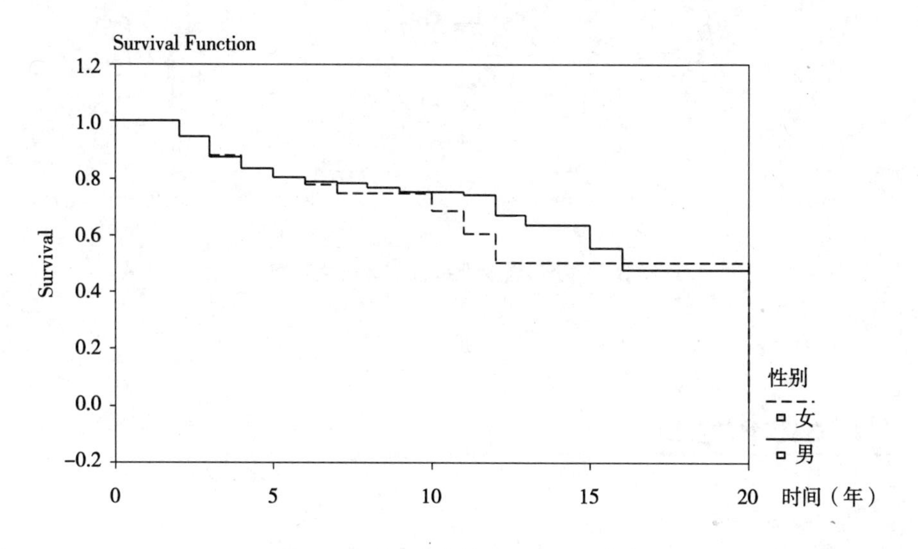

图 4　高科技企业按性别分层生存表

2. 中小私营企业女企业家生存分析

对中小私营企业女企业家的生存状况进行分析发现，女性创办的企业生存率与男性相比，存在较大差异。从中位存活期上来看，男性创办的企业的中位存活期为 1159.1 天，女性是 625 天，这说明，男性创办的企业在 3 年多一点的时候有 50% 存活，而女性创办的企业在不到两年的时候就存活不到 50% 了。这个结果表明，女性创办企业的中位存活期只有男性的一半左右，中小私营企业女性创业的状况令人担忧。

从图 5 的生存图上也可以看出，女性创业企业比男性创业企业的生存率显示出较大差别，女性创业企业的生存比男性要差得多。

---

① 参见欧清华：《女在学生创业特征分析》，《人才开发》2003 年第 9 期。

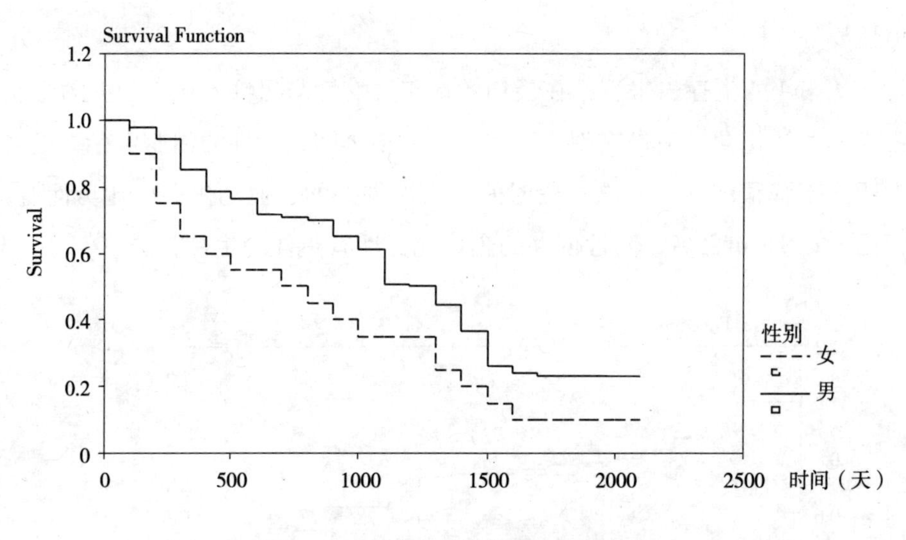

图5　中小私营企业按性别分层生存表

四、结论和建议

（一）结论

1. 对高科技企业女企业家

（1）高科技企业中女性企业家的高学历的比例要比男性高，女性企业家研究生以上学历者的比例要远远高于男性，因此，高学历成为高科技企业女企业家的重要特征。

（2）而且，高科技企业女企业家创业的年龄有两次高潮，一次在31—40岁，一次在51—60岁，且创业时间早于男性，而高龄女企业家创业比例也比男性要高，这是女性企业家创业的又一特点。

（3）对高科技企业女企业家创办企业的生存分析发现，女性企业家的创业情况要好于男性企业家，且比较显著，说明了高科技企业中女性创业比男性占有相当的优势。

2. 对中小私营女企业家

（1）中小私营女企业家的教育水平比男性要低，女企业家的主要学历多为小学，高学历的女性企业家的比例相当少，这严重制约了女企业家的创业和发展，成为中小私营女企业家非常大的一个缺陷。

（2）中小私营女企业家早创业的比例比男性要高，其创业的高峰也是在31—40岁，这个分析结果与我国的一些女企业家调查结果相吻合。但是随后可能由于家庭的压力，中小私营女企业家的创业比例显著降低。

（3）同时，对中小私营女企业家创办的企业的生存分析发现，女性企业家的创业情况要远远差于男性，且分析结果相当显著，女性创办的小私营企业的生存状况令人担忧。

（二）政策与建议

（1）对高科技企业，要继续鼓励高学历女性进行创业，特别是在中年以后，在具备了相当的高科技知识和工作经验的基础上，女性投身创业较男性有利。同时要引导高科技企业女企业家的创业热情，保护好她们的积极性，以产生更好的经济效益和社会效益，使她们在创业的过程中，得到自身的升华，提高自己的技能，得到更大的实惠。

（2）对中小私营企业，要加大对女性领导者的关注力度，加强女性自身文化水平和相关技能的培训，加强创业知识和创业政策的扶持，同时鼓励女企业家多进行学习，增强创业竞争力。要关心、帮助和教育好中小私营企业女性领导者，使她们有一个较为理想的生存和发展空间，使她们在企业经营过程中，延续生命力，增加创造力，能够使企业为社会经济发展作出更多的贡献。

（3）对政府和社会来说，政府和社会要对这两种企业家分门别类，不同层次给予宏观的指导和微观的教育。要注意提升妇女参与民营经济发展的能力，加强对女性领导的教育和培训，不断提高她们的综合素质。应进一步加强对广大妇女多形式、多渠道、全方位的培训，根据市场需求，举办培训、讲座、研讨、论坛、联谊活动等，教育创业女性树立终身学习的理念，努力实现能力和知识的升级。同时，要完善社会服务体系，帮助女企业家做大做强企业，发挥好女企业家的示范带头作用，为女企业家营造一个创业的良好氛围。另外，还要积极提高社会对女性创业重要性的认识，尽快制定扶持女性创业的一系列优惠政策，增强女性领导者的创业竞争力。

作为企业家群体的有益补充，企业女性领导者无疑将在我国未来的经济增长中扮演着越来越重要的角色，她们的领导风格和领导行为必将对我国企业的发展产生深远影响，企业女性领导者的优秀代表——女企业家这一群体应当继续成为未来领导学研究关注的焦点。

金融危机下的企业领导力

朱志军*

当前，百年一遇的金融危机蔓延全球，没有哪个国家可以置身局外，没有哪个企业可以独善其身。作为中国当代的企业家，面对当前危机丛生、朝不保夕的市场环境，企业领导者应如何带领企业绝境逢生，应有怎样的非常思维模式和领导力？这是企业高层不可避免要面临的困惑和需要解决的难题。本文不想再去条分缕析企业高层的综合领导力，仅就当今金融危机下企业领导者最重要的领导力进行一些“点”的发散性思考，以期能引起企业领导者的重视。

* 作者为中共河南省直机关党校副校长，教授。

一、从容镇定、积极乐观的自信力

从容镇定，临危不惧，是一个企业家应具备的基本素质，再成功的人士，也难免会遇上一些惊涛骇浪。问题的关键是，在惊涛骇浪来临之时，一个优秀的企业家，一定要镇定自如，临危不惧，保持理智的思维，把握自己的命运，迎接挑战。这次金融危机，看似是对企业的考验，实际上是对企业领导者的考验，作为企业领导人，对这场危机要有清醒的认识：危机并不是针对自己的，对每个企业，对每个行业来说，他们都无法在金融危机的海啸中置身事外。这种全面的把握和思考有助于将自己的压力释放出来——困境是所有人的困境。同时，企业领导者还要有足够的应对信心，信心比黄金和货币更重要。信心对于企业领导者来说是一种力量，更是一种境界。虽然在金融危机的情况下建立信心似乎有点难，但信心不足必然会成为企业发展的障碍。如果一个企业领导者失去了信心，那么这要比企业经历困境更为可怕。所以，无论面临何种困境，企业领导者绝不能有悲观的心理，否则，就难以发挥出自己的智慧，也可能失去正确的判断力，对所有事情都会感到一筹莫展。眼下的当务之急，就是让自己能够敞开胸怀，乐观豪放。你能这样做，相信你的下属也会因此而增添无穷的力量，增强对你的信任感，与你齐心协力，共同去克服困难。

作为企业的员工来讲，他们心目中总是期盼有这样的领导者，即那些对未来充满乐观的领导者，那些能够增强他们意志力的领导者，那些能为取得成功提供方法措施的领导者。员工更希望他们的领导者即使是在遇到阻碍或挫折时也能够依然保持冷静并释放热情。这说明，在危机的情景下，领导者对生活和事业表现出积极、自信的态度是非常必要的。也就是说，哪怕是在最为艰难的时期，领导者也必须坚信希望永存。没有希望就没有勇气，只有充满积极、乐观的自信力，才能适应目前的环境。因为希望能够使人克服今天的困难，激发出明天的潜能；希望能够使人们在压力面前不畏惧；希望能够使人们踏上成就伟业之路。

二、愿景激励、鼓舞士气的感召力

著名管理学家彼得·德鲁克指出："领导者的唯一定义是其后面有追随者……没有追随者，就不会有领导者。"如何才能让领导者后面有追随者，答案只有一个，那就是领导者要有感召力！感召力是领导者改变和影响被领导者心理与行为的能力，它的最终目的是使被领导群体达到思想意识与行为准则的相对一致，形成统一的群体的目标与行动。在目前的金融危机情况下，作为一个企业领导者，这时候一定要体现"跟我来"的管理，充分发挥"身先士卒"的带头作用。同时，要注意关爱员工，让他们能够舒缓压力，认同自己的行动，成为追随者。在此基础上，要给员工展现企业的远景规划及近期目标，通过企业愿景的展现，要让员工想象到令人激动的各种可能，把积极性调动起来，使他们与我们的企业领导者共享组织目标。

共同的愿景对企业来说就好像人的希望。人生没有希望，生活就失去了动力，生命也就没有了意义。企业没有共同的愿景，就好像一艘漂泊在海上的没有方向的航船，毫无前途可言。而愿景就像灯塔一样指引企业前进的方向，唤起人们的希望，使大家朝着一致的方向去努力。同时，它还增进了合作，激发了力量，使企业员工团结协作，抱团取暖，一起为实现愿景而努力工作。在当前经济危机的情况下，企业领导者一定要有既富有感召力又切实可行的企业愿景，以鼓舞士气，使上下同心，风雨同舟，共渡难关。

三、随机应变，顺势调整的决策力

金融危机已经给中国企业尤其是出口型企业带来了巨大的负面影响。无论是缩减的订单还是企业的停产破产等，都说明了企业面临着资金上的困难。对于一些具有核心技术的企业来说，当前的困境也许并不太让人担忧，因为它们仍然有市场竞争力。然而，对一些劳动密集型的企业来说，它们原本的利润空间就很小，危机的爆发让它们的生存变得更为困难。从这个层面来讲，金融危机对这部分企业来说，是一种淘汰和升级。这些企业的领导者不得不在转型或升级的问题上有所思考。

这就要求我们的企业家应该学会更多地了解国内外市场行情及客户的要求，增强对本企业产品的策划能力，努力实现从低附加值商品生产向高附加值商品生产的转变。对一些资金较为充足的企业，现在也是一个很好的并购国外企业的时机，在目前情况下不论是参股还是购买公司（企业）都极为有利。如果需要增强本企业的核心技术和竞争力，就可以并购那些缺少资金但有好技术的公司或企业，从而迎来新的竞争机会。对一些出口企业，在这次危机中可能受到冲击最大，企业领导者要结合自身的实际去积极地应对，努力寻找新的商机，开拓新的市场。“西边不亮东边亮”，欧美市场萎缩，就努力开拓亚非拉市场；国际市场疲软，就努力开拓国内市场。与此同时，要抓紧时机进行产业升级，积极参与产业链上游的国际竞争，通过一定的努力，力求使自己的企业能够在世界经济复苏后脱胎换骨，更上一层楼。对于众多的中小企业来说，则可以利用这次金融危机的机会，吸纳各方面的优秀人才。分析一些企业倒闭的原因，我们会发现，除资金缺乏的原因外，缺少高素质的人才也是一个很重要的因素。再看那些具有优秀人才的企业，它们在危机来临之时总能找到新的立足点。所以，企业的人才战略在目前的情况下就显得尤为重要。其实，经济低潮时同样潜伏着机会。卓越的企业家们要看准这一时机，通过各种措施吸引人才，储备人才，培训人才。有了人才，企业的发展就会多一重保障。

四、强化内功，增强自身的竞争力

人们常用机遇和挑战并存来形容一种情景，对于金融危机下的企业领导者来说，则是挑战和机遇并存，这时可以通过多种方式来积极地寻找发展的机会。遭遇困难期反而容易成为企业提升内功和进行内部变革的绝佳契机。只要企业领导者冷静地对形势进行分析研究，在等待寻找新的发展良机中苦练内功，就能更好地抗拒危机。就目前来讲，企业领导者起码可以通过以下四个途径来强化内功，增强自身的竞争力。

第一，进行精细化、专业化的经营与管理。我国大多数中小企业的经营管理水平并不高，通过精细化的经营管理，做到精确计划、精确决策、精确控制、精确考核、完善制度，促使企业基础工作质量的提高和基础管理水平的提高，达到全面提高企业整体经营管理水平、提升企业素质的目的。这样，才有可能使自己的企业在某一专业领域中占有一定的市场份额。这时，通过确立企业经营的主业和次业，就能对企业在产品发展的策略上有所侧重，力求做到既有自己的核心品牌，也有其他业务，这样才能能更好地抗拒风险，形成互补。与此同时，企业领导者还要及时进行业务整合，果断地砍掉那些开支大又不赚钱的部门和业务，在企业内部减少不必要的开支。在资源的管理上，要做到优化资源配置，确保资源创造价值的能力与企业持续发展的要求相适应，以确保经营业务的正向增长。在企业发展目标的制定上，要专注长远的规划，重视研发投入，着眼于未来为企业求得不断发展的空间，为迎接经济恢复做好充分的准备，以期抓住经济复苏带来的无穷机遇。这一切，都需要企业领导者要具有比平时更强的决策力和执行力。

第二，注重自身创新能力的提高。企业创新力是企业生命力的源泉。创新能力是企业家最鲜明的职业特征。尤其是面对金融危机的严峻挑战，面对居安思危的压力，企业领导者一定要增强危机意识，提高自身的创新能力。大凡优秀企业家的远见卓识，无一不是创造性思维的智慧之花结出的丰硕创新之果。

在企业领导者创新能力的构成中，创新思维是核心因素。创新思维是指人们在已有的经验基础上发现新事物、创造新办法、提出新方案、作出新决策、解决新问题的思维活动。它的基本功能就是产生前所未有的新成果。我们提倡创新思维，但最终目的在于指导实践。也就是说，要真正提高企业领导者的创新能力，需要把创新思维与创新实践紧密结合起来，努力实现二者的良性循环。只有创新的思维而缺少将这些思维成果转化为现实的能力，仍不能成为创新能力。所以，企业领导者这时候就不能仅仅把创新思维看成是一种时髦的理论口号，而是要使它真正化为创新的实践。要通过自己创新思维与创新实践的结合，切切实实使自己在应对危机中有新思路，在解决面临的困难中有新办法，在迎接挑战中有新成效，在勇于创新中取得新成绩。

第三，注重自身学习能力的提高。学习是提高企业领导者自身能力的基本途径。在金融危机到来的时候，企业领导人已有的知识和经验是有限的，需要学习和掌握新的知识和管理体系。即使在管理体系较为完备的情况下，企业领导者仍然会面临一些从未遇到过的新问题，需要对其进行研究和决策，这就要不断补充新的知识和能力。停滞不前是管理者取得成功之后最容易犯的错误，成功的代价越高，管理者就越容易故步自封。所以，对企业领导者而言，提高学习能力是很重要的。只有在持续的学习中，才能发现自己的不足，才能认识到学习新知识的重要性。

国外现代管理理论中有一个公式：学习 < 变化 = 死亡，即是说，学习的速度若慢于形势的变化，必然导致死亡或淘汰。正如“学习型组织”理论的创始人，美国麻省理工学院教授彼德 · 圣吉所预言：未来的企业必将成为学习型组织，因为未来企业唯一具有的持久优势，就是有能力比你的对手学习得更快更好。可是，学习必须是持续的，随时随地的实时性学习。在当今情况下，企业领导者一方面要认真学习经济、法律、科技、文化、历史等方面的知识，还要学习创新理论，培育科学的战略思维和灵活应变思维，为提高危机处理能力提供多方面的知识支撑。特别是要认真学习相关的案例，要从前人成功或失败的做法中吸取经验教训，总结应对突发事件和危机事态的基本规律，借鉴有益的谋略艺术。也就是说，企业领导者需要主动学习借鉴有益经验，为我所用。这样，才能不断提升自身的素养和抗风险的能力。

第四，加强风险管理，搞好内部控制。在金融危机下，由于各种不确定因素的存在，企业内部同样也面临着客观存在的各种风险。风险应该说

是企业的一种常态，特别是我们的一些企业，由于体制的弊端和管理的粗放，员工素质参差不齐，各种内部风险随时可能降临。在各类风险中，经营风险是对企业危害最烈的一种风险，安全质量事故会给企业带来灭顶之灾，财务风险则如一付慢性毒药，病入膏肓后任何人也回天乏力。化解风险的根本是要加强内部控制，贯彻预防为主的方针，抓好企业管理的各项基础性工作，才是风险管理的治本之策。作为企业的领导者，任何时候都要绷紧风险管理这根弦，提高化解风险、转危为安的能力，努力规避企业的经营风险，不断增强市场风险规避和防范能力，为推动企业又好又快发展构筑起坚固的“防火墙”。

和谐传媒企业呼唤权威型经理人

包国强　刘方*

一、传媒人力资源管理需要创新

有学者曾经从人的角度来概括中国传媒十几年来经过的“三部曲”：20 世纪 90 年代早期是出名记者的时期，90 年代中期是出名编辑的时期，90 年代末期至今是出名经营者的时期。[①] 这一说法形象地体现了中国传媒运作的侧重点——从内容采编到报道策划、再到经营管理的发展道路。但当前的中国传媒业，适应传媒市场运作的传媒经营管理人才短缺，供求之间存在突出矛盾，这对中国传媒产业今后的发展将是个相当严重的制约因素。随着传媒市场化程度的不断加快和国内外传媒竞争的日益加剧，现今的中国传媒业需要什么类型的媒体经理人？他必须具备怎样的技能？对这

* 第一作者为复旦大学博士后，中南财经政法大学教师；第二作者为中南财经政法大学法律硕士，教育中心教师。

① 参见支庭荣：《媒介管理》，暨南大学出版社 2000 年版，第 84 页。

一问题的探讨不仅十分必要，也非常迫切。中国传媒业的发展，正从关注表面的内容生产、新产品的诞生，扩展到关注产品生产背后的管理机制，传媒作为一个创意产业，人力资源在其中发挥着重要的作用。

首先，从传媒面临的开放环境来看，我们已经感受到了诸多的变化。政策环境逐步开放，媒体市场竞争愈加激烈，资本运作日趋活跃，数字技术高速发展，管理变革势在必行。目前，各类所有制机构作为经营主体，进入制作领域，传媒业已经呈现了开放的态势。同时，加入 WTO 以后，向外资开放所有城市的书报刊批发和零售市场，并取消外资分销企业在数量、地域、股权方面的限制。这些变化为我们媒体的市场开拓和发展提供了很好的机遇，但也对我们提出很多的挑战。在传媒产业引入很多新的市场主体后，产业链不断扩展，产业内涵更丰富。传统的传媒组织经历战略转型和业务发展，伴随而来的是企业组织和人力资源管理变革。从 SMG（上海东方传媒集团有限公司）的实践来看，我们提出要实现"两个转变"，从为播出而制作转变成为市场而制作，从一个地方广播电视播出机构转变为面向全国，乃至全球华语世界的内容提供商和发行商。"两个转变"对于我们集团的人力资源管理提出了新的要求；要求我们有非常扎实的、创新的组织能力，支撑集团战略的转变。媒体市场竞争激烈，人才管理愈发紧迫。媒体市场的竞争表现为：电视同行的竞争、平面和网络媒体的竞争，还有海外媒体在中国各种机构应运而生，这对我们来讲，既是一种共同合作发展的机会，同时，我们也面临着新的挑战：随着媒体市场竞争不断加剧，传媒产业人才流动日趋频繁，如何构建从吸引优秀人才、留住优秀人才到培养优秀人才的生成机制，是一项新的研究课题。数字技术高速发展，人才结构亟须优化。新媒体业务的发展，包括数字收费电视、宽带电视以及大量户外电视的平台，这些新业务的发展也引起了传媒人力资源结构的变化。我们需要引进 IT、通信、管理经营等复合型人才，优化、完善现有人才结构，同时，在媒体融合的过程中，构建新型企业文化势在必行。传媒业资本运作日趋活跃，制度优化迫在眉睫。在社会发展中，传媒业不仅仅为传播先进文化、满足人民群众的精神需求服务，同时作为一个独立的市场主体，传媒业还需要有进一步拓展和发展的空间。在这方面，《北京青年报》境外上市、凤凰卫视的上市融资都给了我们很多启示。为适应传媒产业的蓬勃发展及资本市场的要求，我们应在人力资源管理的科学化、制度化、规范化和体系化的建设方面迈出新的步伐。

其次，从传统的人事管理向现代人力资源管理转变过程中，我们面临着很多问题。从管理理念创新的角度来讲，传统人事管理认为人力资源是一种成本的消耗，而现代人力资源管理理念认为，人力资源是企业发展的第一资源，是企业获取竞争优势的工具。从内容创新的角度来讲，传统人事管理认为，人力资源的内容主要是档案关系、人事关系、劳动工资等事务性工作，而现代人力资源管理却认为，人力资源管理的内容涉及从人力资源规划、录用、整合、薪酬、考核、调控和开发的全过程。从管理方式角度来讲，传统人事管理只是人事部门的管理，忽略了高层管理和直线主管的协调管理，而现代人力资源管理，关注的是全员参与的管理理念，它对于组织发展的战略起到强有力的支撑作用。

最后，上海文广新闻传媒集团正在积极探索管理变革。SMG 经过了近三年的努力，我们确定了人力资源的 3P 创新机制：一是岗位(Position)，完善岗位体系；二是绩效（Performance），明确绩效导向；三是人员培训(Person)，搭建培训工程。从岗位体系的角度来讲，主要包括了岗位职责明确化，岗位标准社会化，岗位聘任公开化和双通道晋升。从绩效导向的情况来看，我们在积极地探索主管考核制的考核方式，也在积极地把绩效考核目标化。在这个过程中，绩效导向是我们明确坚持也是非常重要的一个方法。

从搭建培训工程的角度来讲，我们现在主要做了四个方面的工作：一是丰富培训项目，有入职培训，设计基于不同岗位需求的员工入职培训。有领导力培训，开展中高层“领导力训练营”，进行团队等专业训练。有管理培训，选送员工参加中欧、复旦、交大一些管理课程。有海外培训，选送中高层管理者赴美、法、英等国学习媒介管理。这项培训我们已经连续三年多，有上百位的管理者参加了培训。二是建立培训基地，在集团内部我们建立了 SMG 学校，命名为“东方传媒学院”，核心的理念是让每一个员工有机会参与培训，让每一个必须培训的员工，在适当的时候加以培训，将整个企业构建成学习型组织。三是加大培训投入，培训是一种投资，并且这种投资会有较高的回报。从这个意义来讲，企业的培训投入也是投资行为，所以，我们集团非常明确的提出，要使培训的投入和我们的销售总额同步增长，为整个集团的发展提供坚实的基础。四是全员培训计划，根据集团的发展战略，建立员工发展档案，确立内部讲师制度，设计符合集团特点的课程体系，建立全员培训发展计划。我们深信，员工能力的提升是推动组织绩效提升的关键因素，而培训对一名员工的职业发展将会起到积极的作用。

二、中国传媒业急需职业经理人

中国传媒因其管理体制上的特殊性，传媒经营管理者主要由新闻主管部门直接任免。因此，在任免体制下很长的一段时间，对媒体管理者的评估标准都存在重政治素养和业务素质、轻管理才能和经营才能的缺陷。然而，随着中国传媒市场化程度的不断加快和国内外传媒竞争的日益加剧，中国传媒的管理内容也随之发生了巨大的变化。一方面，传媒意识到经营管理对其生存和发展所发挥的日益重要的作用，从而提高了对经营管理的重视程度。但摆在眼前的一个重要问题是，相对于内容管理来说，传媒的经营管理非常滞后，传媒领域迫切需要大批既懂新闻业务又懂经营管理的人才；另一方面，现有的大部分传媒管理者普遍存在这样一个现象，即只重视或者只懂得业务和经营的其中一块，还不能称之为完全意义的中国媒体职业经理人。

那么，何谓中国媒体职业经理人呢？这一称谓既然带有“中国”的字眼，毫无疑问，是具有中国特色的。中国传媒业不容置疑地定性为事业性质，企业化的经营管理，这就体现了它与西方传媒业的根本区别，它不能以产业本身和利润获取作为发展的驱动力。这同样也就决定了中国媒体经

理人与西方媒体经理人的区别，即他必须能够在传媒产业领域从事专业性的经营管理工作，也要懂得从中国传媒产业的特殊性出发去运营发展，实现传媒经济效益和社会效益的最大化。

因此，在当今中国传媒市场环境下，“媒体职业经理人”是指那些熟知中国传媒国情，懂得新闻业务知识，具有一定经营管理理念及技能，以媒体经营管理为职业的经营管理人才。这些人一般应具有三种能力：一是把握政策的能力，有政治头脑和制度意识；二是熟悉新闻业务，懂得编辑和采访等基本新闻业务知识；三是企业经营管理的能力，懂得管理学、经济学、市场营销学、财务会计学等基本经管知识。发行人、总经理、总编辑、内容总监、发行总监、广告总监、生产总监、人力资源总监以及网络媒体的首席执行官等，均可称为“媒体职业经理人”。① 对中国媒体职业经理人的论述，邵培仁教授有更精辟的见解。他指出，中国媒介经理人应同时具备以下三个特点：第一，是优秀政治家，但不是政客；第二，是优秀企业家，知道怎样赚钱；第三，懂得新闻传播。这三点充分概括出中国媒体职业经理人的特性。但从中国整个传媒行业的现状来看，这样的管理人才十分缺乏。当前中国媒介行业的经营管理人才队伍状况并不理想，他们大多职业化程度较低，流动也相对具有局限；另外，新生的优秀经营管理人员中，复合型媒体人才较少，多数以个体形式零星发展，远未形成“网络化的传媒职业经理人市场”，整体上仍未成“气候”。“国内整个媒体经营环境水平普遍很低，也有高水平，高低之间过渡阶层非常少。”从媒介经营管理队伍本身来看，“国内媒体人敬业精神不够，这和竞争不激烈很有关系。就职业素养而言，并不全面，大多是采编人员出身，对经营一知半解。”② 从国际传媒业发展的大趋势来看，中国传媒产业要得到生存和充分的发展，最佳途径就是充分利用资本市场的资源、运用资本运营手段来筹措资本、加速扩张，大规模涉足以资讯数字技术为特征的新型传媒领域和市场潜力巨大的公众娱乐领域，逐步增强实力，如此方能在与国际传媒的竞争中立于不败之地。中国已经加入 WTO，但 WTO 的条款中并没有

① 参见万辉：《传媒经营管理人才拉响警报》，《媒体安都》2003 年 9 月 5 日。

② 参见穆牧：《职业经理人的素质及其素质的培养》，《经济日报》2001 年 8 月 1 日。

涉及开放传媒业。然而，WTO 将大大促进媒体的产业化，这是无可否认的。国际媒体巨头早已窥视中国媒体市场，他们的实力是我国媒体目前所不能及的。2000 年，美国时代华纳的营业总额为 123 亿美元，而中央电视台只有 60 亿元人民币（约合 7.3 亿美元），比较之下，可以看出两者的实力可谓天壤之别。WTO 的根本原则是国民待遇，度过一个保护期，开放一定会来临。即便政府不开放，也有许多的办法可以绕过去。而今，就已经有这方面的例子。ESPN（娱乐与体育节目电视网）通过与 33 个有线台签约，获得了转播中国甲 A 的权利。这便是政府所不能控制的。现实是客观的，企业总不能坐等政策来搭救。要应对国际传媒巨头的挑战，这又牵涉到媒体经营管理人才的问题。"如何应对境外媒体在人才争夺战中咄咄逼人的态势，如何解决关涉传媒经营管理人才的延揽、使用的有关问题，将是我们面对竞争的决胜关键。"① 因此，随着中国加入 WTO 后带来的媒介出版行业的竞争升级，面对内部和外部环境的机遇和挑战，媒介产业经营管理人才奇缺的问题更凸显出来。

另外，从中国传媒市场的发展前景来看，市场机制的调节是媒体职业经理人未来发展的决定力量。随着传媒市场化程度的提高，媒体经营管理者的地位逐渐突出，必然引发一轮管理人才的需求、竞争和流动"风潮"。目前，不少媒体的老总在谈到选聘经营管理人才时，关注的焦点都集中在应聘者有无相关经验上，"选人的标准，除了人品、经验外，很看重业务关系网"，"应该把做内容和搞经营结合起来。很难想象一个企业的经理人是只懂经营不懂生产，或者只懂生产不懂经营。"即使做内容的人也"必须有比较好的广告和发行管道、客户资源"，"市场化要求经营管理人员必须转换经营思路，搞内容的要有经营头脑，搞经营的要会管理，懂财务，要学会看数据、看财务报表"。② 在这样一个市场导势下，传统的媒体经营管理人才已经不适应中国传媒业的发展，对既懂新闻业务知识，又懂经营管理理念及技能，熟悉中国国情和媒介实践的媒体职业经理人的需求业已

① 参见《电视媒体的改革发展，人才为急》，http ://www.21dnn.com.cn/community/。

② 所引内容根据访谈潘燕辉（原《计算机与生活》杂志发行人）、陈列（《远东经济画报》执行主编）的资料而来。

提到日程上来。

总的来说，中国传统传媒管理体制的特殊性，传媒市场化、产业化和中国加入 WTO 后终须面对的国际传媒巨头的竞争，导致了目前中国媒体经理人十分紧缺的现象。但我们依然可以看到，在传媒集团化的实践和探索中，仍不乏传媒经营管理的佼佼者脱颖而出，如南方日报报业集团的一批精英管理骨干。他们在传媒经营管理过程中，在中国媒介市场上，进行了探索性的开创工作，成了中国传媒向职业化管理道路迈进的先锋。

三、权威型经理人适应中国传媒业的发展

中国传媒业需要既懂媒体内容，又懂经营管理的媒体职业经理人，而作为一个职业经理人，他所应明确的第一件事就是：他所在的组织最迫切地需要，最完美地适合哪一类型的组织行为模型和管理风格。

不同组织所建立和维系的系统性质不同，所产生的结果也就各异。这种结果的差异主要是由组织行为模型的差异所导致的。这些模型构成了每一个组织中主导管理层的思想并对管理行为、管理风格的信念系统造成影响。因此，经理人必须清楚自己以及周围其他人所信奉的组织行为模型、管理风格的性质、意义以及效用。

明确经理人自我的管理风格十分重要，因为这种潜在模型会渗透于整个组织。虽然没有哪一种管理风格可以完全适应一个组织中所发生的一切，但是，认同某一种模型有助于将一种组织生存方式与其他的方式区别开来。根据丹尼尔·高曼（Daniel Goleman）的论述，经理人的管理风格可以划分为高压强迫型、权威型、合作型、民主型、领头榜样型以及指导培养型这六种。以上所列的经理人的六种管理风格，到底哪一种更适合中国传媒业的现状？哪一种应是中国媒体职业经理人的发展趋势？我们认为，中国传媒业的事业性质和企业化的经营管理这一定性，从根本上决定

了中国传媒的目标是实现经济效益和社会效益的最大化。然而，熟悉中国传媒业现状的人都知道，要实现传媒经济效益和社会效益的最大化谈何容易！只从一个方面来说，中国传媒从业人员传统上是“事业编制”，因其历史原因，从业人员“龙蛇混杂”，素质不均。要实现双效益的最大化，需要的不仅仅是政策上的支持，更需要经理人管理上的铁腕和强硬作风。最符合这一条件的有两种，一为高压强迫型，二为权威型。高压强迫型的经理人认为自己知道什么是最好的，认为雇员的责任就是服从命令。在这一管理风格下，组织员工的取向是直接服从老板，其心理结果是依赖老板。有些员工能够取得较高的绩效，或者是出于内在的成就动机，或者是因为他们个人喜欢自己的老板，视老板为“天生的领导者”，又或者是另有原因；但绝大多数员工都仅仅完成最低的绩效。由此可见，高压强迫型的经理人不适于承担发展中国传媒业的重任。

与高压强迫型的经理人不同，权威型的经理人最主要的效用是他的目标性。他给传媒一个大的发展目标，一个新的管理概念，让每个人的工作都适应这一目标的需要。而他自己所关心的只是目标的实现与否，从不干涉具体的手段。这一特征与传媒业具体事务变化性强的特点以及从业人员的自主权需求极为吻合。

在传媒领域中，每天所发生的事情变幻莫测，做领导或主管的，应该眼光高远，就像游泳一样，一面游一面抬起头来看目标，不要蒙着头直至撞到墙壁才知道已达目的地。这叫只看问题不看目标，用 90% 的时间做对生产力只有 10% 贡献的事情，总的来说仍是“见树不见林”。同样，作为一个媒体的经理人，最重要的，也是看目标！处理最重要和最紧要的事情，其他的都可以放下。一个人不可能把世界上的事情全干完，目标的实现不单靠一人之力，而是集体智慧和力量的结晶。一个主管，一个经理人如果成天拘泥于一些鸡毛蒜皮的小事，久而久之就会丧失高瞻远瞩的透视力和创造力。尤其应将心态调整好，不要把问题看成是机会，自认为浑水才能摸鱼。

权威型经理人的另一个效用是他的权威性。在中国，传统意义上的人际关系是哥们的关系，为了朋友，两肋插刀；为了哥们，视组织的规矩纪律于不顾！而这些，正是一个集团发展的“隐形杀手”！做主管，做经理人，应该树立自己的威严，纵容部下会造成负担；要时刻提醒自己保持头脑清醒，切忌坏了规矩。“做人就不要做事，做事就不要做人！”[①] 韩非子曾说过这样一句话，只会压制自己，叫怕；纠正自己，叫乱；节省自己，叫贱。纵容能力不足的人，对其他的人是不公平的。

由此可以看出，权威型经理人的这两个主要的效用是极符合中国传媒业现状的。中国传媒业需要权威型的经理人，但这并不意味着只有权威型的经理人才能给中国传媒业带来更大的发展。实际上，一个经理人所掌握的领导方式越多，就越能适应组织发展的需要！只是在某个特定时期，一种模型会占主导地位。不同管理者的知识和技能不同，员工的角色期望也不同，这都取决于文化历史，取决于特定的社会情境。

同时，作为一个经理人，他不仅需要确认他们目前所采用的管理风格，还必须保持它的灵活性。体现在中国传媒业上，就是要特别注意与中国的国情相结合。权威型经理人要对目前中国传媒业的发展、改革发挥其巨大的促进作用，必须以立足于中国的国情，熟悉中国传媒业的性质，懂得把传媒业的政策很好地与本组织相结合为前提！离开这一基础，任何改革，任何目标都只是一纸空文！

任何游戏都有规则，要玩好一种游戏，做好一件事情，首先就是要明确游戏规则。权威型的媒体经营管理人才必须立足于中国国情和中国传媒业的性质，充分发挥权威型经理人的两个效用，如此才能进一步促进中国传媒业的发展，接受国际传媒巨头的挑战。另外，当人和社会环境不断变化的特性对其经理方式提出新的要求时，媒体经理人不能固守过去的信念，以防陷入僵化的窠臼，对管理造成重大的灾难和风险。

---

① 余世维：《成功经理人讲座——经理人常犯的毛病》，讲座资料。

变革中的企业领导

陶淑艳*

现代组织理论告诉我们，没有唯一和永久不变、时时通用的组织。面对动态的、变化不断而又必须去适应的环境，越来越多的组织意识到以“变”制动的重要性和必要性，变革是组织生存的准则。掌握组织变革的基本思想，预测变革，推动变革朝着正确的方向前进，就成为企业领导者必须具备的能力。

一、组织为什么需要变革

在传统的管理理论和实践中，计划和秩序是常态，变革是例外。而进

* 作者为石油化工管理干部学院领导学教授。

入知识经济时代，变革则成为常态，这正如联想柳传志所讲："变"是联想集团永远不变的主题。

唯有变革，组织才能保持健康快速发展。30年前，跻身于财富一百强的企业，有三分之一被淘汰出局。究其原因，是否变革为主要因素。通用电器公司这个百年企业，在其悠远的历史中，每天都像在打仗，在斗争中不断变化调整战略。近20年来，通用由传统型企业变成服务型企业，如今又全力向电子商务方面转变，每一次变革都不是简单的组织框架的重组。"公司内没有温和的革命"（韦尔奇）。锐意变革，善于变革，使通用一直保持高速增长的势头，成为全球最有价值的公司。被称为"蓝色巨人"的IBM公司，在成立后一直是非常成功的企业，变革的理念深入人心，但在一段时间内却放慢了改革的步伐，垄断地位逐渐被其他高速发展的企业所打破，后来IBM开始了积极主动的变革，重新又迎头赶上。优秀企业的成长经历，给我们留下的宝贵经验是，组织要从优秀到卓越，必须持之以恒地坚持变革。

唯有变革，组织才能对客观环境和条件的变化作出快速反应。确保组织在激烈的竞争中保持优势。任何组织都不可能尽善尽美，都要随环境变化而变化，在不断完善中跟上时代的潮流，与时俱进。就当今时代来看，随着经济全球化进程的加快和市场竞争日趋激烈，企业的兼并、联合与重组进一步发展，组织面临巨大的压力与挑战。以不变应万变，沿用过去的老办法，注定只有死路一条。2005年，联想收购IBM的PC业务，业内人士称之为"蛇吞象"，引起人们的担忧与疑问。但实际运行的结果告诉我们，这是联想国际化成功的一步，主动出击使联想处在了主动地位，也缩短了与竞争对手的距离。

唯有变革，组织才能不满足于现状，形成强烈的危机意识。张瑞敏著名的"斜坡理论"认为企业在市场中的位置，有如斜坡上的球体不进则退，没有维持，维持就是消亡，只有发展才能生存。在这样的情况下，具有忧患意识的组织才能逆风而进，迈向高峰。世界首富比尔·盖茨经常讲的话是"微软离破产永远只有180天"，没有这种危机感，变革就可能被人们所忽视。连微软这样的企业都如履薄冰，我们的领导者就更不能为暂时

的成功而骄傲，居安思危，绝不能以“龙头老大”为乐，树立变革的观念和意识，增强变革的紧迫感，随时准备变革。

变革的经常性与重要性。对领导者提出的要求是常怀变革之心，提高管理变革的能力。

具有变革能力的领导，不怕变革，从不对发生的变化怨声载道，而是把它看做组织发展的机遇。充分认识到，唯有变革，才能给组织注入无限生机与活力，才能重振组织。也正是在不断的变革中，我们逐渐的放弃与社会发展不相适应的落后管理方式与思维方式，并始终掌握未来的主动权。

具有变革能力的领导者，总是有足够的勇气，面对来自各方面的阻力。敢于打破传统力量的束缚，能够跳出清规戒律的圈子。总是要对人们已经习惯的做法提出质疑。从不满足于现状，不断地审视旧有的思维方式。知道面对新的领域，仍然用旧的思想观念来探索未知的新天地，只能使问题更复杂，所以必须不断地超越自己，从新的视角来看待世界。这样，才能朝气蓬勃地投入改革中，使组织充满生机。

具有变革能力的领导者，从不等待观望，知道抓住最有利的时机，组织就会重生。温水煮青蛙的故事使他们懂得了“纵身一跳”，便可死里逃生的哲理。把一只活青蛙放入盛满水的容器中，然后慢慢加热，直到把水煮沸。随着水温的不断升高，青蛙也就被煮死了。相反，如果把青蛙从凉水中取出来，放进热水的容器里，青蛙会立即从热水中跳出来，想法死里逃生。敢于冒险，果断行动，往往会使组织及早走出困境。

具有变革能力的领导者，不仅仅认同变革，预测变革，更能推动变革朝着正确的方向发展，这是他最重要的使命。倡导变革的领导都具有极强的吸引力和凝聚力，能激发起群众对于实现目标的热情，熟知追随者的心理，能说服他们放弃一些暂时需要放弃的东西，排除各种不利因素，使变革成功。

二、变革的阻力与对策

变革打破了僵化的管理体制，增强了组织活力，创造更多的财富，满足了成员的物质和精神的需要，得到群众的赞成和欢迎。但是，随着改革的实施与深入，在为人们带来益处的同时，也会触动一些人的既得利益和权力，改变人们已经习惯的做法，而使人们感到不适应，于是会产生心理或行为上的抵制，形成变革的阻力。

变革阻力的出现，不可避免。许多人将变革的失败归咎于来自人们的抵制，其实根本原因是领导者对阻力的错误认识及管理方式。

（一）变革阻力分析

1. 观念阻力

鲁迅曾讲过：在中国搬动桌子都要流血。是桌子沉吗？不是，是观念。变革意味着旧的规章制度被打破。传统管理方式被淘汰，这对于已经习惯了在旧有模式下工作的人来讲，无疑是巨大的冲击。长期按部就班，求稳怕乱，不愿承担风险的做法牢牢束缚了人们的思想。而来自领导者的阻力更不可以低估。杜拉克在《卓有成效的管理者》中指出：阻碍组织变革的关键在于经理人员理智上可能知道变革的重要，但感情上跟不上，不能作出相应的转变。有时又碍于面子，认为今天的变革意味着他们过去的决策错误，来自观念的阻力已成为变革的最主要的障碍。

2. 地位的阻力

变革改变了原有的体制和结构，调整了人事关系，使组织中的权力和地位关系重新进行配置，导致一部分人丧失或削弱了原来的地位和权力，影响了今后的发展，产生不满情绪，采取抵触行为。最明显的例子是，机构的精简与合并，使领导职数减少，面对可能失去的职务和权力，有些人开始拼命反抗，制造矛盾，挑起事端，寻找各方面保护，严重影响变革的进程。

3. 习惯的阻力

习惯是人们在长期生活工作中，经过观察、尝试，自我判断所形成的，是在一定环境下无意识的惯性行为。习惯一旦形成，很难改变，人们总是按照自己的习惯对外界事物作出反应。尽管有些是不良习惯，已经明显落伍，与今天时代格格不入，但要人们放弃或改变也会相当艰难。许多组织变革最后以失败而结束，原因就在于不能战胜惯性。

4. 对未知的恐惧

变革这个词本身和它有关的定义就会使人感到恐惧，因为变革的结果是不确定的。领导者担心的是变革是否会成功，自身的利益是否受损害；员工担心变革使组织不稳定，自己能否适应新的工作任务。陌生的环境，不熟悉的情况，新技术和新方法的采用等一系列问题都会给人造成压力，产生不安全感，心里不踏实，对变革后是否对自己有利看不清楚，进而对变革采取反对态度，导致变革很难顺利进行。

5. 经济阻力

人们抵制变革的原因之一是担心变革后经济收入的降低。经济上的考虑和预期在人们态度和行为选择上有很大的比重，如果变革会使每个人直接或间接收入降低的话，抵制不可避免。目前在许多单位进行的分配制度的改革，打破原来的分配格局，重新调整收入，有些人由于职务改变而降低薪水，有些人因为机制改变而进入新的工作领域，收入低于过去，如此等等。这些都形成了抵制变革的力量，增加了分配制度改革的难度。

以上是实施变革中可能会遇到的各方面阻力，除此之外，社会因素、组织因素也是变革中常见的阻力。企业领导者必须学会通过有计划的管理，将变革的阻力减到最小。

(二) 消除阻力的对策

有变革就有阻力，领导者的责任在于采取正确策略，确认和化解阻力，有效推动组织变革。要做到这一点，领导者要了解和掌握在变革中常遇到的问题和矛盾，认真研究组织内部成员的期望、需求以及组织结构等因素，综合判断哪些将是较大的阻力，并积极应对。

1. 教育宣传

为使变革顺利运作，领导者首先要在改革中做好动员宣传，帮助员工转变观念，提高认识，理解改革，支持改革。这样做的目的是，使每个员工都懂得并确信变革是必由之路而非选择，没有其他路可走。当员工明白改革的目的和紧迫性后，抵制情绪就会减弱。

2. 提供信息

在许多情况下，人们是因为对情况不了解，出于害怕而进行抵制。广泛的焦虑是难对付的，既无形又模糊。当人们清楚正在发生事情的真相时，相反却比较理智，因为面对现实，总比面对虚幻要踏实、平静。在变革中，组织要把真实的信息提供给大家，这包括改革的目标、困难、内容、后果等，以供他们作出选择和判断。

3. 参与

这是让组织成员参与变革活动。增加成员的心理自主感，意识到自己在变革中的地位和作用。变革本来就和组织中每个成员的利益息息相关，大家参与进来也是题中应有之义，全体成员一起做，能使人们产生控制其进程的满足感。参与也为成员提供了不满情绪宣泄的管道，这时的不满是内部的批评而非外部的抵制，是对方案改进的建议而非拼命的攻击，性质截然不同。为此，必须增强成员的参与意识，为成员提供参与机会，增强对变革的认同，促进变革正常进行。

4. 心理调适

做任何事情都需要一个过程。人们对变革的适应也需要时间，切不可操之过急，导致欲速则不达。价值观的改变是个艰难过程，不会一蹴而就，在群众尚未充分认识变革的重要性和必要性时，强行实施变革，大家就会产生一种紧张甚至是逆反的心理。领导者对此要有清醒的认识，允许成员进行自我心理调适，以减少变革的阻力。

5. 奖励

在实施变革的过程中，应及时鼓励先进，对有创新行为支持变革的部门和成员予以表彰，这是克服组织发展和变革中阻力的一条有效途径。奖励先进，批评落后，可在集体中形成积极向上、勇于变革的气氛。而对于阻碍变革，扰乱形势的个人和部门要通过强有力的措施予以批评与纠正，保证变革朝着既定的方向发展。

6. 利用群体规范

组织变革不是个别人的行为，而是整个组织的任务。有效运用群体压力和规范，利用组织成员对群体的认同感、归属感等对成员施加影响，使个体对组织产生依赖感，统一成员态度和行为，将有助于克服阻力。

7. 力场分析

这是社会学家勒温提出的观察变革方法。他认为，变革不是一个静态过程，而是不同方面的力相互作用的结果。关键在于将支持改革和反对改革的所有因素排队，比较其强弱，然后采取措施，增强支持因素，削弱反对因素，强制与高压不利于问题解决。

三、组织变革的方式与内容

随着社会的发展，主客观条件的变化，组织必须及时进行改革，否则就会被时代所淘汰。不同的组织都要结合自身的实际情况采用不同的变革方式。

首先，根据不同的控制程度，将组织变革分为被动与主动变革。被动变革往往是在经历了严重危机，组织遭到损失之后，不得不进行的改革。缺乏计划性、预见性，时间仓促，变革成本比较高。主动变革是极具战略性的、未雨绸缪的改革，防患于未然。杰克 · 韦尔奇在谈到主动变革时，曾讲道：这样的变革会使领导者始终处于主导地位，回旋余地大，即使有损失挽救也相对容易。有远见的组织从不观望与等待，而是主动积极地寻求变革。

其次，根据不同的变革程度，可将组织变革分为局部变革、系统发展、彻底变革三种类型。局部变革是在保持原有组织的基础上，进行小范围、某些方面的变革。这种变革的特点是工作量小，进行较容易，但不够彻底，效果也不明显；系统发展，是在对各种方案比较的前提下，提出最佳变革模式，由组织成员共同分析、修改、提出具体措施和方案，以达到组织优化设计和高效运行，也为成员提供取得成就机会。好处是不仅增强了人们对改革的承受力，而且也协调了各方面的关系。彻底改革是程度最深、涉及面最广的变革。它要求打破原有的组织结构，重新确立组织目标，采用全新的管理方式，甚至领导者和被领导者也要进行交换和调整。其特点是影响较大，工作量大，阻力也较大。

最后，根据变革的激烈程度，将组织变革分为渐进式变革与剧烈式变革。渐进式是比较保守、稳定推进的变革。从部分开始，不会破坏整个组织的平衡机会，一般是先易后难，在变革中不断总结经验，摸索前进。其特点是时间长，成功概率大。剧烈式是突变、急风暴雨的改革，过程在瞬间产生，是实行大规模、高压力的变革和管理实践，是组织应对难以预测的动荡环境的变革形式。特点是推进速度快，包含高度的复杂性和不确定性，风险与代价都相当大。

组织变革是一个很宽泛的概念，存在于组织一切活动中。组织变革主要涉及四个方面的内容：组织结构、组织人员、组织技术，组织环境。

（一）以组织结构为中心的变革

变革组织机构就是对原来的机构进行改组、合并。这种变革的内容通常包括调整管理幅度和管理层次，撤销或整合一些机构和部门；根据组织任务需要，新增一些机构；确立干部制度、权力划分等，注重各部门之间的协调，提高组织的工作效率，达到变革目的。

（二）以人员为中心的变革

这是以提高组织成员的工作能力、改变行为习惯为重点的变革活动，这类变革主要从两个方面展开，一是改进员工对群体和组织文化的认知，转变自身观念态度，使之符合组织要求，接受组织目标。二是对组织成员进行技能技巧和管理技术的培训，提高员工的工作水平，改变工作绩效。以人员为中心的组织变革要想达到预期的目的，在进行过程中，必须广泛吸收有关人员共同参与变革的方式进行，才能充分调动起他们的积极性，为改革献计献策。

（三）以技术为中心的变革

以技术为中心引起变革是现代社会最普遍采用的形式。技术虽然不是变革的唯一源泉，但它却可以成为“引导革命的巨大而轰鸣的引擎”，新技术新工艺的采用必然要引起人们工作方式、管理方式的改革。以技术为中心的变革不仅是把先进科学技术、方法引入组织，还包括引进新设备、使用新材料、提高机械化和自动化程序、改进生产效率等。

（四）以适应组织环境为中心的变革

任何组织都不是孤立存在的，内外环境变化，都会引起组织自身的变革。以适应组织环境为中心的变革，主要指调节和控制外部环境，使其在最大限度内有利于组织目标的实现。如加强同外界信息的交流，建立广泛社会联系。开辟新的市场，努力改善组织发展的外部环境，以增强组织的竞争力。

组织变革所涉及的上述四方面内容，是紧密联系、相互影响、相互促进的，每一个方面的变革都会引起相应的变化。不同组织由于自身情况和条件差别，选择变革的内容和侧重点是不一样的。

（五）组织变革的程序

成功变革的前提是严格按照科学的变革程序来进行。急躁冒进、快速求变，永远产生不出满意的结果。中国改革开放30多年的艰巨历程验证了这一道理。

关于组织变革的程序，国外学者做了大量的研究和调查，提出了许多值得我们借鉴的理论和思想。

美国学者科特·勒温从探讨变革中组织成员的态度出发，提出了组织变革的“解冻、变革、冻结”三步骤模型。①

解冻阶段是领导者向成员介绍组织现状、使他们认识到变革的重要性。描述变革后组织所产生的变化及给大家带来的好处，使大家支持、赞同改革，这一阶段组织还要采取必要的奖惩措施，倡导新的价值观，改变人们的习惯和传统，以此加速解冻过程。

变革阶段即实施变革，通过认同与内化等方式，使成员形成新的态度和接受新的行为模式。认同是通过宣传改革措施，树立起组织新的行为和态度模式，成员通过对照比较，学会和掌握组织的新模式。内化则是人们在面对问题和解决问题时学会运用新规则，从而确立起新的行为习惯。

冻结阶段就是使已经实施的变革稳定化，并维持、巩固变革后的新状态。冻结主要运用连续强化和断续强化两种方法。连续强化是在成员每次接受新的行为方式时，就给予肯定或鼓励，使其行为固化。断续强化是按照预先制定好的反应次数间隔时间给予强化。

勒温认为组织成员态度发生和转变的过程，就是组织变革的基本过程。这一理论给我们的启示在于，在组织变革中，人的变革是关键的。变革是通过人的价值观念、态度和行为来进行的，抓住变革中人的主导因素，也就把握住了变革的方向。

组织行为学家沙因博士根据组织变革的目的提出了：“适应循环方法”，认为组织变革目的在于形成一种态度，以便把胜任工作的内行管理人员同不称职的人区别出来。这种方法包括六个步骤：洞察内、外部环境发生的变化；了解掌握变革的需要程度；分析问题，找出解决问题的措施，选择变革方式，估计变革后将出现的结果，减小变革的阻力，控制因变革

① 参见D.赫尔雷格尔、J.W.斯洛克姆：《组织行为学》（第九版），华东师范大学出版社2001年版，第889页。

带来的负面影响；实施变革措施；输出变革的新产品或革新成果。

除此之外，凯利提出了诊断、执行、评价三步骤的变革过程，吉普森提出变革过程要经过八个环节等。各种提法尽管程序有所不同，但都拓展了我们思考问题的空间。结合基层组织特点，我们认为组织变革的过程包括四个步骤：变革动因分析、变革目标确定、变革方案形成、方案实施与评价。

1. 变革动因分析

任何组织变革都是有因而发的行为。要制定科学的变革对策，必须对引起组织变革的因素进行分析，以求对问题作出准确判断。变革的动因是研究组织变革的逻辑起点。

组织变革是多种因素综合作用的结果。组织内外环境的变化，是促使组织发生变革的根本原因。

外部因素主要是指那些组织自身难以控制的外部宏观情况变化对组织所带来的变革影响，具体包括：

（1）科学技术。现代科学技术的飞速发展，如新技术、新设备、新材料的出现与运用，会给组织带来管理、分工、人际关系等一系列变化，改变着组织方式和管理方式。

（2）资源变化。这主要包括一个组织所需要的能源、资金、原料、劳动力等投入的变化，涉及组织生存与发展所必需的自然资源、资本资源和人力资源供给。这是组织自身无法控制的，必须经过内部的自我变革才能与外部环境取得平衡。

（3）社会环境。这是组织生存外部社会环境的概括，既包括在社会发展中人们价值观念、是非标准，生活方式的变化，也包括社会政治因素、法律因素、文化因素的变化，还包括国家经济政策调整，新法规建立、产业结构的调整。这一切都对组织构成压力，组织只有进行改革，才能获得生存和发展。

外部诸多因素虽然对组织变革起到了推动作用，但按照唯物辩证法的观点、外因必须通过内因起作用，内部因素是导致组织变革的根本原因。

内部因素主要有组织结构、管理方式、组织目标、组织机构及组织成员工作态度、工作期望、个人价值观念的变化等。这些都会对组织造成影响，迫使进行改革。西方管理学家西斯克对变革作了深入的研究，认为当组织内部出现下列征兆时，应考虑变革：一是决策效率低或时常出现错误决策，组织坐失良机；二是组织内沟通管道阻塞，信息不灵，人事纠纷严重；三是组织效能低，不能真正发挥其作用；四是缺少创新精神，组织既无创新气氛，也无创新产品。

2. 变革目标的确定

通过对旧变革动因的分析，我们对组织现状有了清醒的认识，变革是组织的唯一选择。作为组织的领导者，其责任不仅在于拥护变革，更要为变革确立正确目标。目标是成功组织变革的一个基本特征，建立目标是产生变革方案以及实施和评价方案的依据。

在建立目标的过程中，领导者需要注意的是首先必须保证目标是明确的，能被成员准确理解、认同和接受。众多的变革实践说明，只有被群众认同的变革才能得到支持，改革才能成功。其次要指明实现目标的途径和方法，人们清楚在达到目的的过程中个人要付出的成本与代价，并为此做好心理准备。最后对实现目标的时间期限要有所规定，时间安排不当，过急过慢，也会造成变革的流产。

变革目标的确定，是变革流程的重要一环。目标的制定不能靠主观臆断，更不能出自善良美好的愿望，一定要从组织实际情况出发，实事求是。急功近利，缺乏战略远见，必然会导致变革失败。

3. 变革方案形成

在明确目标的基础上，围绕目标的实现，提出各种不同的变革方案。然后，依据组织现有资源及制约因素，分析评估方案，从中选出最适合组织的变革方案。要保证方案的正确，在这一阶段可广泛征求群众的意见，倾听他们的呼声。员工的参与既可以使领导者了解他们的需要，又可以吸取合理意见，利于成员贯彻由他们参与制订的计划。改革方案形成阶段需要领导者做的工作是大量的，如调查研究、学习其他组织成功经验、多次修改、反复论证。在方案选择时，领导者把握的基本原则是不求最好，但要可行。

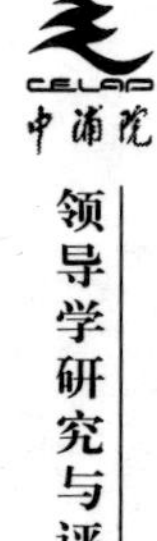

4. 方案的实施与评价

这是变革的具体实施阶段。方案实施时，要考虑变革时机和变革方式等因素。变革的有利时机是组织成员有强烈的变革愿望，对变革持有积极态度，组织拥有足够的变革资源，变革道路畅通、有配套的变革措施。变革方式主要有权力集中式、权力分享式、授权式等，采用何种方式要考虑组织的具体情况。一般说来如果变革涉及的范围较大，过程就会相对复杂，所以在实施过程中，最好是阶段性推进，否则达不到预期的效果。

在变革进行中，要保证沿着计划方向发展，领导者要及时对执行情况反馈，与原方案对比、分析、总结经验，修定和补充原方案。对阶段性的成果要及时鼓励，进行表扬，这对调动员工情绪是很有必要的。

四、学习成功变革的经验

面对激烈的市场竞争环境，企业领导者的责任不仅是正视和支持变革，重要的是领导变革成功。因此，学习优秀组织的变革经验，掌握变革管理艺术就成为必需。

(一) 凝聚人心的愿景

成功变革的经验之一就是组织成员对变革的认同。引领变革的领导者，总是善于用一幅诱人的图景为成员描绘美好的未来，这为组织变革指明了方向，成为变革的吸引因素。从一定意义上讲，吸引因素通常只是个理想，要在长期变革中一直成为人们的精神支柱，它必须是根植人们心中，让人难以抗拒，以至于没有人愿意放弃它。

据《圣经 · 出埃及记》记载，上帝耶和华命摩西率在埃及当奴隶的以色列人，逃出埃及渡红海穿越西奈沙漠，建古以色列国。怎样才能让大家行动起来，摩西采用的方法是首先让以色列人认识到当前处境的危险，不出走就会遭到毁灭，然后为大家讲述要去的地方满是牛奶和蜂蜜，使人们坚信为之奋斗的事情有意义有价值。正是在这一愿望的吸引下，他们经过几十年的努力，最终到达了希望之乡。虽是古老的故事，但说服力是极强的。确立为组织成员认同的共同愿景，把自己头脑中的理想变为群众心目中的目标，将大家从现在带向所期望的未来，大步踏上改革之路，是领导改革成功的关键一步。

（二）做好表率

依靠职权对变革施加影响的时代已经过去。变革过程中，领导者的表率作用是任何人替代不了的。如果你希望人们使用新方式，不能仅告诉人们如何去做，必须亲自示范。面对困难时，你自己也要承担风险。只有当领导者的利益也与其最终结果相关时，组织成员才会全力以赴。

变革中领导者的身体力行，不仅向成员传递出变革的坚定信念，而且更加速推进变革的速度。如果你在组织中倡导以能力为导向的用人机制，那么在选人中就要打破论资排辈的做法，把有真才实学的人放在领导岗位上，进而在组织中形成重能力、重业绩的良好氛围。在鼓励创新的今天，领导者不仅要大力宣传创新对组织发展的重要性，更要在人事制度、分配机制方面大胆改革，为创新提供组织和机制的保证，唯有这样，才能调动人们的创新积极性。

（三）选择合适的变革时机

现代管理理论告诉我们，任何一个组织在成长过程中，都会经历发展、成熟、衰退的生命周期，这是组织演化规律。要超越这一生命周期，保持永久活力，组织必须选择有利时机，及早变革。

从组织生命周期看，最有利的变革时机应在成熟期。这一阶段是组织发展的高峰，队伍稳定，领导者威信高，改革措施能得到员工拥护，阻力

相对小。同时良好的经营状况，能为变革提供足够的资源支撑。1981 年韦尔奇继任通用总裁时，公司业绩相当好，没有人认为公司非改不可，但韦尔奇却认为：面对变化的市场环境，墨守成规安于现状，企业难创辉煌，必须大幅调整。而且他也敏锐地看到了发展的背后隐藏的危机：官僚主义，人浮于事，企业文化保守。他果断从“官僚体制”入手，进行“扁平化”管理，大刀阔斧进行改革。员工总数从 42 万人减至 27 万人，管理层由 12 层减至 5 层，设计新的组织机制，增加每个主管管辖范围，上级充分授权。整顿生产范围，出售 71 项业务和生产线。变革后的组织，轻装上阵，充满活力，事实证明了韦尔奇变革策略的正确。

选择组织发展的成熟期进行变革，对许多领导者来说是观念上的冲击。传统的做法是“只要没破，就别修理”，认为只有组织走下坡路，出现危机时，才有必要进行变革。必须看到的是进入衰退期的组织，反应迟钝，效率低下，人心涣散。往上拉一辆从坡顶上向下滑的车子，付出的代价是巨大的，纵有回天之术的领导者也是难以改变组织灭亡的命运。

1. 发现变化

变革需要领导者有极强的洞察力，能透过现象看本质。及时看到内部在产品、技术、组织文化、管理方式上存在的问题，了解外部环境所发生的改变，迅速调整策略，主动出击。联想当年在布局电信领域时，就是敏锐地发现，虽然电信 IT 服务领域的服务商众多，但并未真正形成龙头企业。由于运营商对服务商的要求增高，再加上激烈竞争和电信大集中的趋势，会加快 IT 服务商的整合进程。因此，未来的电信 IT 服务市场将出现几家大规模公司争霸的局面。经过缜密的思考与论证，联想决定采用资本运作的方式，对外正式公布与中国电信 IT 服务领域颇有名气的中望商业机器有限公司强强联合，签署投资备忘录，通过成立新公司合力进军中国电信 IT 服务领域。这标志着联想在电信领域实现了重大转折，由一个电信行业的硬件设备供应商转变成全面的 IT 服务供应商，由此联想的服务型战略又向前迈出了一步。

2. 对变革保持警惕

失败的变革常常是因为领导者满足于变革的阶段性成果，而忽视了对变革的持续控制和警惕。领导者要深知，旧有的工作模式和管理方式在头脑中的烙印是深刻的，稍有放松就会回到老路上去。

保持对变革的警惕，将变革坚持到底，要求领导者敢于面对困境，不被群众的消极后退情绪所影响，不放松对远大目标的追求，打消“放弃”、“向后转”的念头，对群众的错误认识进行耐心说服，激发群众的变革热情，以乐观向上的精神感染组织成员。

我们处在变革年代，变革时时发生。具有生命力的组织只有不断变革，随时调整自身的机能才能成长壮大，在竞争中取得胜利。

权术、人治与科学领导

——兼论领导科学应以政治学、法学为理论根基

田广清*

官场权术同领导艺术、人治领导与科学领导有着本质的区别，这是领导科学发展和创新不可不分清的根本性是非界限。权术、人治与现代政治文明背道而驰，是必须清除的封建残余。以政治学、法学为根基，深刻认识中国历史上官场权术和人治传统的表现、根源和危害，彻底肃清其残余影响，增强制度意识和制度精神，努力推进以民主法治为核心的体制制度建设，无论对于党和政府执政能力的提高，还是对于优化广大领导者的从政行为，都具有根本性的意义。

* 作者为中共辽宁省委党校公共管理教研部教授、中国领导科学研究会常务理事、辽宁省领导科学学会常务副理事长。

一、自古为政多权术，权术之下做官难

所谓领导艺术，是指在领导的方式方法上所表现出的创造性和灵活性，它是领导者各方面素质的综合反映。所谓权术，是指在政治活动和领导活动中所使用的阴谋欺诈等不正当手段，它同领导艺术有着本质的不同。两者的区别，简而言之主要在于：第一，前者出于公心，后者掺杂私心私利。如封建帝王为维护自己的“家天下”政权多半因自私而行权术，臣下也要以权术来邀官固宠。第二，前者光明正大，公开运作；后者不可告人，秘而不宣。当年慈禧垂帘听政，命光绪的老师翁同龢给其传授统治经验，先是光绪和慈禧一起听，后来慈禧就不许光绪听了，因为她还要用这套手段来对付光绪。将授课内容印成《治平宝鉴》一书后，却不发行，只供慈禧一人秘览。慈禧对此极用心血，深钻苦研。第三，前者的理论基础是辩证法，后者的理论基础是诡辩论。辩证法是符合客观的灵活性，而诡辩论是出自主观和私利的实用主义，怎么说都有理，无所谓什么真理、道德和客观标准。第四，前者是在民主法治范围内的发挥和创造，后者则往往超越宪法、法律和制度，以人乱制，以权废法。

按《厚黑学》作者李宗吾的看法，封建社会一部政治史，就是一部权术史。脸皮不厚，手段不黑，就搞不了政治。封建社会的黑暗政治，也的确证明了这一点。项羽不厚不黑，刘邦又厚又黑，因此项羽斗不过刘邦；刘备厚，他的江山是哭出来的；曹操黑，行事就很小人；韩非只厚不黑，结果被腰斩。历代君主不搞权术者几乎没有，秦皇、汉武、宋宗、明祖概莫能外。就连唐太宗这样的“明君”、“英主”也时而玩弄权术，他暗地派人给大臣送礼，有收礼者即以受贿罪论处。到了封建社会后期，统治者发展到依靠特务系统来对付臣民。明代由宦官掌握的锦衣卫和东厂、西厂、内行厂，就是皇帝侦查迫害臣民的工具。清代皇帝对百官所采取的特务手段是密折制度（打小报告），以此广开耳目，使所有官员彼此监视，雍正在位 13 年，准密折奏事者达 1100 人之多。

在四周尽是权术的政治氛围中，从政做官极其艰难。主要表现为两种情况：一是以权术应对权术。君主用权术愈多，臣下就愈诡诈，他们同样以权术对付君主。赵高、李林甫、秦桧、严嵩、何绅等大奸巨佞都是搞阴谋诡计的高手，那些以玩弄权术为得意的君主，常常被他们玩弄于股掌之上。对同级和下级，官僚们也不得不以权术相周旋、相倾轧。二是为避免祸从天降，不得不以权术谨畏自保。平时要“多磕头少说话”，有了功勋权位，更须十分小心。有的急流勇退得以幸免，有的自毁形象得以全身，有的装聋卖傻得以苟活，有的则阿谀取宠以求腾达。而那些“工于谋国拙于谋身”，不屑或不会玩弄权术的忠臣良将，则往往蒙受不白之冤，没有几个能得善终的。由此可见，在充满阴谋权术的政治环境中从政为官是何等艰难；这种环境又将为官者的人格扭曲到何种程度，将人才摧残到何种地步，将政治败坏到何等境地！

官场权术并不随着封建制度的终结而根绝。只要有相应的社会条件，这种腐朽现象就必然死灰复燃，对现代政治和领导产生恶劣影响。当然，共产党执政下的社会主义政治与领导，与封建统治有着本质区别，反对政治权术，主张提高领导艺术，毛泽东、刘少奇、周恩来、邓小平等无产阶级政治家在领导艺术方面都进行了创造性的实践，作出了杰出贡献。但毋庸讳言的是，封建权术残余也浸染到了共产党领袖的言行之中。野心家林彪当面大树特树毛泽东的绝对权威，背后阴谋政变夺权。直至今日，某些领导者对传统文化专门弃其精华，取其糟粕，热衷于《厚黑学》一类的官场哲学，大肆玩弄诸如贿选、买官卖官、雇凶杀害竞争对手、对上司逢迎收买、对民众欺骗镇压、放暗箭设陷阱、当面一套背后一套等权术手段。现今图书市场上的许多著作、报刊上相当数量的文章，以及某些吸引人的讲座，说是讲“领导方法”、“领导艺术”，其实传授的是权术。如有的书教人“换上狼眼看世界”。正所谓“孔明难效，曹操易仿”。结果，政治、领导——这些本应当是最公正的领域、最道德的职业，竟被权术所玷污。

因此，要发展和创新领导科学，不能抛开一个根本性的原则和前提，不能不厘清一个根本性的界限，那就是：权术、艺术必须分清，人治、法治不能混淆。

二、官场权术盛行，根源在于人治传统

官场权术之所以渗入到封建政治的每一个毛孔乃至骨髓之中，端在于封建社会是地地道道的人治社会，缺乏民主法治传统。阴谋权术是专制制度的孽生物，是剥削阶级统治性质使然。在既无民主、又无法治的社会里，作为维护统治阶级利益的工具，政治是不规范的政治，领导是不规范的领导，在政治运作方式和领导手段上必定过于依赖执政者个人的智慧与权威，习惯于官场权术而不是规范化行政。其结果，必然是统治术、权术十分发达，而体制、制度和法治建设则相对落后。加之最高统治者没有一个是民主选举产生的，而是世袭的，因此很难保证他们是有德有才之人，常常是白痴、庸人比肩而立。他们德不足以孚众，才不足以治国，为了维护自己的统治地位，不得不求助于权术；更何况君主一人独操权柄，无所制约，用艺术还是用权术，谁能管得着？某些德不足而才有余的小人、政客和奸雄，更是搞阴谋诡计的行家里手。即使是正派些的君臣，也难免受到历史遗产中政治权术的负面影响和身边君臣不良行为的耳濡目染，时常分不清治国艺术与权术的区别。因此，人治政治便只能是“狡诈，不断狡诈，永远狡诈；无耻，不断无耻，永远无耻”。官场权术之所以至今死而不僵，盖由于人治的残余影响尚未清除干净，我们尚未完全脱离人治思想的左右。

中国人治传统的形成，除了经济根源、政治根源和伦理根源外，还有学理和文化上的原因。在奠定中国传统文化根基的先秦时期，就有一些学派公开鼓吹政治权术。道家创始人老子倡导愚民政策，主张“虚其心，实其腹，弱其志，强其骨，常使民无知无欲，使夫智者不敢为也”，把老百姓都变成四肢发达头脑简单的愚人，以便于统治。其“柔弱之术”中也有不少权术的成分。法家也公开推崇权术，在他们的“法”（严刑峻罚）、“势”（权势）、“术”（权术）思想体系中，权术占有重要地位。早期法家申不害的“静因无为之术”就主张，君主要善于把自己的感情、态度和意图隐蔽

起来，从而迷惑和驾驭臣下。法家集大成者韩非，把君臣关系完全视为尔虞我诈、争权夺势的利害关系和相互利用的买卖关系："臣尽死力以与君市，君垂爵禄以与臣市"，甚至说两者就是你死我活的虎狼关系："上下一日百战"，"无须臾之休"。因此所有的政事只能建立在既相互争斗又相互利用的现实基础上。君主必须掌握提防臣僚、防止篡权的政治权术，善于耍阴谋、搞诡计，否则轻则被臣下所捉弄，重则有丧权亡命之虞。为此，韩非向执政者传授了诸如深藏不露、虽知不言、挟知而问、倒言反事、暗中侦察、挑拨离间、抓辫子、搞暗杀等一整套阴森森、冷冰冰、赤裸裸、血淋淋的政治权术，堪称"权术大全"，古今中外实属罕见。

老子、韩非等人的权术理论，虽难以登大雅之堂，但却深得历代封建统治者的青睐，使他们受益匪浅。表面上看，两千多年来是儒家思想占据意识形态的主导地位，但多数帝王却只用其来装潢门面，训化民众，他们所私下欣赏的、认为更实际更管用的，却是老子、韩非等人教唆的办法，所以君王们不仅乐此不疲，"口虽斥之，身却行之"，而且进行花样翻新的发展和创造。金銮殿上方高高悬挂的"正大光明"匾额，不过是卖狗肉者所挂之羊头而已。试看历代帝王，为取得权位，轻诺寡信，出尔反尔，甚至上演出一幕幕父杀子、子弑父、母鸩子、弟诛兄的丑剧；为维持统治，他们将臣属玩弄于股掌之上，极尽收买、控制、恐吓、诛杀之能事，对百姓则千方百计地愚弄、欺骗和镇压。

儒家虽不大推崇权术，但却是倡导"人治"最力者。他们主张主要依靠执政者的品行和能力来治理国家，途径不外乎道德自律与伦理教化。它倡导以德服人，反对以力服人，具有一定的合理性，但崇尚贤人政治，过分强调领导人和道德的作用，搞道德至上，教化万能，忽视法律和制度的建设，确给中国的政治传统造成了以伦理为中轴而非制度为中轴的致命缺陷。从孔子开始，儒家一直沿着"为政在人"这个思路走。尽管儒家思想中也有制度性资源，譬如他们推崇"礼"和"礼治"，想要缔造一个制度化的和谐社会，但终归没有跳出人治的窠臼。从礼法的起源及实行的角度，他们认为，礼法是由圣人、君子制定出来的，也要靠这些人来掌握和执行，人的作用远远重于法律制度。孔子就认为："善人为邦百年，亦可以胜残去杀矣。”从主体性角度，他们将圣人君子型的执政者视为礼法的主体，礼法依赖于他们而存在，立法废法、制礼损礼，皆在其人。从历史经验角度，他们认为朝代的治乱兴亡不取决于国家体制和制度，而取决于作为统治者的人是明君圣主还是昏君暴君，贤人在则礼法存国家兴，贤人去则礼法亡国家危。从适应性角度，他们认为法律和制度不能适应实际情况的不断变化，要靠人的灵活运用和当机立断。

正是出于以上认识，所以连儒家中较为重视制度和法制作用的荀子，也一面强调礼的客观性、强制性和制度性，主张“隆礼重法”；一面却又认为“有治人，无治法”、“法不能独立，类不能自行，得其人则存，失其人则亡。法者，治之端也；君子者，治之原也。”尽管儒家未公开主张“以言代法”和“权大于法”，而且强调统治者在遵守法律制度方面的自律和表率作用，但在那种权力不受限制的社会里，实际上统治阶级成员很少有能严格遵制守法的，从而使得他们所标榜的“自律”和“表率”大多成为掩人耳目的幌子。尽管礼中也包含着许多制度性规范，使礼在当时起到了制度的某些作用，但那都是人治的制度，而非民主法治制度；是制度服从权力，而非权力服从制度；制度和法律随执政者看法和注意力的改变，随执政者好恶的改变，随执政者利益与利益关系的改变，随执政者的改变而改变。同时，以礼压法、以礼代法、以礼主法、以礼率法，是儒家搞人治的突出特点。

有人可能会问：“中国古代不是也有法治吗？”中国古代的“法治”是指法家所主张的统治者应当主要依靠强制性的法律来治理国家。从表面上看，这种所谓“法治”优于人治，其实它只是在封建专制之下通过严刑峻法来威慑人，与现代以民主为灵魂的法治有着质的区别，它仅仅是封建法律制度的代名词，充其量只能相当于“法制”。封建法制尽管相当缜密和严酷，但都是服从统治阶级利益的，是统治者意志的制度化，是治民政策和手段的法律化。因此可以说，中国传统社会始终是有“民本”而无“民主”，有“法制”而无“法治”。道家以术治为核心，主张“无为而治”，实质也是人治。所以，在中国古代社会，“人治”、“法治”、“术治”，都不过是优化剥削阶级统治的方法手段之争。它们都不反对君主专制，而是为君主专制所用，都是封建统治的工具，其实质皆为人治，只不过形式不同而已。由于几大主流学派皆无真正的民主法治遗产，传统中国陷于人治的泥潭而不能自拔，至今人治的积淀尚很深厚，权术仍很管用，就不足为怪了。

三、人治，还是民主法治：现代政治与传统政治、现代领导与传统领导的分水岭

（一）古今人治的共同实质和特征

无论古今，人治的实质、要害和特征有：(1) 以个人或少数执政者的意志和利益为旨归。(2) 依靠高度集权的国家体制，实行专制统治。(3) 领导人和领导集团的行为很少受到民主和法治的约束，权力成为最自由的权力。(4) 在治国手段上，有的片面强调道德教化（温和专制），有的片面强调强制威慑（暴力专制），或是两者的结合——刑德兼施。(5) 政治生活和公共权力非制度化、非规范化、非科学化，人民缺乏民主权利及法治保障。在当代社会，它集中表现为伟人政治、强人政治、权力治国、批示治国、运动治国等。它具有超稳定性、遗传性、普遍性、再生性的属性，不随社会制度的改变而消失，能够渗透于不同的意识形态、依附于不同的政治制度、为不同的阶级和利益集团服务。

具体些说，古今人治主要表现于以下方面：(1) 从政治体制和权力结构上看，表现为权力高度一元化。(2) 从权力与法律的关系上看，表现为权大于法。(3) 从政策与法律的地位上看，表现为以政策代替法律，搞政策主治。(4) 从领导者个人与领导集体的关系上看，表现为家长制、个人专断。(5) 从公众与领袖的关系上看，表现为唯心史观盛行，搞个人崇拜。(6) 从政治运作方式上看，表现为政治权术和群众运动等非规范化形式。

（7）从上下级关系和官民关系上看，表现为官本位和等级特权。（8）从决策上看，表现为领导意志至上，不尊重科学规律。（9）从选人用人上看，表现为以官选官，任人唯亲。（10）从政务的透明度上看，表现为愚民政策，暗箱操作。（11）从人情伦理与法律制度的关系上看，表现为人情伦理大于国法和制度。（12）从对公共权力的监督制约方式和廉政建设上看，表现为重道德自律等软约束，轻法律制度的硬约束。（13）在领导方法和领导手段上，表现为以行政命令为主要特征，以开会、发档、下指标为主要方式。这些人治残余一日不被清除，领导就不可能实现科学化。它们被彻底扫地出门之日，才是中国的政治文明和中国特色的领导科学取得实质性进步的真正兴旺发达之时。

（二）人治领导的对立物是民主和法治

领导的科学化水平，取决于这个国家的政治文明程度。在高度政治文明的社会里，国家治理和领导活动的规范程度都比较高，尽管也十分重视人的作用，但进行领导主要靠制度、科学和领导者的真才实学，尤其主要依靠制度的权威性和恒久性。这种制度以民主与法治为内核和依托，法制是制度的主要形态和最高形态。更重要的是，这样的制度与传统制度的一个本质区别，是它享有至高无上的地位和权威，具有独立性、自主性、一致性和普遍性，不再屈从于任何权力。这就有利于排除“政治人”的“任性”和权力的恣意妄为，即摆脱了人治。这不仅是社会和制度进入现代形态的标志，也是衡量政治和领导是否现代化的尺度。

真正现代意义上的民主法治，产生于欧洲文艺复兴运动之后，是资产阶级民主革命的产物。在18—19世纪的世界，法治代表民主、共和的政治制度，人治代表君主专制和等级特权制度。发展到今天，法治代表和保障民主，人治维护和导致专制。这表明，人治与法治是代表落后与先进、传统与现代这两种截然不同的治国方略和政治制度，而不仅仅是两种不同的思想主张和软硬两种方法手段。因为人治与法治，不仅表现为思想理论形态，更表现为制度形态。事实也表明，人治不仅仅是儒家的学术思想，也是整个中国古代社会统治阶级的指导思想和政治制度；法治不仅仅是先进的政治理念和政治原则，更是现代的政治体制和政治制度。所以，法治与法制不能混同，法治与人治不能结合。在现代，凡是与民主和法治相悖的政治理念、治国方略和体制制度，都属于人治的范畴。要法治不要人治，从人治领导走向法治领导，这是历史的必然。

因此，衡量一个国家的政治或领导是法治还是人治，基本尺度是：(1) 要看有没有民主。在现代法治社会，民主是法治的灵魂，是民主的保障，是民主的制度化和法律化。而封建“法制”中没有民主，它不是人民意志而是剥削阶级意志的体现，不维护人民大众的利益而维护剥削阶级的利益。(2) 要看谁是最高权威。在现代法治社会，宪法和法律是最高权威，一切权力都在宪法和法律之下，即“法律就是国王”。正如李光耀所说：“法律之上无权威，法律之下无特权；法律外面无民主，法律里面有自由。”而在人治社会，统治者才是最高权威，权比法大，“国王就是法律”。(3) 要看法律面前是否人人平等。现代法治社会人人生而平等，享有同等人权；而封建社会的“法制”则是治下不治上，治民不治君，治民不治官，老百姓必须守法，而他们自己则可以不守法。(4) 要看是不是把宪法和法律作为统治的工具。古代君主和官僚是“以法治国”，即把法律作为工具——对付老百姓的工具，而不是现代的“依法治国”，把法治作为治国方略。

政治生活和领导活动告别人治的根本途径，是通过政治体制改革，推进民主法治制度建设。核心是解决公民权利与公共权力的关系问题，使政治科学化、权力规范化、民主制度化、执政法治化。关键是变革党的领导方式与执政方式，使党民关系、党法关系、党政关系规范化，形成科学的权力结构和监督制约机制。作为社会转型时期的中国各级领导者，一方面，要有足够的科学理性和政治智慧，自觉抵制人治的病毒，要正身直行，光明磊落，不搞权术，并与玩弄权术的不良行为作斗争，同时警惕权术的暗箭，做到“害人之心不可有，防人之心不可无”；另一方面，也是最重要的，是与人民群众一起，按照社会主义政治文明的要求，努力推进民主法治建设，铲除人治和权术存在的社会条件。民主法治畅行中国之日，便是人治与权术寿终正寝之时。

（三）政治学和法学的晚熟是我国人治传统年深日久的重要学理因素

对于中国法学的晚熟，已多有学者论及。囿于篇幅，这里只谈政治学的晚熟。

1. 中国古代从未产生过科学意义上的政治学

博大精深的传统治国之道、从政之道在中国文化遗产中历来占有重要的地位，春秋战国时期的百家争鸣就是围绕不同的治国主张而展开的，诸子学说以及《左传》、《资治通鉴》、《史记》等史学著作，重点都在于探求“自治之源”、“防乱之术”和“事君”、“治民”之道。有的学者据此认为，中国的政治学在世界上发轫最早，造诣最深，其他各国罕有匹比者。这是把封建治国之道与科学意义上的政治学混同起来了，殊不知二者有着实质性的不同。

科学意义上的政治学源自西方。希腊早在公元前6世纪到5世纪的雅典城邦时期，原始的平等正义观念就开始转变为科学意义上的民主、自由、权利观念。后来亚里士多德等创立的政治学围绕国家的起源、本质和政体等问题展开，使政治科学具有了较完整的理论形式。17、18世纪，潘恩、卢梭、孟德斯鸠、杰斐逊等人又提出天赋人权论、社会契约论、人民主权论和法治等理论，使政治学真正成为一门独立的科学。

与古希腊古罗马大致处于同时期的中国先秦各派思想家们尽管也提出了丰富多彩的治国主张，但他们不过以总结统治经验以求“善政”为目标，都不反对君主专制，都没有提出民主、自由、平等、人权观念，都没有触及国家政体问题。特别是儒家，由于将伦理政治化、政治伦理化，从未把政治放在认识论、知识论的基础上，严格地作为一门独立的科学来进行考察和探究，致使政治理论始终没有跳出伦理道德的藩篱。因而尽管中国的治道和治术十分发达，几千年里却未产生科学意义上的独立的政治学。所以在中国，从思想文化到体制制度，民主和法治迟迟难以树立起来。

2. 某些西方思想家在如何看待中国封建治国之道问题上对国人有所误导

在我国，之所以一些领导者甚至学者对人治传统这一致命缺陷不以为非，反以为它是我们传统的优长所在，除缘于他们对历史真情知之不多、察之不深外，还来自某些西方思想家的错误判断。欧洲的启蒙学者多是“开明君主论”者，他们中多数人误以为中国是由一群有理性的哲人治理的“模范社会”、“模范国家”，所以他们对中国封建政治盲目赞扬，尤其对德治主义推崇备至。如为儒学西传、西学东渐作出重要贡献的意大利传教士利玛窦，就认为中国是由精通儒学的哲学家治理的井然有序的大国，中国的政治制度是他们理想的范例。法国百科全书派的领袖人物狄德罗也赞美儒家“比我们更懂得善意和道德的科学”，他们“只需以‘理性’或‘真理’便可以治国平天下”。法国启蒙运动的领袖伏尔泰也盛赞中国的德治主义是把道德和政治相结合的典范，“人类智慧不能想出比中国政府还要优良的政治组织。”英国大学者罗素说，中国这样一个以道德立国的民族，必定成为世界上最强大的民族。德裔法国思想家霍尔巴赫认为，在世界上“把政治与伦理道德紧紧相连的国家只有中国”，“欧洲政府必须以中国为模范”，请中华帝国派人去传授德治的经验。德国思想家莱布尼茨将康熙皇帝视为具有仁爱、正义和广博知识的英明执政者，是世界所有君主的楷模。就连现代西方著名学者汤因比也把刘邦作为当代各国执政者的榜样，说将来世界的统一需要刘邦这样的人物。而中国两千年的黑暗专制和百多年来的落后挨打，足以证明完全不是那么回事。对于这些并不真正了解中国历史国情的外国学者们的错误看法，某些中国人却津津乐道，甚至飘飘然，以为那些人治的东西就是中国传统政治文化的精髓，就是中国领导学的特色所在，实在是误人误己。

3. 广大领导者缺乏政治学的系统教育

在西方，政治学和法学是国家公务员教育的核心课程，这是公务员的职责所决定的。而在我国，由于长期以来把政治学视为资本主义的专利，否认其基本原理的普适性，以马克思主义教育代替政治学的系统学习，使得许多领导者不知政治学为何物。

以政治与道德的关系为例。政治学常识告诉我们，随着人类社会的发展和进步，政治与道德必须有明确的区分，原则上不应混同。不能用道德手段来解决政治问题，反之也不能用政治手段来处理道德问题。政治倘不能脱离道德，就会陷入中国传统社会那种“政治伦理化，伦理政治化”的泥沼。

然而，政治与道德又有着内在的必然联系，政治文明恰恰是人类普遍道德，如善良、仁爱、平等、公平、正义、自由在政治上的结晶，文明的政治必定是最道德的政治，不道德的政治必然走上绝路。现代政治文明所要求的政治，只能是“诚实，不断诚实，永远诚实；正义，不断正义，永远正义”。

那么，政治上的不道德问题主要靠什么来解决呢？古往今来的事实表明，政德沦丧，仅仅靠道德本身是挽救不了的；良好的政德政风，并非仅仅靠道德手段就可以树立起来。儒家“以忠孝仁义治天下”，搞了两千年，中国也没有跨进民主法治社会的门槛，这就是明证。解决政治领域的失德问题，除了进行必要的政德教育外，最根本的还是应求诸现代政治文明的核心——民主法治制度建设。民主制不是十全十美的，但它能够防止政治向最坏的、最不道德的方向发展；民主制不是万能的，然而要根治政治上的种种不道德，没有民主是万万不能的。所谓民主，主要是指主权在民、由人民当家做主的政治体制和制度，而不是某些人所理解的工作作风和工作方法。法治，则是民主的法律化，它既以民主为灵魂，又是民主的保障。以民主为内核的法治，加上在法治保障下的民主，实际上就是政治的制度化法律化，它是对传统人治的根本否定。易而言之，唯有建设制度化法律化的政治，才能清除政治上的种种不道德现象。舍此治本之策，政治上的不道德不仅会依然存在，而且会变本加厉。

拿贪污腐败来说，西方政治学家孟德斯鸠和波普尔指出：“一切有权力的人都容易滥用权力”、“甚至最好的人也可能被权力腐蚀”。封建社会之所以“唱”廉千年，腐败依旧，根本原因在于那种基本制度不是一个能使所有权力都受到有效制约的制度。廉政需要好人，但靠好人不如建设一个好制度。在不好的制度下，好人也可能被改造成坏人；况且好的人只有通过好的制度才可能被选拔和造就出来，坏人和庸人只有通过好的制度才能被淘汰。所以，要真正实现清明吏治，就必须彻底铲除封建人治残余，加强民主法治制度建设，以制度化、法律化、有保障的全国公民的充分政治权利，来监督少数人手中的公共权力；并以健全的制衡机制，使权力与权力之间能有效地相互制约，从而不存在任何不受制约的权力。即从以德制权、以人制权，转变为以法制权、以民制权、以权制权，这才是反腐败的治本之策，舍此别无他途。

从当代学科分类来看，将领导科学、行政管理和公共管理统归于政治学，是有道理的。领导科学是一门应用性、综合性的学科，它必须有雄厚的理论根基和学术支撑，这个根基和支撑包括多学科的知识，但主要应当是政治学和法学，不然就无法从现代政治文明高度对政治现象和领导规律作出透彻的说明。政治学和法学的精义一是民主，二是法治。离开民主领导和依法领导，就不是科学领导，而是人治领导；不以民主和法治为统帅和灵魂，领导方法与领导艺术就成了权术。把人治传统和官场权术当做领导科学来发展和创新，说严重一点，那就不是资政而是乱政，不但不能提高执政能力而只能削弱执政能力，甚至是祸国殃民。

中国式思维与领导智慧

于洪生 *

人的思维方式不是天生，是后天养成的，长期生活在同一文化背景下的人们，会形成类似的思维倾向，而生活在不同文化背景的人往往会表现出不同的思维特征。人的思维方式与人们长期所处的经济社会文化环境相联系，在人类历史发展的长河中，东西方逐渐演化出不同的文化特点，从而表现出各具特色的思维方式。对“中国式思维”这一命题，很多人深有体会，但却较少有人去细究。笔者在研究跨文化领导问题的过程中，感到这一命题很重要，多次试图撰文阐述，但总感到词不达意，当中包含许多似是而非的东西。不过，在此，还是把自己的思考展示出来，有些不够成熟，仅供学界参考。

---

* 作者为中国浦东干部学院教授，中国人民大学博士。

一、中国式思维有何特点

中国人思维方式的形成与几千年特有的传统文化密不可分。东西方文化的差异一直是学界研究的热点，很多学者通过对中西文化特点的比较来认识两者间的差异。如梁漱溟在《东西文化及其哲学》中分析了中西文化的不同：西方人的关注对象是“外界物质”，因而走上征服自然、天人相抗的道路，出现了以崇尚理智、发展科学的文化特征；中国人关注的对象是“内界生命”，因而走上了人与自然浑融、天人合一的道路，出现了以崇尚直觉、讲究伦理道德的文化特色。[①] 林语堂提出孔子为代表的儒家思想是“代表一个理性的社会秩序，以伦理为法，以个人修养为本，以道德为施政之基础，以个人正心修身为政治修明之根柢”。[②] 张岱年提出，中国传统文化的基本精神是：钢健有为；和与中；崇德利用；天人协调。[③] 北京大学的一批学者从心理学的角度研究中国人的思维特点，他们收集到1万多名测试者的样本，将中国人与西方人处理事件、社会适应等问题进行横向分类比较，得出结论：中国人的思维方式与西方人确实有区别。这类研究及其结论，都是分析中国式思维特点的学术基础。

(一) 中国式思维注重整体性、系统性

整体思维是中国传统思维方式重要的特征之一，中国人倾向于把宇宙万物看做是相互联系的整体，“天人合一”是这种整体思维的集中体现。作为中国文化两大主干的儒道两家都十分强调统一整体的观点。老子认为，“天人合道”，“道生一,一生二,二生三,三生万物。”阴阳二气和合而成的道是万物的本质，把整个世界看成一个统一于道的整体。以孔子为代

① 参见梁漱溟：《东西文化及其哲学》，商务印书馆 1999 年版。

② 林语堂：《中国哲人的智慧》，中国广播电视出版社 2003 年版。

③ 参见张岱年：《论中国文化的基本精神》，见《中国文化研究集刊》第 1 辑，复旦大学出版社 1984 年版。

表的儒家，强调“天人合德”、“天人感应”，认为天地是一个整体，人和物也都是一个整体，整体包含许多部分，各部分之间有密切的联系，因而构成一个整体，要想了解各部分，必须了解整体。《周易》提出了整体观的初步图式，把一切自然现象和人事吉凶统统纳入由阴（— —）阳（—）两爻组成的六十四卦系统。《易传》进一步提出“易有太极，是生两仪，两仪生四象，四象生八卦”的整体观，并与空间方位、四时运行联系起来，以“生生之谓易”、“天地之大德曰生”的有机论为其轴心，形成了一个有机整体论的思维，从而为整个传统思维奠定了基础。当然，不能简单在“天人合一”与整体思维之间画等号，但可以说“天人合一”是整体思维的核心点，传统的整体思维是从“天人合一”观念中转化而来，两者都把自然与社会、人与天、主体与客体看成一个有机整体，认为世界上的一切事物都是一脉相承，天人同构，相互对应的。

（二）中国式思维倾向于总体清晰下的模糊性

中国人在说话、办事以及为人处世的态度上常常给人产生模糊的感觉，似是而非，似懂非懂。于是有人便说中国式思维具有模糊性。其实，这种模糊性并非一团糨糊，而是在总体清晰下的模糊。传统中国人长于综合而短于分析，较少进行严密的逻辑推理，喜欢用概括性语言，不推崇准确无误，经验告诉人们，对与错、好与坏之间并不是泾渭分明的，准确常常招致被动，模糊一点，只要不影响大局，会使自己立于不败之地。中国人的传统思维方式与西方人不同，是简洁少言的方式。汉语的特点之一是文约义丰，充满了随意性、不确定性、模糊性、暗示性，同时也引人遐想，趣味无穷。中国的古代典籍多是格言警句式的片断汇集，语句之间没有多少联系，如《道德经》皆似名言隽语，虽深刻但不系统。如《论语》往往是以寥寥数语来阐述哲学观点，虽简约但不精确。比如孔子所说的仁，在不同的场合、针对不同的人有不同的解释，颜渊问仁，子曰，克己复礼为仁；樊迟问仁，子曰，爱人；仲弓问仁，子曰，己所不欲，勿施于人；等等。老子说：“道可道，非常道”，“玄之又玄，众妙之门”，中国人的“真理”是无法说出来的，是“玄”机不可泄露；庄子曾说：“得意而忘言”，“言有尽而意无穷”，禅宗训诫：“不立文字”，可见，道理尽在不言中。当然，随着现代科技的发展，中国人的模糊性思维特征有所改变，但在日常生活中，思维的模糊倾向仍然很明显。

(三) 中国式思维偏重直觉，推崇“顿悟”

中国传统思维的整体性、模糊性以及经验综合性，使人们倾向于对感性经验作抽象的整体把握，而不对经验事实作具体的概念分析，这里所说的“经验”，主要是指感性经验，即人们在实践过程中，通过眼、耳、鼻、舌、身等肉体感官直接接触客观外界而获得对各种事物的初步认识。如何使感性经验直接超越呢？这就要靠直觉，也就是人们通常所说的“顿悟”。中国古代的思想家大都具有极高的天资和悟性，善于从整体上以直觉、顿悟的形式获得智慧。直觉思维体现着知、情、意的统一，突出非理性因素在认识和思维中的重要作用，直觉思维依赖非逻辑的直观经验和主体的内心体悟，带有模糊性、不规范性和不确定性，有不足之处，但在思维发展的突破性环节中，直觉和顿悟的作用并非逻辑思维所能代替。当然，完全依赖这种“悟性”也有局限性，容易把经验泛化、固着化，难免以偏概全，保守、狭隘。中国人这种直觉思维是与传统的农业文明相联系的。

(四) 中国式思维体现着一种实用理性

李泽厚先生将我国文化概括为“实用理性”特点，中国人凡事强调“实用”和“实在”，对现实的利益过度关注，这构成了中国传统文化重要的一部分，并内化为中国人的气质性格、行为习惯和思维方式。“实用理性”是中国人潜在的一种处世哲学，“平时不烧香，临时抱佛脚”，对待神灵也是出于一种实用和功利的目的，烧香拜佛并非出于真正的宗教信仰，正如鲁迅先生所揭示的那样，烧香是中国人用“祭物”对神的一种“贿赂”。实用理性也体现出中国传统思维的务实性，中国传统文人总摆脱不掉“经世致用”的信条，在中国学术思想史上很少有“为学术而学术”的。因此，中国先人对自然的关注不是知识性的追求，而是满足于日常需要的实用技术。他们认为自然界不是认识研究的客体，不是认识的核心，一切认识都要围绕着人来进行。所谓“究天人之际，通古今之变”。人们共同的认识目的是人伦关系，修身养性，安邦治国，这也是与中国思维的人伦性、模糊性、直觉性相一致的。

（五）中国式思维注重人伦道德

人和人之间的关系一般被称为人伦，这与现代人际关系有差异。孟子说，教以人伦，父子有亲，君臣有意，夫妇有别，长幼有序，朋友有信。“伦理本位”促成了传统社会的“伦理型”特征，从而对中国人的思维方式产生重大的影响。无论是在日常思维中，还是在实际生活运用中，人们对中国传统伦理道德的运用都显得自然而娴熟。道德原则和规范都已经渗透在人们的日常生活中，融化在人们的血液里，成为人们实际生活中不可缺少的组成部分。用人伦关系来理解一切，以人伦家庭关系来理解国家和社会，视政治关系为伦理关系，要建立的国家秩序也是家国一体的伦理秩序。“修身、齐家、治国、平天下”最清楚而具体地表现了中国式的思维推论，认为政治社会的组织是人类关系的逐步扩大，即以个人为中心而推衍出去的结果。有人说，中华民族传统文化的核心就是伦理文化，并由此孕育和培养出了独特的民族品格和民族精神，这有一定的道理。中国传统的伦理思想深厚而广博，张岱年、方克立主编的《中国文化概论》，把传统伦理归纳为十大方面：一是仁爱孝悌；二是谦和好礼；三是诚信知报；四是精忠爱国；五是克己奉公；六是修己慎独；七是见利思义；八是勤俭廉正；九是笃实宽厚；十是勇毅力行。在择官标准和从严治吏上，也提出“德行”为先的思想。人伦社会所造就的思维方式，必然体现出伦理特色。

（六）中国式思维立足于和，体现出和谐性

一定的思维方式是一定的人生态度和一定行为方式的结合体。一定的人生态度支配着一定的行为方式；一定的行为方式受制于一定的人生态度，并表现着一定的人生态度。因而把握了一定的人生态度，也就掌握了一定思维方式的内涵。中国人的人生态度，简言之，就是注重和谐。而和谐需要建立在一定基础之上，这就是要有对世俗生活的热衷乐观和对内心精神平宁的追求。两个基本因素的矛盾运动构成了中国人人生态度的核心，从而成为一种思维坐标。中国人和谐思维方式的独特性与中国文化的独特性相联系，认识到和谐的微妙内涵，也就认识了中国人思维方式的微妙之处。传统文化中的和谐思维强调人自身、人与他人、人与社会、人与自然的生生和谐，以达到最高境界——天人相调，天人合一。孔子、孟子、荀子、管仲等古代先贤们，提出很多“和谐”思想和观点，在汉语中，以和为核心的词语非常多，如和气、和蔼、和善、和美、和睦、和合、和煦、和平、和解、和亲、融和、温和、祥和、随和、缓和、和风细雨、和颜悦色、和衷共济、和而不同，等等，可谓“和谐”深入人心。中央提出构建和谐社会的理论，得到百姓的普遍认同，表明了中国人对和谐的推崇，和谐已经深入到人们的思维中，和为贵，无论是做事还做人，都不能忘记“和谐”。

当然，还可以罗列出中国式思维的其他特点，但上述各点是最主要的。比如逆向性思维，善于把问题反过来思考，用对立的、看似不可能的办法去解决问题的思维方法。再比如辩证性思维，强调事物向对立面的转化，所谓“福兮祸所伏，祸兮福所依”，难易相成，长短相形，高下相倾，音声相和，前后相随。事物都是变化的，物极必反，变化的原因即在于对立统一。

二、东西方思维方式的比较

中国式思维主要是以儒家道家思维为基础而形成的，这种传统的思维方式和思维品格给中华民族的性格带来了独特性。近代以来，在社会大变革的背景下，从“西学东渐”到“五四”新文化运动，中国传统思维方式遭到了空前的冲击，再加上“文化大革命”对传统文化的破坏，中国人的思维方式在今天已经发生了重大变化，但是，作为一种延续几千年的中华文明及其长期积淀下来的独特思维方式，仍然是我们民族区别于西方人的重要标志。

（一）中国式思维以人伦为中心，呈现出以天道与人道相结合的主客体互融倾向，而西方式思维以自然为中心，表现出以崇尚自然、研究自然的倾向

中国人以人道、人伦为视觉焦点，以处理人伦关系展开每个人的生活。中国人习惯于从关系中去体验一切，把人看成群体的分子、群体的角色，而不是单个的个体，并把仁爱、正义、宽容、和谐、义务、贡献之类纳入这种认识中，认为每个人都是所属关系的派生物，他的命运同群体息息相关。在这种文化氛围中练就的思维多注重向内探求，“修身、齐家、治国、平天下”，“内圣外王”是修身、内省的最高目标。为此，必须要有“反求诸己”、“反求自识”、“反身而诚”的功夫。一方面是内心、本心的完善，另一方面是外在行为（视、听、言、动）必须符合社会规范和道德规范。人们既然以伦理道德为纲常，自然界、功利等就都在视野之外了。思维的中心内容，便只是君臣之义、父子之亲、夫妇之别、长幼之序、朋友之信。

西方人把自我意识与意识对象（自然界）的界线划得很清，古希腊开始，西方文明中崇尚自然、以自然为研究对象的思维传统一直延续下来，

这就极大地促进了自然科学的发展。而自然科学的发展又反过来促进思维的发展。在古希腊，自然界还被当做一个整体而从总的方面来观察，自然现象的总联系还没有在细节方面得到证明，世界被看成是从某种混沌中产生出来的东西，表现为朴素的辩证法与唯物主义。到15世纪下半叶，近代自然科学诞生，开始的主要领域是力学和数学，后来，各门自然科学向更深入的方向分化、发展。这种状况影响到思维，促成机械的、形而上学的思维传统。西方人大都是为了纯粹追求知识而探索自然的奥秘，把自然界视为比较独立的研究对象。西方思维的这种特点，不仅加速了自然科学的发展，也影响到人们的生活方式，形成了科学与民主的传统。

（二）与中国式思维的直觉性、整体性和模糊性不同，西方思维具有实证性、局部性和精确性特点

人类思维源于原始的生产方式，在远古时代，自然界是一个神秘的、不可战胜的整体力量，因而思维就具有意会体悟的直觉性、笼统朴素的整体性和朦胧猜测的模糊性，这种特点，在古代西方的思维中也存在。而西方在近代自然科学发展之后，逐渐产生出一种追求局部性、精确性、实证性的思维方式。中国式思维的发展没有明显的阶段性差异，基本上是一以贯之地渐进发展，自然科学没有发展成为近代形态，没有一个分门别类作精确研究的阶段。在西方，古希腊思维传统和西方近代思维传统有明显差别，与近代自然科学的形成、发展相适应，需要产生以实证性、局部性和精确性为特点的思维方式。而中国对自然科学的认识停滞不前，农业型自然经济的长期延续，“大一统”宗法社会不断加强，使中国传统思维的直觉性、整体性和模糊性始终没有发生根本性变化。

受到自然科学发展状况的影响，西方思维还形成了局部性、机械性、形而上学性等特点。自然科学尤其是数学、天文学、化学、生物学等专门的分类发展，促使人们孤立地、静止地进行研究，每个学科只注重自己领域里的局部材料，而不需要把自然界看做是一个有机整体。这种状况深刻地影响到人们的思维。培根和洛克最先把这种孤立的、静止的、机械的形

而上学研究方法带到哲学领域，经过一代又一代人的运用和发挥，积淀在人们的深层心理结构中。自然科学分门别类的发展也带来了思维上的精确性，各门自然科学都需要精确的计算。人们普遍认为，某一理论的建立，必须有精确的经验事实支持。这种对精确性的追求，在西方思维中打上了深深的烙印，直到今天，无论得出什么结论，西方人总会反问：有没有数字根据，是经过怎样的精确论证。

(三) 中国式思维疏于逻辑推理，忽视理论体系，而西方思维则强调逻辑推理，重视理论体系

中国式思维的直觉性、整体性和模糊性，蕴涵着系统思想的萌芽。“大化流行”、“万物化生”，天地万物浑然一体，这些都是对对象世界的比较正确的描述。中国传统思维虽然能系统地整体地思考对象，却不注重逻辑推理。中国人对事物的把握，往往通过体验、意会和领悟，讲究“设象喻理”、“刻意神似”，而不注意运用严密的逻辑推理。思维往往与伦理规范和政治思想紧密相连，并屈从于伦理和政治，这就削弱了对逻辑思维的探索，用各种形象思维的方式阐释甚至取代逻辑规则，势必阻碍思维向符号化、形式化发展。在实际操作中，重现实，重人伦，强调理论要维护伦理纲纪，必须有益于政治。而西方则不同，不注重学术理论与人们实际利益的关联性，很多人只是为了纯粹的求知去探求客观世界的奥秘。

西方的逻辑思维发端于古希腊，亚里士多德的逻辑学在西方思维史上产生了深远影响。近代以后，英国培根对逻辑学作出了重大发展，系统地制定了经验归纳法，丰富和发展了亚里士多德的简单枚举归纳法。逻辑思维发达与否的标志在于是否达到公理化、形式化水平，莱布尼茨曾试图建立起形式的演绎逻辑，布尔创建了以他命名的逻辑代数系统，使逻辑形式化有了重大发展，弗雷格第一次表述了具有现代形式的数理逻辑命题演算体系，即构成了最早的命题逻辑的公理系统。西方思维除强调逻辑性外，还非常重视理论的体系化。笛卡尔不仅建立了物理学和数学的体系，而且还论证了他的“形而上学”世界观体系以及以几何学为标本的理性演绎方

法体系，洛克在《人类理智论》中建立了庞大的唯物主义经验论的理论体系，康德的“三大批判”构成了先验论，黑格尔的客观唯心主义体系，费尔巴哈的人本主义理论体系等。现代西方思想家也非常重视知识论理论体系，各种流派的兴起就说明了这一点。

三、如何运用中国式思维智慧实施领导

研究中国式思维并非是本文的主要目的，本文旨在倡导领导者运用中国式思维智慧实施有效的领导。必须承认随着时代的发展，中国式思维方式包含了许多不合时宜的成分。经济全球化及科技革命的发展，使当今中国发生了深刻的变化，也带来了人们思维方式的变革。所谓“小智者擅长治事，大智者擅长谋划”，越是领导者越要善于思维，越要精通思维科学，善于运用中国智慧，这样，才能形成符合中国特色的领导方式。为此，既要善于吸收西方思维方式的优点，借鉴其长处，同时，又不能脱离中国国情，中国式思维方式的改变并非是一朝一夕所能完成的，要把变革思维方式与充分运用中国智慧有机地结合起来。优秀的领导者必须通晓中国文化，能巧妙运用中国式思维智慧，以更有效地实施领导。

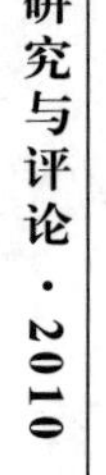

(一) 整体性思维在领导谋划能力中的运用

一种思维特性，可以运用到领导工作的不同方面，比如中国式整体思维不仅使用于领导谋划上，还可运用于战略决策、用人等各个方面，这里只是从一个侧面作相应的解释。全球化时代的领导活动，规模越来越大，影响越来越广泛，这要求领导者必须提高谋划能力，要善于对一些带全局性、长远性、战略性的问题进行研究，作出规划和决策。而整体性思维是有效谋划所必需的，中国历史上对“谋略”、“运筹”的记载比较多，张良

能“运筹帷幄之中，决胜千里之外”，诸葛亮的“隆中对”成为千古绝唱，朱开的“高筑墙，广积粮，缓称王”帮助朱元璋完成统一大业。当今时代为打开领导思维空间创造了更加有利的条件。

当前的“三农”问题，是许多领导者急于求解的问题之一。作为一个有谋划能力的领导者，就必须突破以往的思维局限，旧思维立足农村看农村问题，在不改变农村基本格局的前提下去谋求农村有限的发展与进步，这种思路的缺陷在于割裂了农村与城市的有机关联，把“三农”问题孤立起来，因而很难实现农业与工业、农村与城市、农民与市民之间的良性转换与互动。要从根本上改变这一状况，就要在战略选择上进行调整。要加强农业产业的转型，通过推进工业化和城镇化战略，有序地把一部分农村人口转化成非农产业人口，逐步改造农村的社会意识和社会结构，解决农民“国民待遇”问题，取消对农民的“歧视性”限制，实现身份转型。推行以吸纳农民为主要内容的城市化战略，通过城市向郊区辐射，将郊区农村变为城镇；通过建立和培育市场带动一个地方的经济发展，逐步形成新城镇；通过利用区位和资源优势开发港口、资源、矿产、旅游区、经济开发区形成城镇；通过产业转化、兴办工商业项目吸纳农村劳动力逐步形成城镇。

（二）模糊性思维在提升领导决策能力中的运用

人类的推理决策很多是基于模糊思维，当今的领导者所面临的领导环境大多是模糊的，领导者经常接触种种模糊事物，接收模糊信息，随时要依据模糊的信息对事物作出识别和决策。模糊思维是与精确思维相对应的，但模糊思维并非含混不清，更不是抛开逻辑，放弃精确，重要的是辩证地对待问题，以达到模糊与精确相统一，非逻辑与逻辑相结合，使之具有广泛的实用价值。领导处理重大紧迫、明朗的问题，应态度鲜明，措施果断，但有时处理模糊性问题，则需要运用模糊处理艺术。诸如各组织的历史问题，领导班子的不团结、下属之间的隔阂等问题，用“宜粗不宜细”的方式去处理，往往胜于精查深究。要善于运用拖延与沉默的艺术，领导工作常呈模糊性质，对此，沉默与拖延显示出其优越性，它既可使事态明朗化，又可使一些矛盾自行消亡。领导如果对那些虽属领导工作范围，但又“可管可不管，可做可不做”的事情，沉默处之，领导效果反而更好。有时领导者对发生的问题采取“冷处理”或“不处理”的拖延方式，往往会产生比“热处理”更佳的效果。对领导班子内部、干群之间的许多具有模糊性的问题，只有采取容忍、谅解的模糊处理方法，才能产生较好的领导效果，对下属的批评，领导者要虚怀若谷，听取正确意见，不计较其不正确的意见。在许多情况下，郑板桥的“难得糊涂”还是适用的，“难得糊涂”不同于“一概糊涂”，而是大事上清楚，小事上糊涂；根本问题上清楚，枝节问题上糊涂；原则问题上清楚，生活小节上糊涂；法律法规上清楚，人际交往上糊涂。

(三) 人伦思维在提升领导统御能力中的运用

随着世界华人区域所创造的经济奇迹，特别是我国所取得的发展成就，中国式的管理引起世界的关注，儒家伦理道德为核心的中国式思维方式也引起国内外的重视。人伦社会的特点，使中国人历来强调要处理好人伦关系，我国社会的人伦关系，举世罕见，从亲戚到同乡、从朋友到同事、从同学到同行，不同的关系能产生不一样的功能。“人伦关系”和“人际关系”虽为同源之水，但却大相径庭，相去甚远，表现出不同的中西方文化底蕴。在中国人的交往中，除了西方的自由竞争、公平法则和依法办事之外，还多了一层“人情关系”。在中国的领导环境中，对上要有礼貌，但不可以献媚、讨好；对下不宜太严，也不能过分宽松纵容；平行同事，不必太拘束，也不可以过分熟而不拘礼。这中间的轻重分寸，必须因人、因时、因地、因事而定。领导的重要工作就是选人用人，社会中有各种各样的人，个性、能力千差万别，有的人胸襟广阔，有的人心胸狭窄，有的人处事平和，有的人个性急躁，有的人富于理性，有的人感情用事，如果用人不当，必然会把事搞糟，选人用人之道，博大精深，所谓“运用之妙，存乎一心”，作为领导者，必须精于揣摩人性、把握人心，正确识人、择人、用人。

（四）和谐思维在提升领导协调能力中的运用

重和谐不仅是一种传统文化，而且是一种良好的思维方式，需要在现代条件下精心培育。进入新世纪以来，人类思维方式开始从以“压倒式”为特征的对立思维向“共生式”为特征的和谐思维转变。构建和谐社会就要逐步转变对立的、斗争的思维方式，要从协调、平衡、共处的统一性的视角去观察和处理问题。当然，和谐思维不是无矛盾的思维，而是一种协调矛盾、化解矛盾、转化矛盾的思维方式。领导协调的实质在于运用和谐思维“导其所顺，制其所逆”，协调各方面关系，把不利因素转化为有利因素。以和谐的方式来规划领导行动和生活，在处理人与人关系时，要“以人为本”，尊重人、关心人，要与下属平等协商，真诚沟通，只有人人心情舒畅，才能同心协力，共同完成工作任务。要“容人所长，容人所短”，真心诚意地学习他人，帮助他人，“智者之所短，不如愚者之所长”。在和平与发展成为当代主题的形势下，合作、双赢、共赢成为人们所追求的目标，对立和对抗、矛盾和冲突并不是解决问题的最佳出路，兼容共处，协调合作才是正确的选择。在处理人与自然的关系上，征服自然所带来的“恶果”，促使人们重视人与自然的和谐相处，改变占有、控制自然的思维，更注重生态平衡；在处理不同社会制度和不同意识形态的关系上，也要强调“和而不同”，即在承认多样性的前提下，使对立和矛盾的双方和平共处，在条件成熟的情况下达到互利、共赢。

道学相生相克法则与领导变革和领导战略

柏学翥*

在《道学思维和领导力研究》① 以及《道学法则、内外部环境与成功领导者特征》② 两篇文章中，笔者探讨了组织领导力如何根据客观的内外部环境进行变化，成功领导者应如何不断调整和完善自己的领导特质和能力适应不断变化的内外部环境。不少读者感到，两篇文章中的领导者虽然可以在组织中引领变革、促进组织向着好的方向发展，但似乎最终要服从阴阳变化大的趋势，无论做得好坏，基本不可能改变“道”的基本运行态势，给人以消极被动的印象。为此，本文特别就“五行相生相克法则”的具体运用进一步说明道学法则在领导活动的规律，特别是如何运用道学法则进行战略谋划，如何运用“循道定法”与“依法施术”进行领导变革，以消除读者认为道学是消极处世哲学的误会。

---

* 作者为中国浦东干部学院科研管理处处长，博士，牛津政策研究所合作研究员。

① 参见柏学翥：《道学思维与领导力研究》，《理论探讨》2008 年第 1 期。

② 参见柏学翥：《道学法则、内外部环境与成功领导者特征》，《理论探讨》2008 年第 6 期。

一、道学领导力五大核心要素：道、德、法、术、势

中华道学作为一个涵盖宇宙观、认识论、道德论、社会论、境界论的完整哲学思想体系，集中反映了中华民族的精神特质，反映了中国人的生存智慧。[①] 博大精深的道学体系在中国民族诸多领域实践中产生了不可磨灭的影响，为中国古代社会在政治治理、文官政治制度、多民族杂居、多宗教共同发展等领域提供了积极的指导原则。有研究表明，中华民族在19世纪以前几千年里，中国社会、经济、文化和科技等领先世界，中国在天文、历法、气象、农艺、军事、建筑、算学、医药等方面取得了举世公认的成就，这都与道学思想的指导密不可分。[②]

考察中国古代道学思想及其内容，我们发现道学法则在诸多领域广泛运用，尽管在不同领域与学科里名称不尽相同，概念内涵也变化多样，但构成道学核心内容的主要几个关键概念在各领域使用则大同小异，特别是所谓的“道、法、术、势”及其相关内容。[③] 实际上，从目前的文献来看，道学法则指导实践并保证活动成功所依赖的条件及涵盖的因素很多，并不仅仅限于上述的“道、法、术、势”，为了本文目的，现简要将有关内容综合如下：

(1)“道”(宇宙规律或客观规律)，“德”(促使事物完美的特性或规定)，“物”(客观条件或环境因素)，“势”(总体态势或趋势)。如老子《道德经》中的“道生之，德蓄之，物形之，势成之”[④]。

(2)“法”(合道之法)、“术”(方式方法)。如《韩非子·难势》中“抱法处势则治，背法去势则乱”，指出“抱法”(即遵循“合道之法”或符合客观规律的法)及“处势”(任势、造势和用势)对“治”(国家政治稳定)和“乱”(国家政治动荡)的极端重要性，在该文中，他特别指出“术”(方

① 参见柏学翥：《道学思维与领导力研究》，《理论探讨》2008年第1期

② 参见刘长林：《中国象科学观 — 易、道与兵、医》，社会科学文献出版社2006年版。

③ 参见刘长林：《中国象科学观 — 易、道与兵、医》，社会科学文献出版社2006年版。

④ 老子：《道德经（图文本）》，凤凰出版社2009年版。

式方法）在治国方略中不可或缺的作用。①

（3）“人”（选人用人）。如孙子在《孙子兵法》中指出：“善战者，求之于势，不责于人，故能择人而任势”。这里，孙武说明了“择人任势”在用兵中的要领，强调“选人用人”在用兵策略中是决定成败的关键要素。②

（4）“阵”（兵阵布局）、“变”（因时而变）和“权”（比较权衡利弊得失）。如孙膑在《势备》中对战争提出“阵”、“势”、“变”、“权”四要素，指出“阵”（兵阵布局）对战争策略的基础作用的同时，特别指出“权衡”（权衡利弊得失）和“时变”（因时而变）等手段方法对战争谋略的极端重要性。③

（5）“形”（形势，即构形成势）、“势”（态势）、“情”（情势或心态）。如汉献帝时期的荀悦认为确定策略、决定胜负的“大势”要则包括三个方面：一是“形”（即形势），二是“势”（态势），三是“情”（情势或心态）。他所说的“形”（形势），大体上是指客观环境中构成优势与劣势、决定成功与失败等要素对比情况；“势”（整体态势）则是具体事件发生时的各方力量交织在一起呈现出的整体态势或趋势；而“情”（情势或心态）则是指处于这一客观环境中所有当事人内心情态的综合表现。④

通过以上内容，我们可以看出道学有关指导实践的相关概念有：“道”、“德”、“物”、“势”、“法”、“术”、“人”、“阵”、“形”、“权”、“变”、“情”等内容。在对这些概念内涵的比较分析后，我们发现，“阵”和“局”含义接近，都含有“布局谋篇”的意思，为了便于今人的理解，在本文中干脆使用“局”（布局谋篇）代替它。而“势”作为事件的总体态势或趋势，其包含的要素有“形”、“人”、“物”、“阵（局）”、“情”、“权”、“变”等。确切地说，“势”实际上是这些具体要素综合作用产生的一种态势或趋势。

由此可见，道学主要核心要素可以归纳为如下内容：

（1）道：宇宙规律或客观规律；（2）德：促使事物完美的特性或规定，即合道之品德；（3）法：“合道之法”或符合客观规律的法则，如战略决

① 参见韩非：《韩非子》，内蒙古人民出版社 2008 年版。

② 参见陈国庆主编：《孙子兵法：智谋三百》，安徽人民出版社 2001 年版。

③ 参见陈国庆主编：《孙子兵法：智谋三百》，安徽人民出版社 2001 年版。

④ 参见程宇宏：《荀悦治道思想研究》，中山大学出版社 2005 年版。

策等；(4) 术：手段或方式方法；(5) 势：发展趋势或总体态势；(6) 形：客观环境中构成用势各要素总体情况；(7) 人：选人用人和依靠群众；(8) 物：物质与环境条件；(9) 局（“阵”）；(10) 情：群情或群体心态；(11)“权”与“变”：权衡利弊得失并因时而变，即通权达变，说明的是如何运用道学法则的方式方法。

通过进一步分析综合，我把这些要素归纳为“道学理论五大要素”(即“道、德、法、术、势”)、“道学用势五小要素”（“形”、“人”、“物”、“局”、“情”）和一个道学运用方法（“权变”方法)。具体而言，道学五大核心要素说明的是任何一个具体实践活动都必须做到：(1)“悟道”，即了解和掌握客观规律；(2)“明德”：明了“合道之德”，即事物的本质或内在规定性；(3)“定法”，即制定“合道之法”，拟定正确的战略与政策；(4)“施术”，即实施“依法之术”，也就是运用正确的方式方法；(5)“用势”(包括“形”、“人”、“物”、“局”、“情”等要素)，即造就并运用有利态势，从而最终成就事业。

从道学“用势”角度看，本文称之为“道学用势五小要素”，其内容不外乎“形”、“人”、“物”、“局”、“情”五个要素，具体来说就是：(1) 形（察形）：识别与观察客观环境中构成用势各要素的总体情况，以确定用势总体策略。“形”在用势中具有“道”的特征，可以说是微观或局部之“道”的运行状况；(2) 人(选人)：选人用人和依靠群众；(3) 物(用物)：利用物质与环境条件；(4) 局（布局)：布局谋篇；(5) 情（激情)：激发群情或群体心态。

此外，一个道学运用方法指“权”和“变”，也就是我们常说的“通权达变”，它是巧妙运用道学法则的具体方法，故称之为道学运用方法。

因为“道”是一切事物的客观规定性，领导力当然也不例外。把上述道学五大要素和道学用势五小要素及其方法运用到领导力研究中，我们可以得出道学领导力“五大要素”和道学领导用势“五小要素”及一个道学领导力运用方法：

道学领导力“五大要素”：(1) 组织客观规律（道）；(2) 组织特点与领导者特质(德)；(3) 领导战略与决策(法)；(4) 领导方式方法(术)；(5)

领导环境与趋势（势）。

领导用势“五小要素”：(1) 领导依据客观形势、制定总体造势、用势之策略（察形，即识别客观各要素总体情况，把握微观之“道”）；(2) 领导者的选人用人和依靠群众（选人）；(3) 领导所依赖的物质与环境条件（用物）；(4) 领导者具体谋划与布局谋篇（布局）；(5) 领导者调动群情或转变群体心态（激情）。

道学领导力运用方法：“统筹兼顾、通权达变”。

具体到领导力道学五大要素及领导用势五小要素的运用，它们并不是随意安排的，其中五大要素的运用必须遵循严格的先后次第关系：

(1) 悟道：即首先必须了解“大道”先机，明确组织所处的阶段以及所处的外部环境等构成的整体态势，此为“悟道”或了解“大象”(大道之象) 过程；所谓“执大象，天下往”①。

(2) 明德：了解“大道”先机就可以知晓组织在该阶段的“合道之德”，以及领导者应具备的特质，也就是了解此时组织发展所应具备的本质要求。

(3) 定法：遵循“合道之德”制定“合道之法”，此时就是根据领导者所希望达到的预期目标制定领导战略。

(4) 施术：依据“合道之法”进入具体实施阶段，确定采用具体的领导方式方法以实现领导战略目标。

(5) 用势：其中包括“察形”、“选人”、“用物”、“布局”、“激情”（激发群情）都是领导用势的具体手段和实施技巧。

从上面内容可以看出，“道、德、法”（悟道、明德、定法）是道学领导力实践的根本和先决条件，而“术”（施术）和“势”（用势，其中包括“形、人、物、局、情”，即察形、选人、用物、布局、激情）是实现道学领导力的具体方法与技巧，是领导力实践更为具体的内容。

在《道学思维与领导力研究》一文中，我初步论述了道学阴阳五行规律（“道”）在现代领导学中的运用，② 实际上是“道”（悟道）篇；在随后

---

① 老子：《道德经（图文本）》，凤凰出版社 2009 年版。

② 参见柏学翥：《道学思维与领导力研究》，《理论探讨》2008 年第 1 期。

的《道学法则、内外部环境及成功领导者特质》一文中，我比较具体地分析了成功领导者应如何顺应大道规律提升自己的品质与能力（“德”），[①] 其实就是“明德”篇。继上两篇内容，本文将侧重讲述“法”（定法）、“术”（施术），至于领导用势及其五小要素的详细论述，由于内容庞大，暂搁置不论，希望以后有机会再与读者探讨。

二、合道之法——五行相生相克规律

谈到“合道之法”，或者说“循道定法”的问题，道学有一句老生常谈的话叫做“法无定法”；《孙子兵法》干脆把它发挥成“兵无常势，水无常形”[②]。其实，正是因为孙子充分运用了阴阳变化和五行相生相克理论说明战争的规律，才使得《孙子兵法》成为一部运用道法原理最为高明的一部杰作，古今兵家乃至现代商家视之为“圣典”。孙子在论及道学法则在战争中运用时说：“战势不过奇正，奇正之变，不可胜穷也。奇正相生，如循环之无端，孰能穷之？”并指出：“故善出奇者，无穷如天地，不竭如江河。”能够根据实际情况不断进行变化、出奇制胜以达到预期目标，这样的“合道变化”，孙子称之为“神”。[③]

其实，兵家所谓“用兵如神”，根本就在于制定的战略是“合道之法”，即孙子所谓“修道而保法”，唯有如此，才能做到合“道”变化，才能“无穷如天地，不竭如江河”。认真研究《孙子兵法》，我们可以了解到孙子所谓“法”即阴阳变化与五行运化之法，也就是五行相生相克规律。

道学宇宙运行抽象模型[④]（参见图 1）也同样印证了《孙子兵法》里的说法，阴阳变化、五行运化是天地之道，而相应天地之道的是五德（仁慈、

① 参见柏学翥：《道学法则、内外环境与成功领导者特征》，《理论探讨》2008 年第 6 期。
② 陈国庆主编：《孙子兵法：智谋三百》，安徽人民出版社 2001 年版，第 45 页。
③ 参见陈国庆主编：《孙子兵法：智谋三百》，安徽人民出版社 2001 年版。
④ 参见柏学翥：《道学思维与领导力研究》，《理论探讨》2008 年第 1 期。

中正、诚信、正义、智慧），而相应五德的则是五行相生相克之法。道学宇宙模型里就具体展示了五行能量相生和相克的规律，这一规律就是所谓的“合道之法”。

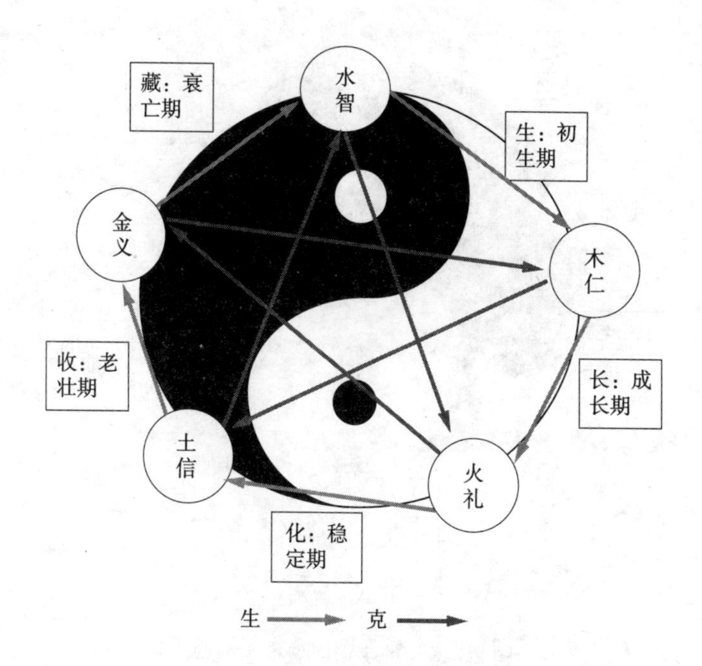

图 1　道学的宇宙运行抽象模型

图 1 包含了道学对于世界万物的规律性概括①：

（1）天人合一律：“人法地，地法天，天法道，道法自然”，“万物负阴而抱阳”。

（2）对立统一律：“一阴一阳谓之道”。

（3）相互依存律：“孤阴不生，独阳不长”。

（4）相互转化律：“阴极生阳，阳极生阴”。

（5）无限律：道“至大无外，至小无内”。

（6）永恒变化律：“易（变化）者，天之道”。

在古代中国，无论是兵家、医家、农家及其他杂家都十分重视这些规律在实践中的运用，可以说，中国古代科技之所以十分发达，与中国古代

① 参见柏学翥：《道学思维与领导力研究》，《理论探讨》2008 年第 1 期。

学人善于运用这一规律是分不开的。① 下面具体探讨一下“合道之法”——五行相生相克规律，让我们先了解一下五行相生规律：

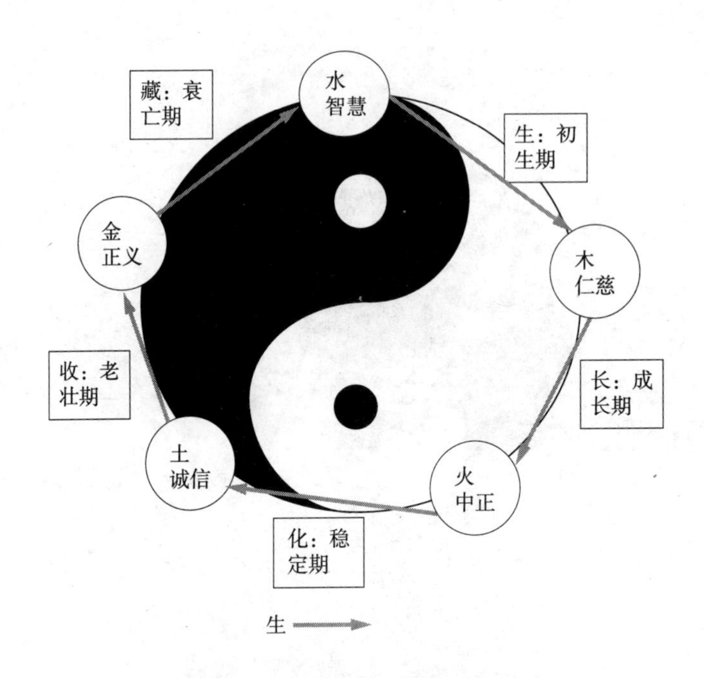

图2 道学的宇宙能量相生模型

图2展示的是五行能量相生状况，其包含的法则有②：

（1）母子相生：水生木，木生火，火生土，土生金，金生水。这一规律说明的是，水是木之母，木是火之母，火是土之母，土是金之母，而金是水之母；每个能量既是上一能量之子，又是下一能量之母。

（2）天地常道：宇宙五行能量就是按照“母生子”这一特定规律进行能量的转化。在没有重大能量波动的情况下，这一“母生子长”规律左右着宇宙间一切事物的生长到灭亡的周期。

（3）母强子壮：增益母能量也自然会增强子能量，可以加速子能量的成熟；如，增益水能量可以增强木能量，使木能量加速成熟，向火能量发展。相反，如果抑制或削弱母能量，就会削弱子能量，可以延缓子能量的成熟；如，抑制或减少水能量可以削弱木能量，延迟木能量成熟，使木能

① 参见刘长林：《中国象科学观—易、道与兵、医》，社会科学文献出版社2006年版。

② 参见《黄帝内经》，中华书局2010年版。

量向火能量转化时间延长。其他能量状况如此类推。

（4）子强母弱：子能量亢盛就会增强其吸收母能量的能力，使母能量羸弱，最终不利自己的发展；如，火能量亢盛可导致木能量的削弱，最终由于缺乏能量之源而不利自己向土能量的转化。

（5）子病母忧：相反，如果子能量衰弱，接收母能量支持能力就好减弱，母能量成熟并转化为子能量就会困难重重；如，火能量衰弱，降低木能量支持火能量的能力，木能量成熟并转化为火能量的时间延长，甚至出现困难。

说完道学法则中五行相生原理，下面就要讲讲五行相克的原理。先看看下图：

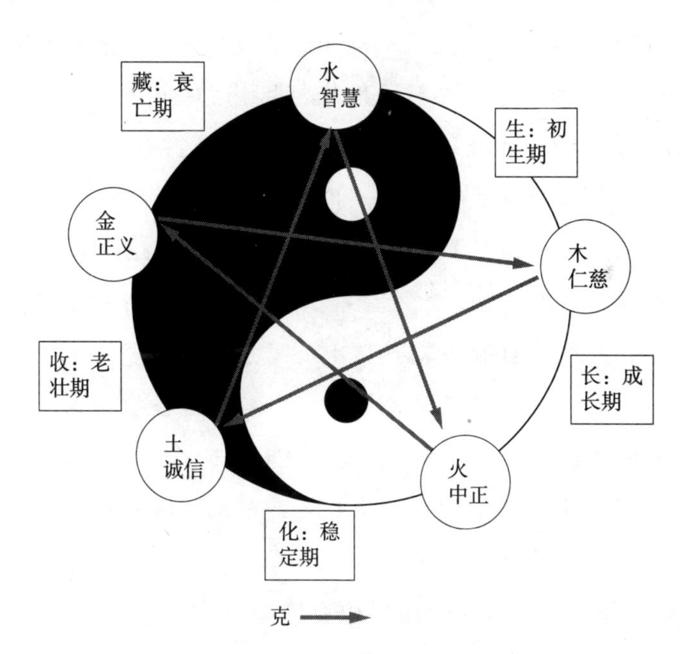

图 3　道学的宇宙能量相克模型

图 3 展示的是五行能量相互克制的规律[①]：

（1）君克臣服：金克木，木克土，土克水，水克火，火克金。这一规律说明的是，每一能量与其相对应的两个能量处于君臣关系，即克制和被

① 参见《黄帝内经》，中华书局 2010 年版。

克制的关系；金是木的君，木是土的君，土是水的君，水是火的君，火是金的君。如，金为木的君主，克制木能量，同时为火的臣下，服从火的克制。

（2）动态平衡：五行能量在相互克制中保持着动态平衡，最理想的状态是君臣之间各自保持相对平衡，五行能量运行会有规律地按照母子相生的方向发展。

（3）君盛臣衰：五行相克规律中有“君臣相凌”一说，凌即欺负，指五行中君能量对其所克制的臣能量过度克制，原因有二：一是君过于亢盛，对臣能量过度克制；二是臣能量过于虚弱，难抵御君能量的正常克制。君臣相凌会导致臣能量的削弱（甚至扼杀臣能量），延缓臣能量成熟，也就延迟向其子能量转化时间。如，金能量过于强大，木能量就被削弱，木能量成熟时间延长，木能量向火能量转化时间延长；极端状态是木能量完全被扼杀，五行系统崩溃瓦解。其他能量相凌如此类推。

（4）君弱臣亢：五行相克规律中还有“君臣反克”一说，指五行能量中某一臣能量对君能量的反向克制，即反克。君臣反克也有两个原因：一是臣能量过于强盛，反克君能量，如木盛，木反克金；二是君能量过于虚弱，遭到臣能量的反克，如木弱，土反克木。君臣反克会导致君能量的削弱（甚至扼杀君能量），延缓君能量成熟，也就延迟向其子能量转化时间。如，金能量过于强大，火能量不能克制金能量，金能量成熟加速，过早转化为水能量；而此时火能量成熟时间延长，火能量转化土能量时间延缓；极端状态是火能量完全被金能量克制，五行系统崩溃瓦解。其他能量反克如此类推。

根据道学理论，上述五行相生相克规律是左右宇宙间一切事物从生长到灭亡周期的根本法则。人们只有了解、掌握、并熟练运用这些法则，才能根据客观环境进行创造性发挥以达到预期的目标。根据道学理论进行“循道定法”与“依法施术”，实际上就是依据五行相生相克规律巧妙运用主客观条件，进行战略谋划和采用正确的方式方法实施战略决策。

三、领导战略、领导变革与"循道定法"和"依法施术"

领导学研究的众多文献说明，领导者的最重要的一个功能就是要为组织确立发展方向和前进目标，并制定进行变革的战略。同时，在当今知识经济时代，现代领导者的职能就在于"预测变革、适应变革，并推动变革朝着正确的方向发展"①。

此外，现代领导学认为战略决策是组织最重要的决策，它关系到组织发展方向，对组织兴衰存亡有着根本性的影响。组织成功首先在于领导战略制胜，而领导战略失误，则可能给组织带来灭顶之灾。②

谈到领导战略，人们会立即想到战略目标、全局谋划、高瞻远瞩、协同发展等关键字眼，领导战略具有长期性、指导性和激励性的特点。③真正的领导者就必须是真正的战略家，他除了要运用领导战略对组织进行全面管理，还要通过制定、实施正确的领导战术实施战略决策，从而最终达到组织预期目标。

从上述论述中，我们可以清楚地发现，无论是领导变革也好，还是领导战略决策也好，其关键一点在于其选择的方向和决策是否"正确"。尽管目前西方管理学研究有大量关于组织变革和组织战略的研究，遗憾的是，它们也是概念层出不穷，观点互相对立，学派之间各执一词、莫衷一是，④甚至现行以西方领导学理论为基础的主流教科书否认任何可供领导

① 孙钱章、吴江、马抗美：《新领导力全书：知识经济时代的权力艺术》（第一版），中共中央党校出版社、九州图书出版社 1998 年版，第 156 页。

② 参见哈佛商学院 MBA 领导学课题中国化专题研究组：《MBA 领导学》，中国长安出版社，2003 年版。

③ 参见孙钱章、吴江、马抗美：《新领导力全书：知识经济时代的权力艺术》（第一版），中共中央党校出版社、九州图书出版社 1998 年版。

④ 参见哈佛商学院 MBA 领导学课题中国化专题研究组：《MBA 领导学》，中国长安出版社 2003 年版；LOWE, K. B., & GARDNER, W. L. "Ten Years of The Leadership Quarterly: Contributions and challenges for the future" . *Leadership Quarterly*, 2000, Vol. 11, pp. 459-514; HITT, M. A., IRELAND, R. D., & HOSKISSON, R. E. *Strategic Management: Competitiveness and Globalization* (5th edition), USA: South-Western, Thomson Learning, 2003; JOHNSON, G. & SCHOLES, K. *Exploring Corporate Strategy*(6th edition), UK: Pearson Education Limited, 2002。

选择的战略和变革模型的存在，英特尔总裁格罗夫在谈到领导者运用领导战略时说：“你正确了，是因为你成功了。”[①] 也就是说，领导者无法预知自己的战略是否正确，而只能以最终成败来判断。这一结论确实让几乎所有研究领导战略的人沮丧之至。

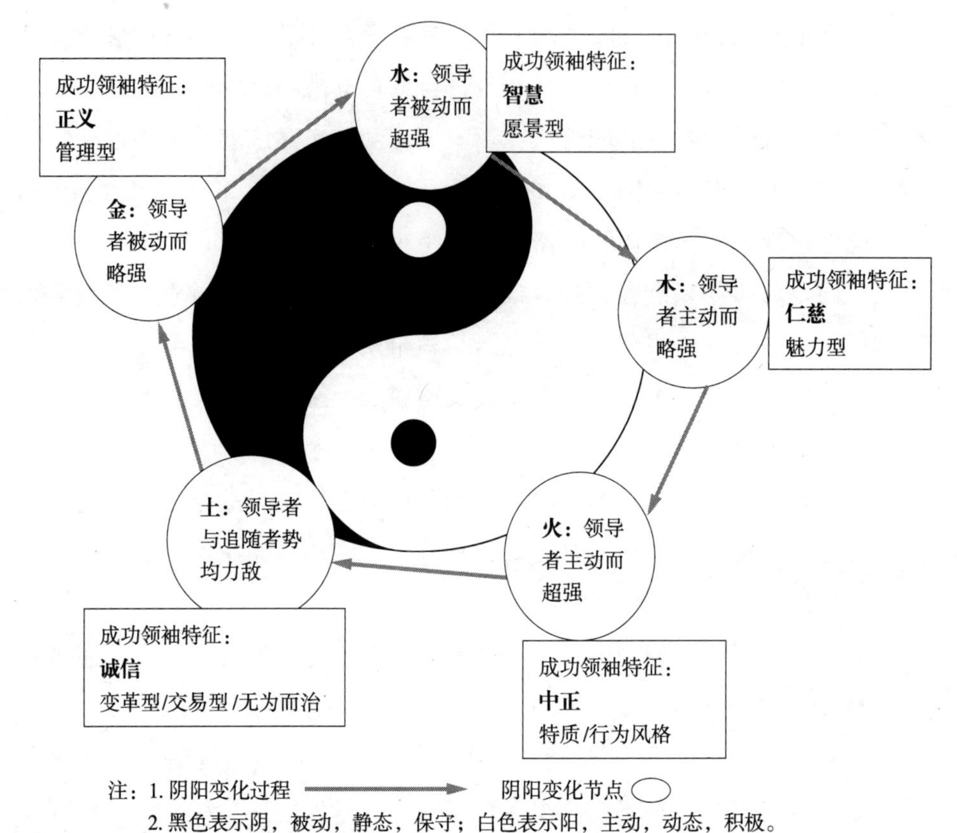

注：1. 阴阳变化过程 ——→ 阴阳变化节点 ◯
2. 黑色表示阴，被动，静态，保守；白色表示阳，主动，动态，积极。

图 4 基于道学的成功领导者特征模型[②]

在《道学思维与领导力》研究一文中，我就指出当代西方对领导力的研究延续着自然科学采用的实证手法，以逻辑、数理和实验等方法来研究社会科学的领导力现象，很难形成一种系统完备的综合理论体系的问题。这一结论同样适合领导变革和领导战略研究，正是西方研究方法缺乏系统

① 参见哈佛商学院 MBA 领导学课题中国化专题研究组：《MBA 领导学》，中国长安出版社 2003 年版，第 30 页。

② 参见柏学翥：《道学思想与领导力研究》，《理论探讨》2008 年第 1 期。

性和综合性，才导致无法预知领导战略与领导变革的决策和方向正确与否。在该文中我还指出，道学领导力可以弥补西方领导力研究缺陷，有望在整合中西领导力研究成果的基础上建立一个系统的具有综合性的领导力理论框架。[①] 这一结论同样适合在领导变革与战略研究方面。通过探讨道学相生相克法则，我们也可能建立一个比较系统可预知的领导战略与变革决策理论体系，从而结束理论界认为领导变革和领导战略方向、路径以及决策正确与否等不可预知的论调。以下就是一次初步尝试。

通过上文有关道学五行相生相克规律的论述，我们了解到如果正确运用左右事物发展的主要力量间的生克关系，我们就完全有可能改变事物的运行状态，让事物朝着我们预期的方向发展。具体到领导变革与领导战略方面，我们应如何通过这一规律进行“循道定法”和“依法施术”来制定领导变革与领导战略决策呢？为了方便探讨这一问题，请先熟悉一下道学成功领导者特征模型及其内容。

表 1　基于道学的成功领导者特征模型的内容描述 [②]

名称	木	火	土	金	水
领导者相对于追随者状态（外部情境）	主动而略强	主动而超强	势均力敌 主动　被动	被动而略强	被动而超强
成功领导者主要特征	仁慈	中正	诚信	正义	智慧
成功领导者必须具备的主要特质	胸怀宽广，平易近人，关怀他人，善于倾听，有包容力	待人公正，注意分寸，不偏不倚，恰到好处，可以做到以礼服众，具有服众力	行为始终不渝，对目标和愿景坚持不懈，对他人忠诚守信，作风民主，因而生发凝聚力	富有责任感，行事符合正义，赏罚公正，刚毅果敢，敢于运用法则法规以及权力达到目标。具有公信力	有远见，有深刻的洞察力，具有高超的认知能力，能够提出鼓舞人心的愿景。具有强烈的吸引力与感召力
领导力特征	包容力	服众力	凝聚力	公信力	感召力

① 参见柏学翥：《道学思想与领导力研究》，《理论探讨》2008 年第 1 期。

② 参见柏学翥：《道学思想与领导力研究》，《理论探讨》2008 年第 1 期。

名称	木	火	土	金	水
最适宜的领导力理论类型	魅力型	特质 / 行为风格	变革型 交易型 无为而治	行为风格（管理型）	愿景型
相应的组织发展阶段	初创期	发展期	稳定期	老壮期	衰亡期

以上道学领导力模型及其理论说明，组织在发展周期中有五个阶段，即初生期、发展期、稳定期、老壮期、衰亡期；而一般来说，这五个周期是任何组织都必须经历的过程。在组织中五行能量最理想状态是保持动态平衡，而且每个时期相应的能量应该相对强盛，即初生期的木能量（仁慈）、发展期的火能量（中正）、稳定期的土能量（诚信）、老壮期的金能量（正义）、衰亡期的水能量（智慧）。但作为领导者，主观上总是希望组织强大、生机勃勃、繁荣稳定，而不希望组织羸弱、生机衰落及濒临灭亡的。因此，组织诞生之后，领导者就必然希望组织早日发展壮大（发展期）并进入繁荣稳定状态（稳定期），在组织衰落（老壮期）时希望竭力延迟衰亡期到来或规避衰亡期。

很显然，无论是领导变革还是领导战略的目标，根本来说，就是要保证组织发展壮大（发展期）并保证组织繁荣稳定（稳定期）而避免衰落。从领导变革角度来说，变革领导就是要改造组织使之从原有状态进入另一个状态；从领导战略角度来看，领导战略必须具有长期性、指导性和激励性特点。而其中最为关键和核心的问题是：领导者如何才能预先知道领导变革的方向、领导战略决策是正确的，否则，领导者就无法进行变革途径和领导战术的选择。① 因为一旦明确了领导变革的方向确立了领导战略，剩下问题就是如何高瞻远瞩地进行全局谋划，通过落实具体的领导方式保证组织各方协同发展等战术了。

综上所述，领导变革的方向和领导战略的目标是"永葆组织青春活力"②。

① See ANTONAKIS, J., CIANCIOLO, A.T., & STERNBERG, R.J.*The Nature of Leadership*, London, New Delhi: Sage Publications, 2003; BASS ,B. M. *Bass and Stogdill's Handbook of Leadership* (2nd ed.), New York: Free Press, 1990.

② See BASS, B. M. *Bass and Stogdill's Handbook of Leadership* (2nd ed.), New York: Free Press, 1990.

这样的方向和目标似乎有悖常理，迄今为止，人类历史上好像没有什么组织是青春永驻的；但是，道学法则确实为领导者达到这样的领导变革及战略预期提供了可能性。

根据以上道学五行相生相克规律，领导力理论在制定领导变革和领导战略及战术时如果遵照上述五行相生相克法则，是可以做到使组织趋利避害、保持相对久远的兴盛运势的。由于“法无定法”，运用起来就如孙子兵法所言“无穷如天地，不竭如江河”，我无法就上述每个法则进行一一阐述，但略举几个典型领导变革与战略决策模式进行论述，以期达到“举一反三”的效果。

我们首先假定组织内外部环境处于完美状态，即组织能量呈现状态和其所在阶段的完全统一，如初生期的组织呈现出木态（仁慈）。如果该组织处于正常状态，其内部领导力仁慈能量（木）强盛，组织的包容力相对强大，吸引人才的力量也相对强大①，如果领导变革方向和领导战略目标确立为“加速组织向发展期（火态）发展”，那么，根据相生规律“母强子壮”法则，领导者就可以制定“增强母能量（水，即智慧能量）战略壮大组织实力”的战略决策。

因为水能量是智慧能量，初生期组织增益水能量战略就要求：

（1）“悟道明德”：组织领导者首先必须了解组织所处状态（火态）及如何改造组织的规律，随着确定组织变革方向。这一阶段要求领导者高瞻远瞩，首先保证自己旺盛的木能量（仁慈包容），同时要提高自己的水能量（智慧特质），所谓“正人先正己”。

（2）“循道定法”：全局谋划，制定组织整体战略，使各项战略决策有利于组织内部智慧能量的提高。

（3）“依法施术”：依据整体战略实施各种具体的措施和方法，如制定各种组织政策、人才政策、技术政策及管理措施等，使组织政策有助于吸引有智慧有创意的人才、管理制度有利于鼓励并包容创新、技术政策有助于大胆尝试和引进革新型技术等。

---

① 参见柏学煮：《道学思维与领导力研究》，《理论探讨》2008 年第 1 期。

（1）和（2）就是“循道定法”进行领导变革与领导战略决策，而（3）就是“依法施术”，用正确的领导方式方法落实领导变革与战略目标。如果组织领导者与追随者能够同心协力，长期坚持这一战略战术，这一初生组织必然能够在与同类竞争中脱颖而出，并占据相对的人才与技术优势地位，从而进入快速发展期（火态）。也就是说，领导者也就胜利完成了改造组织使之进入新的发展状态的变革使命，其战略目标显然达到。

同样道理，如果组织处于发展期（火态），领导者变革方向与战略目标确立为“尽快进入稳定繁荣期（土态）”，根据五行相生规律“母强子壮”法则，就可以制定“增强母能量（木能量，即仁慈能量）战略壮大组织实力”的领导战略。因为木能量是仁慈能量，发展期组织培植木能量战略要求：

（1）“悟道明德”：组织领导者首先必须了解组织所处状态（火态）及如何改造组织的规律，因而提出组织及其领导层变革方向。这一阶段要求组织领导者自身除了保持“积极进取并保持中正”特质（火能量）外，还要努力培养仁慈包容特质（木能量）；即“正人先正己”。

（2）“循道定法”：全局谋划，制定组织整体战略，使各项战略决策有利于组织内部木能量（仁慈）的提高，使组织包容力进一步增强。

（3）“依法施术”：实施各种具体的措施和方法，使组织在各种政策与措施方面在不失公平公正（火能量）的基础上更加包容。

同样，上述（1）和（2）就是“循道定法”进行领导变革和战略的决策，而（3）就是“依法施术”，用正确的领导方式方法落实领导变革和战略目标。如此一来，组织各项政策和措施都有助于吸引各种人才，同时在管理方面既做到仁慈宽厚又相对公正，不偏不倚，组织必然能够做大做强，并快速进入繁荣稳定时期（土态）。领导变革与领导战略目标均顺利达到。

上述两种情形是我们比较常见的领导变革过程，无论在变革方向和途径选择上，还是在战略目标和手段的使用上，都比较有规律，因而也就相对比较容易，故而绝大多数领导学教科书对此都津津乐道。但真正具有挑战意义的领导变革且在实践中最为棘手的战略决策则是下面两种情形：

这就是组织处于老壮期（金态）特别是衰亡期（水态）的情形。这两个时期，严格说来，都是组织走下坡路时期，特别是衰亡期（水态），如果不能力挽狂澜，组织必走向灭亡。这时又如何利用道学法则进行领导变革和制定战略呢？

我们先说说，组织处于老壮期（金态）的情况吧，在《道学思维与领导力研究》一文中已说明此时组织发展已经过了成熟阶段，官僚机制特别稳固，出现领导层相对保守（如组织机构健全，权力比较集中的结果）的状况，处在"金"的位置上。此时，组织领导层的静态思维占了上风，墨守成规；而组织运行按照既定方向发展，基本处于守成状态等。在这样的形势下，只有那些具有强烈的正义感、富有极强的责任心的领导人可以做到运用管理手段以及法规和权力达到组织目标，最终获得成功。[①]

根据道学成功领导者特征模型（参见图1及表1），我们知道，此时的组织内部"金能量"（静态、官僚作风严重）旺盛，生机（木能量）与活力（火能量）不足。此时，组织领导者制定的战略目标应该是"挽救组织颓势、使组织重新焕发生机与活力"，如果领导者采用道学五行相克规律中"君盛臣衰"和"君弱臣亢"法则，制定"增益克制自己的君能量即火能量，同时培植反克自己的臣能量即木能量"的战略，则可以挽救组织颓势，使组织恢复生机与活力。

因为组织能量是金能量（正义），其君能量是火能量（积极进取与中正），其臣能量是木能量（仁慈包容），"增益克制自己的君能量，同时培植反克自己的臣能量"的战略要求：

"悟道明德"：组织领导者首先必须了解组织所处状态（金态）及如何改造组织的规律，然后提出组织变革的方向。这一阶段要求领导层在具备"正义"特质基础上同时增益领导层的积极进取与中正特质（火能量），并培养领导层的仁慈包容特质（木能量）；也就是说领导者首先要与组织能量状态相适应，即是"正人先正己"，也就是我们常说的"先适应环境然后再改造环境"。

"循道定法"：全局谋划，制定组织整体战略，使各项战略决策立足于

① 参见柏学翥：《道学思维与领导力研究》，《理论探讨》2008年第1期。

“增益积极进取但又不失中正的火能量，同时培植仁慈包容的木能量”。

“依法施术”：实施各种具体的措施和方法，使组织在各种政策与措施方面都能鼓励积极进取与公平公正（火），同时，提倡仁慈包容（木），如此，则可以平衡过于旺盛的金能量，使企业处于久长的发展运势。

在老壮期（金态）的组织中进行增“火”与益“木”，实际上就是要求领导者在组织中大力提倡积极进取并做到不偏不倚（火能量）、同时鼓励仁慈包容（木能量），防止打着“正义”（金）旗号扼杀企业的竞争力和创新能力。在具体的“术”层面就是实施的各项政策措施，都符合不失正义的鼓励积极进取和包容创新，所有的方式方法都围绕增“火”益“木”，从而克制过于旺盛的“金”，这样组织的五行能量就相对平衡，从而保证组织健康运行，延缓组织向衰亡期（水态）演化。在内外部条件具备的情况下，领导者依据道学法则通过积极作为，完全可以改造该组织，使之焕发生机，进入新的发展期（火态）或稳定繁荣期（土态）。

应该说，唯有品德高尚、无私无畏的领导者才能做到这一点，因为在衰落的组织中，领导者为了挽救组织使其焕发生机，要做的事往往是对自己个人不利的事。所谓增益克制自己的君能量和培植反克自己的臣能量，在实际情形中就是领导者主动削弱自己的力量，让权放利给自己的反对派，从而保证组织各派力量更加平衡。

最后，我们探讨一下衰亡期组织如何“循道定法”和“依法施术”，从而使组织摆脱困境获得新生吧。我们知道，在“衰亡期”（水态，智慧）的组织往往是发展到了后期，但实际上，任何时期的组织都可能进入这一状态的，也就是说，实际生活中组织在任何时候都可能因为各种原因导致走向灭亡。一般说来，衰亡期组织（水态）的共性有：机构完全处于僵化状态，领导层腐朽不思进取，追随者的进取精神和行为（火能量）受到限制，组织诚信（土能量）缺失，积极进取和忠诚的追随者意见无法上达，投机取巧者（狡诈自私，属于负面智慧）大行其道，组织内部暮气沉沉。[①]此时的组织处于走向死亡的边缘，如何制定领导变革战略及其战术使组织

① 参见柏学翥：《道学思维与领导力研究》，《理论探讨》2008 年第 1 期。

获得新生呢？

其实，这一时期犹如在老壮期（金态）一样，领导者如果使用五行相克“君盛臣衰”和“君弱臣亢”规律，也可以延缓组织走向灭亡，在环境条件改善后可进一步使组织摆脱困境，获得新生。具体领导战略就是制定“增益克制自己的君能量即土能量（诚信），同时培植反克自己的臣能量即火能量（积极进取且中正）”的战略，从而抑制过于弥漫的水势，延缓组织灭亡的时间。具体做法如下：

“悟道明德”：组织领导者首先必须了解组织所处的状态（水态）及如何改造组织的规律，从而提出组织变革的方向。这一阶段要求领导层在具备“智慧”特质基础上同时培养领导层的忠诚忠信特质（土能量），并增益领导层的积极进取与中正特质（火能量）。既是“正人先正己”，也是“先适应环境然后再改造环境”。

“循道定法”：全局谋划，制定组织整体战略，使各项战略决策立足于“培养和奖励忠诚忠信（土能量），同时提倡积极进取但又不失中正（火能量）”。

“依法施术”：实施各种具体的措施和方法，使组织在各种政策与措施方面都能落脚在大力培养忠诚之士和奖励忠信之事（土能量），鼓励积极进取与公平公正（火能量）。如此，则可以平衡过于弥漫的水能量，使企业免于灭亡的命运。如果长期坚持不懈地努力，则可以逐渐使组织恢复生机与活力，最终走出困境重新获得新生。

此时成功的领导者除了必须充满智慧，有远见，有深刻的洞察力（水能量），更重要的是他必须能够对组织及其事业忠诚如一（土能量），同时又能够积极进取并不失公正（火能量）。他所制定的领导战略战术亦如其人，确保组织具有无比的智慧创新能力（水能量），同时又具备诚实守信（土能量）和积极进取并不失中正（火能量），不仅如此，他还要带领组织在困境坚持不懈、顽强拼搏、矢志如一，才能使组织不至于走向灭亡。同样，在内外部条件具备的情况下，这样的领导者通过依据道学法则里的五行相生相克规律进行积极有为的领导，最终可以带领组织走出困境，并努力改造组织使之焕发生机获得新生（木态），并进入新一轮的发展。

有人可能要问，这样不就打破了宇宙大道的规律了？这不是逆天而行吗？是的，按常理说，这就是逆天而行。显然，平庸领导者仅靠上述的所谓“法”、“术”是根本无法做到的；而真正高明的领导者，即真正具备了“圣人”特质，即“五德齐备”的领导者，才能真正做到如何“悟道”、“明德”、“定法”、“施术”。要知道“法无定法”不是对常人而言，而是对“有道之士”而言，因此，对“内圣外王”的圣哲没有什么不可能的事。但圣人毕竟少有，对我们常人来说，虽然不能随心所欲地“合道变化”，但至少可以仔细揣摩这些法则以指导我们在实践中少犯错误。易经说“天行健，君子以自强不息”，仅凭这一点，我们任何时候都应该积极进取、不断变革，而不应消极处世，这大概就是道学的真谛吧。

上述几个例子只是说明在组织内外部环境完美的情况下，如何依照“循道定法”和“依法施术”进行领导变革和进行战略决策，实际上，组织在不同的内外部环境中会呈现出各种复杂的态势，亦如道学成功领导者特征模型所示，组织在实际运行中应该有无数状态，对于所有这些状态中的组织，如何进行领导变革、战略决策和战术实施，就会要求领导者根据实际情形，依照道学法则进行“通权达变”的运用。

四、结语

云南的圆通寺有一则对联说得好：“会道的一缕藕丝牵大象，盲修者千钧铁棒打苍蝇”，可见道学智慧在实践中的重要性！

然而，我们又不能忘记老子所言的：“道可道，非常道；名可名，非常名。”按照这一说法，真正的“道”是说不清楚的，而可以说出来的东西基本上已经远离了事物的本质了。尽管如此，人类还是要利用语言来传递知识，以便达到认识事物本质的目的。正如佛教所说，讲经说法犹如以手指月，看月的人不要误以为手指就是月亮，应该顺着手指去找寻月亮。所以，我希望读者清楚，有关“道”与领导力的文章只是借助语言指示“道”在领导力实践中的规律，真正理解和掌握需要读者在实践中掌握，仅在文字中是找不到真正的“道”的。

最后提请读者，要做到“运用之妙，存乎一心”，除了通过大量学习与实践了解道学法则、组织运行规律以及领导力运用规律（“悟道”）外，更重要的是要“明德”，既要在学习实践中了解组织所处状态的特征特点（组织之德），又要在日常生活中培养个人德操、增强个人才能（个人之德），要知道，唯真正“有道有德者”才能真正无私无畏地运用“合道之法”不断进行领导变革，并始终能够作出正确的战略决策。

领导方式的人本走向及启示

刘兰芬*

进入 21 世纪以来，一股领导方式人本化的浪潮席卷全球。与此同时，“以人为本”的科学发展观也成为我党在新的历史时期的执政理念和执政方式。尽管我国与西方国家在历史文化传统、政治体制、生产生活方式、思想信仰等方面有着重大的差异，然而在领导方式的人本化走向上却出现了殊途同归的景象。可见，“以人为本”是领导活动的科学规律，也是历史发展的客观规律。研究这一重要的历史现象，对于推动我国各级领导干部领导方式的变革，提高其领导能力和执政能力，乃至促进整个人类社会的健康发展，都具有十分重要的理论意义和实践意义。

* 作者为中共黑龙江省委党校、黑龙江省行政学院领导科学教研部主任、教授；行政管理专业、领导科学方向硕士研究生导师。中国领导科学研究会常务理事；黑龙江省领导科学学会副理事长、秘书长。全国优秀教师。

一、我国人本——权本——人本领导方式的沿革

（一）我国古代的“人本”领导

人本领导思想在我国产生较早，从原始社会早期的“自然领导”，到原始社会末期的“神权领导”，特别是在封建统治鼎盛时期有关帝王君权统治思想的记载中都蕴涵着丰富的人本领导思想。《荀子·王制篇》说：“（人）力不若牛，走不若马？而牛马为用，何也？曰：人能群，彼不能群也。君者，善群也。”这段文字着重说明了人与动物的重要区别之一在于人类能够形成群体和社会组织，而领导（君）则是善于组织和协调社会群体的人。原始社会早期的领导方式具有较突出的人本特征，它侧重强调引导、疏导与对群众施加良性影响，所以能胜此任者，必是才能突出者。唯其如此，才能使“群下之所归心也”。这些特点在传说中得到了鲜明的反映。《韩非子·五蠹》载：“上古之世，人民少而禽兽众，人民不胜禽兽虫蛇。有圣人作，构木为巢以避群害，而民悦之，使王天下，号曰有巢氏。民食果蓏蚌蛤，腥臊、恶臭而伤害腹胃，民多疾病。有圣人作，钻燧取火以化腥臊，而民说（同悦）之，使王天下，号之曰燧人氏。”《白虎通》卷一载：“谓之‘燧人’何？钻木取火，教民熟食，养人利性，避臭去毒，谓之燧人也。”又载：“古之人民皆食禽兽肉，至于神农，人民众多，禽兽不足，于是神农因天之时，制耒耜，教民农耕，神而化之，使民宜之，故谓之神农氏。”《易·系辞》说：“包牺氏没，神农氏作，斫木为耜，揉木为耒，耒耨之利，以教天下。神农氏没，黄帝、尧、舜作。”《白虎通》还说：“神农制耒耜，教民农作，黄帝作宫室，以避寒暑。”《汉书·地理志》载：“昔在黄帝，作舟车以济不通。”《释名》说：“黄帝造车，故号轩辕氏。”类似的记载俯拾皆是。这里所提到的有巢氏、燧人氏、神农氏、轩辕氏等，都是原始社会杰出的领导者。从上述记载可以看出，原始社会早期的领导是自然产生的，他们皆为群众解决重大困难，引导人们征服自然，造福于人

类，推进人类社会向前发展，而被推为领导，体现出了朴素的人本主义特点。然而，原始社会人本领导思想和领导方式是建立在低下的社会发展水平基础之上的。随着社会的发展、特别是私有制的出现，我国早期的人本领导方式很快地便让位于“神本”或“权本”的领导方式了。

(二) 我国封建社会的“权本”领导

在中国的封建社会，领导方式基本上是以封建阶级的专制权力为本的。尽管有些封建阶级的代表也曾推崇人本领导，例如早在春秋时期，齐国政治家管子就提出：“夫霸王之所始也，以人为本。本理则国固。”（《管子·霸言》）孟子提出：“民为贵，君为轻，社稷次之。”（《孟子·尽心下》）这些人本思想对于抑制封建社会过度的剥削和压迫、保护生产力的发展有一定的积极作用，有历史的进步性。但在封建的宗法等级制社会，不可能普遍形成人的个体意识、主体意识，所能形成的只能是人身依附。因此封建时期提到的“以人为本”，不是关于人的目的性、价值性的命题，而是一种工具性、手段性的命题，是为君王谋求“霸”业服务的。在我国近代旧民主主义革命时期，孙中山首倡的三民主义曾闪现出“以民为本”的宝贵的现代化思想火花。但他一方面认为民生问题“是社会进化的原动力”，另一方面又离开生产资料所有制空谈民生；一方面强调“主权在民”，另一方面又把人分成“先知先觉”和“后知后觉”、“不知不觉”三部分，把广大的人民群众列为“后知后觉”和“不知不觉”者。认为人民群众只能在有“能”的人管理下，才能觉悟。这就不可能使领导摆脱以权力、君主为本的领导范式。

由于中国没有经过资本主义阶段，因此与西方国家相比，缺少以攫取剩余价值为目的的以“物”为本的资本主义管理阶段，因此“物本”领导方式并不突出。几千年来，我国统治者在领导方式上的明显特色始终是以权力、统治者或领袖人物为本；领导往往是君权的象征，领导方式主要侧重统御与权谋的运用。

(三) 我国社会主义社会的“人本”领导

中国共产党无论在民主革命时期还是在执政以后，都始终把马克思主义作为自己的指导思想。在马克思主义的经典理论中，“以人为本”的思想贯穿其中。马克思主义创立之初就把人本观作为一种本质内涵，并且把人的自由全面发展作为共产主义的重要目标。正如马克思在《黑格尔哲学批判》导言中所提出的：“人是人的最高本质”，“人的根本就是人本身”。恩格斯在《自然辩证法》导言中也指出：“有了人，我们就开始有了历史”。以毛泽东为代表的中国共产党人，始终坚持“人民，只有人民才是创造世界历史的真正动力”。[①] 在此基础上，把为人民服务作为党的领导宗旨。“以人为本”的理念是邓小平理论的一块重要基石，邓小平同志始终强调坚持群众路线，坚持以人民的根本利益为最高准绳。江泽民同志立足于现阶段我国社会主义现代化建设的实践和当代世界发展的趋势，进一步充实和发展了邓小平“民本”理念，提出了“人的全面发展是社会主义的本质要求”，“既要着眼于人民现实的物质文化生活需要，同时又要着眼于促进人民素质的提高。”

在马克思主义发展史上，明确地将以人为本作为执政理念和领导方式、执政方式的，是以胡锦涛为总书记的党中央领导集体。以胡锦涛为总书记的党中央领导集体集马克思、恩格斯，毛泽东、邓小平老一辈革命家人本思想之大成，在领导中国社会主义改革和建设的实践过程中，高度重视党的执政方式的改革，明确地将“以人为本”作为科学发展观的核心，并将以人为本科学发展观作为党在新时期的执政理念。科学发展观所坚持的“以人为本”，具有两层密切相联的含义：第一，要把满足人的全面发展需求和促进人的全面发展作为经济社会发展的出发点与落脚点。第二，这里的“人”，包括了个人但不归结为个人，它涵盖了一切人，即所有的人都有得到公平、和谐、持续发展的权利。胡锦涛同志明确指出：“坚持以人为本，就是要以实现人的全面发展为目标，从人民群众的根本利益出

① 《毛泽东选集》第三卷，人民出版社 1991 年版，第 103 页。

发谋发展、促发展，不断满足人民群众日益增长的物质文化需要，切实保障人民群众的经济、政治和文化权益，让发展的成果惠及全体人民。”[①] 我党在新时期提出的以人为本的科学发展理念和执政方式，与西方国家的人本理念具有截然不同的价值取向，合乎逻辑地体现了“为谁发展”和“靠谁发展”的双重意义，为我国广大领导者实现领导方式的人本化变革奠定了坚实的理论基础。

二、西方权本——物本——人本国家领导方式的延革

（一）西方国家早期的权本领导

西方国家早期也有人本思想的萌芽。早在古希腊时期，普罗戈格拉就曾提出过“人是万物的尺度”[②]。在西方中世纪，以人文主义思潮兴起为标志的欧洲文艺复兴，把人对神的崇尚转向对人自身的崇尚。柏拉图在他的《理想国》中流露出了他对理想的领导方式的思考。柏拉图认为，优秀的领导者必须具备以下三个条件：第一，拒绝除了生活必需品以外的任何私有财产；第二，应该和公民同吃同住，和士兵一同打仗；第三，真正关心国家和人民的利益。那么，什么样的人能满足这些条件呢？柏拉图认为：“除非哲学家成为我们这些国家的国王，或者我们目前称为国王和统治者的这些人物，能严肃认真追求智慧，使政治权力与聪明才智和二为一。”那么，怎样的人才能够称得上是哲学家？柏拉图指出，哲学家就是那些天赋有良好记性，敏于理解，豁达大度温文尔雅，爱好和亲近真理，正义、勇敢和节制的人。西方哲学家这些带有人本思想萌芽的领导思想，表面上关注人，提出以人为中心，然而却都是从人是自私的动物这一前提出发，

① 中共中央宣传部理论局组织编写：《科学发展观学习读本》，学习出版社年 2006 版，“前言”。
② 普罗泰戈拉：《论真理》。

始终未能跳出抽象地考察人性的藩篱，更没有触及人性产生和存在的基础。正如马克思所说，是“关于唯物主义不确切的、肤浅的表述”。

17世纪英国革命以后，西方国家涌现了大批服务于政治的领导思想，如弥而顿的“领导者是人民公仆”思想、霍布斯的领导者绝对权威思想、伏尔泰的“智者统治论”等，这些都是西方国家早期朴素领导思想的代表。从中可以看出，这些研究大多数依附于宗教或从属于政治，是为少数统治阶级的利益服务的。正如马基雅维利在《君主论》中指出，权力是政治的核心问题，国家的根本问题就是权力的夺取和保持。“统治者必须是一只能识别陷阱的狐狸，同时又必须是一头能使豺狼惊骇的狮子。”

（二）西方国家中期的“物本”领导

19世纪末20世纪初，西方资本主义国家由于科学技术和工业革命的推动，社会经济有了长足的发展。特别是在第一次世界大战前后，伴随着生产规模的扩大、科技的迅速发展以及社会财富急剧增加，竞争日益加剧，人们缺乏管理现代化大工业的方法和技术，劳动生产率增长缓慢，同时劳资关系日趋紧张，工人缺乏生产积极性，如何真正有效地提高劳动生产率，已成为全社会共同关注的问题。以美国的“管理运动”为契机，对管理问题的关注在西方开始凸显出来。于是，西方资本主义国家由对人、君权（包括神权）的关注，转向对“利润”、“资本”、“剩余价值”等问题的关心；在领导方式上，则由以人、权为本的具有明显的精神、政治目标导向的领导方式转向以“利润”、“资本”、“剩余价值”为核心的具有鲜明的经济利益导向的“以物为本”的管理方式。先是以古典管理理论为代表的科学管理方式以对人性的“经济人”假说为基础，将追求经济效率和调整利益关系作为领导或管理的根本目的，明显地体现出领导和管理方式的以“物（利润）”为本的特色。然而这种“科学管理”方式，一方面极大地提高了资本主义国家的劳动生产率，另一方面却造成了劳资关系的极度紧张。因为这种管理使资本家得到了丰厚的剩余价值，广大的工人阶级却因为要得到比过去高一点的劳动报酬而像牛马和机器一样劳动。为了缓解日趋紧张的劳资矛盾，维持资本主义的发展，以行为科学为代表的管理方式应运而生。行为科学否定了传统的人性假说，认为人不是“经济人”而是社会人，人不仅有经济、物质需求，还有精神、情感需求。因此，管理要通过满足人的多方面需求才能达到目的。行为科学虽然使传统的硬管理软化下来，作为关系主体的“人”也成为管理关注的焦点，但在资本主义生产关系下，人仍被看做是一种工具，一种追求经济效率和利益关系的手段，并纯粹以追逐经济利益为其全部目的。

(三) 西方国家现代的人本领导

20世纪后半期，在经济社会和科学技术获得了空前发展的同时，人类生存的意义被无情地淹没在对物质的片面追求中。因此，在西方哲学界率先出现了一股从人那里寻找哲学发展的人学思潮，即现代人本主义思潮。这股思潮迅速渗入到人的内心，人们开始重视自身价值，追求自我的发展，力求达到自然、社会和人自身的和谐统一。这种价值观的转变影响到人类社会的方方面面，也影响到人们对管理和领导的认识。特别是当历史的车轮辗转进入21世纪的时候，由于信息技术的推动，科技日新月异，经济迅猛发展，组织规模扩张，人员素质极大提高，这一系列巨大的社会变革对西方国家传统的以物（利润、剩余价值）为本的管理方式带来极大挑战。此时，管理的力量越来越“柔弱”，组织面临的问题越来越多。于是，各种组织都在疯狂地寻找有“魔力”的领导者，期望他们能够使组织走出困境，重新走上制胜之路。因此，从重视管理到重视领导，以人为核心的人本主义领导的变革之潮奔涌而来。约翰·科特认为，对人的本质（人性）的认识是领导的基础。他在《变革之心》中谈道，21世纪需要创新，需要变革，但是变革需要建立在对人性的了解上。（他对变革的基本信念是“变革最根本的问题是改变人们的行为”，带动变革，不是依赖数学公式，也无法利用计算机程序，而必须建立在人性和对于人性的深切了解上。）约翰·科特的这种变革主张反映了近年来西方管理重心的转移，也说明了自泰勒以后的科学管理模式遭到扬弃的道理。詹姆斯·库则斯则强调了对“人”的高度重视，是领导成功的第一位的因素。他还在《领导力》一书中指出，在21世纪的竞争中，会赢的肯定是更注重团结的人，是更看重人，把人放在第一位，把利润放在第二位的人。埃里克·斯蒂芬认为，领导的基本目标是最大限度地实现人的潜力，即将人的发展作为领导的目的。他在《强有力的领导》中指出：“领导的基本目标是最大限度地实现人的潜力，帮助他们点燃灵魂深处的火焰，从而推动世界的前进，赋予生命的意义。强有力的领导者坚决承认人的价值，并有效地领导他们。”法国著名的发展问题专家弗朗索瓦·佩鲁在其《新发展观》中也指出，所有的转变都应该是“为了一切完整和人的发展”。西方国家从重管理到重领导的转变确立了人本主义观念和以人为本的原则，它关注的是最大限度地挖掘员工潜能以突破其成长极限，它在尊重个人价值的基础上建立组织愿景，并通过激励员工来实现这一愿景。在此过程中，员工成为组织发展的主体，增加了主人翁意识，并在与他人合作的过程中培养了团队精神，从而创建了激发员工积极向上的组织文化。

从客观角度看，当代西方资产阶级强调人的社会性，注重人性、人的需要和人的价值，重视人在管理中的地位和作用，这对满足工人阶级的多方面需求，推动社会的发展是有益的。但从主观角度看，当代资产阶级人本主义领导方式的主要倾向是把人仅仅当做手段的人。也就是说，西方资产阶级尽管强调了更为真实的人的各种需要，强调以人为中心，但是，它却无力解决人是目的还是手段这种两种角色之间的矛盾。他们仍是把人当做一种手段，而非目的。尽管现代西方学者也使用过类似“以人为本”的概念，但这里所指的人不是真正的社会人，不是最大多数的人民群众，而是本企业的“人力资源”，是使用本企业产品的顾客。由于仅仅重视“人”作为组织资源的特性，其目的就会局限在“善以用人”，而非“善以待人”。当代资产阶级的所谓“以人为本”的背后掩盖着其追逐利润最大化的强烈冲动，其本质仍是以企业和资本家的利润为本。法国总理利昂尔·若斯潘1998年曾撰文指出，资本主义从14世纪产生以来，尽管经历了不同的发展阶段，现在正在向“全球化演变”，但它始终保留了自己的致命弱点：一种为赚钱而赚钱的本性。

三、从领导方式的人本走向得到的启示

（一）领导方式的人本走向反映了人类领导活动、乃至历史发展的科学规律

1. 领导方式人本化，是以人为核心的社会生产力发展推动的必然结果

从整个人类社会的历史进程看，生产力始终是促进人类社会向前发展的最终决定因素，而在生产力诸要素中，人是主要的核心的因素。因此，围绕解放和发展以人为核心的社会生产力便成为人类社会发展的基本问题，也成为人类领导方式变革的基本出发点。无论从我国还是从西方国家人本化领导方式的历史扬弃过程，我们都可以看到，社会的发展始终都离不开对人的关注。人的自由、自我、全面发展是人类社会的永恒主题，也是领导方式人本化变革的推动力量。

2. 领导方式的人本化走向符合生产方式变革的要求

生产方式是人类借以向自然界谋取必需的生活资料的方式。伴随着生产力的发展，新型生产关系的确立，人类生产方式发生了巨大的变化。信息爆炸、知识经济和全球化等是新生产方式的主要特征，而竞争加剧、等级制日趋衰落等一系列错综复杂的转变则是它的具体表现。在这种背景下，运用权力和规章制度，通过命令、控制进行管理，已不能有效地维系企业和组织的生存与发展。正如约翰·科特所说，当企业所面临的环境相对稳定、竞争适度且具有较强的确定性时，管理才能是重要的，这个时候，企业需要的是能按部就班一丝不苟实施管理的经理人才；而当企业面临急剧变革的外部环境、多方面的不确定性和大量非结构性决策时，一般的管理才能就不可能解决企业的现实问题，此时，企业需要的是具有相当的前瞻性、洞察力和敏锐的商业意识、决断力，善于开拓、精于描绘愿景并长于激励士气的领导者。西方资产阶级从以物为本的管理方式到以人为本的领导方式的改革正是符合了生产方式变革的要求。

3. 领导方式的人本化走向适应了组织变革的需要

组织，就像生物体一样，为了生存必须不断地改变。要满足这种变化的需要，组织中的人以及连接他们之间的关系都必须作出适应性的调整，领导方式的人本化走向适应了现实中组织变革的需要。在人类历史中长期存在的传统的科层式（官僚制）的领导组织体制，以其严密性、合理性、稳定性和普适性等特征为世人推崇。然而正如马科斯·韦伯指出，这种官僚制的弱点：就像是一个巨大的铁笼，将人固定其中，压抑了人的积极性和创造精神，使人成为一种附属品，只会机械地例行公事，成为没有精神的专家，没有情感的享乐者，整个社会将毫无生气。人追求理性、合理化，把管理作为一种手段，但最后却在合理化中丧失了自我，管理变成了目的本身，这种后果在韦伯看来是可怕的。在知识经济的推动下，服务于传统管理的金字塔式的组织结构从直线型、直线职能型到事业部制和超事业部制的转变再到矩阵式组织结构、临时工作小组以及团队的出现呈现出逐渐扁平的趋势，甚至是出现了“倒置”、“交叉”乃至分散、虚拟型的组织，这让昔日的管理者按照“老办法”来实施管理时难以应对眼前的一切。因此，通过领导方式和管理方式的转变，运用“超凡魅力”的革命性力量来冲破官僚制最终造成的沉闷局面，延展合理化的进程，就成为推动社会发展的关键性问题。领导方式的人本化变革，正是适应了知识经济背景下领导提高结构变迁的需要。美国麻省理工学院彼得·圣吉博士提出的建立“学习型组织”的理论给领导方式人本化提供了一个全新的视角，即要求领导者必须着眼于提高全体成员的整体的学习能力，进而才能使组织能够适应、持续地得到发展。

（二）我国领导者对领导方式人本化科学规律在思想上的高度认同和行为上的高度自觉，是推进领导方式人本化进程的根本保证

尽管领导方式的人本化浪潮已经成为毋庸置疑的历史趋势，尽管我党对以人为本的执政理念和领导方式有着清醒而正确的认识，并且也进行了卓有成效的实践，但是在我国现实生活中全面实现领导方式的变革绝不是

一朝一夕的事情。我国领导者对领导方式人本化科学规律在思想上的高度认同和行为上的高度自觉，是推进领导方式人本化进程的根本保证。

1. 在领导观念上实现由“权本（官本）”向人本的转变，是我国领导者领导方式人本化变革的重要前提

我国经历了几千年的封建社会，官（权）本位思想对在我们的传统文化中根深蒂固、遗害至今，一些领导者官（权）本位思想仍然很严重。他们仍把权力看做是领导的本质，在工作中充当英雄或救世主的角色，做包打天下的英雄，甚至把权力当做自己的私有财产，严重地危害和影响了组织和社会的发展，极大地挫伤了广大群众的工作积极性。

适应领导方式的人本化潮流和践行党的以人为本的科学发展观的需要，我国广大领导者就要切实认识到，以权（官）为本的时代早已过去，要有效地保持组织和社会的竞争优势，就必须实现人本化领导，即在领导活动中真正地做到以人为基础、以人为前提、以人为动力、以人为目的。而这种领导方式的最高境界就是凸显和张扬居于多数的被领导者的地位和作用，将他们作为组织、社会发展的主导力量。正如领导力培训大师约翰·马克思韦尔所说：“能培养出领导者的领导者才是领导者的最高境界”。[①]

2. 切实转变领导方式，是我国领导者实现人本化领导的根本保证

领导方式的核心内容是领导者如何对待和处理自己与被领导者关系的行为模式。围绕这一核心内容，领导者进行领导方式转变的内容是多角度、多层面的。从人本视角出发，我国领导者应着眼于以下方面领导方式的转变：

（1）由“官员”型领导方式向“公仆”型领导方式转变。

传统的领导角色是“英雄”型、“官员”型的。这种领导角色具有明显的官本位特征，它凸显的是少数领导者的地位和作用，拥有职位和权力的领导者具有较大的能动性，而广大群众的个性、能力、作用则很难得到体现和发挥。这种对领导角色的认知和把握，是建立在唯心主义英雄主义史观基础上的，最终会因为看不到人民群众是历史发展的真正动力而从根本上影响社会的发展和进步。人本化领导方式要求领导者要从“官员”型

① ［美］约翰·马克思韦尔：《开发你内在的领导力》，邓郁译，上海人民出版社 2005 年版，第 124 页。

领导角色向“公仆”型领导角色转变。首先，领导者要重新认识和调整自己在组织或社会生活中的地位，不要再做位于组织之中心、组织之高位发号施令的官员，而应退到组织的边缘，把组织的中心地位让给广大的被领导者，围绕被领导者的需求和组织目标做好服务。其次，领导者要重新思考自己应当履行的社会职责，除将满足人们的物质利益需求作为自己的重要职责外，更重要的是将提高被领导者的素质，让他们有能力承担组织和社会发展的重任作为自己的重大责任。此外，领导者还要致力于组织的持续变革，为广大群众或员工提供更好地发挥自身主体作用的平台。

（2）由“前台演员”型领导方式向“后台导演”型领导方式转变。

传统的领导者犹如舞台上的主要角色，群众或组织赋予他们的领导地位给他们提供了机遇和舞台，使他们在组织或社会发展的舞台上尽显英雄本色。由于他们承担着组织或社会发展的重大责任，每日尽心竭力地忙碌于“舞台”之上，很难有时间提高和充实自己，也很难有精力了解和感受外界纷繁复杂的巨大变化，因此久而久之，便会因为领导者的力不从心、跟不上形势而使组织或社会的发展受阻。而广大的被领导者或群众，则是舞台下的观众，由于他们在领导活动中不承担责任，不承担重要角色，因此他们不会太在意领导活动的成功或失败，而更多地在意的只是他们个人的利益得失。如果活动成功，他们会关心自己的需求能得到哪些满足；如果领导失败，他们首先考虑的也往往是他们个人利益的缺失。在这种领导方式下，被领导者对领导者的工作很难产生较高的满意度，他们对组织工作也很难具有较高的积极性，因此组织或社会的发展必然会因为缺乏足够的动力而不能持续。

实现人本化领导，要求领导者要由“前台演员”变为“后台导演”，即领导者要将舞台让位于广大的员工或群众，让他们真正地成为组织或社会发展的主要角色，承担组织或社会的发展责任，为组织或社会的发展贡献自己的聪明才智。而领导者则应退到“幕后”承担“导演”的角色。作为“导演”的领导者，不再是彰显个人能力的一位主要演员，而是把主要精力放在组织整体和长远发展的布局上，放在如何最大限度地提高广大群众的技能上，放在如何创建合理的组织机制充分释放人们的能动性、创造性上。如若如此，组织或社会的发展必然会由于得到更为充分的人力资源而具有持续的生机和活力。

（3）由现场指挥型领导方式向设计师型领导方式转变。

传统的领导角色是显在的，如同轮船上的船长或舵手，是解决问题的现场指挥。这种现场指挥式的领导有时是必需的、必要的。但如若领导者一味地充当现场指挥的角色，过于凸显自己在领导活动中的地位和作用，无论是有意还是无意地都会压抑或束缚被领导者在领导活动中的能动性和创造性。

在人本化领导方式下，领导者的角色应该是潜在的、隐性的，即领导者用间接、内隐的方式创造一种自由的环境，使广大的被领导者在一个较为自由的空间更加充分地发挥自己的能动性和创造性。对此，中国古代思想家老子早就有过形象而生动的描述。老子说，不好的领导者，会被人们瞧不起；好的领导者，会赢得人们的称颂；伟大的领导者，是让大家在事情完成时说，是我们自己完成这件事情的。老子还提出了“侮之、惧之、亲而誉之、不知有之”四种领导境界[①]：第一种境界是使人侮之恨之的领导。这种领导者本身昏庸无能，他们热衷于运用权力获取自己的私欲，以强迫、命令、压制等方式来实施领导。被领导者对其当面顺从，但背地里却咒骂怨恨。这种领导方式造成了上下级的尖锐对立，其领导效果是最差的。第二种境界是使人惧之敬之的领导。这种领导者具有很高的素质和较高的行政权力。卓越的个人魅力和强大的行政权力使其成为领导活动中的权威和主宰，他们的个性和主张能够得到充分的发挥和施展，而被领导者则对其敬而远之，保持敬畏，很难意识到自己的独立存在，其个性和能力很容易受到束缚，因此领导成效必然有限。第三种境界是使人亲而誉之的领导。这种领导者也有很高的素质，但他们主要地不是凭借权力，而是凭借自己的个人影响力进行领导，领导者与被领导者的关系融洽，心理距离和感情距离很近。被领导者感到自己的领导者可亲可近，当面背后都赞誉自己的领导者。但是，它仍然是一种外显的领导方式，因为仍然是领导者在主导着领导活动，被领导者仍然是被动的，仍然不能充分发挥被领导者

---

① 出自《老子》第23章。老子的原文是：“太上，下有知之；其次，亲而誉之；其次，畏之侮之。信不足，有不信！由其贵言。成功事遂，百姓谓我自然。”

的积极性、主动性。第四种境界是使人不知有之的领导。这种领导者具有更高的素质，他们对领导的理解具有更高的境界。他们认为，在领导活动中居主导地位的应该是被领导者而不是自己。他们为被领导者提供服务、提供支持、提供环境、提供条件，使被领导者感觉不到自己被管理、被控制，却感到自己是主人，自己有责任促成组织的进步与发展。这种隐性领导者的作用就像磁场，它是无形的，但却是非常有效的。这种领导者的回报来自于使他人有力量和能力做好工作，以及身处一个能够让大家创造真正想要的结果的组织所带来的深深的满足感。

（4）由“管理”型领导方式向“教师”型领导方式转变。

传统的领导角色较多地表现为管理的特征：即控制、命令。这在以往工作内容简单、环境变化缓慢、被领导者或广大群众整体素质不高的情况下是必要的、可行的。然而在新的时代背景下，广大员工或群众的知识和技能水平不断提高，主体参与意识增强，他们对工作有自己的想法，他们乐于表现自己，喜欢自己解决问题。如果领导者仍然沿用传统的办法，仍然以管理者的角色面对下属和群众，一方面会引起他们的抵触和反感，另一方面也会极大地挫伤他们的积极性和创造性。人本化的领导方式要求领导者要改变以往自己简单地决定一切的领导方式，要充分地看到下属和群众素质的变化和提高，充分地相信他们、依靠他们，像一位称职的教师一样，循循善诱，启发心智，挖掘下属的潜能，提高他们的学习能力。在这样的组织中，被领导者的工作能力会不断提高，独立自主的工作会让他们感到自我价值的满足。当组织中人人都具有大于个人的目标和使命，对组织发展的远大目标具有深度的认同感，他们在心理上和行为上就会紧紧连成一体，使得组织整体资源动态搭配，从而支持组织的长远发展。

综上，人是人类一切工作的出发点和归宿，也是领导活动的根本出发点和归宿。领导方式人本化的历史走向，体现了领导活动的科学规律，也体现了社会发展的客观规律。我国广大领导者要清醒地认清这一历史规律，实现领导观念和领导方式的根本转变，以适应世界人本化浪潮和我党以人为本的科学发展背景下实现领导工作科学化的需要。

全球化视野下领导人才要素的趋同

史策 *

任何民族的文明都是人类文明的组成部分。一切创新发现与理论观念汇入时代发展潮流、融入世界文明之时，当是其体现更大价值之日。领导人才的要素，即领导活动对领导人才的职业性专门要求，在跨地区跨文化的全球化视野下趋于一致，也应是人类文明发展汇融的硕果，对于更好促进我们这个星球千百万领导者成长，促进全人类经济社会进步，无疑有着十分重大的意义。

一、领导者成功的历史争议

称职优秀的领导者，也即领导人才，其要素到底是什么？他们与其他

* 作者为中共福建省委党校化共管理与领导行为研究中心主任，教授。

人才究竟应该有什么不同？自古至今，答案可谓众说纷纭。无论是东方还是西方，历来仁者见仁，智者见智，现在仍然莫衷一是，还在争相探讨。可谓一道千古疑题、千古难题、千古热题。

（一）我国先秦迄今的探讨

早在殷周时期的《易传》里，其在乾坤两象中就提出，统治者应该懂得“天行健，君子以自强不息；地势坤，君子以厚德载物”。差不多同时成书的《尚书·皋陶谟》则具体要求必须“宽而栗，柔而立，愿而恭，乱而敬，扰而毅，直而温，简而廉，刚而塞，强而义”。老子指出，“圣人之治”，在于“以道莅天下”，首先在态度与原则上要以天地为宗，以道德为主，以无为为常，“抱一为天下式”，“处无为之事，行不言之教”，“治大国若烹小鲜”，才能“其鬼不神”。其次在方式上，要“大盈若冲，大直若屈，大巧若拙（大智若愚），大辩若纳，大赢若绌”；“知其雄，守其雌；知其白，守其黑；知其荣，守其辱”；“将欲弱之，必固强之；将欲废之，必固兴之；将欲取之，必固予之”。概言之，以退为进，以柔克刚，以弱胜强，后发制人，委曲求全，因势利导，低调行事。何也？物极必反，“大道废，有仁义，智慧出，有大伪，六亲不和，有孝慈，国家昏乱，有忠臣”。孔子认为，在从政过程中，由于“忿数者，狱之所由生也；距谏者，虑之所以塞也；慢易者，礼之所以失也；怠惰者，时之所以后也；奢侈者，财之所以不足也；专独者，事之所以不成也”，因此为官必须“有善勿专，教不能勿怠，已过勿发，失言勿掎，不善勿遂，行事勿留”。“君子入官”，只要除此六弊，“有此六者，则身安誉至而政从矣”（《孔子家语·入官》）。韩非子强调，由于“法之所加，智者弗能辞，勇者弗敢争”；“奉法者强则国强，奉法者弱则国弱”。术则“偶众端而潜御群臣者也”，“君无术则弊于上”；“势位足”才能“令则行，禁则止”；所以，当统治者关键在于懂不懂得理解和实行“法、术、势”，用术“抱法处势则治”，不用术“背法去势则乱”；“人主之大物，非法则术也”，“人主所足恃者，势位而已”（《韩非子·难三、难势、定法》）。墨子则说：“君子之道也：贪则见廉，富则见义，生则见爱，死则见哀。四行者不可虚假，反之身也。藏于心者，无以竭爱；动于身者，无以竭恭；出于口者，无以竭驯。畅之四支，接之肌肤，华发隳颠，而犹不舍者，其唯圣人乎！”（《墨子·修身》）孙武则从军事领导的角度提出，为将必须“智、信、仁、勇、严”。指出“凡此五者，将莫不闻，知之者胜，不知者不胜”（《孙子兵法·计篇、九地篇》）。

在汉代，司马迁为实现“究天人之际，通古今之变”宏愿，整部《史记》130篇几乎都在检视、评点西汉以前帝王将相们的称王为官之道，其中不乏画龙点睛之笔，尤以记录刘邦登基后所作的一段自我总结更为精彩：“夫运筹帷幄之中，决胜千里之外，吾不如子房；镇国家，抚百姓，给馈饷，不绝粮草，吾不如萧何；连百万之从，战必胜，攻必取，吾不如韩信。此三者，皆人杰也。吾能用之，此吾所以取天下也”。到了唐代，唐太宗李世民则把怎样才能成为明君圣主概括为12条经验“君体（气度）、建亲（用人）、求贤、审官、纳谏、去谗、诫盈、崇俭、赏罚、务农、阅武、崇文”，印成《帝范》一书，要身后的统治者认真领悟。（参见《贞观政要·君道》）进入宋代，司马光和他的助手花了19年工夫所编成的《资治通鉴》，厚厚的294卷篇章，用300多万字以丰富多彩的历史事实，对各级统治者提出恳切希望：“鉴前世之兴衰，考古今之得失，嘉善矜恶，取是舍非，足以懋稽古之盛德，跻无前之至治”。

在近现代探讨总结领导者条件的更大有人在。毛泽东总结，“领导者的责任，归结起来，主要地是出主意、用干部两件事。”[①]《周恩来选集》里《怎样做一个好的领导者》一文则指出，作为一个领导者，除了要有一定的政治思想立场、领导方法、道德高尚外，还“必须正确地决定问题”，“慎重地挑选干部”，“必要时应忘记他所受的侮辱”，等等。改革开放以来我国对各级领导干部的要求是“革命化、专业化、知识化、年轻化”。但对究竟什么是“专业化”其实要求并不明确具体，内涵及其界定有不同理解，有时甚至被等同于其他专业知能。此后一些重要文件也不断对各级领导干部的成长提出了一系列专门要求，但主要多集中在政治立场、政治思

① 《毛泽东选集》第二卷，人民出版社1991年版，第527页。

想与品行道德方面。党的十六大虽明确提出要培养造就大批领导人才，但如何从领导工作的专业特殊性上深入理解与对待，也还需努力探讨。一些留心这一问题的研究者也发表了不少看法、观点，如在许多相应的著述中，认为领导者应该有“为实施领导在德、才、体等方面应具备的基本条件”，包括各种领导能力等，并且都一致把它们列为“领导科学”的重要组成部分。[①]

（二）西方古希腊以来的探索

在西方各国，早在古希腊时期，著名哲学家和政治思想家柏拉图就认为，由于哲学是一切知识的总汇，“科学之科学”，所以，只有懂得以哲学方式思维，懂得以哲学方法管理的人，才算真正的统治者。[②]

人文主义复兴以后，思想解放浪潮汹涌澎湃。在对如何当好统治者的探讨中，佛罗伦萨的政治学家马基雅维里（Niccolo Machiaveli，1469—1527年）的一些权术性观点颇有影响。如提出君主（实际包括其他统治者）应该兼备狮子和狐狸的本性，都“必须是一头能认识陷阱的狐狸，同时又必须是一头能使豺狼惊骇的狮子”。为什么？“因为狮子不能够防止自己落入陷阱，而狐狸则不能够抵御豺狼”[③]。拿破仑后来十分赞赏地说：“我有时是狐狸，有时是狮子。进行统治的全部秘密在于，要知道什么时候应当是前者，什么时候应当是后者”[④]。

进入20世纪以后，由于民主的意识和机制日益深入人心，学术气氛更是空前自由活跃，对领导人才基本条件的探讨更加异彩纷呈。较早有影响的是特性论（Trait Theories of Leadership），把领导人才的要素归结为生理、个性、智力、工作、社会五个“特性”，如智力过人，心理健康，判断力强，外向而敏感，力求革新，良好的人际关系，有支配他人的趋向，敢于承担责任，甚至身材高大，外表英俊等。例如，法约尔的“六类素质

① 参见《领导科学概论》，上海人民出版社1985年版，第164页。
② 参见孙钱章主编：《国外实用领导方法与艺术》，中共中央党校出版社1996年版，第603页。
③ 马基雅维里：《君王论》，光明日报出版社1996年版，第18、8章。
④ 周一良等主编：《世界通史》，人民出版社1962年版，第176页。

论”，提出领导者应具备“身体素质、心理素质、道德素质、一般教养、专门知识、一定经验”。还如，普林斯顿大学教授鲍莫尔强调，领导者(主要在企业）应具备合作精神、决策才能、组织能力、恰当地授权、善于应变、勇于负责、敢于创新、敢冒风险、尊重他人、品德超人十个条件。直到20世纪80、90年代库塞基等人的“诚实、有远见、懂得鼓舞人心、能力卓越”，以及德克兰的“个性、想象力、行为、信心”四要素论。20世纪30年代初戴高乐在他尚未成名和掌握权势时写的《剑之刃》一书中提出，领导人必须具备三个基本条件：为了制定正确的道路，他既需要智慧，也需要直觉；为了说服人民走这条道路，他还需要权威。尼克松因此称赞戴高乐“以异常深刻的见解使我们领略了领导的条件和领导的艺术。对这些，很少有人分析得像他这么中肯或者写得这么透彻”[①]。

第二次世界大战前后，随着政治、军事、经济、科技等领域竞争的逐渐激烈，对领导人才的研究趋于活跃。从20世纪30、40年代到60年代，较为流行的是行为科学的相关理论（Behavioral Theories of Leadership)。提出当好主管人员，主要在于把有效的领导者所应具备的行为模式植入个体身上。如里克特的“领导风格理论”，美国密执安大学学者的“领导行为四分图理论”。在20世纪70年代至80年代，比较盛行权变理论(Contingency Theories of Leadership)。认为实践中并没有什么放之四海而皆准的领导方法，当好一个领导管理者，关键在于具体情况具体对待，使用何种领导方法手段要因时因地因人而异。如加拿大学者豪斯、伊万斯等人的“途径—目标理论”，美国学者坦南鲍姆等人的“连续流理论”，以及保罗·赫塞和肯尼斯·布兰查德的“情境领导理论”（Situational Leadership Theory)，等等。20世纪90年代以后迄今，能力理论（Capability Theories of Leadership）被逐渐看重。如美国管理学会在对1800名各界主管进行调研后，结论说领导能力的要素在于工作知识、工作才能、工作效率，以及善于处理人际关系和心理的成熟性等。近二三十年来，美欧等国陆续出版发行的一些新作也颇引人注意，如德鲁克的《有效的管理者》，伯恩斯的

① ［美］尼克松：《领导人》，白玫译，新华出版社1988年版，第58—59页。

《领袖论》，安德鲁·布朗的《怎样成为多维领导人》，西里尔·利维奇的《领导基因》，还有我国留英学者的《领导商数》，等等。国内外对领导人才要素的探讨与总结还很多，简直举不胜举。

二、领导人才要素的同一性

每一行业都有自己的专门知识与特殊规律。领导工作也是职业，其中称职优秀者历来公认是人才，也存在特定的思想行为要求，并非其他知识才能可以代替，更非人人皆可。

（一）领导人才的要素不应该总是非此即彼

以上各种理论观点，都有其特定视角和价值，但认真琢磨又觉得仿佛都言犹未尽，有待深化与抽象。那么，为什么对同一种活动会有如此多的不同看法？可能主要是因为领导者待人处事的基本态度和行为方式等具有社会评价意义，缺乏特定时间内的确切标准，尤其在气象万千、纷繁复杂的现实中具有极大的相异性、不稳定性、不确定性；在某些问题上还具有偶然性、灵感性、特别性。这样，往往很难进行定量描述，也很难确切化、模式化、常规化、条理化。如领导者对一些复杂的非例行性问题怎么成功地分析、判断、推理、决策，运用之妙常常存乎一心，甚至只可意会，不可言传，各领风骚，乃至天差地别。结果，从不同视角就往往得出不同结论，或结论中质同量异，或干脆与领导方法、艺术及个性等问题混为一谈。

此外，由于领导人才的绩效直接体现某一集团、群体或阶层的意图与目的。特别在封建专制社会，很容易与统治权术混合在一起，被看成是统治者驾驭属下的手段，因之有时则显得直觉、零乱、神秘。以至有关这一方面的总结、论述或见解，大多属于感性认识、体会感受，像是火花，只

有闪光点，但没有燃成照亮人前进的通明火炬；又像是浅水坑，虽有一点水，但底浅量少，形不成鱼虾藏身的湖泊。可能正是由于这些原因，关于领导人才究竟应该具备什么条件，就像“斯芬克司”之谜，问一百个人几乎有一百种答案，每一种答案似乎都对、都有理，但又似乎都不能令人满意。

然而，领导活动作为人类社会的古老实践，毕竟有其普遍而又专门的要求。从全球的视角看，都是在一定的国家、地区或组织、团体里，个别人运用一定权力与影响，统御和带领所属人员从事某种实践、实现某种目标的独特活动。作为领导者，普遍的工作对象之一，是一个个从事各种业务活动的人；在工作方式上，主要是组织指挥别人去实现既定计划与特定目标；在工作范围上，主要是总揽全局、把握远近，对所在群体的兴衰、安危、前途负责；在思维方式上，主要是辨别方向以及对各种大小主次关系进行定性分析、判断；主要工作目标之一，在于如何挖掘部属的潜力、调动部属的积极性与创造性。他们立于群体之巅，经常面对八面来风，身处各种矛盾与困惑的旋涡，必须正确对待和处理各种与本群体有关的问题，必须正确对待和处理与他人、尤其是下属的关系。特殊的活动，特殊的职业，也就对领导人才存在共同的特殊要求，不会总是非此即彼，永远模糊不清。例如，要选拔部属，就一定要任人唯贤，不能凭好恶论亲疏；对大小工作问题，应该审时度势，切忌鼠目寸光；对待自己，应该力求以身作则，宽诚待人，绝不可以随心所欲，盛气凌人，等等。无论身处何地，在哪一级领导层次；面对的是哪一个领导领域，也无论主观状况如何，运用什么方式，要达到什么目的，都必须适应这种社会活动的共性要求。这些工作，可以说是对领导人才超意识文化、超时空地域的要求。也即作为一个专门从事这一活动者，不论其目的与绩效内容是什么，把这些事情做好了，才有称职、出色，甚至杰出、伟大可言。否则，其他条件与工作再突出也起不了应有作用。好比当一个医生和翻译，从专业视角看，关键的在于会看病，懂外语。反之，人才二字就无从谈起。

在漫漫的历史长河中，无数英雄豪杰演出一幕幕威武雄壮、令人心旌摇动的活剧或喜剧，无论其他主客观条件如何，直接原因都无不主要在于他们所应该独具的内在素质上，使他们似乎无师自通；一些昏庸贪诈者，演出一幕幕令人悲愤、自掘坟墓的悲剧或丑剧，最直接的也都主要是因为他们缺乏所应独具的特质，使他们好像劣根相连。19世纪的俄罗斯文豪列夫·托尔斯泰有句名言，幸福的家庭都一样，不幸的家庭各有各的不幸。而在几千年来人类社会的领导活动中，称职与优秀的领导者原因实际上都很相似，无能与奸贪的领导者缘由却也基本差不多！

(二) 领导人才的要素其实在于领导特质

担任领导职务不等于就是领导人才。无论在世界上哪个国家地区或群体，从领导职业的普遍视角看，千百年来无数正反经验证明，一个人领导工作做得如何，或者说是否是领导人才，其实都集中表现在是否知人善任、是否远见卓识、是否多谋善断、是否气量恢弘、是否人格有魅力等方面，这些方面的能力、心态与精神如何。尤其是形成这些方面的悟性直觉与心理定式，上升到拥有领导工作所特需的素质。这种特质，也可以说是领导者面临非事务性或非例行性问题时，主要不是靠什么数学运算或统计分析，也不必死记墨守什么效益成规，不用提示告诫就会很快自然产生的一种本能正确反应，一种合理的超逻辑判断。

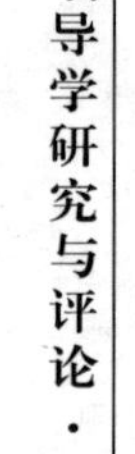

从实际情况可知，一个领导者具体如何履行职责、承担责任，因时因地因事因人而异，千差万别，变化无穷，没有什么统一、不变的方法手段，但最需要、最关键、最可贵的在于具有这种良好的素质，随时随地都明白自己究竟应该懂什么，会什么，做什么，凡事能迅速作出正确的本能判断与反应，化解难题。那种以为当好领导只要记住几个方式艺术的想法是天真可笑的。现在教人如何当领导的书籍和文章不少，什么“绝招”、“秘诀”、“窍门”之类也很多，但恰恰多忽视领导特质这个根本性的问题。

从本质上看，领导是人类的一种劳动分工，是人们生产与生活有序有效进行的需要。社会的发展与进步，也必然要通过领导者承担一定的职责与义务这一点表现出来。而领导特质正是履行这种分工与职责的基本保证，也是衡量领导者能否胜任的主要标准。“橘生淮南则为橘，生于淮北则为枳。叶徒相似，其实味不同。所以然者何？水土异也。”(《晏子春秋·内篇·杂下》）各个领域、各个层次的领导者，无论是古今还是中外，他们的工作性质虽然一样，而水平、能力、品行却千差万别，甚至相去甚远，有如天壤之别。何也？根本就在于领导特质的差异。也就是说，领导者无论运用哪一种领导方法，遵行的是哪一种领导体制，体现的是哪一种领导风格，其领导形式有无艺术性，只要他有领导特质，领导特质比较好并且齐全，结果都必然得心应手，绩效灿然，尤其是关键时刻显得更加光彩夺目。相反，如果领导特质有所欠缺，工作起来总是显得力不从心，收效甚微；乃至显得笨拙、造作或吃力，收到的多是负效果。

领导特质作为与实践有着密切联系的主观因素，当然不是无源之水，无根之木，绝非什么没有根据的神示、天启或灵感，实质上是领导知识、领导能力、领导经验，以及适应领导实践的性格、品德、文化和有关专业知识与能力等因素，在领导者身上的有机综合和凝结升华。如果说领导的方法、手段、知识、经验等是木材，那领导特质则是家具；家具尽管是木材做的，但已经变得品种丰富，美观实用。如果说领导的方法、手段知识、经验等是面粉和糖料，那领导特质则是点心；点心尽管是面粉和糖料做的，但已经变得色香俱全，美味可口。

美国国际电话电报公司前总裁、著名企业家哈罗德·吉宁就说："事实上，我还从未碰见过一个总经理，仅仅根据某套公式、图表或管理理论管理他的企业。"有一位国际知名企业的老总在回答别人"关于你的本领主要来自何方"的提问时，则直截了当地说："我的一切业绩都靠我的'嗅觉'思考，从而培养出一种直觉判断的能力。"[①] 因而，应该把企业家与职业经理加以区别，后者可以通过正规的教育和训练培养出来，而企业家不能够，不是说到哈佛或斯坦福大学拿一个MBA就可以了。因为他们那种可贵的创新、冒险、建设精神，也即领导特质，学校不一定都能教得出来，还往往不可以传承；他们常在别人料想不到的地方，以别人料想不到的方式，取得别人料想不到的成功。

20世纪30年代初，面对空前的经济危机，罗斯福在首次就任总统的

① 思一：《怎样当好经理人》，《中外管理》2001年第1期。

演说中疾呼："我们恐惧的是恐惧本身！"给予美国人民当时最需要的信心和勇气，奠定了"新政"和反法西斯斗争的胜利基础。第二次世界大战爆发前夕，他看到两次大战都由德国引起，不把它彻底制服不行。而要做到这一点，必须联合其他大国。于是与丘吉尔签署《大西洋宪章》，与苏联结为同盟。大战胜利后，为维护世界秩序与和平，他又提出成立联合国及有权立即处理任何威胁的"小机构"（安理会）。罗斯福的这些行动和倡议，主要不是精确计算多少数据的结果，而是对时局和形势的深刻直觉。世界上一些著名企业，如杜邦、西门子、通用电气等公司，之所以长久不衰，成为百年老店，至今依然生机勃勃，共同点之一就在于其历任领导者都能自觉遵循企业发展中逐渐形成的正确价值观，把企业利益与顾客利益、社会利益高度统一起来，一到紧要时刻就善于进行产业、技术、管理等创新，体现各自根深蒂固的基本行为准则：这就是我们的特点，这就是我们的主张，这就是我们的形象！

领导活动是人类社会古老而又普遍的专门实践，有其特殊的对象和内容，特殊的目标与规律，特殊的职业要求。领导特质反映和体现了这种活动的最主要和根本的特点。没有这些特殊性，当事者没有领导特质，领导人才就不能与其他人才相区别，就不成其为领导人才。事实反复证明，一个领袖人物没有领导特质或者是这种特质很差，就算不上领导人才，也当不好领导，起码不是好领导。因此可以说，领导特质是领导人才的灵魂，是领导人才区别于其他人才的根本标志，是一个领导者水平能力高低的主要表现和集中反映，也是衡量他们究竟是不是领导人才的基本标准。

三、其他专业知能和主观因素不能取代

"道可道，非常道。名可名，非常名。"找出了实践对领导人才的普遍性特殊要求，也就可以对领导人才的要素作出正确回答，把他们与其他人

才基本上区别开来。

（一）领导特质与其他专业知能有联系也有区别

从事领导工作需要一定相关的专业知识与能力，但不等于相关知识能力越多越强其领导特质也越高，应该是主次要求。

当然，首先应该肯定相关专业知能对领导工作的必要性，尤其在专业性比较强的机构或单位，有无相应的专业知识与技能甚至是当好领导者不可缺少的条件。但不能走向另一个极端，以为越专越高越好，最好是一流，是教授、院士。衡量一个领导者合格不合格、优秀不优秀，应该首先或主要看他有无领导特质，领导特质高不高；而不应该首先或主要看他有无哪一方面的特长，相关专业知能是不是突出。道理不仅如上所述，而且进一步看，"隔行如隔山"，领导特质不是其他任何专业能力所能代替的。杰出的专家未必就是卓越的领导者。美国前总统尼克松就说："在某一领域取得过人的成绩并不一定需要发挥领导才能。作家、画家或者音乐家用不着起领导作用也能表现他们的艺术。发明家、化学家和数学家能关着门发挥天才。但是政治领导人必须激励他的追随者。伟大的思想可以改变历史，但是必须同时有伟大的领导才能给这些思想以力量。"① 尼克松在这里说的"领导才能"，实际上是指领导特质。

诚然，也应该承认有些专家学者既有很强的专业能力，又有很高的领导特质，"双肩挑"挑得不错。但人的能力、精力毕竟有限，这样的人毕竟不多，一般情况下都会偏向一方。当一个领导者领导特质较差，而其他专业能力很强时，为了维护必要的自信心、荣誉或威信，还常常会不自觉地用后者弥补前者，通过显示自己的专业水平来奏效，从而导致角色意识与作用的混乱。这种情况下，既有专业精熟的圣光，又有领导强制的权杖，还极易产生"家长"作风，变得武断、专制。所以，当领导特质缺乏或不高时，一位极出色的售货员，可能会是一位极差的销售经理；一位很

① ［美］尼克松：《领导人》，白玫译，新华出版社 1988 年，第 418—419 页。

有才干的技术专家要是当“头头”，可能会造成一场灾难；一名很能干的技术工人在负有领导责任的岗位上，可能会不知所措。而对于当事者本身，则可能连自己都感到好像一下子变成了小学生，处处都要从头学；有的人甚至感叹，从此只有把内行变外行的经验，没有由外行变内行的感觉，使原有专业和领导工作两耽误。学而优则仕，工而优则仕，体而优则仕，艺而优则仕等，更大的弊病还在于它的盲目性导致许多领导者在成长中只好依靠自我体会、琢磨或总结。结果先天条件好一点的或悟性高一点的人就成熟得早，成熟得多；反之就浅薄得很，甚至几无提高和改善。此外，这种盲目性还极易导致培养造就领导人才的内涵性失误。

是故，在领导特质差不多时，固然选拔专业知能高者为佳，尤其在其他专业性较强的地方，才更有说服力和领航力。但当面临“两难选择”，不能“两全其美”的情况下选拔领导者，为大局计，为工作计，宁可要领导特质高、专业知能一般者，也不应该取领导特质差、专业知能强的人。《水浒》中李逵、武松、吴用等都不能当寨主，只有文武都不如弟兄们的宋江行，道理也就在于此。

（二）领导特质与政治立场有联系也有区别

科学对待与增强领导特质，还应该弄清它与政治立场的关系。

一个人称得上领导人才，世界观与政治立场如何无疑十分重要，说是“统帅”也无不可。政治上先进与进步可以使领导者成为社会发展和人民利益的领头人，政治上落后与反动则能够使领导者变成祸国殃民的罪魁祸首。但领导特质与政治立场毕竟不是一回事。所谓政治立场，是指对社会发展、人民利益、民主自由、和平正义以及其他重大问题的态度。政治立场最显著的特征就在于它有先进与落后、进步与反动之分。凡是对上述问题持赞赏、促进态度者，其政治立场无疑都是先进、进步的；反之，凡持阻挠、反对、敌视、破坏态度者，其政治立场都是落后、反动的。领导特质则不一样，它在人类实现一定意图、目标的过程中，与政治比，主要起着一种桥梁作用，属于方法手段问题，既可以被某一阶级、群体所使用，也可以为另一阶级、群体所利用，属于中性之物，本身大多不存在先进与落后、进步与反动的区别。所以，政治立场不等于领导特质，领导特质不等于就是政治立场，二者虽有联系，但也有区别。

即使在社会发展中表现出反动作用的领导人物，乃至逆贼叛党的首领，老谋深算的巨奸，反动帮会的头目，只要具有领导特质，无论怎么表述与形容，都应该加以承认，而不能因为他们政治上反动就不予承认；认为他们有众多的追随者，有很大的能量，完全靠的是吹牛、欺骗或恐吓。如果这样，就不能很好解释他们中有些人为什么能得到死党的拥戴，有些部下甚至为他们卖命、陪葬也在所不惜。至于这些领导者的直接动机、目的，为哪个阶级服务，历史作用，则显然应该另当别论。哪怕是政治上进行反动统治也是如此。如20世纪30、40年代我国上海青帮头目杜月笙，原来不过是一个贩卖鸦片的小流氓。但10多年间成了“党国要人”，“社会贤达”，甚至许多政客、商学界名流都跻身于他门下，其组织严密的流氓网络，比官方的治安机构还有力量，并赢得蒋介石、汪精卫给予的“乐善好施”、“仁民爱物”的称颂。这里的主要原因，是这个绿林头目的待人处事，超出了一般流氓的水平，如不轻易为一时得失而怒目，懂得何时何地怎样最有效地动恩施威，等等，因而成了群氓中的帅才。如果把政治条件与领导专业画等号，结果就可能有变成空头政治家或者政客的危险。

(三) 领导特质与心理素质有联系也有区别

一个领导者能够成为领导人才，都与一些良好的心理素质有着密切关系，但二者也不宜画等号。

比如，意志坚强，知识渊博，善于创新，勤劳勇敢，讲求效率，忧国爱民，努力肯干，谦虚谨慎，实事求是等，无疑是当好领导的条件，但不等于就算得上领导人才。具备这些优点可能成为了不起的科学家、艺术家、思想家，或者在工、农、医，数、理、化，天、地、生，文、史、哲，政、经、文等领域出类拔萃，但不一定就能胜任领导工作，就是称职的领导者。作为领导人才，当然也需要创新，也需要坚强，也需要深入实际，也需要知识、效率、勤奋等，但其他人成才同样不可缺少；并且，具备这些条件有可能成为出色的领导者，也有可能不足以胜任领导职责，发挥应有作用。领导活动有其特殊的工作对象与内容，特殊的绩效基准与目标，涉及面广，内容繁杂，多带有随机性、综杂性、新奇性、甚至偶然性，要成为这一方面的行家里手，更重要的还在于了解其客观规律，具备能够加以有效解决的相应知识、能力等。

在领导实践中，勤奋好学、宽容坚定等相同气质的人不见得都是优秀领导干部，不善言词、学历不高者不等于就是无能的领导者，只要稍微注意实际，谁也不会否认这一点。

四、并非“特性论”东山再起

在20世纪初被不少人注意的“特性论”，一度在美欧等地颇有影响，给人留下较深印象。因此，有的人很可能认为讲领导人才要素的趋同，只不过是“特性论”的回归。其实这是莫大的误解。粗略看，领导人才要素的同一性，确实也包含“特性论”中人的一些相对稳定独立的个性特点，包括某些心理行为的重合，但它并非“特性论”东山再起。

（1）“特性论”笼统简单地把领导者的一些特性视为领导人才的标识，并且内容比较庞杂，把其他人才、甚至一般人的一些心理特点、知能要求等也包容其中，从而模糊了领导人才的特殊性；而今天对领导人才要素的趋同，不仅强调这一要素的名称形式，更注重其实质内容，明确看到领导人才的特点，把他们与其他人才明显区别开来。

（2）“特性论”有意无意认为领导特质具有先天性，领导人才是据此挑选的结果而不是培养的过程；而今天对领导人才要素的趋同，则根据实际强调领导特质的先后天因素不可缺一，先后天因素对于领导者成才何轻何重因人而异，不能一概而论。

(3)“特性论”实际上把领导活动的成败归结为领导者的素质，视为领导工作的关键；而对领导人才要素的趋同，则仅仅把领导特质作为领导者成才主观原因中的职（专）业条件，并且其能否具备与提高，尤其是发挥作用，还要受其他主客观因素的影响与制约，如要受制度环境、政治立场或其他专业知能等的影响。

所以，如果要说今天对领导人才要素的趋同与过去的“特性论”有什么联系的话，可以看出这是一种螺旋上升式的回归，是认识与把握领导人才问题进入更科学合理阶段的表现。

有领导特质的人虽然未必都能成为领导者，但领导人才却不能没有领导特质。明白了这一道理，做到了这一点，也就有了领导人才的科学理念，找到了辨别、选拔、培养领导人才的专业性科学标准与内涵，有利于做到任贤使能，位得其人，人尽其才；同时，还可以使一切已从事或欲从事领导工作者对领导职业形成科学认识，知道作为领导者究竟应该具备什么条件，清醒认识自己到底是不是相应的“材料”，对自己的完善与提高保持正确的认识，抵制权力的诱惑，摆脱被动、模糊状态，乃至决定去留，避免误己又误人，提高自我成才的主观能动性。

参考文献：

1. 司马迁：《史记》，中州古籍出版社 1994 年版。

2. 司马光：《资治通鉴》（全二十册），中华书局 1956 年版。

3. 中国现代国际关系研究所编：《走向权力的顶峰——世界政要 100 人》，时事出版社 1993 年版。

4.Webb Robert N.,*Leaders of Our Time*, New York, Franklin Watts, Inc.,1964.

5. *America and Its Presidents*, by Earl Schenck Miers, Gedsset & Dunlap. New York, A National General Company, First Pringting, September 1970.

6.“The Key to Management”, *taken from fifth chapter of Iacocca: An Autobiography,* Pr., In 1984.

领导方法、领导科学和工作指导

夏兴有*

中国共产党在领导革命、建设和改革的实践中，以马克思列宁主义为指导，科学地揭示了领导活动中主观和客观、领导和群众、个别和一般等一系列重要关系，形成了以辩证唯物主义和历史唯物主义为理论基础，以实事求是和群众路线为核心的马克思主义领导方法体系。坚持实事求是、群众路线的领导方法，必须注重科学的调查研究，必须牢固树立群众观点，必须坚决反对形式主义、官僚主义。

现代领导科学关于领导活动本质、领导决策方式、领导关系模式和领导方法等方面的重要思想值得引起我们注意和思考。一是正确认识领导与管理的关系，把握现代领导活动的本质；二是正确认识经验决策与科学决策的关系，确立科学的决策方式；三是正确认识领导者和追随者的关系，建立新型的领导关系模式；四是正确认识领导活动科学化和艺术化的关系，掌握有效的领导方法。

---

* 作者为国防大学副教育长，教授，博士生导师，少将军衔。

外军特别是以美国为代表的西方国家军队，在长期的军队建设和战争实践中，建立了一整套军事领导理论和方法。其中反映现代军队建设一般规律的方式方法，例如，区分行政领导和作战指挥，分系统实施领导；注重军事法规建设，依法实施领导；明确职责权限，按层次实施领导；等等，对于改进我军的领导方法和工作指导具有重要的启发和借鉴意义。

近年来，中国人民解放军各级党委机关认真贯彻中央军委的指示要求，在加强和改进工作指导方面下了很大工夫，取得了明显成效，但在工作指导上仍然存在一些不容忽视的问题。一是对信息化条件下和社会主义市场经济环境中建军治军特点规律的认识和把握不够到位，工作指导上还有一定的盲目性；二是把部队建设作为一个有机整体和系统工程来运筹不够自觉，工作指导上还有一定的片面性；三是依法领导和管理部队的机制不够完善，工作指导上还有一定的随意性；四是以战斗力为标准的效益观念不强，工作指导上还有一定的虚浮性。这些问题，是新的历史条件下我军在领导方式、方法上面临的新问题。正确地认识这些问题，切实改进部队的工作指导，是一项紧迫而复杂的任务。

工作指导问题是领导者面临的经常性课题，也是当前加强领导能力建设的紧迫任务。改进工作指导，既需要解决指导思想问题，也需要解决领导方法问题。把马克思主义领导理论同现代领导科学结合起来，把我军的领导实践同外军的领导实践结合起来，进行研究和思考，有助于我们更好地认识和把握领导力建设问题。

一、以实事求是、群众路线为核心的马克思主义领导方法

马克思主义关于领导方法的理论是伴随着世界社会主义运动的历程逐步形成的，中国共产党几代领导人在推进马克思主义中国化的进程中又对

其不断丰富和发展。它是中国共产党领导革命、建设和改革不断取得胜利的传家法宝，也是新形势下领导干部需要不断学习、实践和创新发展的重大课题。

(一) 实事求是、群众路线是马克思主义领导方法的精髓

中国共产党在领导革命、建设和改革的实践中，以马克思列宁主义为指导，科学地揭示了领导活动中主观和客观、领导和群众、个别和一般等一系列重要关系，形成了以辩证唯物主义和历史唯物主义为理论基础，以实事求是和群众路线为核心的马克思主义领导方法体系。

在这个体系中，辩证唯物主义和历史唯物主义作为马克思主义的世界观方法论，科学地回答了思维和存在、认识和实践、群众和个人等重大问题，为马克思主义领导方法奠定了理论基础；实事求是作为我们党把辩证唯物主义历史唯物主义运用于实践而创立的思想路线，坚持唯物论、辩证法和认识论相统一，科学地回答了在领导实践中怎么认识事物、怎么把握客观规律的问题，是我们党根本的思想方法；群众路线以唯物史观的群众观点为理论基础，坚持历史的创造者与实践的主体相统一，坚持从群众中来到群众中去的基本原则，科学地回答了怎么制定决策和怎么实行决策的问题，是我们党的根本工作路线；理论与实践相结合、一般与个别相结合、领导与群众相结合、民主与集中相结合、全局与局部相结合、中心工作与其他工作相结合、日常工作与临时性任务相结合等，是实事求是和群众路线在领导工作中的具体体现，是指导革命、建设和改革的一整套行之有效的领导方法。

以实事求是和群众路线为核心的领导方法，是中国共产党人在领导方法上的伟大创造。实事求是与群众路线，二者相互依存、相得益彰，实现了知与行的统一、领导与群众的统一、探求规律与制定决策的统一，是马克思主义领导方法的精髓和根本。我们党几代领导人都把实事求是和群众路线作为最根本的领导方法，这不仅因为它是辩证唯物主义和历史唯物主义的基本观点，更重要的在于它是指导中国革命和建设的必然要求。在我

们党的历史上，围绕革命建设改革面临的一系列重大问题，我们既因为领导方法不对头而付出过沉重代价，更因为坚持实事求是和群众路线的科学领导方法，取得了一个又一个伟大胜利。在党的十届三中全会上，邓小平深有感触地谈道："群众路线和实事求是这两条是最根本的东西。……对我们党的现状来说，我个人觉得，群众路线和实事求是特别重要。"①

我们党始终坚持用马克思主义的世界观方法论武装全党，注重引导党的领导干部学习和掌握马克思主义的科学的领导方法。在延安整风时期，我们党专门成立了思想方法学习小组，毛泽东亲自担任组长，还撰写了《关于领导方法的若干问题》，这些对统一全党的思想、确立科学的领导方法发挥了重要作用。毛泽东曾经指出，"我党一切领导同志必须随时拿马克思主义的科学的领导方法去同主观主义的和官僚主义的领导方法相对立，而以前者去克服后者。……为了反对主观主义的和官僚主义的领导方法，必须广泛深入地提倡马克思主义的科学的领导方法。"

（二）坚持实事求是、群众路线的领导方法，必须注重科学的调查研究

调查研究是坚持实事求是、群众路线领导方法的必然要求。我们党几代领导人都极为重视调查研究，而且善于调查研究。陈云说："我们做工作，要用百分之九十以上的时间研究情况，用不到百分之十的时间决定政策。"② 从当前情况看，不善于调查研究，仍然是坚持正确领导方法的障碍。一是调查研究的作风不实。有的不深入，满足于走走、看看、问问，调查虽然搞了，但情况并没有真正搞清楚；有的按图索骥，带着观点找例子，带着意图摸情况，结论产生于调查之前。毛主席曾经讲过，大略的调查和研究可以发现问题、提出问题，但不能解决问题。要解决问题，还须做系统的周密的调查和研究工作。二是调查研究的方法不当。习惯于做定性调查，不善于做定量调查。最常用的就是典型调查法。这种方法虽然简

① 《邓小平文选》第二卷，人民出版社 1994 年版，第 45 页。
② 《陈云文选》第三卷，人民出版社 1995 年版，第 34 页。

便易行，但由于对典型样本的选择带有主观性，因此由典型分析获得的认识时常会有失真。“解剖麻雀”曾是毛主席肯定的一种好方法，但如果我们选择的麻雀有问题，是被“整形”的麻雀，那么调查结果的真实性就要大打折扣。三是调查研究的机制不健全。偏重于依靠职能部门，不善于借助专门研究机构。职能部门虽然使用方便，但其对领导的意图、决心、喜好很熟悉，容易为之所束缚，因此，调查研究的结果难免带有主观性。正是基于上述原因，一些领导或者不能通过亲身的调查获得真实的情况，或者不能借助职能部门获得真实的情况，即使怀有实事求是之心，也难得实事求是之果。由此可见，要真正自觉地把实事求是、群众路线的领导方法贯穿于各项工作之中并坚持下去，必须注重科学的调查研究，把解决作风、方法、机制问题统一起来。所谓作风问题，就是肯不肯去除浮躁心态，专下心来、扑下身子，深入到群众和实际中去做艰苦细致的调查研究。所谓方法问题，就是会不会把调查得来的情况进行去粗取精、去伪存真、由此及彼、由表及里的抽象、概括、加工，形成科学的认识。所谓机制问题，就是要建立健全职能部门与咨询机构相结合的调查研究机制，重视发挥咨询机构相对独立的特点和专业优势，以保证调查研究的全面性和真实性。

（三）坚持实事求是、群众路线的领导方法，必须牢固树立群众观点

群众观点是马克思主义领导方法的理论基础，是群众路线的核心内容，任何时候任何情况下，都不能离开群众观点谈群众路线。当前，我们在领导方法上存在的一些问题，关键在于面对社会阶层和社会生活发生的深刻变化，一些领导者脑子里的群众观点模糊了、淡忘了。党的十六大以来，胡锦涛总书记提出了以人为本的重大战略思想，这是在新的历史条件下对群众观点和群众路线的新发展，也是对唯物史观的新阐释。坚持以人为本，核心是要解决好对人民群众的态度，处理好同人民群众的关系。一是进一步解决好“为什么人”的问题，牢固树立全心全意为人民服务的宗旨。坚持把全心全意为人民服务作为工作指导的根本价值追求，真正做到

"权为民所用，情为民所系，利为民所谋"。二是进一步解决好"靠什么人"的问题，充分发挥我党密切联系群众的优良传统。靠什么人的问题，是一个重大的政治问题。在新的历史条件下，不管社会阶层如何变化，党的依靠力量依然是大多数人民群众，这一点任何时候都不能忘记。三是进一步解决好"怕什么人"的问题，始终把群众当主人，自觉接受群众的监督和评判。邓小平讲过，领导干部一要怕党，二要怕群众。这种"怕"，是对人民群众的敬畏之感，领导干部要确立正确的领导方法必须始终怀有这种对群众的敬畏之感。

(四) 坚持实事求是和群众路线的领导方法，必须坚决反对形式主义、官僚主义

胡锦涛在中纪委七次全会讲话中，把形式主义和官僚主义作为领导干部身上存在的突出问题加以强调，这说明形式主义、官僚主义已成为贯彻实事求是和群众路线的严重障碍。从党的历史看，在思想路线的确立和发展过程中，无论民主革命时期毛泽东提出实事求是，还是改革开放新时期邓小平提出解放思想、实事求是，再到江泽民提出解放思想、实事求是、与时俱进，从思想方法的角度看，其针对的主要是摆脱本本和条条的束缚，反对不同形式的教条主义。胡锦涛主持中央和军委工作以来，大力倡导求真务实的科学精神，从思想方法的意义上讲，我理解主要是反对形式主义和官僚主义。近些年来，我们党在实践中不断推动马克思主义中国化创新发展，在克服教条主义方面取得了明显成效，但形式主义的问题依然很严重。因为形式主义"好看、省力"，不仅满足了一些人急功近利、快出政绩的要求，而且免去了认识问题和解决问题的艰苦；形式主义把形式绝对化，使内容成为可有可无的东西，歪曲了事物的本来面目，必然使领导工作脱离实际。现在，一些单位在工作指导上，用会议部署工作、用讲话指导工作、用活动推动工作、用检查评估工作，基本成了固定的套路。有的同志戏称，"会议开得好不好，关键看讲话稿；领导视察好不好，关键看汇报稿；活动组织好不好，关键看总结稿。"这种说法虽然不一定全

面，但确实反映出工作指导中“用会议落实会议、用讲话落实讲话、用档落实档”的形式主义现象。尤其要看到，形式主义与官僚主义相伴而生，成为一些人脱离群众、脱离实际、迎合领导的护身符。所以，坚持实事求是、群众路线，必须把反对形式主义和官僚主义作为突破口，形式主义、官僚主义不除，实事求是和群众路线的领导方法就难以确立。

二、现代领导科学基本理论的主要内容

领导科学，是一门以领导活动为研究对象的科学，其基本任务就是科学揭示领导工作中合乎规律性的东西，从而形成关于领导活动的科学理论。领导科学是20世纪诞生的一门新兴学科，所以有时也称作现代领导科学。它同时还是一门应用科学，是从管理学中分离出来的，属于具体科学的范畴。自20世纪80年代以来，我国学者在引进介绍西方领导科学理论的基础上，逐步开始了构建具有中国特色的马克思主义领导科学体系的工作。目前，领导科学不仅在企业培训和大学工商管理和公共管理专业中开设，而且逐步成为党政干部培训的内容。

（一）现代领导科学的产生及其发展

领导活动是古来就有的现象，而把领导活动作为研究对象的领导科学则是人类社会发展到一定阶段的产物。领导科学成为一门独立的学科，是20世纪30年代才发生的事情。领导活动从其他社会活动领域逐渐分化出来，是领导科学能够成为一门学科的关键所在。领导科学的产生有两个显著的标志：一个是决策从日常的生产和管理中独立出来，决策和执行逐渐分离，即决策工作专门化。另一个是咨询从决策中独立出来，“谋”与“断”相对分离，即咨询工作专业化。

现代领导科学在发展过程中具有代表性的理论主要有：一是特质论。这种理论以领导者为中心，看重领导者的禀赋，认为领导者具有常人所不具备的人格特征，领导的成功取决于领导者个人独具的特质。二是行为论。这种理论注重从领导的具体行为去研究领导的有效性，引进了被领导者概念，克服了特质论孤立地研究领导者、夸大领导者特质的片面性，认为领导者的权威不是来自其独特的个性，而是来自他具有创造力的人际关系技巧。三是权变论。注重从领导所处的情境中研究领导的有效性，把客观情况与领导行为的相互作用视为决定领导活动能够成功的关键所在。领导的有效与成功，除了领导行为的特征之外，与其所处的情境关系极大，不能追求一种普遍适用的模式和原则。尼克松说："在我担任公职的那几年里，经常被问及的是，你所认识的领袖中谁最伟大？要用一句话来回答是不可能的，每一个领袖都从属于一个特定的时间、地点和环境；领袖和国家是不能互换的。"

20世纪80年代以来，与信息化、新经济以及全球化浪潮相适应，领导理论研究出现了新的趋势，形成了团队领导、自我领导和超级领导等新的理论范式。这些新领导理论强调，领导活动的本质是领导而非管理，领导者与追随者的关系是价值认同而非交易，领导目标的取向是创新而非秩序，等等，为研究领导活动的规律开辟了新的路径。

(二) 现代领导科学中值得关注的几个重要思想

现代领导科学的理论内容十分丰富，学术观点也多种多样，其中关于领导活动本质、领导决策方式、领导关系模式和领导方法等方面的重要思想值得引起我们注意和思考。

一是正确认识领导与管理的关系，把握现代领导活动的本质。长期以来，在领导理论和实践中，领导与管理的关系难以区分。随着领导活动的专门化以及领导科学的不断发展，人们对领导与管理的关系有了新的认识。一方面，领导与管理有着天然的联系，在现实生活中具有较强的复合性和兼容性。另一方面，领导与管理又存在着明显的区别。管理重在管事，重在维护秩序，其行为方式主要是计划、控制、监督；而领导重在管人，重在推动变革、创新，其主要任务是确定发展目标和战略方向。因此，不能把领导活动等同于管理活动，也不能把领导者等同于管理者。这种认识，有助于我们更加准确地把握现代领导活动的本质，实施正确有效的领导。首先，领导者要把主要精力放在管方向、管决策上。如果说管理者主要是按照既定的目标完成规定的任务的话，那么领导者主要是去寻求和制定这种目标。所以，美国著名领导学专家、南加州大学商学院教授沃伦·本尼斯认为，管理者是把事情做正确，领导者是做正确的事。其次，领导者的主要任务是做人的工作。《美国陆军领导力手册》指出，"领导者领导的是人"。传统领导对人的理解基本是工具性的，而现代领导对人的理解则是价值性的，更关注人的精神和思想。《美国陆军领导力手册》对领导提出了以"使命为中心，价值为基础，人员为动力"的要求。在他们看来，"以共享的使命和价值观为基础的领导，会带来真正的忠诚和奉献。"领导者必须具有明确而又崇高的价值观，并向团队注入这种价值观，以形成团队的核心价值理念。这种"注入"就是做人的工作，就是引导被领导者正确地认识自己在团队中的角色以及对团队发展的巨大价值，将实现个人价值与团队目标结合起来。

二是正确认识经验决策与科学决策的关系，确立科学的决策方式。决策是领导的基本职能。领导者的地位和作用在很大程度上是通过决策体现出来的。尽管决策活动是一种古老的社会活动，但在领导科学诞生之后，决策才真正实现了从经验决策向科学决策的转变。经验决策，作为一种传统的决策方式，其基本特点是倚重领导者的个人决断，主要取决于个体的素质、经验，虽然在历史上并在一定范围内能够发挥作用，但难以适应现代社会日益复杂的决策活动的需要，具有较大的局限性。科学决策作为一种现代决策方式，更注重集体智慧的作用，强调依靠专业的智囊组织、科学的决策程序、精确的技术分析，把定性与定量分析结合起来。要实现科学的决策，必须遵循正确的决策原则。一是信息原则。信息是决策的基础，决策的科学性是同信息的准确性、及时性、适用性成正比的。决策者要优先掌握信息，善于发现信息，正确鉴别信息，及时利用信息，确保决策建立在真实可靠的信息基础上。二是选优原则。科学决策就是从多种方案中选优。现代领导理论认为，单方案决策风险大于多方案决策，多方案决策可以为决策者提供更加宽阔的思维空间，使其能够对决策所涉及的各种因素进行整体性考虑，最大限度地减少决策失误。三是外脑原则。现代决策涉及的要素越来越复杂，范围越来越广，专业要求越来越高，单靠领导者本身的智慧难以应对，必须借助由各种专家组成的智囊团充当外脑。领导者只有把外脑用好，才能不断提高决策的科学性和有效性。

三是正确认识领导者和追随者的关系，建立新型的领导关系模式。领导活动的主体是由领导者与追随者共同构成的，一项完整的领导活动必须依赖于领导者与追随者有机结合才能顺利展开。现代领导科学在阐述领导者与追随者的关系时提出了等级关系、交易关系、追随关系、伙伴关系四种模式。等级关系和交易关系，实际上是以领导者在社会组织中被赋予的权力为基础的，是一种硬性的领导；而追随关系、伙伴关系则是以领导者的能力和影响力为条件的，是一种柔性的领导。随着现代社会的发展，追随者的主体地位越来越突出、越显现。作为现代领导者，应当自觉地把硬性领导与柔性领导结合起来，建立新型的领导关系模式。

四是正确认识领导活动科学化和艺术化的关系，掌握有效的领导方法。领导活动作为一个过程，包括制定决策、确定目标和实施决策、实现目标两个方面。由于科学决策方式的引入，使得领导决策活动成为科学规律所支配的领域，故被称之为科学化的过程。而实施决策、实现目标，需要靠多数人的共同参与，展现的是领导者激励推动下属以达成目标的灵活有效的领导方法，被称为艺术化的过程。现代领导理论提出了诸如会议领导法、危机领导法、运筹领导法和目标领导法等领导方法，它主要是从日常工作领导、突发事件处置、系统要素整合与最高目标导引等角度，对领导方法作了原则性的描述。例如，会议领导法包括咨商型、研究决策型、责任交付型、仪式型等类型。认为，东方人的会议比较看重参与者的等级和会议的象征性功能，西方人则不太注重这一点。会议领导法强调会议要注重实际效果，尽量减少仪式型会议或会议的象征性功能，对于有效实施会议领导至关重要。再如，“运筹领导法”以追求“整体最优”为原则，认为“个体最优”不等于“整体最优”，要求从整体的角度去看待要素、配置要素，而不是片面追求“个体最优”，是一种实施有效领导的系统方法。现代领导科学把领导方法作为领导活动艺术化的内容，突出强调了领导方法的灵活性和生动性。用著名领导学专家斯道戈迪尔的话说，“最有效的领导应该是表现出一定程度的多才多艺和灵活性，从而使自己的行为适应不断变化、充满矛盾的需求。”由此可见，领导方法依赖于领导理论，是领导者创造力的显现。掌握有效的领导方法取决于对领导活动本质的深刻把握，取决于对领导关系模式的正确认识，更取决于以决策活动为主要内容的领导实践。

三、外军在领导方式方法上的主要做法

外军特别是以美国为代表的西方国家军队，在长期的军队建设和战争实践中，建立了一整套军事领导理论和方法。由于社会制度、军队性质和国家安全战略不同，外军的领导方式和方法不能简单地为我所用。但其中反映现代军队建设一般规律的方式方法，对于改进我军的领导方法和工作指导具有重要的启发和借鉴意义。

（一）区分行政领导和作战指挥，分系统实施领导

随着军事活动的日益复杂，专业化程度越来越高，军事职能的分工也越来越细化。为避免行政领导和作战指挥两种职能间的相互交叉，美英等西方主要国家已经将军队战略——战役层领导体制区分为行政领导和作战指挥两大系统，通常称为军政和军令系统。

最早实施行政领导与作战指挥分离的是美国。1958 年，美国国会通过《国防部改组法》，建立了军政和军令两个系统。1986 年，美国国会对

上述两大系统作出了更加明确的规定。所谓军令系统，也称用兵系统，是指与作战相关的职能，如作战计划、作战编组、作战实施等。其领导管道是，由总统到国防部长，通过参联会向战区司令下达作战任务，进行战略和作战指导。战区司令向上直接对国家指挥当局（即总统和国防部长）负责。向下通过下属部队指挥官，对其所属部队实施指挥和控制，完成所受领的任务；所谓军政系统，也称为养兵系统，是指对军队建设、行政管理、后勤保障、战备训练、兵力动员和武器装备采购等职能实施领导。其领导管道是，从总统到国防部长，再到各军种部部长，负责对配属给各战区的本军种部队实施行政领导与保障。在养兵系统中，高级领导者的主要职责，就是负责部队日常建设并根据作战需求提供所需部队。美国是一个将平时体制战时化的国家，其军政军令分开的领导指挥体制与其国家战略密切相关。美国军事战略强调的不仅是保卫本土的安全，更主要的是应付世界各地可能出现的挑战，因此平时就保持一种准战时状态。

俄军近年来为了建立联合作战指挥体制，提高联合指挥能力，也在进行行政领导权与作战指挥权分离的探索。计划在东、南、西部建立三个地区指挥部，对本战略方向的各军种部队实施统一作战指挥，军区、军兵种司令部将主要承担行政管理职能。2006 年年底东部指挥部已基本建成，目前正在进行试点。

从外军目前的情况看，实行行政领导和作战指挥权的分离，有助于提高行政领导和作战指挥效率，已经成为世界上许多国家军队探索联合作战指挥体制改革的重要趋势。

（二）注重军事法规建设，依法实施领导

西方国家军队高度重视依法领导和治理军队，强调一切领导活动必须有法可依、有章可循，领导者必须在法律、条令和规章的规范下实施领导活动，不按照法规进行领导是违法的行为。如美国里根总统执政期间，曾计划增加 10 万兵员，由于违背有关控制军队员额的法律，连续三年遭国会否决，最后只好改为按照加强后备力量建设的法律增加国民警卫队的数量。

外军对领导活动的法律规范是同整个军队建设的法律规范联系在一起的，主要有以下几个特点：一是强调法规的系统性。以美军为例，除美国国会以法律的形式正式明确的内容外，美军的各种条令还就指挥权限、如何实施领导与管理等诸多内容做了规定。仅1986年关于领导与指挥方面的就有《高级领导与指挥》、《中级领导与指挥》、《领导行为准则》、《领导忠告》和《领导与疏导》等。据统计，目前，美军涉及部队领导指挥与管理的条令、条例和规定等多达1000多种，德军有250多种，日军也有150多种。其内容大到军队的地位、任务、体制、作战、人事，小到着装、行为举止、休假、出差等无所不包，保证了军队的每一项工作都有章可循、有法可依。二是强调法规的可操作性。制定条令条例和法规，对于什么事情可以做、应该怎样做，违反规定如何处理、由谁处理，等等，都规定得十分具体明确。例如，关于请假的问题，日军的条例明确规定了结婚、直系亲属生病、死亡等情况下可以准假的天数。这不仅避免了领导者执行中的随意性，而且减少了许多烦琐的请示报告，极大地提高了工作效率。三是强调法规的严肃性。为了防止有法不依，保证法规的严肃性，要求从将军到士兵不仅要认真学法、知法，更要严格守法、执法，即使是总统也不能例外。例如，2005年美国国会核定的美军现役将官数量为874人，如果要增加1名将军，必须要经过国会的批准。

外军的实践表明，依法领导是依法治军的前提和基础，必须把领导活动置于法律条令的规范之下。从我军的实际看，我们对官兵的基本行为有了比较成熟的规范，而对领导活动的规范还不健全，对领导活动本身的思想性要求多、规范性要求少，领导活动还存在“以言代法”、“以权代法”的现象。应该大力提倡和推行依法规范领导活动，把领导干部依法开展领导活动情况纳入干部考核内容，以督促领导者强化依法领导的意识，逐步养成依法领导的习惯。

(三) 明确职责权限，按层次实施领导

美英等国军队非常强调按层次实施领导与指挥，要求各级领导者严格

遵守职责权限，不要过多地干预下级事务，通常也不要越级领导与指挥。他们认为，过多干预下级的事务，不但增加自己工作的负担，还会造成下级工作的忙乱。越级领导与指挥，不仅会使下级的职能作用得不到正常发挥，还削弱下级领导者的权威，造成上下级之间的不信任，影响任务的完成。《美国陆军军官指南》明确要求："在履行领导职责时，你切不可剥夺下级展示主动精神和才能的机会。营长应该指挥的只是一个营，而不是四个连。连长应该指挥一个连，而不是四个或五个排。"同时要求在给下级赋予任务时，不但要明确下级的职责，更要给下级履行职责以充分的权力。

越战结束后，美军认真总结教训，提出了"任务式指挥"的理论，明确上级在给下级明确任务时，只给下级规定完成任务的时限以及应注意的问题，而对如何完成任务并不做过多的干预，最大限度地将领导指挥权下放给下级指挥官。美军的作战条令曾经有过这样的规定："将官主管集中兵力，校官主管指挥作战，尉官主管实施战斗。"强调不同级别的领导和指挥官，要履行不同层次的职责，关键是不要把行政领导等同于行动领导，上级不仅要授责于下级，而且要授权于下级。

随着世界新军事变革的深入发展，西方国家军队更加重视研究军事领导理论。他们经常思考，在第二次世界大战后的一些局部战争特别是越南战争中，为什么败给武器装备质量和官兵知识技术素质远不如自己的对手？归结起来，主要是过度依赖物质条件和武器装备，轻视人的精神因素。他们认为，要改变这种状况，必须转变以往"重管理轻领导"、"见物不见人"的做法，注重精神教育和领导力建设。近年来，西方国家出版了大量军事领导著作，颁发了一系列适合各级军官岗位需求的军队领导条令。《美国陆军领导力手册》就是具有代表性的一本。这本书，不仅是美军领导的重要教材，而且被美国的领导和管理学界推荐为其他行业的领导培训教材。

我军是中国共产党创建和领导的人民军队，在长期的革命战争和建设实践中，形成了以党的绝对领导为核心的一整套领导制度和领导方法，积累了丰富的领导经验。坚持用党的理论武装部队，用先进的人生观价值观教育官兵，始终是我军赢得胜利的重要法宝，是我军实现正确有效领导的

独特优势。学习和借鉴外军经验，我们必须坚持发扬自己的优势，把现代化军队领导建设的一般规律和新的历史条件下我军领导建设的实际结合起来，不断创新具有我军特色的领导方式和方法。

四、当前部队工作指导的主要问题和对策思考

适应时代发展和使命任务的要求，不断加强和改进领导方法和工作指导，不仅关系到部队当前建设的质量效益，而且关系到我军长远发展和军事斗争准备全局，必须从战略高度来加以认识和对待。近年来，部队各级党委机关认真贯彻胡锦涛和中央军委的指示要求，在加强和改进工作指导方面下了很大工夫，取得了明显成效。但是，由于复杂的主客观原因，目前在工作指导上仍然存在一些不容忽视的问题。一是对信息化条件下和社会主义市场经济环境中建军治军特点规律的认识和把握不够到位，工作指导上还有一定的盲目性；二是把部队建设作为一个有机整体和系统工程来运筹不够自觉，工作指导上还有一定的片面性；三是依法领导和管理部队的机制不够完善，工作指导上还有一定的随意性；四是以战斗力为标准的效益观念不强，工作指导上还有一定的虚浮性。这些问题，是新的历史条件下我军在领导方式、方法上面临的新问题。正确地认识这些问题，切实改进部队的工作指导，是一项紧迫而复杂的任务。

（一）深入研究军队建设的新情况新特点，把工作指导始终建立在符合规律的基础之上

领导工作具有前瞻性、预见性和导向性，但这种特性是建立在对客观规律的正确认识和深刻把握基础之上的。现在，一些领导在工作指导上带有盲目性，主要是不善于把党的理论创新成果转化成为指导部队工作的具

体方法和措施，习惯于照抄照转，用老办法解决新问题；不注意深入研究我军建设的实际，照搬照套外军或地方的经验；忽视科技发展和战斗力生成的规律，硬干、蛮干。比如，随着军官制度、士官制度、文职人员制度逐步建立和实行，军队的职业化特征进一步突出。如何适应这种新的变化，深入研究和把握军队教育、管理、训练、人才培养等新的特点规律，重视加强官兵的职业精神教育，不断完善与此相配套的一系列制度措施，积极探索新的领导方式和方法，是我们面临的一个新的课题。如果我们不能跟上时代发展的步伐，把握部队建设的特点和规律，就会陷入工作指导上的盲目性，付出不必要的损失和代价。必须以敢于突破前人、勇于超越自我的精神，深入研究信息化条件下和市场经济环境中建军治军的特点规律，在工作指导上确立新的思路和办法，不断提高按照客观规律进行工作指导的能力和水平。

（二）树立和强化科学统筹意识，切实增强工作指导的系统性和协调性

信息化军队建设是体系建设，整体性很强，各个方面、各个环节和各个部位相互依存、相互影响，必须统筹兼顾，不能搞单打一。按照我军发展的要求，从建设目标来讲，革命化、现代化、正规化都要加强，从建设领域来讲，陆、海、空、天、电等领域都要建设，从建设构成要素来讲，人的因素、物的因素、机制的因素都要优化，不能强调一个方面，就忽视另一个方面，既要突出重点，又要兼顾其他，搞好统筹协调。现在这方面的问题还比较多，一些领导干部在工作指导上，往往缺乏整体意识、统筹意识，顾此失彼。有的对武器装备的建设很重视，对人才队伍建设和人的战斗精神培养却着力不够；有的喜欢"追风"，搞"一阵风"、"一窝蜂"，上级强调什么就抓什么，其他工作弃之不顾；有的重"显绩"轻"隐绩"，只愿意在那些容易"出彩"的事情上下工夫，不愿意在那些难以"叫响"的工作上用气力。这些工作指导上的片面性，使部队全面建设和发展的整体性受到很大的影响。正确的工作指导必须建立在统筹协调的基点上，坚

决防止和克服任何片面性。要坚持唯物辩证法“重点论”与“两点论”相统一的观点，正确把握突出重点与兼顾一般的关系，任何时候，都不能在突出重点的名义下“抓住一点，不及其余”，切实按照科学发展观的要求，统筹协调好部队建设一盘棋，推动部队建设又好又快发展。

(三) 尊重和维护法治的权威，努力实现工作指导的规范化和程序化

重视和善于运用法规指导工作，是现代领导者必备的基本素质，也是工作指导充分发挥作用的必要条件。对领导机关和领导干部来说，依法治军首要的是把自己的领导活动置于法律法规的规范和约束之下。现在我军法律法规建设取得了很大进展，但仍存在的主要问题是，一些领导把依法治军仅仅看做是用法律法规来管束部队，不注重、不习惯用来规范自己的领导活动。例如，有的领导机关在工作指导上，忽视按照条令条例办事，越位、越权的现象比较突出，甚至打破职责界限和工作程序干扰基层，给部队造成不应有的忙乱。要真正改进工作指导，各级领导和机关必须摆脱“人治”，切实把工作指导纳入规范化和程序化的轨道。只有这样，才能真正解决好领导机关下达任务过多，部队基层运行节奏过快，许多工作浮在表层“空转”等问题。在领导活动特别是决策活动中，不仅决策范围、决策内容、决策标准要“依法”，而且决策形式、决策途径、决策程序同样要“依法”，防止执法、守法中的实用主义现象，切实克服工作指导上的随意性。

(四) 坚持以“打赢”为标准，使工作指导真正聚焦到部队战斗力建设上来

新世纪新阶段我军肩负的历史使命，决定了我们必须把“打赢”作为各项建设和工作的根本标准。军队要“打赢”，靠的就是战斗力。部队各级党委机关的工作指导，尽管涉及的内容很多，但归根结底都要聚焦到战

斗力建设上来。从实际情况看，目前工作指导上一个很大的问题，就是偏离战斗力建设的客观要求练“虚功”。这种“虚功”重形式、轻内容，重过程、轻结果，重搞活动、轻打基础，不仅没有带来战斗力的提高，还造成了资源的极大浪费。当前和今后，要在高级干部和高层机关中牢固树立效益观念，整个工作指导要始终瞄着战斗力建设来加强、来改进，使工作指导的过程，真正成为服务、支持和保证战斗力建设的过程，从根本上提高工作指导的质量和效益。

（五）下决心改革体制机制，从源头上解决好工作指导不合理的问题

胡锦涛指出，“制约军队建设科学发展的一些体制性、机制性问题还比较突出，深化改革势在必行。”从当前情况看，影响制约高层机关改进工作指导的因素虽然很多，但最根本的还是体制性障碍。可以这么讲，我们工作指导中存在的种种顽症，都与领导机关层次过多、职能交叉、关系不顺有着直接关系。如果我们把机关的层次搞少一些，把机关各部门的职能理顺一些，形式主义、表面文章、烦琐哲学也就弄不成了。改进工作指导，必须从源头抓起。对我军来说，建立高效灵便的领导指挥体制，任务还相当艰巨，需要下很大的决心和气力进行改革。否则，我们在改进工作指导方面无论作出多么艰辛的努力，其效果都会被严重抵消。

加强和改进工作指导，领导干部是关键。正确有效的工作指导，是建立在科学的世界观和方法论的基础上的，是建立在科学的领导方式和领导方法的基础上的。要按照胡锦涛同志“下工夫学理论、学科技、学管理”的要求，认真学习马克思主义的领导方法，学习现代领导科学理论，学习外军领导实践的有益经验，在建设信息化军队的实践中不断提高自己的领导水平。

论我国社会转型时期领导职务行为的法律规制

张德瑞 *

1997年9月，以江泽民同志为代表的党中央第三代领导集体，在党的十五大报告中明确提出了依法治国，建设社会主义法治国家的治国方针。这一治国方略的确立，是中国人民经过长期浴血奋战的历史经验的总结，是中华人民共和国经过40多年的曲折发展历程的科学结论，它标志着我国社会主义民主与法制建设进入了崭新的历史阶段。但毋庸置疑，从人治向法治的转变，从依政策治国向依法治国转变，却绝非简单的一蹴而就的过程。我国在实现依法治国的过程中，领导职务行为与依法治国的要求还有相当远的距离。现实生活中，一些领导仍习惯于“三拍”，即决策时拍脑袋、表态时拍胸脯、出了问题之后拍屁股（走人）。基于这种原因，这里就我国社会转型时期领导职务行为的法律规制谈点个人管见，期待引起大家对这个问题的普遍关注。

* 作者为华侨大学法学院副教授、厦门大学法学博士后流动站研究人员。

一、人治到法治：人类文明史上的一种巨大进步

古希腊思想家亚里士多德曾经提出过这样的问题：何种方式治国较有成效？应该依靠最好的人还是最好的法律？主张人治的认为，法律只能规范一些基本原则，不能对五花八门的生活现象一一提出解决办法，所以治国应当靠最好的人；主张法治的却认为，治国不能没有法律的指导，因为每个人都有感情，如果任凭个人感情用事，往往会导向偏见和腐化。唯有法律是没有情绪的，法治正是免除情欲影响的理性之治。当然，就每一个案来说，法治不见得能导致最好的结果，人治也不必然会带来最坏的结果，然而法治却能建立普遍明确的规范，创造一般而长期的福祉。因为在一般情况下，人治必然反映人性的缺陷（例如人的私欲和偏见、权力的滥用和腐化等），也必然影响政治清明。法治——在亚里士多德的眼里，恰是诉诸理性的途径，力求防止人性的缺陷，并且为社会带来更有保障的公平正义。他在两千多年前就提出，“法治应当优于一人之治”[①]，并阐释了法治的基本含义，已经成立的法律应当获得人们普遍的遵从，而大家所遵从的法律又应该本身是制定得良好的法律。

到我国春秋战国时期，法家的代表认为，治理国家的关键在于法律制度的有无与好坏，并提出了“援法而治”的主张。这些思想代表了人们在当时的社会经济条件下的进步要求，无疑具有一定程度的进步意义。但是，由于当时国家实行的是自然经济和专制主义，真正意义上的法治国家是不可能建立的，法治思想也是无法变成现实的。[②] 现代法治思想是随着资本主义商品经济在封建社会末期出现的产物。当时，一些代表资产阶级利益的启蒙思想家，如洛克、孟德斯鸠等人，极力宣传法治的作用，把矛头指向封建专制主义。洛克说：“国家的法律应该是不论贫富、不论权贵

① 亚里士多德：《政治学》，商务印书馆 1965 年版，第 167 页。

② 参见肖扬：《依法治国论》，法律出版社 1997 年版，第 1 页。

和庄稼人都一视同仁，并不因特殊情况而有出入。”[①] 孟德斯鸠认为：“从事物的性质来说，要防止滥用权力，就必须以权力约束权力。”[②]

无产阶级领导的社会主义革命和建设是人类历史上最广泛最深刻的变革，无产阶级革命领袖的法治思想是对人类历史上法治思想合乎规律的批判、继承与发展。我国依法治国思想的提出，是以江泽民同志为代表的党中央第三代领导集体，在继承马克思列宁主义、毛泽东思想和邓小平理论的基础上，结合中国具体的社会实践在治国方式上作出的重大决策。我国依法治国的基本内涵，包括以下四个方面的内容：第一，立法机关按照严格的法定程序制定法律，并形成完备的法律制度体系。立法的全部内容必须反映国家和社会管理的客观规律，反映司法实践的客观需要，最根本的是要反映广大人民群众的利益和意志。第二，政府及其公务人员必须严格依法行政，依法办事，依法管理国家的政治、经济、文化和其他各项社会事务。第三，司法机关必须严格执法，坚决维护法律的严肃性和权威性，确保法律在全国范围内的统一实施，做到有法必依，执法必严，违法必究。第四，全体公民具有良好的法律意识和法律素质，学法、懂法、守法成为整个社会的良好风尚，广大公民能够自觉地运用法律武器来维护自身的合法权益，并同各种违法犯罪行为作斗争。[③]

法治国家要求以政府为主的公共机构在制定和实施公共政策，组织、协调、控制等一系列行政管理活动中，必须遵循相关实体法与程序法的明确规定。就我国而言，要求我们在各项行政管理活动中，要遵循宪法与法律的规定，坚持法律保留和法律优先原则，严格按照行政管理法、行政组织法和行政程序法的规定来实施行政管理活动，既不能越位（即政府内部越权），也不能错位（即政府外部越权）和缺位（即政府不作为）。要求领导人员在履行职务时，要遵循宪法与法律的规定，坚持按程序办事，实现决策的民主化与科学化。

---

① 洛克：《政府论》（下篇），商务印书馆 1964 年版，第 58 页。

② 孟德斯鸠：《论法的精神》（上册），商务印书馆 1961 年版，第 54 页。

③ 参见肖扬：《依法治国论》，法律出版社 1997 年版，“序言”第 2 页。

二、领导职务行为非法治化：主要表现及其危害

法治国家要求公务人员个人和公共组织的行为，都应自觉服从于宪法与法律，不允许有超越宪法和法律的行为发生。我国在依法治国的背景下，虽然已经确立了依法行政的制度，但长期封建文化积淀和人治传统的影响，决定了依法行政要走的路任重而道远。因为在形而下的意义上，法律是一种社会工具，这对于一个社会来说容易做到；在形而上的意义上，法律则是一种信仰，这对于一个社会来说，不容易做到。一个社会，可以以较快的速度建立比较完备的法律体系，但是在一个缺乏法治精神和缺乏法律信仰的社会中，培育公民对于法治精神的理解和对法律的信仰，并使之广泛社会化，却是一个困难的也是一个漫长的过程。在这个过程中，领导者个人的职务行为无疑会对中国的依法治国方略产生重大影响。因此，在实施依法治国的进程中，对依法行政能够产生重大影响的领导人的职务行为进行法律调控，是决定依法治国能否顺利实现的关键环节。

英国思想家罗素在他的名著《权力论》中指出："爱好权力，犹如好色，是一种强烈的动机，对于大多数人的行为所发生的影响往往超过他们自己的想象"。"领导职务行为，是一种在特定领导体制下实现领导功能理性的行为，而且是同社会结构中的某个具体职务、职权相联系的行为模式，在这个结构中占有某一个法定职务位置的人所应有的行为表现。"① 人性追求金钱、美色、权力的偏好，使得领导人的职务行为在依法行政过程中出现了偏差。审视领导职务行为的各种表现，我们可以发现存在以下三个方面问题：第一，在思想观念上，轻法治重人治。"在传统中国社会里，我们所看到的是人们漠视法律。人们在行为之前，通常不考虑是不是违法，就姑妄去做；等到发生问题了，也不习惯诉诸法律的裁决，而选择（或者被选择）由族长、长官和老师来出面调解。至于调解时所引用的规范，事实

① 谢邦宇：《关于依法行政的几个问题》，《河南省政法管理干部学院学报》2000 年第 2 期。

上不参考法律，而大量地运用伦理道德和政策。”[①] 而且，由于我国伦理表现于“三纲五常”之中的父权和层级意识压倒个人权利意识，所以按照伦理去调解纠纷的结果，往往是明明在法律上拥有合理权利的一方，却因为身处下属，而成了输家。家族纠纷更是如此，辈分低的人，调解还没有开始，已经力衰气竭，调解的结果就可想而知了。在我们的现实生活中，可以说常常弥漫的是一种彻底的人治意识和人治行为。其基本情形是，人们普遍地官本位意识浓厚，权力崇拜明显。正是这种情形，造成人们对法律的普遍漠视甚至蔑视。因贪污被判死缓的山东省泰安市原市委书记胡建学，曾经得意洋洋地对别人说：“官到我们这一级，就不好监督了”。“在泰安，我说了算，我想干什么，就干什么……”如果说胡建学是因为不懂法而这样讲，那么，山东省莒南县法院院长的话可能就更具有代表性。面对《焦点访谈》记者的采访镜头，他居然非常傲慢地说自己“上管天，下管地，中间管空气”，显示出一派“土皇帝”的派头。刘少奇就曾经说过：“到底是法治还是人治？看来实际靠人，法律只能作办事的参考。”[②] 从那时到现在，转眼已近半个世纪了，我国的法治究竟处于什么状况呢？有学者对此做过基本的估计：“就我国目前的情况而言，毫无疑问，是权大于法，因为坦率地讲，直到目前，我国并不是一个法治国家，而是一个典型的‘权治’国家，或者变相的人治国家。”[③] 这表明，我国的法治环境依然没有实质性的变化，领导人的职务行为与法治的要求还相去甚远。第二，有些领导人决策时不民主，习惯于家长制与一言堂。思想观念上轻视法治，表现在行动上就是办事不讲程序，决策不民主不科学。从近年来发生的领导干部腐败案来看，个别身居要职的领导干部，不是依法规范自己的行为，带头遵守制度履行程序，而是将制度和程序当做可以玩弄于股掌之间的面团，先拍板后走程序，凡事一人说了算。因此，在领导的职务行为中，不依法行政，不讲程序、不顾制度的不少，长官意志、自由主义的现象也为数不少。一些重大问题、重大决策该讨论的不讨论，重大项目该研

---

① 周天玮：《法治理想国——苏格拉底与孟子的虚拟对话》，商务印书馆 1999 年版，第 57—58 页。

② 转引自项淳一：《党的领导制度与法制建设》，《中国法学》1991 年第 4 期。

③ 谢晖：《法治讲演录》，广西师范大学出版社 2005 年版，第 84 页。

究的不研究，选人用人该遵守的程序不遵守，造成我国经济社会活动的失序和失范。甚至出现了“班子成员参加的会议决定普通问题、少数人参加的会议决定重大问题、个别人参加的会议决定核心问题、一对一的口头交代决定特别重要的问题”的非正常情况。许多重大问题的决策居然是不见纸不留声不发文，所谓的程序纯粹是瞒天过海的摆设和事后自圆其说的形式而已，根本起不到应有的规范、约束和公开等效果。第三，党的领导方式、领导体制和领导活动与依法行政的要求还有不适应的地方。

领导职务行为的非法治化，危害是十分严重的。我国经济、政治、文化的奋斗目标的实现，都要依赖于法治才能得到保障。因为市场经济就是法治经济，市场交往主体必须遵循经济交往中的公共规则，实现生产、交易、消费环节的制度化；民主政治要求大家必须遵循在民主活动中的游戏规则。领导职务行为如果长期得不到有效的约束，那么，我们提出的依法治国与建设法治国家的目标就只能是一句空话。领导职务行为如果不尽快纳入法治的轨道，势必会影响我国在国际社会上形象，影响我国的对外开放大业。因此，我们在建设法治国家的进程中，必须对领导职务行为非法治化的问题认真地加以规制。

三、领导职务行为法律规制：自控、监督与惩戒

对领导职务行为进行法律调控，不是一般的预防和制约领导负效应行为的产生和滋长，而主要在于调整、管理和协调领导行为并提高领导效率，保障领导功能的实现。“基于法律调整领导职务行为的共性的本质的要求，具体到调控的作用、任务和目标的设定，又必须为实现国家的政治功能和统治目的服务。因此，法律调控的内容就不能满足于只是惩治某个具体的个体行为或群体行为，而必须首先着眼于依法设定的整个职务行为，其中主要包括确认领导体制、领导关系和领导条件等因素的法律地

位，规范领导机构和组织体系的建立，界定法律上的职权职责关系，进而管理、调节和监督领导行为，解决领导主体机构间的关系，规定领导行为的法律后果特别是违法行政行为的法律制裁，以及领导行为的法律行为程序和保障程序等。”① 基于这种目标，我们可以采取行为前的“自我控制”、行为中的“监督控制”和行为后的“惩罚矫正”等措施，来对领导职务行为进行法律调控。

行为前进行公仆意识与法治理念教育，让领导干部实现“自我控制”。通过公仆意识教育，使领导干部明白，无论自己职务高低，都是人民的勤务员。领导干部要把自己定位在服务而非支配的地位，应意识到手中的权力是人民赋予的，时刻放低自己的姿态，尊重人民的利益，为人民谋幸福。以这样的心态执政为民，才会有“挥斥方遒”的魄力，才会有“俯首甘为孺子牛”的柔情。通过法治理念教育，使领导干部明白，从人治到法治的超越，是人类政治文明成果的重大结晶。所以，法律在治理社会活动中，在规范人们行为中具有至上性与首选性，任何组织和个人都要服从法律。邓小平同志在谈到党和国家领导制度的改革时，曾经有一个非常重要的判断：“我们过去发生的各种错误，固然与某些领导人的思想、作风有关，但是组织制度、工作制度方面的问题更重要。这些方面的制度好可以使坏人无法任意横行，制度不好可以使好人无法充分做好事，甚至会走向反面。”② 这说明邓小平已经认识到把领导人个人凌驾于法律之上的危险性，也说明制度在规范人们行为中的重要性。电视剧《大法官》中春江市委书记孙志的自白就很耐人寻味：在自己走向犯罪之始，如果有人吆喝一声，约束一下，那道德可能还会跑回来；如果有人管着，有人监督着，自己也会立刻明白，春江是八百万人口的春江，不是你自己的家。可没人对我吆喝，也没人给我制止。正是少数领导干部这种没有约束的恣意行为，注定了他们中的一部分最终会走向犯罪的道路。因为中外历史的经验一再表明，制度一旦把权力集中在一个人的手中，即使这个人的道德再完美，也难以逃脱会被腐蚀的命运。这样的教训在我们的现实生活中不胜枚举，

---

① 谢邦宇：《关于依法行政的几个问题》，《河南省政法管理干部学院学报》2000 年第 2 期。

② 《邓小平文选》第二卷，人民出版社 1994 年版，第 333 页。

实在值得我们的领导干部在行使职务行为时引以为戒。

行为中严格遵循法律规定，实现职务行为进行中的“监督控制”。我国已经基本上建立起了一整套依法行政的法律制度，当下，我们亟待解决的是“有法必依”的问题。那么，依法行政要依据哪些“法”呢？首先要依据宪法和法律，树立对宪法和法律的敬畏与信仰。宪法是人民与国家之间订立的契约，国家机关只能按照宪法授予的权力去组织行政管理活动，任何国家机关都不允许有超越宪法和法律的特权。因为宪法和法律是人民意志和党的意志的统一，它反映了客观规律的要求和人民的愿望，服从宪法和法律的权威是由民主的性质、法律的性质和党的性质决定的，也是总结我们党执政以来的经验教训得出的基本结论，是党的执政理念的重大创新。胡锦涛总书记在纪念现行宪法实施20周年的纪念大会上强调，实行依法治国的基本方略，首先，要全面贯彻实施宪法，树立法律的权威必须首先树立宪法的权威。其次，依法行政要求必须根据行政管理法、行政组织法和行政程序法的规定来实施行政管理活动。再次，依法行政还要尊重国际条约的规定。尤其是入世之后，根据《建立世界贸易组织协定》所作的各成员国不得保留任何条款的规定，国际条约越来越成为一种重要的依法行政之依据。最后，依法行政要求摆正党和国家的关系，使党的决定由按法定程序在各级各类国家机关任职的党员通过自己的法定职责加以贯彻。总之，领导干部在开展职务行为时，一定要遵循依法行政的依据，自觉把自己的行为纳入法律的调控之中，以法律的精神与法律的规定来“监督控制”自己的行为。坚决防止独断专行，把个人的行为凌驾于组织之上。对重大决策、重要干部的任免、重大项目安排和大额度资金的使用，必须坚持集体讨论、集体决定，千万不能重演那些事先拍脑袋事后补程序的怪事。

完善行政责任追究制度，实现行为后的“惩罚矫正”。法治的核心意蕴不仅在于有一部良法和法律得到人们的一体遵循，而且还在于违法行为能够受到惩戒，这样才能真正达到“惩前毖后、治病救人”的目的。我国领导干部职务行为中的“乱作为”和“不作为”现象不仅为数不少，有的性质还相当严重，侵害了群众的利益，严重影响了党和政府的形象。因此，必须大力推行领导职务行为过错责任追究制度。只有这样，领导干部的职务行为才能趋于规范，建立责任政府的目标才不至于成为空话。总体而言，我国领导干部的行政责任制度还不完备，普遍存在重权力轻责任的弊端，特别是一些地方和部门的领导权力实际上处于无责任、无风险运行的状态。因此，我国需要尽快完善领导干部职务行为的责任追究制度，防止和阻止行政官员“滥用或误用公共权力”的失职行为，加快推进塑造一个高效政府、诚信政府和责任政府。领导职务行为责任追究的前提是对责任的认定，责任认定的根本标准是领导的职务行为是否损害了公民的合法权益，而责任追究的有效途径是将领导职务行为纳入行政复议、行政诉讼和司法监督制约的范围之内。

行动学习与领导力开发

张素玲*

当今世界，经济全球化浪潮以巨大的加速度席卷世界，科学技术和社会生产力突飞猛进，社会结构日趋复杂，社会情况瞬息万变，置身于这个复杂多变，充满了际遇和挑战的社会中，领导及其领导能力发展正面临着深刻的挑战，并使有效领导力的培养和开发成为领导教育培训中的一个重要问题。

在各种领导力发展的计划与实践中，行动学习法已经和正在为世界范围内的学校教育、培训机构所接受和运用。20 世纪 90 年代末行动学习开始在一些国外先进企业使用，并取得了惊人的效果，被企业誉为快速提升实战能力和改进绩效的秘密武器。目前它已经成为通用、IBM、默克、华润等知名企业及培训机构最为炙手可热的培训方法。通用电气公司前总裁杰克·韦尔奇曾这样说："通用电气向全世界宣布行动学习是 GE（通用电气）改变成'全球思想、快速转变组织'的主要策略。没有引入行动学习

* 作者单位为中国浦东干部学院科研部。

前，通用电气的国际性业务占18%。实施行动学习后，这个数字是40%，并且很快要达到50%。“市场营销之父”菲立科勒博士（Dr. Professor Philip Kotler）则评价道：行动学习是一项事业，是一项导致培训革命、催化管理革命的事业。

近年来我国也积极引进、开展了这方面的研究和探索，早在1998年，中组部干部教育培训中心等机构就将行动学习作为一种培训方式运用于甘肃省高级公务员培训发展项目中，并取得了极大的成功。[①] 之后，在内蒙古和四川等省份的一些公共管理大型项目中也开始运用这种方法，进行重大问题的研讨和中高级领导干部能力的提升。[②] 实践证明，行动学习已成为一种有效和有力的发展领导力的途径。

一、行动学习法的产生与内涵

行动学习法产生于20世纪50年代的欧洲，1965年由英国的物理学家瑞文斯（Reg Ravens）教授首先提出。瑞文斯教授是爱因斯坦的学生，曾在卢瑟福实验室做物理研究员，后来担任了8年的国家煤炭理事会教育与培训的董事长，并在此期间提出了“行动学习”的理论与方法，但未引起重视。1965年，他离开英国曼彻斯特大学到比利时领导一个大学与企业的合作项目：一个为管理人员举办的管理发展课程。在此，他第一次完整地运用了行动学习方法，在学习过程中，每个参与者都带着所在机构面临的棘手问题。这些带着各自不同专业特长的人，组成学习团队，大家群策群力，互相支持，分享经验，反思质疑原有做法、形成新的行动对策。这次尝试获得成功。瑞文斯于1971年出版了《发展高效管理者》一书，

① 参见陈伟兰：《行动学习法在我国公务员培训中的实践——甘肃省中高级公务员培训案例》，《国家行政学院学报》2002年第3期。

② 参见张忠友、彭强：《行动学习法的理念与实践》，《桂海论丛》2006年第11期。

在该书中，他正式提出了行动学习的理论与方法。1975年，瑞文斯返回英国，运用同样方法为英国电力公司开办了管理发展培训课程，再一次验证了行动学习的神奇效果。从此，行动学习开始在一些组织，尤其是企业中得以尝试和发展，受到了管理培训与发展领域专业人士的重视，被教育培训界公认为一种理论与实践相结合的有效的学习方法。

瑞文斯关于行动学习的基本思想体现在他提出的学习公式中：

$$L = P+Q$$

这里的L是学习，P是程序性知识的获得，而Q则是有洞察力的提问。瑞文斯认为，传授结构化的知识（Programmed Knowledge）是现代教育和培训的主要形式。我们通过接受培训和指导，学习那些已经“成型”的思路和方法，从而帮助我们更好地理解面对的问题，更有效地应对所处的环境，更灵活地解决所遇到的难题。但是，在这个快速变革的社会中仅仅依靠这种学习方式还是不够的，还需要有创见地提出问题，需要主动自觉地探索我们所不熟悉的领域，在未知的、冒险和混乱的条件下提出有用的、有洞察力的问题。只有这样，才能在作出决定时，把问题的许多复杂因素考虑进去。瑞文斯用Q（Questioning insight）表示这种以“询问”为主的学习方式，并认为只有以团队的架构来有效结合这两种因素，将询问和传统学习结合起来才是完整和有效的学习。

其后，英国学者伊恩·麦吉尔（Ian McGill）和利兹·贝蒂（Liz Beaty）对行动学习亦有深入的研究，并对行动学习进行了明确的定义，他们指出：行动学习是一个以完成预定的工作为目的、在同事的支持下持续不断地反思与学习的过程。行动学习是通过行动进行学习，行动学习中，参加者通过解决工作中遇到的实际问题，反思他们自己的经验，相互学习和提高。①

行动学习法的学习过程并不是新思想的接受，而是对自己行动的自主观察与反思。是建立在反思与行动相互联系基础上的，即建立在人们的学习过程之上，通过与其他人一起工作学习而大大提高工作学习的质量。这

---

① 参见伊恩·麦吉尔（Ian McGill）、利兹·贝蒂（Liz Beaty）：《行动学习法》，华夏出版社2002年版，第8—9页。

种集合一段时间在一起工作学习的人叫做行动学习小组，其成员通过支持学习者的反思和质疑学习者的假设，帮助学习者采取更清楚、更有理有据的行动。

二、行动学习法的理论基础及实施步骤

行动学习是以库博（Kolb，1924）的学习循环理论为基础，行动学习过程就是以“小组支持下通过行动与反思不断循环来学习”为理念构建起来的。认为学会学习是个人发展中最为重要的因素，强调个体经验对学习的意义，不是简单的主张在做中获得新知识和新能力，而是更关注对以往经验的总结和反思，期望通过对过去事件的理解，强调在掌握知识技能的过程中不仅要能指导、会行动，而且要能从深刻的反思中获得经验提升，使个人通过反思和体验过程获得专业发展。

行动学习最重要的方面是行动与学习两者的关系。通过对过去行动的反思，人们对外部世界和自己会有清晰的认识，同时，通过对学习的反思，人们可以构建自己将来的行动。库博将这一过程描述为体验式学习循环。①

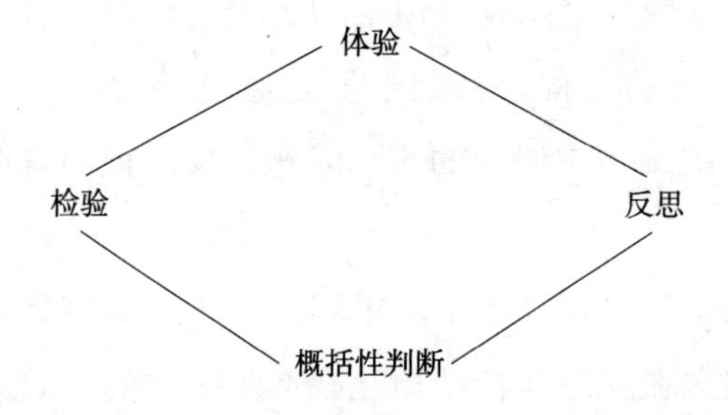

在体验式学习循环中，反思和概括性判断阶段是在行动学习小组（即

① See Kolb, D., *Experiental Learning*: *Experience as the Source of Learning and Development*, 1984, p.113.

一段时间内在一起工作的人）的帮助下进行的。小组的陈述者在陈述结束时，设计他下一步的行动计划，然后在检验阶段付诸实施，以便带着这一检验结果在下一次行动学习小组会议上作进一步反思和概括性判断，循环继续直到问题被再一次解决。随着时间的推移，学习过程得以完成。这一相关阶段已经被佩德勒等人（Pedler etal,1986）描述为体验、理解、计划、行动这一循环往复的过程。体验即对一定情况下的行动结果的观察和反思，即描述一个在工作、学习中遇到的问题，以便通过对过去经验的反思进行学习；理解是在体验的基础上形成或重新形成的对形势的理解；计划是根据理解，制订行动计划，以便影响新的形势；行动是在一定情景下执行或试验计划。观察、对经验的反思，导致以新的方式理解经验的含义，从而出现新的理解，这一理解可导致新计划、新行动战略、新行为方式产生所需要的顿悟。这些计划引起了新的行动，这些行动在一定条件下产生结果所导致的体验，体验可能是被我们所期望的，也可能产生的结果与我们期望的有相当大的不同。这种体验、理解、计划、行动的反思与学习循环将持续不断地进行下去。

具体而言，行动学习过程有以下几个实施步骤：

第一步：成立行动学习小组，最好不要超过 10 人。第二步：每个学员提出需要解决的一个问题，让其他学员来帮助并共同解决。第三步：小组定期举行会议，针对问题展开讨论。讨论的问题包括：1. 问题的性质；2. 问题的解决方案；3. 有何困难；4. 解决方案的可行性；5. 邀请专家或成功企业家参加主讲。第四步：选定主持人，可邀请外人或小组内成员担任。责任主要有：1. 筹备会议；2. 安排技术支援；3. 安排及控制会议程序。第五步：成员之间讨论解决问题的方法，以期达成共识。第六步：拿出解决问题的方案，由学员向大家汇报。

行动学习是在行动学习小组中完成的。行动学习小组是根据行动学习项目的需要而组成的一种团体组织。行动学习项目是小组成员期望在小组活动过程中得到帮助的“任何事情”。行动学习小组有两个功能，一是支持个人对他们过去的行动进行反思，以便从经验中进行学习；二是探究他们目前的事物、事情和问题，以便对下一步的行动以建设性的方式进行帮助。行动学习小组的成员向小组陈述自己目前遇到的需要解决的问题，期望大家倾听、提问、质疑、支持和帮助；小组成员的主要功能不是提供忠告，而是通过反思和对反思背后假设质疑的探究，帮助陈述者更好的理解他们所面对的局势，以便决定今后最好的行动路线。简单而言，就是当个人遇到了困难，不知道做什么，那么就会寻求一些值得信任的朋友或同事来讨论。那些提供帮助的人通常不会告诉寻求帮助的人应当怎么做，而是注意倾听，帮助找出下一步的对策。在另外的时间里，寻求帮助的人又以同样的方式进行回报，对别人提供帮助。正是在这种连续的互动过程中，小组成员解决了问题并得到了发展。

支持和质疑是行动学习小组成员经常要考虑的问题。行动学习理论认为个人是他自己的最好的专家，个人有关他自己事物的信息来自于他对形势的看法、他的感受和有关情况的知识，和其他任何人可能拥有的信息相比，这些信息更丰富、更复杂。行动学习小组成员的工作就是帮助个人探究他所面临的情形，提供支持，进行质疑，从而促使个人通过他们自己的经验进行学习和形成新的行动计划。因此，行动学习法不仅是一种通过项目解决问题、有效利用时间的工作方法，从更广泛的意义上而言，行动学习法还是一种自我发展的有效工具。

三、行动学习法对领导力发展的促进作用

行动学习法是一种以学习知识、分享经验、创造性地研究解决问题和开展实际行动四位一体的方法。行动学习法包括专业知识的学习，但主要的还不是获得这些知识，而是运用这些知识去分析和研究实际工作中的问题，提出解决方案并付诸实施。它以行动为基础，以小组成员的经验和支持为依托，以问题为中心，以创造性思考为条件，是四位一体的学习方法。行动学习具有更强的自主性和创造性，它以其自身的优势和先进性适

应了现代社会对人们学习能力的要求，从而已经和正在为世界范围内的学校教育及培训机构所接受和应用。实践证明，行动学习对于有效促进领导力的发展具有重要作用。

詹姆斯·诺埃尔（James Noel）（前通用电气公司管理培训中心顾问）曾这样评价行动学习："我们通过行动学习的方法，成功地帮助世界各地的公司重塑它们的领导人，让它们能够跨职能、跨专业、跨国界地工作和领导……我们使管理者意识到他们那些过时的、负面的行为特征，并以先进的态度和行为来代替它们。我们已经使数千名参加过行动学习的学员能够在复杂、矛盾和不确定环境中自信、高效地进行领导。……许多知名公司一直将行动学习当成改善领导质量的秘密武器。"

（一）行动学习可以提高领导者的系统思维能力

我们生活在一个紧密联系的世界中，有效解决问题需要具备系统思考问题的能力。尤其是领导者，必须能够看到现象背后的趋势和潜在的问题，能够预见有利、不利于组织的内外部的因素，通过全面系统地思考问题，看清组织发展大局，理顺各种盘根错节的关系，挑选出重要的活动和行动步骤。

行动学习是由来自不同群体的人员组织在一起的，他们不断地对小组成员提出的问题进行质疑，以便能够获得关于问题的整体印象和问题所处的背景的认识，反思怎样建立联系，怎样分析看起来矛盾的问题，怎样寻求解决问题的新的可能性，怎样解决复杂的看似毫无联系的组织发展中面临的挑战而不是寻求旧的答案。毫无疑问，这种学习过程可以有效地促进行动学习小组成员系统思维能力的发展。

（二）行动学习可以增强领导者的创新能力

在一个组织中，领导者是创新者，是使事业不断迈向新境界的发动者和引导者，领导者要在变革与混沌中追求目标的实现。尤其是在当今急剧变革的环境中，更需要领导者具有前瞻性、洞察力和决断力，善于开拓、挑战旧有的工作方法，鼓励冒险，敢于突破原有的旧框框，大胆提出新观念、新问题，并结合当地实际情况提出解决问题的新方案。

由于行动学习是通过批判性的反思、角色体验、情景转换等，从现象背后洞察事物的本质、检验想当然的假设。它可以提高人们以一种新的方式思考现实问题的能力。在行动学习过程中，由于行动学习小组成员的支持和质疑，不断提出新的问题，因此对于问题的解决相应地会产生大量的可能性，从而可以激起有意义的行动。而且由于在行动学习中成员之间是相互信任、彼此真诚帮助的，小组成员之间的支持和帮助也会营造一种安全的氛围，因此，可以极大增强参与者的自信心，提高参与者勇于创新的积极性。

(三) 行动学习可以提高领导者的沟通协调能力

领导就是沟通。当今社会，沟通已经成为领导的必备能力，以至哈佛大学的权威教授一致认为，领导的真正工作就是沟通。所以对决策层和管理层来说，沟通不仅是必要的，更是必需的。他们必须能够与他人有效地合作，尤其是在陌生的问题中，在不断变化的外部环境和组织内各种各样的团队里，领导需要在不同的活动和计划之间进行协调。迅速进入团队并成为这些团队值得信赖的领导是21世纪领导者亟需的重要能力。

行动学习可以有效地培养沟通能力，因为在行动学习中参与者是在一种平等和彼此信赖的环境中相互学习，彼此提供支持并共同应对挑战，他们会意识到在今天这样一个不断变动的形势下，“寻求新的路径”的重要性，意识到与他人彼此联系，不断提出问题，搜集信息，分析形势的重要性。在困境中相互协作是领导要做的，而行动学习是发展这种能力的有效途径。

(四) 行动学习可以提高领导者作为学习组织者的能力

现代领导理论认为领导就是教师、导师。领导者作为教师，首要任务是分析问题，协助人们对问题进行正确、深刻的把握，提高他们对组织系统的了解能力，促进组织内部每个人的学习和发展。因此，有人说，伟大的领导就是伟大的导师，他要能够不断寻求创造性的途径来发现教和学的机会。

行动学习如何培养领导者成为教师和学习的楷模？行动学习的焦点就是学习，发展个人、团队和组织的学习能力。学习小组的所有成员不仅仅是学习者，还是学习教练，在学习过程中帮助、鼓励其他成员，当成员之间反思他们的思想，相互激发，相互帮助，明确真实的问题，寻求帮助他人找到如何发展自己的各种可能性之时，领导能力就得到了提升。

（五）行动学习可以提高领导者构建愿景的能力

领导活动是一种领导者有意识地影响组织和群体朝着既定目标运动的过程。领导活动作为组织行为过程，是靠领导者的具体行为来实施和实现这一过程的。领导者是组织的领袖和统帅，是组织行为凝聚力的核心。因此，领导者尤其是领袖人物的战略思维对于一个组织的成长发展起着重要作用。

在行动学习中，行动学习小组会面临各种各样的挑战，即一开始没有人会知道应该往哪里走，但是通过分享过程，小组开始发展，明确在哪里解决问题。行动学习使领导者建立起在荆棘丛生中找到新的可行路径的能力，学习如何总结概括复杂问题的能力。创造愿景、分享愿景常会在行动学习中发生，当小组成员发展起对复杂问题系统综合的解决途径时，人们理解和准备未来愿景的能力也就相应地发展起来了。

总之，行动学习是灵活多变的，行动学习的过程尊重并建立在每个人独特的经验之上。它没有固定的教学大纲，没有固定的课本教材，没有固定的专家教授，也不需要固定的教室。每一位参与者都是小组的教师，它是一个自我导向的教育过程，这一过程对于每一位参与者都是独特的。实践证明，行动学习对于发展领导能力是有效的，已经成为一种用来发展和培养领导者的重要途径。而且对于那些从行动学习中成长和发展起来的领导者而言，质疑、反思已经成了他们的一种生活方式，他们更善于倾听，协调、解决问题和矛盾，在挑战面前冷静沉着。这种特质对于今天的所有领导者来说都是重要的资源。此外，行动学习还创造了一种环境，在这种环境中，不是通过实例、通过情景模拟，而是建立在现实基础之上，参与者从真实的问题、经验和相互的帮助、启发中学习，从而提升自身的领导力。而且在这一环境中，充满了平和和快乐的氛围。

在当今快速变革的时代，领导力的开发和提升已经成为领导教育培训面临的重要课题。因此，结合我国国情和文化心理特征，将行动学习法中有意义、有价值的理念、方式有机地融入我国领导教育实践，对于创新领导教育方法、提升领导者的领导能力、促进组织和个人的发展无疑具有重要意义。

领导—部属交换关系的概念、测量及其本土化研究

任真　杨安博*

领导—部属交换关系（Leader-Member Exchange，LMX）是指发生在领导者和组织成员之间的经济性和社会性的交换关系。在西方，领导—部属交换关系理论发展30余年来，已成为西方管理心理学与领导研究的前沿和热点领域。在中国，君臣关系是传统中国最基本的人际关系之一，其广义上主要是上级和下级、领导和部属的关系。关于上下级关系研究的思想源远流长，但是如表1所示，这方面科学的实证研究尚处于起步发展阶段。

表1　国内外相关研究的数量

研究类别	研究数量
西方关于“leader-member exchange”研究	（1980—2009）810篇
国内关于领导的实证研究	（1985—2006）100—120篇
国内关于党政领导干部的实证研究	（1985—2006）20篇左右

* 第一作者为中国浦东干部学院科研部，博士；第二作者为华东师范大学认知与心理科学学院，博士。

研究类别	研究数量
国内关于领导—部属交换关系的研究	22 篇
国内关于领导—部属交换关系的实证研究	10 篇
国内采用本土化的量表研究领导—部属交换关系的实证研究	数量甚少
国内关于党政部门的领导—部属交换关系实证研究	数量甚少

注：研究的数据来自中国知网全文电子期刊库和 EBSCO 数据库。

一、国内外领导—部属交换关系的概念和量表的研究述评

领导—部属交换关系的概念界定和测量一直都存在争议。如 Schriesheim 等（1999）的元分析表明，尽管很多研究认同“交换的质量”的界定，20 世纪 80 年代仍有 11 种不同界定、35 个子维度和 16 个量表；90 年代也有许多不同定义和至少 12 个量表。该元分析仅从时间角度对领导—部属交换关系（LMX）的已有概念和量表进行了罗列，但并未深入分析其代表性研究，更没有涉及文化差异问题。另一方面，领导—部属交换关系（LMX）理论之所以经久不衰，是由于它对领导效果和工作结果变量的预测上的优势，而这种优势来自于量表所测量的领导—部属交换关系（LMX）的操作性概念。因此，本文着眼于量表所测的领导—部属交换关系（LMX）概念来分析其五种代表性量表。

（一）强调工作中的交换关系与 LMX−7 量表

Graen 和 Uhl-Bien（1995）认为，领导与部属之间的交换仅局限于和工作有关的方面，是单维的结构，是对领导和部属工作关系好坏的整体反映，即它是一个从低质量到高质量的连续体。低质量为圈外交换（outgroup exchange)，高质量则为圈内交换（in-group exchange)。代表性量表是由 Graen 和 Novak（1982）提出 LMX-7，Graen 和 Uhl-Bien（1995）提出了其改进版，并认为即使 LMX 是多维度的，但是由于这些维度高度相关，完全可用单维度的 LMX 来测量。LMX-7 核心题目就是“你觉得你与领导（部属）的工作关系在多大程度上有效?”它是 20 世纪 80 年代和 90 年代使用最频繁的 LMX 工具，也具有最高的信度（α 系数为 0.89)(Gerstner & Day，1997)。但是，它由最初的 4 个题目发展而来，不同题目的增减比较随意，量表编制中没有提供信效度指标，而且不同版本之间也存在诸多不一致，即使是 Graen 的改进版也没有提供心理测量学的充分证据（Schriesheim，etal.，1999；Bernerth，2005)。只是后人在使用 LMX-7 中提供了其信度、结构效度和效标关联效度的指标。

(二) 强调多维度结构与 LMX-MDM 量表

有研究者从角色理论出发，认为领导—部属交换关系很难局限于工作情景之中，它的确立实际上是双方角色的获得过程，它具有多维度的结构。Dienesch 和 Liden（1986）认为，LMX 主要有 3 个维度，即情感、贡献和忠诚。Graen 和 Uhl-Bien（1995）构建出尊重、信任和义务三个维度，反对基于人际吸引的情感维度。Liden 和 Maslyn（1998）则在 Dienesch 研究基础上，通过关键事件访谈增加了第四个维度——专业尊敬，开发了多维度量表 LMX-MDM。该量表的开发过程比 LMX-7 更为系统，通过文献分析和关键事件访谈各得到 80 个和 40 个题目，建立起了较全面的题目库。用于项目分析的样本为 302 个学生，用于验证性因素分析和效度分析的样本为 251 个企业员工，并最终得到了 LMX-MDM 的 12 个题目。该编制方法的不足在于过多地使用文献中的题目以及前人问卷的结构，内容效度分析主要依赖专业人员和学生，样本也主要为学生和企业一般员工，都会给研究结果带来影响。

Greguras（2006）验证和发展了 Liden 和 Maslyn（1998）的四维度结构和量表。他批评采用单一维度和单一的部属视角来测量 LMX，首次从领导的视角编制了 SLMX-MDM 量表，并发现它和 LMX-MDM 可以预测不同的效标。但由于没有从领导者的视角去收集题目、编制问卷并探索量表的结构，SLMX-MDM 只是 LMX-MDM 的镜像测验，如“我非常喜欢我主管的为人”从领导视角则被表述为“我非常喜欢我部属的为人”。

王辉（2004）采用直接翻译的方法修订了 LMX-MDM，还人为增加 4 个题目，复制出 Liden 的 4 个维度。然而，直接翻译的修订方式往往会忽视文化差异。刘耀中（2008）则独立编制了领导—成员交换关系问卷，主要方法是通过 76 份开放式问卷和 5 名学生评定得到 36 个题目，然后施测得到了 18 个题目的量表和尊敬、贡献、支持、忠诚四个维度。其不足在于理论上没有从中国文化出发提出理论假设，方法上题目来源、数量和内容效度评定缺乏说服力，内容上则混淆了领导和部属的不同视角。

（三）强调社会交换的概念与 LMSX 量表

Bernerth（2005，2007）认为，LMX 研究发展 30 多年来，量表评估的是领导和不同部属之间的关系，而不是真正的社会交换。他以内容效度为切入点，回归到 Blau（1964）社会交换理论最初的观点上，请 25 位 LMX 研究专家对 LMX-7、LMX-MDM 的题目按照领导—部属社会交换、情感、忠诚及不确定等 4 个方面进行归类和评定，结果发现这两个量表并不测量社会交换。Bernerth 认为，社会交换是指接受对方提供的东西而导致己方去完成其所产生的无形义务，并采用演绎的方法编制了单维度的领导—部属社会交换量表（LMSX）。研究以企业的 195 对领导和部属为样本，发现 LMSX 可以预测离职意向、组织承诺、任务绩效和情景绩效；与 LMX-7 相比，只在预测任务绩效上没有增益，与 LMX-MDM 相比，则在预测离职意向、组织承诺上有所增益。然而，LMSX 存在如下问题：一是内容效度评定完全采用专家的观点，忽视了实践者的评定；二是题目是采用演绎而非归纳的方法生成，代表性难以得到保证；三是既然 LMX-7、LMX-MDM 不能测量社会交换关系，却与诸多结果变量密切相关，那么以义务感为基础的社会交换在理论上就成了无关紧要的因素。

（四）强调工作之外的交换与领导—部属关系量表

Law（2000）为了验证中国的领导与部属的关系不同于西方的LMX概念，编制了领导—部属关系量表。编制的方法是要求49名内地企业的员工描述与其具有良好关系的领导如何相处的行为，然后从中提取了6种代表性行为编制成量表。从量表内容上看，上下级关系主要是工作时间之外的通过家访、聚会等活动进行的社会互动，而LMX则是严格限定于工作环境中的与工作有关的交换。该量表的不足在于：一是该量表过于强调关系的非工作性质，混淆了上下级关系和普通人际关系的不同；二是量表编制不规范，样本也仅限于企业；三是该量表从根本上讲是为外企管理者提供不同于其文化的建议，潜在的比较对象是港台华人的家族企业，难以适合中国大陆的党政机关和企事业单位。

（五）强调认知的作用与领导—部属关系图式量表

Huang（2008）从关系图式（relational schemas）来研究LMX。关系图式的主要内容是领导和部属对对方的角色预期。他们采用方格技术（repertory grid technique）对内地30名企业中层管理者进行访谈，分别提取出92个领导角度的LMX图式和93个部属角度的图式。通过专家评定和样本施测得到了16个题目的领导图式量表和14个题目的部属图式量表。从内容上看，领导图式注重与工作有关的问题，包含团队成员、可靠性、自我导向、对工作的承诺四个维度；部属图式则注重人际问题，包括相互理解、学习与发展、友好的态度、影响力四个维度。从量表效果上看，209对领导—部属的施测表明，领导图式和领导视角的LMX-7中度相关，部属图式和部属视角的LMX-7中度以上相关，它们在与预测领导—部属的不一致性上具有交互作用。图式量表从认知角度研究LMX，特别是角色预期的作用，进一步发展了内隐领导理论和内隐绩效理论，能够弥补行为研究的不足。它存在问题在于领导角度和部属角度的访谈各只有15人，能否达到信息饱和，得到所有必要的图式内容，以及因人而异的关系图式能在多大程度上被人们共享都还有待验证。

表 2　各种 LMX 量表的比较

LMX-7 量表	LMX-MDM 量表	LMSX 量表	领导—部属关系量表	领导—部属关系图式量表
单维	四维	单维	单维	四维
7 题	12 题	8 题	6 题	16 题 /14 题
侧重工作有关的内容，强调对整体的测量	侧重多种角色，对不同效标都有好的预测	侧重社会交换，在效标预测上有新的增益	侧重工作之外的关系，与 LMX-7 起互补作用	侧重对角色预期的认知，对领导—部属的不一致性有独特作用

二、领导和部属关系的不对等性——对西方 LMX 理论基础的质疑

西方 LMX 理论的主要基础是社会交换理论。然而，越来越多的研究在质疑社会交换理论在非西方文化下对员工态度和行为解释的普遍性。如 Farh（2007）认为，个体的文化价值观在中国的工作环境中是社会交换的调节变量，而作为社会交换理论基础的互惠原则（norm of reciprocity）在管理社会交换方面发挥次要作用，并发现权力距离大和传统性高的个体在绩效和组织公民行为上的表现与互惠原则的预期相反。

在中国文化下，领导和部属之间的社会交换的突出特点是具有不对等性，它不是指哪一方在交换中吃亏，而是比西方文化下的交换关系在内容、形式、时间上表现更为复杂。一方面，原因在于中国文化下更多强调部属的义务。虽然在早期儒家看来，君臣之间原本是双向相对的、相互制衡的关系，但随着秦汉大一统，历代皇朝集权专制不断强化，君臣关系也逐渐成为君权至上的单边体系（陈抗行、任伟礼，2007）。因此，常常是

部属在工作中要更加主动、作出更大努力。另一方面，不对等性源于人情和关系的影响。西方社会学家归纳出交换的资源有货物、地位、感情、服务、信息和金钱6种，而中国学者则提出了关系资源（陈俊杰，1998）和人情交换的概念（翟学伟，2005）。

翟学伟（2005）认为："情理社会的人情往来上的非对等性就期望彼此因为情的产生而使交换关系不是一次（若干次）性的完结，或结束一次重新开始一次，而是发生了一次就能连续性地循环下去。"人情和关系发挥着很大的作用，交换原则要比简单的互惠原则更为复杂。如黄国光（1988）提出，资源支配者对对方和自己是工具性关系，采用公平法则；双方是混合性关系，采用人情法则；双方是情感性关系，则采用需求法则。领导和部属的关系多属于混合性关系。这也使得西方和中国在圈内、圈外群体的划分上有着不同标准。

三、中国文化下领导—部属交换关系的理论思考

（一）中国文化下 LMX 的界定

从 LMX 的理论概念来看，它是指领导者和部属之间的社会性和经济性的交换关系，但在实证研究中难以区分经济性和社会性交换。以党政干部为例，由于工作合同的模糊，据其所进行的经济性交换往往难以界定。俞达（2002）从委托—代理理论提出 LMX 理论的修正模型，但其把 LMX 建立在经济人假设基础上，实际上忽视了文化因素和个人特点的作用；把研究层次放在领导—不同部属群体上，也容易导向到小团体的研究。

从 LMX 的操作性概念来看，比较公认的是"交换的质量"，但它包括关系的质量、社会交换的质量、工作关系的质量、垂直二元关系的质量

等不同的侧重点。实质上，LMX-7 主要是测量工作关系的整体质量，并不强调交换问题；LMX-MDM 测量的是关系的质量，不局限于工作本身，也不强调交换问题；LMSX 主要测量交换的质量，侧重交换本身；领导—部属关系量表测量的是非工作关系的质量；领导—部属关系图式量表测量的是领导或部属对对方的角色期望，部分内容涉及关系问题。

各量表也没有哪一道题目专门来描述经济性交换。

界定中国文化下的 LMX 需包含以下要点：(1) 操作性概念应为"关系的质量"，它以工作关系为主，也包括非工作环境下的关系。(2) LMX 通过交换得以建立和维持，但不能只测量纯粹的社会交换，它表现的内容应更加丰富，如尊敬领导的为人和能力。(3) 关系的质量包含正向、负向和基础三个水平，经济性交换是基础水平，高质量的关系是正向的，低质量的关系是负向的，表现为双方相互不信任、关系紧张，而西方研究并未有负向水平的界定。(4) LMX 既在行为上体现，也体现在认知和态度上。(5) 研究层次的重点应在领导与部属个体的关系上，而非领导与不同部属群体的关系。(6) LMX 镶嵌在整个组织的网络之中，个体同时扮演领导、部属和同事多种角色。(7) 须在一定文化背景下进行考察 LMX，而不能寻求基于经济人假设的纯粹的交换关系。(8) 领导视角和部属视角对 LMX 的主观知觉会有所差异。

(二) 中国文化下 LMX 的基本维度

在中国文化下，LMX 的两个基本维度是忠诚与能力，或表达为德与才，其中忠诚维度或德的维度更加重要。当然，这两个基本维度之下可能还有更细致的子维度划分。从其现实基础看，我党的用人标准是"德才兼备，以德为先"，其中政治忠诚又是"德"中最重要的方面。从其历史文化渊源看，中国古人大多重德轻才，作为中国文化基础的儒学最具有代表性（周桂钿，2000）。如孔子主张领导者要"为政以德"，"如有周公之才之美，使骄且吝，其余不足观也矣"（《论语 · 泰伯》）。对德才的典型论述来自《资治通鉴》，司马光认为德与才的关系就像掌舵与划桨的关系，提出德才兼备为圣人，德才兼亡为愚人，德胜才为君子，才胜德为小人，宁选愚人，不用小人。

从实证研究基础看，许多研究都发现了德在中国领导行为中的极端重要性。例如，王登峰（2006）研究发现，上级强调部属做事，德才比例是1:3；下级则强调领导做人，德才比例是3:1。凌文辁等研究发现，品德是人们评价领导者行为的首要特质，德在CPM模型中解释率达80%，在内隐领导模型中的典型交叉负荷量也最高（高日光等，2006）。郑伯壎（2000）的研究也强调了德的重要性。

当然，这两个基本维度的划分及其文化差异有待深入的实证研究。如Cuddy和Fiske等（2008）提出，热情（warmth）和能力（competence）是社会知觉的基本维度，并在17个国家和地区得到了验证。热情维度包括道德、信任、真诚、友好等特质，热情维度更为基础，对它的判断也先于能力。

热情维度和中国的德的维度的联系与区别有待于进一步研究。

（三）关系概念与LMX概念

从差序格局的特殊主义观点来看，关系（下文中特指的关系用Guanxi代替）是指基于特殊标准所形成的人际关系，其基础包括血缘、地缘、同事、同学、同宗、师生关系等。Hui和Graen（1997）认为，中国的Guanxi概念和西方的LMX有共同的应用，又有不同的文化表现，见表3。港台学者在实证研究中常把Guanxi操作化的界定为非工作的交换关系，而把LMX作为与工作有关的交换关系。如Law（2000）发现，LMX直接影响绩效评估和工作分配，领导—部属Guanxi则直接影响奖金分配和晋升。Chen（2007）发现，高质量的Guanxi和LMX都有助于进行领导与部属开放的、建设性的争辩，从而有利于员工获得挑战性的工作和晋升机会。这里，Guanxi测量主要采用领导—部属关系量表。

表3 关系和LMX的比较（Hui和Graen，1997）

关系（Guanxi）	LMX
先天决定的	通过交换而建立起来，是选择的
忠诚	能力
个人的网络	组织的网络
优先于道德	讲究道德
基于家庭	雇佣关系

本文对本土化的LMX的界定主要是一种领导和部属的工作关系，不同于一般所言的Guanxi，同时二者也有一定的交叉，良好的工作关系能够转化为私人的Guanxi，Guanxi也能转化为工作关系。一般看来，Guanxi会危害正常的LMX，如有研究表明，Guanxi的盛行会给组织带来的危害（马力、曲庆，2007）。但是，我们应关注到Guanxi和人情对促进LMX发展的积极作用。如果说LMX的基本维度是忠诚与能力（德与才），那么人情和关系主要是解决"忠"的问题，只要危害领导和部属的共同利益，人情和关系的作用都难以长久。

四、中国文化下领导—部属交换关系的测量思路

测量中国文化下的LMX，要从心理测量学的规范性、文化的契合性、效果检验三个方面入手。首先，LMX测量应符合心理测量学的规范。正如Schriesheim（1999）批评的那样，各种LMX量表的开发和修改非常随意，缺乏清晰的逻辑和对修改的说明，题目取样的充分性不够，结构效度和内容效度也缺乏检验。其次，LMX测量应更加契合中国文化，开发本土化的研究工具非常必要。以LMX-MDM量表的维度为例，中西方文化差异非常明显：其一，对于情感维度，西方强调外在特征或关系人口背景（relational demography）上的相似性，如年龄、性别、教育程度，而中国更加强调品德、关系和为人处事的作用。其二，对于忠诚维度，西方强调

对对方质量的公开支持，但是中国文化下的忠诚内涵更加丰富，如儒家传统的“忠”强调的是对他人的真诚、尽心尽力和言行一致。其三，对于专业尊敬维度，西方更加强调知识和能力，而中国文化则把“德”放在首位，强调的是基于德行的人格尊敬和人格信任。最后，量表的效果检验非常重要。无论中国人还是西方人，无论西方量表还是本土化量表，都要有效果检验的问题。

因此，要建立本土化的量表，需注意如下要点：其一，量表题目的来源需重视领导者或实践者的观点，采用质性研究方法（访谈和开放式问卷）建立起有代表性的量表题目库。其二，由于LMX理论界定的争议和内容效度的模糊，应对中国文化下LMX的结构维度进行重新探索。其三，取样要具有代表性，不能限于学生群体和私营企业员工，应既要有企业，也要有公共部门；既要有员工，也要有领导者，特别是中高层领导者。其四，把从行为、认知和特质角度编制量表的方法相互结合。其五，要明确数据分析的层次，样本最好为领导—部属匹配的样本，采用多层次分析技术，如HLM、WABA。如Schriesheim（2001）指出，只有不到10%的LMX研究采用适当的统计方法来建立LMX的模型。其六，重视内容效度和结构效度评定，并将其和效标关联效度等进行中西方量表的对比。

参考文献：

1. 陈俊杰：《关系资本与农民的非农化——浙东越村的实地研究》，中国社会科学出版社1998年版。

2. 陈抗行、任伟礼：《君臣契约》，红旗出版社2007年版。

3. 高日光、王碧英、凌文辁：《德之根源——领导理论中国化研究及其反思》，《科技管理研究》2006年第6期。

4. 黄国光：《中国人的权力游戏》，（台北）巨流图书公司1988年版。

5. 刘耀中、雷丽琼：《企业内领导—成员交换的多维结构对工作绩效的影响》，《华南师范大学学报（社会科学版）》2008年第4期。

6. 马力、曲庆：《可能的阴暗面：领导—成员交换和关系对组织公平的影响》，《管理世界》2007 年第 11 期。

7. 王登峰、崔红：《中国基层党政领导干部的工作绩效结构》，《西南师范大学学报（人文社会科学版）》2006 年第 1 期。

8. 王辉、牛雄鹰、LawK.S. ：《领导—部属交换的多维结构及对工作绩效和情境绩效的影响》，《心理学报》2004 年第 36 期。

9. 俞达、梁钧平：《对领导者—成员交换理论（LMX）的重新检验——一个新的理论模型》，《经济科学》2002 年第 1 期。

10. 翟学伟：《人情、面子与权利的再生产》，北京大学出版社 2005 年版。

11. 郑伯壎、周丽芳、樊景立：《家长式领导：三元模式的建构与测量》，《本土心理学研究》2000 年第 14 期。

12. 周桂钿：《“德才兼备”的历史考察》，《新视野》2000 年第 4 期。

13.Bernerth, J. B., “Putting Exchange Back into Leader-Member Exchange (LMX): An Empirical Assessment of a Social Exchange (LMSX) Scale and an Investigation of Personality as an Antecedent,” *Doctoral dissertation*, Auburn University, 2005, Unpublished.

14.Bernerth, J. B., Armenakis, A. A., Feild, H. S., Giles, W., Walker F., “Leader-member Social Exchange (LMSX): Development and Validation of a Scale,” *Journal of Organizational Behavior*, 2007,28, pp. 979-1003.

15.Chen, N. Y., Tjosvold, D., “Guanxi and Leader Member Relationships between American Managers and Chinese Employees: Openminded Dialogue as Mediator,” *Asia Pacific Journal of Management*, 2007, 24, pp.171-189.

16.Cuddy, A. J. C., Fiske, S. T., & Glick, P., “Warmth and Competence as Universal Dimensions of Social Perception: The Stereotype Content Model and the BIAS Map.” In M. P. Zanna (Ed.), *Advances in Experimental Social Psychology*, New York: Academic Press, 2007, vol. 40, pp. 61-149.

17.Dienesch R., Liden R., “Leader-member Exchange Model of Leadership: A Critique and Further Development, ” *Academy of Management Review*, 1986, 11, pp. 618-634.

18.Farh, Jiing-Lih, Hackett, R. D., Liang, J., "Individual-Level Cultural Values as Moderators of Perceived Organizational Support-Employee Outcome Relationships in China: Comparing the Effects of Power Distance and Traditionality, " *Academy of Management Journal*, 2007, 50, pp. 715-729.

19.Gerstner C., Day D.,"Meta-analytic Review of Leader-member Exchange Theory: Correlates and Construct Issues, " *Journal of Applied Psychology*, 1997, 82, pp.827-844.

20.Graen, G. B., Novak, M., & Sommerkamp, P.,"The Effects of Leader-member Exchange and Job Design on Productivity and Satisfaction: Testing a Dual Attachment Model. " *Organizational Behavior and Human Performance*, 1982, 30, pp. 109-131.

21.Graen G. B., Uhl-Bien M.,"Relationship-based Approach to Leadership: Development of Leader-member Exchange (LMX) Theory of Leadership over 25 years: Applying a Multi-level Multi-domain Perspective," *Leadership Quarterly*, 1995, 6, pp.219-247.

22.Greguras G. J., Ford J. M., "An Examination of the Multidimensionality of Supervisor and Subordinate Perceptions of Leader-member," *Journal of Occupational and Organizational Psychology*, 2006, 79, pp. 433-465.

23.Huang X., Wright R. P., Chiu W. CK., Wang C., "Relational Schemas as Sources of Evaluation and Misevaluation of Leader-member Exchanges: Some Initial Evidence," *Leadership Quarterly*, 2008,19, pp. 266-282.

24.Hui, C., Graen, G., "Guanxi and Professional Leadership in Contemporary Sino-American Joint Ventures in Mainland China," *Leadership Quarterly*, 1997, 8, pp. 451-465.

25.Law, K. S., Wong C. S., Wang D., & Wang L., "Effect of Supervisor-subordinate Guanxi on Supervisory Decisions in China: An Empirical Investing," *The International Journal of Human Resource Management*, 2000, 11, pp. 751-765.

26.Liden R. C., Maslyn J., "Multidimensionality of Leader-member Exchange: An Empirical Assessment through Scale Development," *Journal of Management*, 1998, 24, pp. 43-72.

27.Schriesheim, C.A., Castro, S.L., & Cogliser, C.C.,"Leader-member Exchange (LMX) Research: A Comprehensive Review of Theory, Measurement, and Dataanalytic Practices," *Leadership Quarterly*, 1999, 10, pp. 63-113.

28.Schriesheim, C. A., Castro, S. L., Zhou, X., & Yammarino F. J., "The Folly of Theorizing 'A' but testing 'B': A Selective Level of Analysis Review of the Field and a Detailed Leader-member Exchange Illustration," *Leadership Quarterly*, 2001,12, pp. 515-551.

元情绪：社会危机处理中领导者的自我情绪管理

周详　潘慧 *

一、两个层面的危机与危机处理

危机有两个层面的含义：一是指相对于社会和组织层面而言的突发事件，即“对一个社会系统的基本价值和行为准则构架产生严重威胁，并且在时间压力和不确定性极高的情况下，必须对其作出关键决策的事件。”[①]相关的危机处理着重于危机管理（crisis management），以便采用科学的策略对危机事前、事中、事后所有方面进行管理，将危机损失降到最低限度，危机管理专家史蒂文·芬克（Steven Fink）认为：“危机管理是指组织对发生危机的所有因素的预测、分析、化解、防范等而采取的行动。包括组织面临的政治的、经济的、法律的、技术的、自然的、人为的、管理的、文化的、环境的和不确定的等所有相关的因素的管理。”[③]二是指相对

* 第一作者为南开大学周恩来政府管理学院教师；第二作者为广西教育学院教师。

① Rosenthal Uriel, Charles Michael T., ed., *Coping With Crisis: the Management of Disasters, Riots and Terrorism, Springfield: Charles C. Thomas*, 1989, p. 122.

③ 薛澜、张强、钟开斌：《危机管理：转型期中国面临的挑战》，清华大学出版社2003年版，第25页。

于个人心理层面而言的人所处的心理状态，危机的出现是因为个体意识到某一事件和情境超过了自己的应付能力。相关的危机处理着重于危机干预（crisis intervention）以便当事人避免自伤或伤及他人，并恢复心理平衡与动力。

关注个体心理层面危机理论被称为基本危机理论。基于系统思维的危机理论被称为扩展危机理论，该理论充分考虑使一个事件成为危机的社会、环境和境遇因素，不仅从心理分析理论而且从一般系统理论、适应理论和人际关系理论中吸取有用的成分。系统理论主要基于人与人、人与事件之间的相互关系和相互影响，而不是那么强调处于危机中的个体的内部反应。适应理论认为，适应不良反应、消极的思想和损害性的防御机制对个体的危机起维持的作用，当适应不良行为改变为适应性行为时，危机就会消退。人际关系理论的要点是，如果人们相信自己，相信别人，并且具有自我实现和战胜危机的信心，那么个人的危机就不会持续很长的时间。

显然，危机管理和危机干预这两种处理模式的结合为危机处理提供了更为完整的应对框架。本文以元情绪为切入点，关注危机情境下领导者的自我情绪管理，旨在综合运用基本危机理论与系统危机理论的思想，从心理与行为层面为危机处理中的领导力发展提供建议。

二、元情绪在危机情境下的作用

情绪具有近期效应（限制理性思维）和终极功能（适应生态环境），是心理活动的组织者[①]，危机是“有可能变好或变坏的转折点或关键时刻”（韦伯英语词典）。危机是“一种情景状态，其决策主体的根本目标受到威

① 参见庄锦英：《论情绪的生态理性》，《心理科学进展》2004 年第 12 期。

胁，在改变决策之间可获得的反应时间很有限，其发生也出乎决策主体的预料”。[①] 危机情境下，当事人的各种情绪状态及其变化会对决策与工作绩效有重要影响。[②]

“元”（meta）的概念产生于哲学家 Alfred Tarski（1956）对内省法的自我证明悖论的哲学思考[③]，他针对客体的水平提出了元水平的概念：客体层面是关于客体本身的表述，而元层面则是关于客体层面表述的表述，存在于客体水平和元水平之间的这种区别使人们可以将一个过程作为两个或两个以上同时进行的过程来分析。这个概念的基本思想是“元层次在某种意义上独立于概念本身所代表的客体层次”。相对于元认知（meta-cognition）对认知过程进行的自我反省，自我控制与自我调节[④]，元情绪（meta-emotion，meta-mood）是一种主体对自我情绪的觉知、评价、描述与监控的能力[⑤]，又被译为“次情绪”、“反省情绪”、“后设情绪”。其中，元情绪觉知指能分辨不同的情绪感受，意识到情绪感受代表的意义，预感到情绪、情感的发展方向，并对自我情绪进行描述和表达，可使没有达到意识层面的模糊情绪清晰化，把情绪信息转化为表情和语言认知信息。元情绪调节是指把情绪体验和情绪表达调整到符合自己需要和与情景协调的过程，而元情绪的监控主要指主体把感知和体验到的自我情绪经评价后控制在某一状态范围内。元情绪与情绪的自我管理密切相关，基于自我管理的情绪智力是最根本的领导力[⑥]，高情绪智力的人首先是能够清楚地认识自我，掌握一些自我情绪调控的工具，通过调控自我的情绪来影响自己的行为，然后再影响别人——影响朋友，影响家人，影响下属，影响上司，

---

① See C.F. Hermann. *International Crisis: Insights From Behavioral Research,* New York: Free Press, p.13.

② 参见古若雷、罗跃嘉：《焦虑情绪对决策的影响》，《心理科学进展》2008 年第 16 期。

③ 参见汪玲、方平、郭德俊：《元认知的性质、结构与评定方法》，《心理学动态》1999 年第 7 期。

④ See Flavell, J.H.,“Metacognition and Cognitive Monitoring: a New Area of Cognitive Development Inquiry” , *America Psychologist, 1979,* 34(10), pp.906-911.

⑤ See Peter Salovey, Laura Stroud etal.,“ Perceived Emotional Intelligence Stress Reactivity and Symptom Reports: Further Explorations Using the Trait Meta-mood Scale.” *Psychology and Health*, 2002, 17(5), pp.611-627; Gohm L.C., “Mood Regulation and Emotion Intelligence: Individual Differences, ” *Journal of Personality and Social Psychology*, 2003, 84(3), pp. 594-607.

⑥ See Goleman, D. *Emotional Intelligence*, N.Y.: Bantam Books., 1995.

影响同级。能够影响陌生人，把陌生人变成熟人，把熟人变成朋友，一旦变成了朋友关系，就有了广泛的人脉，有了人脉就有了财脉。能够影响别人就有了影响力，就有了个人权利，有了个人权利，就有可能获得职位权利，就会在一个组织中获得更多的资源支持。①

危机情境下，元情绪水平较高的领导者能监控自己的情绪，避免情绪化的生气、害怕、沮丧，保持乐观、冷静、快乐、开朗，能激励自我与他人、尊重信赖他人、随时审视自我情绪表达，防止工作忧郁（career blues）、不会沉浸于悲伤之中，会表现出最佳的自我管理技术和延迟满足能力，能用同理心缔造最佳团队，提高工作效率，及时疏导组织中萌生的冲突，并透视组织缺点、针对组织中的问题加以修复。元情绪水平较高的领导者常是以恐惧、生气、责备来代替解决问题、无法注意他人问题与烦恼、纵容谣言流行、忽视压力源、误解社会真相，压力中缺乏精力、创造力和人际互动。②

三、元情绪的结构与评估

元情绪理论是情感智力理论研究的深化和发展，该理论是在吸收当代情感智力和元认知研究成果的基础上建构起来的，内省情感智力中的感知和体验能力、描述和表达能力、监控和调节能力是元情绪的主要内容。③

① 参见徐宁：《情商与领导力》，《科技创业月刊》2007 年第 12 期。

② See Goleman, D.," What Makes a Leader?" *Harvard Business Review*, 1998,76, pp. 93-103; Tossman, D., "EQ-vogue or Value," *New Zealand Management*, 46(5), 1998, pp. 34-36 ; Clawson, J. G. & Haskins, M. E. , "Beating the Career Blues," *The Academy of Management Executive*, 2000, p. 14; Wojcik, J.," Focus on Performance: Emotional Intelligence Important in ADA Accommodation" , *Bussiness Insurance*, 2000, 34 (27).

③ 参见许远理：《元情绪理论的建构及其作用》，《信阳师范学院学报（哲学社会科学版）》2001 年第 21 期。

（一）Salovey 元情绪理论

元情绪概念是 Salovey 基于对情绪智力的研究而提出的。① 元情绪是一种主体对自我情绪的觉知、评价、描述与监察的能力，以及对其产生的原因、过程、结果进行分析和调控的能力。元情绪有三种功能：感知和体验自我情感的能力、表达和评价自我情感的能力、调解和控制自我情感的能力。Salovey 等人的研究表明，从自我意识和自我教育的角度来说，情绪智力培养的一个重要途径，是对自身情绪活动的反思。在现实生活中，人们经常会对自己前一情绪活动产生情绪反应，如会因为对爱人发怒而感到羞愧或内疚，这后一情绪反应促使人们将自己的前一情绪活动当做客体加以反思，以理想自我的要求来审视、评价自己的情绪活动，并可能在日后的情绪活动中加以控制和改进。比照"元认知"的特点和功能，认为这种后情绪反应及其反思实际上就是情绪活动中的"元情绪"②，它作为自我意识的一部分直接参与人的情绪活动，并同时从目标与手段、现在与将来、现实与理想、短期与长远等方面审视、评价人的情绪活动的适宜性和效能性。元情绪是个体监控、调节自身情绪活动乃至现实实现的重要心理机制，是情绪智力的重要方面，是情绪智力培养或训练所不可或缺的心理环节。

（二）Gohm 元情绪结构模型

Gohm 从情绪调节个体差异的角度提出元情绪的三个维度。③（1）情绪清晰度（clarity）。指个体区分和描述特定情绪的能力，而不仅仅是意识到情绪的好或坏。该维度是元情绪的基本内容和结构，如果个体对自己

① See Peter Salovery, John D. Mayer, Susan Lee,"Goldman *etal.*, Emotional Attention, Clarity ,and Repair: Exploring Emotional Intelligence Using the Trait Meta-Mood Scale" , *American Psychological Assn,* 1995, pp. 125-154.

② 乔建中：《情绪智力研究的前沿动向》，《中国临床康复》2004 年第 8 期。

③ See Gohm, L.C. , "Mood Regulation and Emotion Intelligence: Individual Differences, " *Journal of Personality and Social Psychology*, 2003, 84(3), pp.594-607.

的情绪认识不清晰，导致对情绪体验困惑，而且在一些情境可能会出现难以预料或者不适宜的情绪表现。因此，非适应性的情绪调节结果，会导致个体试图削弱情绪以避免不可预料的行为发生。反过来，避免体验情绪又会降低对情绪清晰性的认识，导致出现情绪困扰，表现为难以进行情绪调节或者以一种紊乱的方式调节情绪。(2) 情绪注意 (attention)。指个体对情绪给予注意和重视的倾向性。对情绪很少给予注意的个体，很难进行情绪调节，因为其认为情绪的产生与任何事件无关。而对情绪注意过多或认为情绪非常重要的个体，也很少进行情绪调节，因为其认为情绪几乎与任何事件都有关而无从调节。而只有对情绪给予中等注意者最可能对情绪进行有效的调节或管理，也最少出现情绪困扰。(3) 情绪强度 (intensity)。即个体体验到典型情绪的广度，它与唤醒度，生理或神经的表现相联系。情绪强度太大的个体可能意识到情绪的影响，但进行情绪调节难度显得更大。元情绪的三个维度对不同的认知活动影响不同，与个体心理健康的关系也不尽相同，如过度的情绪注意可能与焦虑有关，过高的情绪强度则可能导致攻击等外部行为问题。

(三) 许远理元情绪理论

许远理提出了与Salovey类似的元情绪理论[①]，他把情感智力内涵分为“对象”和“操作”两个维度进行研究。“对象”是指情智，由内省情智、人际情智、生态情智三个主因素构成；“操作”是指情绪智力的活动方式，由感知和体验情感的能力、表达和评价情感的能力、调节和控制情感的能力三个水平组成。这两个维度进行组合，可得到9种不同结合，每种结合代表一种情感智力，共构成9种情感智力。其中内省情智部分包含的三种情感智力分别是：(1) 感知和体验自我情感的能力；(2) 表达和评价自我情感的能力；(3) 调解和控制自我情感的能力。这内省情智三要素几乎与元认知结构中的3种认知成分（元认知知识、元认知体验、元认知监控）

① 参见许远理：《元情绪理论的建构及其作用》，《信阳师范学院学报（哲学社会科学版）》2001年第21期。

完全对应。鉴于此，他把内省情智的感知和体验能力、表达和评价能力、调节和控制能力作为建构元情绪理论的三个组成部分。据此许远理等（编制并标准化了九要素情智量表。①

（四）叶光辉的元情绪理论

Gottman 等人② 提出的元情绪（meta-emotion philosophy），是指对自我情绪与他人情绪的一套有组织的感受与想法，而台湾大学叶光辉认为元情绪是个体对情绪相关事务的各项执行功能，包括对自己或他人各式情绪行为有一套特定的情绪反应、认识、理解、评估及运用，具有觉知及指挥情绪运作的功能，可以用来察觉自己与他人细微情绪行为背后的需求与目的，同时作为调节或指导自己在特定情境下应该如何表现情绪，必要时还可以作为引导或教育他人如何处理情绪事件的重要依据。叶光辉提出元情绪可从六个层面进行评估：(1) 察觉性（awareness）：指当事人是否可以敏感、正确地察觉、关注自己和他人的情绪反应，是否提醒自己要重视自己和他人的情绪反应。(2) 接受性（acceptability）：指当事人是否尊重自己和他人所表现的各种情绪反应，并且认为这些情绪在生活上有其意义与重要性。(3) 沟通性（communication）：指当事人是否愿意与自己和他人沟通讨论与情绪反应相关的信息。(4) 原因性（causality）：指当事人是否愿意花时间去理解自己和他人产生情绪现象的原因。(5) 处理性（manipulation）：指当事人会采取何种方式介入或处理自己和他人的情绪行为。(6) 教导性（coaching）：指当事人是否教导自己和他人在不同情境下，如何适当地展现情绪行为。③

元情绪表现为四种类型：(1) 情绪教导型（emotion-coaching）：当事

① 参见许远理、李亦菲：《情感智力“九要素”理论建构及量化研究》，《信阳师范学院学报（哲学社会科学版）》2000 年第 20 期。

② See Gottman, JM; Katz LF & Hooven C., “Parental Meta-emotion Philosophy and the Emotional Life of Families: Theoretical Models and Preliminary Data”, *Journal of Family Psychology,* 1996, 10, pp. 243-268.

③ 参见叶光辉、郑欣佩、杨永瑞：《母亲的后设情绪理念对国小子女依附倾向的影响》，《中华心理学刊》2005 年第 47 期。

人的典型特征是对自己和他人的负面情绪反应是关注的，也能接受并尊重其各式情绪反应，一旦发现心情不好或有情绪困扰问题时，会主动思考情绪发生的来龙去脉，并会安抚和处理不喜欢的情绪反应。（2）情绪不干涉型（emotion-noninvolvement）：当事人的典型特征是对自己和他人的负面情绪反应不在意，放任各式情绪表现，对情绪不予理睬，对于如何处理不喜欢的情绪反应是忽视的，通常认为顺其自然是处理情绪的最佳方式。（3）情绪摒除型（emotion-dismissing）：当事人的典型特征是对自己和他人的负面情绪反应虽敏感但却是挑剔的，会批评各式的负面情绪表现，一旦发现心情不好或有情绪困扰问题时，总觉得它们是没有什么道理的，所以会专制固执地要求自己和他人赶快去除它们，否则会给予必要的处罚，因此其教导如何处理不喜欢的情绪反应方式常是要求尽快摒除它们。（4）情绪失控型（emotion-dysfunction）：当事人的典型特征是面对自己和他人的负面情绪时，常会引发自己的神经质反应，甚至造成自己出现失控的行为，因此排斥讨论负面情绪发生的原因，并且认为负面情绪以及自己的失控行为都是莫名其妙的，也时常懊悔自己所采取的处理方式。

四、领导者元情绪提升

（一）了解情绪的作用机制

情绪对于领导力的影响不容忽视，领导者要首先正确认识自己的情绪。情绪在心理结构中占有重要位置，而情绪的影响最终必然体现在个人行为上。首先，情绪作为适应的手段，起着驱动有机体采取行动的作用，成为支配有机体随意或不随意的，本能或认知的行为的重要心理能力；其次，情绪作为一种状态，经常存在于脑的活动过程中。给有机体提供注意保持的力量，使有机体专注于外界一定事物，成为有机体认知加工时有利或不利的脑的背景。情绪状态促进或延缓、增强或阻碍加工的效率，影响加工的选择且支配加工的方向；最后，情绪作为一种特质，为构筑人格的框架增添重要的成分。感情特质在人格中的成分使个体具有主动或被动、内向或外向、敏捷或迟钝、易感或沉静等个性特征，而不同的个性特征往往适合的工作类型不同。①

情绪的产生要依赖于大脑皮层与皮层下部位的相互作用。阿诺德认为情绪性刺激在皮层上产生对事件的评估，只要事件被评估为对机体有足够重要的意义，皮层兴奋即下行启动丘脑系统，丘脑系统改变自主神经系统的活动而激起身体器官和运动系统的变化。此后，自主神经系统的活动上行再次通过丘脑而达到皮层，并与皮层的最初评价相结合，纯粹的意识经验即转化为情绪体验。

情绪与机体生理唤醒有密切的联系，但情绪绝非单纯由生理唤醒所决定。情绪赖以产生的源泉在于情境事件，但在大多数情况下又不是刺激事件直接、机械地决定的。人怎样弄懂当前的情境刺激，它对人有什么意义和作用，都需要通过认知评价来揭示。阿诺德认为情绪产生于评价过程。它指出，情绪体验是有机体对刺激事件的意义被觉知后产生的，而刺激事件的意义来自评价。② 例如，在森林里遇到一只熊，会产生极大的惊恐。然而，在动物园里看到阿拉斯加巨熊时，不但不产生恐惧，反而使人产生兴趣和惊奇。此类的例子在日常生活中屡见不鲜，领导者自然也会在领导中因工作状况而产生情绪波动，领导者往往要比下属员工面对更多的复杂环境以及临时突发的特殊状况，拉扎勒斯认为，情绪的发展来自环境的信息。领导者在面对如此众多的复杂环境信息时，能够冷静地分析判断，是确定其领导力水平的重要标准。

对于情绪的觉知并不完全由个体掌控，心理学发展至今已经普遍认可人存在着两种相对的意识状态，即有意识状态和无意识状态。在有意识状态时，个体能够清楚的明白自己的行为，注意力也不会因外界或自身情绪的干扰而迷失、夸大或产生过度反应，反而在情绪纷扰中仍可保持中立自

---

① 参见孟昭兰：《情绪心理学》，北京大学出版社 2005 年版，第 9 页。

② 参见乔建中：《当今情绪研究视角中的阿诺德情绪理论》，《心理科学进展》2008 年第 16 期。

省的能力。优秀的领导者需要这种能力，因为只有在中立自省的有意识状态下，个体才有可能进行冷静的思考，对当前的形势进行理性的分析，作出正确的判断。也只有在领导者的理性行为中，员工才会逐渐地对组织产生可信赖感和安全感。科学的论断中，任何事物必然存在两面性。处在无意识状态时，个体无法自觉控制情绪，会导致智力活动能力的降低，领导者在这个时候很容易对形势作出不全面甚至是错误的分析，也就是所谓的“感性”因素过多，缺乏应有的“理性”。心理动力学家认为，人的许多行为不是自由选择的，而是深藏于一个人内心的力的动力活动或相互作用，这些力的性质和强度决定人的行为，而这些力基本上是无意识操作的，因此人们往往不知道自己行为的真正动机，至于这些力所采取的活动形式，则深受个人童年期经验的影响。心理分析的一个关键命题是深层次假说和无意识决定论，即认为人的几乎所有的心理活动都是无意识发生的，都是由躲藏在内心深处的无意识动机激发的。作为人类表达情感体验的重要途径，情绪的产生不仅是由当前的环境刺激与自身的认知评价所决定，而且还会受到经验的影响，现实中这样的例子不胜枚举。感知和体验自我情感的能力、表达和评价自我情感的能力、调解和控制自我情感的能力。

（二）提高情绪感知与识别能力

在元情绪觉知方面可依据 C.Steiner 的“情绪感知等级”逐级提高自己解读情绪的能力：(1) 麻木（麻木无情、不知道感觉或情绪）；(2) 身体感觉（感觉到身体生理变化即躯体化）；(3) 原始经验（感觉到强烈恼人骚动却无法了解）；(4) 语言障碍（感觉到但无法表达和谈论）；(5) 分辨（能分辨不同情绪、情绪强度并能够表达）；(6) 起因（了解引发情绪的原因和事件）；(7) 同理心（领略或洞察他人情绪的直觉和判断能力）；(8) 互动（了解人我情绪并预测情绪如何互动）。

情绪识别的过程实际上也是当事人自己的情绪状态从定性分析到定量分析，逐步具体化的过程。情绪识别可以细分为两项子技术，即情绪性质甄别、情绪强度与比例确认。在情绪性质甄别中，为了辨析自己目前整个情绪状态的构成性质，可以将许多描述情绪状态的语词随机排列，语词数量在三十到五十左右，要求其尽可能包括各类情绪表现。在此基础上，先根据自己最近的情绪体验，挑出那些最接近自己情绪体验的词语，并用笔作出记号。然后，将选出的语词按其性质进行归类，把那些只是程度不同、角度不同但基本属于同一性质的语词归为一类，如将悲伤、伤心、伤感痛苦归为悲哀一类，将不安、紧张、心慌归为恐惧一类。整个过程要求细细品味、不能急于求成。在情绪强度与比例确认中，为了辨析自己各类性质情绪成分的相对强度，要求我们学会用气球大小象征情绪强度，情绪强度越大，对应的气球越大，并用笔画出这种对应关系。为了辨析自己各类性质情绪成分的分布情况，要求我们学会分辨一天或一周内被各种情绪缠绕的时间分配比例，并以饼图的方式画出这种比例，为避免视觉与精确度的误差，精确度达到 5% 即可。

另外，当事人为了更好地了解自己的情绪模式与状态还应主动收集来自他人的反馈意见，如领导者积极搜集追随者的评价，领导者可以个别约谈有关人员，征求他对自己平时工作生活中的一些行为表现的看法，借以了解下级对自己平日情绪表现的反映。谈话过程中要营造一种平等相待、坦诚相见的氛围，被约谈者才能讲心里话；领导者也可以根据需要采用集体问卷法，这是收集大量资料最直接有效的方法。问卷采用无记名的方式以去掉集体成员的彼此戒备心理；领导者还可以利用相关会议，以诚恳的姿态，征询与会成员对自己的意见，同样会获得一些真实宝贵的看法，采用这种方式时，领导者一般不用解释说明，一旦解释说明，别人会理解你不想听意见，只是做做样子，结果会无功而废。①

（三）运用情绪调控技术

1. 情绪回溯

情绪回溯（emotional recall）是培养与提高元情绪能力的方法之一，

① 参见姚怀山：《情感型领导艺术》，宗教文化出版社 2001 年版，第 153—154 页。

包括对各种无名之火，莫名之燥，甚至各种疾病痛苦或悲剧快感之象征意义的溯本求源。一个人在进行情绪回溯时，往往以联想为纽带，沿着自己心灵发展轨迹反向信步溯流而上，慢慢体味、细细咀嚼自己过去所曾经体验到的各种情绪，从而平复情绪并产生认知和领悟，这是通过自我剖析而体验自我的思维定式，甚至还是一种主体进行创造性活动的手段和方式。可以通过角色扮演和书写方式进行情绪回溯，通过写作方式来直面负性情感和想法具有身体和心理双重效果，写作使零散的记忆连贯起来，文字处理帮助个体感受到一种可控感和连贯性的认知评价（Smyth & Pennebaker，1998）。叙述任务使人直面压抑的事件和创伤经历，释放了压抑的心理资源，此外，重复性写作增进了反思和领悟过程，这些心理过程反过来促进了积极情感的建构和自我接纳（Pennebaker & Beall，1986）。总之，记叙创伤性事件能帮助被试者重获控制感和重新评价他们的创伤性经历。①

2. 外部强化

强化是指通过采用适当的事物来增加反应的强度、概率或频度的过程。其中“适当的事物”称作“强化物”，通常是合意的刺激物。它既可以是物质性的，也可以是象征性的。最简单的强化物是那些无须学习我们便本能地作出反应的刺激物，如食物、水和温度等。这类强化物被称作初级强化物。然而现实生活中影响我们的大多数强化物不是初级强化物，而是次级或条件化的强化物，即我们已经通过学习将其同初级强化物联系起来的事物，例如金钱和口头表扬等。当外部刺激与个体的内心需要完全相同时便达到了良好的正强化效果。强化分为正强化和负强化。正强化又叫积极强化，通过呈现想要的愉快刺激来增强反应频率。例如，一位管理装配流水线的负责人，严谨认真，总是以一副铁青的面孔看管着流水线。工人们也兢兢业业，但效率总是不理想。当有一天这位负责人家里发生天大的喜事时，他面带微笑地与每一位工人打招呼，当天的工作效率有了明显的提高。这样的转变无疑就对这位负责人的情绪控制起到了正强化作用。

① See Smyth, Penebaker, “ Written Emotion Expression: Effect Sizes, Outcome Types, and Moderating Variables,” *Journal of Consulting and Clinical Psychology,* 1998, 66, pp.174-184.

之后，这位负责任人总是面带微笑迎接每一位员工。负强化则不同，它又被称为消极强化，通过消除或终止厌恶不愉快的刺激来增强反应频率，负强化的过程又称为“回避学习”。此外，惩罚通过适当的方法来压抑、减少或消除某一行为也可以达到与强化相同的效果。惩罚也有正负之分。正惩罚是通过呈现厌恶刺激来降低反应频率。例如，一位性格急躁的领导，要求员工既要高质量又要高速率的完成工作任务，结果反而是赔了夫人又折兵。这个领导极力避免的结果反而发生了，使他反思自己在领导过程中急躁情绪的危害之处。负惩罚指通过消除愉快刺激来降低反应频率。例如，一位性格略显暴躁的上司追求完美，对于下属的错误行为总是愤怒指责，导致下属面对每项工作时都有些畏惧，反而使自身的工作能力大打折扣，最终员工的工作绩效每况愈下。这样的结果就能够对该上司正确认识自己的情绪控制问题起到了负惩罚的作用。

情绪的无意识状态对于行为结果的影响本身就是对于领导者的一个外部刺激，任何一个领导者都希望自己的做法是英明决断，自己与同事的关系是和谐共处，自己的团队是无坚不摧……处在领导地位的人，能力已经普遍得到周围人的认可，当事与愿违的事情不断发生时，领导者应首先进行自我剖析，也许问题的关键就是自身情绪的影响。这样的外部强化效果比较好，但对于一个团队的建设，以及一个领导者的领导力提高来说，成本过高。

因此，在一个团队中应建立起良好的督导组织和奖惩制度，随时发现领导者情绪的问题，制订合理的培训计划，注意对个人情商情绪的培养和调节，综合考虑领导者各方面能力和工作表现，并给予恰当的奖励和惩罚。

3. 身心调适

充分运用身心调适技术，包括放松调节、呼吸调节和想象脱敏等方法。例如，当领导者能够充分认识到自己个性急躁的弱点时，应主动对自己进行心理放松和心理暗示，用语言暗示自己“不要急”，“急躁会把事情办坏”，等等。放松调节法多用于对付逆境时的自我调节，通过身体各部分主要肌肉的系统放松练习，可抑制伴随着紧张而产生的生理反应，从而减轻心理上的压力与紧张焦虑情绪。呼吸调节法则运用一些特定的呼吸方法，以解除逆境带来的精神紧张、压抑、焦急和顺境中所出现的异常激动、亢奋等，常用的呼吸调节法有深呼吸练习、叹气练习、充分自然式呼吸练习、拍打练习等。想象脱敏法可以通过想象现实生活里的各种情境，使自己感到相应事件的发生，学会在想象的情境中调节自己，从而能在真实的场合下应对不恰当的情绪反应。

后　记

对于高速发展的中国而言，许多领域正在发生历史性的变化。置身于日新月异的大发展时代，新问题、新矛盾层出不穷，对领导者而言，挑战不言而喻。由于旧经验往往解决不好新问题，领导方式和内容也必须随着经济社会的加速转型而转型。研究者需要实践者帮助发现最有价值的现实议题，而实践者需要研究者提供最有启发的分析思路。社会越是发展，政界与学界的互动需求就越强烈，越需要多层次、多样化的信息沟通和思想碰撞平台。从这个意义上说，“中浦领导论坛”不仅切合时代的需要，而且扣住了“领导”这一关系中国发展全局的核心问题，其号召力和影响力因而得到持续提升。

自 2005 年成功举办首届“中浦领导论坛”之后，中国浦东干部学院又先后于 2007 年、2009 年举办了两届论坛，邀请到众多国内外知名学者和政界、商界领袖，论坛向着实践化、高端化、国际化的特色方向不断发展。第二届“中浦领导论坛”，针对我国深刻变革和急剧转型的社会现实，确立了“领导 · 创新 · 转型”的主题，集中探讨在转型期我们需要什么样的领导理念和领导能力，领导干部如何突破思维定式进行领导创新；第三届“中浦领导论坛”，为配合我国在新的发展时期全面建设社会主义小康社会的战略，促进社会和谐，使我国政治、经济和社会在更高水平上发展，确立了“领导 · 和谐 · 进步”的主题，聚焦领导者如何在错综复杂的国际形势和深刻变化的国内环境下，发挥创新的精神，运用卓越的领导能力和高超领导艺术，促进社会和谐，推动社会进步。历届论坛承续了转型期领导力理论与实践的主线，对经济全球化以及中国政治、经济、社会深刻转型背景下的领导力理论进行了有益探索，也为实践者提供了许多有益的启发。

中国浦东干部学院作为“中浦领导论坛”的主办方，将其作为建设“国内一流、国际知名”干部培训院校的重要抓手，高度重视并发挥资源优势、平台优势、区位优势，为论坛注入了“国际性、时代性、开放性”的精神元素。通过几年来的艰苦努力，“中浦领导论坛”取得了长足发展，结出了丰硕成果，受到国内外领导学界的广泛关注，也得到了广大干部的好评和社会的广泛认可。

《领导学：研究与评论》（第一辑）出版后，在领导学研究界产生了积极广泛的反响。此次我们把第二届、第三届“中浦领导论坛”的优秀成果汇编成册，推出《领导学研究与评论 · 2010》，同样希望能够为领导学研究及实践提供新知识、新理论和新智慧，产生积极的现实效果。

本书的出版得到了各方面的大力支持，在此我们真诚感谢所有关心、支持和参与论坛筹备、研讨以及后续工作的各界领导和专家学者，感谢中国浦东干部学院科研部、教研部、对外交流与培训开发部以及为此付出辛勤劳动的工作人员。

由于时间仓促、水平有限，书中尚有不少疏漏和缺憾，恳望海内外关注和研究领导学的领导、专家及读者批评指正。

编者

2011 年 1 月

责任编辑：洪琼

图书在版编目（CIP）数据

领导学研究与评论 ·2010 / 柏学翥 主编 .－北京：人民出版社，2011.7
（中浦院书系 · 论坛系列）
ISBN 978－7－01－009834－0

I. ①领… II. ①柏… III. ①领导学—研究—中国 IV. ① C933

中国版本图书馆 CIP 数据核字（2011）第 066986 号

领导学研究与评论 ·2010

LINGDAOXUE YANJIU YU PINGLUN · 2010

柏学翥 主编 曹任何 副主编

人民出版社 出版发行
（100706 北京朝阳门内大街 166 号）

北京龙之冉印务有限公司印刷 新华书店经销

2011 年 7 月第 1 版 2011 年 7 月北京第 1 次印刷
开本：710 毫米 ×1000 毫米 1/16 印张：29.5
字数：440 千字 印数：0,001－2,500 册

ISBN 978－7－01－009834－0 定价：65.00 元

邮购地址 100706 北京朝阳门内大街 166 号
人民东方图书销售中心 电话（010）65250042 65289539